Michael Reh

Asta

Michael Reh

Asta

Ein Kriminalroman aus dem Alten Land

edition krimi

Kriminalroman

Reh, Michael: Asta. Ein Kriminalroman aus dem Alten Land.
Hamburg, edition krimi 2021

1. Auflage 2021
ISBN: 978-3-948972-40-0

Dieses Buch ist auch als eBook erhältlich und kann über den Handel oder den Verlag bezogen werden.
ePub-eBook: ISBN 978-3-948972-41-7

Korrektorat: edition krimi, Hamburg
Umschlaggestaltung: © Annelie Lamers, Hamburg
Umschlagmotiv: Foto »Asta« © Michael Reh, privat; Hintergrundstruktur © pixabay.com; Apfelbaum/Blätter: © pixabay.com

Bibliografische Information der Deutschen Nationalbibliothek: Die Deutsche Nationalbibliothek verzeichnet diese Publikation in der Deutschen Nationalbibliografie; detaillierte bibliografische Daten sind im Internet über https://dnb.d-nb.de abrufbar.

Die edition krimi ist ein Imprint der Bedey & Thoms Media GmbH, Hermannstal 119k, 22119 Hamburg.

---

https://www.edition-krimi.de
Gedruckt in Deutschland

Vorwort

Am 24.2.2020 flog ich von Miami nach Deutschland, um ein paar Tage später meinen autobiografischen Roman »Katharsis« im Kölner Treff bei der wunderbaren Bettina Böttinger vorzustellen. An dieser Stelle mein Dank an Bettina und all die anderen mutigen Journalisten, die dabei halfen, das Thema sexuellen Missbrauch in die Öffentlichkeit zu bringen. Zwei Woche Promo-Reise standen mir bevor, die Reisetasche war klein, die Erwartung groß, als ich von Miami nach Deutschland flog. Die Reaktion auf Katharsis war überraschend, überwältigend. Dann der Lockdown und ich saß fest. In Deutschland. Meine Freunde in der Nähe von Stade im hohen Norden gaben mir ein Zuhause in dieser Zeit. Ich schaffte es noch, ein Fahrrad zu kaufen, und hatte dann viel Zeit, die Gegend um Stade mit dem Rad zu erkunden.

Der Wettergott drückte beide Augen zu, es war frisch und sonnig, so wie ich es mag! Ich radelte stundenlang, entdeckte den Kreidesee, eine alte Villa und eine Geschichte entstand in meinem Kopf. Mysteriöse Morde in der Gegend um den See und alle Spuren führen zu einem alten Gehöft nahe der Oste, dem Wohnsitz von Clara Jocke, einer verurteilten Mörderin.

Arbeitstitel war unter anderem »Die Liste« und »Der Kreidemörder«. Aber Asta ist der Angelpunkt, sie ist der Kern der Geschichte, die Ursache für die Morde, aber ich will an dieser Stelle nichts verraten, lesen Sie selbst. Und es geht auch um Familie, unsere Strukturen, um Veränderung, Herausforderungen, denen sich meine Figuren stellen müssen.

Es ist auch eine Hommage an ältere Frauen, die die Gesellschaft oft vergisst. Ich mag meine Figuren sehr, halfen sie mir doch ein Jahr lang, die Einsamkeit des Lockdowns, den wir alle kennen, gut zu überstehen. Clara, Heiko, Gisela und Tom, gerade diese Figuren machen einen wichtigen Wandel durch. Und natürlich Schoko, dessen lebendes Vorbild mich auf meinen langen Spaziergängen an der Oste begleitete. Asta ist ein Produkt meiner Fantasie und Ähnlichkeiten mit lebenden Personen sind entweder zufällig oder, in zwei Fällen, beabsichtigt.

»Asta« ist nicht nur ein Krimi, es geht, wie in »Katharsis«, um Familie und um Veränderung! Ich liebe Stade, ich mag die Landschaft, die Menschen, Norddeutschland, das Klima, die Rauheit. Ich habe in Hamburg studiert, komme aus dem Ruhrgebiet und lebe in Amerika, aber mein Herz, meine Liebe gehört dem deutschen Norden, immer schon … und das wird auch so bleiben! Ich hoffe, die Stader sehen »Asta« als das, was es ist: Ein Kompliment, eine Hommage an eine Stadt, die mir viel bedeutet. An mein emotionales Zuhause.

Zum Schluss noch eines! Der Mörder ist nicht immer der Gärtner! Viel Spaß bei der Lektüre!

Michael Reh
Fire Island, im August 2021

Prolog

Ich will, dass er stirbt! Er muss sterben! Er hat es nicht anders verdient!

Er steht auf meiner Liste! Ich habe Jahre gebraucht, um alle zu finden! Und keinem wird vergeben.

Es war einfach, er schöpfte keinen Verdacht, als er mich heute besuchte. Ein dummes Schaf! Er trank den Tee und freute sich über den Kuchen, den ich im angeboten hatte. Er kam zu mir, ohne zu ahnen, dass er den Tag nicht überleben würde. Nach einer halben Stunde wirkte die Substanz, so wie ich es geplant hatte. Kurze Zeit später fuhr ich durch den schon fast dunklen Spätnachmittag. Es war ein Sonntag, es regnete und ich begegnete keinem Auto. Er lag bewegungsunfähig im Kofferraum. Sie hatten einen Sturm mit Starkregen vorausgesagt und das war gut so. Die Reifenspuren meines Wagens würden somit nicht mehr zu erkennen sein. Alle Bemühungen, ihn zu finden, werden ins Leere führen.

Er atmete noch. Gut so! Er sollte alles mitbekommen, er sollte leiden. Es war nicht einfach, ihn aus dem Kofferraum zu holen. Er fiel in den Schlamm, die Spritzer landeten nicht nur auf meinen Gummistiefeln, sie flogen bis zu meinem Gesicht hinauf. Er starrte mich an. Sprechen konnte er nicht, das Gift hatte sich bereits in jede Muskelfaser ausgebreitet.

Der Regen wurde stärker und der Wind schlug mir mit Gewalt ins Gesicht, zerrte an meinem Regenmantel. Es war inzwischen vollkommen dunkel, das nächste Dorf Kilometer entfernt. In diese Einöde kam niemand, denn das Moor war tückisch und hatte vor einigen Jahren zwei Opfer gefordert. Irgendwelche dummen Touristen, die sich nicht auskannten, sie konnten nur noch tot geborgen werden. Die Zeitung hatte darüber berichtet.

Ich stülpte den schwarzen Plastiksack über seine Beine und legte ein paar große Steine hinein. Ich musste sicher sein, dass ihn das Gewicht nach unten zog. Das Moor war tief hier. Ich zog den Sack höher hinauf bis zu seinem Hals. Seine Todesangst konnte ich trotz des Regens und der Dunkelheit schmecken.

»Das hast du dir selbst zuzuschreiben, mein Freund«, flüsterte ich ihm ins Ohr. »Leider warst du die ganze Zeit auf der falschen Fährte, schade eigentlich. Du bist genauso erbärmlich und unfähig wie dein Vater. Du allein bist schuld daran, dass du hier liegst!« Ich spuckte ihm verächtlich ins Gesicht. »Aber keine Angst, du wirst nicht der Einzige sein, das schwöre ich dir. Du warst nicht der Erste und bist weiß Gott nicht der Letzte. Ihr werdet alle büßen für das, was ihr uns angetan habt.«

Mit dem Messer ritzte ich ihm den Buchstaben auf die Wange, klein, aber unübersehbar, dann zog ich den Plastiksack über seinen Kopf und verschloss ihn mit einem Kabelbinder. Ein paar grelle Blitze zuckten auf. Die jungen Birken am Rand des Moores bogen sich gefährlich und drohten zu brechen. Doch Birken brechen nicht, sie sind biegsam. Genau wie ich! Mit all meiner Kraft stieß ich den schwarzen Sack in das schlammige Wasser und sah ihn langsam, aber sicher untergehen. Ein paar Minuten später war er verschwunden. Der Regen prasselte mit einer ungeahnten Stärke auf mich und das Moor. Es ist alles gut. Der Regen wird mich reinigen!

1 Hamburger Abendblatt vom 30. September 1985
Ehefrau schuldig gesprochen.
Von Brigitte Frey

Ein Prozess, der Hamburg, ja ganz Deutschland seit ein paar Monaten in Atem hielt, ist zu Ende. Gestern Nachmittag um 16:30 Uhr verurteilte das Hamburger Landgericht die 35-jährige Clara J. zu 20 Jahren Haft. Sie war des Mordes an ihrem Mann Johann J. und dessen Freund Reiner F. angeklagt und für schuldig befunden worden. Die Angeklagte behauptete während der gesamten Verhandlungszeit bis zur letzten Minute, dass sie unschuldig sei, obwohl Augenzeugen sie zur Tatzeit am Tatort gesehen hatten. Sie war von Beamten unter Leitung von Kommissar Christian Cordes noch am Tatort festgenommen worden. In einem Indizienprozess sah das Gericht es als bewiesen an, dass Clara J. ihren Mann und seinen Liebhaber im Affekt und aus Eifersucht am Abend des 6 Februar 1985 erschossen hatte.

2 Zigaretten holen

Es war kalt an diesem grauen Spätnachmittag Ende Januar in Berlin. Jene Kälte, die so feucht ist, dass sie durch die Kleidung bis auf die Knochen dringt und sich daran festklammert wie ein Ertrinkender, unabdinglich.

Berlin, Hauptstadt! Heute politisches Zentrum des Landes, das man jahrelang in Ost und West geteilt hatte, nachdem es im Zweiten Weltkrieg zerstört worden war, verfeindet durch fremde Machthaber, getrennt durch die Mauer, entfremdet durch eine Ideologie, die inzwischen nicht mehr aktuell war. Berlin nach 1945, die Jahre der Teilung nach 1949. Lichtjahre entfernt von dem Leben des Mannes auf der Parkbank.

Für Tom war die DDR in seiner Kindheit ein fremdes Land. Dann kam die Wiedervereinigung. Und für einen Augenblick die Hoffnung, dass es so etwas wie Menschlichkeit gab, zumindest Gerechtigkeit oder Selbstbestimmung. Tom war im November 1989 ein Junge, gerade mal neun Jahre alt.

Er wuchs im kleinbürgerlichen La Salle, Illinois, als letzter männlicher Erbe einer untergehenden Industriellenfamilie auf. In einem Amerika, das noch als gelobtes Land galt, als Polizist des Weltfriedens und Sinnbild anderer geschickt vermarkteter Mythen, wie die vom Tellerwäscher zum Millionär. Bullshit! Die Bilder der jubelnden, scheinbar in die Freiheit entlassenen Ostberliner aber hatten sich in seine kindliche Seele gebrannt. Berlin, die Stadt der Freiheit.

Jetzt war er seit zwei Jahren in der Stadt seiner kindlichen Träume.

Berlin. Eine große alte Nutte, dreckig, freche Schnauze. Tom hatte Kunst studiert, war nach New York gegangen, um Maler, Bildhauer, Künstler zu werden. Sein Talent lag in der Skulptur. Marmor, Stein, Holz, ja selbst Zement wurden wie Wachs in seinen Händen und so formte, schlug und meißelte er aus totem Gestein die wunderbarsten Formen. Keine abstrakten, nein, Frauenkörper flossen aus seinen Händen, die toten Elementen Leben geben konnten. Seine Begabung war nicht vererbt, keiner wusste, woher dieses Kuckucksei der Familie gekommen war. Alle Vorfahren bis hin zum Urgroßvater William waren Handwerker und Industrielle! William, eigentlich Wilhelm Morten, hatte Mitte des 19. Jahrhunderts das heimische Dorf in der Nähe von Stade in Norddeutschland verlassen und war nach Illinois ausgewandert, wo er zunächst im Bergbau arbeitete. Zusammen mit seinem Sohn Edmund, der später die Firma übernahm, war es ihm aber gelungen, ein Imperium zur Gewinnung von Kohle und Zink aufzubauen.

Mit Anfang zwanzig floh Tom aus der amerikanischen Provinz nach Williamsburg in Brooklyn, dem neuen Mekka der Kunst. New York, das selbst ernannte Zentrum des Universums. Es war die einzige Stadt, die ihm jemals vermittelt hatte, dass sein Leben allein durch seine Anwesenheit dort einen Sinn machte. Für lange Jahre galt allein: Du bist New Yorker und nur deswegen schon etwas Besonderes. Allerdings, nachdem er hinter die Kulissen geschaut hatte, war das Gefühl schnell verpufft, nachdem er hinter die Kulissen geschaut hatte. Doch zunächst kamen Erfolg, Geld, Frauen! Der Absturz war vorprogrammiert, die Welle brach. Der Markt verlangte nach neuen Ideen und Inputs, die Tom allerdings nach einer durchzechten Dekade nicht mehr liefern konnte. Er hatte New York durchschaut und die Finger nicht mehr in der universellen Steckdose der Kreativität. Wie viele Künstler vor ihm machte auch er den fatalen Fehler, nicht die Kreativität in sich zu finden, sondern Inspiration in der Außenwelt zu suchen. Wohin also? In das Epizentrum der angeblichen Kreativität, in die falsche Hoffnung aller Instagrammer der Meme-Generation! Ab ins coole Berlin. Es reichte, da zu sein.

Berlin. Wieder dieser Hunger, hier die Energie zu finden, die seine Batterie neu aufladen konnte. Aber Berlin war nicht New York und würde es nie sein. Berlin war nur noch Kommerz, denn die Künstler waren längst geflohen, wohin, wusste niemand so recht. Wo war es nun, das Berlin des neuen Millenniums, das sich in seinen Kopf geschlichen hatte, jene Vorstellung von einer Stadt, genährt von seiner Jugend, Träumerei und Dummheit?

Tom saß auf der feuchten Holzbank im Kleistpark, im Westen, wo er sich immer so fühlte, als würde er etwas verpassen. Ab und zu fuhr er »rüber« in den Ostteil der Stadt. Er kam immer mit leeren Händen und kaltem Kopf zurück, was nicht daran lag, dass er das Fahrrad nahm. In Kreuzberg, Friedrichshain und Neukölln waren alle hip und cool, dort vermischten neue Liedermacher und Rapper ihre Erfahrungen um und durch Berlin zu einem massenkompatiblen Brei, egal ob auf Instagram, bei Snapchat, in Podcasts.

Tom fielen die Augen auf der Parkbank zu. Der Novemberblues hatte ihn vor zwei Monaten erwischt und seither nicht wieder verlassen. Berlin im Winter, eine kalte, deprimierende Angelegenheit. Tom wusste, dass er an einem Punkt angelangt war, der drastische Maßnahmen forderte.

Er horchte in sich hinein, während die kalte, feuchte Januarluft durch seine Jeansjacke drang, aber er hörte nichts. Gar nichts. Ausgelaugt. Verbrannte Erde.

Es antwortete keiner mehr und er war auch nicht Michael Douglas, der in so einem Moment in dem Film »Falling down« die Knarre nahm und Amok lief. Der deutsche Titel des Films fiel ihm ein: »Ein ganz normaler Tag«. Ja, das war es: Ein ganz normaler Tag im Januar in Berlin, an dem er herausfand, dass sein Leben so nicht mehr weiterzuleben war. Er konnte sich nicht mehr belügen. Er musste raus.

Zigaretten holen gehen. Ein Satz seiner Kindheit, zu einer Zeit, in der Männer auf diese Art und Weise durchaus noch verschwinden konnten. In einer Zeit, bevor das Internet, Handys und Kreditkarten, das digitale Zeitalter, das menschliche Verhalten dauerhaft verändert hatten. Man konnte nicht verschwinden, da man immer digitale Spuren zurückließ.

Er schaute auf sein Handy. Es war 17:30 Uhr. Der Regen war stärker geworden. Er hatte es kaum bemerkt. Tom stand auf und nahm sich vor, nie wieder im Januarregen auf der Bank im Kleistpark zu sitzen.

3 Das Leben ist kein Ponyhof

Sie hatte gestrichen die Schnauze voll. Von allem. Seit Langem!

Seit fünfzehn Minuten starrte sie an die alte wurmstichige Holzdecke des Hauses, das seit 1782 hier in der Flussbiegung stand, und zählte, wie jeden Morgen, die Furchen des mittleren tragenden Balkens. Erst wenn sie bei 93 angekommen war, erhob sie sich seufzend aus dem Bett. Heute stoppte sie bei 54. Jeder Knochen tat weh. Warum aufwachen, warum das Leben weiterleben, so tun als ob, für wen, wie lange noch? Verdammt, heute war der Himmel grauer als sonst, genau wie ihre Seele. Am besten gleich in die Oste springen und ertrinken, das Leben war keine Alternative mehr zu ihren Albträumen. Seit den 3500 Tagen und Nächten in einer Gefängniszelle war es eh mit ihrer Nachtruhe dahin, auch noch nach zwei Jahrzehnten. Der Regen trommelte an das Fenster. Es war erst 7 Uhr an diesem nassen Aprilmorgen. Viel stand heute nicht auf dem Zettel, das Übliche: Kaffee kochen, die erste Zigarette, die Katzen füttern, die Küche wischen, die zweite Zigarette. Gott sei Dank liefen die neuen Folgen von »Rote Rosen« wieder, ihre einzige Ablenkung bis zum Abend.

Es war Donnerstag, der erste im Monat, da mussten die Pillen geordnet werden. Einen Schlaganfall hatte sie vor fünf Jahren gut überstanden, aber Diabetes war kein Zuckerschlecken. Sie lachte bitter auf, kein Zuckerschlecken! Zucker war neben den dreißig Zigaretten und zwei Litern Kaffee pro Tag das Einzige, das sie wachhielt. Scheiß auf die Gesundheit. Vierundzwanzig Pillen am

Tag hielten sie fit genug. Heute Nachmittag galt es alle 720 Pillen für den Monat in 30 kleine Behälter zu sortieren.

Sie kotzte sich selbst an.

Verdammter erster April!

Das Haus lag am Deich, aber den hatte sie vor Jahren das letzte Mal betreten. Dahinter floss die Oste. Das Land um Claras Gehöft gehörte zur Apfelplantage des neuen Bauern, der alles auf Demeter machte. Sie hasste den Typen, denn er hielt sie mit seinen stundenlangen Traktorfahrten in der Nacht wach. Schwefelbestäubung nannte er es. Für sie war es reine Schikane! Das machte er nur, um sie zu ärgern! Man sollte ihn einfach in seine Kühlhalle einschließen und verenden lassen.

Ihr Blick glitt von der Decke an die Zimmerwand. Es nutzte nichts, das Kopfkino war an und drehte sich so lustig wie das Rad einer Windmühle bei Windstärke acht. Zeit, sich abzulenken, irgendwie weiterzumachen. Sie würde nicht in den Fluss springen.

Damals, im Gefängnis, hatte sie oft davon geträumt. Aber die Wirklichkeit war anders als ihre Träume, die immer unerfüllt geblieben waren. Sie stand auf, nahm die Zähne aus dem Wasserglas auf dem Nachttisch und schob sie sich in den Mund. Dann ging sie in die Küche, um Kaffee zu kochen.

4 Erster April

Der Hund wedelte nicht mit dem Schwanz oder mit dem, was von ihm übrig geblieben war. Tat er selten. Besonders nicht am Morgen. Als ob es ihm peinlich wäre. Er schaute auf, schien Tom kurz zuzunicken, drehte sich einmal auf dem alten Sessel im Kreis und rollte sich wieder zusammen. Schoko.

Vor drei Wochen hatte Tom den Labrador-Vizsla-Mischling aus dem Tierheim und in die alte Bauernkate am Ende des Deichs geholt. Es schien dem Hund völlig selbstverständlich, mit stolzen sechs Jahren noch adoptiert zu werden und nun ein Landleben zu führen. Er ließ sich zwar streicheln, war aber unabhängig, nicht dauernd nach Liebe und Aufmerksamkeit hechelnd wie so manche anderen gebrannten Hunde, die aus Heimen kamen. Er schaute gerne Fernsehen und verfolgte aufmerksam die ersten Schafe auf dem Deich, ohne zu bellen. Er beobachtete alles mit intensivem Interesse: nicht nur die Schafe, die Fasane, die Möwen auf dem Deich. Auch die Serien auf Netflix, die Tom abends schaute. Am liebsten beobachtete er Tom. Anfangs hatte es ihn gestört, inzwischen hatte er sich daran gewöhnt, dass ihm zwei dunkelbraune Augen folgten. Es gab ihm irgendwie ein Gefühl von Sicherheit hier in der Einöde der norddeutschen Tiefebene. Das war auch Voraussetzung für sein neues Leben in einem Haus, zu dem ein Feldweg führte und wo das Internet nicht immer reibungslos funktionierte.

Seit sechs Wochen lebte Tom dieses Leben fern von Berlin. Jeden Morgen prasselte der Regen auf das reetgedeckte Dach des ehemaligen Gesindehauses. Er machte den beiden nichts aus. Das kleine Haus hatte vor vielen Jahren zu dem Gutshof gehört, der in der alten Apfelplantage im Ostebogen lag. Der Vormieter war ein besessener Hobbyrestaurator und hatte im Einverständnis mit dem Eigentümer große Glastüren einbauen lassen, wohl wissend, wie dunkel die Winter im Norden waren und wie lange sie dauern konnten. Tom hatte das Häuschen per Zufall im Internet gefunden, seine Vorfahren kamen aus dieser Gegend und sein Ururgroßvater Wilhelm Morten, durch dessen Firma in Illinois die Familie Morton zu Reichtum gekommen war, hatte hier für kurze Zeit auch mit einer norddeutschen Zementfabrik aus der Nähe zusammengearbeitet. Toms Vater war schon lange tot, wie so viele Männer in seiner Familie war er nicht alt geworden. Stockard, Toms versteinerte Mutter, hatte den Niedergang der Firma in den späten Neunzigerjahren dann nur noch aus ihrem Alkoholnebel verfolgt und war vor zehn Jahren mit einer kaputten Leber an Krebs gestorben. Tom weinte ihr und dem Rest seiner seltsamen Familie nicht unbedingt eine Träne nach. Geerbt hatte er genug, eine vermögende Schwester seines Vaters hatte sich großzügig gezeigt und zusammen mit einem bei seiner Geburt angelegten Trust Fond hatte er sich erst sein Atelier in New York und dann später in Berlin einrichten können.

Seitdem er sich an jenem nassen Novembertag im Kleistpark entschlossen hatte, Berlin zu verlassen, erfasste ihn immer wieder eine seltsame Lethargie, die er interessiert beobachtete. Er wusste, dass sich sein Leben geändert hatte. Er hatte nicht mehr vor, sich selbst zu belügen. Seine Kreativität war geblockt, er konnte nichts mehr erschaffen aus den Materialien, die ihn umgaben. Seine fünfzehn Minuten in der Berliner Kunstszene waren vorbei. Wohin die Reise gehen sollte? Die Frage konnte er sich nicht beantworten. Noch nicht! Kreativität und Druck war keine passende Kombination. Eine Auszeit würde ihm guttun. Er spürte es jeden Tag trotz Kälte, Matsch, Regen und Schokos Blick.

Tom fiel das Franzbrötchen im Brotkorb ein und stand auf, ging die alte Stiege hinunter und setzte Wasser auf. Landleben pur, dachte er. Keine Jura-Kaffeemaschine, sondern ein alter Porzellanfilter von Melitta. Er hatte das Haus voll eingerichtet vom detailbesessenen Besitzer angemietet, hatte nichts mitnehmen wollen aus Berlin, aus seinem alten Leben. Kaffee schmeckte auch, ohne durch eine tausend Euro teure Maschine auf Knopfdruck zu fließen!

Nach zwanzig Jahren Hetze durch die Welt, die ihn von New York über einige Zwischenstationen nach Berlin und schließlich hierhergebracht hatte, genoss es Tom, als er auf den nassen Deich schaute, während sein Franzbrötchen im Ofen warm wurde und einen Zimtgeruch im Haus verströmte, dass er nichts weiter hörte als das Tropfen des Kaffees, der durch den Filter drang, und das leise Schnarchen seines vierbeinigen Freundes über ihm.

Es war genug in diesem Moment.

5 Stell dich mitten in die Welt

Frauke Schlichting war stolz. Endlich hatte auch sie einen Instagram-Account. Sie wollte weder unter ihrem eigenen Namen dort auftauchen noch Bilder von ihren Kindern posten, aber dennoch teilhaben an der großen Welt, die sie glaubte in den sozialen Netzwerken zu finden.

Mit achtzehn hatte sie ihr erstes Baby bekommen. Der Vater, Leo, Sohn eines Autohausbesitzers in Stade, machte sich schnell vom Hof und so saß sie allein mit dem Kind und einem Leben da, was bereits zu Ende schien, bevor es angefangen hatte. Keine gute Zeit. Lange Tage und noch längere Nächte, erfüllt von Babygeschrei und dem Geruch der Joints, die sie rauchte. Aber Frauke hatte es dann doch noch gepackt. Sie schmiss das grüne Zeug ins Klo und wurde Sportfachfrau, bekam einen Job in Wiepenkathen im Fitnesscenter. Sie fühlte sich wohl dort. Sie traf Martin. Schön war er nicht mit seiner großen Nase und den schiefen Zähnen, aber ausgezogen sah er aus wie ein griechischer Satyr und Frauke hatte endlich Spaß im Bett. Sie bekam zwei weitere Kinder. Söhne! Das hätte ihren Vater Christian gefreut, dachte sie oft, aber der war vor fast zwanzig Jahren spurlos verschwunden. Einfach so! Eine Untersuchung hatte nichts ergeben, obwohl der Fall Christian Cordes, leitender Kommissar bei der Kripo, damals großes Aufsehen erregt hatte. Nach zwei Monaten war der Fall ad acta gelegt worden.

Stell_dich_mitten_in_die_Welt. Das war ihr Instagram-Name. Sie war auf dem Weg ins *Wilde Moor,* nahe der Stadt. Es regnete immer noch, typisches Schietwetter, mit dem der Monat April startete. Wer hier lebte, musste sich mit Regen und vom Wind gepeitschten Wolken am Himmel abfinden. In Hammah stand sie am Bahnübergang, der Interregio nach Hamburg würde gleich vorbeikommen. Es war kurz vor 13 Uhr. Sie nahm ihr Handy aus der Leinentasche, während sie wartete, und schaute auf ihren Account. *Stell_dich_mitten_in_die_Welt* hatte 2 Posts und 4 Follower!

Sie hatten ein Grundstück im ehemaligen Moorgebiet gekauft. Heute würden die Bagger kommen und anfangen, den Keller auszuheben. Ihr eigenes Haus! Endlich! Das war doch mal ein Ereignis für einen Post, auf den das halbe Fitnesscenter wartete! Trotz der niedrigen Temperaturen wallte Hitze in Frauke auf, Freude erfüllte sie und sie lachte sich selbst im Rückspiegel an. Die Schranke ging hoch und nach zehn Minuten war sie schon fast im ehemaligen *Wilden Moor*. Der Regen hatte nachgelassen und sie konnte die Bagger bereits erkennen. Zu ihrer Verwunderung erkannte sie auch zwei Einsatzfahrzeuge der Polizei, und, als sie näherkam, den alten Mercedes von Babette Petersen.

Babette! Was hatte die denn hier zu suchen? In der Grundschule waren sie dicke Freundinnen gewesen. Ihre Väter arbeiteten beide in Stade bei der Mordkommission, aber auf dem Gymnasium waren sie in unterschiedliche Klassen gekommen und hatten sich zunehmend aus den Augen verloren. Auch hatte Babette nach dem Abi dieselbe Laufbahn wie ihr Vater eingeschlagen, da war in ihrem Leben kein Platz mehr für Normalos wie Frauke gewesen, die nach der zehnten Klasse die Schule verlassen hatte.

Kiffelse hatte man sie genannt. Bahnhofs-Looser. Mit einem ärgerlichen Knurren wischte sich Frauke die Vergangenheit wie eine lästige Fliege von der Stirn und parkte ihren Twingo neben Babettes eierschalenfarbenen Mercedes, den jeder in der Gegend kannte. Sie stapfte durch den Baustellenmatsch auf ihre Grundschulfreundin an der Baugrube zu und konnte nicht ohne Genugtuung feststellen, dass die Hauptkommissarin immer noch einige Kilos zu viel auf den Hüften hatte. Das konnte sie auch in ihrem knielangen Kaschmirmantel nicht verbergen.

»Moin.« Frauke nickte den Bauarbeitern zu und ging zielstrebig auf Babette zu. Neben ihr stand Heiko Degen, ewiger Zweiter in der Rangordnung. Blond, drahtig, ein schöner Mann. Leider verzaubert. Er musste Babette wahrscheinlich erst umbringen, bevor er Erster Hauptkommissar werden konnte. Auch ihn kannte Frauke vom Gymnasium, Stade war ein Dorf, jeder kannte jeden.

»Hallo, Frauke.« Babette nickte ihr unter dem großen schwarzen Regenschirm distanziert zu. Die Augenbrauen perfekt gezupft, die blonden Haare akkurat im Pagenschnitt. Das war kein Zwanzig-Euro-Schnitt, dachte Frauke neidisch. Aber sie baute ein Haus und hatte drei Kinder. Wer hatte schon Zeit, sich die Augenbrauen zu zupfen, und wofür auch, das war hier schließlich nicht Hamburg! Heiko lächelte ihr freundlich zu, und sie fragte sich, ob er jemals aufwachen würde.

Sie erwiderte sein Lächeln mit einem kurzen Nicken und starrte weiter in die Baugrube. Was war hier los? Auf dem durchnässten Boden stand ein kleiner Bagger, in dessen Schaufel ein langer dunkler Müllsack lag, der am oberen Ende aufgeplatzt war. Sie wollte Babette gerade fragen, was das ganze Theater auf ihrem Grundstück solle, als das Handy der Kommissarin klingelte. Der Baggerführer bewegte die Baumaschine langsam, um den verwitterten Plastiksack mit Inhalt vorsichtig am Grubenrand abzulegen. Doch bevor er die Schaufel absenken konnte, fiel der Sack aus einem Meter Höhe direkt neben Frauke auf den Boden und platzte auf. Sie starrte fassungslos auf den Inhalt und fiel dann ohnmächtig vor Heiko Degen in den Matsch.

6 Rote Rosen

Die Küche war gewischt, die Pillen sortiert und sie hatte die ersten acht Zigaretten geraucht. Es war halb zwei, es regnete immer noch. Clara saß auf dem Sofa. Die Katzen Bünting und Onken, beide mindestens ein gefühltes halbes Jahrhundert alt, schwänzelten um sie herum, obwohl ihre Essenszeit erst gegen 16 Uhr war.

»Nichts gibts, macht euch vom Acker!«

Unwirsch verscheuchte Clara die pelzigen Ungeheuer, die ihre Haare früher als in den Jahren zuvor verloren und diese, so schien es ihr, im ganzen Haus strategisch verteilten, sodass auch ihr tägliches Geputze wenig half.

Noch eine halbe Stunde, bis »Rote Rosen« anfing. Sie wusste um die Banalität dieser Schmonzette, die, außer am Wochenende täglich lief, aber es machte sie zumindest einmal am Tag glücklich. Beim »Trödeltrupp«, »Frauentausch« und anderen Trash-Formaten der Privatsender fühlte sie sich wohl, denn sie merkte dann, dass es anderen noch schlechter ging als ihr und Einsamkeit überall herrschte. Sie sah gerne Menschen scheitern. Aber gegen »Rote Rosen« kam nichts an! Einmal am Tag raus aus ihrem Leben und eintauchen in das der anderen! Sie war schon fast auf Entzug, wenn die neuen Staffeln zu Ende waren und sie sich gezwungenermaßen die Wiederholungen anschauen musste.

Clara drückte die Zigarette aus, Nummer neun an diesem ersten April, und schaute in den Garten. Geld für einen Gärtner gab es nicht mehr, und sie musste notgedrungen versuchen, auch da Ordnung zu halten. Kein leichtes Unterfangen bei sechstausend Quadratmetern, auch wenn das meiste davon Rasen war. Vor dem Wohnzimmerfenster lag der alte Bauerngarten. Rechts daneben der Rosengarten, die beiden kleinen Teiche, die alten Birken. Die Buchsbaumhecke war inzwischen fast einen Meter hoch und kaum noch in Form zu bringen. Sie musste dringend geschnitten werden, aber das hatte noch Zeit bis Anfang Mai. Clara wusste, dass sie sich selbst belog, sie hatte die Hecke seit Jahren nicht geschnitten. Verschieben wir es auf morgen! Scarlett O'Hara hatte durchaus recht gehabt! Fidel-didi.

Was kümmerte sie der Garten im April. Im Oktober war eh alles wieder verblüht und weder das alte, reetgedeckte Haus aus dem Ende des 18. Jahrhunderts noch der Garten sahen nach »Schöner Wohnen« oder »Landleben« aus. Zeitschriften, von denen noch vergilbte Ausgaben irgendwo auf der großen alten Tenne lagen. Die quoll über von Einmachgläsern, Zeitschriften, Möbeln, vollgepackten Kartons. Clara schmiss nichts weg. Man konnte nie wissen. Da standen neben rostigen Fahrrädern mit platten Reifen auch alte Mistgabeln, Apfelkörbe aus dem letzten Jahrhundert, eingerollte Perserteppiche aus der Hamburger Zeit, Erbstücke von Johann, Toaster und Fernseher, die nicht mehr funktionierten. Und ihr Cabriolet Barron, ein Auto, das sie sich vor zwanzig Jahren gekauft hatte, um wenigstens etwas Lebenslust zu spüren. Sie war ein paar Mal mit dem offenen Wagen durch das Alte Land gefahren, einmal sogar nach Sylt, aber das Wetter war oft schlecht und schließlich hatte ihr das Geld für die Versicherung gefehlt. Der Wagen vermoderte und rostete vor sich hin; die Reifen waren seit Jahren platt. Irgendwann würde sie alles auf Ebay verramschen, es gab immer Leute, die Geld für altes Zeug ausgaben, das wusste sie. Nur nicht den Barron, das Symbol für bessere Zeiten, die lange vorbei waren und niemals wiederkommen würden.

Zum Glück gab es noch Johanns alten R4. Sie hasste diesen Wagen, aber er fuhr, und so konnte sie die Einkäufe mit dem Auto in Stade machen und war nicht auf den Bus oder die Bahn angewiesen.

Lautlos schlurfte Clara durch die Halle in die Küche und schaute kritisch auf die ein oder andere Schmutzstelle. Sie putzte zwar täglich und zweimal im Monat kam Petra, die Putzfrau, aber richtig sauber war es nie und am Tag danach sah man schon nicht mehr viel davon. Ein altes Haus auf dem Land, Staub inklusive. Eigentlich hätte die kurzatmige Petra vor drei Tagen erscheinen sollen, aber sie war nicht gekommen und hatte dann auch noch die Unverfrorenheit, nicht abzusagen.

Kaffee half immer und irgendwo waren noch ein paar Kekse im Regal. Kochen konnte sie nicht, das hatte immer ihr Mann übernommen. Johann! Es war lange her, zu lange. Nicht lange nach ihrer Hochzeit war sie schon fast eine nudeldicke Deern, wie der Hamburger sagt. Rouladen, Pfannkuchen, Kartoffelstampf, Sahnetorten!

Sie lebten damals auf St. Pauli. Anfang der Achtzigerjahre, Rotlicht, gefährlich, aufregend. Anders. Mittendrin, zwischen all den Künstlern, Nutten und ihren Luden, Hafenarbeitern, Loosern und den Normalos. Johann hatte einen gut laufenden Nachtclub und sie arbeitete ehrenamtlich als Sozialarbeiterin in einem Verein, der sich um Junkies kümmerte. Ihn zu fragen, ob er treu war, das wäre ihr nicht in den Sinn gekommen. Es waren schließlich die Achtziger und das Leben war bunt, wild und lag noch vor ihr. Irgendwann hatte er diesen alten Hof gekauft, um ab und zu das Wochenende hier zu verbringen. Aber das war eine Ausrede, er wollte Geld waschen und sich mit seinen Lovern treffen. Natürlich wusste sie Bescheid. Ihr Glück, dass er es auf sie überschrieben hatte, um es im Fall einer Firmenpleite aus der Konkursmasse herauszuhalten.

Und dann musste sie für zehn Jahre in den Knast. Für ein Verbrechen, das sie nicht begangen hatte. Sie war eines Abends nach Hause in die Wohnung auf dem Kiez gekommen und hatte Johann und Reiner erschossen in der Küche gefunden, die Waffe lag noch auf dem Tisch. Sie verstand in diesem Moment nichts. Blackout. Schockiert starrte sie den Revolver an und nahm ihn an sich, wollte die Polizei rufen, doch die stand bereits vor der Tür. Wer sie gerufen hatte, wusste niemand. Alles ging zu schnell. Sie kam nicht hinterher, erlebte alles wie in Trance, den Prozess, die Zeugen, das Urteil. Als ob sie neben sich stehen würde, alles von außen beobachtete. Selbst eingreifen konnte sie nicht. Der Schock saß tief. Jahrelang begriff sie nichts von dem, was vor sich ging, starrte auf die Wand ihrer Zelle, las nichts, sah nichts und versuchte erst gar nicht, einen Sinn zu finden, den es nicht gab. Nach zehn Jahren wurde sie wegen guter Führung entlassen, aber da war alles zu spät und sie ein kaputter Mensch. Da gab es nichts zu kitten, die Seele ließ sich nicht mehr reparieren.

Niemand glaubte ihr, dass sie unschuldig war.

Sie hatte Hamburg verlassen und lebte seitdem hier auf dem Hof. Kontakt zu Malte Jensen von der Apfelplantage hatte sie nicht, zu dem »Bauern«, wie sie ihn nannte. Am Ende des Deichs gab es noch das ehemalige Gesindehaus, fünfhundert Meter entfernt, Johann hatte es nicht mitgekauft. Vor ein paar Wochen hatte sie zum ersten Mal den jungen Mann mit braunen Haaren gesehen, der mit einem offensichtlich verstörten Hund über den Deich lief. Er schien dort zu wohnen. Gehörte das nicht irgendeinem Anwalt aus Hamburg? Na, ihr sollte es egal sein, solange der Typ hier nicht auftauchte, um sich eine Tasse Zucker auszuleihen.

Bünting und Onken saßen auf dem Küchentisch und starrten sie vorwurfsvoll an. Der Kaffee war lauwarm.

Wie lange hatte sie hier gestanden? Sie schaute auf die alte Wanduhr, es war zehn nach zwei. Verdammte Scheiße, immer diese Aussetzer in letzter Zeit, Filmriss! Vielleicht vertrugen sich die Pillen nicht miteinander, die sie jeden Tag nahm. Jetzt hatte sie auch noch den Anfang von »Rote Rosen« verpasst. Sie nahm die Tasse mit dem lauwarmen Kaffee, schlurfte lautlos auf ihren dicken Wollsocken zurück durch die alte Halle und erschrak sich fast zu Tode. Vor der alten verglasten Eingangstür standen zwei Männer mit einem Hund und eine pummelige Blondine in einem beigen Wollmantel im Regen und schauten sie an.

7 Frisbee

Schoko hatte zwei Stunden lang durch das Fenster auf den Nieselregen gestarrt. Dann war er aufgestanden, zur Haustür gegangen und hatte sich mit dem Rücken zu Tom davor gesetzt. Kein Ton – weder Knurren noch Winseln, kein Blick.

Tom lehnte am großen Eichentisch. Irgendwann musste dieser Hund doch mal ein Zeichen von sich geben oder auf ihn zukommen. Nichts. Er konnte lange warten, das wusste er. Schoko hatte seine eigenen Gesetze und definitiv seinen eigenen Kopf. Das verstand Tom nur allzu gut, ging zur Garderobe, nahm seine Regenjacke und eine Mütze. Die Leine ließ er gleich an der Garderobe. Schoko war definitiv kein Hund, dessen Bewegungsdrang er unterbinden konnte. Als Tom die Gummistiefel anzog, bemerkte er ein kleines Wackeln von Schokos kupiertem Schwanz. Na, immerhin der Anflug einer Gefühlsregung, dachte er und schmunzelte.

Er öffnete die Haustür und der Hund war in Windeseile draußen. Auf dem alten Gartentisch lag eine orangene Frisbeescheibe. Tom hatte sie vor zwei Wochen im Supermarkt in Hemmoor gekauft und nicht erwartet, dass Schoko damit etwas anfangen konnte, doch der Rüde stand schon mit den Vorderpfoten auf dem alten Holztisch und versuchte, die Scheibe ins Maul zu bekommen. Tom schnappte sie sich, und Schoko setzte sich erwartungsvoll auf die Hinterläufe, die Augen gebannt auf sein Spielzeug gerichtet. Tom schmiss es weit ausholend in die Apfelplantage, vorbei an der kleinen Scheune, die neben dem Haus lag, und der Hund hetzte mit erstaunlicher

Geschwindigkeit hinterher. Mühelos fing er die Scheibe im Flug mit der Schnauze, kam zurück und legte sie Tom vor die Füße.

Tom durchquerte den Garten, verließ das Grundstück durch die kleine hölzerne Pforte und ging hoch auf den Deich, der das Haus hier im Bogen des Flusses umgab. Normalerweise schlugen sie auf ihren morgendlichen Rundgängen den Weg nach rechts in Richtung Osten ein, einem kleinen Dorf sieben Kilometer entfernt. Dort gab es einen Fleischer und eine Bäckerei für das Nötigste.

Doch an diesem Mittag wollte Tom in das näher gelegene Dorf laufen. Dort gab es einen Rentner, der Fahrräder instand setzte und verkaufte. Das Wetter konnte ja nicht immer so bleiben, und er wollte gerne die Gegend mit dem Rad erkunden, sobald es trockener werden würde.

Tom lief auf dem vermatschten Deich und versuchte, nicht auf dem nassen Gras auszurutschen. Gott sei Dank waren heute keine Schafe zu sehen, die immer hysterisch auseinanderstoben, sobald sie Schoko nur sahen. Den interessierte das herzlich wenig, er beobachtete Tiere lieber im Fernsehen. Im Moment war er nur mit seinem neuen Spielzeug beschäftigt, das Tom immer wieder werfen musste. Der Wind war stark und einmal wäre das Frisbee beinahe im Fluss gelandet. Nach zehn Minuten waren die beiden an dem alten Hof angelangt, der jetzt links neben ihnen am Deich lag.

Tom hatte das alte Gebäude noch nicht aus der Nähe inspiziert. Er hatte bisher angenommen, das Haus sei unbewohnt, da er nie jemanden dort gesehen hatte. Es war ein imposantes Anwesen, bestehend aus einem alten Haupthaus mit tief gezogenem Reetdach, einem Nebenhaus, wahrscheinlich einem ehemaligen Stall, und einer imposanten Scheune. Aber selbst aus der Distanz von etwa sechzig Metern konnte Tom erkennen, dass lange nichts an dem Haus gemacht worden war. Die Stare hatten das Stroh aus dem Dach gezupft, die Hecke des Bauerngartens schien seit Jahren nicht beschnitten worden zu sein, an den Fenstern blätterte die Farbe ab und Efeu rankte sich wild wuchernd um die Südfassade. Eigentlich ein wunderschönes altes Anwesen, man müsste allerdings viel Arbeit in eine Instandsetzung investieren, dachte er. Besonders im Garten. Umgeben wurde das Gebäude von uralten Bäumen, die bis zu vierzig Meter hoch waren. Eine Efeuhecke verbarg fast den Blick vom Deich aus auf die Fenster der Wohnräume. Eine alte Kastanie auf der Nordseite des Hauses war gespalten und bog sich gefährlich auf das Dach. Da musste vor einiger Zeit ein Blitz eingeschlagen haben. Daneben hohe Goldregen- und Ginstersträucher, die bereits anfingen zu blühen. Auch Bärlauch entdeckte er, ein kleines Feld wucherte neben dem Bauerngarten, umgeben von alten Tannen.

Tom ging weiter über den rutschigen Deich und vergaß Schoko und das Frisbee. Das Haus faszinierte ihn. Es wirkte fast wie das verwunschene alte Gemäuer aus einem alten Hollywood-Gruselklassiker. Es war schon seltsam, dass er an die Wurzeln seiner Familie zurückkehrte und dabei ganz in der Nähe des Ortes ankam, aus dem Wilhelm Morten vor über einem Jahrhundert geflohen war. Vielleicht fühlte er sich deswegen so verbunden mit dem hohen Norden, mit dieser kargen rauen Landschaft, die nichts Anbiederndes hatte, nichts Liebliches. An die man sich anpassen musste, genau wie an ihre Bewohner.

Beinahe wäre er über Schoko gestolpert, der aufmerksam vor ihm stand und das Frisbee in der Schnauze hatte. Himmel, dieser Hund machte ihn wahnsinnig, konnte er nicht einmal bellen oder irgendeinen Ton von sich geben? Tom sah Schoko an, der Hund starrte zurück. Das konnte ja eine lustige Beziehung werden. Tom nahm das Frisbee und schleuderte es mit aller Kraft von sich, ohne darauf zu achten, wohin die Scheibe flog, und der Hund zischte hinterher.

Auf der Ostseite des Hauses sah er jetzt das hölzerne, grün gestrichene Scheunentor in Bogenform, das zur ehemaligen Tenne führte, oben die alten Schriftzeichen, die Tom aus der Entfernung nicht erkennen konnte. Das Anwesen musste aus dem späten 18. Jahrhundert sein, aber die Elemente und die Zeit hatten volle Arbeit geleistet. Vor dem Tor stand ein Auto. Das war doch ein Renault, ein R4 als Kastenwagen! Tom liebte alte französische Autos. In La Salle gab es nur Fords und Chevrolets. Der R4 war für ihn immer ein Relikt aus Claude-Sautet-Filmen, aus dem Romy Schneider oder Catherine Deneuve ausstiegen, um sich Michel Piccoli an den Hals zu werfen. Er erinnerte sich, wie mühsam es gewesen war, vor der Digitalisierung in den Neunzigerjahren französische Filme zu finden.

In dem alten Gebäude schien also doch noch jemand zu leben. Jemand, der Toms Vorliebe für französische Oldtimer teilte. Zwischen Haupthaus und Scheune befand sich ein kleines Gebäude, ebenfalls efeuumrankt. Früher wahrscheinlich ein Stall für Schweine oder Ziegen. Er ging etwas weiter und sah einhundert Meter rechts vom alten Hof entfernt ein anderes Haus. Es war ein Klinkerbau aus den Achtzigerjahren. Dort wohnte Malte Jensen, der Apfelbauer, der die Plantage seit Jahren bewirtschaftete. Tom hatte ihn neulich auf seinem Spaziergang getroffen und kurz mit ihm gesprochen. Eine riesige neue Halle stand gleich neben dem Wohnhaus, offensichtlich für die Kühlung der Äpfel und die Saftproduktion. Alles ordentlich, gepflegt!

In diesem Moment peitschte ihm eine steife Brise um die Ohren und es fing wieder an zu regnen. Er schaute auf sein Handy. Es war kurz nach 13 Uhr und zu spät für den Besuch beim Fahrrad-Opa, der ungern auf seine Mittagsruhe verzichtete, wie er am Telefon gesagt hatte. Tom schaute auf und pfiff auf den Fingern nach Schoko. Warum saß der Hund im nassen Gras vor dem Stumpf eines abgesägten Baums, der etwa eineinhalb Meter aus dem Erdboden ragte? Schoko war nur fünfzig Meter von ihm entfernt und gewiss nicht taub, aber er bewegte sich keinen Zentimeter und saß wie gebannt vor dem Baumstumpf. Was war denn los? Endlich drehte sich der Hund um, legte den Kopf leicht schief in den Nacken und bellte laut und kehlig. Scheiße, dachte Tom, da stimmt was nicht. Er rutschte auf seinen Gummistiefeln den Deich runter und sprang über den halbhohen Zaun. Als er näher kam, sah Tom, dass der abgesägte Baum hohl in der Mitte war. Anscheinend war das Frisbee da reingeflogen, aber warum machte Schoko so ein Theater? Er hatte in den ganzen Wochen, seitdem sie zusammenlebten, nicht gebellt.

»Ist ja gut, Dicker, ich hol dir dein Frisbee schon wieder raus, keine Angst.« Schoko blickte wieder auf den großen, abgesägten alten Baumstumpf.

Tom stellte sich auf die Zehenspitzen und stemmte sich hoch, auf den Rand des alten Baumstumpfs. Das Loch in der Mitte maß circa einen Meter im Durchmesser und war fast zwei Meter tief. Wahrscheinlich hatte der Blitz eingeschlagen und man hatte den Baum daraufhin absägen müssen. Im ersten Moment konnte Tom nicht genau erkennen, was auf dem dunklen Boden lag. Er nahm sein Handy und machte die Taschenlampe an. Die orangene Frisbee-Scheibe strahlte ihm entgegen. Sie lag flach auf dem zusammengekrümmten Körper einer Frau, die ihn aus leblosen Augen anstarrte, den Mund weit geöffnet. Zwischen ihren schiefen, vergilbten Zähnen konnte Tom die blaue Zunge erkennen, die weißlich belegt war.

8 In der Borke

Babette starrte vor sich hin, ihr Handy seit Minuten verkrampft in der linken Hand haltend. Sie wippte ungeduldig mit dem rechten Fuß. Heiko kannte sie nur zu gut, seit sechs Jahren arbeiteten sie zusammen. Jetzt bloß nichts Falsches sagen, dachte er, sonst musste er ihre miese Laune noch tagelang ertragen und darauf hatte er überhaupt keine Lust.

Babette war nicht schlecht in ihrem Job, hatte einige Erfolge vorzuweisen, aber eine Kommissarin mit Spürsinn war sie nicht. Sie hatte den Job durch die Beziehungen ihres Vaters bekommen, des ehemaligen Leiters der Polizeiinspektion Stade. Kaschmirmantel und Pumps bei einem Einsatz? In dieser Gegend? Bei diesem Wetter? Heiko zog beide Augenbrauen nach oben. Zugegeben, wer hätte heute Morgen bei der Dienstbesprechung mit dem Fund von zwei Leichen gerechnet? Heiko bestimmt nicht und Babette wohl am allerwenigsten. Sie hatte am Nachmittag einen Termin mit dem Staatsanwalt wegen eines ungeklärten Mordfalls, der lange zurücklag, und hatte sich deswegen besonders sorgfältig herausgeputzt. Aber nicht, dass sie jemals in Jeans und Boots zum Dienst erschienen wäre.

Nach dem Anruf von der Baustelle im Wilden Moor heute Vormittag waren die beiden in Babettes altem Mercedes zum Fundort gefahren, um dort nicht nur eine halb verweste Leiche in einem Müllsack zu finden, sondern auch noch Babettes alte Schulfreundin Frauke Schlichting ohnmächtig aus dem Schlamm zu ziehen. Besser gesagt, Heiko hatte das getan, Babette machte sich selten die manikürten Hände schmutzig. Die Drecksarbeit überließ sie ihm. Assistent, Lakai, zweite Riege. Er wusste, was sie von ihm hielt.

Dann kam der nächste unerwartete Anruf an diesem verregneten ersten April. Die Zentrale meldete, dass jemand die Leiche einer Frau in einem Nachbarort gefunden hatte. In einem Baumstumpf. Wie um alles in der Welt sollte das gehen, wer hatte sie dort hineingestopft und wie fand man eine Leiche an einem solchen Ort?, fragte sich Heiko.

Er strich sich durch seine blonden Locken und klemmte eine lange Strähne hinter sein linkes Ohr, eine nervöse Angewohnheit seit seiner Kindheit, wenn es spannend wurde. Er war 38 Jahre alt, kam selbst aus Agathenburg, einem Vorort von Stade, wo seine Eltern bis heute einen alten Apfelhof bewirtschafteten.

Sein Vater war nicht erfreut gewesen, als Heiko ihm mitgeteilt hatte, den Hof nicht übernehmen zu wollen. Er wollte zur Polizei, er wollte zur Kripo. Das faszinierte ihn damals und tat es immer noch. Er liebte seinen Job, und Gott sei Dank liebte sein Vater ihn, denn es hatte keine ernsthaften Auseinandersetzungen gegeben. Auch nicht, als er seinen Eltern gesagt hatte, dass er schwul sei. Sein Vater hatte mit den Achseln gezuckt, seine Mutter hatte ihn besorgt angeschaut und damit war das Thema gegessen. Die Menschen hier in der Gegend machten nicht viele Worte und seine Eltern erst recht nicht. Sie liebten ihn, sagen mussten sie es nicht.

Heiko und Babette fuhren jetzt durch die Ortschaft Neuland. Bei zwei Leichen an einem Tag konnte Babette sich nicht herausreden, da musste sie mit! Der Fundort der Leiche lag abgelegen von der Hauptstraße in einer Apfelplantage. Schweigend fuhren sie durch das kleine Dorf. Es hatte eine Tankstelle, eine Kirche und einen

Gasthof, der seit Jahren geschlossen war. Das wars. Mittagsstunde. Auf der Straße war kein Mensch zu sehen.

Am Ortsausgang führte die Straße in einem scharfen Rechtsbogen zur B 495. Heiko fuhr weiter geradeaus. Vor ihnen lag eine alte Allee, links und rechts Gräben, Wiesen, Bäume. Im Sommer bestimmt wunderschön!

Idyllische Szenerie für eine Leiche, dachte Heiko, während er in die Allee einbog. Nach fünfhundert Metern sahen sie ein altes Holzschild: *ÄPFEL*. Daneben ein neues Schild mit der Aufschrift *Demeter* und etwas kleiner darunter, in altdeutscher Schrift, *Äpfel und Säfte*. Er fuhr links in den alten, ungeteerten Feldweg rein, das Auto schaukelte bei jedem Schlagloch.

Himmel, also asphaltieren hätten sie den langen Weg wirklich können, typisch Ökobauer, dachte Babette, die auf der ganzen Fahrt keinen Ton von sich gegeben hatte. Nach einer endlos langen Schaukelei machte der Feldweg eine Kurve und sie standen vor einem verschlossenen Gatter. Heiko stieg aus dem Auto und versuchte, einigermaßen trockene Schuhe zu behalten. Seine Gummistiefel hatte er im Kofferraum seines Wagens vergessen, das noch an der ersten Fundstelle im Wilden Moor stand. Definitiv ein Fehler! Er öffnete das quietschende Gatter, stieg wieder ins Auto und zuckte mit den Schultern, als er Babettes vorwurfsvollen Blick sah.

»Was soll ich machen? Ich kann nicht übers Wasser laufen, wie du weißt. Keine Angst, der Fußboden trocknet schon wieder.«

Ihr Handy klingelte. Sie verdrehte die Augen, als sie sich meldete: »Petersen!« Sie zog die Vokale in ihrem quengeligen Tonfall in die Länge. Genervt hörte sie der Stimme am anderen Ende zu. »Ja, natürlich brauchen wir Verstärkung. Ich habe bereits vier Beamte an der Fundstelle im Wilden Moor, und einen Notarzt, da eine

Zivilistin in Ohnmacht gefallen ist. Also schicken Sie gefälligst einen Streifenwagen und einen Leichentransport zur neuen Fundstelle. Heiko, wie heißt die Straße noch mal? Was sag ich da, Straße!« Sie rümpfte die Nase. »Es ist nur ein Feldweg. In der Borke heißt er. Und wenn Sie Frau Römer erreichen sollten, sie soll mitkommen. Es wird sich ja wohl keiner freiwillig zum Sterben in einen Baumstumpf legen. Eine Rechtsmedizinerin am Fundort scheint mir also sinnvoll. Wir sind gleich da.«

Ungeduldig hörte sie auf die Fragen am anderen Ende der Leitung. »Nein, Frau Sievers, ich denke, ein Streifenwagen genügt. Der Mörder wird wohl nicht am helllichten Tag auf dem Grundstück rumlaufen oder neben der Leiche im Baumstumpf hocken.«

Gisela Sievers war die gute Seele der Polizeiinspektion Stade und arbeitete dort als Sekretärin beim FK 1. Sie war schon über sechzig, eine Quasselstrippe, und hatte immer ein offenes Ohr für jeden. Ihre Vorliebe für selbst gestrickte Handschuhe und Mützen war bekannt. Babette mochte sie nicht, aber Frau Sievers gehörte zum Inventar und hatte bereits für Babettes Vater gearbeitet.

Heiko fuhr weiter und sie konnten jetzt den Hof und das alte Gebäude links daneben sehen.

»Ich stelle mal auf Lautsprecher. Heiko wird mithören. Erzählen Sie bitte kurz, was uns erwartet und wem das Grundstück gehört.«

Gisela Sievers räusperte sich und sprach wie immer mit ruhiger und freundlicher Stimme: »Hallo, Heiko, also, der Anruf kam vor dreißig Minuten von einem gewissen Thomas Morten. Er hat die Leiche gefunden, als er mit seinem Hund spazieren war. Er wohnt ebenfalls *in der Borke* am Ende des Deiches in einem alten Gesindehaus, der Besitzer ist ein Hamburger Anwalt. Herr Morten hat es vor einigen Wochen gemietet. Die Apfelplantage gehört

Malte Jensen, aber die Leiche wurde in einem Baumstumpf gefunden, der zu einem Einliegergrundstück auf der Plantage gehört. Es ist das alte Fachwerkhaus, die Besitzerin ist eine gewisse Clara Jolcke, soviel ich in Erfahrung bringen konnte. Sie hat einen alten R4, der auf ihren Namen zugelassen ist. Frau Jolcke ist Jahrgang 1950 und lebt seit Ende des Jahres 1995 in dem Altbau.« Sie stockte. »Oh Mann, das gibt's doch nicht!«

Heiko fuhr jetzt nach links und sah den großen Baumstumpf. Daneben einen Mann in Regenmantel und Mütze und einen durchnässten Hund. Das musste Thomas Morten sein.

Babette ballte die linke Faust. »Und? Was gibt es sonst noch Wichtiges? Um Himmels willen, was hat Ihnen denn jetzt die Sprache verschlagen?«, schnauzte sie Gisela an.

»Ich glaube, Sie sollten doch mehr Verstärkung anfordern. Clara Jolcke hat zehn Jahre in Haft gesessen, wegen eines Doppelmordes.«

9 Asta

Sie schrie, so laut sie konnte. Die Schmerzen waren fast nicht auszuhalten. Seit Stunden lag sie nun auf dem Heu und wartete auf Erlösung. Aber immer wieder schüttelten neue Wellen ihren kleinen, schmalen Körper. Sie wünschte, sie wäre tot. Wut stieg in ihr hoch, denn es war ihre eigene Schuld, dass sie an diesem Abend des 11. Mai 1925 machtlos im Stall lag und sich die Seele aus dem Leib schrie.

Das Drama hatte vor einem Jahr begonnen. Sie, die mittellose Waise ohne Familie, war stolz, die Stelle als Magd bekommen zu haben. Der Pfarrer hatte ihr die Arbeit auf dem großen Anwesen verschafft. In den ersten Tagen hatte sie Angst, dass alles nur ein Traum war, denn der Hof lag in der Nähe der neuen Villa, die sich der Direktor der riesigen Fabrik bauen lassen hatte. Fast zweitausend Menschen arbeiteten dort. Aus der großen Baugrube legte sich eine hauchdünne graue Schicht über alles.

Der Hof versorgte die Anwesen des Direktors und der höheren Angestellten, deren Häuser in unmittelbarer Umgebung lagen. Sie melkte Kühe, mistete die Ställe aus, holte Eier, wusch die Wäsche, machte das Frühstück und war mehr Hausangestellte als Magd. Der Frühling war warm, und sie arbeitete oft im Garten, der gleich neben der Auffahrt zur Villa lag.

Im Juni sah sie ihn zum ersten Mal. Sie wusste nicht, was Liebe war, aber ihr Herz zog sich jedes Mal zusammen, wenn er im Automobil vorbeifuhr oder morgens ausritt. Natürlich sprachen sie nicht miteinander. Wenn er sie sah, lächelte er manchmal.

An einem Augusttag hatte sie frei und ging mit Inga, der anderen Magd, zur Filmvorführung. Durch die Fabrik gab es so viele neue Familien und Arbeiter in der Gegend, dass man einmal in der Woche im Gemeindesaal einen Film zeigte. Dort sah sie zum ersten Mal Asta Nielsen in einem Film mit dem Titel »Rausch«. Die Bilder verankerten sich tief in ihrem noch kindlichen Geist. Sie war achtzehn Jahre alt.

Nach der Ernte im September gab es ein großes Fest. Auch die Arbeiter vom Hof waren in den Garten der Villa eingeladen. Sie trank zum ersten Mal Wein, sah ihn aus der Nähe. Gegen Mitternacht torkelte sie zurück auf den anliegenden Hof, die Kühe mussten um fünf gemolken werden. Er war ihr gefolgt und alles ging schnell, es war wie im Traum und tat ihr, die Sinne vom Wein benebelt, nicht weh. Als der Wecker klingelte, konnte sie ihn noch schmecken und wusste, dass es passiert war. Sie sah ihn zwei Mal in den nächsten Tagen, doch er schaute zur Seite.

Mitte Oktober reiste er ab und im Januar wusste sie, dass sie sich umbringen musste. Was sollte sie tun? Keine Familie, keinen Halt, keinen Mann und bald von allen verachtet, die sie umgaben. Die Bäuerin hatte jedoch Erbarmen mit ihr und setzte sie nicht auf die Straße, aber sie blieb die letzten Monate nur im Haus und verließ den Hof nicht mehr. Sie war klein und zart, trug riesige Blusen und eine große Schürze, sodass es den meisten kaum aufgefallen war.

Erneut verkrampfte sich alles in ihr, und die Schmerzen waren so groß, dass sie glaubte, zerrissen zu werden. Irgendwann war es dann vorbei. Keiner hatte sie darauf vorbereitet, wie es sich anfühlen würde, ein Kind zu gebären. Mit einem letzten Schrei und dem Rest ihrer Kraft presste sie das Baby aus sich heraus und wünschte, es wäre tot. Die Bäuerin klopfte dem blutverschmierten Bündel kräftig auf den Hintern, das Baby schrie aus voller Lunge. Sie legte es Minna auf den Bauch und das kleine Wesen schaute sie erwartungsvoll an. Ein Hauch von Hoffnung durchzog ihr dunkles Gemüt.

»Und, wie soll sie denn nun denn nun heißen?«, murmelte die Bäuerin und wusch sich die blutverschmierten Hände. Irgendwo blökte ein Schaf. Minna sah ihre Tochter an, der sie nichts geben konnte als einen Namen. »Asta, wir nennen sie Asta.«

10 Barfuß im Regen

Toms Mütze war vollkommen durchnässt, das Wasser tropfte an ihm herunter. Schoko saß vor ihm und sah ihn vorwurfsvoll an. »Ich kann auch nichts für das Wetter, Dicker! Immer noch besser als das Tierheim oder die Wurstfabrik!«

Sein Magen knurrte. Mittagszeit verpasst! Schoko drehte sich um und wandte ihm den nassen Rücken zu. Tom zuckte mit den Achseln und wünschte, er hätte einen Schirm mitgenommen, aber wer erwartete schon eine Leiche zum Dessert nach einem Mittagessen, das er noch nicht hatte? Der Tag gestaltete sich anders als erwartet. Das hatte doch nur ein kleiner Spaziergang werden sollen. Plötzlich vermisste er Berlin, sein Atelier, den Ton in seiner Hand, der etwas Neues formen konnte.

»Geh aufs Land, hol Zigaretten, mach Pause, finde dich selbst, dann wird die Kreativität schon wiederkommen.« So ein Quatsch. Jetzt stand er hier in der Einöde, nass bis auf die Knochen, und es war bestimmt nicht die Muse, die ihn küsste. Diese Leiche im Baumstumpf! Erstaunlich, dass der Baum im Wurzelbereich fast zwei Meter tief ausgehöhlt war. Konnte das wirklich durch einen Blitz geschehen sein? Was wusste er von Naturgewalten? Besser die Frage: Warum musste ausgerechnet er sie finden? Wer war sie? Die Frau musste um die fünfzig gewesen sein. Ihre billige Kleidung war nass, die flusigen blonden Haare nicht mehr als eine klebrige Masse rund um das aufgedunsene Gesicht. Die Zunge war dick aufgequollen und weiß belegt, die glasigen Augen starrten ins Leere. Ein kleiner Schnitt auf ihrer Wange. Blut war ansonsten nicht zu sehen. Wer hatte sie in dieses Loch gesteckt? Und warum? Vor zwanzig Minuten hatte er die Polizei angerufen. Er solle an der Fundstelle bleiben, wurde ihm gesagt, sie würden sofort jemanden schicken.

Tom sah den alten Mercedes durch das Gatter am Ende des Weges kommen und den aufgeweichten, matschigen Weg entlangschlingern. Da waren wohl schon Sommerreifen drauf. Sommer, ein seltsames Wort in diesem Moment. Lichtjahre entfernt. Der Wagen hielt zehn Meter vor ihm. Tom hatte mit Streifenwagen, Unfallwagen, viel Licht und Aufregung gerechnet. Typisch amerikanisch dachte er. Du bist eben nicht mehr in New York, mein Freund!

Am Steuer saß ein attraktiver blonder Mann in Toms Alter, auf dem Beifahrersitz eine pummelige, offensichtlich schlecht gelaunte Blondine mit Pagenkopf. Sie sprach mit dem Fahrer und beobachtete Tom wie ein lästiges Objekt, hielt plötzlich ihr Handy ans Ohr, redete sichtlich genervt auf den Anrufer ein und rollte mit den Augen.

Der Fahrer stieg aus und kam auf Tom zu. Seine Sneakers waren dreckig vom Matsch. Er streckte die Hand aus: »Moin, Heiko Degen, Kripo Stade. Sind Sie Thomas Morten?«

Schoko rührte sich nicht, während Tom dem Kommissar die Hand reichte: »Yep, das bin ich. Das ging aber schnell!« Er deutete Richtung Mercedes und schaute Heiko Degen fragend an.

»Der Rest der Belegschaft sollte gleich eintreffen. Wir kommen gerade von einem Einsatz. Die Dame im Auto ist Hauptkommissarin Babette Petersen, meine Chefin. Sie zieht es vor, im Trockenen zu bleiben.« Er verzog den Mund. »Sie sind nicht aus der Gegend, nehme ich an?«

Tom verneinte. »Meinen amerikanischen Akzent kann ich nicht verleugnen. Ich habe das Haus unten am Ende des Deichs vor ein paar Wochen gemietet.«

»Ihr Hund?«

Tom nickte, Schoko behielt sein Pokerface bei und blieb sitzen.

»Und, wo ist die Leiche?«

»Gleich da vorne.« Tom führte ihn zum Baumstumpf. Heiko streifte sich Handschuhe über und inspizierte vorsichtig den Fundort. Es war nicht viel zu erkennen, außer den Abdrücken von Toms Gummistiefeln gab es keine weiteren Spuren. Die Frau musste schon einige Tage im Baumstumpf liegen, so wie sie aussah. Zwei Mordopfer an einem Tag. Mehr als im letzten Jahr im ganzen Landkreis.

In diesem Moment hörten sie die Einsatzfahrzeuge kommen. Auch ein Transportwagen war dabei, die Sirenen waren nicht eingeschaltet. Dies ist wirklich nicht New York, dachte Tom.

»Ich war auf meinem Spaziergang mit Schoko, die Frisbeescheibe ist in den hohlen Baumstumpf geflogen, so habe ich die Leiche entdeckt.« Tom wartete in sicherem Abstand.

»Kennen Sie die Frau zufällig? Sind Sie ihr hier schon einmal begegnet? Oder haben Sie zufällig irgendjemand gesehen, seitdem Sie hier warten? Drüben im Haus? Oder vom Apfelhof nebenan?«

»Heute Morgen noch nicht. Ich bin davon ausgegangen, dass das alte Haus unbewohnt ist. Wie gesagt, ich lebe erst seit ein paar Wochen hier. Und Malte Jensen, dem Bauern, bin ich vor ein paar Tagen das letzte Mal begegnet. Aber vielleicht ist das alte Gebäude doch bewohnt, es steht ja auch ein Auto davor. Und was die Dame im Baum betrifft: Ich habe keine Ahnung, habe sie nie zuvor gesehen.«

»Ja, natürlich, entschuldigen Sie. So häufig finden wir hier in der Gegend keine Leiche«, entgegnete Heiko. Nervös strich er sich die inzwischen vom Regen durchnässten Locken aus dem Gesicht und schaute in Richtung des alten Bauernhauses.

»Dort wohnt Clara Jolcke, der Baum steht auf ihrem Grundstück, der werden wir gleich mal einen Besuch abstatten.«

Tom sah Heiko interessiert an. »Na, das wäre doch eine Gelegenheit, meine Nachbarin kennenzulernen. Und ich müsste langsam mal raus aus diesem Regen, sonst ertrinke ich noch.«

Ein schlechter Witz, aber Heiko schmunzelte trotzdem. Ein fremder Mann, Amerikaner und auch noch attraktiv. Und das in dieser gottverlassenen Gegend. Die Einsatzfahrzeuge hielten jetzt neben dem alten Mercedes, die Beamten stiegen aus und schauten Babette erwartungsvoll an.

Sie ließ die Scheibe zur Hälfte runter. »Heiko, die Männer sollen anfangen, hier alles abzuriegeln und die Spuren zu sichern. Hat jemand einen Schirm dabei? Wir müssen zu Clara Jolcke. Scheiß erster April.«

Sie kurbelte die Scheibe wieder hoch. Schoko stand auf, lief auf das alte Gebäude zu und verschwand im schmalen Mittelgang zwischen Hauptgebäude und dem kleineren Gebäude, das früher mal ein Stall gewesen sein mochte.

11 Petras unerwartete Rückkehr

Clara überlegte kurz, ob sie aufmachen oder einfach weiter ins Wohnzimmer gehen sollte. Sie erwartete keinen Besuch. Hätte sie bloß damals die alte Holztür gelassen, aber nein, es musste ja mehr Licht in den dunklen Bau und eine breite Glastür wurde eingebaut. Da hatte sie noch das nötige Kleingeld. Sie wusste, wo Johann das Schwarzgeld im kleinen Haus nebenan gebunkert hatte.

Die Tür befand sich an dem schmalen Gang, der das Haupt- von dem kleineren Nebenhaus trennte, reinschauen konnte man nicht, außer jemand stand direkt vor der Glasscheibe. Normalerweise hing im Winter ein dicker Wollvorhang davor, es zog bei Kälte durchs ganze Haus. Aber vor zwei Wochen hatte Petra ihn abgenommen, als sie das letzte Mal hier war. Clara wollte ihn waschen, doch der alte Vorhang war so verfilzt und hätte wahrscheinlich die altersschwache Waschmaschine vollkommen ruiniert. Also legten sie ihn in die Abstellkammer rechts neben der Eingangstür, wo er sein Dasein mit altem Weihnachtsschmuck, dem Staubsauger und den Putzutensilien fristen durfte. Clara schmiss nichts weg. Man konnte nie wissen.

Früher hatten die Bewohner die Tenne als Eingang genutzt, aber sie kam meistens von der Deichseite ins Haus, da zog sich das Reetdach tiefer und sie wurde nicht nass bei dem ständigen Regen, wenn sie mal das Haus verließ. Nur wenn sie mit dem Auto fuhr, ging sie durch die Tenne.

Sie stand immer noch mitten in der Halle, mit der Kaffeetasse in der Hand, und schaute die ungebetenen Gäste vor der Tür an. Wer war das? Was wollten die von ihr? Hier kam selten jemand vorbei, nicht einmal der Postbote, er steckte alles in den großen Briefkasten am Wegrand. Sie wusste, dass die Menschen im Dorf sie mieden, und selbst die Halbstarken hatten seit Jahren keine Fensterscheiben mehr eingeschlagen. Fast ein Vierteljahrhundert lebte sie hier draußen. Vergessen hatte niemand im Umkreis, wer hier wohnte, aber man ließ sie in Ruhe. Sie galt wohl inzwischen als alte Frau, vor der keiner mehr wirklich Angst haben konnte. Wenn die wüssten!

Eine blonde Frau mit Pagenkopf und ein Mann mit blonden Locken, dahinter ein durchnässter Typ mit Dreitagebart, der auch noch einen Hund im Schlepptau hatte. Na bravo. Bünting und Onken würden ihren Spaß haben. Clara stellte ihre Kaffeetasse auf den alten Holztisch und schlurfte durch die große Diele. Jetzt verpasste sie auch noch den Rest der Sendung und morgen durfte sie dann raten, was passiert war, und kam nicht so schnell ins Geschehen. Mist! Der Regen wurde stärker und prasselte auf die ungebetenen Besucher. Die würden ihr jetzt die Halle versauen, sie hatte gestern erst gewischt. Petra war Freitag nicht gekommen und so musste sie es notgedrungen selbst machen. Sie öffnete die Tür und starrte die Fremdlinge wütend an.

»Was gibts?«, bellte sie kurz.

»Guten Tag, sind Sie Clara Jolcke?«, fragte die gestylte Blondine und versuchte, mit ihrer Tasche über dem Kopf den Regen abzuhalten. Clara nickte kurz und machte keine Anstalten, die drei in die Halle zu lassen. Zeugen Jehovas konnten es nicht sein, die hatten selten einen Hund dabei. Der Regen schlug ihr entgegen und sie ging einen kleinen Schritt zurück.

Die Blondine räusperte sich, legte den Kopf leicht zur Seite und sah Clara genervt an. »Frau Jolcke, entschuldigen Sie die Störung, aber es ist wichtig. Haben Sie einen Moment Zeit?«

Clara nickte erneut und sagte nichts.

»Vielleicht könnten wir kurz hereinkommen? Ich bin Kommissarin Petersen, FK 1, Polizeiinspektion Stade, das ist mein Mitarbeiter Heiko Degen.«

Clara verzog keine Miene. Polizei. Sie blieb wie angewurzelt stehen, ihre Nackenhaare stellten sich auf. Am liebsten hätte sie ihnen die Tür vor der Nase zugeschlagen. »Können Sie sich ausweisen?«

Babette behielt die Fassung, wäre aber am liebsten ins Haus geplatzt, so wütend war sie. Sie zog den Ausweis aus ihrer Manteltasche und hielt ihn der Frau vors Gesicht.

Clara inspizierte ihn langsam. Dann schaute sie Heiko an.

»Entschuldigen Sie bitte.« Er zeigte der Frau seinen Dienstausweis.

Sie verzog keine Miene. »Und der da?«

»Das ist Thomas Morten, ihr Nachbar.« Babette blieb ruhig, denn sonst würde sie nie aus diesem gottverdammten Regen ins Haus kommen.

Tom sah die ältere Frau mit einem um Verzeihung bittenden Lächeln an. »Ich habe leider keinen Ausweis dabei. Ich war gerade mit Schoko auf dem Deich spazieren. Ich hoffe, Sie entschuldigen.«

Sie schaute den Hund an. Schoko wich ihrem Blick nicht aus. Er legte den Kopf etwas zur Seite und wartete geduldig. Zumindest der Hund hatte Manieren, dachte Clara, drehte sich um und ging in die Halle.

»Na, dann kommen Sie rein und ziehen Sie Ihre Schuhe aus. Ich habe gestern die Halle gewischt.«

Tom schaute Schoko an: »Tja, Dicker, du hast Glück, dass du barfuß bist.«

Sie betraten die Halle. Der Raum war riesig und hatte eine Deckenhöhe von mindestens vier Meter fünfzig. Auf der linken Seite stand ein großes altes Sofa, daneben ein Sessel, ein schmaler Couchtisch, an den Wänden Bilder und Fotografien. Über dem Sofa ein riesiges Gemälde aus dem letzten Jahrhundert, Tom blieb fasziniert davor stehen. Der Maler hatte die einzigartige Schönheit des alten Gebäudes erkannt. Der Himmel darüber war dunkel, ein runder, gelber Vollmond füllte die rechte Ecke des Bildes aus. Alles in klaren, starken und kurzen Pinselstrichen erfasst, eine Arbeitsweise, die ihn an van Gogh erinnerte.

Das diffuse Licht an diesem regnerischen Nachmittag verstärkte die Faszination des Raums. Gegenüber der Couch war ein großer Kamin, wie so oft in den Hallen der alten Höfe dieser Gegend. Auf der rechten Seite sah Tom drei kleine Türen. Zwei waren geschlossen, aus dem mittleren Raum drangen Stimmen. Schoko lief darauf zu, aber Clara stellte sich ihm in den Weg und schaute ihn nur an. Der Hund setzte sich und wich ihrem Blick nicht aus. Sie streichelte kurz seinen Kopf. Am Ende der Halle stand ein großer alter Eichentisch mit acht unterschiedlichen Stühlen, darüber eine alte Lampe, die ein milchiges Licht verströmte.

Clara wies auf die Stühle. »Nehmen Sie Platz!«

In diesem Moment kamen Bünting und Onken aus der Küche in die Halle. Bünting sprang auf den Tisch und blieb sitzen. Onken ging geradewegs auf Schoko zu. Tom rutschte das Herz in die Hose, denn er hatte keine Ahnung, wie der Hund reagieren würde. Der Kater schnüffelte an Schokos Pfote und rieb sich dann an ihm, schnurrte behaglich. Schoko verzog keine Miene. Clara strich ihm erneut über den Kopf. Dann sah sie Tom an.

»So, Sie sind also der neue Mieter des Gesindehauses. Habe Sie noch gar nicht gesehen.«

»Frau Jolcke, darf ich um Ihre Aufmerksamkeit bitten, wir sind nicht zum Kaffeeplausch gekommen.« Babette schüttelte ärgerlich den Kopf, und das Wasser aus ihren Haaren tropfte auf den Hallenboden.

Der Anflug von Freundlichkeit verschwand augenblicklich aus Claras faltigem Gesicht. Ihre kurzen weißen Haare, die sie sich offensichtlich selbst schnitt, standen am Hinterkopf ab. Die ausgebeulte alte Jogginghose hing locker auf den schmalen Hüften, darüber ein alter grauer Wollpullover. Sie nahm einen Schluck aus der Kaffeetasse und lehnte sich an eine alte Stiege. Tom bemerkte erst jetzt, dass zwischen dem Kamin und dem Fernsehzimmer eine schmale, sehr steile dunkle Leiter nach oben in einen weiteren Raum führte. Erkennen konnte er nichts, die Tür war halb geschlossen.

»Frau Jolcke, haben Sie in den letzten Tagen irgendetwas Außergewöhnliches auf Ihrem Anwesen bemerkt? Personen, Fahrzeuge, ungewohnten Lärm?« Babettes Ton war unfreundlich.

Clara legte die Stirn in Falten. »Bis auf den Lärm, den Bauer Jensen hier täglich veranstaltet, habe ich nichts gehört. Vielleicht sollten Sie den mal fragen, der bekommt mehr mit als ich. Ich verlasse bei diesem Wetter selten das Haus. Was soll die Frage? Warum sind Sie hier?« Sie verschränkte die Arme und bleckte die Zähne.

Tom kam es fast vor, als fletschte sie ihr Gebiss. Was für eine interessante Frau, dachte er. Wie aus einem Film von Hitchcock! Mit der wollte er lieber in guter Nachbarschaft leben.

Heiko lenkte ein. »Frau Jolcke. Herr Morten hat heute Mittag in einem Baum, der zu Ihrem Grundstück gehört, den Leichnam einer Frau gefunden. Deswegen sind wir hier.«

Clara ging langsam zum Tisch, Schoko folgte ihr. Sie setzte sich, trank einen Schluck Kaffee und fragte ruhig: »Eine Leiche in einem Baum? Ist sie dort hochgeklettert?«

Babette platzte der Kragen. »Das ist weiß Gott nicht der Zeitpunkt, um Witze zu machen. Es handelt sich um einen alten abgesägten Baum. Die Leiche liegt auf dem Boden des ausgehöhlten Baumstumpfs. Was können Sie dazu sagen?«

Clara hob die Schultern und schaute dann Schoko an. »Rein gar nichts, vielleicht fragen Sie mal bei Bauer Jensen nach, denn soviel ich weiß, gehört der Baum zu seinem Grundstück. Leider! Deswegen hat er ihn auch vor zwei Jahren abgesägt, damit angeblich mehr Licht auf sein Feld kommt. Ich hätte ihn nie abgeholzt, er war weit über hundert Jahre alt, wenn nicht mehr als zweihundert, und wunderschön. Vielleicht ist es seine Leiche.«

»Sie haben Nerven! Sie werden sich wohl denken, warum wir zu Ihnen kommen. Sie sind ja keine Unbekannte bei der Polizei, was Mord betrifft«, zischte Babette.

Tom horchte auf: Keine Unbekannte, was Mord betrifft? Was hatte diese Frau auf dem Kerbholz?

Clara schwieg weiter.

Ein Klopfen unterbrach die Stille. Ein Polizist in Uniform stand vor der Tür. Ohne zu warten, trat er ein und kam mit seinen schlammbeschmutzten Stiefeln durch die Halle direkt zur Gruppe am Tisch. Er sah Clara feindselig an. Dann wandte er sich an Babette: »Wir haben die Leiche geborgen und einen Personalausweis in ihrer Handtasche gefunden. Es handelt sich um eine Frau aus Hemmoor, ihr Name ist Petra Harlor.«

12 Tell me why I don't like Mondays

Heiko hatte schlecht geschlafen. Nachdem in der letzten Woche die beiden Leichen gefunden worden waren, hatte es einfach nicht aufgehört zu regnen. Er hatte das Wochenende durchgearbeitet, und als er an diesem Montag verschlafen die Vorhänge zurückzog, bot sich das gleiche Bild wie seit Wochen. Ein grauer Himmel, die Straßen nass und das Thermometer zeigte knapp sieben Grad. Am liebsten wäre er gleich wieder ins Bett gegangen, aber um 8 Uhr hatte er eine Besprechung in der Inspektion. Heiko streckte sich, gähnte laut und versuchte, die aufkommende Lethargie zu vertreiben. Müde ging er in die Küche und machte sich einen doppelten Espresso.

Seit vier Jahren wohnte er im Stader Hafengebiet. Er liebte die alte Hansestadt, sein Zuhause, seinen Job. Alles war bedächtig, das Leben verlief in ruhigen Bahnen. Man kannte sich. Am liebsten war ihm die Natur, die die Stadt weitläufig umgab. Er hatte sich günstig ein altes Segelboot gekauft, liebevoll restauriert und schipperte im Sommer viel damit herum, ging regelmäßig zum Sport, sofern sein Job es ihm erlaubte, kannte fast jeden. Einsam war er nicht, aber oft allein, und den Traum, in Stade einen passenden Mann zu finden, hatte er schon länger aufgegeben. Ab und zu fuhr er nach Hamburg, hatte Abenteuer, nichts Festes. Er hatte sich daran gewöhnt. Er suchte nicht weiter.

Heiko trank den starken Espresso und ging an das große Fenster im obersten Stockwerk des runden Gebäudes. Seine Wohnung mit Blick auf die Innenstadt lag direkt im alten Hafen an der Schwinge. Er schaute auf das Museumsschiff, das unter ihm im grauen Wasser hin und her schwankte. Es war noch nicht ganz hell, kurz nach sieben. Jetzt zog auch noch Nebel auf wie in einem schlechten Edgar-Wallace-Film der Sechzigerjahre. Seit Mittwoch hatte er selbst den Eindruck, in einen Film geraten zu sein, allerdings in einen falschen. Es gab kaum Mordfälle in dieser Gegend und nun hatten sie zwei Leichen auf dem Seziertisch und waren in den letzten Tagen nicht weitergekommen. Petra Harlor, die Leiche im Baumstumpf, hatte bereits seit drei Tagen dort gelegen, als Tom Morten sie beim Spaziergang entdeckte. Heiko lehnte die Stirn an die kalte Scheibe.

Tom. Cooler Typ, Amerikaner, neu in der Gegend, attraktiv und unerreichbar. Heiko wusste sofort, dass er da schieflag. Auch gut. Er musste ihn heute anrufen, könnte aber auch vorbeifahren, es waren nur zwanzig Minuten mit dem Auto. Er ging ins Bad, um sich zu duschen, machte vorher noch die Stereoanlage an, und während er sich den Kopf einseifte, sang Agnetha von ABBA seinen Lieblingssong, »The Day Before You Came«. Ein trauriges Lied über eine Frau, die Selbstmord begehen wird. Warum ihn das so faszinierte, konnte er nicht sagen. Vielleicht war es der Rhythmus, vielleicht die Stimme der blonden Schwedin, mit der sie so wunderbar weinen konnte. Oder es lag an der unerträglichen Schwere des Seins? Was wusste er denn schon? Heiko sang das Lied laut mit. ABBA funktionierte immer, besonders an diesem grauen Montagmorgen im April.

Kurze Zeit später stand er frisch geduscht und angezogen wieder am Fenster und trank seinen zweiten Espresso, ein Ritual, das sich jeden Morgen wiederholte. Jeans, T-Shirt, grauer Kaschmirpullover, alte Lederjacke. Es waren nur zehn Minuten zu Fuß bis in die Inspektion, und er überlegte kurz, ob er bei dem Regen nicht doch besser fahren sollte, verwarf den Gedanken aber sofort. Es gab nur falsche Kleidung und kein falsches Wetter, und wer hier im Norden lebte, an dem perlte das Wasser irgendwann nur noch ab! Er nahm den großen Regenschirm aus dem Schrank.

Petra Harlor. Wer hatte sie ermordet und warum? Sie hatten die Leiche mit einigen Mühen aus dem Baumstumpf herausgeholt. Petra Harlor war zwar nicht groß, brachte aber mindestens achtzig Kilo auf die Waage. Die Laborergebnisse würden heute Morgen kommen. Keine Schusswunde. Einige Ritzer auf der Gesichtshaut, sonst nichts. Die Autopsie war abgeschlossen. Gift? Höchstwahrscheinlich!

Clara Jolcke hatte den Mord an ihrer Putzfrau sehr gefasst aufgenommen. Hatte sie etwas mit ihrem Tod zu tun? Nur weil sie ihren Mann und seinen Lover vor Jahrzehnten erschossen hatte, musste sie ja jetzt nicht die Putzfrau umbringen.

Dennoch, irgendjemand hatte die arme Frau in den Baumstumpf gestopft. Wenn sich Mortens Frisbeescheibe nicht dorthin verirrt hätte, wer weiß, wann die Leiche entdeckt worden wäre. Oder sollte sie gefunden werden? Der Mörder hätte sie auch irgendwo in dieser Einöde vergraben können. Das Haus lag weit vom Schuss. Heiko hatte bisher nicht gewusst, dass es dort ein Anwesen gab. Wie konnte Clara Jolcke dort leben? Allein, mit den beiden Katzen, ohne Sozialkontakte! Internet hatte sie und einen riesigen Flachbildschirm gab es in ihrem kleinen verqualmten Fernsehzimmer auch. Die Frau rauchte Kette und trank Kaffee. Angeboten hatte sie ihm allerdings keinen.

Dieses Haus. Heiko war auf Anordnung von Babette am Freitag noch einmal hingefahren und hatte sich mit einem Durchsuchungsbeschluss umgeschaut. Die Jolcke hatte keine Probleme gemacht, sie hatte wohl damit gerechnet, dass sie unter Verdacht stehen würde. Gefunden hatten sie vorerst nichts. Keine Waffen, keinen geheimen Giftschrank. Aber das Haus war groß und vollgestopft mit Dingen, die Clara Jolcke in den letzten Jahrzehnten angesammelt hatte. Besonders überrascht hatte ihn der Raum im ersten Stock, zu dem nur die schmale Stiege neben dem Kamin führte. Er war knapp zwei Meter hoch, aber mindestens fünfzig Quadratmeter groß und wurde nur mühsam von drei kleinen Fenstern erhellt. Es mussten fast zehntausend Bücher in den Regalen stehen, die vom Boden bis zur Decke reichten. Es waren vor allem Krimis, englische Autoren, aber auch Biografien, Zeitschriften, Journale, mehrere Brockhaus-Editionen und Unmengen von Bildbänden. Kunst, alles von Raffael über Goya bis zu Otto Dix, von der Renaissance bis zur Moderne. Die Tenne glich dafür eher einem riesigen Secondhandladen, in dem neben drei Sonnenbänken, einem alten Cabriolet und kaputten Fahrrädern viele andere unbrauchbare Dingen standen.

Heiko konnte Unordnung nicht ertragen. Er sammelte nichts, alte Kleidung wanderte in den Container, Zeitungen wurden am Abend entsorgt. Krimskrams und Nippes waren ihm ein Gräuel. Seine Mutter hatte ihn zur Weißglut getrieben mit ihrer Sammelleidenschaft. Kriegsgeneration. »Wer weiß, wann es wieder was gibt.« Da wurde nichts weggeschmissen!

Zwar war Clara Jolcke nicht besonders ordentlich, aber sie putzte anscheinend gerne, denn das Haus und besonders die Küche waren sauber, spiegelblank. Petra Harlor hatte ihr dabei geholfen, würde sie es nun allein schaffen? Eine gute Hilfe zu finden, war nicht einfach. Sprach das nicht schon gegen Clara Jolcke als Täterin? Vielleicht war es jemand aus Petra Harlors Familie und man wollte ihr den Mord in die Schuhe schieben? Es war ja bekannt, dass sie eine verurteilte Mörderin war. Auf dem Dorf blieb nichts ein Geheimnis, das wusste Heiko nur allzu gut.

Oder hatte Malte Jensen, der Apfelbauer, etwas damit zu tun? Tom Morten konnte man wohl als Mörder ausschließen. Er war neu hier und hatte die Leiche gefunden, obwohl das auch ein Ablenkungsmanöver sein konnte. Heiko strich sich die blonden Locken aus der Stirn. Viele Fragen und bisher keine Antworten.

Und dann die andere Leiche. Gut erhalten, vom Moor konserviert. Die arme Frauke Schlichtung, die erst in Ohnmacht gefallen war und ihm danach noch auf seine Sneakers gekotzt hatte. Es handelte sich um die Leiche eines etwa vierzig Jahre alten Mannes. Heute kam hoffentlich eine Rückmeldung von den Zahnärzten, an die man den Zahnstatus weitergegeben hatte, um den Mann damit identifizieren zu können. Eines natürlichen Todes war er jedenfalls nicht gestorben, das stand fest, seine Hände waren mit einem grünen Plastikband gefesselt. Wie lange die Leiche dort gelegen hatte, würde er heute erfahren. Das konnte ja eine nette Woche werden. Heiko stellte die Kaffeetasse in die Spülmaschine, nahm nicht die Lederjacke, sondern seinen Regenmantel und verließ das Haus. Es war zehn vor acht.

13 Goldregen

Dr. Gabriele Römer beugte sich über ihr Mikroskop. Sehr interessant, dachte sie, das habe ich auch lange nicht mehr gesehen. Sie griff zum Telefon und rief das Labor in Hamburg an.

»Guten Morgen, Römer hier, Rechtsmedizin. Ich habe vorhin die Untersuchungsergebnisse zum Fall Harlor bekommen. Wann kann ich denn mit den Ergebnissen von der anderen Leiche rechnen?« Ungeduldig hörte sie zu. »Ja, es ist mir klar, dass die Leiche bereits seit Jahren plastikverpackt im Moor lag, ich habe sie ja selbst am Freitag obduziert. Aber ich benötige weitere toxikologische Ergebnisse. Details standen in den Unterlagen, die Ihnen zusammen mit den entnommenen Proben und der Genehmigung des Staatsanwalts zugeschickt worden sind. Und es muss schnell gehen.«

Sie runzelte die Stirn. »Der Fall hat höchste Priorität. Sie wissen doch inzwischen auch, um wen es sich bei dem Toten handelt, schließlich haben wir einen bestätigten Zahnstatus. So viel sind wir dem Opfer ja wohl schuldig, auch wenn Sie anscheinend zu jung sind, um wirklich zu verstehen, wer er war!«

Ohne sich zu verabschieden, legte sie auf. Gabriele hasste dieses kleinbürgerliche Spießerdenken, diesen Erbsenzählern ging es nur um Regeln und Vorgänge. Und von denen unter dreißig hatte Gabriele die Nase voll! Immer mussten sie sich absichern und waren nicht bereit, selbst Prioritäten zu setzen.

Ihr Herz pochte laut und schnell und ein kleiner Hitzeschwall durchfuhr sie. Immer ruhig bleiben, dachte sie.

Gleich würde die Petersen kommen und vor der wollte sie sich nichts anmerken lassen. Sie schaute auf die Uhr, es war kurz vor neun. Madame war immer zu spät, sie hatte also noch ein paar Minuten Zeit.

Erst passierte jahrelang nichts Außergewöhnliches in der Stadt und dann gleich zwei Leichen in der letzten Woche. Gabriele setzte sich an ihren Computer, legte die Hände vors Gesicht und ein Seufzer kam tief aus ihrer Brust. Die Erinnerung kehrte zurück. Es tat immer noch weh, auch jetzt nach all den Jahren.

Irgendwie hatte sie immer gehofft, dass er zurückkommen würde, obwohl das natürlich ein absurdes Wunschdenken war. Eigentlich hatte sie damals schon gewusst, dass sie ihn niemals wiedersehen würde. Die Tränen schossen ihr in die Augen, verärgert wischte sie sie weg.

Draußen klingelte es, die Rechtsmedizin betrat niemand einfach so, Christine Breuer, die Team-Assistentin würde öffnen. Das musste Heiko sein, wie immer fünf Minuten zu früh. Aber das war ihr immer noch lieber, als jedes Mal eine Stunde auf Babette Petersen zu warten. Gott sei Dank hatte sie mit dieser arroganten Kuh nicht viel zu tun. Heiko war ihr da eindeutig lieber. Sie prüfte noch einmal, ob sie alle verräterischen Tränen weggewischt hatte, und wartete auf das Klopfen an ihrer Tür.

»Guten Morgen, Frau Römer, wie war das Wochenende? Ich hoffe besser als meins.« Heiko stellte einen dampfenden Becher mit heißer Schokolade und Sahne auf ihren Schreibtisch, Starbucks hatte auch in Stade gesiegt.

Sie versuchte ein Lächeln, aber es gelang ihr nicht so richtig. »Ist das ein Bestechungsversuch, damit ich Ihnen alles verrate, bevor die Chefin auftaucht?«

Er schnitt eine Grimasse. »Die wird wie immer zu spät kommen. Sie wissen doch, dass ihre akademische Viertelstunde gerne sechzig Minuten dauert, besonders montags.« Er zog seinen nassen Regenmantel aus und hängte ihn an die Garderobe.

Heiko mochte Gabriele Römer. Sie war rund, hatte die fünfzig weit überschritten, zu viel Make-up im Gesicht, und ihre Weltanschauungen waren gelinde gesagt oft absurd, aber wenn es um den Job ging, wusste sie genau, was sie tat. In der Inspektion wurde sie von den älteren Mitarbeitern gemieden. Es wurde von einer unglücklichen Liebe gesprochen, die lange zurücklag. Vor seiner Zeit. Sie nippte an der heißen Schokolade und wies mit den rot manikürten Fingern auf einen Stuhl vor ihrem Schreibtisch. »Setzen Sie sich!«

In diesem Moment klingelte Heikos Handy. Gisela. Das konnte so wichtig nicht sein und er wollte Dr. Römer nicht unterbrechen, daher stellte er sein Telefon auf lautlos.

»Also, was haben Sie Schönes herausgefunden?«

»Als schön würde ich das nicht bezeichnen.« Sie zog die aufgemalten Augenbrauen hoch, und er kam sich vor wie ein Schüler, der die falsche Antwort gegeben hatte. Sie drückte auf eine Taste ihres Computers.

»Petra Harlor. Alter 54 Jahre, ledig, wohnhaft in Hemmoor, 1 Meter 64, 80 Kilo. Sie war starke Raucherin, die Lunge möchten Sie nicht sehen! Und sie mochte ihren Zahnarzt offensichtlich nicht. Ich werde wohl nie verstehen, dass Menschen aus Angst vor dem Zahnarzt ihre Zähne vergammeln lassen, aber das ist ein anderes Thema. Dazu kommen Übergewicht und Diabetes. Als sie in die Aushöhlung des Baumstumpfs gelegt worden ist, war sie noch nicht tot, die Druckstellen und zahlreichen Blutergüsse an ihrem Körper lassen darauf schließen. Auf der rechten Wange habe ich einen kleinen Schnitt gefunden, circa zwei Zentimeter groß. Sieht aus wie der Buchstabe V. Das kann aber Zufall sein, allerdings ist er vor ihrem Tod angebracht worden, denn es waren noch Blutreste auf der Haut. Sie muss starke Muskelkrämpfe gehabt haben, der Milchsäuregehalt der Muskulatur war extrem hoch.«

»Sie lebte noch? Wie furchtbar.« Heiko fragte sich, was Petra Harlor getan haben mochte, um ihren Mörder dazu zu bringen, sie lebendig in einen fast zwei Meter tiefen, offenen Baumstumpf zu stopfen.

»Sie hatte keine sichtbaren äußeren Verletzungen oder Knochenbrüche, nur die Schnittwunde im Gesicht. Sie lag seit ungefähr 72 Stunden dort, wurde also wahrscheinlich bereits am Sonntag hineingelegt. Ich habe toxikologische Untersuchungen veranlasst. Gift liegt nahe in solchen Fällen. Wir haben den Mageninhalt untersucht. Sie muss Brot oder Kuchen und ein Omelett vor ihrem Tod gegessen haben. Im Mund- und Rachenraum sowie auf der Zunge konnte ich außerdem Spuren von Kreide entdecken. Das kann aber nichts mit der Nahrungsaufnahme zu tun haben. Ferner wurden auch Samenreste einer Pflanze gefunden. Diese habe ich ebenfalls untersucht und habe Spuren von Cytisin entdeckt.«

»Goldregen? Sind Sie sicher?« Gabriele Römer schaute Heiko überrascht an. »Ich hatte Leistungskurs Biologie. Pflanzen und ihre Wirkstoffe haben mich schon immer interessiert. Wenn ich nicht bei der Kripo gelandet wäre, hätte ich wahrscheinlich meine eigene Apotheke in der Stadt.«

Sie nickte: »Sie sagen es. Laburnum anagyroides, umgangssprachlich auch Goldregen genannt. Die Samen sind besonders giftig, es reicht eine kleine Menge, und wenn sie im Körper bleiben, führt das zum Tod. Das passiert allerdings selten, denn normalerweise kommt es nach oraler Einnahme schnell zum Erbrechen. Bei Petra Harlor war das nicht der Fall. Sie hatte eine tödliche Dosis der Samen im Magen, das Gift verursachte erst die Atemlähmung und heftige Krämpfe, später führte es zu einer vollkommenen Lähmung. So ähnlich wie bei Schierling. Was mich zum nächsten Punkt bringt. Wie haben eine hohe Konzentration an Conium-Alkaloiden gefunden, die auf eine weitere Vergiftung durch eben diese Pflanze schließen lässt.«

Heiko war fassungslos. »Sie ist also letztendlich in diesem Baumstumpf erstickt. Selbst wenn sie geschrien hätte, was aufgrund der Lähmung sämtlicher Muskeln unwahrscheinlich war, hätte sie keiner an diesem verlassenen Ort gehört. Ich habe das Wetter an dem Wochenende gecheckt. Es fing am Freitag mit einem starken Gewitter in den Abendstunden an und ansonsten Dauerregen wie in den letzten Wochen.«

Sein Handy vibrierte erneut, aber er ignorierte es wieder. Er würde gleich zurückrufen. »Wenn ich Sie richtig verstehe, hat Petra Harlor also ein Omelett mit Goldregensamen vor ihrem Tod gegessen und wurde dann von ihrem Mörder lebend, aber weitgehend gelähmt in den Baumstumpf gelegt! Mit einem zufälligen Zuschauer war wegen des Gewitters wohl auch nicht zu rechnen, wobei in der Einöde dort sicher ohnehin nur selten jemand vorbeikommt. Die Frage ist nur: Warum hat man sie ermordet? Was hat sie getan? Harlor war eine alleinstehende Frau mittleren Alters, nicht vorbestraft. Sie arbeitete als Reinigungskraft, unter anderem auch auf dem Grundstück von Clara Jolcke, wo wir sie gefunden haben.«

Heiko schaute Gabriele Römer an. Sie wurde blass unter all der Schminke, die sie trug, und hätte beinahe ihre heiße Schokolade verschüttet. »Clara Jolcke? Sie lebt noch?« Sie schloss die Augen und ein großer Schmerz zuckte über ihr Gesicht. Heiko wurde verlegen, so kannte er die Rechtsmedizinerin nicht. »Sie sollten sich mal in ihrem Garten umschauen, vielleicht finden Sie dort Goldregen und Schierling, es würde mich nicht wundern.« Sie versuchte, die Fassung zu behalten, aber es gelang ihr nur schwer.

»Sie kennen Clara Jol …?« Heiko wurde von einem heftigen Klopfen an der Tür unterbrochen und im nächsten Augenblick war Christine Breuer schon im Büro. »Herr Degen, die Polizeiinspektion versucht, Sie dringend zu erreichen.«

»Was ist denn bloß so eilig?«

»Die Notaufnahme vom Elbe Klinikum hat im FK 1 angerufen. Frau Petersen hatte einen Unfall auf der B 73, sie wird gerade untersucht, sieht nicht gut aus. Sie ist nicht bei Bewusstsein. Das soll ich Ihnen ausrichten und Sie bitten, dorthin zu fahren.«

Mist, das hatte ihm gerade noch gefehlt. Es war nicht weit bis zum Krankenhaus. »Frau Römer, ich bin gleich wieder da und dann möchte ich den Rest der Geschichte hören. Aber meine Chefin hat jetzt Priorität. Das verstehen Sie bestimmt.« Und schon hatte er den Raum verlassen.

Gabriele Römer sah ihm nach und trank die inzwischen kalte Schokolade. Ob sie wusste, wer Clara Jolcke war? Was für eine Frage! Es gab keinen Menschen auf der Welt, den sie mehr hasste als diese Frau. Aber das würde sie ihm nicht verraten. Und wenn Heiko nachher in die Akten sehen und erfahren würde, wer die zweite Leiche war, würde es keine ruhige Woche für ihn oder irgendjemand anderen auf diesem Revier werden!

14 Tagebuch der Spinne

Ich will Antworten! Von jedem Einzelnen. Ich will wissen, wie viel sie wussten. Ich will wissen, warum sie es getan haben. Ob sie sich schuldig fühlen, ob etwas aus ihrer DNA durch die durchlässigen Membranen ihrer Zellwände an den Rand ihrer Bewusstseinsebene vordringen konnte. Wissen sie, was Schuld bedeutet? Kennen sie ihre eigene Schuld? Es nagt seit Langem an mir, es frisst mich auf. Ich lernte früh, wie ungerecht das Leben ist und dass man eigentlich keine Chance hat. Niemand hat mir jemals eine gegeben, ich musste mir alles erkämpfen, ich musste alles erdulden. Jahrelang! Ich musste mit ansehen, was ihre Ungerechtigkeiten bewirkten, und das Ausmaß ertragen. Ruhig bleiben. Mich verstellen, eine Rolle spielen. Und warten. Oh, ich habe lange gewartet. Aber ich habe eine Chance bekommen, ER hat sie mir gegeben und ich habe sie wahrgenommen. Ich warte nicht mehr!

Der Erste konnte mir keine Antwort geben, doch als er tot war, empfand ich eine besondere Ruhe, die ich bis dahin nicht kannte.

Aber ein Tier lebt in mir wie ein Parasit. Es kriecht durch meine Venen in mein Herz und meinen Körper, es hat Hunger und will mehr, immer mehr. Ich kämpfe nicht dagegen an! Wir leben in einer Symbiose. Ich nehme alles in Kauf. Die Lügen, die Unbeweglichkeit, die Einsamkeit! Ich werde euch besiegen und euer Tod wird meine Freiheit sein! Ich habe alles richtig gemacht. Selbst wenn sie herausfinden, wie ich es gemacht habe, wird es sie nicht zu mir führen. Denn ich stehe unter seinem besonderen Schutz.

Es gibt sie, die göttliche Gerechtigkeit! Sie hat dafür gesorgt, dass das Spiel wieder beginnen konnte. Und ich bestimme die Regeln! Niemand sonst!

15 Neue Verantwortung

Heiko zog die Wohnungstür hinter sich zu. Endlich zu Hause, es war Montagabend, kurz nach 20 Uhr. Er zog den Regenmantel aus, Wasser tropfte auf das Parkett. Im Laufe des Nachmittags war der Regen stärker geworden und vor einer Stunde war ein Sturm über die Stadt hinweggezogen, der es in sich hatte. Damit hatte er heute Morgen nicht gerechnet, sonst hätte er doch das Auto genommen. Erst mal eine Dusche. Das heiße Wasser tat gut, die eiskalte Abschreckung danach auch. Schnell trocknete er sich ab und schlüpfte in eine alte Jeans und seinen ausgeleierten Kaschmirpulli. Barfuß ging er in die Küche und machte eine Flasche Wein auf. Er trank selten, aber heute Abend brauchte er ein Glas von dem grauen Burgunder, den er im Februar gekauft hatte und der seitdem ein einsames Dasein in der Dunkelheit des Kühlschranks fristete. Im Wohnzimmer trat er an die große Fensterfront. Die Stadt lag unter ihm und nur ein paar Laternen erhellten die Dunkelheit. Der Sturm peitschte den Regen an die Scheiben.

Diesen Montag hätte er am liebsten aus seinem Leben gestrichen, obwohl er jetzt schon genau wusste, dass es nur der Anfang von dem war, was ihn in den nächsten Monaten erwarten würde. Heiko setzte sich auf das große Sofa, das den Raum dominierte. Davor ein Berberteppich und ein Couchtisch aus Holz, sonst keine Möbel. An der Wand ein Flachbildschirm, gegenüber ein einzelner großer Print von Otto Dix: *Die Sieben Todsünden*. Schnickschnack hatte er schon als Kind nicht gemocht. Infos gab es im Computer, in den digitalen Akten. Er brauchte im

Büro keine große Wand mit Fotos und Infos der Opfer. Was nicht im Laptop war, war in seinem Kopf. Dachte er. Heiko schaltete den Fernseher an, bekam von der Sendung, die gerade lief, aber kaum etwas mit.

Der Tag hatte ihn überrollt. Er hatte die Besprechung mit Gabriele Römer am Morgen vorzeitig abgebrochen und war mit einem Einsatzwagen zum Elbe Klinikum gerast. Babette lag auf der Intensivstation, es stand nicht gut um sie. Ein Lastwagen hatte ihr auf dem Weg zur Polizeiinspektion die Vorfahrt genommen und ihren alten Mercedes voll erwischt. Der Wagen hatte sich überschlagen, man hatte sie aus dem Wrack herausschneiden müssen. Babette war nicht bei Bewusstsein, die Ärzte konnten noch nichts Genaues sagen, sprachen von Koma, Gehirntrauma.

Es konnte Monate dauern, bis Babette sich erholen würde oder gar wieder einsatzbereit war. Auf einmal war er nicht mehr die Nummer zwei. Innerhalb eines kurzen Moments lag die Verantwortung für die beiden Mordfälle bei ihm. Um 11 Uhr fuhr er zurück in die Inspektion. Babette war nicht sehr beliebt bei den Kollegen, aber diesen Unfall wünschte ihr nun wirklich keiner. Allgemeine Betroffenheit hatte in der Inspektion geherrscht.

Heiko kannte Babettes Geschichte. Sie waren auf dieselbe Schule gegangen, wenn auch in unterschiedliche Klassen. Ihr Vater war ein hohes Tier bei der Stader Kripo und hatte später Karriere in der Politik gemacht. Sein Tod vor drei Jahren hatte sie tief getroffen. Am Abend nach seiner Beerdigung hatte sie zu viel getrunken und ihm ihr Leid geklagt. Schwere Kindheit, keine Freunde, Übergewicht, Einsamkeit. Sie hatte sich früh auf ihre Karriere konzentriert. Der Schutzmantel aus Mercedes, Kaschmir, Pagenkopf und eisernem Willen sollte ihr irgendwann den Weg in die Landespolitik ebnen. Sie wohnte allein in einem Haus bei Agathenburg, einen Mann gab es nicht.

Keine Angehörigen bis auf eine ewig nörgelnde Mutter, bei der im letzten Jahr dann auch noch beginnender Alzheimer diagnostiziert worden war.

Als Heiko Babette an diesem Morgen bewusstlos an den Schläuchen auf der Intensivstation gesehen hatte, empfand er Mitleid und Trauer. Was wenn sie sich nicht erholen, zum Pflegefall würde?

Nach einem kurzen Mittagessen traf er sich gegen 13 Uhr erneut mit Gabriele Römer. Auch wenn Heiko nicht die geringste Lust auf Einzelheiten zur zweiten Leiche aus dem Müllsack hatte.

Gabriele Römer stellte ihm eine Tasse mit dampfendem Tee auf den Tisch und sah ihn mitfühlend an: »Na, gehts wieder?« Sie mochte Babette nicht, war aber einfühlsam und sparte sich in diesem Moment jeden Sarkasmus.

Heiko strich sich die lange blonde Locke aus der Stirn. »Muss ja! Wir werden sehen, wie sich Babettes Zustand entwickelt. Es sieht nicht gut aus im Moment. Am besten machen wir da weiter, wo wir heute Morgen stehen geblieben sind. Bei Clara Jolcke! Woher kennen Sie sie und was hat das mit unserem zweiten Fall zu tun?«

Gabriele Römer sah ihn bewegungslos an. Sie verzog keine Miene, nur ihr rechtes Auge zuckte unmerklich. »Ich kenne die Jolcke und ich denke, dass wir sie mit beiden Fällen in Verbindung bringen können. Wir haben ja den Zahnstatus der Leiche aus dem Moor in der letzten Woche an alle Zahnarztpraxen in der Umgebung geschickt. Heute Morgen hat ein Zahnarzt ihn als den eines seiner Patienten identifiziert.« Sie schluckte und das Zucken des rechten Auges wurde etwas stärker. »Es handelt sich um Christian Cordes.«

Heiko sah sie erstaunt an. »Christian Cordes? Sind Sie sich da sicher? Das ist doch unmöglich.«

»Ja, wir sind sicher. Ich habe die Röntgenaufnahmen, die wir vom Zahnarzt bekommen haben, mit denen verglichen, die wir von den Zähnen der Leiche gemacht haben. Kein Zweifel.« Sie setzte sich und schloss müde die Augen.

Heiko konnte es noch nicht glauben. Christian Cordes war so etwas wie eine Legende, selbst für ihn, obwohl er damals viel zu jung war und die Informationen nur aus den Zeitungen mitbekommen hatte. Cordes war in den Achtzigerjahren bei der Hamburger Kripo gewesen und 1990 Leitender Kommissar in Stade geworden, unter Babettes Vater, Peter Petersen. Als Petersen in die Politik ging, übernahm Cordes die Leitung der Polizeiinspektion Stade, rigoros und immens erfolgreich. Er ließ eine Dealer-Bande hochgehen, die Drogen aus dem Hamburger Freihafen nach Stade brachte und von dort landesweit verkaufte. In einer großen Aktion wurden fünfzig Kilo Kokain sichergestellt. Die Presse überschlug sich und Cordes war so etwas wie ein lokaler Held. Er klärte zudem einige Mordfälle im Landkreis auf. Im November 1997 war er spurlos verschwunden, hatte eine Frau und eine Tochter hinterlassen.

»Weiß sie es schon?« Fragend schaute er Gabriele an, und sie wusste genau, von wem er sprach.

Sie schüttelte den Kopf. »Gott sei Dank hat sie ihn nicht erkannt, als der Sack aufplatzte.«

»Mir bleibt heute auch nichts erspart«, murmelte Heiko vor sich hin. »Ich rufe sie gleich an.«

»Das sollten Sie in diesem Falle besser persönlich machen. Er war schließlich ihr Vater.«

»Ich kann mir das nicht vorstellen, sind Sie sich vollkommen sicher? Wer bringt den Hauptkommissar der Stader Polizei um, stopft ihn in einen Sack und versenkt ihn im Moor, ohne Spuren zu hinterlassen oder geschnappt zu werden? Das ist doch unglaublich. Hat es damals denn keine Untersuchungen gegeben?« Er stand auf und ging unruhig auf und ab.

Gabriele räusperte sich: »Natürlich gab es Untersuchungen. Aber es schien damals wirklich so, als wäre er vom Erdboden verschluckt worden. Er war ganz einfach unauffindbar.« Sie wandte sich ab und sah auf ihren Computer.

»Wir haben inzwischen alle Untersuchungen abgeschlossen.« Sie klickte sich durch den pathologischen Befund und die Laborergebnisse. »In der gut konservierten Leiche konnten Spuren von Kreide im Mund und Conium-Alkaloide im Magen und den Muskelfasern festgestellt werden.«

Fassungslos starrte Heiko sie an: »Das kann nicht sein, sie machen wohl Witze.«

»Keineswegs.«

Er setzte sich wieder hin und musste diese Information erst einmal verdauen. »Sie erzählen mir hier allen Ernstes, dass die vermutliche Todesursache im Falle von Petra Harlor und Cordes dieselbe ist? Dass es sich um zwei Giftmorde handelt, die 22 Jahre auseinanderliegen?«

»Es sieht ganz danach aus. Beide Personen sind aufgrund toxischer Wirkstoffe zu Tode gekommen. In beiden Fällen führte das Gift zu Muskellähmungen. Cordes wurde lebendig begraben, und Petra Harlor lebte ebenfalls noch, als man sie in den Baumstumpf stopfte. Ich nehme an, dass beide ihren Mörder kannten, das Gift wurde mit der Nahrung aufgenommen und nicht injiziert. Was die Kalkspuren im Mund bedeuten oder woher der Kalk stammt, kann ich Ihnen zu diesem Zeitpunkt nicht sagen.«

Gabriele sah ihn traurig an. »Diese Obduktion war sehr schwer für mich, denn ich kannte Christian Cordes. Ich war zum Zeitpunkt seines Todes seit zwei Jahren hier in Stade tätig und ich wusste, dass der Mordfall Jolcke sein erster Fall als junger Kommissar in Hamburg gewesen ist. Er war einer der Verantwortlichen, die Clara Jolcke noch am Tatort verhaftet haben. Seine Aussage trug maßgeblich zu ihrer Verurteilung bei. Als er dann vermisst wurde, ist sie natürlich befragt worden, aber man konnte ihr nichts nachweisen. Sie war zu der Tatzeit nicht in Stade. Dass Cordes ermordet wurde, damit hat niemand gerechnet. Er hatte Probleme mit seiner Frau. Aber war das ein Grund, spurlos zu verschwinden? Nun hat sich ja aufgeklärt, was tatsächlich geschehen ist. Und ich schwöre Ihnen, dieses Weib, die so tut, als sei sie ein Unschuldslamm, die hat damit zu tun. Sie hat sich gerächt, das liegt doch auf der Hand!«

Römer hielt inne, ihre Stimme war immer lauter geworden, und Heiko entging nicht, dass sie ihre Wut auf Clara Jolcke kaum verbergen konnte. »Es ist alles so lange her und doch …« Jetzt verlor sie ihre Fassung und konnte die Tränen nicht mehr zurückhalten.

»Warum sollte ich es Ihnen verschweigen? Vielleicht war das damals auch mein Fehler. Ich kannte Christian gut, sehr gut! Wir hatten seit der Hamburger Zeit ein Verhältnis, wegen ihm bin ich überhaupt nach Stade gekommen. Er wollte sich scheiden lassen, wir wollten zusammenziehen, aber es war nicht einfach. Diese Stadt ist klein, es wäre ein Riesenskandal geworden, er war ja verheiratet und hatte eine Tochter. Als er damals spurlos verschwunden ist, habe ich nicht an Mord gedacht, sondern dass ihm alles zu viel geworden ist. Ich war mir sicher, er würde zurückkommen.« Ärgerlich wischte sie sich die Tränen aus den Augen. »Und nun ist er ja auch zurückgekommen. Nur nicht so, wie ich es mir vorgestellt habe. Vielleicht sollten Sie die Jolcke genauer unter die Lupe nehmen, auch wenn sie damals ein Alibi hatte. Was ist eigentlich mit Luisa von Bassen? Lebt sie noch?«

Heiko schaute sie fragend an. Wer war Luisa von Bassen?

»Luisa, Jolckes Schwester. Haben Sie sie im Haus angetroffen oder ist sie inzwischen tot?«

Es gab also eine Schwester, von der er nichts wusste und die Clara Jolcke letzte Woche mit keinem Wort erwähnt hatte. Heiko schaute immer noch auf den Fernseher, ohne zu wissen, was für eine Sendung gerade lief. Es war inzwischen halb elf. Er stand auf, ging in die Küche und goss sich noch ein Glas Wein ein. Was ging da vor sich in dem alten Bauernhaus? Hatte die Jolcke zwei weitere Morde auf dem Gewissen und wenn ja, warum? Dass sie sich an Christian Cordes rächen wollte, wäre möglich, aber was hatte Petra Harlor damit zu tun? Das machte alles keinen Sinn.

Und noch etwas hatte ihm Römer erzählt. »Wir haben im Gesicht von Petra Harlor eine Schnittstelle gefunden, die dem Buchstaben V ähnelt. Auch auf der rechten Wange von Christian Cordes ist eine Schnittwunde zu erkennen, gleiche Größe, verursacht durch ein ähnliches Instrument, ich vermute ein kleines Messer.«

Sie schob ihm ein Foto über den Schreibtisch, vermied es aber, selbst darauf zu schauen. Die Aufnahme zeigte die rechte untere Gesichtshälfte von Cordes. Es war eindeutig eine etwa zwei Zentimeter große Schnittwunde zu sehen. Erwartungsvoll schaute sie Heiko an. »Es scheint so, als sei sie auch ihm vor dem Tod zugefügt worden. Wir konnten Blutspuren feststellen. Sieht ebenfalls aus wie ein Buchstabe.«

Heiko schaute sich das Bild näher an. Tatsächlich sah die Wunde auf der ledernen Haut aus wie ein H.

Er hatte ihr versprochen, sie auf dem Laufenden zu halten, war zurück in sein Büro gegangen und hatte sich die alten Akten kommen lassen, um mehr über Cordes spurloses Verschwinden herauszufinden. Auch Material und Prozessakten zum Fall Jolcke aus Hamburg forderte er an. Um 18 Uhr kam der Anruf vom Leiter der Polizeiinspektion, dass er die Untersuchungen in den Todesfällen Harlor und Cordes leiten solle. Man hatte Babette aufgrund ihrer Verletzungen in ein künstliches Koma versetzt. Nach einer Besprechung mit dem Einsatzkommando wurde festgelegt, dass Sina Minssen, eine junge Kollegin, mit ihm zusammenarbeiten würde. Sie besprachen kurz die Lage, wollten erst sämtliche Informationen zusammentragen, bevor sie Clara Jolcke erneut befragten.

Das Schlimmste hatte ihm noch bevorgestanden. Kurz nach 18 Uhr fuhr er mit Sina nach Wiepenkathen. Vor einem Mehrfamilienhaus hielt er an. Das Gewitter wurde immer stärker und sein Herz wurde schwer. Wie sagte man einer Tochter, dass ihr Vater, der vor zwei Jahrzehnten spurlos verschwand, das Opfer eines Mordes geworden war? Er kannte Frauke flüchtig aus der Schule wie so viele andere seiner Generation.

Sie nahm es erstaunlich gefasst auf. Fast hatte sie erleichtert gewirkt, endlich Gewissheit zu haben.

Der Regen tropfte von den Dächern, und im Gegenlicht der Straßenlaternen sah es wirklich aus, als würde es Bindfäden regnen. Heiko schaltete den Fernseher aus, zog die Vorhänge zu und hatte genug für heute!

16 Die Schwester

Tom strich sich die feuchten Haare aus der Stirn. Endlich Wärme, nachdem es wochenlang geregnet hatte. Zum ersten Mal, seitdem er in das alte Haus am Deich gezogen war, saß er in T-Shirt, Jeans und barfuß auf der alten Holzbank im Garten. Schoko räkelte sich auf dem Rasen und genoss die erste Frühlingssonne. Letzte Woche hatte Tom die Leiche im nicht enden wollenden Regen gefunden. Da brat mir doch einer einen Storch, hätte sein Großvater gesagt. Wie er war auch Tom zweisprachig aufgewachsen. Schon als Kind hatte Tom die alten Geschichten seines Großvaters geliebt, der für kurze Zeit hier in der Nähe gelebt hatte. Er war in den Zwanzigerjahren von La Salle nach Hemmor in Niedersachsen gereist, um hier mit der Zementfabrik zu arbeiten, die um die Jahrhundertwende fast zweitauend Arbeiter beschäftigt und sogar Zement für den Sockel der Freiheitsstatue geliefert hatte. Toms Großvater Edmund schwärmte oft von den Sommermonaten, die er in Norddeutschland verbracht hatte, und dazu zeigte er Tom Bilder dieser Zeit. Er heiratete erst spät, da war er schon Ende vierzig, wurde Vater zweier Söhne und einer Tochter und führte das Familienunternehmen bis zu seinem Tod Mitte der Achtzigerjahre. Glücklicherweise blieb es ihm erspart, den Untergang des Hauses Morten mitanzusehen, für den sein ungeliebter Sohn Bill die Schuld trug.

Bill heiratete ebenfalls spät, auch er war schon Ende vierzig, und seine Frau Stockard, Toms Mutter, schaffte es trotz ihres Alkoholproblems, einen Erben für die sterbende Industriedynastie zu produzieren. Diesen Enkel, Tom, hatte sein Großvater ins Herz geschlossen.

Ich muss unbedingt einmal zu der alten Fabrik fahren, dachte Tom. Hoffentlich hielt sich das Wetter und er konnte die Gegend mit dem Fahrrad erkunden. Ach ja, das Fahrrad, das er letzte Woche hatte kaufen wollen, als ihm das Wetter, Schoko und das Frisbee sowie vor allem eine Leiche einen Strich durch die Rechnung gemacht hatten. Er schaute auf die Uhr, es war halb elf. Heute könnte er es schaffen und bei dem Fahrrad-Opa im Dorf vorbeischauen. Tom ging ins Haus, zog sich seine Sneakers an und ein paar Minuten später war er mit Schoko auf dem Deich in Richtung Dorf.

Er konnte Clara Jolckes Anwesen bereits von Weitem sehen, denn die Bäume waren noch kahl. Still lag es vor ihm, als er vorbeiging. Der abgesägte Baum stand ruhig in der klaren Luft des sonnigen Morgens. Die Spurensicherung hatte die Absperrungen wieder abgebaut. Als ob nichts geschehen wäre, dachte Tom. Diesmal würde er weder ein Frisbee werfen noch in die Nähe des Hauses gehen, das er seitdem gemieden hatte. Clara Jolcke hatte die Beamten und ihn rausgeschmissen, nachdem sie von dem Fund der Leiche erfahren hatte, und ihnen gesagt, sie sollten es nicht wagen, ohne Durchsuchungsbefehl wieder aufzutauchen. Eine charmante Nachbarin hatte er sich da ausgesucht.

Heiko Degen, der Assistent der Kommissarin, hatte seine Personalien und Telefonnummer notiert und ihn angerufen. Er wollte gerne am Nachmittag vorbeikommen und einige Dinge besprechen, er habe noch Fragen.

Tom mochte Heiko. Aber nicht nur deshalb hatte er eingewilligt, er wollte, mehr über den Fall erfahren, zumal ja auch noch eine andere Leiche in der Gegend gefunden worden war. So viel zum stillen Landleben.

Es hatte geklappt! Tom war sich mit dem alten Mann schnell einig geworden. Eine halbe Stunde später fuhr er auf einem schwarzen Landrad über die Dorfstraße nach Hause und schmunzelte über sich selbst. Eine alte Allee säumte die Landstraße, auf der linken Seite eine Weide mit Pferden, auf der rechten ein reetgedecktes Wohnhaus. Nach fünfhundert Metern bog Tom auf den Schotterweg ab, der zur Apfelplantage führte. Er folgte ihm einen Kilometer, steuerte auf das alte Gehöft von Clara Jolcke zu. Links davon lag der Neubau, in dem Jensen wohnte, eine Scheune und eine große Lagerhalle, vor der einige Traktoren standen. Auf dem Dach ein leeres Storchennest.

Tom hielt an und bemerkte, dass der alte Renault, den er letzte Woche bewundert hatte, nicht vor dem Haupthaus stand. Es war vollkommen ruhig. Schoko lief vor ihm her und verschwand zwischen den Gebäuden. Tom pfiff laut auf den Fingern nach ihm, aber der Hund blieb verschwunden. Er wartete einen Moment und pfiff noch mal, wieder passierte nichts. Mit dem Fahrrad fuhr er auf die Rückseite des Gebäudes und hielt vor dem Nebenhaus, das klein zwischen dem alten Haupthaus und der alten Scheune lag.

Es musste ein ehemaliger Stall sein, den jemand liebevoll umgebaut hatte. Die alten Türen waren durch Fenster ersetzt worden, die bis zum Boden reichten. Vorhänge aus hellem Leinen verhinderten einen Blick nach innen. Auf der Seite zum Garten gab es eine breite Eingangstür. Daneben eine alte Holzbank, umgeben von Terracotta-Schalen, in denen Kräuter wuchsen. Auf einem gusseisernen Gartentisch stand eine Vase mit frischen Lilien. Es war niemand zu sehen oder zu hören.

Tom pfiff erneut nach Schoko und klopfte dann an die Tür. Keine Reaktion. Er drehte sich um und betrachtete den Garten, verwildert, mit hohen Bäumen, deren Äste bis auf den Boden reichten, dazwischen wunderschöne alte Rosenbüsche, zwei kleine Teiche mit Wasserlilien und Seerosen. Die ersten Kräuter schossen bereits aus dem Boden.

Ein Vogel sang und der Wind rauschte leise. Hatte Clara Jolcke doch mehr Geschmack als erwartet, wenn auch wenig Ehrgeiz, diesem Garten die sicher notwendige Pflege zukommen zu lassen? All das hatte Tom in der letzten Woche in dem grauen Licht und bei Dauerregen nicht wahrgenommen. Er sog die frische Luft tief in seine Lungen und empfand eine innere Ruhe, von der er vergessen hatte, dass es sie gab.

In diesem Moment hörte er ein Auto, das um die Scheune fuhr. Er konnte nicht weg, auf frischer Tat ertappt. Ein kleiner Sprinter fuhr auf ihn zu und blieb stehen. Eine Frau, Ende dreißig, mit leuchtend roten Haaren und mindestens einen Meter achtzig groß, stieg aus und sah ihn fragend an. »Moin, haben Sie sich verlaufen?«

Tom lächelte gequält: »Guten Morgen, nicht ich, mein Hund. Ich suche ihn.«

Die rothaarige Unbekannte musterte ihn eingehend von oben bis unten, anscheinend gefiel ihr, was sie sah. Sie lachte laut auf, ihre imposante Oberweite wippte, sie trug keinen BH, die Zähne blitzten. »Na, da müssen Sie an der Erziehung wohl noch ein bisschen arbeiten.«

Sie ging um den Van herum. Tom folgte ihr und hörte ein elektrisches Summen. Eine Laderampe senkte sich. Auf ihr stand ein moderner Rollstuhl, in dem eine Frau saß, die Clara Jolcke ähnelte. Das Haar war länger, wellig, glänzte silbrig, es musste einmal blond gewesen sein. Die Frau trug ein leichtes Tages-Make-up, einen beigen Trainingsanzug aus Velours und weiße Sneakers. Manikürte Hände, auf dem Schoß eine edle Ledertasche. Sie lächelte ihn an: »Guten Morgen, Sie müssen Tom Morten, unser neuer Nachbar, sein! Ich bin Luisa von Bassen.«

Sie hatte eine angenehme, tiefe Stimme. Die Laderampe war jetzt ebenerdig, und Luisa von Bassen fuhr in ihrem vollautomatischen Rollstuhl langsam auf Tom zu. Sie streckte ihm ihre Hand entgegen. »Wie schön, Sie kennenzulernen.«

Tom war immer noch perplex und reichte ihr seine Hand, die sie fest drückte. Ein Hauch von Chanel № 5 strömte ihm entgegen. Sie brach in ein angenehmes, gurrendes Lachen aus, dass ihn an den Gesang von Tauben erinnerte.

»Entschuldigen Sie meine Unhöflichkeit. Gestatten Sie mir, dass ich Ihnen Gloria Fuchs vorstelle, meine liebe Freundin und Physiotherapeutin.«

Die Oberweite der Rothaarigen bebte erneut. »Sie sollten Ihr Gesicht mal sehen, Tom«, zwinkerte sie ihm zu und drückte seine Hand eine Sekunde zu lang. Dann drehte sie sich zu Luisa. »Ich glaube, du schuldest Herrn Morten eine Erklärung«, schmunzelte sie.

»Aber natürlich! Wir kommen gerade aus Warstade, Gloria hat dort eine Praxis und jeden Dienstag und Freitag holt sie mich zur Massage und Physiotherapie.« Sie schaute ihn fragend an. »Sie haben die Leiche gefunden, nicht wahr?«

Tom war zu perplex, um auf Luisas Frage zu antworten. »Ihre Schwester? Clara Jolcke ist Ihre Schwester?«

»Ja, sie hatte wohl keine Gelegenheit, Ihnen von mir zu erzählen. Wir leben seit über zwanzig Jahren hier. Ich bewohne allerdings das Nebenhaus, da ich allergisch auf Katzen und Zigarettenrauch bin.« Sie lächelte immer noch. »Und ich halte es für besser, allein zu wohnen, das entspannt das Verhältnis doch enorm auf lange Sicht. Möchten Sie eine Tasse Tee?« Sie schaute auf die Uhr. »Es ist ja schon halb drei, da ist Tee doch immer angebracht, finden Sie nicht?«

Sie rollte auf die breite Eingangstür zu. Erst jetzt bemerkte Tom die kleine metallene Rampe, die vor der Tür angebracht war und es Luisa von Bassen erlaubte, ohne Probleme ins Haus zu kommen. »Wir sollten das gute Wetter ausnutzen und den Tee im Garten einnehmen.«

»Vielen Dank, ja sicher. Eine halbe Stunde habe ich noch, dann bekomme ich Besuch.«

»Wunderbar, dass Sie ein wenig Zeit haben. Danke dir, Gloria, wir sehen uns dann nächste Woche zur gewohnten Zeit.«

Gloria nickte, zwinkerte Tom zu, setzte sich ans Steuer und verschwand. Er schaute sich um, von Schoko noch immer keine Spur. Weit konnte er nicht sein, wahrscheinlich in der alten Scheune. Er drehte sich um und folgte Luisa von Bassen. Das Erdgeschoss bestand nur aus einem einzigen großen Raum, circa siebzig Quadratmeter groß. Auf der linken Seite eine Küchenzeile, gegenüber eine graue Sofalandschaft, einige moderne Gemälde, ein Druck der *Sieben Todsünden* von Otto Dix, ein großer Flachbildschirm und ein Schreibtisch. Alles modern und geschmackvoll so eingerichtet, dass Luisa von Bassen überall problemlos mit ihrem Rollstuhl hinkam. Am hinteren Ende des Raumes ein großes Bett und eine breite Tür, die offenbar ins Bad führte. Daneben eine Treppe zum ersten Stock. Was für ein Unterschied zu dem hippieesken Messietum des Haupthauses.

Luisa von Bassen goss das heiße Wasser in eine Teekanne. »Wie Sie sehen, sind meine Schwester und ich sehr unterschiedlich, aber es ist gut für mich, zu wissen, dass sie in greifbarer Nähe wohnt, wenn man bedenkt, dass ich auf Hilfe angewiesen bin. Und wir leben ja hier weiß Gott weit ab vom Schuss. Zucker, Honig, Milch?« Sie deutete auf den Tee.

Tom schüttelte den Kopf. »Danke, weder noch, am liebsten schwarz.«

»Seien Sie so lieb und nehmen meine Tasse mit nach draußen. Es ist wirklich der erste schöne Tag in diesem Jahr.«

Tom nahm beide Tassen und setzte sich auf die Holzbank vor dem Haus, Luisa von Bassen folgte mit ihrem

Rollstuhl. Sie trank einen Schluck und schloss einen kurzen Moment ihre grünen Augen. Sie musste eine attraktive Frau gewesen sein, Tom sah immer noch die Schönheit ihres Gesichts. Interessiert musterte sie ihn. Er trank den Tee. Wow, der war gut, er nahm erneut einen Schluck, konnte den Geschmack aber nicht definieren.

Luisa von Bassen schmunzelte. »Wie ich sehe, schmeckt Ihnen der Tee. Ich züchte die Kräuter selbst. Ich habe Medizin studiert, aber meine Liebe galt immer der Heil- und Pflanzenkunde. Und seitdem wir hier auf dem Hof leben, seit meinem Unfall, habe ich viel Zeit, mich meinem Hobby zu widmen.

Ich nehme an, die Polizei hat Sie bereits über meine Schwester informiert. Sie ist etwas eigen nach den langen Jahren im Gefängnis, eine sehr sensible Person, wissen Sie, die Haft hat sie natürlich verändert. Sie behauptet immer noch, sie sei unschuldig. Eine sehr traurige Angelegenheit. Ich meine, sie hat ihren Mann mit seinem Liebhaber in flagranti erwischt, aber die beiden deswegen zu erschießen? Ein bisschen übertrieben, finden Sie nicht? Wir leben ja nicht im Mittelalter.«

Sie scheuchte die Erinnerung mit einer Handbewegung weg wie eine lästige Fliege. »Man kann halt nicht in die Menschen hineinschauen. Fast zwanzig Jahre leben wir hier nun schon auf diesem Hof. Unsere Vorfahren mütterlicherseits kommen aus der Gegend. Mein Mann starb ein Jahr nach meinem Unfall. Ich war Haupterbin. Das hat der Familie von Bassen gar nicht gepasst. Die Schwester einer verurteilten Mörderin, ein Krüppel, bekommt den Großteil des Vermögens einer alten Landadelsfamilie aus Schleswig-Holstein. So sind meine Schwester und ich, Gott sei Dank, bis heute einigermaßen abgesichert. Am Anfang war es nicht einfach, das ganze Dorf wusste natürlich sofort Bescheid. Aber eine ältere, hilflose Dame im Rollstuhl bekommt immer den Mitleidsbonus. Wir leben sehr zurückgezogen. Mich sehen die Leute kaum, falls sie überhaupt wissen, dass ich noch lebe.« Erneut lachte sie ihr an Tauben erinnerndes, gurrendes Lachen. »Ich bin sozusagen ein Gespenst!«

Schnell wurde sie wieder ernst. »Der Prozess war ja in den Achtzigerjahren ein Medienspektakel, aber das haben Sie sicher nicht mitbekommen, sie waren da bestimmt noch ein Kind. Sie haben einen leichten amerikanischen Akzent, aber einen norddeutschen Familiennamen, wenn ich da richtig liege. Morten. Haben Sie deutsche Vorfahren?«

Es schien Tom fast, als hätte sie seinen Namen liebevoll ausgesprochen. »Ja, mein Urgroßvater kommt hier aus der Nähe und emigrierte Mitte des 19. Jahrhunderts nach Amerika. Die Familie, oder das was noch von ihr geblieben ist, lebt in La Salle, Illinois. Ich habe die letzten zwei Jahre in Berlin gearbeitet. Ich bin Künstler, Bildhauer, ich mache Skulpturen.«

Ihr Blick war mehr als interessiert, fast schon durchdringend. »Und nun haben Sie die Nase voll von der Großstadt und den Menschen und suchen Inspiration in der Natur und der Einsamkeit, wie viele andere vor Ihnen. Sie haben sich den richtigen Ort ausgesucht. Ich bin sicher, Ihr Leben wird sich hier ändern. Viele Menschen kommen in diese abgeschiedene Gegend zwischen Stadt, Land und Fluss, um zu sich selber zu finden. Aber ich warne Sie, die Uhren ticken anders hier und Zeit gewinnt eine andere Bedeutung. Ich hoffe, Sie haben Geduld mitgebracht. Ich freue mich jedenfalls sehr, dass das Schicksal Sie zu uns gebracht hat, ein wahres Geschenk. Ein neuer Nachbar! Das freut nicht nur Gloria.«

Sie lächelte. »Verzeihen Sie einer alten Frau die Koketterie! Leider ist der Zeitpunkt etwas, wie soll ich sagen, ungünstig! Eine Leiche, die Polizei und eine Mörderin in der Nachbarschaft.« Sie lächelte ihn an.

Wie alt mochte sie sein, dachte Tom. In diesem Moment hörte er den alten Dieselmotor von Clara Jolckes Renault aus der Ferne.

»Ah, meine kleine Schwester.« Ihr entging sein erstaunter Blick nicht.

»Ja, Clara ist ein Jahr jünger als ich. Seien Sie doch so lieb und gehen Sie jetzt. Clara ist etwas gereizt im Moment, verständlicherweise. Sie hatte gerade eine Vorladung zu einem Kommissar in Stade wegen dieser unglücklichen Situation mit der guten Petra und wird nicht in Besucherlaune sein, so wie ich sie kenne. Aber besuchen Sie mich doch recht bald wieder, es ist ja nicht so weit. Dann können wir weiterplaudern.« Sie öffnete ihre Handtasche. »Hier ist meine Karte, da haben Sie auch meine Handynummer, melden Sie sich einfach kurz vorher an, ich bin zwar fast immer hier, aber nicht immer auf Besuch vorbereitet. Auch ältere Damen sind eitel.« Sie legte den Kopf zurück und brach in schallendes Gelächter aus. »Wie Sie sehen, habe ich meinen Humor nicht verloren.«

Sie schaute an ihm vorbei und hob die Hand: »Ist das Ihr Hund?«

Tom drehte sich um. Schoko saß in sicherer Entfernung vor der Scheune und beobachtete die beiden ohne eine Bewegung. »Ja, das ist Schoko. Komm her, Dicker, wo hast du denn die ganze Zeit gesteckt?« Tom schnalzte mit der Zunge, aber der Hund bewegte sich keinen Zentimeter und schaute zur Seite in den Garten. Seltsam, sonst begrüßte er Fremde doch und hatte keine Scheu. Tom stand auf, reichte Luisa von Bassen die Hand und verabschiedete sich. Noch einmal nahm er das Parfum wahr, das sie umgab.

»Gehen Sie am besten durch den Garten, sonst treffen Sie noch auf Clara. Und vergessen Sie Ihr Fahrrad nicht.« Sie schaute ihm nach, als er mit Schoko zwischen den tiefhängenden Ästen der alten Tannen verschwand.

17 Das erste Zeichen

Sina schaute ihn erstaunt an. »Du hast eben keine Kinder und weißt nicht, was das für eine Verantwortung ist. Zu deiner Information, falls du davon noch nie gehört haben solltest.« Sie zog ein wenig verächtlich die Augenbraue hoch. »Mir stehen zehn Tage Sonderurlaub pro Jahr zu, wenn meine Kinder krank sind. Und die werde ich jetzt in Anspruch nehmen müssen. Wenn dir das nicht passt, musst du dir jemand anderen zuweisen lassen, der mit dir an diesem Fall arbeitet, es tut mir leid, Heiko.« Ein trotziger Unterton lag in ihrer Stimme.

Was sollte er dazu noch sagen? Sina nahm ihr Handy und verließ den Raum. Und er hatte gedacht, die Woche bisher sei schlecht gelaufen. Es gab immer eine Steigerungsmöglichkeit. Jetzt war auch noch Sina Missen weg, weil ihre Kinder die Masern hatten. Zwei Wochen Sonderurlaub. Zumindest konnte er sich nicht anstecken.

Babette lag immer noch auf der Intensivstation im Elbe Klinikum, ihr Zustand hatte sich nicht verbessert. Heiko war in den Ermittlungen zu der Leiche im Moor keinen Schritt weitergekommen, zu der *Baumstumpfleiche,* wie die Tageszeitungen in Stade die tote Petra Harlor inzwischen getauft hatten, ganz zu schweigen. Die Presse schlachtete beide Fälle aus. Kein Wunder, der Fund war eine Sensation und viele kannten den Namen Christian Cordes noch, erinnerten sich an sein spurloses Verschwinden. Eine Kleinstadt vergisst nichts.

Keine Spuren am Tatort, keine Fingerabdrücke, kein Haar, absolut nichts hatte die Spurensicherung gefunden. Nur Kreidespuren in den Mündern der Leichen.

Gott sei Dank hatte die Presse davon noch keinen Wind bekommen.

Von Clara Jolcke hatte er heute Morgen auch nichts erfahren. Während der Befragung war sie eher feindselig gewesen, von Kooperation keine Spur. Irgendwie konnte er das auch verstehen, aber es brachte ihn in seinen Ermittlungen nicht weiter. Ohne einen Anwalt war in Zukunft nichts von ihr zu erwarten, da war er sich sicher.

Heiko hatte die alten Prozessakten aus Hamburg angefordert. Clara Jolcke hatte sie auf dem Schreibtisch liegen sehen und keinen Ton gesagt. Obwohl sie mit der Waffe am Tatort verhaftet worden war, hatte sie bis zur Verurteilung darauf bestanden, unschuldig zu sein. Wer hatte dann ihren Mann und seinen Liebhaber erschossen? Hatte sie sich an Cordes gerächt und ihn umgebracht? Und wenn sie die Mörderin ihres Mannes und dessen Freundes war, hieß das nur, dass sie zu einer solchen Tat fähig war, unter bestimmten und vielleicht sogar nachvollziehbaren Gründen. Gab es solche Gründe auch für den Mord an ihrer Putzfrau? So wie die Jolcke heute vor ihm gesessen hatte, konnte er sich kaum vorstellen, dass diese kleine, ältere Frau in der Lage war, die dicke Petra Harlor in den leeren Baumstumpf zu stecken. Hatte ihr jemand geholfen? Er hatte nichts gegen sie in der Hand und hatte sie gehen lassen müssen.

Heiko trommelte mit den Fingern auf den alten Prozessakten herum. Was hatte er übersehen? Es fehlten ihm natürlich viele Informationen. Er sah auf die Uhr. In einer Stunde hatte er einen Termin mit Tom Morten. Wenigstens etwas Nettes heute, dachte er.

Er schlug einen der Ordner auf, in denen die Unterlagen zu dem alten Fall enthalten waren: Stellungnahmen, Skizzen, Verordnungen und Zeugenaussagen. Damals hatte man noch nichts digitalisiert. Er blätterte ihn durch. Im letzten Drittel fand er einen Umschlag, nahm ihn heraus. Bilder vom Tatort, der Mordwaffe, den Opfern. Der Mörder hatte aus kurzer Entfernung geschossen, zwei Schüsse ins Herz, nicht viel Blut. Heiko schaute sich die Bilder genauer an. Johann Jolcke war ein attraktiver Mann Ende dreißig, groß, mit blondem, welligem Haar. Er lehnte an der Wand, sackte leicht nach vorne ab. Reiner Fauck, halbnackt, behaart, lag seitlich auf dem Bauch. Heiko konnte den Blick nicht von dem Foto lösen und wusste, dass er etwas übersah. Seine Stirn juckte, ein Zeichen, dass etwas nicht stimmte. Er hatte früh gelernt, seinem Instinkt zu vertrauen. Er schob die Bilder unter den Scanner seines Computers. Einen Moment später erschienen sie auf dem Bildschirm. In Photoshop vergrößerte er die Aufnahmen und schärfte sie.

Mit der Maus tastete Heiko sich über Jolckes Gesicht. Es war immer noch leicht unscharf. Heiko erkannte einige Blutspritzer, Falten um den Mund und den Augen, keine Bartstoppeln, Jolcke musste sich vor seinem Date mit seinem Liebhaber rasiert haben, auch der Oberkörper war unbehaart. Da er sitzend an der Wand lehnte, war das Gesicht seitlich etwas nach links unten gesackt und es sah aus, als hätte er ein Doppelkinn. Heiko zoomte näher an das Gesicht heran und wusste in diesem Moment, wonach er gesucht hatte. Auf der rechten Gesichtshälfte waren zwei Einkerbungen zu sehen. Es konnten keine Falten sein, dafür waren sie zu kurz. Heiko betrachtete den Bildschirm, dann nahm er den Umschlag mit den anderen Fotos. Da musste doch noch eine Nahaufnahme des Gesichts dabei sein. Einen Moment später fand er, was er suchte. Volltreffer. Was war mit Fauck? Heiko fand keine Einschnitte auf seiner Wange. Seltsam. Er nahm die Fotos von den Gesichtern der beiden Opfer und scannte sie. Heiko schärfte sie im Photoshop und erhöhte die Kontraste. Es bestand kein Zweifel mehr. Aufgeregt nahm er den Telefonhörer. Es klingelte zweimal.

»Römer.«

»Haben Sie einen Moment Zeit? Ich muss Sie sofort sprechen. Ich komme zu Ihnen, bin in ein paar Minuten da. Checken Sie in der Zwischenzeit bitte Ihre Mails.« Ohne eine Antwort abzuwarten, legte er auf und schickte die Bilder per E-Mail an Gabriele Römer, bevor er aus der Inspektion stürmte.

Gabriele Römer saß am Computer. Anerkennend nickte sie ihm zu. »Wie sind Sie darauf gekommen? Das kann kein Zufall sein. Unglaublich! Ich hatte Ihnen ja gesagt, dass sie etwas damit zu tun haben muss. Wenn das kein Beweis ist!«

»Noch ist nichts bewiesen, es ist ein Indiz. Vielleicht haben wir es bei den neuen Fällen auch mit einem Nachahmer zu tun! Wir werden das untersuchen, aber leider haben wir nur die Bilder, die Leichen wurden damals eingeäschert. Dennoch, es wirft kein gutes Licht auf Clara Jolcke.« Er ging um den Schreibtisch herum und sah sich erneut die beiden Nahaufnahmen von Jolcke und Fauck an. Auf Johanns Wange war eindeutig der Buchstabe W zu erkennen.

18 Am Scheideweg

Heiko fuhr zu schnell. Das tat er immer, wenn er genervt war. Björn Schierling war ein Arsch! War er immer schon, selbst damals auf dem Gymnasium. Heiko konnte den Typ nicht ausstehen. Großkotzig und dabei so hohl wie der Baumstumpf auf Clara Jolckes Grundstück. Immer auf dicke Hose gemacht in der Oberstufe mit seinen Tattoos und dem Ohrring, der Maschine und dem schweren Helm. Und ständig diese dumme Sarah am Arm, hübsch, blond, blauäugig. Aber da hörte es dann auch auf. Beide Abziehbilder, von Individualität weit entfernt, engstirnig und homophob, politisch auf der sehr rechten Seite. Und dieser Arsch war ausgerechnet jetzt Chefreporter bei den »Stader Nachrichten«.

Mit achtzig Sachen fuhr Heiko durch das kleine Dorf in Richtung Apfelplantage.

Björns Reportagen waren der Bildzeitung würdig. Schierling polarisierte und manipulierte seine Leser, was das Zeug hielt. Im Visier hatte er nicht den unbekannten Mörder der beiden Opfer, die er inzwischen einfach *Moor-* oder *Baumstumpfleiche* getauft hatte, und auch nicht Babette, die im Koma lag, sondern den neuen Leiter der Mordkommission. Heiko fühlte sich wie in einem schlechten amerikanischen Highschool-Film aus den Neunzigerjahren.

Sein Handy hatte in dem Moment geklingelt, als er Gabriele Römer auf ihrem Bildschirm gerade den gut erkennbaren Buchstaben W auf Johanns Wange gezeigt hatte. Heiko machte den Fehler, nicht auf das Display zu sehen. Schierling war der Letzte, mit dem er reden wollte. Ob es Neuigkeiten gebe, Entwicklungen im Falle der Baumstumpfleiche, wollte der eingebildete Fatzke wissen. Unter uns alten Schulfreunden. Die Leser hätten ein Recht, zu erfahren, wo er, Heiko, als neuer Einsatzleiter inzwischen stehe. Angst gehe um. Die Bevölkerung müsse geschützt werden. Was für ein ausgemachter Quatsch! Heiko unterdrückte die aufkommende Wut, riss sich zusammen und vertröstete Schierling auf die kommende Woche. Er sei mitten in den Ermittlungen und könne im Moment nicht viel dazu sagen. Er war allerdings wütend auf sich selbst, dass er Schierling nicht das gesagt hatte, was er wirklich dachte. Dass er nicht den Mut gehabt hatte und immer noch in einer Dynamik gefangen war, die er seit der Zeit auf dem Gymnasium kannte. Bloß nicht die Klappe aufmachen.

Er hielt an, stieg aus und holte tief Luft. Er musste einen klaren Kopf behalten. Vier Leichen, die miteinander verbunden waren, drei davon mit einem eingeritzten Buchstaben auf der rechten Wange, deren Bedeutung er nicht kannte. Und alle Wege führten zu Clara Jolcke.

Vor ihm lagen die Felder im Sonnenschein, Kühe grasten, ein Falke zog seine Kreise, in der Ferne sah er zwei Rehe am Waldrand. Dies war seine Heimat, dies war eine friedliche Gegend, hier gab es keine Serienmörder, und wenn, blieben sie unentdeckt. Heiko war klar, dass er es mit einem Killer zu tun hatte, der ganz genau wusste, was er tat.

Reiß dich mal zusammen, schimpfte er lautlos mit sich.

Er stieg wieder in sein Auto und fuhr weiter. Kurz danach bog er in den Feldweg, der zu Clara Jolckes Anwesen führte. Von Weitem konnte er zwei Fahrzeuge an der Biegung erkennen. Die Jolcke stand vor ihrem alten Renault, der Weg zu ihrem Haus war blockiert von einem Traktor, auf dem ein Mann saß. Offensichtlich stritten die beiden miteinander. Er schaute auf die Uhr. Es war halb drei.

Clara Jolcke hatte die Inspektion vor zwei Stunden verlassen, wo war sie gewesen? Die Fahrt nach Hause dauerte knapp 25 Minuten.

Heiko hielt neben dem Renault und sah die Einkaufstaschen auf der Rückbank, sowie einen Sack Zement und eine Schaufel. Er stutzte. Gabriele Römer hatte Kreide im Mundraum der beiden Leichen gefunden. War Kreide nicht ein Kalkstein und war der nicht ein Bestandteil von Zement?

Ein kurzer Flash aus seiner Schulzeit. Sie hatten einen Ausflug zum Kreidesee gemacht, um das Zementmuseum zu besichtigen. Es war ein heißer Sommertag, aber sie durften nicht im See baden. Dort war vor Kurzem ein Taucher ertrunken, das Gewässer wurde als gefährlich eingestuft. Die Klasse schleppte sich bei der Hitze durch das Freilichtmuseum und lernte alles über die Herstellung von Zement. Ein weiterer Bestandteil dieses Baustoffs war Ton und den gab es, glückliche Fügung, in einer Ortschaft ganz in der Nähe, Lamstedt.

Es konnte kein Zufall sein, dass beide Leichen Kreide im Mund hatten. Der Mörder hatte nichts dem Zufall überlassen. Und wenn Jolcke ein Zeichen auf der Wange hatte, so wie die anderen Opfer, hatte er dann auch Kreide im Mund gehabt? Das würde nun nicht mehr festzustellen sein, da er eingeäschert worden war.

Heiko öffnete die Tür und stieg aus. Clara Jolcke blickte ihm feindselig entgegen, der Mann auf dem Traktor war vor lauter Wut rot im Gesicht. »Moin.«

Heiko erwiderte seinen Gruß nur mit einem Nicken und schaute Clara Jolcke fragend an.

»Folgen Sie mir jetzt nach Hause? Hat Ihnen meine Aussage heute Morgen nicht gereicht? Oder wollen Sie mich gleich ohne Beweise verhaften?«

»Nein, ich muss Sie enttäuschen, ich wollte zu Tom Morten und auf dem Weg Ihre Schwester besuchen.«

Clara Jolcke verzog keine Miene. »Falls Sie jemals hier durchkommen. Der Bauer blockiert den Weg!«

»Ich habe auch einen Namen, falls Ihnen das entgangen ist!«

Sie schnaubte verächtlich, während der Mann auf dem Traktor zu platzen drohte.

»Ich nehme an, Sie sind Malte Jensen, der Besitzer der Apfelplantage?« Heiko sah den wütenden Mann an. Er war um die fünfzig, drahtig, durchtrainiert und hatte unglaublich große Hände. Sein dunkelblondes Haar war kurz und ordentlich nach hinten gegelt, das Gesicht glattrasiert. Tiefe Falten auf der Stirn. Ein Mann, der bei Wind und Wetter draußen arbeitete.

Jensen nickte kurz und wurde etwas ruhiger. Heiko zeigte ihm seinen Ausweis. »Heiko Degen. Ich bin zuständig für den Mordfall Petra Harlor. Leider waren Sie letzte Woche, als wir die Leiche gefunden haben, nicht auf dem Hof. Gut, dass ich Sie treffe. Ich habe noch einige Fragen an Sie, wenn Sie nachher Zeit haben.«

»Sicher, gerne. Falls ich in diesem Leben dazu komme. Seit einer Viertelstunde blockiert die gute Dame hier meinen Weg.«

»Ich? Ich blockiere Ihren Weg? Das ist genauso mein Weg wie Ihrer! Und wenn Sie Ihren sicherlich ökologisch einwandfreien Traktor zurücksetzen, komme ich auch an Ihnen vorbei. Es ist ja nicht das erste Mal, dass Sie hier fahren und alles blockieren. Dieser gottverdammte Schotterweg ist eben zu eng. Sie hätten ihn längst asphaltieren müssen. Wenn ich jetzt zurücksetze, bleibe ich in den Fahrrillen stecken, die Sie mit Ihrem Trecker in den Matsch gefahren haben. Sie wissen doch genauso gut wie ich, dass hier alles vermodert ist vom Regen der letzten Wochen. Jedes Mal der gleiche Mist. Seit Sie hier sind, gibts nur Probleme. Und dieses Rumgefahre mit dem Traktor jede Nacht. Wollen Sie mich absichtlich um meinen Schlaf bringen? Und dass hier alles Bio ist, das glauben Sie doch selbst nicht!«

Sie funkelte ihn voller Wut an. Heiko traute seinen Ohren nicht. Die beiden stritten wirklich darum, wer als Erster den Weg frei machen würde? Beschwichtigend hob er die Hand. »Frau Jolcke, wie Sie sehen, muss ich auch hier durch. Herr Jensen kann hier nicht mit dem Traktor drehen, das sehen Sie doch. Und wenn er zurücksetzt und steckenbleibt, hat er ein großes Problem und blockiert den Weg noch länger. Falls Sie steckenbleiben, können wir Ihnen gerne behilflich sein!«

Ohne ein Wort stampfte Clara Jolcke wütend zu ihrem Auto, stieg ein und schlug mit einer Kraft, die Heiko ihr nicht zugetraut hätte, die Wagentür zu. Sie drückte den Rückwärtsgang rein und fuhr zwei Meter zurück auf die Grasnarbe. Nichts passierte. Sie versank nicht im Boden. Jensen startete seinen Traktor und fuhr langsam an ihr vorbei. Sofort drückte Clara Jolcke aufs Pedal und fuhr ohne ein weiteres Wort los.

Malte Jensen hielt seinen Traktor an und stieg ab. »Das geht jetzt seit Jahren so. Langsam habe ich wirklich die Nase voll von dieser geisteskranken Alten. Sie schikaniert mich, wo sie kann, sagt mir, was ich zu tun und zu lassen habe. Im letzten Herbst musste ich zwei alte Bäume fällen, die schon lange innen durch Blitzeinschläge hohl waren. Dass sie mich dafür nicht umgebracht hat, war alles. Die tickt nicht richtig, diese verrückte alte Kuh. Vor der muss man sich echt in Acht nehmen. Warum man sie wegen guter Führung vorzeitig aus der Haft entlassen hat, ist mir schleierhaft.«

Heiko stutzte. »Sie kennen die Geschichte?«

»Aber sicher, wer kennt sie nicht, ist ja schon fast so was wie eine Heimatlegende. Selbst meine Mutter hat mich schon vor ihr gewarnt. Wenn ich gewusst hätte, dass sie so schlimm ist, hätte ich den Hof nicht gekauft.«

»Sie kommen hier aus der Gegend?«

»Ja, meine Familie ist schon seit fast drei Jahrhunderten hier ansässig. Alles Landwirte. Aber ich bin der erste Apfelbauer, die anderen hatten immer Viehzucht. Ich bin Vegetarier.« Er lachte Heiko freundlich an. »Das passt nicht zusammen! Und ich passe auch nicht so richtig mit meiner Familie zusammen! Aber das ist ein anderes Thema.« Er wurde ruhiger und schaute sich um: »Das Land hier im Ostebogen ist fantastisch, allerdings habe ich einige Jahre gebraucht, um diesen Hof auf Demeter umzustellen. Der alte Besitzer hatte das Land mit Chemie verschandelt, Sie machen sich keinen Begriff. Andere Zeiten.«

Er wies mit dem Kopf auf die große neue Lagerhalle am Ende des Weges. Das rote Dach glänzte in der Sonne. »Dort kann ich jetzt die gesamte Ernte lagern und die Äpfel bleiben frisch bis zum nächsten Jahr, dank des Stickstoffs in der Atmosphäre der Druckkammern. Wenn Sie wollen, zeig ich Ihnen das mal. Aber erst nächste Woche, ich fahre heute Abend für ein paar Tage weg.«

Heiko nickte beiläufig, er hatte ganz andere Probleme, als sich Stickstoffhallen und knackige Äpfel anzuschauen.

Malte Jensen betrachtete stolz sein Land. »Das war extrem viel Arbeit und nicht immer einfach, gute Laune bei dieser Hexe zu behalten!«

»Kennen Sie zufällig die Schwester?«

»Luisa? Ja, klar. Unterschiedlicher können Schwestern nicht sein. Luisa ist immer freundlich und ihr Tee ist echt klasse, falls Sie mal in den Genuss kommen sollten. Aber in den letzten Wochen habe ich sie selten gesehen bei dem Schietwetter. Da verlässt sie ihr Haus kaum, außer wenn Gloria sie abholt. Einsames Leben, aber das leben wir eigentlich alle hier. Wie sie das mit dieser alten Giftziege aushält, ist mir schleierhaft. Aber sie hat wohl keine andere Wahl. Glauben Sie mir, wenn sie nicht im Rollstuhl sitzen würde, wäre die schon längst über alle Berge.«

19 Tagebuch der Spinne

Ich habe eine Mission. Eine Mission von Gott. Auge um Auge, Zahn um Zahn. Ich bin sein Werkzeug.

In jenem Moment, damals, im Regen an ihrem Grab wurde es mir vollkommen klar: Es war nicht ihre Schuld! Sie war ein Opfer, zu schwach, um sich zu wehren. Ich werde kein Opfer sein. Ich durchbreche den Lauf des Schicksals, befreie die anderen von ihrer Erbsünde.

Ich werde sie rächen und die, die vor ihr kam.

Deren Existenz auf Sünde und Untätigkeit aufgebaut ist und die immer noch ungestraft ihr Leben genießen: Sie widern mich an. Sie fühlen sich im Recht, weil sie sich an einer falschen Moral, am falschen Glauben orientieren. Weil sie wie die vor ihnen immer nur an sich gedacht haben, ohne Rücksicht, ohne Verständnis, ohne Nächstenliebe. Und tief in ihrem Innern wissen sie, dass es nicht richtig war, dass sie falsch gehandelt haben, als sie ihr verseuchtes Blut weitergaben. Sie wiegen sich in einer falschen Sicherheit, ungestraft davonzukommen. Obwohl eingelullt von den fadenscheinigen Versprechen ihrer Kirche, sind sie längst gottlos geworden und geben sich ihren Verfehlungen hin. Sie sind gierig, enthemmt, sie stopfen sich voll und nehmen, was sie kriegen können, ohne es zu brauchen. Sie sind missgünstig und wütend und glauben dennoch, richtig zu handeln. Und das Schlimmste ist, dass sie sich nicht ändern werden, gefangen in der falschen Annahme, dass sie im Recht sind. Sie sind alle miteinander verbunden und wissen es nicht.

Sie hängen alle in meinem Netz, schon lange. Ich spinne sie ein und warte auf den richtigen Zeitpunkt, bevor ich zuschlage und sie beseitige.

Ich hinterlasse Zeichen. Von Asche zu Asche, von Staub zu Staub.

Aber sie sind blind, sie erkennen noch nicht einmal die Schrift. Nun, beim ersten Mal wurde sie verbrannt, und das Zeichen auf Johanns Wange wurde übersehen. Das war ein großer Fehler. Beim letzten Mal waren die Zeichen eindeutig. Ich bin gespannt, ob sie diesmal jemand richtig interpretieren wird. Vielleicht der neue Kommissar? Vielleicht ist er schlauer als die anderen?

Und was ist mit Tom? Auch er weiß von gar nichts! Ein dummer Junge, der sich in Sicherheit wiegt, völlig unwissend, was ihn erwartet. Ein eitler Charmeur, der seine wahre Kunst noch gar nicht gefunden hat, da er sich nur an Dingen orientiert, die von außen kommen. Kunst kann nur entstehen, wenn man tief in sich hineinschaut, ehrlich ist mit sich selbst, keine Angst vor der eigenen Schwäche hat. Und seine Schmerzen in das hineingibt, was man kreieren möchte. Kunst ist nur, was untrennbar mit ihrem Schöpfer verbunden ist, nicht kopiert, sondern aus dem Ich geboren wird. Er ist weit entfernt von diesem Zustand.

Ich merke, dass die Zeit knapper wird. Meine Zeit ist endlich. Die Hölle ist real, es gibt sie wirklich. Die Kraft in meinem Körper schwindet ganz langsam. Aber nicht die Kraft in meiner Seele. Mein Hass lodert so stark wie immer, das Feuer brennt heiß und hoch.

Es wird nicht mehr lange dauern.

20 Astas Bank

Heiko schaute auf sein Handy. Es war erst halb sechs, später Nachmittag, aber die Tage waren noch kurz und um sieben würde es dunkel sein. Gott sei Dank hatte er einen Pullover mitgenommen, es wurde bereits kühler.

Er stand in Malte Jensens Apfelplantage und konnte das ehemalige Gesindehaus schon sehen, es war nur einen kurzen Fußweg vom alten Hof der Jolcke entfernt. Heiko sog die Schönheit der Landschaft, die ihn umgab, in sich auf. Die Sonne stand tief am Himmel, aber auf ein paar Minuten kam es jetzt auch nicht mehr an. Kurzentschlossen ging er nach links und sprang über den niedrigen Zaun, der den Deich von der Plantage trennte. Einen Moment später war er oben angelangt. Zwanzig Meter entfernt stand eine alte, vom Regen verwitterte, seltsam geschwungene Holzbank. Unter ihm floss die Oste. Der Fluss war hier fast dreißig Meter breit, und die Flut drückte das Wasser hoch ans Ufer, das von Schilf umgeben war. Von hier oben hatte er auch einen guten Blick über die Apfelplantage mit fast dreißigtausend Bäumen, wie ihm Malte Jensen stolz erzählt hatte. Er sah das alte Gehöft von Clara Jolcke mit dem Nebenhaus, in dem ihre Schwester Luisa lebte, und das Gesindehaus, das Tom gemietet hatte.

Fast zwei Stunden hatte er jetzt auf dem Anwesen verbracht. Malte hatte ihm seinen Hof gezeigt, die Scheune, seine beiden Pferde und die neue Lagerhalle, die riesig wirkte neben dem Haus, das der ehemalige Besitzer des Gutshofs in den frühen Achtzigerjahren für seine Frau gebaut hatte. Die war es leid gewesen, in dem alten

Gutshaus ihrer Ahnen zu leben, und war besser mit Fußbodenheizung, Rollläden und einer Einbauküche zurechtgekommen. Malte baute das gesamte Haus allerdings nochmals um, als er den Hof übernahm. Die Lagerhalle war 1200 Quadratmeter groß und zehn Meter hoch, bot genug Platz für die Ernte und war außerdem mit einer besonders großen Stickstoffkammer ausgestattet, die die Äpfel bis ins nächste Jahr frisch hielt. Malte lebte allein, seine Frau hatte ihn verlassen. Er fühlte sich zu Männern hingezogen und wollte nicht weiter eine Lüge leben. Lieber allein als gemeinsam einsam, hatte er gesagt und Heiko angesehen. Beide hatten gewusst, was er meinte.

Heiko hatte sich verabschiedet und war zum Nebenhaus des alten Hofs gegangen, um Luisa von Bassen aufzusuchen. Sie saß noch im Garten, ein Buch im Schoß, den Kopf im Nacken, die Augen geschlossen. Sie war eingeschlafen. Heiko betrachtete sie kurz und entschloss sich, sie nicht zu wecken. Er würde sie in den nächsten Tagen befragen. Und konnte so noch ein wenig Zeit am Deich verbringen.

Die Apfelplantage am Fluss war etwas Besonderes, eine magische beruhigende Stimmung ging von ihr aus. Die Zeit war hier stehen geblieben, nichts außer Erde, Bäumen, Äpfeln und Ruhe! Ein Hase sprang durch die Baumreihen. Heiko ging zu der alten verwitterten Bank, setzte sich und schloss die Augen, atmete die Stille ein und vergaß für einen Moment, dass er hier war, um zwei Mordfälle aufzuklären.

»Sie können wohl nicht genug von mir oder meinem Anwesen bekommen! Gibt es keine Deiche in Stade? Was schnüffeln Sie denn hier herum?«

Heiko schreckte zusammen, er hatte Clara Jolcke nicht kommen hören. Sie stand mit verschränkten Armen vor ihm und schaute ihn kalt an. Sie trug alte Holzpantinen, eine dicke Strickjacke, ausgebeulte Leggings, ihre Haare standen wirr ab. Eine verrückte alte Schachtel mit sehr wachen Augen, dachte er. Er ließ sich seine Überraschung nicht anmerken. Wie hatte sie es geschafft, dass er sie nicht bemerkt hatte? Oder war er kurz eingeschlafen?

»Und wie sitzt es sich so auf meiner Bank? Haben Sie dafür auch eine Erlaubnis oder einen Durchsuchungsbefehl?«

Heiko ließ sich nicht aus der Fassung bringen. »Warum wollen Sie das wissen? Der Deich ist öffentliches Gelände und Ihr Name steht nicht auf der Bank. Also alles völlig legal. Und warum sind Sie hier? Verfolgen Sie mich?«

Sie rollte mit den Augen und machte eine scheuchende Handbewegung, die ihm bedeutete, dass er zur Seite rücken sollte. »Ich komme oft am Abend hierher, wenn es nicht regnet.« Sie setzte sich an die äußere Ecke der Bank und schaute auf die Baumreihen. Die ersten Blätter waren an den Bäumen, es sah aus, als hätte jemand einen zarten grünen Flaum auf die Äste gelegt.

»Sie haben Luisa getroffen.« Sie hob abwehrend die Hand. »Machen Sie mir nichts vor und belügen Sie mich niemals, ich bin zu alt und habe zu viel Mist erlebt in meinem Leben. Für Lügen und Tricks habe ich keine Zeit mehr, die ist eh bald für mich abgelaufen. Ich bin krank, ausgelaugt, habe zehn Jahre unschuldig und unfreiwillig im Knast gesessen. Ich sage es Ihnen hier und heute ein einziges Mal. Ich habe meinen Mann und Reiner nicht umgebracht. Ich habe auch Petra und Cordes nicht umgebracht, wie könnte ich und warum? Haben sie mich genervt? Ja! Haben sie mich betrogen? Ja! Bin ich eine einsame alte Spinnerin? Höchstwahrscheinlich! Aber ich bin unschuldig. Auch wenn ich alle kannte, auch wenn die Spuren zu mir führen. Ich bin es leid, mich zu verteidigen. Ich bin es leid, als Mörderin gesehen zu werden, gebrandmarkt, ausgestoßen. Aber ich kann es nicht ändern, wie ich heute Morgen bei der Vernehmung bereits gesagt habe. Und ich werde mich nicht mehr ändern, ich kann es gar nicht. Ich will es auch nicht!«

Sie drehte sich zu ihm und sah ihn klar und entschlossen an: »Ich habe diese Menschen nicht ermordet! Suchen Sie hier nicht weiter. Lassen Sie mich und meine Schwester in Ruhe. Sie sitzt seit zwanzig Jahren im Rollstuhl. Wir haben genug durchgemacht. Sie sind ein schlaues Bürschchen, und ich hoffe nur, Sie sind clever genug, um diese Fälle aufzuklären. Aber begeben Sie sich nicht auf den Holzweg. Sie haben hier weder was zu suchen noch zu finden. Mein Leben geht Sie einen Dreck an und beschuldigen Sie mich nicht, nur um eine schnelle Lösung präsentieren zu können.«

»Ich beschuldige Sie nicht, ich mache meinen Job!«

Clara Jolcke erhob sich wortlos und wollte gehen. Heiko stand auf und verstellte ihr den Weg. Sie ging ihm knapp bis zur Brust, eine kleine alte Frau, die seinem Blick nicht auswich.

»Was hat es mit dem Buchstaben auf sich?«

Sie schaute ihn verständnislos an. Er setzte alles auf eine Karte. »Der Buchstabe auf der Wange Ihres Mannes?«

»Ich habe keine Ahnung, wovon Sie sprechen.« Sie bewegte sich keinen Millimeter und sah aus wie eine Raubkatze kurz vor dem Sprung.

»Wir haben auf der Wange Ihres toten Mannes einen Buchstaben gefunden, der ihm eingeritzt worden ist. Sie waren doch am Tatort, ist Ihnen das nicht aufgefallen? Haben Sie das nicht gesehen?«

Sie wurde blass. »Ich weiß nichts von irgendeinem Buchstaben, was soll das, was ist das für eine blöde Frage, wollen Sie mich verarschen?« Sie versuchte, an ihm vorbeizugehen, aber Heiko wich nicht von der Stelle.

»Wenn Sie es nicht waren, wer hat es dann getan? Wer hat ihn umgebracht und einen Buchstaben in sein Gesicht eingeritzt, ein Zeichen hinterlassen? Was glauben Sie?«

Wütend zuckte sie mit den Schultern. »Wenn ich das wüsste, hätte ich nicht zehn Jahre umsonst abgesessen. Das habe ich ja nun schon oft genug zu Protokoll gegeben. Ich bin nicht hier, um Ihren Job zu machen. Ich war es jedenfalls nicht, so Gott mein Zeuge ist. Falls es so etwas wie einen Gott geben sollte, was ich stark bezweifle. Egal, ob Jesus, Jahwe, Allah oder eine höhere Macht. Und wenn es sie gibt, dann ist sie meschugge. Rutschen Sie mir den Buckel runter mit Ihren Zeichen, spekulieren sie gefälligst woanders herum und lassen Sie mich in Ruhe. Und jetzt gehen Sie mir endlich aus dem Weg.«

»Wir haben auch bei Christian Cordes und Petra Harlor ähnliche Zeichen auf den Gesichtern gefunden. Die Fälle sind eindeutig miteinander verbunden. So viel steht fest.«

Mit einer Kraft, die er ihr nicht zugetraut hätte, drückte sie seinen Arm zur Seite, lief an ihm vorbei. Sie drehte sich noch einmal kurz um.

»Ein letztes Mal, ich habe nichts damit zu tun. Ich habe Johann und seinen gottverdammten Freund nicht umgebracht und auch niemals irgendjemandem irgendwas ins Gesicht geritzt. Was ging mich dieser tumbe Kommissar an? Der hat nur stur seinen Job gemacht und mich am Tatort verhaftet, das hätte ich an seiner Stelle auch getan. Und nennen Sie mir einen guten Grund, nur einen einzigen, warum ich Petra in einen Baumstumpf stecken sollte, das kann ich rein körperlich gar nicht. Ich bin eine alte Frau, hatte einen Schlaganfall und leide an Diabetes, falls Ihnen das entgangen sein sollte.«

»Vielleicht hatten Sie Hilfe?«

Sie schnaubte verächtlich: »Hilfe? Sind Sie jetzt völlig durchgedreht? Wer soll mir denn geholfen haben?

Vielleicht mein netter Nachbar? Oder ein geheimer Liebhaber?« Sie bellte ihn fast an, es schien, als fletschte sie ihr Gebiss, die Fäuste geballt. »Ach nein. Es war meine Schwester, wie dumm von mir, das nicht gleich zu sagen. Die kommt ja überall so wunderbar mit ihrem Rollstuhl hin.« Ihr Blick war hart und eisig, alle Mauern waren hoch, die Zugbrücke zu ihrer Seele hochgezogen.

»Und mein Name steht auf dieser Bank, schauen Sie auf die Rückseite. Vergessen Sie nicht, vielleicht auch mal die Perspektive oder den Standpunkt zu wechseln, Herr Kommissar, dann entdecken Sie vielleicht mehr.« Ohne ein weiteres Wort stapfte sie in den alten Holzpantinen von dannen und drehte sich nicht mehr um. Es gab nichts weiter zu sagen.

Heiko schaute ihr nach. Eine erstaunliche Frau, der er kein Wort glaubte und die ihn dennoch irgendwie faszinierte. Er ging zur Rückseite der Bank. Auf einem mit Grünspan überzogenen Messingschild stand ein Wort: ASTA. Darunter fast unleserlich und verwittert: Gestiftet von Clara Jolcke.

21 DAF

»Unfassbar.« Tom schaute Heiko erstaunt an. »Mut hat sie, das muss man ihr lassen. Und keine Angst vor der Konfrontation. Eine seltsame Frau, aber wen wundert es nach dem, was sie erlebt hat? Glaubst du wirklich, dass sie unschuldig ist und zehn Jahre ohne Grund im Gefängnis saß? Wer würde da nicht verbittert sein oder sich selbst aufgeben? Aber wer hat die Morde dann begangen? Das konnte sie dir ja auch nicht sagen. Oder wollte es nicht! Und wer ist Asta?«

Er schaute Heiko fragend an. Die beiden Männer saßen im alten Gesindehaus vor dem kleinen Kamin. Schoko hatte ihnen den Rücken zugedreht, schaute auf die Tür, hörte aber aufmerksam zu.

Es war ein kleines reetgedecktes Haus, liebevoll restauriert. Tom hatte gleich abgewunken, als er Heikos bewundernden Blick gesehen hatte, und erklärt, dass der Vormieter für die Renovierung und die Einrichtung verantwortlich war. Es war dunkel geworden. Heißer Tee mit einem Schuss Rum stand auf dem alten Eichentisch. Tom hatte auf dem Du bestanden, schließlich sei er aus den Staaten und da duze man sich sowieso. Heiko war es nur recht, es gab genug Förmlichkeiten, und die deutsche Angewohnheit, alles reglementieren zu müssen, behagte ihm sowieso nicht.

»Asta. Ach ja, die Inschrift auf der Bank. Keine Ahnung, ich muss mehr über Clara Jolcke herausfinden. Wo kommt sie her, was hat sie gemacht, bevor sie verurteilt worden ist, wieso sitzt die Schwester im Rollstuhl und lebt hier auf dem Gehöft? Ich weiß noch zu wenig über beide, kenne ihre Geschichte nicht. Aber die Jolcke hatte Kontakt zu allen, die ermordet worden sind, soviel ich weiß. Sie sagt, sie habe ihren Mann und seinen Freund nicht umgebracht, und bei Christian Cordes und Petra Harlor konnte die Spurensicherung nichts finden, was sie mit den Morden in Verbindung bringen könnte. Außer den Buchstaben, die auf den Wangen der Leichen eingeritzt worden sind, und der Kreide im Rachenraum habe ich sowieso kaum Anhaltspunkte. Ein Motiv für den Mord an Cordes hätte die Jolcke gehabt. Schließlich hat er sie verhaftet, da liegt Rache natürlich nahe. Man hat sie damals befragt. Aber zum Zeitpunkt, als Cordes verschwunden ist, war sie längere Zeit in Süddeutschland, steht in den Akten. Zum anderen aber und vor allem gab es damals ja gar keinen Beweis für einen Mord, Cordes war unauffindbar.«

»Was hat sie denn in Süddeutschland gemacht?«, fragte Tom. »Oder stand das nicht in den Akten?«

»Angeblich war sie dort zur Reha, sie hatte einen Schlaganfall.

Aber warum sollte sie ihre Putzfrau ermorden? Die entlässt man gewöhnlich, wenn man nicht zufrieden ist, oder?«

Tom schmunzelte. »Meine Mutter hätte unsere Putzfrau auch umgebracht, aber sie war meistens zu besoffen, um überhaupt irgendwas zu registrieren.« Auf Heikos fragenden Blick hin winkte er nur ab. »Frag lieber nicht. Meine Familie kommt bestimmt nicht aus einem Bilderbuch, ich bin der letzte Spross, sie sind alle tot und das ist auch gut so. Was ist übrigens mit mir? Ich hoffe, ich stehe nicht unter Verdacht? Ich kann dir versichern, dass ich die Opfer nie getroffen habe.«

»Nein, du stehst nicht unter Verdacht, keine Angst. Obwohl du nicht der Erste wärst, der den Fund einer

Leiche meldet, die er selbst dort hingelegt hat.« Er zwinkerte Tom zu. »Ich glaube nicht, dass du als Täter infrage kommst! Was hat dich eigentlich hierher verschlagen? In diese Einöde? Ein Typ wie du hier bei uns auf dem Land? Vollkommen ungewöhnlich!«

»Das Übliche. Burn-out! Ich muss irgendwo zur Ruhe kommen. Zwanzig Jahre New York, Berlin und die Kunstszene killen jegliche Kreativität. Auch meine. Ich konnte nicht mehr so weitermachen wie bisher.«

»Aber warum gerade hierhin? Wer zieht denn freiwillig in ein gottverlassenes Gesindehaus am Ende des Deichs im Niemandsland? Und dann noch im Winter?« Heiko trank einen Schluck des heißen Tees und lehnte sich zurück ins Sofa.

»Meine Familie väterlicherseits kommt ursprünglich aus dieser Gegend. Ich fühle mich hier wohl. Es fühlt sich an wie ein Zuhause, oder als ob es eines werden könnte. Das habe ich von Anfang an so empfunden. Mein Großvater war außerdem nach dem ersten Weltkrieg für einige Monate hier. Er hatte geschäftliche Verbindungen zur Zementfabrik und hat mir in meiner Kindheit oft davon erzählt. Er besaß eine Zinkfabrik in La Salle in Illinois. Die Zementfabrik in Hemmoor hatte dort seit 1910 eine Dependance und mein Großvater Edmund war zeitweise ein Teilhaber. Aber durch den Ersten Weltkrieg und die Inflation ging alles den Bach runter. Edmund tat alles, um die Fabrik zu retten, kam 1923 nach Deutschland, um Geschäftsbeziehungen zu pflegen, und lebte für einige Monate hier in der Gegend, in der Villa des Fabrikbesitzers. Da werde ich in den nächsten Tagen mal hinfahren, solange das gute Wetter anhält. Ende der Achtzigerjahre wurde das Fabrikgebäude abgerissen und die Kreidegrube zugeschüttet. Ich glaube, man hat einen See daraus gemacht.«

Heiko nickte. Der Kreidesee war sehr beliebt bei Tauchern, wenn auch gefährlich. Seit seiner Kindheit hatte er immer wieder entsprechende Schlagzeilen in den »Stader Nachrichten« gelesen.

»Im Grunde kenne ich diese Gegend schon seit meiner Kindheit aus den Beschreibungen meines Großvaters und wollte immer hierhin. Mein Anwalt in Berlin kennt den Besitzer dieses Hauses, et voilà, eins kam zum anderen. Ich entschloss mich kurzerhand, Berlin zu verlassen und es mit dem Landleben zu probieren. Dass ich allerdings eine Leiche finden würde, hätte ich nicht gedacht. Aber ich habe sie ja auch nicht gefunden, das war Schoko.« Der Hund spitzte die Ohren, bewegte sich aber nicht. Tom sah lächelnd auf den Rücken des Hundes. »Ein seltsamer Begleiter, ich weiß. Frag mich nicht, was in seinem Kopf vorgeht, aber er bekommt alles mit.«

»Offensichtlich! Und er mag Clara Jolcke.«

Tom sah ihn an. »Ja, das ist mir auch aufgefallen. Man kann allerdings nicht behaupten, dass das auch für ihre Schwester gilt, von der hat er sich zumindest ferngehalten. Seltsam, ich fand sie sehr nett. Ich habe sie heute zufällig kennengelernt.«

Heiko schaute ihn erstaunt an: »Wie hast du das denn geschafft? Letzte Woche wussten wir nichts von ihr, und du triffst sie eher als der leitende Kommissar. Als ich sie vorhin besuchen wollte, schlief sie im Garten.«

»Reiner Zufall. Ich war mit Schoko unterwegs und habe mir heute Mittag das alte Haus noch mal angesehen, Clara Jolckes Wagen war nicht da, und ich dachte, ich schau mich mal um. Das war ja letzte Woche in dem Regen nicht möglich.«

Er lachte.: »Hört sich ganz nach Schnüffelei an, ich gebe es zu. Aber man findet ja nicht jeden Tag eine Leiche, wer weiß, was da alles auf dem Hof abgeht. Oder was du da sonst noch finden wirst. Wie auch immer. Luisa von Bassen kam natürlich ausgerechnet in dem Moment zurück, als ich durch die Fenster des Nebenhauses schaute, in dem sie wohnt. Sie kam von einer medizinischen Massage im Nachbarort, und ihre Physiotherapeutin Gloria Fuchs hat sie in einem Van zurückgebracht. Sie sieht ihrer Schwester ein bisschen ähnlich, allerdings ist Luisa die Goldmarie und Clara die Pechmarie. Sehr gepflegt, zugewandt, aufmerksam, stillvoll, kultiviert und überhaupt nicht verbittert. Erstaunlich bei ihrem Zustand. Sie hat mich zum Tee eingeladen und wir haben eine Weile geplaudert. Sie war letzte Woche, als ich die Leiche gefunden habe und wir bei ihrer Schwester waren, gar nicht zu Hause, sondern bei ihrer Physiotherapeutin.«

»Gloria Fuchs? Wirklich? Gloria ist Luisa von Bassens Pflegerin?«

»Die beiden schienen sehr vertraut miteinander, hatte ich den Eindruck.« Tom nickte. »Kennst du sie?«

Heiko verdrehte die Augen. »Rote Haare, Ende dreißig, ein Meter achtzig, Modell männermordender Vamp?«

Tom lachte laut auf. »Besser kann man sie nicht beschreiben. Ich dachte, sie verschlingt mich auf der Stelle!«

Kann ich verstehen, dachte Heiko. »Gloria und ich kommen aus demselben Dorf und sind zusammen auf das Gymnasium in Stade gegangen. Sie war mal meine beste Freundin und hat mir sehr bei meinem Coming-out geholfen.«

Okay, jetzt war es raus: Ein schwuler Kommissar in der Einöde zu Besuch beim attraktivsten Mann, den er seit Jahren gesehen hatte. Heiko wäre am liebsten im Erdboden versunken. Tom lächelte kurz. Offensichtlich kein Problem für ihn.

»Wir haben uns nach der Schule aus den Augen verloren, ganz einfach. Es gab keinen Streit. Unterschiedliche Interessen, das Leben verändert sich und wir uns auch. Sie ist allerdings im Landkreis bekannt und lässt nichts anbrennen, wenn du verstehst, was ich meine. Ein hungriges Monster! So hat sie sich selber mal bezeichnet! Ab und zu sehe ich sie in Stade auf dem Wochenmarkt. Wir grüßen uns, mehr nicht. Was ihren Job betrifft, da soll sie ziemlich gut sein.«

»Den Typ kenne ich gut. Solche Frauen sind nichts für mich. Und im Moment bin ich nicht auf der Suche. Bin irgendwie kein Beziehungstyp, scheint mir. Und du?«

Heiko wich Toms Blick nicht aus. »Ich offensichtlich auch nicht. Finde mal einen guten Mann in diesem Landkreis. Die fallen nicht vom Himmel.«

Tom schaute ihn aus klaren grünen Augen an. »Ich kenne mich zwar mit Männern nicht aus, aber glaube mir, es gibt keinen großen Unterschied, ob du auf Männer oder Frauen stehst. Die guten sind einfach rar gesät. Egal wo auf der Welt und ob Stadt oder Land, das macht da auch keinen Unterschied. Und Traumprinzen existieren genauso wenig wie Traumfrauen. Möchtest du noch einen Schuss Rum in deinem Tee? Du bist doch jetzt sicher nicht mehr im Dienst.«

Heiko nickte zur Bestätigung. Tom stand auf, ging in die kleine Küche und machte eine Flasche auf. »Dieser hier ist echt gut … und er wärmt auch die Seele.« Er gab Heiko die Flasche. Heiko starrte auf das Etikett: *Mount Gay Rum*! Sollte das ein Witz sein? Heiko sah Tom an, deutete auf das Etikett und beide brachen in schallendes Gelächter aus. Schoko drehte sich um, kam zu Tom, sah ihn fragend an und setzte sich dann direkt vor ihn. Tom lachte immer noch.

»Alles okay, Dicker. Wir begießen nur eine Männerfreundschaft!«

Er kraulte Schokos Ohren, der dann zu Heiko ging, sich vor ihn setzte und wartete, bis der ihm über den Kopf strich. Den Hund sollte einer verstehen. Es schien so, als sei Heiko jetzt Teil seines Rudels.

Beide Männer schütteten einen großen Schuss Rum in ihre Tassen und tranken dann schweigend. Es war ruhig, friedlich. Heiko entspannte sich. Es gab kein Geheimnis zwischen ihnen. Sein Blick streifte durch den Raum. In dem offenen Durchgang zur Küche hing ein Dartspiel. Er stand auf und sah es sich aus der Nähe an. »Wow, das ist ein original englisches Sammlerstück aus dem neunzehnten Jahrhundert«, stellte er anerkennend fest.

»Kennst du dich damit aus?«, fragte Tom.

Heiko nahm die drei Pfeile aus der Scheibe, positionierte sich am Ende des Raumes, sechs Meter entfernt von der Dartscheibe. Die Pfeile trafen alle drei mit Präzision und erstaunlicher Geschwindigkeit die Mitte.

»Das beantwortet wohl meine Frage.« Tom stand auf und pfiff anerkennend durch die Zähne. »Fucking amazing.« In seinem Blick lag Bewunderung.

»Habe ich schon als Kind gerne gemacht, später kam dann Bogenschießen dazu. Hast du das mal gemacht? Coole Sache. Zeig ich dir gerne bei Gelegenheit. Hier auf dem Deich ist ja genug Platz.«

Die beiden warfen ein paar Runden und setzten sich wieder auf das Sofa. Tom trank einen Schluck. »Da muss ich wohl noch ein bisschen üben, du bist ja ein richtiger Meister. Was meintest du übrigens vorhin mit den Buchstaben und den Kreideresten im Mund der Leichen. War das bei allen der Fall? Welche Buchstaben? Lateinische Schrift? Oder sind das Informationen, die du nicht weitergeben darfst?«

»Eigentlich nicht für deine Ohren bestimmt und unter Ausschluss der Öffentlichkeit.« Heiko seufzte. »Aber ich komme da im Moment nicht weiter. Ich ermittle gerade allein in diesem Fall. Meine Chefin hatte einen Unfall und liegt im Koma. Es wird also dauern, bis sie wieder einsatzfähig ist, und die Kollegin, die mich unterstützen sollte, hat mich ebenfalls sitzen lassen.« Er winkte ab. »Das ist wirklich mein erster großer Fall, so viele Mörder laufen hier nicht rum, zumindest von denen ich weiß. Aber Spaß beiseite. Bei allen Leichen haben wir Kreide im Mund- und Rachenraum gefunden. Der Mörder hat sie eindeutig dort platziert. Was er uns damit sagen will, ist mir bisher ein Rätsel, denn Kreide ist kein Symbol für irgendetwas, soviel ich weiß. Ich habe da noch nichts gefunden.«

»Aber natürlich ist es ein Symbol, zumindest in der Traumdeutung.« Tom beugte sich vor. »Lach nicht, aber Traumdeutung gehört zu meinen Interessen, neben der Biologie und der deutschen Geschichte.« Er hob die Augenbrauen. »Ich bin eben doch ein Nerd. Sorry. Kalk – Kreide ist eine seiner Formen – wird im Traum als Symbol für begrabene Hoffnung gedeutet und auch als Warnung, besonders aufmerksam zu sein. Worauf will der Mörder aufmerksam machen? Wen will er warnen und um welche Hoffnungen, die offensichtlich zerstört wurden, geht es? Alle Opfer kommen aus der Gegend, alle sind mit Clara Jolcke verbunden. Aber haben sie untereinander auch eine Verbindung? Kannten sie sich eventuell, gibt es da eine Connection, von der du noch nichts weißt? Da gibt es doch diesen Ausdruck *Kreide fressen*. Bedeutet das nicht, dass man seine Stimme verstellt, die Unwahrheiten sagt? Vielleicht haben die Opfer etwas verschwiegen oder gelogen? Aber bei Kalk fällt mir noch etwas ein. Was hat diese Region über ihre Grenzen hinaus bekannt gemacht?«

»Äpfel? Landwirtschaft? Langeweile?«

Tom verdrehte die Augen. »Du siehst den Wald vor lauter Bäumen nicht. Natürlich die Industrie. Die Zementfabrik. Überleg mal, was hier im letzten Jahrhundert los war. Wie viele Menschen von der Fabrik lebten. Es wurde sogar eine eigene Eisenbahnlinie für den Transport gebaut. Es gab internationale Kooperationspartner. Selbst für den Sockel der Freiheitsstatue wurde Zement aus dieser Fabrik geliefert. Nicht nur für die Menschen aus dieser Gegend war die Fabrik wichtig, sondern auch für die gesamte deutsche Industrie.« Tom überlegte kurz.

»Wundere dich nicht, dass ich so viel darüber weiß, denn schließlich komme ich aus der Familie, die mit der Zementfabrik zusammengearbeitet hat. Vielleicht sollte ich da mal Unterlagen anfordern. *Morten inc.* gibt es zwar nicht mehr, aber alle Dokumente wurden aufbewahrt. Unsere Familie und das Unternehmen haben selbst ein kleines Museum in La Salle.« Seine Stimme nahm einen traurigen Klang an. Oder war es eher Resignation? »Mein Vater hat alles in den Sand gesetzt und meine Mutter war eh nur am Alkohol interessiert. Mich trifft da natürlich selbst auch eine gewisse Schuld. Fuer mich zählte nur die Kunst. Außerdem war die Zeit der Zinkgewinnung fast schon vorbei, als ich auf die Welt kam. Und kannst du dir vorstellen, wie ich in Anzug und Krawatte am Schreibtisch sitze? Also, worauf ich eigentlich hinauswollte: Woraus wird Zement gemacht? Im Wesentlichen aus Kalk und Ton, und die kamen beide aus Hemmoor und der Umgebung.«

Tom strich sich nachdenklich mit der Hand übers Kinn und fuhr dann fort: »Und gibt es wirklich nur einen Mörder, der alle vier Opfer umgebracht hat? Es kann ja auch jemand sein, der die Vorgehensweise bei den Morden an den beiden Männern übernimmt, sie nachahmt – in den USA nennen wir das Copycat –, um den neuen Mord Clara Jolcke in die Schuhe zu schieben.« Tom stand auf, ging zum Kamin und legte ein Holzscheit nach. »Aber das ist auch Quatsch, denn es gibt ja noch diesen ehemaligen Kommissar, der ja auch gezeichnet ist.«

Tom überlegte. »Nein, es hört sich so an, als ob du einen Täter hast, der wohl seit Jahrzehnten mordet. Die Frage ist, ob und was hat Clara Jolcke damit zu tun, wenn sie nicht die Mörderin ist? Wenn sie es aber ist, dann ist sie richtig gut, denn es gibt ja keine nachweisbaren Spuren. Du hast also wenig in der Hand, außer dass die Kreide auf die alte Fabrik hinzuweisen scheint, und die ist seit den Achtzigerjahren geschlossen. – Welche Buchstaben sind es denn?«

»Die machen bisher noch nicht viel Sinn. H bei Christian Cordes, V bei Petra Harlor und ein W bei Johann Jolcke, alle eingeritzt auf der linken Wange der Opfer, nur bei Jolckes Freund nicht. Es sind jedenfalls nicht die Anfangsbuchstaben der Namen. Bestimmt haben sie einen besonderen Sinn, aber der erschließt sich mir noch nicht.«

Tom lachte »Das wäre auch zu einfach. Hoffentlich kommen nicht noch mehr Leichen dazu, sonst wird mir die Gegend langsam unheimlich. Ich denke, durch die Kreide, die hier so wichtig war, sind alle Morde miteinander verwoben, aber du bist der Fachmann und ich nur Bildhauer.«

»Mit einer erstaunlich guten Kombinationsgabe! Lass mich mal in Ruhe über alles nachdenken.«

Heiko gähnte. Er konnte den Alkohol im Blut spüren, sein Kopf wurde schwer. »Langer Tag! Ich sollte langsam los.« Er schaute auf die Uhr. Es war fast neun. Er gähnte noch mal. »Sorry, oh Mann, der Rum hat es in sich! Ich glaube, ich brauche ein Wasser.«

»Na, du bist ja wirklich keinen Alkohol gewöhnt.« Tom lachte. »Kommt wahrscheinlich daher, dass du so fit bist, da verträgt der Körper ihn nicht so gut. Bei mir wirkt er ja eher stimulierend und ich rede wie ein Wasserfall. Ich mache dir einen Espresso, der wird dich fit für die Rückfahrt machen.«

Tom ging in die Küche und setzte Wasser auf. Er drehte sich um. »Ich werde in den nächsten Tagen mal zu dieser Zementfabrik fahren. Solange die Sonne scheint, muss ich das ausnutzen. Schließlich habe ich mir ja heute nicht umsonst ein Fahrrad gekauft.« Er grinste. »Der nächste Regen kommt bestimmt.«

22 Der Entschluss

Gabriele Römer saß immer noch am Mikroskop. Sie schaute auf die große Wanduhr, 21 Uhr, es war ihr egal. Sie hatte sowieso kein Privatleben mehr und im Institut war sie besser aufgehoben als zu Hause. Dort hätte sie nur den Kühlschrank geplündert, sich danach mit einer Flasche Wein vor den Fernseher gelegt, bis sie eingeschlafen sein würde. Die Einsamkeit, nachdem Christian so plötzlich und spurlos verschwunden war, war über die Jahre ihr ständiger Begleiter geworden.

Die ersten Jahre hatte sie immer gehofft, dass er zurückkommen, eines Tages ganz einfach vor der Tür stehen würde. Sie hätte ihn wortlos und ohne Vorwürfe hereingelassen. Sie liebte ihn. Doch die Hoffnung verlor sich im Laufe der Zeit und machte Platz für die Wut. Seine Familie bekam alle Anteilnahme, für sie gab es nur Getuschel, man wusste ja von der Affäre.

Hatte er sie wirklich geliebt? Zweifel, die in betrunkenen Nächten endeten. Sie begriff nicht, warum er verschwunden war. Aber die Wut wich irgendwann der Hoffnungslosigkeit. Sie wollte wieder zurück nach Hamburg, einen anderen Mann kennenlernen, das Leben leben. Doch in ihrem Inneren wusste sie, dass sie sich nur selbst belügen würde. Die Wunde, die Christians Verschwinden hintergelassen hatte, war zu tief. Sie konnte nicht mehr vertrauen und blockte mehr und mehr alles ab, vergrub sich in ihrer Arbeit und ihren Forschungen. Arbeitete an einem Buch, das sie wohl nie zu Ende schreiben würde. Das Leben glitt dahin und in ein paar Jahren würde sie pensioniert. Wen interessierte eine Frau, die die Fünfzig lange überschritten hatte? Sie wurde zu einer der Frauen, die in der Gesellschaft unsichtbar waren. Dann verlor sie irgendwann das Interesse an sich selbst.

Gabriele hatte die Zeit vergessen. Vor ihr auf dem Bildschirm die Gesichter der vier Leichen. Vier Opfer von Clara Jolcke, dessen war sie sich hundertprozentig sicher. Wer sonst hätte es gewesen sein können außer ihr? Wer sonst hätte ein Motiv gehabt? Sie kannte die Opfer, hatte mit jedem in Verbindung gestanden. Petra Harlor war Gabriele egal, Johann Jolcke und sein Freund, das war eine Ewigkeit her, und sowieso, viele Ehefrauen brachten ihre Männer um oder hatten es zumindest vor. Aber Christian! Der tat weh, immer noch. Natürlich hatte die Jolcke ihn ermordet. Schließlich war er derjenige, der sie verhaftet und vor Gericht gegen sie ausgesagt, sie schwer belastet hatte. Er war einer der Hauptzeugen und auch aufgrund seiner Aussage wurde sie verurteilt! Doch selbst nach der Verurteilung ließ Christian der Fall nicht mehr los. Sogar als er bereits in Stade war, kam er immer wieder auf die Jolcke zurück. Er sagte es nie deutlich, aber Gabriele wusste, dass etwas an ihm nagte. Dabei war die Sachlage doch ganz eindeutig. Er fand Clara Jolcke mit der Tatwaffe in der Hand neben den Leichen. Woher der Hinweis kam, dass in einer Nebenstraße auf dem Kiez anscheinend ein Mord begangen wurde, wurde nie geklärt. Ein anonymer Anruf aus einer Telefonzelle. Umstände, die Gabriele damals nicht interessiert hatten.

Und es war ihr egal, wie die Jolcke Christian ins Moor geschleppt haben könnte und ob sie die Kraft dazu besaß! Lebendig in einen Müllsack gepackt und sterben lassen? Das war unmenschlich, das war bestialisch!

Ihr wurde schlecht bei dem Gedanken. Sie wollte aufstehen, aber ihr wurde schwindelig und sie fühlte sich plötzlich wie gelähmt. Eine immense Hoffnungslosigkeit, die auf einmal alles in ihr verschlang, stieg in ihr hoch. Es war ein bekanntes Gefühl, ein altes Gefühl, vertraut. Warum weitermachen, warum weiterleben? Letzte Woche Freitag hatte sie die Jolcke zufällig aus der Polizeiinspektion kommen sehen, kein bisschen besorgt oder auch nur irritiert hatte sie gewirkt, und Gabriele wusste, dass es für sie keinen Ausweg aus der Hoffnungslosigkeit mehr gab. Die Befragung durch Heiko hatte nichts ergeben, er war keinen Schritt weitergekommen. Sie mochte ihn, aber er war unerfahren. Ihm fehlte der Instinkt, den Christian gehabt hatte. Es lag ihm im Blut, schon sein Vater war bei der Polizei gewesen.

Nach außen hin blieb sie ruhig und reserviert wie immer und ließ sich nichts anmerken. Diese Rolle hatte sie ihr ganzes Leben gespielt, das konnte sie gut mit der leichten Lustigkeit einer beleibten Frau, die ihr Leben anscheinend im Griff hatte. Jetzt legte sie den Kopf in die Hände, wollte weinen, aber es kamen keine Tränen. Nur die Wut war wieder da, und Gabriele war dankbar, griff nach ihr wie nach einer rettenden Hand. Alles besser als diese verzweifelte Hoffnungslosigkeit und die tiefe Sehnsucht, die sie seit Jahren spürte und von der sie wusste, dass sie nie mehr gestillt werden konnte. Sie holte tief Luft, setzte sich aufrecht hin und griff nach ihrer Handtasche. Sie hatte immer einen Flachmann für Notfälle dabei, unauffällig versteckt in der kleinen Seitentasche. Sie nahm einen kräftigen Schluck.

Was hatten diese Buchstaben zu bedeuten? Warum hatte Clara Jolcke sie auf die Wangen ihrer Opfer geritzt? Sie hatte es mit einem kleinen Messer mit dreizackiger Klinge gemacht, das konnte sie den Vergrößerungen der Fotos entnehmen. Gabriele betrachtete das Bild der Moorleiche. Was bedeutete der Buchstabe H auf seiner Wange? Tagelang hatte sie sich den Kopf darüber zerbrochen, ob es etwas anderes sein könnte, eine Rune, ein geheimes Zeichen, eine andere Sprache, hatte es gewendet und auf den Kopf gestellt. Aber es war eindeutig ein H, genauso wie sie das V auf Petra Harlors Wange erkannte und das W auf Johann Jolckes Gesicht. Seltsam, dass seinem Freund kein Buchstabe eingeritzt worden war.

Was bedeutete also das H bei Christian? Wo lag der Schlüssel? Es musste ja eine Botschaft der Mörderin sein, so etwas machte man nicht aus Spaß an der Freude. Was wollte sie damit ausdrücken? H für Hass? Hochmut? Hass war eine Todsünde, Hochmut auch. Sie wurde plötzlich nervös ... Und der Buchstabe W? Sie machte ein neues Programm auf ihrem Computer auf und gab den Begriff Todsünde ein. H für Hass oder Hochmut, W für Wollust. Das V für Völlerei? Ja, das könnte Sinn machen, dachte Gabriele, denn Petra Harlor hatte definitiv der Völlerei gefrönt. Aber es waren sieben Todsünden und nicht drei. Oder gab es noch mehr Leichen, die noch nicht entdeckt worden waren? Nein, das wäre zu absurd. Wen sollte Clara denn noch umgebracht haben? Und warum?

Aber Christian hatte sie ermordet, musste ihn ermordet haben! Das spürt sie einfach. Und sie, Gabriele, würde die Mörderin dafür zur Rechenschaft ziehen, so oder so. Clara Jolcke musste für ihre Schuld büßen. Sie hatte nicht nur Menschen ermordet, sondern letzten Endes auch Gabrieles Leben zerstört!

23 Gegenüber von Aldi

Bertha Jensen faltete die Zeitung zusammen. Sehr präzise, ohne Eselsohren, so wie sie es gelernt hatte, für den nächsten Leser, obwohl sie die »Stader Nachrichten« bezahlte, es war ihr Abonnement. Aber in diesem unsäglichen Haus interessierte sich ohnehin niemand auch nur im Entferntesten für dieses Blatt oder seine Neuigkeiten. Plötzlich fiel ihr wieder ein, dass ihre Mutter Elisabeth die Zeitung für den Vater immer gebügelt hatte, um die Druckerschwärze zu fixieren und damit sich der Vater nicht die Hände schmutzig machte. Als ob es nichts Wichtigeres geben könnte. Traditionen sind wichtig, pflegte ihre Mutter zu sagen, Regeln sind wichtig, denn sie halten die Gesellschaft zusammen.

Berthas Kindheit und Jugend war geprägt von den Regeln auf dem Gutshof ihrer Eltern. Er lag gleich neben dem neuen Anwesen des Fabrikbesitzers, und viele Lebensmittel, die auf dem Hof ihres Vaters erwirtschaftet wurden, von der Milch und den Eiern bis hin zum Fleisch der geschlachteten Tiere, wurden in diesen großen Haushalt eingebracht. Ein einträgliches Geschäft auch während des Krieges. Hunger hatte sie nie, dafür gute Zähne, es gab keinen Zucker!

Streng erzogen, protestantisch, keine Flausen im Kopf, norddeutsch. Was der Vater sagte, galt. Er war ein strenger Mann. Da wurde nie lang rumgeschnackt.

Jörg Andresen war der Herr im Haus, da gab es kein Vertun! Frauen folgten gehorsam, ihre Mutter an erster Stelle. Ein großes Herz, dem eigenständiges Denken und Entscheiden fremd war. Bertha heiratete spät, bekam sieben Kinder. Malte war das letzte, ein Nachzügler. Da hatte sie schon nicht mehr damit gerechnet. Sie liebte ihren Mann leidlich, aber er sorgte für sie und die Kinder. Er kam aus dem Nachbardorf, hatte einen Bauernhof mit jeder Menge Viehzeug. Viel Arbeit, wenig Zeit, um nachzudenken, die Kühe mussten um fünf gemolken werden.

Sie blickte aus dem Fenster ihres Zimmers auf die graue Wand des neuen Aldi, den man jüngst neben das Seniorenheim gebaut hatte. All diese Supermärkte, in denen sie sich nicht zurechtfand. Zu groß, zu viel Ware, zu viele Gänge. Zu bunt, zu laut, zu voll! Und jetzt versperrte ihr der lustlose flache Bau auch noch den Blick. Sie wandte sich ab. Sie wusste, dass es nicht der Neubau war, der ihr die Stimmung vermieste.

Ihr Mann war vor zwei Jahren gestorben, die Kinder lebten in Deutschland verstreut, bis auf Malte. Unmöglich, das Haus zu halten, den Hof hatten sie eh schon lange nicht mehr bewirtschaften können, er wurde verpachtet, aber das Haus blieb. Ihr Zuhause. Jetzt war sie in einem Zimmer untergebracht, mit Teeküche, 24 Quadratmeter, ein Komfortzimmer. Berthas Lippen waren nur noch ein dünner Strich. Ausgerechnet Malte hatte sie in dieses Seniorenheim gesteckt. Wollte nicht, dass sie auf seinen Apfelhof zog. Keine Zeit, zu viele Umstände, nur Arbeit. Sie wusste, dass es nur Ausflüchte waren. Einfach war er nie gewesen, immer für sich, aber nach der Scheidung von Birgit bekam sie nichts mehr aus ihm raus. Sie wusste, dass er Männer liebte. Das hatte sie schon gewusst, als er noch ein Junge war. Ihr war es egal. Er war ihr Sohn. Und nun hatte er sie im Stich gelassen. Hatte keinen Platz mehr für sie.

Aber vielleicht war es auch gut so. Sie hätte es kaum ertragen, neben Astas Töchtern ihre letzten Jahre zu verbringen. Stumm saß Bertha Jensen auf ihrem alten Küchenstuhl. Sie war fast 86 Jahre alt, hatte sich bereits überlebt. Sie war gesund, hatte ein kräftiges Herz, aber keine Lust mehr. Nicht dass sie freiwillig aus dem Leben scheiden würde, aber sie erwartete nichts mehr! Und jetzt noch diese furchtbare Geschichte. Sie nahm die Zeitung wieder in die Hand. Normalerweise las sie die Artikel nicht, die dieser schreckliche Redakteur Björn Schierling schrieb. Hysterisch, reißerisch, nicht ihr Stil. Schlimmer als die Bildzeitung. Aber der Name in der Überschrift traf sie tief. Tiefer, als sie es für möglich gehalten hatte.

»Clara Jolcke erneut in einen Mordfall verwickelt.«

Sie las den Artikel noch mal. Man hatte die Leiche von Petra Harlor auf dem Grundstück gefunden, das auf der Apfelplantage ihres Sohnes lag. Sie kannte Petra, sie war schon als Kind ein dickes, unglückliches Mädchen, genau wie ihre Mutter. Petra hatte den Absturz des Dorfes nach der Schließung der Zementfabrik mitbekommen, war von ihrem Mann verlassen worden und musste putzen gehen. Ihre Mutter Hanne hingegen, na das war eine andere Geschichte, die hätte den Tod eher verdient. Die Frau des Bäckers. Sie dachte ihr Leben lang, sie sei was Besonderes, war schon als Kind eine falsche Schlange, hinterhältig, eifersüchtig und boshaft. Sie hatte Asta das Leben zur Hölle gemacht, und sie war nicht die Einzige gewesen.

Asta. Oh Asta. Wie ein Stern am dunklen Himmel hatte sie geleuchtet. Eine Schönheit, und doch von allen gemieden. Ein Bastard, eine uneheliche Tochter, ein Schandfleck, Frucht der Sünde und in den Augen des Dorfes, der Umgebung genauso verdorben wie ihre Mutter.

Bertha hatte Astas Mutter Minna nicht gekannt. Nur ein Bild von ihr gab es. Aufgenommen bei einem großen Frühlingsfest des Direktors. Sie hatte sich nach der großen Depression Ende der Zwanzigerjahre das Leben genommen, war einfach bei Sturm und Eis in die Oste gegangen. Mit ein paar Steinen in den Manteltaschen. Heiligabend. Schrecklich. Da war Asta erst fünf Jahre alt. Berthas Mutter behielt das kleine Mädchen auf dem Hof, obwohl ihr Vater dagegen war. Sie ging zur Schule, arbeitete schon früh als Magd. Das Wort Kinderarbeit gab es damals nicht. Heutzutage machten alle so ein Geschrei darum. Wenn die wüssten. In der Landwirtschaft musste jeder anpacken und mitarbeiten, egal wie alt. Dieser neumodische Kram und dieses Gerede um solche Kleinigkeiten ließen sie immer ganz unwirsch reagieren!

Als kleines Mädchen war das für Bertha alles normal, und mochte Asta auch einen niederen Rang haben, Bertha suchte die Nähe der ein paar Jahre Älteren, fand sie wunderschön und wollte so leuchten wie sie. Mit Schlägen trieb ihr die Mutter das aus. Fernhalten sollte sie sich. Asta war Magd, nicht Freundin. Schluss! 1950 verschwand Asta vom Hof. Eines Morgens war sie einfach nicht mehr da. Man munkelte etwas von Hamburg, unter die Räder gekommen, leichtes Mädchen, Dirne. Bertha wusste nicht, was das bedeutete, sie war gerade fünfzehn Jahre alt, fragte auch nicht weiter. Die Mutter schwieg.

Viele Jahre später hatte sie natürlich auch in der Zeitung und im Fernsehen den großen Mordprozess in Hamburg verfolgt, der einer Clara Jolcke gemacht wurde, die ihren Mann und dessen Liebhaber umgebracht hatte. Was für ein verkommenes Volk, dachte sie damals, das ganze Kroppzeug. Mit denen hatte sie nichts zu tun. Die sollten mal schön dort bleiben, wo sie hingehörten! Auf die Reeperbahn! Und dann, viel später, es muss nach der Verurteilung gewesen sein, der Moment, in dem sie Claras Mädchennamen das erste Mal in der Zeitung sah. Hammer. Clara Hammer, verheiratete Jolcke, und ihre Schwester Luisa, die einen von Bassen geheiratet hatte. Asta Hammers uneheliche Töchter, Bastarde, genau wie die Mutter.

Bertha stand unruhig auf. Sie konnte es kaum ertragen. Und jetzt war ein weiterer Mord passiert. Auf dem Grundstück der Schwestern. Die arme Petra. Und man hatte die Leiche des Kommissars entdeckt, der Clara seinerzeit verhaftet hatte. Zwei Jahrzehnte hatte sie im Moor gelegen. Schrecklich. Was würde noch passieren? Und diese Frauen lebten nur einen Steinwurf von Malte entfernt, der von der ganzen Geschichte nichts wusste! Sie musste ihn warnen, so schnell wie möglich!

24 Blick zurück

Tom stöhnte leise auf. Verdammt, er war doch nicht mehr so fit, wie er gedacht hatte. Es waren noch gut drei Kilometer bis nach Hause. Er hatte gerade die Biegung von der Deichstraße an der Oste hinter sich gelassen und fuhr nun landeinwärts. Es war kurz nach 17 Uhr. Der Wind peitschte regenschwere dunkle Wolken heran. Tom trat kräftig in die Pedale und hoffte, noch trocken nach Hause zu kommen, doch die ersten dicken Tropfen platschten schon kräftig auf ihn herunter. Hätte er bloß eine Regenjacke mitgenommen. »Stupid American tourist«, fluchte er leise. Typisch für ihn, so unvorbereitet zu sein. Es war erst April, aber er war einfach davon ausgegangen, dass das warme Wetter der letzten beiden Wochen anhalten würde.

Dabei hatte der Tag so gut angefangen. Zwanzig Grad, blauer Himmel, ein leichter Wind, der Wetterbericht hatte erst für den späten Abend Regen vorausgesagt. Der perfekte Tag, um endlich auf das Fahrrad zu steigen und die Gegend zu erkunden. Schoko würde für ein paar Stunden allein zurechtkommen, die fünfzehn Kilometer bis zum Kreidesee waren ein Klacks, dachte Tom. Und außerdem hatte er Heiko versprochen, sich mal auf dem Gelände der ehemaligen Zementfabrik umzuschauen. Um 10 Uhr fuhr Tom über den Feldweg, vorbei an Clara Jolckes Anwesen, winkte Malte kurz zu, der gutgelaunt auf seinem Trecker saß und die Furchen zwischen den Baumreihen umgrub. Die kurze Strecke bis zur Straße war holprig, kleine Steine stoben zur Seite. Auf der rechten Seite noch ein Apfelhof, auf der linken weite Felder, auf denen bald Mais ausgesät werden würde. Auf der nächsten Weide starrten einige Kühe den Mann auf dem seltsamen Drahtesel verständnislos an, aber Tom lachte, muhte vor lauter Lebensfreude den Kühen zu, in der Hoffnung, dass ihn keiner hören konnte.

Auf der Hauptstraße bog er links ab und fuhr auf die Ortschaft Osten zu. Von dort aus war es nur ein Katzensprung zum Kreidesee. Er genoss die Ruhe, kaum ein Auto war auf der einspurigen alten Deichstraße unterwegs. Da konnte ihm Berlin gestohlen bleiben, New York sowieso. Er war genau dort, wo er hingehörte, hierhin, ans ruhige Ende der Welt. Nach einer Dreiviertelstunde erreichte er Osten, das kleine Dorf mit der bekannten Schwebefähre, inzwischen ein Industriedenkmal und von Touristen benutzt, die wie er die Gegend mit dem Fahrrad erkunden wollten. Relikt einer Zeit, in der das Dorf durch die Nähe zur Zementfabrik überregionale Bedeutung erlangt hatte. Alte, liebevoll renovierte Kapitänshäuser auf dem Deich. Die Hauptstraße lag verlassen da, die Apotheke und ein Fleischer hatten geöffnet. Eine friedvolle Stille. Toms Laune wurde immer besser, und anstatt links über die Brücke zu fahren, die hier die Oste überquerte, entschloss er sich für die längere Tour am Deich entlang Richtung Oberndorf. Dort gab es eine weitere Brücke, die ihn ebenfalls an den Kreidesee bringen würde, der auf der anderen Flussseite lag.

Seit langer Zeit fühlte Tom sich wieder glücklich. Ein fast vergessenes Gefühl aus seinem tiefsten Inneren stieg hoch, eine Ruhe, eine Erfülltheit, bedingt allein durch die Verbundenheit mit der Natur, mit dieser Landschaft. Er spürte seine Wurzeln, diese Gegend war ihm merkwürdig vertraut, es war seine Heimat. Tom versank manchmal in einem tranceähnlichen Zustand, wenn er arbeitete, wenn seine Hände etwas aus Material formten, er etwas schuf. Aber die Verbundenheit mit der Natur in diesem

Moment machte ihm klar, was er gesucht hatte. Er war seit langer Zeit endlich wieder bei sich.

Schweigend radelte er die zehn Kilometer bis zur nächsten Brücke, vorbei an einzelnen Häusern und Höfen und überquerte den Fluss in Oberndorf. Es war inzwischen Mittag, nur ein kleines Geschäft hatte geöffnet, außer Konserven und Junkfood war nicht viel zu erstehen. Immerhin gab es Bananen und Kaffee. Der Sud schmeckte widerlich, machte ihn aber für die nächste Etappe fit.

Tom fuhr weiter, der Wind wurde plötzlich frischer. Nach einer halben Stunde überquerte er die alte Eisenbahnlinie, die jahrzehntelang Zement von hier aus in die ganze Welt gebracht hatte. Die Straße machte eine leichte Biegung. Hinter einer halbhohen Mauer lag die Villa des ehemaligen Fabrikdirektors. Ein großer Klinkerbau mit Freitreppe. Tom schaute in den Garten, der mit den riesigen alten Bäumen einer Parklandschaft ähnelte. Vor dem verschlossenen Tor zum Anwesen war eine Tafel angebracht, auf der die Geschichte des Gebäudes erklärt wurde, zum Beispiel, dass der nebenan gelegene Hof, ein altes Fachwerkgebäude mit Stallungen, die Villa damals mit Lebensmitteln versorgt hatte.

Hier hatte also sein Großvater vor fast hundert Jahren einige Monate verbracht. Interessiert schaute Tom sich auch die Fotos aus dem letzten Jahrhundert an. Eines zeigte den stolzen Besitzer und seine Familie kurz nach Fertigstellung der Villa. Daneben der Garten im Sommer, die Bäume noch klein. Auf dem nächsten Bild die Familie des Direktors und alle Angestellten. Es waren nicht nur die im Haus tätigen Bediensteten zu sehen, sondern auch die Mitarbeiter des Hofes nebenan. Neben dem Bauern und seiner Frau die Knechte und Mägde. Fasziniert betrachtete Tom die Gesichter der inzwischen längst verstorbenen Menschen. Man hatte Aufnahmen aus verschiedenen Jahren zusammengestellt, und er konnte sehen, wie alle älter wurden, einige Gesichter blieben, einige verschwanden. Auf einem Foto, das Mitte der Zwanzigerjahre aufgenommen worden war, sah er eine junge Frau, offensichtlich eine Magd, die scheu am Rand stand. Irgendwo hatte er das Gesicht schon einmal gesehen, konnte es jedoch nicht einordnen. Vielleicht erinnerte sie ihn einfach nur an jemanden, der Gedanke verschwand schnell wieder. Der Bauer kam ihm ebenfalls merkwürdig bekannt vor. Aber auch damit beschäftigte er sich nicht weiter.

Tom stieg wieder auf sein Fahrrad und fuhr die Straße weiter Richtung Kreidesee. Es gab hier nur wenige Häuser, kein Mensch war zu sehen. Ein Donnerstagmorgen im April in Norddeutschland. Was für ein Unterschied zu all den Metropolen dieser Welt, in denen er viele Jahre verbracht hatte. Nach zweihundert Metern war Tom an der B 73 angekommen, die ihn nun vom See trennte.

Auf der rechten Seite sah er das Museum, in der die Geschichte des Werkes beschrieben wurde. Bis zu zweitausend Menschen hatten hier zeitweise gearbeitet. Unglaublich. Die ganze Gegend hatte neben der Landwirtschaft hauptsächlich von diesem Industriewerk gelebt, ein bisschen so wie Stade heute von Airbus. Von all dem war nichts mehr zu sehen. Es war kaum noch zu spüren. Nachdem das Werk 1983 geschlossen worden war, hatte man die riesigen Fertigungsanlagen abgerissen, und das ehemalige Werksgelände lag brach in der Frühlingssonne, nur ein Verwaltungsgebäude hatte man stehen lassen. Tom konnte noch Betonsockel und asphaltierte Parkplätze erkennen, die nach und nach von der Natur überwuchert wurden. Aus vielen Rissen wuchsen bereits Sträucher und junge Bäume. Es sah trist aus, leblos. Ein überdimensionales, industrielles Grab, bis sprichwörtlich Gras über die Sache gewachsen war. Daran konnten auch der Parkplatz für Taucher und der Campingplatz, jetzt im Frühjahr noch unbelebt, nur wenig ändern. Die ehemalige Fördergrube war inzwischen ein See, der türkis schimmernd in der Frühlingssonne lag.

Auf den zahlreichen Tafeln des Museums sah er viele Bilder aus der Geschichte der Fabrik, vor allem aus ihrer Blütezeit. Interessiert las Tom die Berichte und bemerkte nicht, dass der Wind stärker wurde und im Nordosten dunkle Wolken aufzogen. Fasziniert studierte er die Gesichter der Arbeiter, die alten Lagepläne und fragte sich, warum die Villa und auch andere Wohnhäuser von höheren Angestellten so nah an der Arbeitsstätte lagen, es musste doch damals durch den Kalkabbau alles vollkommen mit einer weißen Schicht überzogen gewesen sein. Wahrscheinlich um Macht zu demonstrieren und die Kontrolle zu behalten.

Kalk! Tom dachte an die Kreide in den Mündern der Mordopfer. Wo war hier der Zusammenhang mit den Morden? Er suchte weiter in den Gesichtern der Menschen auf den Bildern, las die Namen, aber jeder Dritte schien Jensen oder Cordes zu heißen. Das Leben hatte im Laufe der Jahre Spuren in den Gesichtern der Arbeiter hinterlassen, die Bosse waren oft rund und behäbig mit großen Bärten und strengem Gesichtsausdruck. Solche Bilder kannte Tom zu Genüge aus seiner eigenen Familie. Frauen waren kaum zu sehen, wenn doch, nur als Magd oder Gattin, niemand lächelte.

Und plötzlich wusste er, was ihn vor ein paar Minuten auf dem Bild des Fabrikdirektors und der Bauernfamilie gewundert hatte. Schnell radelte er die Straße zurück. Kalter Wind schlug ihm entgegen. Angekommen schaute er erneut auf die Tafel vor der Villa. Der Bauer und seine Familie standen in respektvollem Abstand zur Fabrikantenfamilie und schauten regungslos in die Kamera.

Der Name des Bauern war Jörg Andresen und Toms Nachbar Malte Jensen war ihm wie aus dem Gesicht geschnitten. Konnte es sein, dass sie verwandt waren, dass Tom hier in das Gesicht von Maltes Großvater schaute? Er musste ihn unbedingt fragen, wenn er nach Hause kam. Möglich wäre es, vielleicht kannte Maltes Familie ja auch seinen Großvater. Ein heftiger Windstoß kam auf und riss Tom aus seinen Gedanken. Er schaute auf die Uhr, es war fast drei, er hatte hier mehr Zeit verbracht als geplant.

Und jetzt strampelte er so heftig er konnte und bog rechts in den Feldweg ein. Der Wind peitschte ihm dicke Tropfen ins Gesicht, sein Pullover war schnell nass und die Jeans klebte an den Beinen. Noch zehn Minuten, dann war er zu Hause. Tom knurrte der Magen, er war müde und wollte nur schnell ins Trockene. Mit letzter Kraft bog er um die Feldwegecke und konnte schon Malte Jensens Haus sehen. »Jetzt komm«, schimpfte er mit sich, »nicht nachlassen.«

Das Grollen am Himmel wurde immer lauter, Blitze zuckten aus den dichten dunklen Wolken, die für eine düstere Atmosphäre sorgten. Die ganze Landschaft schien wie in ein mokkafarbenes Licht getaucht. Mit einem grellen Schein zischte ein Blitz keine zwanzig Meter vor Maltes Scheune, kurz darauf folgte der laute Knall des Donners. Erschrocken schaute er sich um, was sollte er machen? Der nächste Blitz könnte ihn treffen!

In diesem Moment öffnete Malte Jensen seine Eingangstür und schrie über Wind und Regen hinweg: »Tom, komm her, schnell, sonst erwischt es dich noch!«

Kaum hatte er es ausgesprochen, öffnete der Himmel im wahrsten Sinne des Wortes seine Schleusen und ein unglaublich starker Regen ergoss sich auf das Land. Tom schmiss das Fahrrad einfach hin und rannte die letzten Meter zur rettenden Tür, die Malte schnell hinter ihm schloss. Total durchnässt stand Tom nun in der Eingangshalle, das Wasser tropfte an ihm hinunter auf die hellen Fliesen, während draußen die Welt unterging.

»Wow, so etwas habe ich schon lange nicht mehr erlebt.« Ungläubig blickte Tom durch die verglaste Hallentür nach draußen.

»Willkommen im Norden. Derart heftig hat es uns dieses Jahr allerdings noch nicht erwischt. Aber ungewöhnlich sind diese Gewitter nicht im Frühjahr. Gott sei Dank ist noch keine Apfelblüte.« Malte hielt Tom ein großes Handtuch hin und zog mit seinem zerfurchten Gesicht eine Grimasse, die alles hätte bedeuten können. »Das Bad ist links, ich hol dir am besten was Trockenes zum Anziehen, sonst erkältest du dich noch. Dusch dich kurz heiß ab. Ich mach inzwischen Tee. Hast du Hunger?« Tom bejahte und Malte verschwand in der Küche.

Zehn Minuten später saßen die beiden Männer in der Küche. Malte hatte schnell eine Suppe vom Mittag aufgewärmt. »Du brauchst jetzt was Warmes im Magen.« Auf der Anrichte stand frischer Apfelkuchen. Tom erzählte von seinem Ausflug am Vormittag.

Malte lachte. »Ja, die Ähnlichkeit ist nicht zu übersehen. Der alte Andresen ist wirklich mein Großvater und war ein richtiger, wortkarger Haudegen und dem Direktor der Fabrik ergeben bis zum Tod. Ich habe ihn nicht so gut gekannt. Er ist gestorben, da war ich zwölf. Zu sagen, er sei ein liebevoller Großvater gewesen, wäre eine Übertreibung. Aber mein Vater war auch nicht anders, so sind halt die meisten Männer hier in der Gegend. Die Frauen übrigens auch. Aber es war eine andere Zeit, und wir waren sieben Kinder zu Hause, die muss man erst mal durchbringen mit der Landwirtschaft. Du hättest erleben müssen, was für einen Aufstand es gegeben hat, als meine Familie erfuhr, dass ich nicht Ackerbau und Viehzucht, sondern einen Apfelanbau betreiben wollte! Und dann noch Demeter! Und dann noch hier!«

Es war ihm anzusehen, dass er sich nur ungern daran erinnerte. »Aber genug über die norddeutsche Gefühlskälte. Willst du ein Stück Kuchen?« Ohne eine Antwort abzuwarten, sprang Malte auf und schnitt zwei große Stücke ab. »Hab ich selbst gebacken. Seitdem ich alleine bin, habe ich viel Zeit, besonders vor Mai. Manchmal fällt mir die Decke auf den Kopf, aber ich liebe das Land und die Einsamkeit gehört dazu. Schön, dass es dich auf diesen Flecken Erde verschlagen hat. Freunde kann man hier gut brauchen.« Er räusperte sich. »Möchtest du noch weitere alte Bilder sehen, vielleicht entdecken wir sogar deinen Großvater irgendwo. Wann war er hier? 1923? Da war meine Mutter noch nicht geboren. Lass mich mal schauen.«

Er holte seinen Laptop aus dem Büro. Tom warf ihm einen erstaunten Blick zu. »Hast du gedacht, ich komme jetzt mit einer alten Keksdose voller lädierter Fotos an? Nee, ich habe alles digitalisiert, die ganze Familienchronik. Die langen Winterabende machen's möglich, außerdem bin ich Jungfrau im Sternzeichen! Das treibt zur Ordnungsliebe.« Malte klickte auf den Ordner *Bilder* und den Unterordner *1923*. Er hatte wirklich alle Familienfotos nach Jahreszahlen geordnet! Es waren nicht viele, er öffnete die Dateien in einem Bildbetrachtungsprogramm. Malte klickte durch die Aufnahmen. Die Familie beim Fotografen, einige Ansichten vom Hof. Auch das Bild mit der Familie des Fabrikbesitzers erschien auf seinem Laptop.

Malte klickte auf die nächste Aufnahme und Tom entfuhr ein lautes »Wow«. Da war er wirklich. Edmund, sein Großvater, neben dem deutschen Fabrikanten und dessen Familie. Das Bild musste bei einem Fest aufgenommen worden sein. Die Frauen trugen ihr Sonntagskleid, die Männer Anzug. Auch Freunde waren zu sehen, Bedienstete, es waren fast sechzig Personen auf dem Bild. Malte zoomte die Gesichter näher heran, und Tom übermannte eine fast vergessene Sehnsucht nach seinem Großvater, den er nur als alten Mann gekannt hatte und der ihm näher war, als seine Eltern es jemals hätten sein können. Auf dem Bild war Edmund jung, gerade Anfang zwanzig, und die Ähnlichkeit mit seinem späteren Enkel kaum zu übersehen. Es war fast wie ein Zeitsprung.

»Es scheint, wir sehen beide unseren Großvätern sehr ähnlich. Und deiner hatte bestimmt auch Schlag bei den Frauen. Kein Wunder, so gut, wie er aussieht.«

Tom blickte auf den Bildschirm. Keinen Meter von Edmund entfernt stand eine hochgewachsene junge Frau, ernst, attraktiv, noch keine zwanzig. Ihr Blick war auf den amerikanischen Gast gerichtet. »Weißt du, wer das ist?«

Malte zuckte mit den Achseln. »Keine Ahnung, sie trägt einfache Kleidung, kann also nicht aus der Familie des Direktors kommen. Ich nehme an, sie hat im Dorf gearbeitet oder für meinen Großvater. Ich kann meine Mutter fragen, die weiß es bestimmt.«

25 Schwestern

Es hatte endlich aufgehört zu regnen und der Himmel riss noch einmal kurz vor Sonnenuntergang auf. Tom bedankte sich bei Malte mit dem Versprechen, ihm seine Sachen morgen wiederzubringen, nahm seine nasse Kleidung und sein Fahrrad, das immer noch auf dem Weg lag, und wollte gerade aufsteigen, als er den kleinen Transporter von Gloria im schnellen Tempo den Feldweg entlangfahren sah. Keine Minute später hielt der Wagen direkt vor Tom.

Gloria kurbelte das Fenster herunter. »Na, schöner Mann, wohin des Weges? Länger nicht gesehen. Verlassen Sie die Einsamkeit dieses Anwesens auch mal oder werden Sie jetzt Mönch?« Sie lachte und zeigte zwei Reihen blitzend weißer Zähne.

Tom überlegte kurz, wie er am besten aus der Situation herauskommen konnte. Frauen wie Gloria mochte er nicht. Ihr Gesicht verdunkelte sich, als sie Maltes Haus sah.

»Oder spielen Sie in der Liga des Bauern? Soll ja vorkommen. Die schönsten Männer sind ja meistens schwul.«

»Das können Sie wahrscheinlich besser beurteilen als ich«, konterte Tom.

»Gloria, nun lass doch bitte Herrn Morten in Ruhe. Bei deiner vorlauten Art könnte ich, trotz meines hohen Alters, noch rot werden. Wo bleibt deine gute Kinderstube.« Der tadelnde Ton einer Lehrerin.

Gloria lachte erneut.

»Ach, Herr Morten versteht das schon richtig. Und ich bin doch die Letzte, die was gegen Schwule hat, das weißt du genau.«

Tom hatte Luisa nicht im hinteren Teil des Wagens gesehen. Sie saß nicht im Rollstuhl, sondern auf der Rückbank, was ihn sehr erstaunte.

Luisa kurbelte das Fenster herunter. Sie reichte Tom ihre manikürten Hände. »Mein lieber Herr Morten, vergeben Sie Gloria bitte, sie hat eine große Klappe, aber ein Herz aus Gold. Und die besten Hände der Welt. Sie sollten sich mal von ihr massieren lassen! Aber was plappere ich hier. Ich habe Sie schon ein paar Tage nicht mehr gesehen. Wie geht es Ihnen, wo kommen Sie denn her, ist das Ihr Fahrrad? Sie sind hoffentlich nicht in diesen entsetzlichen Sturm gekommen? Gloria war so lieb, mich zu einem Friseurtermin zu fahren. Wir konnten bei dem Wetter danach aber gar nicht losfahren. Und dann streikte auch noch mein Rollstuhl. Wie gut, dass wir Sie treffen. Könnten Sie Gloria kurz behilflich sein? Sie kann mich zwar ins Haus tragen, aber der Rollstuhl wiegt eine Tonne.« Lächelnd schaute sie ihn aus grünen Augen an, dezent geschminkt, tadellos in einen blauen Veloursanzug gekleidet.

Tom zögerte einen Moment. Schoko war seit heute Morgen allein im Haus.

»Es dauert nur einen Moment, ich wäre Ihnen sehr verbunden. Ansonsten muss ich heute Abend auf Handbetrieb umschalten, und Sie verstehen, dass das sehr anstrengend für eine ältere Dame sein kann.«

»Aber natürlich, wenn es schnell geht. Mein Hund wartet auf mich. Er war den ganzen Tag allein zu Hause und er fürchtet sich bei Gewitter.«

»Ach, der Arme, das ist ja schrecklich! Wie gesagt, es wird nicht lange dauern. Gloria hat noch eine Verabredung und ist spät dran.«

Die Masseurin zog erstaunt die Augenbrauen hoch, nickte aber, als Tom sie anschaute. Schnell fuhr sie zum Gehöft und Tom schob sein Fahrrad über den matschigen

Weg. Nur direkt vor Luisas Haus war ein kleines Stück gepflastert. Er half Gloria mit dem Rollstuhl und sie stellten ihn in den großen Raum des Nebenhauses.

Gloria hob Luisa aus dem Wagen und setzte sie in einen großen Sessel nahe der Eingangstür. »Na dann, wir sehen uns morgen zur nächsten Behandlung. Wenn etwas ist, ruf einfach an.« Sie zwinkerte Tom zu. »Und legen Sie kein Gelübde ab, bevor wir uns wiedersehen, Herr Morten.« Lachend verließ sie das Haus und fuhr davon.

»Sie kann es einfach nicht lassen. Sehen Sie es als Zeichen dafür, dass sie Sie mag, mein junger Freund.« Luisa seufzte leise. »Ich weiß, Sie meint es nicht böse. Und ich bin froh, dass sie sich so liebevoll um mich kümmert. Mein Leben ist nicht einfach, aber ich will nicht klagen. Seien Sie doch bitte so lieb und holen mir eine Zange und einen Schraubenzieher aus der Werkzeugkiste unter der Spüle. Ich glaube, es ist nur ein Kurzschluss am Verbindungskabel, das kann ich selbst beheben.«

Tom ging zur Spüle und suchte die Werkzeuge.

»Ich habe Schoko noch nie so lange alleine gelassen und er ist ein Heimkind. Keine Ahnung, wie er darauf reagiert, ich habe ihn ja erst seit zwei Monaten. Aber das Gewitter wird ihm ganz bestimmt nicht gefallen haben.« Er reichte ihr den Schraubenschlüssel.

»Schoko wird Ihnen die Abwesenheit verzeihen. Schieben Sie doch bitte den Rollstuhl kurz hierher.« Sie schraubte am Motorverschluss herum. »Ich kenne das Alleinsein nur zu gut. Man gewöhnt sich an die Einsamkeit und richtet sich darin ein. Die Jahre im Rollstuhl sind nicht einfach und ändern wird sich nichts mehr an meinem Zustand. Aber wenigstens habe ich keine Angst vor Gewittern.« Sie arbeitete schnell und konzentriert. »Reichen Sie mir doch bitte die Zange, und ich brauche noch den kleinen roten Schraubenschlüssel.«

Fasziniert beobachtete Tom, mit welcher Geschicklichkeit Luisa von Bassen den elektrischen Rollstuhl reparierte.

»Sie wundern sich sicher, wieso ich das kann. Mein Mann, Friedrich von Bassen, hatte ein großes Gut auf der anderen Seite der Elbe in Schleswig-Holstein. Wir hatten über eintausend Kühe. Am liebsten fuhr ich den Traktor. Es gibt nichts Schöneres als das Leben auf dem Land. Deswegen stört mich Malte auch überhaupt nicht, im Gegensatz zu meiner Schwester. So, das sollte es gewesen sein.« Sie drückte auf den Startknopf des Rollstuhls, er blinkte grün auf.

»Legen Sie doch bitte das Werkzeug zurück.« Sie schaute ihn an. »Es ist lange her, seitdem ich zuletzt mit jemanden gesprochen habe. Außer natürlich mit Gloria oder mit Clara, wenn sie sich mal blicken lässt. Ich führe, wie gesagt, ein sehr einsames Leben.« Ihre Augen füllten sich plötzlich mit Tränen.

Tom legte das Werkzeug zurück.

»Entschuldigen Sie, Herr Morten, ich bin heute etwas sentimental. Es ist Friedrichs Todestag. Normalerweise versuche ich, niemanden mit meinen Gefühlen zu belasten.«

Tom setzte sich neben sie und nahm automatisch ihre Hand. Etwas berührte ihn zutiefst. Er spürte eine Verbundenheit, die ihn überraschte. Luisa schaute aus dem Fenster. Es war dunkel geworden, der Wind fegte durch die hohen Bäume und erfüllte die Luft mit einem seltsamen Rauschen, das Tom nicht kannte.

»Seit über zwanzig Jahren sitze ich nun in diesem Stuhl.« Sie klopfte auf die gepolsterte Lehne des Rollstuhls. »Was soll ich machen, ich kann es nicht ändern, nur jeden Tag versuchen, damit zu leben, das Beste daraus zu machen. Weitermachen. Ich bin stark, das weiß ich, unterkriegen lasse ich mich nicht.«

»Wie ist es passiert? Hatten Sie einen Unfall?«

»Es war nicht ihre Schuld, und ja, Sie haben recht, es war ein Unfall. Ich wollte selbst fahren, aber …« Sie schaute ihm direkt in die Augen. »Sie kennen sie nicht, Sie wissen nicht, wie sie früher … Clara war nicht immer so wie jetzt.«

Clara Jolcke war schuld am Schicksal ihrer Schwester?

Luisa räusperte sich. »Sie war, wie soll ich es beschreiben? Sie war cool, ja, heute würde man das so bezeichnen. Clara war cool. Sie war mutig, entschlossen, liberal. Natürlich immer mit dem Kopf durch die Wand, sie ist Stier, wissen Sie, die sind nicht so einfach. Aber sie hatte Johann, sie lebte auf dem Kiez, hatte viele Freunde, war unterwegs, lebenslustig. Ständig im Theater, kannte alle und jeden. Sie war ihre eigene Frau! Und sie hatte sehr viel Charme, konnte Menschen verzaubern. Fragen Sie mich nicht wie, aber es funktionierte. Die Männer lagen ihr nicht zu Füßen, das wäre etwas übertrieben ausgedrückt. Aber sie war nie allein. Besonders Homosexuelle mochten sie, da war sie oft wie die Mutter der Kompanie. Wir sahen uns nicht so oft während ihrer Ehe. Ich wusste, dass Johann ihr untreu war. Sie wusste es auch.« Sie nickte zur Bestätigung ihrer eigenen Worte.

»Johann arbeitete im Nachtgewerbe, hatte Nightclubs, keine Ahnung, vielleicht hatte er auch was mit Drogen am Hut. Ich kenne mich damit nicht aus. Es war ein offenes Geheimnis, dass er bisexuell veranlagt war. Ich habe sie gewarnt, aber es war und ist ihr Leben. Und dann diese schreckliche Tat, dieser Doppelmord, der alles zerstörte. Unschuldig sei sie gewesen, sagte sie damals.« Luisa lehnte sich zurück und schloss die Augen.

»Man hat sie mit der Mordwaffe am Tatort überrascht. Sie war zehn Jahre im Gefängnis. Zehn Jahre. Da ändert man sich. Als sie entlassen wurde, konnte sie die Menschen nicht mehr ertragen und zog ganz hierher in die Einsamkeit, in das alte Haus. Vorher war es ja nur ein Domizil für das Wochenende. Ach, Sie hätten es sehen sollen, ein Schmuckstück. Am Anfang hatte sie noch genügend Geld. Es gab Gärtner, eine Zugehfrau. Ich besuchte sie öfter. Eines Abends, es war Ende der Neunzigerjahre, ganz genau am 30. Juli 1999. Ich wollte eigentlich über Nacht bleiben und hatte schon etwas getrunken, als ein Anruf kam. Friedrich fühlte sich nicht gut, er hatte damals schon gesundheitliche Probleme, wir wussten nicht, dass es Krebs war. Clara bestand darauf, mich nach Hause zu fahren. Es regnete stark, der Wagen kam ins Schleudern und seitdem kann ich nicht mehr laufen.«

Erneut liefen ihr die Tränen herunter. »Friedrich hat das nie verwunden. Ich war schwach, im Rollstuhl. Nur wenige Monate nach dem schrecklichen Unfall starb er. Die Einzige, die für mich da war, war Clara. Meine Schwester. Wir bauten das Nebenhaus rollstuhlgerecht aus. Ich fühle mich wohl hier, trotz allem. Ich mag die Ruhe, die Natur, ich bin verbunden mit diesem Stück Erde.« Sie schaute ihn an. »Sie verstehen, was ich meine, ich kann es fühlen. Auch sie empfinden das so.« Tom nickte nur.

»Die Zeit war nicht gut zu Clara. Sie hatte einen Schlaganfall und ist Diabetikerin. Sie lässt sich gehen. Sie isst ungesundes Zeug, sie raucht Kette. Es ist ihr egal, wie sie aussieht, was sie trägt. Ich kann es nicht ändern. Und ich habe es wirklich versucht. Sie lebt in ihrer eigenen Welt, die sie wie eine Mauer umgibt und aus der man keinen Stein lösen darf. Sonst bricht alles in sich zusammen. Die Realität ist hart! Clara weiß genau, wer sie ist und wie es um sie steht. Sie macht sich nichts vor! Aber den anderen. Sie wirkt schroff und abweisend und verhält sich dementsprechend. Alles Fassade! Wenn ich sie wirklich brauche, ist sie da. Obwohl wir uns nicht täglich sehen. Ich weiß es. Also vergeben Sie meiner Schwester ihre Kälte, ihre Unhöflichkeit. Sie müssen verstehen, dass es im Moment sehr schwer für sie ist, wegen dieses toten Kommissars mit der alten Geschichte konfrontiert zu werden und auch mit diesem schrecklichen Mord an Petra. Es muss furchtbar sein, unter Verdacht zu stehen wie Clara. Und dabei unschuldig zu sein.«

»Sagt sie«, meinte Tom achselzuckend. »Aber ist sie es wirklich? Sind Sie sich sicher?«

Luisa schaute ihn erstaunt an. »Natürlich, das ist doch völlig absurd. Sie hat doch auch gar keinen Grund! Und wie soll sie denn Petra umgebracht haben? Oder in den Baumstumpf gelegt haben? Dazu fehlt ihr die Kraft. Sie ist eine kranke Frau. Außerdem hätte die Spurensicherung doch bestimmt irgendetwas gefunden. Nein, Clara hat mit diesen Morden ganz sicher nichts zu tun. Die Polizei sollte sich einen anderen Verdächtigen suchen, die machen es sich zu leicht.« Luisa nahm ein Taschentuch und trocknete ihre Tränen. Sie schaute auf die Uhr. »Völlig ausgeschlossen. So, und nun müssen Sie aber schnell heim. Sie können mich ja jederzeit besuchen, es ist nicht weit. Und wenn es Ihnen nichts ausmacht, heben Sie mich doch bitte in den Rollstuhl, sonst muss ich die Nacht im Sessel verbringen.« Sie zog eine Grimasse. »Natürlich schaffe ich es irgendwie auch selbst, aber so ist es einfacher.«

Tom lächelte und hob die alte Dame hoch. Sie war schwerer, als er gedacht hatte. Vorsichtig setzte er sie in den Rollstuhl. Sie bedankte sich mit einem Lächeln.

»Und nun ganz schnell zu Schoko. Er wird Sie bestimmt vermissen. Vielen Dank und vergeben Sie mir die Tränen. Es wird nicht wieder vorkommen.« Sie legte ihm die Hand auf den Unterarm und drückte mit erstaunlicher Kraft zu, während sie ihn vertrauensvoll anlächelte. »Und bitte behalten Sie dieses Gespräch für sich, es muss unter uns bleiben. Clara könnte es missverstehen und sich hintergangen fühlen. Das möchte ich nicht. Ich kann mit Ihrer Verschwiegenheit rechnen?«

Tom versicherte es ihr und verabschiedete sich dann schnell. Es war bereits dunkel und es wurde wirklich Zeit, dass er sich um Schoko kümmerte! Am nächsten Tag würde er nach dem Rechten schauen, versprach er ihr. Er verließ das Nebenhaus und schloss die Tür hinter sich. Luisa winkte ihm hinterher. Sie lächelte nicht mehr.

26 Unerwartete Begegnung

War der April überwiegend sonnig gewesen und hatte dem Norden Deutschlands fast schon Sommertemperaturen verschafft, so schien der Mai keine Überraschungen geplant zu haben.

Wonnemonat! Gabriele schnaubte verächtlich, als sie an diesem Mittwoch am Steuer ihres Range Rover saß, den sie gerne auch ihr Schlachtschiff nannte. Sie hatte sich den großen Wagen vor einigen Jahren zugelegt. Etwas höher gelegen, mit einer besonderen Stoßstange, falls sie mal irgendwo gegen knallte. Er gab ihr ein Gefühl von Sicherheit. Sie hatte nicht vor, bei einem Verkehrsunfall ums Leben zu kommen.

Genervt drückte sie jetzt auf die Hupe, es ging wirklich nur zentimeterweise voran. Entweder war eine Ampel ausgefallen oder es hatte einen Unfall gegeben, was sie nicht gewundert hätte. Dieses Wetter machte bestimmt nicht nur sie ganz matschig im Kopf. Dauerregen, Gewitter, ab und zu trocken bei neun Grad, norddeutscher Frühling par excellence. Heute hatte es den ganzen Tag geregnet und der Wetterbericht sagte nichts anderes für die nächsten Tage voraus.

Sie stand in der täglichen Blechlawine stadtauswärts am Elbe Klinikum vorbei zur B 73. Jeder, der ab 15 Uhr die Stadt verließ, wusste, was ihn erwartete. Normalerweise mied sie diese Zeit. Heute blieb ihr keine andere Wahl. Sie hatte einen Termin um 16 Uhr bei einem Arzt und Heilpraktiker in Himmelpforten. Irgendetwas stimmte nicht mit ihr, seit einigen Monaten hatte sie ständig Rückenschmerzen. Nachdem man Christian gefunden hatte, war es noch schlimmer geworden. Sechs Wochen war es jetzt her und Heiko Degen war immer noch kein Stück weitergekommen. Vielleicht war er doch nicht der Richtige für den Job. Attraktiv, sportlich, charmant und bemüht, aber das brachte ihn auch nicht weiter! Und wen interessierte schon eine zwanzig Jahre alte Leiche oder eine tote Putzfrau? Nach dem ersten Aufschrei der Tageszeitungen berichteten nur noch die »Stader Nachrichten« darüber, die Leute hatten andere Sorgen oder wollten davon nichts wissen. Ein Killer im Landkreis? Der Kreidemörder? Das öffentliche Interesse war schnell abgeflacht. Das würde sich beim nächsten Opfer wieder ändern.

Gabriele war sicher, dass es weitere Tote geben würde. Im Moment schien es ihr allerdings, als wäre sie die Einzige, die es noch interessierte, wer Christian Cordes lebendig in einen Müllsack gestopft hatte, um ihn dann im Moor zu versenken. Was für eine Zeit, dachte sie, während der Regen auf das Wagendach trommelte. Auf der Bundesstraße würde es auch nicht schneller gehen. Wäre sie bloß über Groß Sterneberg gefahren, aber da war auch eine Baustelle.

Gehopst wie gesprungen. Es gab keinen Ausweg. Gabriele holte tief Luft und nahm den Lippenstift aus ihrer Handtasche. Ein kräftiges Rot. Paloma, von Paloma Picasso, der letzte Schrei in den Achtzigerjahren. Wie lange war das her? Eine Ewigkeit und doch schien es wie gestern. Im Alter hebt sich die Zeit auf, alles scheint parallel zu existieren. Totaler Quatsch, dachte Gabriele. Es war ganz einfach so: Damals war sie jung, sie war attraktiv, sie hatte Freunde, sie trug Paloma. Das Leben war aufregend und sie mittendrin. Und jetzt? Sie schaute in den Spiegel, als sie sich die Lippen nachzog. Eine einsame Frau Ende fünfzig, mit einer Lippenstiftfarbe, die ihr auch nicht vorgaukeln konnte, dass ihre Zeit noch nicht vorbei war. Sie klappte den Spiegel wieder hoch, irgendjemand hupte, weil sie nicht weiterfuhr. Wütend hupte sie zurück. Der Regen wurde stärker und sie schaltete das Licht an.

Und wer war schuld an allem? Clara Jolcke! Diese gottverdammte Mörderin, die Christian und den anderen Opfern dubiose Zeichen auf die Wange geritzt hatte. Die ihnen Kreide in den Mund streute, die sie vergiftete und lebendig begrub! Gabriele war sicher, dass es etwas Biblisches war, dass mit den Zeichen die Todsünden gemeint waren, konnte es aber nicht beweisen. Gestern hatte sie das Thema bei einem Gespräch mit Heiko Degen aufkommen lassen. Er hatte interessiert zugehört, bezweifelte aber ihre Theorie. Es wären sieben Todsünden und er habe nur vier Leichen. Was für ein Dummkopf. Glaubte er vielleicht, dass es dabei bleiben würde? Gabriele war davon überzeugt, dass es noch mehr Opfer gab – man hatte sie nur noch nicht entdeckt – oder geben würde. Man musste Clara Jolcke das Handwerk legen. Eine unbändige Wut überkam sie.

Diese Frau hatte ihr Leben zerstört, und sie war machtlos, konnte nichts tun, konnte nichts beweisen. Auch Gabriele war bereits lebendig begraben, zumindest fühlte sie sich seit Wochen so. Da half auch nicht der Job oder die opulenten Pastaportionen, die sie abends vor dem Fernseher in sich reinschob. Aus ihrer Rubensfigur war längst etwas anderes geworden und sie konnte den Anblick ihres nackten Körpers morgens nach dem Duschen im Spiegel kaum ertragen.

Frustriert fuhr sie weiter und kam natürlich zu spät zu ihrem Termin beim Heilpraktiker. Er nahm sich Zeit, war nett, sprach von alternativen Therapien, Massagen, Diäten. Sie hörte kaum zu. Immer wieder kreisten ihre Gedanken um Clara Jolcke, die wahrscheinlich schon den nächsten Mord plante. Nach einer Stunde verließ sie den Doktor, dessen Praxis in der Nähe des Bahnhofs lag.

Sie hatte ihren Wagen auf dem Parkplatz der Bahn geparkt. Es regnete immer noch. Obwohl es noch nicht einmal 18 Uhr war, konnte sie die Dunkelheit bereits fühlen. Schwer hingen die düsteren Wolken über den Häusern. In diesem Moment fuhr der Interregio aus Richtung Hamburg ein. Die Pendler liefen schnell den Bahnsteig hinunter, um dem Regen zu entkommen. Da die Schranke noch ein paar Minuten geschlossen bleiben würde, blieb Gabriele einfach sitzen. Sollte sie zurück in die Rechtsmedizin fahren oder nach Hause?

Eine Person ging langsam den Bahnsteig entlang. Sie hatte keinen Schirm dabei. Im ersten Moment erkannte Gabriele sie nicht, aber ein vorbeifahrendes Auto streifte sie mit seinem Lichtkegel. Ihr Herz zog sich zusammen. Das konnte nicht sein.

Es war eine Frau, die Haare kurz und grau, in einen alten grünen Parka gehüllt, eine Stofftasche um die Schultern. Clara Jolcke. Es war wirklich die Jolcke, die schlechtgelaunt über den Parkplatz stapfte und sich einem alten Renault näherte. Gabriele blieb unbeweglich sitzen, als Clara Jolcke in ihre Gedanken vertieft an ihrem Auto vorbeiging. Sie hatte direkt gegenüber von Gabrieles Wagen geparkt. Clara öffnete den Kofferraum und legte ihre Tasche hinein, während sie die ganze Zeit leise mit sich selbst sprach. Gabriele startete den Wagen und fuhr langsam los, parkte an der Straße. Sie machte das Licht aus und wartete.

Die Jolcke stapfte um den Wagen herum und stieg ein. Was hatte sie vor? Wenn Heiko nichts unternahm, würde sie es tun. Diese Frau würde nicht davonkommen. Warum fuhr sie nicht los? Regungslos saß sie seit einigen Minuten am Steuer. Hatte sie Gabriele bemerkt? Und selbst wenn, sie kannte Gabriele ja nicht. Zwar hatten sich ihre Wege vor einigen Wochen zufällig in der Inspektion gekreuzt, als die Jolcke nach dem Verhör mit Degen über den Flur gelaufen war, aber nur Gabriele hatte gewusst, wer ihr da begegnete.

Endlich setzte sich der alte Renault in Bewegung und fuhr kurz darauf an Gabriele vorbei. Der Regen wurde stärker. Entschlossen fuhr Gabriele ihr hinterher.

Als sie den Ort verließen, wurde die Jolcke schneller und fuhr trotz des Wetters fast einhundert auf der Landstraße, das Wasser aus den Pfützen stob zur Seite. Gabriele ließ sich nicht abhängen. Ihr Schlachtschiff schaffte das spielend.

»Das werden wir ja sehen. Du entkommst mir nicht.« Sie schrie es fast heraus. Die Bilder von Christians Leiche, das Mal auf seiner Wange verschwammen mit den Spiegelungen auf dem nassen Asphalt. Der Druck auf Gabrieles Brust wurde größer. All die Schmerzen, die Einsamkeit, die Frustration der letzten Jahrzehnte schienen aus den Tiefen ihres Unterbewusstseins wie faulige Dämpfe emporzusteigen. Ihre Schutzmechanismen funktionierten an diesem Abend auf der nassen Straße im heraufziehenden Unwetter nicht mehr. Sie konnte sich nicht mehr selbst belügen. Sie hatte plötzlich Angst, ohnmächtig zu werden, so weh tat alles auf einmal.

Sie hatten die nächste Ortschaft hinter sich gelassen. Gabriele merkte nicht, wie sie aufs Gaspedal drückte und dem alten Renault näherkam. Sie sah nicht die Verkehrszeichen, sie hörte nicht das Grollen des Unwetters, die Scheibenwischer kamen kaum nach, so stark regnete es inzwischen. Nur noch wenige Meter trennten sie von Clara Jolckes Wagen. In diesem Augenblick sah sie die rot-weißen Straßenbegrenzungen, die Straße machte eine scharfe Linkskurve. Der Renault bremste ab, aber es war zu spät. Mit voller Wucht krachte der Range Rover auf den Kofferraum des alten Fahrzeugs. Gabriele hörte einen lauten Knall und verlor die Kontrolle über den Wagen.

27 Die Falle

Malte machte das Licht in der Küche an. Es war erst kurz nach 17 Uhr, aber der Himmel war bereits dunkelgrau. Es hatte den ganzen Tag geregnet an diesem Mittwoch. Es machte ihm nichts aus. Geboren und aufgewachsen bei Sturm und Regen. So war das halt hier im Norden. Nichts für Weicheier! Er stellte den Tauchsieder an.

Er hatte gute Laune. Wie jedes Jahr Mitte Mai hatte er sich selbst eine Woche Urlaub gegeben. Er war sein eigener Chef. Alfred würde sich in den nächsten Tagen um den Hof kümmern. Im Moment war nicht so viel zu tun.

Alfred war zwar schon in den Achtzigern, aber fit und gesund. Ein Leben lang in der Natur. Er hatte seinen Hof aufgegeben und lebte auf der anderen Seite der Landstraße. Er kam jeden Tag vorbei, mähte den Rasen, beschnitt die Bäume, es gab immer was zu tun. Eine Zweckgemeinschaft, von der beide profitierten. Es würde noch drei Wochen dauern, bis die beiden Helfer aus Polen kamen. Ab Juni gab es dann richtig viel Arbeit auf dem Hof.

Es wunderte Malte immer, dass die Menschen glaubten, als Apfelbauer überließe man die Bäume der Natur, um sie dann im Herbst zu ernten. Die Pflege der Apfelhaine war eine Kunst für sich. Immens viel Arbeit. Und seitdem Malte die Plantage erweitert hatte, musste er sich um vierzigtausend Bäume kümmern. Als er vor Jahren den Hof übernommen hatte, wusste er, was auf ihn zukam. Er wollte den ganzen Besitz auf Demeter umstellen. Er rodete Tausende von alten Bäumen, entsorgte Fässer mit giftigen Chemikalien, baute die Lagerhalle. Er entkernte das Wohnhaus, ließ Luft und Licht herein, pflanzte japanische

Ziersträucher und fand langsam Anschluss an die Dorfgemeinschaft. Alle wussten, wer in dem alten Gutshaus lebte und Claras Anwesenheit hatte es nicht leicht für ihn gemacht. Sie grüßte nicht und wünschte ihm oft lautstark die Pest an den Hals. Was für ein Drache!

Das Wasser kochte. Im August würden weitere fünf Helfer auf den Hof kommen. Harte Arbeit. Jeden Tag, selbst sonntags.

Malte goss sich eine Tasse Caro-Kaffee ein, dem irgendeine Werbeagentur den Zusatz »Landkaffee« verpasst hatte, und schaute aus dem Fenster. Glaubten die wirklich, dass sie damit mehr von dem Zeug verkaufen würden? Hieß das nicht mal Muckefuck oder war das ein anderes Getränk? Kaffee aus Getreide! Er mochte das Getränk, es wärmte ihn von innen und gab ihm ein gutes Gefühl. Es erinnerte ihn an die Zeit mit seinen Geschwistern auf dem Hof der Eltern, bevor die Familie auseinandergebrochen war.

Ein Blitz zuckte kurz in der Ferne auf und der Donner kam zehn Sekunden später. Hoffentlich wurde der Sturm heute Abend nicht zu stark. Durch den warmen April hatte die Apfelblüte zu früh begonnen. Er ging in sein Arbeitszimmer und checkte den Wetterradar. Das sah nicht gut aus. In zwei Stunden sollte es hageln. Malte stampfte wütend auf. Das hatte ihm gerade noch gefehlt. Er überlegte kurz, ob er Alfred anrufen sollte, aber der konnte auch nichts machen und war bis Freitag in Cuxhaven bei seiner Schwester.

Er schaute auf seine Liste und pruefte, ob er nichts vergessen hatte. Die Koffer waren gepackt, das Handy zum Aufladen in der Steckdose. Er musste noch seine Mutter anrufen. Später. Seitdem sie in der Seniorenresidenz lebte, war sie noch verschlossener, noch verbitterter als nach dem Tod des Vaters. Er konnte den Vorwurf in ihren Augen sehen, wenn er sie besuchte, besuchen musste. Vielleicht hatte sie erwartet, dass sie bei ihm auf dem Hof leben könnte, aber der Gedanke war völlig absurd. Malte war nach der Scheidung endlich frei und wollte sein Leben genießen, ohne dass ihm jemand hineinredete, ohne eine Frau im Hintergrund, ohne Verantwortung für irgendjemanden außer für sich selbst!

Nein, seine Mutter war gut in der Seniorenresidenz aufgehoben, das Komfortzimmer war teuer genug, das Einkaufszentrum einen Steinwurf entfernt und sie hatte gute Betreuung rund um die Uhr. Das konnte er gar nicht leisten. Seine Geschwister kamen manchmal zu Besuch und er ließ sich doch auch einmal die Woche bei ihr sehen. Was wollte sie denn noch? Unwirsch schüttelte er den Kopf. Seine Mutter in diesem Haus, das hatte ihm gerade noch gefehlt.

Er trank den Rest des Caro-Kaffees, wusch die Tasse schnell ab, trocknete sie und stellte sie an ihren Platz in den Schrank. Danach ging er durch das gesamte Haus, checkte alle Steckdosen und Fenster. Die Badezimmer sauber, das Gästezimmer aufgeräumt. Unordnung konnte er nicht ertragen. Seine Mutter hatte früher extrem darauf geachtet, dass er Ordnung hielt. Malte musste in seiner Kindheit sogar jeden Tag die Zeitung für seinen Vater bügeln, damit sie keinen Knick hatte und vor allem die Druckerschwärze nicht die Finger des Vaters beschmutzte. Ein Relikt aus der Kindheit seiner Mutter. Die Hände seines Vaters waren schwielig und immer dreckig von der Landarbeit und Viehzucht. Da machte das bisschen Schmutz von der Zeitung keinen großen Unterschied. Zeitverschwendung. Zeitungen bügeln!

Malte schaute auf seine Hände, tellergroß, dicke Finger, Landwirthände. Er konnte seine Herkunft nicht verleugnen. Warum auch? Als er die Treppe hinunterging, sah er die Scheinwerfer eines Wagens den Weg entlangkommen. Er schaute auf die Uhr, es war kurz vor sechs. Seltsam, wer konnte das sein um diese Zeit bei diesem Sauwetter? Tom? Der fuhr ja nur noch mit seinem neuen Fahrrad über den Hof oder ins Dorf, oft mit dem gestörten Hund im Schlepptau. Malte mochte Schoko nicht, aber das beruhte auf Gegenseitigkeit. Ein Hund, der einem den Rücken zudrehte, wo gab es denn so was?

Vielleicht war es Clara, die fuhr mittwochs immer in die Stadt. Er schob den Gedanken beiseite. Morgen früh um sechs ging es los. Und dann eine Woche Sizilien. Sonne, Meer, Freiheit. Und vielleicht würde er auch Silvano wiedersehen, man wusste nie. Leise pfeifend zog Malte seine Gummistiefel an.

Er wollte noch die Scheune absichern und sicher sein, dass der Druck in der Apfellagerhalle in Ordnung war. Letztes Jahr war der Stickstoffgehalt nicht ausreichend gewesen und zehn Paletten Äpfel mussten eingemostet werden, da sie für den Verzehr nicht frisch genug gewesen wären. Eine Sauerei. Das ihm so was hatte passieren können, ärgerte ihn noch heute. Malte hatte diesen Teil der Lagerhalle für viel Geld einbauen lassen und es hatte sich gelohnt. Der hohe Stickstoff- und niedrige Sauerstoffgehalt hielt die Äpfel über Monate frisch und knackig. Er hatte noch einige Paletten mit Äpfeln aus der Vorjahresernte in der Druckkammer stehen. Es durfte also in seiner Abwesenheit kein Fehler passieren. Alfred würde zwar auf alles achten, aber Vorsicht war die Mutter der Porzellankiste.

Erneut zuckte ein Blitz auf und diesmal war das Grollen des Donners nach sechs Sekunden zu hören, das Gewitter kam näher. Einen kurzen Moment dachte Malte, jemanden auf dem Weg gegenüber dem Küchenfenster zu sehen, eine vermummte Gestalt. Er schloss die vom Blitz geblendeten Augen, zählte bis zehn und öffnete sie wieder, aber da stand niemand. Jetzt sah er schon Gespenster. Malte lachte. Heute konnte ihm nichts die Laune verderben. Morgen Nachmittag würde er im Meer baden!

Er ging in den kleinen Flur, der zum Seiteneingang des Hauses führte, und zog seine Regenjacke an. Er nahm die Taschenlampe, machte das Licht in der Küche aus. Die Stromkosten waren hoch genug.

Als er ins Freie trat, schlug ihm der kalte Regen entgegen. Er zog die Tür hinter sich zu und ging quer über den Hof zur Scheune und Lagerhalle. Auf halbem Weg fiel ihm ein, dass er sein Handy auf dem Küchentisch liegen gelassen hatte, nachdem es fertig aufgeladen war. Egal. Wer ihn jetzt nicht erreichte, würde es später noch mal versuchen oder es wäre nicht wichtig. Nach zwei Minuten hatte Malte die Lagerhalle erreicht, entsicherte die Alarmanlage und schob das große Tor auf. Es war kühl in dem riesigen Raum und er fröstelte. Plötzlich hatte er das Gefühl, nicht allein zu sein. Er schaltete die Deckenbeleuchtung ein und drehte sich um. Es war niemand zu sehen. Kopfschüttelnd ging er nach rechts in einen kleinen Nebengang und hörte den Regen, der laut auf das Blechdach der Lagerhalle prasselte.

Malte schloss die Druckkammer auf. Die Tür hatte ein kleines Sichtfenster aus Panzerglas. Er ging hinein und ließ den Schlüssel von außen im Schloss stecken. Da der Sauerstoffgehalt in diesem Raum extrem niedrig war, beeilte er sich. Zwar war er daran gewöhnt, aber länger als ein paar Minuten musste er sich hier nicht aufhalten. Rasch ging er ans Ende der kleinen Halle und prüfte die Druckverhältnisse auf der elektronischen Anzeigetafel. Alles normal. Dann nahm er ein paar Äpfel für die nächste Lieferung in die Hand und schnupperte daran. Auch hier war alles okay.

Plötzlich fiel mit einem leisen Klicken die Tür zur Druckkammer zu. Erschrocken drehte Malte sich um. Er legte die Äpfel zurück auf die Palette und ging zum Ausgang, drückte die Klinke herunter. Die Tür ließ sich nicht öffnen. In diesem Moment erlosch das Licht in der großen Halle, einzig das Notlicht in dem kleinen Durchgang war noch an. Malte atmete ruhig ein, nur keine Panik. Erneut drückte er die Klinke, aber die Tür blieb verschlossen. Er griff in seine Jackentasche. Verdammt, das Handy lag ja auf dem Küchentisch. Trotz der niedrigen Raumtemperatur brach ihm jetzt der Schweiß aus. Es gab einen Alarmknopf, aber ehe er ihn betätigen konnte, ging auch in der Kammer das Licht aus. Er stand im Dunkeln. Sein Herz raste und ihm wurde leicht übel.

Malte sah zur gegenüberliegenden Wand, wo der Alarmknopf rot blinkte. Wenn er ihn drückte, würde die Tür automatisch aufgehen. Er hörte ein lautes Donnern über der Scheune. Es fühlte sich an, als sei ein Blitz direkt neben ihm eingeschlagen. Das rote Licht des Alarmknopfs erlosch. Was war hier los? Das konnte doch gar nicht sein! Malte schaute durch das kleine Fenster in der Ausgangstür, hämmerte dagegen, obwohl er wusste, dass das Glas bruchsicher war. Ihm war klar, was ihn erwartete. Würde er nicht in ein paar Minuten hier herauskommen, würde er das Bewusstsein verlieren und es würde zum Atemstillstand kommen.

Trotz der Kälte fühlte er den Schweiß an seinem Rücken herunterrinnen. Malte rang nach Luft. In diesem Moment sah er den Schein einer Stalllaterne, der sich aus dem kleinen Gang der Tür näherte. Er schaute durch das Fenster, nahm aber alles nur noch verschwommen wahr. Eine vermummte Gestalt blickte ihn aus dem Halbdunkel bewegungslos an. Dahinter stand eine weitere Person, in deren linker Hand die Klinge eines Messers aufblitzte. Malte wurde schwarz vor Augen, er sackte in sich zusammen.

Die Tür zur Druckkammer öffnete sich und jemand betrat den Raum. Die Person trug eine Gasmaske und schloss die Tür hinter sich . Malte wusste, dass er bald das Bewusstsein verlieren würde. Er streckte die Hand aus, alles verschwamm wieder vor seinen Augen. Jemand kniete sich neben ihn.

»Schau mich an, Malte!«, flüsterte eine Stimme. Er versuchte, sie einzuordnen. Sie kam ihm bekannt vor. Es gelang ihm nicht, sich darauf zu konzentrieren. Mühsam öffnete er die Augen. Die vermummte Gestalt streichelte liebevoll seine Wange.

»Keine Angst, es wird bald vorbei sein. Schau mich einfach an.«

Er spürte einen kleinen Stich im Unterarm. Dann sah er das Messer und fühlte einen stechenden Schmerz auf seiner Wange. Das Blut rann warm an seinem Hals hinunter und sickerte in den Pullover. Sein Herz raste, er versuchte, zu atmen, rang verzweifelt nach Luft und begriff dann, dass es zu spät war.

28 Spuren

Donnerstagmorgen. Schoko hatte die Nacht im Badezimmer verbracht. Der Sturm war über das Haus gefegt und hatte den Garten und die Apfelplantage verwüstet. Das wird Malte nicht gefallen, dachte Tom, als er aus dem Küchenfenster blickte. Nur gut, dass er das nicht sehen musste, er war ja heute Morgen für eine Woche in den Urlaub gefahren. Oder hatte er es sich anders überlegt nach diesem Sturm und war doch hiergeblieben? Sollte er ihn kurz anrufen? Vielleicht wäre es besser, bei seinem Rundgang mit Schoko kurz auf der Plantage vorbeizuschauen.

Tom blickte hinauf zum Himmel, nichts bewegte sich. Eine einzige graue Masse aus Blei hing über dem Land. Das Wetter hier im Norden war wirklich nichts für Sonnenliebhaber, so viel stand fest! Er schaute auf die Uhr, es war kurz vor neun. Am besten, er würde gleich den Rundgang machen, der Hund musste ohnehin raus.

Sein Futter hatte er an diesem Morgen noch nicht angerührt, der Schock des heftigen Sturms in der letzten Nacht saß offensichtlich tief. Tom ging ins Bad, nahm Schokos Kopf in seine Hände und sprach ruhig auf ihn ein. »Komm, mein Dicker, der Sturm ist vorbei und ich bin hier, nichts kann jetzt passieren.« Er streichelte Schokos Kopf und gab ihm einen Kuss auf die Stirn, was der Rüde erstaunt mit einem zagen Wedeln seines toupierten Schweifs registrierte. Hoffentlich nahm er ihm den Ausdruck Dicker nicht übel, aber Tom wusste eigentlich, dass Schoko es als liebevollen Ausdruck verstanden hatte.

Er zog seine Jacke an und ein paar Minuten später verließen die beiden das Haus. Der Sturm hatte der Plantage wirklich arg zugesetzt und auf der anderen Seite der Oste waren sogar einige alte Bäume entwurzelt. Nach ein paar Minuten stand er auf Maltes Hof. Die Scheune war intakt, die Lagerhalle auch. Vor Maltes Haus lag das Storchennest vom letzten Jahr. Der Sturm hatte es vom Dach gefegt. Schoko schnüffelte kurz daran und lief weiter.

Sein Handy klingelte: »Hallo, Tom, guten Morgen. Heiko hier. Hast du den Sturm gut überstanden? Ziemlich heftig, selbst für unsere Gegend.«

»Erzähl das bitte mal Schoko, der hat die Nacht im Badezimmer verbracht und ist immer noch verstört. Ich bin gerade mit ihm unterwegs. Auf der Plantage ist einiges kaputt, aber Malte ist heute Morgen offensichtlich doch nach Sizilien geflogen. Seltsam, aber wer verschiebt schon seinen Urlaub? Na ja, Alfred wird sich um alles kümmern. Und du? Bist du in deinen Ermittlungen weitergekommen?«

»Nicht wirklich, die Buchstaben machen keinen Sinn, und Frau Römers Theorie von den sieben Todsünden erschließt sich mir nicht bei vier Morden, die sich über drei Jahrzehnte hinziehen. Mir fehlen da die Zusammenhänge. Aber Römer bleibt störrisch bei ihrer Theorie, wischt meine Einwände vom Tisch, was sonst gar nicht ihre Art ist. Ich glaube, sie hat sich da in eine Idee verrannt. Ihrer Meinung nach ist Clara Jolcke die Wurzel allen Übels. Es bleibt unter uns, was ich dir jetzt sage, aber Christian Cordes, der Kommissar, der Clara Jolcke verhaftet hat und dessen Leiche wir im Moor gefunden haben, war damals Römers Liebhaber.«

Tom pfiff durch die Zähne. »Dann wundert mich das gar nicht. Aber ihr habt doch keine Spuren gefunden, die Clara Jolcke mit seinem oder Petra Harlors Tod in Verbindung bringen konnten. Was sagt Römer denn dazu?«

»Ich nehme an, sie denkt, dass ich meinen Job nicht richtig mache, weil mir die Erfahrung fehlt. Oder das

Interesse, was beides nicht stimmt.« Heiko räusperte sich. »Sie hatte gestern Abend einen Unfall während des Sturms. Das Elbe Klinikum hat uns gerade informiert. Sie ist bei Bewusstsein, hat sich aber die Halswirbel verrenkt und ein Bein gebrochen, ihr Wagen hat sich überschlagen. Ich bin auf dem Weg zu ihr, denn es war noch ein anderes Auto an dem Unfall beteiligt. Jetzt rate mal, wer am Steuer saß? Clara Jolcke.«

Tom blieb stehen. »Das glaub ich nicht. Das gibts doch nicht.«

»Ja, unglaublich, aber wahr. Ich weiß noch nichts Genaues. Die Fahrzeuge wurden bereits abgeschleppt, es gibt also in diesem Sinne keinen Tatort, soweit man davon überhaupt sprechen kann. Keine Ahnung, ob es Zufall war oder wer den Unfall verursacht hat. Fakt ist, dass Gabriele Römer mit ihrem Range Rover in einer Kurve auf Clara Jolckes alten Renault von hinten aufgeprallt ist, der hat Totalschaden, wie mir die zuständigen Beamten mitteilten. Entweder hat die Jolcke abgebremst oder Gabriele Römer ist ihr absichtlich raufgefahren. Ich kenne diese Kurve, sehr gefährlich, da passieren viele Unfälle, weil die meisten Fahrer die Gefahr unterschätzen. Clara Jolcke fährt da oft genug lang, sie wird nicht unvorsichtig gewesen sein. Aber was machte Gabriele Römer in der Gegend? Sie wohnt ja auf der anderen Seite der Stadt.«

»Was ist mit Clara?«, fragte Tom. »Ist sie verletzt? Ist sie zu Hause?«

»Sie liegt auch im Krankenhaus, ist bei Bewusstsein, ebenfalls Schleudertrauma, Prellungen, Gehirnerschütterung und eine gestauchte Hand. Alles nicht so einfach wegzustecken für eine Frau in ihrem Alter. Ich fahre gleich ins Elbe Klinikum und melde mich danach bei dir. Mann, oh Mann, es ist wirklich wie verhext. Wir haben übrigens versucht, ihre Schwester, Frau von Bassen, zu erreichen, aber sie geht nicht ans Telefon. Könntest du vielleicht mal kurz bei ihr vorbeischauen? Du kennst sie doch. Ihr seid ja Nachbarn. Dann muss ich nicht extra rausfahren. Das wird heute knapp. Soll ich dir ihre Nummer geben?«

Tom erinnerte sich, dass Luisa ihm ihre Karte gegeben hatte. Sie steckte noch in der Brusttasche seiner Jacke. »Ich habe die Nummer, sie hat mir mal ihre Visitenkarte gegeben.«

»Umso besser, du hast halt Glück bei den Frauen. Visitenkarten von älteren, adeligen Damen. Bekommt auch nicht jeder zugesteckt.« Er lachte. »Danke, ich melde mich nachher bei dir.« Heiko legte auf.

Tom war nur zweihundert Meter von dem kleinen Nebenhaus entfernt. Aber konnte er einfach so unangemeldet bei ihr erscheinen? Sie hatte ihn zwar eingeladen, ihm aber bestimmt ihre Karte gegeben, damit er seinen Besuch vorher ankündigen konnte. Er schaute auf seine Uhr. Es war jetzt kurz nach zehn. Vielleicht schlief sie noch? Ihm fiel auf, dass er gar nichts über Luisa von Bassen wusste. Er wurde langsam zum Einsiedler und außer mit dem Hund sprach er nur mit wenigen Menschen. Höchste Zeit, dass sich das ändert, dachte er und wählte Luisas Nummer.

Einen Moment später stand Tom vor Luisas großer Tür und klopfte an. Luisa war wach und freute sich, dass er vorbeischauen wollte. Schoko hielt Abstand und setzte sich einige Meter von der Tür entfernt in den Garten. Als Luisa die Tür öffnete und mit dem elektrischen Rollstuhl die kleine Rampe hinunterfuhr, drehte er ihr den Rücken zu. Die Ohren waren aufgestellt.

»Man kann nicht in Tiere hineinschauen, nicht wahr? Er ist eben ein ganz besonderer Hund, irgendwann werden wir schon Freunde. Vielleicht sichert er einfach nur das Gebiet, wer weiß! Was verschafft mir die Ehre des frühen Besuchs, Herr Morten? Ich hoffe, es ist alles in Ordnung?«

»Bitte nennen Sie mich doch Tom.« Er lächelte sie an. Sie wusste offensichtlich noch nichts. Tom erzählte ihr von Heikos Anruf und Claras Unfall.

»Herr Morten, Tom, das sind wahrhaftig keine guten Neuigkeiten. Gott sei Dank ist ja nichts wirklich Tragisches passiert, wenn das stimmt, was der Kommissar Ihnen erzählt hat. Wie ist noch sein Name? Degen? Ich habe ihn ja noch nicht persönlich kennengelernt. Clara hat die Natur und Zähigkeit eines alten Ackergauls, sie wird es schon überstehen. Aber diese Frau Römer? Hat sie denn den Unfall verursacht? Und wenn ja, hat sie etwas gegen meine Schwester? Kennen die beiden sich?«

Tom überlegte kurz. Er hatte Heiko versprochen, die Informationen, die er heute Morgen bekommen hatte, vertraulich zu behandeln. Obwohl, was machte es schon, wenn Luisa davon erfuhr? Dennoch entschied er, ihr nichts von Gabriele und Christian zu erzählen und dass sie Clara für die Mörderin hielt. »Sie arbeitet in der Rechtsmedizin.«

Luisa sah ihn durchdringend an. »Sie wissen mehr und möchten es mir nicht sagen.« Sie berührte seinen Unterarm und drückte leicht zu. Eine Angewohnheit von ihr, sie hatte es bei jedem ihrer Treffen gemacht, aber es fiel ihm heute erst auf. »Ich verstehe das. Ihr Freund, der Kommissar, weiß mehr und hat Sie um Schweigen gebeten. Es ehrt Sie, dass Sie seinen Wunsch respektieren. Danke, dass Sie mich informiert haben. Ich würde Sie gerne auf einen Tee hereinbitten, aber unter diesen Umständen verstehen Sie bestimmt, wenn ich die Zeit dafür nicht aufbringen kann. Ich werde Gloria bitten, mich ins Krankenhaus zu fahren. Ich möchte doch selbst sehen, wie es Clara geht.«

Sie überlegte kurz. »Ach, wie dumm! Gloria kommt ja erst morgen zurück. Sie ist gestern nach Kiel gefahren. Vielleicht kann Herr Jensen mich ins Krankenhaus bringen, er hat ja einen Lieferwagen, da passt mein Rollstuhl rein. Wir kennen uns nicht so gut, aber vielleicht hat er Erbarmen mit mir.« Sie klopfte energisch auf die Lehne des Rollstuhls. »Manchmal ist es sehr schwer für mich, auf andere angewiesen zu sein.« Ihre Augen verdunkelten sich.

»Das wird leider auch nicht möglich sein. Malte ist heute Morgen in den Urlaub gefahren und kommt erst nächste Woche zurück.« Er überlegte kurz. »Ich könnte Sie ins Krankenhaus fahren. Sie haben doch noch einen anderen Rollstuhl, oldschool, den man schieben kann. Der passt in meinen Kofferraum. Ich muss heute sowieso nach Stade, ich brauche neue Materialien. Ich möchte gerne wieder mit meiner Arbeit anfangen. Es wird Zeit. Ich habe mich lange genug eingeigelt. Und Schoko braucht Futter.«

»Wirklich? Ich dachte, Sie fahren nur Fahrrad.« Sie lächelte ihn charmant an. »Ich wusste gar nicht, dass Sie auch ein Auto haben. Ich Dummkopf. Natürlich haben Sie ein Auto, anders kann man in dieser Einöde ja gar nicht überleben. Das wäre natürlich perfekt, wenn es Ihnen nichts ausmacht.« Erneut drückte sie seinen Arm. »Ach Tom, Sie glauben gar nicht, was mir das bedeutet. Das erleichtert mir vieles. Ich bin froh, dass es Sie in unsere Gegend verschlagen hat. Ein wahres Geschenk. Ich brauche eine halbe Stunde, um mich fertig zu machen.« Luisa drehte sich um und fuhr zurück in Haus. Die große Tür schloss sich.

Toms Blick fiel auf die kleine Metallrampe davor. Es waren lehmige Abdrücke von Schuhen zu erkennen, die der Regen der letzten Nacht nicht ganz weggespült hatte. Seltsam, dachte Tom. Eine kalte Schnauze stupste ihn in diesem Moment an. Schoko war näher gekommen. Tom tätschelte ihm den Kopf und sie gingen zurück nach Hause.

Dreißig Minuten später parkte er seinen Wagen vor Luisas Haus. Schoko hatte er nicht mitgebracht, es war klar, dass er Luisa nicht mochte. Sie öffnete ihm die Tür.

»Da steht der Dinosaurier.« Sie zeigte auf einen einfachen Rollstuhl, der zusammengeklappt in der Ecke stand. »Tom, sind Sie sicher, dass Sie das machen wollen?«

»No problem, ma'am.« Mit einem Militärgruß tippte er sich an die Stirn. »Auf gehts.« Er nahm den alten Rollstuhl und legte ihn in den Kofferraum des Wagens. »Darf ich bitten?« Galant lächelnd verbeugte er sich vor Luisa und hob sie hoch. Erneut war er erstaunt, wie schwer sie war. Im Sitzen sah sie immer aus wie ein Vögelchen, hatte aber erstaunlich viele Muskeln für eine ältere Dame. Sie schien seine Gedanken zu erraten.

»Nur weil ich im Rollstuhl sitze, bedeutet das nicht, dass ich unsportlich bin. Ich habe mir vor einigen Jahren Hanteln gekauft und mache täglich meine Übungen, bekomme zweimal in der Woche Massagen und habe Krankengymnastik mit Gloria. Außerdem gibt es wunderbare Trainingsprogramme auf YouTube. Was glauben Sie, warum ich mir diesen neuen Computer zugelegt habe? Ich war eine sehr gute Sportlerin zu meiner Zeit. Ich muss Ihnen mal Bilder zeigen.« Ihr Blick verdunkelte sich wieder ein wenig. »Ich war nicht immer auf die Hilfe anderer angewiesen.«

Tom setzte sie auf den Beifahrersitz, holte dann ihre Handtasche und gab sie ihr. »So, können wir? Haben Sie alles, was Sie brauchen?«

Sie überlegte kurz. »Ach, ich bin aber auch wirklich vergesslich. Ich habe gerade mit Clara telefoniert. Sie hat mich gebeten, ihr Handy mitzubringen. Sie hat es gestern wohl vergessen mitzunehmen. Es liegt auf ihrem Schreibtisch.«

Luisa zog einen Schlüssel aus ihrer Handtasche. »Es wäre etwas umständlich, wenn ich es holen würde. Wären Sie bitte so lieb? Clara wird nichts dagegen haben, wenn Sie es eben holen. Sie wissen ja: Hunde, die bellen, beißen nicht.« Sie lächelte verschmitzt. »Es bleibt einfach unter uns. Lassen wir sie bellen! Ach, und die Katzen müssen ja auch noch gefüttert werden. Das Futter finden Sie in der Kammer hinten rechts in der Küche und die Näpfe auf dem kleinen Tisch. Bitte geben Sie Futter in beide Näpfe. Die Katzen sind eigen. Na, wer ist das nicht?« Sie gab ihm den Schlüssel. »Der Schreibtisch steht im Fernsehzimmer. Zweite Tür rechts, wenn Sie in der Halle sind. Ich hoffe, Sie finden das Handy in Claras Chaos.«

Tom nahm den Schlüssel, öffnete die gläserne Tür des alten Haupthauses und ging durch die Halle in die Küche. Onken und Bünting saßen bereits auf dem Tisch und sahen den Fremden erwartungsvoll an. Tom füllte die Näpfe, goss Wasser nach, streichelte den schnurrenden Katzen über die Köpfe und ging schnell ins Wohnzimmer. Es roch nach kaltem Rauch. Er musste den Kopf einziehen, als er durch die ein Meter achtzig hohe Tür ging. Das Haus war über zweihundert Jahre alt, damals waren die Menschen offensichtlich kleiner, denn auch die Deckenhöhe betrug nur zwei Meter dreißig. Ein großer Flachbildschirm stand in der rechten Ecke des Raumes, davor eine riesige alte Couch mit unzähligen Kissen und Decken. Auf dem Seitentisch eine Batterie von dreißig kleinen durchsichtigen Schachteln für Medikamente. Er warf einen Blick darauf und zählte circa zwanzig Pillen, die sie offensichtlich jeden Tag nahm. Eine kranke Frau. Vielleicht würde sie die brauchen, dachte Tom und nahm einige von den kleinen Behältern mit.

Auf der linken Seite stand ein großes Regal mit Büchern und Zeitschriften, daneben der Schreibtisch. Darauf viele Dokumente und Papiere. Und ein großer PC ein neueres Model, was Tom erstaunte. Die Schwestern waren offensichtlich beide mit guten Computern ausgerüstet!

Über dem Schreibtisch hingen gerahmte Bilder. Jetzt fiel Tom auf, was ihn an diesem Haus störte. Es war charmant, die Hipster würden es wahrscheinlich als Shabby Chic bezeichnen, aber es fehlte die Seele. Man merkte, dass hier ein gebrochener Mensch lebte. Darüber konnte nichts hinwegtäuschen. Tom betrachtete die Bilder. Clara und Luisa als junge Frauen. Clara kaum wiederzuerkennen, ungebrochen von den Schicksalsschlägen, die noch vor ihr lagen. Luisa, eine schöne Variante ihrer Schwester. Ein Hochzeitsbild der strahlenden Clara Jolcke, etwas runder mit einer Dauerwelle, die in den Achtzigerjahren der letzte Schrei gewesen sein musste. Die Haare waren rot gefärbt. An ihrer Seite ein hochgewachsener, schlanker Mann mit weichen Gesichtszügen. Das musste Johann Jolcke sein. Auch er lachte in die Kamera und hatte den Arm um sie gelegt. Sie sah nicht aus wie eine Frau, die ihren Mann kaltblütig erschießen konnte. Sie sah nicht aus wie eine Mörderin. Aber Ted Bundy und Jeffrey Dahmer hatten auch nicht so ausgesehen. Oder Ingrid van Bergen. Auf anderen Bildern glückliche Momente im Leben von Clara Jolcke, in einer Zeit, die es nicht mehr gab.

Seitlich hinter den Computer geschoben stand ein Rahmen mit einem vergilbten Bild. Tom traute seinen Augen nicht. Es war das gleiche Foto, das er in Hemmoor außerhalb der großen Villa gesehen hatte. Warum stand dieses Bild auf Claras Schreibtisch? Was hatte sie mit diesen Menschen zu tun? Die Familie des Fabrikbesitzers und die Familie des Bauern zusammen im Sonntagsstaat.

Maltes Großvater! Und daneben die Bediensteten. Und wieder die Magd, die Toms Großvater auf einem anderen Bild angelächelt hatte. Eine schöne, aber schüchterne junge Frau, die zur Seite schaute.

In diesem Moment sprang Bünting auf den Schreibtisch und schaute ihn erwartungsvoll mit ihren grünen Augen an. Tom hätte beinahe den Rahmen fallen lassen. Die Katze hob dir rechte Pfote und streckte sie nach Tom aus, berührte fast liebevoll mit ihrer Tatze seine Hand. Er schmunzelte, stellte das Bild zurück an seinen Platz, nahm Buenting hoch, streichelte sie und wollte schon den Raum verlassen. Ach, das Handy, er hätte es beinahe vergessen. Es lag neben dem Computer. Tom steckte es in die Jackentasche, setzte die Katze auf das Sofa und ging zur Tür.

Jetzt erst sah er das Bild, das links neben der Wohnzimmertür hing. Er hatte es vorher nicht bemerkt. Es war ein Schwarz-Weiß-Bild aus den Fünfzigerjahren, ungefähr DIN-A4-groß, in einem einfachen schwarzen Holzrahmen. Aufgenommen im Portraitstudio Paul Hirschler in Hamburg, wie er der Pressung und dem Wasserzeichen in der unteren linken Bildhälfte entnahm. Eine schöne junge Frau mit einer unglaublich sinnlichen Ausstrahlung. Langes blondes Haar, volle Lippen, in einem engen Pullover, der sich an ihren perfekten Körper schmiegte wie eine zweite Haut. Aber es waren die Augen, die Tom faszinierten. Ein Blick voller Leid und Leidenschaft, der ihn sofort gefangen nahm. Er fotografierte das Foto mit seinem Handy. Rechts im Rahmen hatte Clara eine vergilbte Todesanzeige befestigt. Asta Hammer, geboren am 11. Mai 1923 in Hemmoor, gestorben am 11. April 1957 in Hamburg.

29 Tagebuch der Spinne

Ich war unvorsichtig, zu schnell, ungeduldig. Es hätte noch nicht geschehen dürfen. Doch der Wunsch nach Vollendung war plötzlich stärker als alles andere, wie eine Droge, gegen die ich machtlos war. Ich darf die Kontrolle nicht verlieren, denn sie ist mein Schutz, meine unfehlbare Kraft! Dennoch. Ich war wie gefangen im Sog, der mich nicht losließ.

Komm. Die Nacht ist perfekt, der Sturm wird alle Spuren vernichten. Komm, tu es. Heute. Heute Nacht. Jetzt!

Es kriecht wie ein immenses Verlangen in mir hoch, wie ein alles zerfressender Virus, der sich in Sekundenschnelle in meinem ganzen Körper verbreitet. Ein Vulkan, der explodiert, die Lava, die Summe meiner Schmerzen! Ich bin machtlos gegen diese Droge, ich gebe mich dem hin.

Dann sehe ich das Leben allmählich aus ihm weichen. Ich schneide ihm das Mal der Schande ins Gesicht, bevor er stirbt! Ich will, dass er weiß, was geschieht. Warum ich es tue. Ich will es in seinen Augen sehen. Ich will, dass er versteht und dass er erkennt, wer ich bin!

Dennoch! Es war zu früh. Nicht genug Zeit vergangen, seitdem diese elende, nichtsnutzige Frau ihr Leben im Baumstumpf verlor. Nicht mehr als der Abschaum, der unwürdige Samen einer verfaulten Frucht. Sie hatte es nicht anders verdient, in ihrer dumpfen, lebenslangen Ignoranz. Eine ewige Verliererin, die es nie gewagt hat, hinter die Kulissen zu schauen, nie etwas hinterfragt hat. Ein dummes Schaf, das nichts weiter konnte, als anderen zu folgen und zu blöken, wenn es nicht weiterwusste! Wie ich diese Menschen verachte, weil sie nie den Mut finden, wirklich hinzuschauen, um zu erkennen, wer sie sind! Weil sie dann etwas verändern müssten.

Keine Spur führt hierher, zu mir! Mein Netz ist und war undurchsichtig. Aber ich habe zu lange warten müssen. Zu wissen, dass die Frucht des Schänders ungestraft weiterlebt, ist unerträglich. Er musste sterben, genau wie die anderen.

Gott will, dass ich diese Aufgabe zu Ende bringe. Ich bin nur sein Werkzeug. Ich werde die Sünder vernichten. Es ist ein Gelübde und erklärt mein Handeln. Ich muss mich jetzt in Geduld üben, denn die Zeit ist auf meiner Seite. Keiner wird seiner gerechten Strafe entgehen! Auch er nicht, der Wichtigste von allen. Es war kein Zufall. Gott hat ihn zu mir geführt.

30 Salieri

Heiko lehnte sich in sein Sofa zurück und schloss die Augen. Er war müde. Die Woche war lang und anstrengend gewesen und hatte keine neuen Erkenntnisse gebracht. Der Unfall von Gabriele Römer am Mittwoch Abend hatte ihm den Rest gegeben. Nach Babette, die immer noch im Koma lag, war nun auch Gabriele im Krankenhaus und das für die nächsten zwei Wochen, Privatpatientin, da ließen sich die Ärzte gerne Zeit! Er fühlte sich allein, isoliert. Er hatte Gabriele Römer besucht. Sie lag deprimiert im Krankenhausbett, das Bein eingegipst, die Hüfte kaputt, den Verstand beruhigt durch zu viele Medikamente. Sie wusste, sie hatte einen großen Fehler begangen, ließ sich aber nichts anmerken. Es sei Zufall gewesen, dass ausgerechnet Clara Jolcke im Auto vor ihr gesessen habe. Bei dem Wetter habe sie in der Kurve die Kontrolle über ihr Auto verloren. Oder die Jolcke habe zu spät abgebremst. Sie würde die Alte verklagen. Sie sei schuld an allem, das wüsste er doch genauso gut wie sie. Heiko glaubte ihr kein Wort. Bei Clara Jolcke hatte er nicht viel mehr Glück. Sie hatte ihm nichts zu sagen. Verrückte alte Schachteln.

Mit den Ermittlungen in den Mordfällen kam er nicht voran. Es hatte keine Spuren am Tatort gegeben, keine Hinweise. Von Verdächtigen oder Tatmotiven ganz zu schweigen. Die anderen Mitarbeiter hielten ihn für unfähig, die Untersuchungen zu leiten. Nicht genug Erfahrung, keinen Spürsinn, ewiger Zweiter.

Er hatte das Gefühl, vor einer glatten Wand zu stehen, die er unmöglich hochklettern konnte. Eine Tür gab es nicht, jedenfalls keine, die er sah. Er kannte das Gefühl nur zu gut. Es begleitete ihn bereits sein ganzes Leben. Er stand auf und ging zum großen Panoramafenster des Wohnzimmers. Der Himmel war grau, es regnete nicht. Bleierne Stille und dumpfe Luft lagen über der Stadt, die er hier von seinem Turm aus sehen konnte. Ein toter Maisonntag.

Heiko fühlte sich plötzlich zurückversetzt nach Agathenburg. All die langen toten Sonntage zu Hause, als er noch ein Kind und Teenager war. Die Angst, am Montag wieder in die Schule zu müssen, wissend, dass er dort nur eine Rolle spielte, sich versteckte. Nie ganz so sein konnte, wie er wollte. Seltsam, dachte er, ich habe das nie als Isolation empfunden, ich dachte, es wäre meine Wahl, allein zu sein. In diesem Moment spürte er, dass er sich damals wie heute belog. Er fühlte sich noch immer unwohl mit sich selbst und seiner Sexualität. Heute wie damals, auch wenn er nach außen hin locker schien. Perfekte Fassade! Für immer wie heute? Heiko lehnte den Kopf an die große Scheibe. Traurigkeit überkam ihn. Er wollte nicht so weiterleben, wusste aber auch nicht, wie er sein Leben ändern konnte.

Es war erst 13 Uhr. Was sollte er machen, woher die Energie nehmen? Sich zusammenreißen, am Fall arbeiten. Das sollte er machen! Stattdessen schaltete er den Fernseher an. Auf Arte lief ein Film von Milos Forman über Mozart. Amadeus! Der von Gott Geliebte! Ein Hollywoodfilm aus den Achtzigerjahren, mit Preisen überhäuft, über das Genie Mozart und den Hofkomponisten Salieri. Es ging um Eifersucht, die Eifersucht des Salieri, der das göttliche Talent Mozarts erkannte und nicht fassen konnte, dass es im Körper des kindlichen, verspielten Amadeus' existierte. Fasziniert schaute Heiko zu. Er beobachtete den älteren Salieri, der von Eifersucht und Bewunderung gleichzeitig zerfressen wurde. Der erkannte, dass er nie göttliche Musik schreiben würde, der einen Pakt mit Gott machte, Mozart in den Tod trieb und letzten Endes alles verlor. In der Schlussszene des Films endet Salieri als alter Mann nach einem Selbstmordversuch im Irrenhaus. Er wird im Rollstuhl durch die Gänge geschoben, lächelt und bezeichnet sich selbst als Schutzpatron der Mittelmäßigkeit.

Es war wie ein Schlag in Heikos Gesicht. Er sah an der Wand das Bild der Sieben Todsünden von Otto Dix, das er vor Jahren gekauft hatte. Sein fast leeres Wohnzimmer – so leer wie er selbst! Mittelmäßigkeit. War das sein Problem? Ein Mann Ende dreißig, schicke Wohnung, gute Position, sportlich, gut aussehend. Die meisten mochten ihn. Der Einzige, der ihn nicht wirklich mochte, war er selbst. Doch jetzt war kein Raum mehr da, um sich selbst zu belügen. Warum hatte er sich so oft zurückgenommen, war ruhig geblieben, hatte nicht auffallen, den Mund nicht aufmachen wollen? Gefühle zeigen? All das hatte er nicht gelernt. Zum ersten Mal wurde ihm vollkommen bewusst, dass er sich selbst schützte, indem er ein Opportunist war.

Er dachte an Tom. Der Mozart zu seinem Salieri. Easy going, in sich ruhend, mutig! Von den USA nach Berlin, jetzt hier in der Einöde und dennoch bei sich. Aufmerksam, intelligent. Unantastbar! Er würde gerne mehr so sein wie Tom. Kurzentschlossen nahm er sein Handy und rief ihn an.

Eine Stunde später fuhr Heiko über den Feldweg durch die Apfelplantage. Er hatte Pfeil und Bogen dabei und eine aufstellbare Zielscheibe. Es war 16 Uhr, der Himmel noch grau, aber die Luft wurde klarer. Die bleierne Melancholie des Sonntags verzog sich langsam. Als Heiko an Maltes Haus vorbeikam, sah er dessen Auto vor der

Tür stehen. Seltsam, war er nicht im Urlaub? Wie war er denn zum Flughafen gekommen? Darüber sollte er sich nun wirklich nicht den Kopf zerbrechen. Er hatte andere Sorgen, andere Leichen, und nicht nur die in seinem Keller. Er musste morgen unbedingt mit Luisa von Bassen sprechen, vielleicht hatte sie Informationen, die ihm im Fall Petra Harlor weiterhelfen würden, oder konnte ihm mehr über ihre Schwester Clara erzählen.

Wenige Minuten später parkte er sein Auto vor der kleinen Scheune, die zu Toms Haus gehörte. Das Tor war offen. Heiko stieg aus und ging auf Tom zu, der mit beiden Händen Zement anrührte. Schoko, der neben Tom saß, spitzte die Ohren und schaute Heiko an. Langsam erhob sich der Hund und kam auf ihn zu, beschnüffelte seine Hand, leckte einmal darüber, verließ die Scheune und setzte sich einige Meter entfernt mit dem Rücken dazu hin.

»Tja, steckt man nicht drin … ist wahrscheinlich auch gut so! Frag mich nicht, warum er das macht, aber er wird schon seine Gründe haben. Zumindest hat er dich begrüßt, du bist also Teil der Familie. Immerhin hat er einen Abend mit uns verbracht und da war Alkohol im Spiel.« Tom legte den Kopf zur Seite. »Vielleicht hält er Wache auf diese Art! Man weiß ja nie, wer sich da in diesem Hundekörper inkarniert hat!«

Heiko stutzte. Wache halten? Interessanter Gedanke, darauf wäre er nicht gekommen. Dann sah er die Skulptur, an der Tom arbeitete. Es war die Büste einer Frau, einer ungewöhnlichen Schönheit. Langes Haar floss über die Schultern und sie hatte ebenmäßige Züge, aber es war der Ausdruck in ihrem Gesicht, der Heiko faszinierte: Unendliche Melancholie, ja fast Trauer durchzog ihre Mimik. Ein enganliegender Rollkragenpullover, der die üppige Brust zur Geltung brachte, stand dazu im totalen

Gegensatz. Alles schien forsch, fast ruppig und rau, Toms Arbeit erinnerte Heiko an die Gemälde von Lucian Freud, nicht unbedingt schön, aber gnadenlos ehrlich, in die Seele schauend.

»Ich wusste nicht, dass du weder angefangen hast zu arbeiten. Wer ist sie?« Er ging näher an die Skulptur heran.

»Ich kenne sie nicht persönlich. Ihr Name ist Asta Hammer und sie ist die Mutter meiner Nachbarinnen.«

»Asta? Die Mutter von Clara Jolcke und Luisa von Bassen? Lebt sie noch? Ich hoffe, nicht auf dem Dachboden des alten Hauses?«

Tom lachte, er hatte gute Laune, die Arbeit schien ihn zu befreien. Kurz erzählte er Heiko von seiner Begegnung mit Luisa von Bassen und dem Fund des Bildes aus dem Hamburger Fotostudio in Clara Jolckes Wohnzimmer. Er stand auf und ging näher an die Büste heran, nahm einen kleinen Spachtel und arbeitete weiter, während er sprach. Fasziniert beobachtete Heiko, wie Tom ohne jede Anstrengung dem toten Material Leben gab. Der Mozart seines Salieris.

»Sie kam aus der Gegend hier, aus Hemmoor, wurde nicht alt, ist in Hamburg gestorben. Der Todesanzeige, die im Rahmen des Fotos von ihr steckte, konnte ich keinen Hinweis auf die Todesursache entnehmen, vielleicht war sie krank oder hatte einen Unfall. Ihre Töchter Clara und Luisa waren kleine Mädchen, als ihre Mutter starb.«

»Clara Jolcke muss sie geliebt haben, sie hat die Bank auf dem Deich Asta genannt. Was ist mit dem Vater? Hat er die Mädchen dann großgezogen?«

Tom schaute ihn erstaunt an und zuckte mit den Schultern. »Da musst du die Damen schon selbst fragen. Ich habe Luisa von Bassen auch seit Donnerstag nicht gesehen. Ich wollte sie nicht gleich mit Fragen überfallen. Aber es müsste doch in Clara Jolckes Akte stehen, woher sie kommt, wer der Vater war oder wo sie nach dem Tod der Mutter aufwuchs.« Fast zärtlich formte Tom mit seinen Händen Astas Gesicht und schaute zu Heiko. »Faszinierend, nicht wahr? Ich hoffe, ich schaffe es, den Ausdruck ihrer Augen einzufangen. Glücklich war sie nicht. Irgendein Geheimnis umgibt diese Frau.« Er legte den Spachtel zur Seite, ging zum Waschbecken und entfernte den Gips von seinen Händen.

»Warum baust du nicht die Zielscheibe auf, es wird Zeit, dass ich lerne, wie man hier in dieser Wildnis mit Pfeil und Bogen umgeht. Indianer gibt es zwar keine, aber einen Mörder. Und vor Clara Jolcke nehme ich mich lieber in Acht, wenn sie aus der Klinik kommt.« Er zwinkerte Heiko zu. »Kleiner Scherz, ich glaube nicht, dass sie gefährlich ist. Hunde, die bellen, beißen nicht.« Er deutete auf Schoko. »Aber man weiß ja nie.«

In der nächsten Stunde zeigte Heiko Tom, wie er mit Pfeil und Bogen umgehen konnte. Er traf mühelos ins Schwarze, was Tom jedes Mal lautstark anerkennend beklatschte. Er selbst hatte offensichtlich kein großes Talent, bemühte sich redlich, aber sein Pfeil landete immer im Gras.

»Es ist noch kein Meister vom Himmel gefallen. Ich habe 25 Jahre Vorsprung mit dem Üben. Und ich könnte wahrscheinlich noch nicht einmal einen Aschenbecher aus Ton formen, so viel dazu.« Aber es freute ihn, dass er gut in etwas war. Er wünschte, dass die Lösung des Falls so einfach für ihn sein könnte wie das Bogenschießen.

Tom klopfte ihm auf die Schulter. »Du hast es gerade selbst gesagt, es ist noch kein Meister vom Himmel gefallen. Ist das nicht dein erster großer Fall? Und dann nicht nur ein, sondern vier Morde über Jahrzehnte verteilt? Und die vermeintliche Täterin, zu der alle Spuren führen, behauptet, unschuldig an den ersten wie an den neuen

Morden zu sein. Tatsächlich habt ihr noch keine Spuren oder Beweise, die sie mit den aktuellen Morden verbindet. Sei mal nicht zu hart zu dir. Das ist kein leichter Fall. Dir fehlt ganz einfach auch die Erfahrung. Und was hält dich wirklich davon ab, diese Fälle zu lösen? Dass sie etwas gemeinsam haben und miteinander verbunden sind, steht doch wohl fest, selbst für mich als Laie. Das sind nicht bloß Spekulationen.« Er schaute Heiko direkt in die Augen. »Also, welche Tür willst oder kannst du hier nicht öffnen, mein Freund? Was übersiehst du? Komm, ich gebe ein Bier aus, nächste Woche üben wir weiter mit dem Bogen.«

Heiko sammelte die Pfeile ein und baute die Zielscheibe zusammen. »Natürlich haben die Fälle etwas miteinander zu tun, das ist klar. Die Opfer haben Kreide im Mund, ein Zeichen auf der Wange, Christian Cordes und Petra Harlor wurden vergiftet. Der Täter hat also Ahnung von Giften, die den Körper lähmen und die wahrscheinlich hier in der Gegend wachsen. Im Mordfall Jolcke und Fauck konnte ich nichts finden, aber vielleicht hat man damals keine toxikologischen Untersuchungen vorgenommen. Die Todesursache war ja eindeutig. Was mir fehlt, ist die Verbindung zwischen den Opfern. Der Täter mordet nicht wahllos.«

»Genau das ist es, die Verbindung«, bestätigte Tom. »Christian Cordes und Petra Harlor kommen aus der Gegend. Hast du mal nachgeforscht, wo die beiden anderen gelebt haben? Immer schon in Hamburg oder vorher auch woanders? Oder ob sie sich untereinander kannten? Vielleicht solltest du Clara Jolcke noch einmal befragen. Sie ist die Einzige, die wir kennen, die zu allen eine persönliche Beziehung hatte. Sie ist der Schlüssel.«

In diesem Moment klingelte Heikos Handy. Er schaute auf das Display. Es war die Zentrale der Polizeiinspektion.

Er hatte Bereitschaftsdienst, also nahm er ab. »Hallo, Heiko, hier ist Gisela Sievers. Bitte entschuldige die Störung, aber ich habe heute bereits fünf Anrufe einer alten Dame bekommen, die glaubt, dass ihr Sohn ermordet worden ist, und zwar von Clara Jolcke.«

Heiko stellte das Telefon auf Lautsprecher. »Das soll doch wohl ein schlechter Witz sein. Wann soll der Mann umgebracht worden sein und was hat Clara Jolcke damit zu tun?«

»Ich weiß, es klingt verrückt, aber die alte Dame ist wirklich extrem besorgt. Ich kenne sie persönlich. Ihr Name ist Bertha Jensen, sie lebt im Seniorenheim in Hemmoor und ist die Mutter von Malte Jensen, dem Nachbarn von Clara Jolcke.«

»Ich glaube nicht, dass Frau Jolcke im Moment dazu fähig ist, ihre Nachbarn zu ermorden. Sie liegt doch im Krankenhaus.«

»Ich weiß, aber Frau Jensen ist sehr beunruhigt. Malte wollte am Donnerstagmorgen nach Sizilien in den Urlaub fliegen, hat sich aber bisher nicht bei ihr gemeldet, was er sonst immer nach der Landung tut, sagt sie, deshalb glaubt sie, dass er erst gar nicht losgefahren ist. Erst seien Anrufe auf sein Handy noch durchgegangen, nur habe er nicht geantwortet, aber inzwischen melde sich automatisch die Mailbox. Vielleicht könntest du mal vorbeischauen? Es ist wahrscheinlich nichts passiert und er will seine Ruhe haben, liegt in Sizilien am Strand, aber es würde Bertha Jensen beruhigen.« Sie schwieg einen Moment, nahm aber nur Anlauf für ihre erneute Bitte. »Heiko, tu mir den Gefallen. Ich kenne Frau Jensen wie gesagt, sie war eine Freundin meiner Mutter. Ich fühle mich verpflichtet, ihr da weiterzuhelfen.«

»Natürlich, kein Problem. Ich bin zufällig in der Nähe und kann da gleich mal hingehen. Schick mir die Nummer von Frau Jensen und auch von Malte«, bat Heiko sie. »Ich melde mich später bei ihr, damit sie beruhigt schlafen kann.«

»Du bist der Beste.«

»Na, immerhin erkennt das jemand im Revier. Danke dir, wir sehen uns dann morgen.« Er legte auf und sah Tom fragend an. »Die Probleme der Bevölkerung. Jetzt vermuten Mütter schon, dass Clara Jolcke in der Nacht umherschleicht und die Nachbarn umbringt.« Er rollte die Augen. »Miss Marple ist nichts dagegen. Ich gehe am besten kurz bei Malte Jensen vorbei und schaue nach dem Rechten. Sein Wagen stand vor der Tür. Was glaubst du, wer könnte ihn zum Flughafen gebracht haben?« Heiko packte den Bogen und die Zielscheibe in den Kofferraum.

Tom hatte Bier aus dem Haus geholt. »Keine Ahnung, so gut kenne ich ihn auch nicht.« Er reichte Heiko eine Flasche. »Für den Weg. Wenn du nichts dagegen hast, komme ich mit, es ist Zeit für Schokos Abendspaziergang.«

Er schaute auf die Uhr. Es war kurz nach sieben und der Himmel wurde dunkler. Die beiden Männer gingen durch die Plantage zu Maltes Anwesen, Schoko lief ihnen schnüffelnd voran. Maltes Haus war dunkel, vor der Tür immer noch sein Auto. In der kleinen Scheune brannte Licht, an der Holzwand lehnte ein altes Herrenfahrrad. Schoko lief hinein, und als Tom und Heiko durch das Tor traten, stand der Hund vor einem alten Mann, der ihn streichelte. Schokos kupierter Schweif wedelte freudig. Tom hob erstaunt die Augenbrauen. Schoko war ihm immer noch ein Rätsel. Wen er mochte und warum, entzog sich seinem Verständnis.

Heiko räusperte sich, um den alten Mann nicht zu erschrecken. »Guten Abend.« Schokos Schweif stoppte sofort und er wandte sich ab.

»Hallo, ich bin Heiko Degen und das ist Tom Morten.« Tom lächelte dem alten Mann zu. Es war Alfred, der für Malte arbeitete, er hatte ihn schon öfter hier gesehen und versucht, ihn anzusprechen, aber außer einem kurzen Kopfnicken noch keine Erwiderung von ihm bekommen.

Alfred legte das kleine Messer, das er in der Hand hielt, zur Seite, betrachtete die beiden Männer misstrauisch und wandte sich an Heiko. »Moin.«

Heiko ging auf ihn zu. »Ich bin von der Kripo Stade, ich leite die Ermittlungen im Mordfall Petra Harlor, die hier auf dem Grundstück gefunden worden ist. Wir haben einen Anruf von Maltes Mutter bekommen, die sich Sorgen macht. Sie hat seit Donnerstag nichts mehr von ihrem Sohn gehört. Und wer sind Sie?«

»Alfred Voss, ich arbeite mit Malte hier, helfe ihm mit der Plantage.« Er steckte die Hände in die Taschen und wandte sich ab. »So, Bertha macht sich Sorgen?«

»Haben Sie etwas Besonderes bemerkt seit seiner Abreise am Donnerstag?«

»Ich war bei meiner Schwester in Cuxhaven«, brummte er, »bin gerade erst zurück. Hier ist alles in Ordnung, in der Lagerhalle war ich noch nicht.«

»Okay, wir sehen uns kurz das Haus an, sagen Sie Bescheid, wenn sie in die Halle gehen.« Heiko nickte ihm freundlich zu. Er kannte diese mundfaulen alten Männer nur zu gut. An Alfred Voss würde er sich eh nur die Zähne ausbeißen. »Komm, Tom, schauen wir uns mal ein bisschen um.«

Die beiden verließen die Scheune, Schoko lief das kurze Stück zum Wohnhaus voran. Es brannte kein Licht. Die beiden gingen einmal um das Haus, alle Türen waren verschlossen, sie konnten nichts Ungewöhnliches entdecken. Neben der Seitentür, unter dem kleinen Vordach standen Maltes Hausschuhe. Seltsam, warum hatte er sie nicht ins Haus geholt? Kein gutes Zeichen. Er schaute Tom an. »Irgendwas ist hier faul.« Tom stimmte ihm zu und ging weiter zur Eingangstür.

In diesem Moment ging das Licht in der Küche an. Tom schreckte zusammen. »Wow, dammit! What the fuck?« Immer wenn er sich erschrak oder emotional wurde, verfiel er in seine Muttersprache. War Malte etwa doch zu Hause? Tom klingelte mehrmals, aber im Haus tat sich nichts. Es war wohl nur eine Zeitschaltung des Lichtsystems. Heiko schaute durch das Küchenfenster. Alles war aufgeräumt, kein Geschirr in der Spüle. Dann sah er das Handy auf dem Küchentisch. Gisela Sievers hatte ihm Maltes Nummer getextet. Er wählte sie und die Mailbox sprang sofort an. Das Handy auf dem Tisch bewegte sich nicht. Hatte er es vergessen? Auch das unwahrscheinlich, aber möglich.

Heiko schaute Tom an. »Was meinst du? Ist das sein Handy?«

»Wer sonst sollte sein Handy auf Maltes Küchentisch legen?« Tom kniff die Augen ein wenig zusammen. »Hier stimmt was nicht. Malte würde sein Handy nicht vergessen oder liegen lassen, wenn er in den Urlaub fährt. Lass uns mal rübergehen zur Lagerhalle.«

Sie überquerten den Hof. Voss kam aus der Scheune, in seinen groben Händen eine Taschenlampe. Schoko hatte die Lagerhalle bereits erreicht, schnüffelte kurz, setzte sich auf die Hinterläufe, legte den Kopf in den Nacken und bellte tief und anhaltend. Es klang fast wie ein Klagelaut. Toms Nackenhaare stellten sich auf und sein Herz schlug schneller. Diesen Ruf des Hundes hatte er schon einmal gehört. An dem Tag, als er Petra im Baumstumpf fand. Er lief zur Halle, Heiko hinter ihm her. Die große Hallentür war unverschlossen.

»Fass nichts an, wer weiß, was hier passiert ist. Scheiße, ich habe ein verdammt schlechtes Gefühl.« Heiko stand jetzt neben ihm. Voss war auch angekommen.

»Geben Sie mir die Tischlampe. Gibt es einen Hauptschalter, damit wir mehr sehen können?«

»Gleich rechts innen an der Wand, Brusthöhe, wenn Sie eintreten.«

Heiko nahm ein Taschentuch aus seiner Jacke und öffnete das Hallentor. Plötzlich ging das Flutlicht auf dem Hof an und tauchte alles in gleißendes Licht. Was war hier los? Warum erst jetzt und nicht, als sie über den Hof gelaufen waren? Der Bewegungsmelder funktionierte offensichtlich nicht. Heiko betrat die Halle und sah sofort, dass das Notlicht brannte, ein paar Meter entfernt sah er den Sicherungskasten. Er stand offen. Als er näher kam, sah er, dass es einen Kurzschluss gegeben hatte. Nun hörte er wieder Schokos Klagelaut. Das Licht der Taschenlampe streifte ein Schild an der Wand. Vorsicht. Gefahr. Druckkammer. Darunter ein Giftzeichen und das Wort STICKSTOFF.

Er sah eine kleine Tür, sie war angelehnt. Aus dem Sichtfenster und dem offenen Spalt strömte rotes Notlicht. Er ging näher, Schoko folgte ihm, blieb ein paar Meter vor der Tür sitzen und bewegte sich nicht mehr. Heiko öffnete sie vorsichtig. Malte Jensen lehnte an der Wand. Sein Gesicht war bläulich verfärbt, der Mund war leicht geöffnet, und Heiko konnte die weißlich belegte Zunge erkennen. Maltes Augen starrten ins Leere.

Auf der rechten Wange hatte der Mörder den Buchstaben E eingeritzt.

31 Dunkler als die Nacht

Sie schaute auf die Uhr ihres Handys. Es war halb 3 Uhr nachts. Sie konnte nicht schlafen. Es gab keine Balken an der Decke, zum Zählen keine Risse im Holz, keine Katzen, die an der Tür kratzten, keinen Bauer, der Traktor fuhr. Nur eine Nachtschwester, die nach einem bestimmten Zeitplan in allen Zimmern nach dem Rechten schaute. Seit fünf Nächten lag sie jetzt in diesem weißen Zimmer. Gott sei Dank allein, denn wer lag schon gerne im Doppelzimmer mit einer Mörderin. Sie hasste Krankenhäuser. Auf dem Land im alten Haus, ihrem selbst gewählten Gefängnis, fühlte sie sich wohl. Es war ihre Welt, dort war sie sicher. Sicher vor den Menschen, aber auch sicher vor allem Neuen, vor Gedanken, die Veränderung bedeuten konnten. Clara schaute an die Decke, doch ihr Blick glitt sofort ab, es gab nichts zum Festhalten. Nur weiß verputzter Beton und Neonlicht.

An den Wänden Raufasertapete, die im Mondlicht aussah wie die unreine Haut eines pickeligen Teenagers. So wie sie damals bei den strengen Schwestern. Auch da waren die Nächte endlos gewesen. Sie wollte sich nicht erinnern und richtete sich langsam auf. Es tat alles weh, immer noch, trotz Schmerzmittel. Nicht die Prellungen, der Bluterguss am Rücken, die verstauchte Hand oder die Gehirnerschütterung, die sie durch den Unfall erlitten hatte, waren schuld. Sie wusste, dass ihr auch der Nikotinentzug zu schaffen machte. Und der Zuckerentzug! Man hatte sie auf eine neue Diät gesetzt. Sie hatte zehn Jahre Haft überlebt, sie würde auch die Tage im Elbe Klinikum überleben. Sie machte die Nachttischlampe an.

Langsam stand sie auf und ging ans Fenster. Alles schlief, kein Einsatzwagen, keine Feuerwehr. Man hatte sie nicht verhaftet, ihr keinen Polizisten vor die Tür gestellt. Vielleicht morgen. Wahrscheinlich würden sie erst die Autopsie abwarten, um festzustellen, wann Malte ermordet wurde. Sie würden dennoch versuchen, es ihr in die Schuhe zu schieben, da war sie sicher. Es war am einfachsten. Das hatten sie damals ja auch gemacht, als sie Johann und Reiner gefunden hatte. Hätte sie bloß die Waffe nicht in die Hand genommen. Wäre sie früher oder später nach Hause gekommen. Und diesmal? Clara hatte plötzlich Angst, und die Vereisung in ihrem Körper kam so schnell, dass ihr schwindelig wurde. Unbeweglich blieb sie am Fenster stehen und wartete darauf, dass der Anfall vorüberging. So hatte sie sich seit ihrer Freilassung nicht mehr gefühlt. Auch wenn es keine Beweise gab, wie auch, denn sie hatte es nicht getan! Sie hatte all diese Morde nicht begangen. Sie fühlte sich ohnmächtig.

Und jetzt auch noch Malte. Sie schaute in die dunkle Nacht. Verdient hatte er diesen Tod nicht, auch wenn sie ihm gerade das an den Hals gewünscht hatte. Und das nicht nur einmal. Sie hatte es vor anderen gesagt, auch zu dem jungen Kommissar.

Eine erneute Welle der Hilflosigkeit überkam sie. Unwirsch zog sie die Vorhänge zusammen. Die Welt konnte sie mal! Aber das war auch nicht die Lösung. Sie setzte sich wieder auf ihr Bett. Gegen 22 Uhr hatte Luisa sie angerufen. Man hatte Malte tot in seiner Stickstoffkammer gefunden. Dieser junge Kommissar war mit Tom und seinem seltsamen Hund da gewesen und hatte Luisa informiert. Angeblich wimmelte es auf dem Hof von Polizei, selbst Beamte aus Hamburg waren da. Sie sicherten alles ab, suchten nach Spuren. Von ihr würden sie keine finden, sie war nie auch nur in die Nähe dieser Lagerhalle gegangen und lag seit Mittwochabend im Krankenhaus!

Wer würde die Obduktion machen? Die Rechtsmedizinerin Gabriele Römer schlief in ihrem Zimmer am Ende des Ganges, bei den Privatpatienten, klar. Es ging ihr nicht gut. Beinbruch, Gehirnerschütterung, Depression, hatte die unerfahrene Pflegeschülerin ihr wider alle Regeln verraten.

Einen Besuch würde Clara ihr bestimmt nicht abstatten. Diese verrückte Frau hatte sie absichtlich in der scharfen Kurve mit ihrem Panzergeschoss von Auto überrollt. Der Renault war dahin, Totalschaden. So ein Mist, jetzt musste sie sich auch noch ein neues Auto kaufen. Sich Geld von Luisa leihen. Verdammt, Clara knirschte laut mit ihren Zähnen. Sie hasste diese Abhängigkeit, wollte ihrer Schwester nichts schulden. Sie wollte unabhängig sein, aber das war sie seit zwanzig Jahren nicht mehr. Es war ja ein ständiges Geben und Nehmen mit ihr, aber dennoch: Luisa hatte das Geld und somit auch die Oberhand! Sie hatte nach von Bassens Tod geerbt. Er hatte Clara nie beachtet, geschweige denn akzeptiert. Die pummelige Schwester vom Kiez, mit einem halbseidenen Nachtmenschen verheiratet. Künstlerszene, kein Benehmen! Von Bassen war ein Arschloch und das hatte sie ihm auch gesagt.

Ein stechender Schmerz zog durch ihren Rücken. Dieser Unfall am Mittwoch, nein, das war ein versuchter Mordanschlag von der Römer! Was hatte die Frau bloß gegen sie? Immer wieder grübelte Clara darüber. Sie hatte nur Glück im Unglück gehabt, sonst wäre sie jetzt auch tot. So tot wie Petra oder Malte Jensen. Sie hatte nicht vor, zu sterben, und wenn, würde sie es schmerzfrei und schnell erledigen. Ach, mach dir doch nichts vor,

Clara, du blöde Kuh, schalt sie sich. Du bringst dich doch seit Jahren langsam um. Selbstmord auf Raten mit diesen Massen an Zigaretten, dem Zucker, so wie du lebst! Deine Venen verstopfen, Schlaganfall und Diabetes reichen dir wohl nicht.

Mit einem Mal war ihr klar, dass sie sich nicht länger belügen konnte, nicht mehr wollte. Es erstaunte sie. Vielleicht lag es daran, dass man ihre Medikamente umgestellt hatte. Luisa hatte ihr die Pillen von zu Hause mitgebracht. Der Arzt hatte einen Blick darauf geworfen und sie erstaunt angeschaut. Dass sie damit noch leben würde. Ob sie die 24 Tabletten wirklich jeden Tag nehme? Sprach von Pfusch und fahrlässiger Tötung, wollte die Nummer ihres Hausarztes haben. Den hatte Clara seit Jahren nicht mehr gesehen. Gloria, Luisas Masseurin, brachte ihr die Medikamente mit, der Arzt saß in Hemmoor, in der Nähe von Glorias Praxis. So musste sie nicht selbst hinfahren. Sie atmete tief durch. Sie wollte all diese Gedanken beiseiteschieben!

Die Schwärze begann sich wieder zu senken und der kurze Hoffnungsschimmer auf Veränderung drohte so schnell zu verblassen, wie er aufgekommen war. Sie hatte sich doch gut in ihrem Lebenssumpf eingerichtet. Warum sich ändern? Jetzt noch? Es war zu spät, es gab nichts und niemanden, für den es sich lohnen würde. Und doch. Es war etwas passiert. Sie hatte angefangen, ehrlich über sich selbst nachzudenken. Was kümmerten sie die Toten? Cordes, den man gefunden hatte, den hatte sie doch im Laufe der Jahre bereits vergessen. Oder Petra, mit der sie Kaffee getrunken, eine Zigarette geraucht und über deren miserable Putzerei sie sich geärgert hatte. Malte Jensen? Sie hatte ja gar nicht wirklich gewusst, wer er war. Die Wut, die sie seit Jahren auf ihn hatte, war lediglich ein Ventil gewesen, mehr nicht.

Sie legte sich wieder hin und verschränkte die Arme vor der Brust. Wenn Clara eines jetzt nicht sein wollte, dann ein Opfer. Sie hatte zu viel durchgemacht. Da halfen auch »Rote Rosen« nicht. Sie musste sich um sich selbst kümmern. Wer wollte ihr alles in die Schuhe schieben? Denn es war eindeutig, dass alle Wege zu ihr führten. Wer hatte Johann und Reiner damals wirklich ermordet? Sie hatte sich jahrelang den Kopf zermartert, aber außer der Kiezmafia war ihr niemand eingefallen. Wer hatte die Polizei informiert, wer war der anonyme Anrufer?

Heiko Degen hatte von den Kreideresten im Mund erzählt, von den Buchstaben, die auf den Wangen der Toten eingeritzt waren. Was hatten Reiner, Johann, Cordes, Malte Jensen und Petra gemeinsam? Die kannten sich doch gar nicht und die Morde lagen ein halbes Leben auseinander. Wenn es derselbe Täter war, konnte er nicht mehr jung sein. Wer kannte all diese Toten noch außer ihr? Was hatte es mit der Kreide auf sich? Hatte man die auch in Maltes Mund gefunden? Sie konnte sich erinnern, dass Johanns Zunge, die sie in seinem geöffneten Mund gesehen hatte, weißlich belegt war. Das hatte sie registriert, aber nie in den Verhören erwähnt, es schien ihr damals unwichtig. Vielleicht wäre es gut, das diesem Heiko Degen mitzuteilen. Stand sie auch auf der Liste des Mörders? War Luisa in Gefahr? Die saß in diesem verdammten Rollstuhl und war somit extrem verletzlich! Es wurde Zeit, dass Clara etwas unternahm. Scheiß auf das Krankenhaus. Es war leicht, hier rauszukommen. Morgen würde sie sich selbst entlassen und sie würde Degen anrufen.

Sie wollte hier raus, es gab einiges zu tun!

32 Unverhoffte Hilfe

Heiko schloss die Tür seines Büros, setzte sich auf seinen alten Drehstuhl, zog die Schuhe aus und legte die Füße auf die Fensterbank. Die Sonne schien und der Himmel war so blau, wie er nur hier im Norden sein konnte. Am liebsten wäre er sofort an zum Hafen gefahren und mit seinem Boot hinaus auf die Elbe gesegelt. Weit weg von hier, raus auf die offene See. Atmen, frei sein. Keine Leichen mit Kreide im Mund. Keine Leichen im Baumstumpf, im Moor oder in einer Apfellagerhalle. Der Anblick von Malte Jensens Leiche ließ ihn nicht los. Tote Augen, das Zeichen auf der Wange, Kreide auf der Zunge. Alles deutete auf ein und denselben Täter hin.

Ein Serienmörder in Stade! Darauf war er nicht vorbereitet. Er war nicht Mozart. Er war zweite Garde, er arbeitete anderen zu, machte das Grobe. Das konnte er, da war er gut.

Jetzt war er leitender Ermittler, er musste mit der Presse sprechen, Entscheidungen treffen. Hatte heute Morgen um 9 Uhr die große Besprechung geleitet. Da die neuen Morde mit dem Fall von Clara Jolcke in Verbindung standen, waren zwei Beamte der Kripo Hamburg aufgetaucht. Ihr abfälliges Gehabe hatte seine Laune nicht verbessert. Neue Erkenntnisse hatten sie auch mit ihnen nicht gewonnen. Clara Jolcke konnte Malte Jensen nicht ermordet haben, sie hatte während der Tatzeit im Krankenhaus gelegen. Also kam sie auch nicht für die gesamte Mordserie infrage. Oder doch? Hatte die Jolcke einen Komplizen?

Der aus Hamburg angereiste Rechtsmediziner hatte Heiko nach der Dienstbesprechung seinen Bericht gegeben. Malte Jensen war in der geschlossenen Druckkammer in seiner Lagerhalle erstickt, und zwar am letzten Mittwoch zwischen 19 und 22 Uhr. In seinem Blut befand sich außerdem eine Dosis Conium-Alkaloide, wie bei den beiden anderen Opfern. Man hatte es ihm injiziert, um den Tod zu beschleunigen. Was hatte Jensen sonst noch mit den anderen Opfern gemeinsam außer dem Schnitt im Gesicht?

Heiko schloss die Augen und reckte sich, dieser Fall steckte ihm tief in den Knochen. Den Tatverlauf des letzten Mordes hatten sie rekonstruiert. Die Tür der Stickstoffkammer war von außen verschlossen worden. Ein Kurzschluss war daran schuld, dass die Alarmanlage in der Lagerhalle und Druckkammer nicht funktioniert hatte. Entweder hatte der Sturm ihn verursacht oder der Mörder. Er hatte sauber gearbeitet, es gab keine Fingerabdrücke oder Haare am Tatort. Die Spurensicherung hatte allerdings Schuhabdrücke in und vor der Druckkammer gefunden, die nicht von Jensen oder Voss stammten. Es handelte sich um unvollständige Abdrücke zweier Gummistiefel der Größen 38 und 41. Der starke Sturm Mittwochnacht hatte alle weiteren Spuren außerhalb der Halle beseitigt. Gut für den Mörder. Oder gab es eventuell zwei Täter? Heiko hatte das Gefühl, seine Gedanken kreisten wie in einer Waschmaschine im Schleudergang und führten zu nichts. Er versuchte, einen Moment lang einfach nur das Gefühl der warmen Frühlingssonne im Gesicht zu genießen.

Es dauerte nicht lange, dann war er wieder bei seinem Fall. Heiko hatte zuerst an Malte Jensens Ex-Frau gedacht. Ermittlungen am Montag hatten ergeben, dass sie Schuhgröße 38 und einen neuen Partner hatte. Aber sie war zur Tatzeit beruflich mit ihrem Mann in München. Fehlanzeige.

Er nahm die Füße von der Fensterbank und drehte sich mit seinem Schreibtischstuhl zu der Wand, wo seit Montag an einer großen Pinnwand nun doch Fotos der Opfer und die bisher recherchierten Hintergrundinformationen hingen. Oldschool. Er hoffte, so den Zusammenhang zwischen den Opfern erkennen zu können. Alle hatten, zumindest zeitweise, in der Gegend um Stade und Hemmoor gelebt, bis auf Reiner Fauck, der hatte zur Tatzeit 1985 in Buxtehude gewohnt und als Bibliothekar gearbeitet. Aber er war vielleicht ohnehin nur ein »Zufallsopfer«, zur falschen Zeit am falschen Ort. Das eigentliche Ziel war sicher sein Liebhaber gewesen, Johann Jolcke.

Heiko gab »sieben Todsünden« bei Google ein und fand schnell eine Liste. Das W bei Johann Jolcke stand für Wollust und Begehren. Bei Petra Harlor war es der Buchstabe V, das konnte auf Völlerei und Maßlosigkeit verweisen, bei Malte Jensen das H für Habgier und Geiz und bei Christian Cordes ebenfalls ein H, das bei ihm vielleicht auf Hochmut und Stolz verweisen sollte. Hatten die Opfer diese Sünden wirklich begangen? Und falls Clara Jolcke doch unschuldig war, wer war für den Mord an ihrem Mann und seinem Freund verantwortlich und hatte sie dann unschuldig für zehn Jahre im Gefängnis sitzen lassen? Wer hasste Clara Jolcke? Sie war eine ältere Frau und nicht in bester körperlicher Verfassung, sie lag seit dem Unfall am Mittwoch im Krankenhaus. Auffallend war, dass sie zu allen Opfern irgendeine Beziehung hatte, die letzten beiden waren sogar auf der Plantage ermordet worden, auf der sich ihr Haus befand. Stand sie vielleicht sogar selbst auf der Liste des Mörders? Heiko ging zur Pinnwand und klebte einen Haftzettel neben das Foto von Malte Jensen. Es klopfte.

Gisela Sievers steckte ihren Kopf herein. »Moin. Hast du einen Moment Zeit für mich?« Erstaunt schaute sie

Heiko an, der immer noch barfuß war. »Ich hoffe, du bekommst jetzt keine kalten Füße?« Sie lächelte. »Schlechter Witz.«

Gisela kam herein, lehnte sich an den Schreibtisch und betrachtete die Pinnwand. »So etwas habe ich in den 35 Jahren, die ich hier arbeite, noch nicht erlebt. Das stellt wirklich alles in den Schatten. Wer hätte gedacht, dass wir hier mal einen Serienmörder jagen müssen.« Sie blickte Heiko voller Mitgefühl an. »Keine leichte Aufgabe für dich. Das muss ja eine angenehme Besprechung heute Morgen gewesen sein mit den Hamburger Kollegen.«

Heiko zog eine Grimasse. »Hilfreich sind die Beamten aus Hamburg beim besten Willen nicht zu nennen.«

»Waren die noch nie. Als Christian damals verschwand, konnten die auch nicht weiterhelfen. Viel Gerede um nichts, wenn du mich fragst.« Gisela ging zur Pinnwand und sah sich die Bilder der Opfer an. »Und? Hast du schon eine Spur?«

»Noch nichts Konkretes. Mir fehlt die Verbindung zwischen den Opfern. Und das Motiv des Täters. Aber schön, dass du nachfragst.« Er mochte Gisela Sievers gern, hatte aber im Moment keine Lust auf einen Klönschnack. »Gibt es etwas Wichtiges? Ich habe viel zu tun.«

Gisela Sievers schaute weiterhin auf die Bilder der Opfer. »Bis auf Reiner kannte ich sie alle!« Sie wies auf Malte Jensen. »Ich habe gerade mit seiner Mutter gesprochen. Du solltest dich mal mit ihr unterhalten.«

Heiko war für einen Moment sprachlos. »Du kanntest sie alle? Warum erzählst du mir das denn jetzt erst?«

Gisela Sievers ging zurück zum Schreibtisch und setzte sich auf den Stuhl davor. Heiko folgte ihr und zog die Schuhe wieder an. »Du hast mich ja nicht gefragt. Wie du weißt, arbeite ich seit 1985 hier. Schon bevor Christian zu uns kam. Da warst du gerade mal im Kindergarten.

Der alte Petersen war hier Chef, was für ein Haudegen, so ein richtiger Macho. Wundert mich sehr, dass Babette in seine Fußstapfen getreten ist. Oder es zumindest versucht hat. Wenn du mich fragst, will sie in die Politik, am liebsten zum Senat. Na, das Outfit dazu hat sie ja bereits! Und dann immer dieser Zickenalarm, aber wem sag ich das, sie war schon als kleines Mädchen so. Immer eine Extrawurst. Ich will nicht schlecht über sie reden. Ich hoffe, sie erholt sich von diesem Unfall, es hat ja alles seinen Sinn im Leben. Also, Bertha hat gerade angerufen. Ich kenne sie seit meiner Kindheit. Ich komme ja gebürtig aus Warstade und habe dort bis zu meiner Hochzeit gelebt. Stade ist im Vergleich dazu eine Großstadt. Da kennt wirklich jeder jeden. Bertha war jedenfalls eine Freundin meiner Mutter und ich habe manchmal auf Malte und seine Geschwister aufgepasst. Woher ich Christian kenne, ist offensichtlich. Petra Harlor kommt auch aus Warstade. Sie war die Tochter der Bäckersfamilie, immer schon ein rundes Mädchen mit Rosinen im Kopf. Im Gegensatz zu ihrer Mutter, die war ein böses Weib. Aber man soll ja nichts Schlechtes über die Toten sagen. Und dann ist da noch Johann. Was für ein schrecklicher Tod.« Sie deutete auf Johanns Foto. »Erschossen von seiner Frau.«

»Johanns Familie hatte ein Lebensmittelgeschäft in Osten, dem kleinen Ort neben Hemmoor. Ich kannte ihn nur flüchtig, er war ja ein paar Jahre älter als ich. Wäre heute so um die siebzig, nehme ich an, wie seine Frau. Er war ein sehr hübscher junger Mann, ich mochte ihn, Teenie-Schwärmerei aus der Ferne. Er ging dann nach Hamburg. Hätte ich auch an seiner Stelle getan. Lieber auf dem Kiez als in Osten. Zumindest damals Anfang der Siebzigerjahre. Hier war gar nichts los. Und ich meine gar nichts. Außer man war im Schützenverein. Heute mag ich das, aber wenn man jung ist … Wo war ich? Ach ja,

Johann. Seine Familie musste irgendwann hochverschuldet alles aufgeben, die Supermärkte haben den kleinen Handel auf dem Dorf kaputt gemacht. Wenn du Glück hast, gibt es noch einen Hökerladen oder einen Bäcker. Ansonsten nur noch Netto, Combi, Aldi. Ist ja auch praktisch. Johanns Vater nahm sich das Leben und die Mutter heiratete noch zweimal. Er hatte zwei Brüder. Und eine Schwester. Die Mutter müsste jetzt Mitte neunzig sein, sofern sie nicht gestorben ist, das weiß ich nicht. Frag am besten Bertha, die weiß das bestimmt. Die hat alles hier drin unlöschbar gespeichert.« Sie tippte sich an die Stirn.

Gisela deutete auf die Bilder der Opfer. »Alles Heimatkinder, die da an der Wand hängen. Bis auf Reiner. Der Fall Jolcke schlug damals unglaublich hohe Wellen, fast so wie die Verurteilung von Vera Brühne, wenn dir das etwas sagt. Ist ja schon ewig her und war vor unserer Zeit.« Natürlich war Heiko dieser Fall bekannt!

Atmet sie überhaupt zwischendurch?, fragte sich Heiko. Himmel, Gisela Sievers redete wie ein Wasserfall.

»Keine einfache Zeit für die Jolcke.«

Er stutzte. »Jetzt sag mir bitte nicht, dass du Clara Jolcke auch kennst.«

»Nein, nicht persönlich. Ich habe sie vor einigen Wochen hier auf dem Revier gesehen, als sie von dir befragt worden ist. Ich kannte sie nur aus dem Fernsehen von damals und natürlich aus den Zeitungen. Das Leben war nicht besonders freundlich zu ihr, so viel steht fest. Eine seltsame Frau. Offensichtlich nicht glücklich und die Haare könnte sie sich auch mal waschen. Aber wer kann es ihr verdenken? Sie hat damals ja beteuert, unschuldig zu sein. Daran kann ich mich sehr genau erinnern. Und jetzt diese Morde auf ihrem Grundstück. Und zur gleichen Zeit findet man auch noch Christian, der vor Jahren im Moor versenkt worden ist, ausgerechnet an einer Stelle, wo seine Tochter ein Haus bauen wollte. Und da hat die Jolcke auch schon hier gelebt, ich meine, als er damals verschwunden ist. Da liegt es ja erst mal nahe, zu denken, dass sie die Täterin ist. Wäre praktisch.« Sie schaute ihn entschlossen an.

»Mir sind in den letzten Tagen da wieder ein paar Dinge eingefallen. Ich kannte Christian ganz gut, ich mochte ihn. Ein guter Mann, der leider in die falsche Frau verliebt war, und ich meine nicht seine Ehefrau.«

Heiko nickte. »Ja, ich weiß. Frau Römer hat mir das bereits erzählt.«

»Umso besser, war ja seinerzeit auch schon ein offenes Geheimnis. Ich habe nichts gegen Frau Römer, sie ist immer nett und lässt mir gegenüber den Doktor nicht so raushängen. Ich weiß genau, was die Leute von mir denken. Die gute Seele, alte Quasselstrippe. Nett, aber einfach. Ich mache mir nichts vor. Du hast auch nie gemeint, du wärst was Besseres. Deswegen bin ich auch hier. Und dieses Gespräch bleibt bitte unter uns. Aber zurück zur Römer. Sie trinkt zu viel, nicht gut in ihrem Alter. Seltsame Ansichten hat sie, ist aber eine sehr gute Rechtsmedizinerin. Übrigens, was hat denn der Typ aus Hamburg gesagt? Es war ja wohl eindeutig Mord an Malte.«

Heiko nickte.

Man sah Gisela an, wie erschüttert sie war. »Man hat ihn einfach in dieser Stickstoffkammer verenden lassen? Das ist schon mehr als grausam. Und genau wie bei allen anderen Opfern Kreide im Mund und Zeichen auf der Wange, wie ich sehe.« Sie schaute auf die Pinnwand. »Hängt alles da an deiner Wand. Eine gute Idee übrigens, erleichtert die Übersicht, finde ich. Weißt du, ich lese Zeitung, ich lese die Berichte, ich habe Internet. Aber vor allen Dingen rede ich mit den meisten, die hier im Haus sind. Oldschool, wie das so schön auf Neudeutsch heißt. Solltest du auch mal probieren, es hilft oft bei der Lösung des Problems, wenn man es für andere beschreiben muss.«

Sie schaute ihn offen an. »Bei mir musst du keine Maske aufsetzen. Wir sind alle Menschen. Du bist auch nicht der erste schwule Mann, den ich kenne oder der hier gearbeitet hat. Aber das wollte ich jetzt gar nicht besprechen. Das machen wir ein anderes Mal. Wo war ich? Ach ja, Bertha. Sie ist überzeugt davon, dass Clara Jolcke ihren Sohn umgebracht hat. So ein Quatsch, das habe ich ihr gleich mal ausgeredet.«

»Du glaubst also nicht, dass sie die Täterin ist?«

»Natürlich nicht, das ist doch totaler Quatsch. Letzten Mittwoch hatte sie den Unfall. Und ob das ein Unfall war, wage ich zu bezweifeln. Die Römer ist ihr doch absichtlich draufgefahren, so verbittert und wütend, wie sie in den letzten Wochen war. Außerdem trinkt sie zu viel! Aber das sagte ich ja bereits. Warum, wieso und wie sie die Jolcke am Mittwoch ausfindig gemacht hat, das musst du sie schon selbst fragen. Ich habe gehört, es geht ihr nicht gut. Meine Schwägerin arbeitet auf der Station, auf der sie liegt.« Darüber nachzudenken, wie es sein konnte, dass Gisela an allen für seinen Fall relevanten Orten persönliche Kontakte hatte, dazu blieb Heiko keine Zeit, Gisela war nicht zu bremsen. »Und warum sollte Clara Jolcke Malte ermorden? Sie hatte doch gar kein Motiv. Oder zumindest keines, von dem wir wissen!« Sie machte eine unwirsche Handbewegung. »Man kann nicht im Krankenhaus liegen und gleichzeitig seinen Nachbarn umbringen. Da waren doch Fußabdrücke in der Lagerhalle, wenn ich das richtig mitbekommen habe. Weißt du schon, zu wem die gehören?«

»An dir ist eine Kriminalistin verloren gegangen!«

»Vielen Dank, es ist reiner Zufall, dass ich diese Informationen habe. Die Zeit ist da zur Abwechslung auf meiner Seite. Nun müssen wir alles miteinander verknüpfen. Aber zurück zur Jolcke. Sie ist eine ältere Frau und wiegt maximal sechzig Kilo. Wie soll sie denn die dicke Petra in den Baumstumpf gesteckt haben? Das kann sie doch alleine gar nicht. Und was den Mord an ihrem Mann und seinem Freund angeht, da hatte selbst Christian irgendwann seine Bedenken. Ein paar Wochen, bevor er verschwunden ist, hat er angefangen, sich wieder mit dem Fall zu beschäftigen. Irgendetwas nagte an ihm, es hatte mit dem anonymen Anruf zu tun, der damals bei der Polizei einging, und zwar möglicherweise schon kurz bevor Clara Jolcke nach Hause gekommen war, wo sie dann später mit der Tatwaffe in der Hand von Christian gestellt worden ist. Außerdem wurde damals angeblich nicht einwandfrei untersucht, ob es Schmauchspuren von den tödlichen Schüssen an ihrer Hand gab. Man war sich so sicher, dass Clara Jolcke die Täterin war. Das hat er mir selbst erzählt. Es nagte immer noch an ihm, selbst nachdem sie schon aus der Haft entlassen worden war. Er wollte das alles mit ihr besprechen, aber du hast sie ja kennengelernt. Sie war früher schon so zugänglich wie heute. Da konnte auch ihre Schwester Luisa nichts ausrichten. Sie hat versucht, zwischen den beiden zu vermitteln, bevor er so spurlos verschwunden ist. Das hat dann ja anscheinend nicht funktioniert. Aber was rede ich hier die ganze Zeit? Rate mal, woher Clara Jolcke kommt.«

»Aus Hamburg, laut ihrer Geburtsurkunde.«

»Das ist richtig. Clara Jolcke und auch ihre Schwester Luisa sind beide in Hamburg geboren. Übrigens beide unehelich. Die Presse hat damals wirklich alle Informationen ausgeschlachtet.« Gisela machte ein missbilligendes Gesicht. »Ihre Mutter hat sich 1957 das Leben genommen. Ihr Name war Asta Hammer und sie kam aus Warstade, genau wie ihre Mutter Minna. Und jetzt halt dich fest: Auch

Asta Hammer war ein uneheliches Kind und hat auf dem Hof gelebt, der Berthas Eltern gehörte.« Sie schlug mit der flachen Hand auf den Schreibtisch. »Tja, da bist du platt! Wäre ich auch an deiner Stelle! So, und jetzt kommst du, Herr Kommissar! Du telefonierst schnellstens mit Bertha, ach, besser, du fährst bei ihr vorbei. Maltes Beerdigung ist am Montag. Da solltest du dich auch sehen lassen. Nicht nur wegen Bertha. Wer weiß, wer da sonst so auftaucht, der Mörder läuft ja noch frei herum.«

Sie stand auf. »So, meine Mittagspause ist fast rum. Sobald ich etwas Neues erfahre, sage ich Bescheid.«

Heiko war perplex. Mit einer solchen Informationsschwemme hatte er nicht gerechnet.

Sie ging zur Tür und lächelte ihn an. »Wer hätte das gedacht. Die alte Quasselstrippe Gisela Sievers. Gern geschehen übrigens. Hab mal ein bisschen mehr Vertrauen in dich. Und wenn du das nächste Mal bei Starbucks vorbeikommst: Chai Latte mit Karamellsirup ist mein Favorit! Und vergiss Clara Jolcke nicht. Vielleicht erfährst du mehr von ihr, wenn sie nicht weiter glaubt, dass du sie verdächtigst. Fahr ins Krankenhaus. Ältere Damen sollen ja auch Pralinen mögen.« Sie zwinkerte ihm zu. »Ansonsten weißt du ja, wo du mich findest.«

Gisela schloss die Tür und ließ einen sprachlosen Heiko zurück.

33 Die Beerdigung

Heiko genoss die Sonne auf seinem Gesicht und schloss kurz die Augen. Seitdem sie Malte vor acht Tagen gefunden hatten, gab es zahllose Besprechungen, Analysen, Zeugenbefragungen, Diskussionen von Befunden. Gespräche mit der Mordkommission aus Hamburg, die zu nichts führten. Endlich ein ruhiger Moment, aber was für ein Anlass!

Der Sarg wurde in die Erde gelassen. Heiko holte tief Luft und seufzte etwas zu laut auf, was die erstaunten Blicke einiger Trauergäste zur Folge hatte. Egal!

Eine kalte Schnauze stupste seine Hand an. Heiko öffnete die Augen, die auf Schokos fragenden Blick trafen. Er streichelte den großen Hundekopf und ein Stich ging ihm durch sein schon fast vergessenes Herz. Schoko fühlte mit! Tom stand neben ihm und schaute ihn ebenfalls fragend an. Heiko murmelte nur beruhigend: »Alles okay.«

Seine Uhr zeigte halb zwölf. Beerdigungen am späten Vormittag auf dem Land. Zeitlich so, dass man danach noch Kaffee trinken konnte und der Spuk ab 14 Uhr vorbei war. Die meisten froh, der gedrückten Stimmung zu entkommen. Diejenigen, die wirklich trauerten, deren Schmerz tief saß, wussten, dass die jetzt folgende Einsamkeit dieses Gefühl nur noch intensivieren würde und dass es daraus kein Entrinnen gab.

Heiko hatte Tom heute Morgen abgeholt und die beiden waren mit Schoko zum Friedhof gefahren. Seitdem sie Malte vor über einer Woche gemeinsam gefunden hatten, hatte er Tom nicht mehr gesehen. Heiko war kurz ausgestiegen, denn Tom wollte ihm Astas Büste zeigen.

Die Skulptur war einfach, fast roh in ihrer Vollendung. Tom hatte ein kleines Meisterwerk geschaffen.

Heiko war fasziniert. »Ich kann sie praktisch fühlen, und all ihren Schmerz, obwohl ich nichts von ihr weiß. Es scheint fast so, als ob du eine Verbindung zu ihr hast.«

»Ja, genauso empfinde ich das auch. Sie berührt mich zutiefst. Ich möchte mehr über sie herausfinden. Wo sie genau herkommt, warum sie so früh gestorben ist. Ich werde mich mit Luisa von Bassen unterhalten. An ihre Schwester traue ich mich noch nicht heran. Vielleicht ist sie etwas zahmer, wenn sie aus dem Krankenhaus entlassen wird, aber das wage ich zu bezweifeln. Man weiß nie! Nichts ist in Stein gemeißelt. Apropos Stein und meißeln. Schau mal.« Tom ging auf die andere Seite der Arbeitsplatte, nahm ein paar Skizzen und gab sie Heiko. »Was meinst du? Es sind Vorlagen für die nächsten Arbeiten.«

Mit einer selbstverständlichen Leichtigkeit hatte Tom Asta skizziert. Asta schlafend im Bett als Halbakt. Asta alleine am Ufer der Oste. Eine schwangere Asta. Selbst die Zeichnungen strahlten eine unglaubliche Nähe zu ihr aus.

Heiko war wirklich fasziniert. »Du schaffst da etwas Besonderes. Sie sind einzigartig! Solltest du mal ihren Töchtern zeigen.«

»Alles zu seiner Zeit. Es ist, als habe Asta wieder Leben in mein tot geglaubtes kreatives Selbst eingehaucht. Schauen wir mal, was daraus wird, aber ich bin ihr jetzt schon dankbar.«

Er legte die Zeichnungen wieder zurück, schloss die Scheune und die beiden machten sich auf den Weg zur Beerdigung. Schoko, zwischen Toms Beinen auf dem Beifahrersitz, hängte hechelnd die Zunge aus dem halboffenen Fenster. Offensichtlich liebte er es, im Auto mitgenommen zu werden. Heiko informierte Tom auf der

Fahrt über alles, besonders über sein unerwartetes Gespräch mit Gisela Sievers.

Tom pfiff leise durch die Zähne. »An der ist ja eine wahre Kriminalistin verloren gegangen. Wer hätte gedacht, dass eine Miss Marple mit dir zusammenarbeitet!« Er lachte. »Wer weiß, was sie sonst noch herausfindet. Genug Erfahrung bringt sie ja mit. Und offensichtlich hat sie auch ein persönliches Interesse an diesem Fall! Konntest du eigentlich schon mit Clara Jolcke sprechen?«

»Nein, ich hatte einfach keine Zeit. Es war zu viel zu tun«, entschuldigte er sich. »Selbst am Wochenende. Sie ist noch im Krankenhaus, terrorisiert alle und will unbedingt nach Hause, wird aber erst am Mittwoch entlassen. Sollte sie für den Mörder ein potenzielles Opfer sein, ist sie dort ja sicher. Nach der Beerdigung fahre ich zu ihr. Ich hoffe nur, dass sie inzwischen bereit ist, mit mir zu sprechen. Vielleicht kommst du mit? Gegen dich schien sie ja nicht viel zu haben.«

Er dachte nach. »Die andere Möglichkeit wäre natürlich, dass Clara Jolcke die Täterin ist und mit jemandem zusammenarbeitet. Einem alten Bekannten von früher vielleicht oder jemandem, den sie im Gefängnis kennengelernt hat und mit dem sie immer noch in Kontakt ist? Der die körperliche Arbeit bei diesen Morden übernimmt. Ich hatte schon an Johanns Brüder gedacht. Aber dann ist da immer noch die Hauptfrage nach dem Motiv: Warum sollte sie Malte Jensen und Petra Harlor umgebracht haben? Ich kann keinen Grund dafür finden.«

Er strich sich die Strähne aus der Stirn. »Petra Harlor wegen ihrer schlechten Putzerei umzubringen, ist natürlich lächerlich. So einen Unsinn kann sich auch nur dieser Blödmann Schierling ausdenken. Der schreibt ständig einen Quatsch zusammen in seinem Blatt, unfassbar. Der Typ nervt mich gewaltig. Verbreitet unhaltbare Theorien, nur um seine Zeitung besser zu verkaufen. Ob vielleicht ein Lehrer hinter den Morden steckt, wegen der Kreide. Lächerlich. Ach übrigens, die Kripo aus Hamburg hat sich doch als nützlich erwiesen. Sie haben die Kreidereste analysiert, die wir in den Mündern der Opfer gefunden haben. Sie kamen alle aus derselben Quelle: der alten Grube der Zementfabrik. Das ist sicher.«

»Aber die ist doch schon seit über dreißig Jahren geschlossen. Wie soll sich da noch was herausholen lassen? Die ist doch geflutet.«

»Genau die gleiche Frage habe ich mir auch gestellt und habe die Kalkreste noch einmal analysieren lassen. Sie stammen aus der Zeit, als die Grube noch in Betrieb war. Der Mörder hat Zugriff auf noch vorhandene Bestände aus dieser Zeit.«

»Wo sollten die gelagert sein? Vielleicht kommen sie aus diesem Zementmuseum?«

»Ja, da gibt es noch Anschauungsmaterial, aber laut der Direktion ist nichts weggekommen. Die andere Möglichkeit wäre, dass der Täter in Besitz dieser Kreide ist und das schon seit über zwanzig Jahren. Oder auch noch länger. Bei Johann Jolcke wird wohl ebenfalls Kreide im Spiel gewesen sein. Ich habe mir sämtliche Unterlagen angeschaut: Auf den Fotos ist es zu erkennen. Seine Zunge im offenen Mund sieht hell aus. Bei der Verhandlung wurde das seltsamerweise nicht weiter thematisiert. Aber ich bin davon überzeugt, dass uns die Frage nach dem Motiv weiter voranbringen wird als alle Laborbefunde.«

»Wenn alle Opfer aus der Gegend kommen, liegt dann der Grund nicht hier in der Region?« Toms Frage hatten sie nicht mehr diskutieren können, denn sie waren am Friedhof angekommen.

Der Sarg wurde jetzt in die Erde gesenkt. Heiko schaute Bertha Jensen an. Sie stand kerzengerade am offenen Grab, den Mund zu einem dünnen Strich verzogen. Keine Tränen, gefasst, umgeben von ihren Kindern, die er bereits für die Ermittlungen befragt hatte, ebenso wie Jensens Ex-Frau Birgit. Sie war mit ihrem neuen Partner gekommen, den das Geschehen nach seinem gelangweilten Habitus zu urteilen wenig interessierte. Auf der anderen Seite des Grabes, etwas abseits, saß Jensens Nachbarin Luisa von Bassen, gekleidet in ein elegantes schwarzes Kostüm, in ihrem Rollstuhl. Hinter ihr stand Gloria.

Es waren viele Menschen gekommen. Überraschend viele, dachte Heiko. Die meisten kannte er nicht. Neben der Familie stand Gisela Sievers. Maltes Tod ging ihr nahe, die Tränen rannen ihr die Wangen herunter.

Es herrschte eine bedrückte Stimmung. Viele Menschen aus der Gegend waren inzwischen verstört durch die unheimlichen Morde, die keiner erklären konnte. Am äußersten Ende der Trauergemeinde stand Björn Schierling mit einem Fotografen. Als Heiko ihn sah, stieg Wut in ihm auf. Dieser arrogante, rechtsorientierte Schmierlappen. Er und seine Beiträge, die nicht nur im Internet, sondern auch fast täglich auf der Titelseite des regionalen Nachrichtenblatts prangten, hatten das Bild des Kreidemörders geschaffen, einer Art Jack the Ripper, der Apfelbauern, Putzfrauen und Kommissare umbrachte, ihnen Kreide in den Mund stopfte und vor dem keiner sicher war. Die Menschen wurden dadurch noch stärker verunsichert, denn Serienmörder wie Honka gab es im Alten Land und der Unterelbe nicht, das war eher was für die große Stadt oder amerikanische Krimiserien. Die hier lebten, wollten ihre Ruhe haben und sich nicht darum sorgen müssen, dass ihnen irgendein verrückter Killer hinterherschlich.

Schierling brachte seine wenig liberale Gesinnung mit ins Spiel. Es ging um Ausgrenzung und nicht zu wenige Kleingeister verfolgten seine täglichen Schmiertiraden.

Selbst vor Tom hatte er nicht haltgemacht, dem zwielichtigen amerikanischen Künstler, der wahrscheinlich Malte Jensens Lover gewesen war. Angst schürt Hass, das wusste Schierling nur zu gut. Homophobie ebenfalls, auch wenn seine Behauptungen haltlos waren. Tom war es egal, was Schierling über ihn schrieb. Von diesen journalistischen Schmährufen würde er sich bestimmt nicht vertreiben oder aus der Fassung bringen lassen. Heiko war froh, dass Clara Jolcke nicht mehr ständig in den Berichten auftauchte. Es tat ihm leid, dass sie diese Hetze über Jahrezehnte hatte ertragen müssen, egal ob sie schuldig war oder nicht. Kein Wunder, dass sie nichts mehr mit Menschen zu tun haben wollte. Er würde auf jeden Fall noch mit Schierling sprechen. Unter Pressefreiheit verstand er etwas anderes.

Der Pastor sprach einige verabschiedende Worte, dann war die Beerdigung vorbei. Die Menschen gingen zu Bertha Jensen und kondolierten. Einige alte Frauen umarmten sie kurz. Gisela Sievers stand neben ihr. Sie hatte ihr den Arm um die schmale Taille gelegt und stützte sie. Ein Teil der Trauergemeinde war bereits in das kleine Café neben dem Friedhof gegangen. Die Familie hatte dort zu Kaffee und Kuchen gebeten. Björn Schierling kam auf Bertha zu.

»Frau Jensen, im Namen der Stader Nachrichten …« Zu mehr kam er nicht.

Bertha schaute ihn kalt an. »Ich habe Ihnen nichts zu sagen. Sie sollten sich für Ihre Reportagen schämen, junger Mann. Damit ist keinem gedient und mir nicht zu helfen! Und dazu diese homophobe Hetze gegen meinen Sohn! Ich hatte von jemanden aus Ihrer Generation mehr erwartet!«

Schierling war perplex. »Aber Frau Jensen, glauben Sie mir …«

Sie unterbrach ihn erneut. »Ich kann Ihnen nichts glauben und habe Ihnen nichts zu sagen. Bitte gehen Sie. Ich wüsste auch nicht, dass Sie eine Einladung zu dieser Beerdigung bekommen haben. Auf jeden Fall nicht von mir. Es handelt sich hier um eine Familienangelegenheit.«

Björn Schierling war nicht bereit, klein beizugeben. »Familienangelegenheit? Ihr Sohn ist ein neues Opfer des Kreidemörders. Wir sind von der Presse und haben die Pflicht, darüber zu berichten. Die Bevölkerung hat ein Recht …«

Bertha Jensen machte eine entschiedene Handbewegung. »Ja, die Bevölkerung hat ein Recht auf Information, aber die sollte objektiv sein und nicht rechtsorientiert oder erfunden. Kreidemörder! Was Dümmeres ist Ihnen wohl nicht eingefallen! Oder auf arme Immigranten schimpfen. Das ist unterstes journalistisches Niveau.« Sie schaute an ihm vorbei. »Gehen Sie jetzt. Ich trage hier meinen Sohn zu Grabe! Genug! Und hören Sie endlich auf, in der Bevölkerung Panik zu verbreiten.«

Heiko stand inzwischen hinter Schierling, der ihn nicht gleich bemerkt hatte. »Es ist besser, du gehst jetzt, Björn. Es ist doch offensichtlich, dass Frau Jensen nicht mir dir sprechen möchte. Du bist hier nicht erwünscht.«

Björn drehte sich um und sah Heiko verächtlich an. Sein Ton war spöttisch. »Ach, der Herr Kommissar. Und den Freund aus Amerika gleich im Schlepptau.«

Heiko blieb ruhig. »Deine Beleidigungen kannst du dir sparen. Ganz abgesehen davon, dass dein Verhalten am Grab von Frau Jensens Sohn total respektlos ist.«

Schierling drehte sich wieder zu Bertha Jensen um. »So leicht lasse ich mir hier den Mund nicht verbieten!«, setzte er an. In diesem Moment trafen ihn vollkommen unvorbereitet zwei Ohrfeigen. Gisela hatte eindeutig genug. Schierling starrte die kleine Frau, die ihm gerade bis zur Brust reichte, ungläubig an.

»Björn Schierling, es reicht! Das waren nicht die ersten Ohrfeigen, die du von mir bekommen hast, wie du weißt. Und es werden, so wie es aussieht, auch nicht die letzten sein. Du bist und bleibst ein unverschämter Junge. Anscheinend hast du in den letzten drei Jahrzehnten nicht viel dazugelernt. Du warst schon als Kind unanständig, verzogen und ohne Mitgefühl für andere. Deine Eltern glaubten, sie seien etwas Besseres, weil sie Geld hatten, und du hast diesen Irrglauben offensichtlich übernommen. Aber das rechtfertigt dein schlechtes Benehmen heute Morgen nicht! Und jetzt mach dich vom Hof. Du hast hier nichts zu suchen.«

Ihr Blick erlaubte keine Antwort und Schierling wusste es. Sie duldete keinen Widerspruch! Ihm blieb nichts anderes übrig, als zu gehen. Mit geballten Fäusten drehte er sich um und zischte seinem Fotografen zu: »Los, lass uns gehen. Die haben ja alle den Verstand verloren hier. Wir werden ja sehen, wer am längeren Hebel sitzt.« Wütend stampfte er davon. Der Friedhof war inzwischen leer. Auch Luisa von Bassen und Gloria waren nicht mehr da.

Heiko schaute Bertha Jensen mitfühlend an, die aus der Nähe noch etwas zerbrechlicher schien, sich aber nichts anmerken ließ. »Frau Jensen, mein aufrichtiges Beileid. Heute ist sicher nicht der richtige Zeitpunkt, aber ich muss mit Ihnen sprechen. Vielleicht in den nächsten Tagen, wenn es etwas ruhiger geworden ist.«

Sie sah ihn aus wachen Augen an. »Junger Mann, Sie hätten schon vor ein paar Tagen mit mir sprechen sollen. Es wird keinen richtigen Zeitpunkt geben, oder anders gesagt, keinen besseren. Malte ist tot, und Trauer, die zu nichts führt, macht ihn nicht wieder lebendig. Gisela hat mir bereits erzählt, dass sie miteinander gesprochen haben.« Sie deutete auf eine Parkbank, die nicht weit entfernt im Schatten eines alten Baumes stand. »Wir können uns gerne für einen Moment dort hinsetzen. Es wird nicht lange dauern, ich habe nur ein paar Dinge zu sagen und die Gäste beim Kaffee können warten. Und wer ist das?« Sie hatte den Kopf nach unten gesenkt. Schoko hatte sich vor sie gesetzt, schaute sie an und hob eine Pfote.

»Der gehört zu mir. Mein aufrichtiges Beileid.« Tom war näher gekommen und reichte Bertha Jensen die Hand. »Mein Name ist Tom Morten, ich bin ein Bekannter von Malte, ich lebe seit einigen Monaten auf der Plantage. Und das ist mein Hund Schoko.«

»Ich habe von Ihnen gehört. Und ihr Name kommt mir irgendwie bekannt vor. Sie übrigens auch. Sie erinnern mich an jemanden.« Sie streichelte Schokos Kopf.

Der Rüde leckte die Innenseite ihrer alten, durchfurchten Hand. In diesem Augenblick war es mit ihrer Fassung vorbei. Ihre Hand zitterte leicht, sie sackte etwas in sich zusammen, der Schmerz brauchte Raum. Tränen rannen ihr über die Wangen und Gisela führte sie zur Bank. Es dauerte einen Moment, bis sie ihre Fassung wiedererlangte. Schoko blieb ruhig neben Bertha sitzen und legte seinen Kopf auf ihre Knie. Er hat wirklich ein unglaubliches Gespür für Menschen, dachte Tom.

»Keine Angst, es geht schon.« Bertha Jensen hatte sich wieder gefasst. »Ich habe schon vieles erlebt. Aber keine Mutter sollte ihr Kind überleben. Nun, es ist nicht zu ändern, und ich möchte nur wissen, wer Malte getötet hat und warum. Das war ja keine Handlung aus dem Effekt, sondern gut vorbereitet. Bei Malte und bei allen anderen auch. Ich hatte viel Zeit, darüber nachzudenken in den letzten Tagen. Gisela hat mir erzählt, dass es noch keinen Verdächtigen gibt. Das wundert mich nicht. Alle Spuren führen ja zu Clara Jolcke, aber welchen Grund hätte sie gehabt, meinen Sohn umzubringen? So bösartig kann sie nicht sein. Sie kümmert sich doch seit Luisas Unfall um ihre Schwester. Sie hat einen guten Kern, davon bin ich inzwischen überzeugt. Ich glaube, ich habe ihr, wie viele andere auch, lange Zeit unrecht getan. Eines kann ich Ihnen aber versichern: Sie dürfen bei dem Täter und der Suche nach dem Motiv nicht nur in der Gegenwart bleiben.«

Erstaunt sah Heiko sie an. »Wie meinen Sie das?«

Bertha schaute über den Friedhof, der in der warmen Mittagssonne friedlich wirkte. Ein Friedhofsgärtner hatte begonnen, Erde auf Maltes Grab zu schaufeln. Sie warf ihm nur einen Blick zu. Er brummte etwas Unverständliches, nahm seine Schaufel und entfernte sich.

»Alle Opfer kommen hier aus der Gegend und das seit Generationen. Genau wie die Vorfahren von Clara und Luisa.«

Tom setzte sich neben sie auf die alte Bank. »Aber Sie haben doch gerade gesagt, dass Sie Clara Jolcke als Täterin ausschließen.«

Sie schaute ihn an und fuhr sich dann mit der Hand über ihre müden Augen. »Das stimmt. Ich meine auch eher, dass die Schwestern eventuell selbst in Gefahr sind. Ich kannte übrigens ihre Mutter aus meiner Kindheit.«

Tom war einen kurzen Moment sprachlos. »Sie kannten Asta?«

»Ja. Woher kennen Sie denn ihren Namen?«

»Ich habe im Wohnzimmer von Clara Jolcke zufällig ihr Bild und die Todesanzeige gesehen. Sie war eine schöne Frau, sehr ungewöhnlich.«

»Ja, das war sie. Einzigartig!«, schwärmte Bertha Jensen. »Sie war die uneheliche Tochter einer Magd, die in dem Haus meiner Familie gearbeitet hat, noch bevor ich geboren wurde. Meine Eltern hatten ein großes Gut neben der Villa, die dem Direktor der Zementfabrik gehörte. Der Name von Astas Mutter war Minna. Viel weiß ich nicht über sie, meine Mutter hat mir nichts von ihr erzählt. Andere Zeiten. Asta wurde Mitte der Zwanzigerjahre geboren und lebte zusammen mit ihrer Mutter auf unserem Hof. Meine Mutter war eine gutherzige Frau und hat sie später als Waise in Stellung behalten, obwohl mein Vater dagegen war. Er war ein harter Mann, gerecht, aber streng und sehr konservativ. Es war eine schlimme Zeit für Minna und ihr Baby, wie sie sich vorstellen können. Heute ist das ja, Gott sei Dank, alles anders, aber damals war es für Frauen mit unehelichen Kindern sehr schwierig. Sie wurden verachtet und gesellschaftlich ausgegrenzt. Ich glaube, Minna war froh, dass sie überhaupt eine Bleibe hatte.«

»Wer war denn Astas Vater?«, fragte Heiko.

»Das weiß niemand. Minna hat dieses Geheimnis bis zu ihrem Tod bewahrt, soviel ich weiß. Vermutlich irgendein Mann aus dem Dorf. Nach der Geburt war sie unglücklich, eine gebrandmarkte Frau. Mit Asta konnte sie nicht viel anfangen und hat sie nur mit dem Allernötigsten versorgt. Ihre Wut über ihr eigenes Schicksal lenkte sie auf ihre Tochter um. Sie hat sie nicht geschlagen, aber Liebesentzug ist oft schlimmer als Prügel. Sie hat sie einfach nicht beachtet und sich Heiligabend das Leben genommen, ist in die Oste gegangen, da war Asta gerade sechs Jahre alt. Mein Vater wollte sie ins Waisenhaus geben, aber meine Mutter fühlte sich für das kleine Mädchen verantwortlich. Sie war eine sehr gläubige Frau. Vielleicht hatte sie wegen Minnas Selbstmord auch ein schlechtes Gewissen, glaubte, sie hätte sie davon abhalten können oder müssen.« Bertha zuckte mit den Achseln.

»Wir werden es nicht erfahren. Auf jeden Fall lebte Asta mit den anderen Mägden auf dem Hof und musste schon früh für ihren Unterhalt arbeiten. Eine schwierige Kindheit, sie war schweigsam, machte ihre Arbeit, ging zur Schule. Sie war sehr intelligent, immer Klassenbeste, aber das hat ihr nicht geholfen. Dann kam der Krieg, da schickte man keinen weg. In der Landwirtschaft wurde jede Hand gebraucht. Deshalb nahm meine Mutter sie von der Schule. Mein Vater war erneut als Soldat im Krieg und kehrte erst 1947 aus der Gefangenschaft zurück. Er war ein anderer Mensch geworden. Innerlich gebrochen, aber bestimmt von dem Wunsch, es sich nicht anmerken zu lassen, reagierte er sich an anderen ab. Besonders Asta hatte unter seiner Wut zu leiden. Und nicht nur mein Vater war ungerecht zu ihr. Sie wurde von vielen gemieden. Die Menschen waren nach dem Krieg natürlich deprimiert, hatten nicht viel zu essen, wenige Perspektiven und projizierten oft ihren Hass auf die arme Asta, die aufgrund ihrer Schönheit dazu noch vielen Frauen ein Dorn im Auge war. Sie hatten Angst um ihre Männer, was weiß ich.« In ihrem Gesicht war Unverständnis zu sehen.

»Besonders Gerda Harlor war schlimm. Ja, Petras Mutter. Sie war die Frau des Bäckers. Gerda war damals noch eine junge Frau, Petra war noch nicht geboren, sie war immer schon eine hasserfüllte alte Ziege und eifersüchtig auf Astas Schönheit. Nudeldicke Deern, als Spätgebärende würde man sie heute wohl bezeichnen, und nach Petra konnte sie dann auch keine Kinder mehr bekommen. Eine unglückliche Frau. Sie zog über jeden her. Hass hält die Menschen ja oft am Leben, sagt man. Nicht so bei Gerda. Sie ist gestorben, ich glaube Petra war noch in der Schule, sie hat den Tod ihrer Mutter nie verwunden und hat alles in sich reingestopft! Aber das ist eine andere Geschichte.« Bertha blinzelte in die Sonne.

»Asta wuchs zu einer Schönheit heran. Sie hätten sie sehen müssen. Egal, wie man sie behandelte. Egal, wie sie leben musste, sie strahlte von innen. Sie hatte Würde, ja, das ist das Wort, das sie genau beschreibt. Würde! Ich konnte oft kaum den Blick von ihr wenden. Besonders als Teenager, doch mein Vater verbot mir den näheren Umgang mit dem Bastard, so nannte er sie. Warum er sie so hasste, blieb mir immer ein Rätsel. Ich habe es nie verstanden, sie hat keinem etwas zuleide getan, machte, was man ihr sagte, arbeitete bis in die Nacht. Es hat ihr nichts genützt. 1950, nach einem Streit mit meinem Vater, ging sie nach Hamburg. Wir verloren sie aus den Augen. Man munkelte böse Dinge über sie. Sie sei anschaffen gegangen, eine Dirne in St. Pauli. Ob das stimmt, weiß ich nicht. Ich habe sie nie wiedergesehen.«

Bertha holte tief Luft, nahm Giselas Hand und drückte sie. »Luisa hat mich gestern besucht, um mir ihr Beileid auszusprechen. Sie ist eine sehr angenehme Person und hat mich an ihre Mutter erinnert. Asta hat sich ebenfalls das Leben genommen, wie ihre Mutter. Da waren die beiden Kinder noch klein.« Sie zuckte mit den Schultern. »Warum sie das getan hat, entzieht sich meiner Kenntnis.«

Was für eine Geschichte, dachte Tom. So viele Frauen hatten Schlimmes erleiden müssen. Unzählige hatten uneheliche Kinder zur Welt gebracht, gerade nach dem Krieg. Besonders russische Soldaten hatten sich an deutschen Frauen vergangen und sie vergewaltigt. Was war aus all den Kindern geworden? Wie viele Abtreibungen hatte es gegeben? Und wie waren die Frauen mit diesen Verbrechen an Körper und Seele umgegangen? Es erstaunte ihn nicht, dass so viele Menschen, die den Krieg erlebt hatten, alles am liebsten verdrängen wollten.

»Was ist dann mit Astas Töchtern passiert?«, fragte er. »Was war mit dem Vater? Konnte der sich denn um die Mädchen kümmern?«

»Das habe ich Luisa gestern auch gefragt, denn ich hatte ja selbst keine Ahnung, wie die Geschichte weiterging. Luisa und Clara haben nicht denselben Vater, hat sie mir gesagt. Sie sind beide unehelich und sie wissen wohl selber nicht, wer ihre Väter sind.«

Tom holte tief Luft. »Das ist ja unglaublich. Asta wiederholt das Verhalten ihrer Mutter und das gleich zweimal. Zwei uneheliche Kinder. Und nimmt sich dann das Leben! Warum? Was konnte sie nicht mehr ertragen? Wie kann man denn seine kleinen Kinder so im Stich lassen? Das muss ja immens traumatisch für Clara und Luisa gewesen sein.«

Bertha seufzte. »Traumatisch? Sie klingen wie ein Psychologe. Verzeihen Sie mir. Das meine ich nicht böse. Sie kommen aus einer anderen Generation, junger Mann. Deutschland war nach dem Krieg ein kaputtes Land. Zerstört, innen und außen. Vor allen aber in den Köpfen und den Herzen der Menschen. Und viele wussten natürlich von den grauenhaften Taten der Nazis oder ahnten es. Da konzentriert man sich auf den Wiederaufbau, aufs Überleben, nicht auf die Verarbeitung. Ja, es ist wirklich traurig, was damals mit Clara und Luisa geschehen ist, aber sie waren bestimmt auch keine Einzelfälle.«

Berthas Blick schweifte über den ruhigen Friedhof. Alle Erinnerungen der Vergangenheit waren in diesem Moment präsent, die Zeit aufgehoben. Sie räusperte sich, konzentrierte sich wieder auf die Aufgabe, die sie sich gestellt hatte: Dem Kommissar die Lebensgeschichte von Astas Kindern zu erzählen.

»Gestern hat Luisa mir erzählt, wie es den beiden Schwestern ergangen ist, ohne zu weit ins Detail zu gehen. Übrigens lebt in ihr die Schönheit ihrer Mutter weiter, im Gegensatz zu Clara. Das kann man heute noch sehen. Die beiden kamen in ein Waisenhaus in Hamburg und gingen dann dort auf eine Klosterschule, wurden von sehr strengen Nonnen erzogen. Beide haben Abitur gemacht, haben wohl Astas Intelligenz geerbt. Luisa hat sogar Medizin studiert, aber Herr von Bassen wollte keine berufstätige Frau. Er meinte, das sei ihrer adeligen Stellung nicht würdig.« Sie schüttelte den Kopf. »Männer! Gott sei Dank hat sich das heute geändert und sie können den Frauen nicht immer und überall reinreden. Immerhin hat sie nach seinem Tod alles geerbt und kann somit das Haus und ihre Schwester bis heute unterhalten. Ich glaube nicht, dass Clara eine Rente bezieht. Ehrlich gesagt, ich weiß überhaupt nicht, was sie früher mal gemacht hat. Aber ich weiß heute sicher, dass ich ihr unrecht getan, mich leider von diesem Schmierling Björn aufwiegeln lassen habe. Bei dem kommt der ganze braune Sumpf wieder hoch, aber das nimmt ja leider zu, auch hier auf dem Lande. Die es besser wissen sollten, sind größtenteils tot oder zu alt und wollen sich nicht mit der Gegenwart beschäftigen. Genau wie wir damals. Aber heute kann sich keiner mehr rausreden, er hätte nichts gewusst. Wer heute die Augen vor der politischen Realität verschließt, hat keine Entschuldigung.« Ihre Stimme bebte.

Gisela nickte zustimmend, Tom und Heiko waren erstaunt. Das hätten sie der alten Dame nicht zugetraut. Berthas Aufruf traf sie mitten ins Hirn.

»Entschuldigen Sie, meine Herren, darum geht es hier ja gar nicht. Aber irgendwie doch, wenn Sie sehen, wie sehr auch mich diese Artikel beeinflusst haben. Aber zurück zu diesem Fall, der bestimmt schwer zu lösen ist«, sie wandte sich an Heiko, »und auf Ihren Schultern ruht.«

Heiko war erstaunt, wie gut sie seine Situation erfasst hatte. »Können Sie uns vielleicht auch etwas über Christian Cordes sagen?«

»Seine Familie kommt gebürtig aus Lamstedt. Der Vater war ein Freund meines Vaters, er war ein Landpolizist. Welchem Revier er unterstand, weiß ich nicht mehr. Leider war er irgendwann auch ein Mitläufer der

Nazis, und ich muss gestehen, mein Vater auch. Jedenfalls kannte ich Christian, als er noch ein Junge war. Er hat dann später eine richtige Karriere bei der Polizei gemacht, aber das ist ja allgemein bekannt.« Sie schaute Gisela an. »Er war ein guter Mann, du weißt das ja am besten, du hast mit ihm gearbeitet.«

Gisela verzog das Gesicht. »Bertha, ich habe unter ihm gearbeitet, nicht mit ihm. Ich war ja noch relativ jung. Die Kinder waren klein, ich hatte andere Sorgen.«

Heiko stöhnte innerlich. Er musste wirklich langsam anfangen, aufmerksamer zu sein. Was wusste er über Gisela Sievers, die sich in diesem Fall als so nützlich entpuppte? Ohne sie hätte er diese ganzen interessanten Informationen nicht bekommen. Im Grunde hatte er keine Ahnung, wer Gisela Sievers eigentlich war, wo sie lebte, mit wem. Und jetzt Kinder? Die mussten doch in seinem Alter sein.

Sie schien seine Gedanken zu erraten. »Meine Kinder sind natürlich seit Langem aus dem Haus. Ich habe zwei Söhne, sie sind etwas älter als du, Heiko, und leben in Hamburg. Ihr seid auf unterschiedliche Schulen gegangen, wir lebten damals, als sie noch klein waren, in Drochtersen. Die Schierlings übrigens auch. Meine Söhne waren Björns Spielkameraden und er hat sich schon damals von mir Ohrfeigen eingehandelt.«

Sie schaute Bertha an, der man die Belastungen dieses Tages nun doch sehr deutlich ansehen konnte. Sie sackte förmlich in sich zusammen. Die Mittagswärme machte ihr zu schaffen, selbst hier im Schatten war es jetzt zu warm geworden. Resolut wie sie war, erfasste Gisela die Situation und traf eine Entscheidung. »So, ich glaube, jetzt reicht es erst mal an Informationen. Der Mörder wird ja nicht unbedingt heute wieder zuschlagen. Und wenn, können wir das auch nicht ändern. Ich gehe jetzt mit

Bertha ins Café zu den anderen Gästen. Ihr könnt gerne mitkommen.«

Heiko lächelte. »Das ist nett, aber ich muss zurück aufs Revier. Ich möchte die Informationen sofort den Fällen zuordnen, irgendwo gibt es einen Schnittpunkt, da bin ich mir sicher. Ich muss ihn nur finden. Ich würde mich aber gerne in den nächsten Tagen bei Ihnen melden und dieses Gespräch fortsetzen, wenn es Ihnen recht ist, Frau Jensen.« Er reichte ihr die Hand.

Bertha ergriff sie und hielt sie fest. »Finden Sie den Mörder meines Sohnes, Herr Degen. Ich hoffe, er war das letzte Opfer.« Sie sah ihn eindringlich an. »Und reden Sie mit Clara. Besser früher als später. Irgendwie spüre ich, dass auch sie in Gefahr ist, denn alles führt zu ihr, und wenn sie nicht die Täterin ist, könnte sie das nächste Opfer sein.«

34 Wenn schon nicht im siebten Himmel, dann zumindest im siebten Stock

»Was für ein schreckliches Ende!«

Clara Jolcke schaute Heiko aus eisgrauen Augen an. Sie wich seinem Blick nicht aus. »Mochte ich Malte? Um Himmels willen! Nein. Natürlich nicht! Er war ein pedantischer Erbsenzähler, ein Bürokrat verkleidet als Ökobauer, nicht die Spur von Humor und absolut verklemmt.« Sie verzog abschätzig den Mund. »Sie wollen die Wahrheit? Ich soll offen mit Ihnen reden? Gerne! Ich weiß nicht, was Sie alles über mich in Ihren Akten gelesen haben, und vor allen Dingen, wer Ihnen etwas über mich erzählt hat. Aber ich habe es Ihnen bereits vor einigen Wochen auf dem Deich gesagt: Ich bin keine Mörderin. Sie sind auf der falschen Fährte. Als ich damals Johann und Reiner gefunden habe, waren sie bereits tot. Warum ich die Tatwaffe in der Hand hielt, fragen Sie sich bestimmt. Ich weiß es selber nicht. Aber warum stand die Polizei in diesem Moment schon vor der Tür? Wer hatte sie informiert? Das können Sie mir auch nicht sagen. Keiner kann es. Damals nicht, heute nicht. Vielleicht war es derselbe, der jetzt Malte umgebracht hat? Jemand, der etwas gegen Schwule hatte? Aus heutiger Sicht kann man viel spekulieren, aber damals?« Sie neigte kaum merklich den Kopf zur Seite.

»In dem Moment, als es passierte und ich verhaftet wurde, fühlte ich mich, als stünde ich neben mir, es war unwirklich! Eher wie ein Albtraum, aus dem man nicht aufwachen kann. Ich stand unter Schock! Johann lag tot vor mir! Ich hatte mein ganzes Leben auf ihn ausgerichtet, er war das Wichtigste, das es für mich gab, das wurde mir in dem Moment total bewusst. Ich sei eifersüchtig gewesen, schrieben sie, Mord im Affekt. Rache. So ein Unsinn. Ich kenne dieses Gefühl gar nicht. Ich wusste, dass Johann eine Affäre hatte. Und ich wusste auch, dass es ein Mann war. Besser ein Mann als eine Frau, dachte ich. Da kommen wir uns nicht in die Quere. Ein Mann ist keine Konkurrenz für mich, für das, was uns verbindet. Und dieser ganze Quatsch mit Sex und Rache. Sex ist immer überbewertet worden. Damals genauso wie heute. Zumindest für mich. Liebe bedeutet etwas anderes für mich.«

Clara schaute Heiko immer noch an. »Ich konnte mich nicht wehren. Ich war wie gelähmt. Ein Gefühl, das ich nicht kannte, das aber dennoch irgendwie vertraut war. Hat vielleicht was mit meiner Mutter zu tun, ich weiß es nicht.«

Heiko schaute sie fragend an. »Was meinen Sie damit? Was hat das mit Ihrer Mutter zu tun?«

Clara holte tief Luft und wich seinem Blick zum ersten Mal aus, seitdem er an diesem Nachmittag gekommen war. Schweigen erfüllte plötzlich das weiße Krankenhauszimmer. Ein Strauß mit Blumen stand auf dem Nachttisch. Daneben die BUNTE, der SPIEGEL, Claras Handy. Die Nachmittagssonne schien durch das große Fenster und Heiko konnte kleine Staubpartikel durch die Luft wirbeln sehen. Die Zeit stand still.

Dann gab er sich einen Ruck. »Frau Jolcke, wenn ich diesen Fall klären soll, muss ich mehr wissen, die Lücken füllen, um mir ein Bild von Ihnen machen zu können. Und damit meine ich nicht das Bild, das Sie der Welt seit Jahrzehnten präsentieren.«

Clara verschränkte die Arme vor der Brust. »Was wollen Sie hören? Über meine Kindheit? Meine Vergangenheit?« Sie schaute aus dem Fenster. »Ich kann mich kaum an meine Mutter erinnern. Ich war noch ein kleines Mädchen, als sie starb. Meinen Vater habe ich nicht gekannt. Sie wissen ja wohl inzwischen, dass Luisa und ich uneheliche Kinder sind. Oft beschimpft als die Kinder einer Prostituierten. Aber meine Mutter war keine Hure. Sie arbeitete zwar auf St. Pauli, aber in einem kleinen Fotostudio bei einem Mann namens Paul Hirschler. Das hat Luisa später recherchiert. Nach ihrem Tod hat jemand von der Fürsorge unsere Wohnung aufgelöst und Astas persönliche Sachen in einem großen Karton für uns aufbewahrt. Daher können wir das auch belegen. Wir haben auch viele Fotos, die sie gemacht hat. Sie hatte einen guten Blick, aber eher für Gebäude, für Landschaften, Architektur. Menschen waren nicht ihr Ding. Aber Hirschler hat sie oft fotografiert. Auch davon haben wir ein paar Abzüge, die mit dem Namen des Fotostudios versehen sind. Sie war eine schöne Frau.«

Heiko nickte nur. Er wollte Clara nicht unterbrechen und ihr von Tom und der Skulptur erzählen oder von dem, was er bereits von Bertha über Asta erfahren hatte an diesem Morgen.

»Sie war eine gute Mutter und ich liebte sie. Es gab nur uns drei. Keine Verwandten, keine Familie. Wir drei gegen den Wind, sagte sie oft. Warum sie sich das Leben genommen hat, kann ich Ihnen nicht sagen. Ich war ein kleines Kind, noch nicht einmal in der Schule. Natürlich muss es einen triftigen Grund gegeben haben. Eines Tages war sie weg und wir waren allein. Irgendwie blieb immer das Gefühl, dass sie uns im Stich gelassen hat, dass wir ihr anscheinend nicht so wichtig waren. Dass es einfacher war, ins Wasser zu gehen, als bei uns zu bleiben.« Clara reckte energisch ihr Kinn. »Ich war im Gegensatz zu Luisa ein ängstliches Kind, versteckte mich hinter ihr. Sie hat mich immer beschützt, mich nicht im Stich gelassen. Und das würde ich umgekehrt heute auch nicht tun. Blut ist dicker als Wasser, Sie wissen schon! Wir kamen auf eine Klosterschule in Hamburg und lebten dort auch in einem Waisenhaus, das von Nonnen geleitet wurde. Ich hasste jede Minute dieser ganzen Jahre. Es war eine freudlose Zeit, eine Tortur, das schwöre ich Ihnen. Gehen Sie mir bloß weg mit Gott und der Kirche. Ohne Luisa hätte ich das alles nicht überlebt. Vielleicht liegt ein Fluch über uns. Meine Großmutter hat sich ja auch das Leben genommen.«

Heiko nickte, was Clara erstaunte.

»Ach, das wissen Sie schon?«

Er räusperte sich. »Ich habe heute Morgen nach der Beerdigung mit Malte Jensens Mutter gesprochen. Sie hat mir ein wenig über Ihre Großmutter und auch über Asta, Ihre Mutter, erzählt.«

»Was hat sie denn damit zu tun? Woher kennt denn Jensens Mutter meine Familie?« Clara war offensichtlich überrascht.

Heiko berichtete von dem Gespräch mit Bertha auf dem Friedhof. Clara schüttelte mehrmals ungläubig den Kopf. »Das wussten Sie wirklich alles nicht? Haben Sie denn nie erfahren, woher Ihre Mutter stammt?«, fragte Heiko.

»Mir war bekannt, dass sie aus der Nähe von Hemmoor kam und dort auf einem Hof aufgewachsen war, aber in unserem Karton befanden sich dazu keine genauen Angaben, frühere Wohnstätten oder so. Sollte meine Mutter darüber mit uns gesprochen haben, dann waren wir wohl zu klein, um das zu begreifen und in Erinnerung zu behalten. Vielleicht hätten wir es herausbekommen können. Aber es hat mich früher nicht interessiert, vielleicht weil ich glaubte, keine Wurzeln zu haben. Ich habe auch nicht versucht, herauszufinden, wer mein Vater ist. Ich wollte nie in der Vergangenheit herumkramen. Da müssen sie sich an meine Schwester wenden.«

»Demnach ist Ihre Schwester also besser über Ihre gemeinsame Vergangenheit informiert? Sie war übrigens heute bei der Beerdigung und hat Bertha Jensen bereits gestern im Seniorenheim besucht.«

»Davon weiß ich nichts. Sie hat das nicht erwähnt, als sie mich gestern Morgen besucht hat, auch nicht, dass sie zu Maltes Beerdigung gehen würde. Ich nehme an, Gloria war auch dabei? Sie fährt sie ja überall hin.«

Heiko bestätigte das und versuchte, ihren Gesichtsausdruck zu deuten. »Sie mögen Gloria nicht?«

Clara zog eine Grimasse. »Dazu muss ich wohl nicht viel sagen. Gloria! Allein der Name. Gut, dafür kann sie ja nichts, aber für den Rest. Sie ist ein schamloses Frauenzimmer und verhält sich dementsprechend. Das hungrige Monster und dieses ganze Gerede! Wenn ich so einen Mist schon höre. Sexsüchtig ist sie! So siehts aus. Ich habe nichts mit ihr zu tun und will es auch nicht. Solche Frauen waren mir immer zuwider. Dann lieber die echten Nutten aus St. Pauli. Mit denen hatte ich nie Probleme. Kennen Sie Gloria eigentlich?«

»Wir haben dieselbe Schule besucht und waren in der Oberstufe eng befreundet. Aber das ist lange her.«

»Das ist wahrscheinlich auch besser so! Und warum Luisa mit ihr befreundet ist, verstehe ich nach wie vor nicht. Gloria ist eine ausgezeichnete Masseurin und Physiotherapeutin, aber die beiden verbindet noch etwas anderes, keine Ahnung, was. Wir leben zwar auf demselben Hof, aber Luisa führt ihr eigenes Leben. Wir sind füreinander da, hängen aber nicht ständig aufeinander. Dafür sind wir wohl zu unterschiedlich, aber das muss ich Ihnen ja nicht erzählen, Sie haben Luisa ja bereits kennengelernt. Fragen Sie sie also selbst, bevor ich hier weitere Vermutungen anstelle.«

Heiko hatte in ein Wespennest gestochen, so viel stand fest. Offensichtlich war nicht alles Friede, Freude, Eierkuchen zwischen den ungleichen Schwestern. Er schwieg und wartete ab.

»Die Zeit bei den Barmherzigen Schwestern nach dem Tod meiner Mutter war jedenfalls alles andere als schön! Beten, beten, beten. Beichten, bereuen. Sauber machen, in der Küche helfen. Da war nichts mit Liebe oder Fürsorge! Oder Aufklärung! Seien Sie froh, dass Sie eine Familie haben.« Sie schaute ihn an. »Haben Sie doch, oder?«

Heiko nickte nur, wollte Clara nicht unterbrechen.

»Wie dem auch sei. Die Nonnen bläuten uns ständig ein, wir müssten dankbar sein, dass wir bei ihnen bleiben durften, obwohl unsere Mutter, eine Selbstmörderin, in der Hölle schmorte. Sie machen sich keine Vorstellung von diesen Nonnen in den Sechzigerjahren. Ich hasste sie alle. Dreckshaufen! Was hat das mit Gott, Liebe und Vergebung zu tun, frage ich Sie? Die katholische Kirche ist ein scheinheiliger Verein. Gott sei Dank kommt inzwischen ja ans Tageslicht, was lange verborgen war. Man kann ja kaum einen Tag die Zeitung aufschlagen und liest nichts von einem neuen Missbrauch! Das ist mir glücklicherweise erspart geblieben. Betrifft ja wohl auch eher die Jungen und die Priester.«

Claras Stimme wurde lauter und sie schlug mit ihrer geballten Faust auf die Bettdecke. »Himmel, wir waren kleine Mädchen, und sie machten uns verantwortlich für die Schuld, die Sünde, die meine Mutter angeblich begangen hatte. Sie wollten uns den Teufel austreiben, weil sie wahrscheinlich an so etwas wie die Erbsünde, das Fegefeuer und die Hölle glaubten, was für ein Quatsch. Ich war 19, als ich endlich dort wegging. Ich hatte keine Ahnung vom Leben, von der wirklichen Welt. Luisa hatte eine kleine Wohnung am Grindelberg in Hamburg gefunden und wir lebten ein paar Jahre zusammen. Ein Zimmer mit Bad. Wir waren es nicht anders gewohnt! Aber wir waren allein und nicht unter der ständigen Kontrolle dieser katholischen Pinguine.«

Clara öffnete die Schublade des Nachttischs und nahm eine Packung Pralinen heraus. Sie legte den Zeigefinger auf den Mund und sah Heiko verschwörerisch an. Er musste lachen. Clara hielt ihm die Schachtel hin.

»Luisa war schön, bildschön, ein bisschen wie unsere Mutter. Da kam ich nicht mit, immer ein bisschen pummelig, immer die zweite Geige! Aber das machte mir nichts aus.« Sie seufzte. »Ich hatte schon als kleines Kind eine Vorliebe für Pralinen! Wenn wir zusammen waren, schien die Sonne auch für mich, etwas von Luisas Glanz und ihrem Strahlen fiel auf mich! Sie war die Schlauere von uns beiden, zumindest in der Schule, machte ein Einserabitur und hatte vor, Medizin zu studieren. Sie wollte Ärztin werden, aber das scheiterte vorerst am Geld. Sie machte eine Ausbildung zur Apothekenhelferin, heute heißen die wohl PTA. Da verdiente sie wenigstens ein bisschen Geld. Irgendwann lernte sie dann diesen Gockel von Bassen kennen, den hat sie dann ja auch geheiratet. Er hat ihr das Studium finanziert. Praktizieren durfte sie allerdings nicht, wollte er nicht.«

Wut stieg in ihr hoch. »Herr von Bassen, ein arrogantes Arschloch mit einem immensen Standesdünkel, wenn Sie mich fragen. Dass er sie überhaupt hatte heiraten dürfen, bei der Familie! Ich habe nie verstanden, was Luisa an ihm fand. Wir hatten bei Männern ja ein sehr unterschiedliches Beuteschema.« Sie nahm eine weitere Praline aus der Schachtel. »Aber die Zeiten sind ja auch vorbei. Ich mochte eher blonde, große Männer mit weichem Kern.« Sie schaute Heiko an und lachte laut auf.

»Ja, ich habe immer auf die falschen Pferde gesetzt, wenn Sie wissen, was ich meine! Vor einem halben Jahrhundert wären Sie wohl mein Typ gewesen.« Sie verdrehte die Augen. »Ich und die verzauberten Männer, auch so eine unendliche Geschichte. Aber mit denen war es immer entspannter, da musste ich keine Sexbombe sein, da reichte mein Humor, meine Freundschaft.«

Heiko war jetzt wirklich sprachlos, damit hatte er nicht gerechnet, aber Clara winkte nur ab. »Müssen wir jetzt nicht länger drüber sprechen. Dass Sie schwul sind, war mir sofort klar. Und an dem Tag, als Sie mit dieser komischen Ziege bei mir auftauchten, dieser Kommissarin, hatte ich ganz andere Sorgen. Wie gehts der eigentlich? Die liegt doch auch hier im Elbe Klinikum, hörte ich. Dass die jetzt bloß nicht stirbt, es wäre doch ein Leichtes, es mir in die Schuhe zu schieben, wo wir beide ja im selben Krankenhaus liegen.«

Sie verzog das Gesicht. »Hmm. Ein sehr schlechter Witz, verzeihen Sie mir. Und das, was ich über Sie gesagt habe. Nehmen Sie es einfach als Kompliment. Wo war ich? Ach, Luisa und dieser Gockel von Bassen. Nun, er finanzierte ihr das Medizinstudium, sie zogen aufs Land nach Schleswig-Holstein, nördlich der Elbe. Praktiziert hat sie nie, Kinder gab es auch nicht. Ich habe Luisa in dieser Zeit seltener gesehen. Waren sie glücklich, fragen Sie sich? Definieren Sie Glück! Es funktionierte, sie arrangierten sich miteinander, wie jedes Ehepaar es früher oder später tut. Er ließ sie allerdings nach dem Unfall fallen wie eine heiße Kartoffel, ganz offen gesagt. Er verlor das Interesse an ihr, kam nicht damit zurecht, dass sie ein Krüppel ist. Bevor sich das zu einer Ehekrise auswachsen konnte, starb er allerdings. Vollkommen unerwartet. Krebs, glaube ich. Aber das war mir nun wirklich egal. Luisa auch!« Sie schaute aus dem Fenster.

»Ich habe nie studiert, vor meiner Ehe mal hier, mal da gejobbt, solange bis ich das zusammenhatte, was wir zum Leben brauchten, nie mehr als das, nach Luisas Heirat noch weniger, da musste es nur für mich reichen.

Ansonsten kümmerte ich mich um Junkies, heute würde man es wohl Sozialarbeit nennen, aber es war eher ehrenamtlich. Ich machte viel Party, ob Sie es glauben oder nicht. Ich hatte viele Freunde in der Theater- und Kunstszene. Irgendwann lernte ich Johann kennen, wir heirateten.« Sie beugte sich vor. »Ich habe Johann geliebt, ich hätte alles für ihn getan, fast alles. Ich war schwanger, als ich Johann und Reiner fand. Im zweiten Monat, ich hatte es gerade erst erfahren. Ich wusste, dass er keine Kinder wollte.« Ihre Augen füllten sich plötzlich mit Tränen, die sie energisch wegwischte. »Das steht nicht in den Akten! Ich verlor das Kind ein paar Wochen später, während ich in Untersuchungshaft saß. Erzählt habe ich das niemandem. Auch Luisa wusste von nichts. Was hätte es auch gebracht? Im Grunde war ich froh, dass ich die Fehlgeburt hatte. Was für eine Zukunft hätte dieses Kind gehabt? Keine!« Für einen Moment herrschte Schweigen im Raum. Claras Bekenntnis erklärte vieles. Ihre Apathie, den Schock, das Trauma. Und sie war mit all dem allein geblieben, hatte sich noch nicht einmal Luisa anvertraut. Eine Familie hatte sie nicht. Was war mit Freunden? Er wollte nicht zu tief in alten Wunden bohren.

»Was ist eigentlich aus Johanns Familie geworden? Wie hat sie auf seinen Tod reagiert? Er hatte doch Geschwister und eine Mutter, die damals noch lebte.«

»Hören Sie mir bloß auf mit Johanns Familie. Ich habe sie nie getroffen und er hat nicht darüber gesprochen, ich weiß ja noch nicht einmal genau, wo sie herkamen. Er hatte eine beschissene Kindheit, genau wie ich, das hatten wir gemeinsam. Ich verstand vieles auch ohne Erklärungen. Irgendjemand tauchte bei meinem Prozess auf, ein Bruder? Ich weiß es nicht mehr. Dieser Prozess liegt wie im Nebel, ich kann mich an kaum etwas erinnern. Möchten Sie noch eine Praline?«

»Gerne, die schmecken wirklich gut.« Heiko schaute sie an. »Johanns Familie stammt aus ihrer jetzigen Nachbarschaft, gar nicht weit entfernt. Er wuchs in Osten auf. Seine Familie hatte dort ein Lebensmittelgeschäft.«

Clara schwieg zunächst und lutschte auf ihrer Praline herum. Ihr Gesicht verriet keine Emotion. »Davon weiß ich nichts. Johann sprach, wie gesagt, nie über seine Vergangenheit.« Sie schaute Heiko fragend an. »Sind Sie sicher, dass er aus Osten stammt, oder verwechseln Sie da etwas?«

»Bestimmt nicht. Bertha Jensen kannte Johann und seine Familie. Auch eine Arbeitskollegin von mir erinnert sich an ihn.«

Müde lehnte Clara sich in ihr Kissen zurück. »Ich kann Ihnen dazu im Moment gar nichts sagen. Das muss ich erst einmal verdauen. Aber zurück zu unserem Thema. Der Täter hat mit mir ein leichtes Spiel, ich bin der nächste und einfachste Sündenbock, den man finden kann. Praktisch für ihn. Ich weiß, was die Leute denken, wenn sie mich sehen: Alt, gaga, verurteilt, vereinsamt. Nicht mehr alle Tassen im Schrank, rachsüchtig. Was weiß ich, was sie noch über mich denken.«

Heiko schaute sie überrascht an. Dass sie ihre Situation so klar sah, war erstaunlich.

»Ich lebe ja nicht hinterm Mond! Ich habe einen Computer, ich lese die Zeitung. Macht mir das Leben Spaß? Offensichtlich nicht immer. Lasse ich mich gehen? Allerdings! Aber für wen sollte ich mich stylen oder in Schwung bleiben? Um einem Selbstbild treu zu bleiben? Ich bin nicht Luisa! Und erklären Sie mir mal bitte, wie ich einen erwachsenen Mann beseitigen könnte. Oder eine nudeldicke Deern wie Petra in einen Baumstumpf stopfen sollte. Die Halle zu putzen, das schaffe ich noch. Aber ich könnte Luisa nicht mehr in ihrem Rollstuhl durch den Garten schieben. Selbst dazu fehlt mir heute die Kraft. Ich bin selbst daran schuld, zu viel geraucht, der Schlaganfall, Diabetes. Sport habe ich nie gemacht! Ganz ehrlich, ich gehe mich einen Dreck an und habe oft alles so satt, das können Sie sich gar nicht vorstellen.«

Heiko widersprach: »Doch, das kann ich mir vorstellen. Hätte ich an Ihrer Stelle auch, wenn ich ehrlich bin. Ich glaube allerdings nicht mehr, dass Sie Petra ermordet haben. Und was Malte Jensen betrifft, waren Sie zur Tatzeit ja bereits hier auf der Station nach Ihrem Unfall. Sie stehen also nicht unter Verdacht, was Jensen betrifft.« Er überlegte, dass es wohl besser wäre, sie nicht über das Verhältnis von Cordes und der Römer aufzuklären. Aber er wollte Clara Jolcke noch zu Cordes befragen. »Der Kommissar, der sie damals verhaftet hat …«

Sie unterbrach ihn. »Sie glauben doch nicht ernsthaft, dass ich ihn umgebracht habe! Ich hatte damals weder die Absicht noch die Energie, sondern einfach nur die Schnauze voll vom Leben, der Polizei, vom Gefängnis und brauchte eine Auszeit. Cordes hat mich vor seinem Tod kontaktiert, falls Sie das noch nicht wissen sollten. Er hatte einige Nachrichten auf meinem Anrufbeantworter hinterlassen, aber ich wollte nicht mit ihm sprechen. Also hat er es über Luisa probiert und sie angerufen. Ich hatte keine Kraft mehr, ich wollte einfach mit niemandem etwas zu tun haben! Mir war einfach alles egal. Lag vielleicht auch an den Pillen, die mir der Arzt verschrieben hatte. Beruhigende Wirkung stand auf der Packung. Nehme ich immer noch. Na ja, im Moment nicht. Der Arzt hier auf der Station riet davon ab. Vielleicht hat er recht. Fühle mich irgendwie klarer.«

»Wussten Sie denn, was Cordes wollte oder ob er neue Erkenntnisse in dem Fall gewonnen hatte? Hatten Sie überhaupt kein Interesse mehr, rehabilitiert zu werden? Vielleicht hätte er Ihre Unschuld beweisen können.«

»Das hätte eher passieren müssen. Als ich aus dem Gefängnis kam, war ich nicht mehr dieselbe Frau. Ich habe zehn Jahre gesessen! Zehn Jahre. Eine Ewigkeit. Die anderen Insassen habe ich mir ferngehalten, ich hatte ja nichts mit Verbrecherinnen gemein. Luisa habe ich einmal im Monat gesehen, ansonsten niemanden. Ein Leben in Einsamkeit mitten unter vielen Frauen! Das können Sie sich nicht vorstellen, wie auch? Das kann man nur verstehen, wenn man es selber erlebt hat.« Clara schwieg einen kurzen Moment.

»Danach bin ich hierher aufs Land gezogen. Ich konnte keine Menschen mehr ertragen. Und dann kommt dieser Cordes daher und will alles wieder aufrollen! Weil er ein schlechtes Gewissen hatte, was weiß ich. Ganz einfach falsches Timing. Mir reichten schon die Kinder aus dem Dorf, die ab und zu die Scheiben einschlugen. Zumindest dachte ich immer, dass es Kinder waren.« Einen Augenblick lang schien sie in ihren Erinnerungen versunken. »Menschen machten mir Angst. Damals. Ich war eine verurteilte Doppelmörderin! Da kommst du nicht mehr raus. Gebrandmarkt! Hört sich fast so an, als ob ein Fluch auf meiner Familie liegt, aber das wäre dann doch etwas zu sehr Courths-Mahler!«

Sie richtete sich wieder auf. »Und glauben Sie nicht, wenn ich Johann und Reiner wirklich hätte töten wollen, hätte ich das geschickter angestellt und mich nicht erwischen lassen? So wie der Mörder bei den neuen Fällen. Offenbar hinterlässt er ja keine Spuren. Er ist clever! Er hat Zeit! Aber was hat das mit mir zu tun? Bin ich in Gefahr oder vielleicht auch Luisa? Stehen wir auf seiner Liste?« Sie schaute ihn fragend an, fast eine Antwort fordernd. »Also, wer war es Ihrer Meinung nach? Irgendeine Vermutung?«

»Das weiß ich selber nicht. Noch nicht«, musste Heiko zugeben.

Clara verzog plötzlich das Gesicht, sie hatte offensichtlich Schmerzen. »Es tut mir leid, aber Sie müssen mich bitte kurz entschuldigen. Die Medikamente und meine Blase vertragen sich gerade nicht.«

Heiko erhob sich, aber Clara machte eine abwehrende Geste. »Nein, danke, ich brauche keine Hilfe, die paar Meter schaffe ich gerade noch.«

Sie rollte langsam aus dem Bett und stand auf. Heiko nahm dennoch den roten verschlissenen Morgenmantel vom Haken und hielt ihn Clara hin. Sie schnaubte, ließ aber zu, dass er ihr half. Ganz sicher hatte sie Schmerzen. Der Unfall musste ihr mehr zugesetzt haben, als sie sich anmerken ließ. Langsam schlurfte sie in dem roten Morgenmantel zur Toilette. Von hinten erinnerte sie Heiko an einen alten Kardinal.

Er ging ans Fenster. Clara Jolckes Zimmer lag im siebten Stock des Krankenhauses und Heiko genoss für einen Moment die Ruhe und den Blick in Richtung Süden auf die Stadt. Die neuen Informationen musste er erst einmal verdauen und einordnen. Es blieben so viele Fragen in diesem undurchsichtigen Fall. Was übersah er? Und immer wieder kehrte er zum Anfang zurück, zu der Frage nach Clara Jolckes Schuld am Tod ihres Mannes und dessen Freundes. Mehr und mehr war er davon überzeugt, dass sie die beiden nicht umgebracht hatte. Warum aber hatte der wahre Mörder ihr die Schuld an deren Tod in die Schuhe geschoben? Sollte das wirklich nur eine unglückliche Fügung gewesen sein?

Ungeduldig stampfte Heiko mit dem Fuß auf und lehnte den Kopf an die kühle Scheibe. Die Luft war klar, der Blick ging von hier weit über das Land Richtung Elbe. Er konnte sich nicht vorstellen, jemals woanders zu leben. Dies war seine Heimat, sein Zuhause. Er war verbunden mit diesem Stück Erde, tief verwurzelt.

Wäre er glücklicher geworden als Hetero? Hätte er eine Frau, Kinder, das Eigenheim und die Hypotheken, die dazu gehörten und die er dann zwanzig Jahre abzahlen würde? Den Ruderclub, mit Freunden Darts in der Kneipe, zu viel Alkohol, zu viel Essen und zu wenig Sport? Zweitwagen, Schwiegereltern und Großeinkauf am Wochenende im Marktkauf, um dann nachmittags die Sportschau zu verfolgen? Einmal im Jahr in die Sonne fliegen für die angeblich schönsten Wochen des Jahres? Vielleicht ein geheimes Verhältnis mit einer Frau aus dem Büro, nur um wieder etwas anderes zu spüren, etwas zu fühlen, das im Lauf der Jahre verloren gegangen war? Damit es wieder so sein könnte, wie es niemals war? Ein fremdgesteuertes Leben führen?

Nein! Er wäre nicht glücklicher geworden. Ich bin, wie ich bin, dachte Heiko. Ich kann mich auch nicht ändern. Nicht, dass er das gewollt hätte. Aber müßig, darüber nachzudenken. Warum und wieso er nun schwul war, ob es eine genetische Besonderheit sein könnte oder etwas mit seiner Mutter zu tun hatte. Oder seiner Erziehung. Hätte, hätte, Fahrradkette. Die Suche nach Gründen war reine Zeitverschwendung! Heiko war okay mit sich selbst, seinem Leben, seiner Heimat, und das würde er sich von keinem Mörder kaputt machen lassen, der versuchte, ihn an der Nase herumzuführen.

Zum ersten Mal seit Beginn der Ereignisse vor über zwei Monaten verschob sich etwas in Heiko und er konnte deutlich eine neue Kraft spüren. Er würde diesen Fall lösen. Vielleicht nicht heute, aber es würde passieren.

Es klopfte und eine Krankenschwester betrat das Zimmer. »So, Frau Jolcke, Zeit für Ihren Tee und Ihre Medizin. Na, wo steckt sie denn?« Sie lächelte erstaunt, als sie Heiko sah, und stellte ein kleines Tablett auf den Nachttisch. Sie war noch jung, vielleicht dreißig, hatte einige

Pfunde zu viel auf den Rippen, ein Spinnentattoo am Hals und trug einen Nasenring.

In diesem Moment kam Clara aus der Toilette. Ihr Gesichtsausdruck veränderte sich schlagartig, als sie die junge Schwester sah. Der Schmerz wich aus ihrem Gesicht.

»Sie haben Besuch, wie schön, das freut mich für Sie, da will ich mal nicht lange stören. Gestern Ihre Schwester und heute Ihr Sohn, nehme ich an?«

Clara lachte schallend, bis ihr die Tränen die Wangen hinunterrollten und sie sich verschluckte. Dann hustete sie dermaßen, dass Heiko Angst hatte, sie würde ersticken. Die Schwester klopfte ihr auf den Rücken und führte sie behutsam zum Bett. Sie half Clara, den Morgenmantel auszuziehen, zog ihr liebevoll die Bettdecke über die dünnen weißen Beine und reichte ihr dann die Tasse mit dem Kamillentee und zwei Tabletten. »Na, na, ganz ruhig, beruhigen Sie sich jetzt wieder. Und das Atmen nicht vergessen! So, hier die Pillen. Und jetzt trinken Sie!«

Clara genoss offensichtlich die Aufmerksamkeit der Schwester, deren Fürsorge ehrlich war.

»Immerhin können Sie wieder lachen. Und das mit dem Husten wird auch besser, es kann allerdings ein paar Wochen dauern. Sie haben jahrelang dermaßen ihre Lunge vergiftet, das geht nicht von heute auf morgen. Ich habe mit dem Arzt gesprochen, Sie bekommen ab Ende der Woche die Nikotinpflaster, dann wird's auch einfacher mit dem Entzug, glauben Sie mir. Ich mache es jetzt seit vier Monaten.« Sie lächelte und hob den rechten Arm, zeigte ihr eigenes Pflaster. »Ich weiß, wovon ich rede.«

Sie zwinkerte Clara noch einmal aufmunternd zu. »Das wird schon, da bin ich mir ganz sicher! Ich bin nur froh, dass Sie sich nichts gebrochen haben bei diesem schlimmen Unfall. Die Prellungen und der verstauchte Arm reichen ja auch! Ich habe es Ihnen ja schon einmal gesagt: Sie haben einen Schutzengel, auch wenn Sie das nicht wahrhaben wollen.«

Clara nickte, trank einen Schluck. »Danke, Sibel. Und das ist Kommissar Heiko Degen. Er ermittelt im Fall des Kreidemörders.« Sie sah Heiko an und drückte dann schelmisch ein Auge zu.

Wo war die kratzbürstige, widerspenstige Clara Jolcke, die er beim letzten Mal auf dem Deich gesehen hatte? Vor ihm lag eine hilflose alte Frau mit Prellungen und Blutergüssen, einem großen Pflaster an der rechten Schläfe, die offenbar mit einem Nikotinentzug zu kämpfen hatte. Ihren Humor hatte sie nicht verloren. Sie rührte ihn, aber es war kein Mitleid, das er empfand. Es war Mitgefühl. Sie war ein Außenseiter, genau wie er! Sie spürte, was er dachte, und es war zu spät, sich zu verstellen, die Maske war gefallen. Eine Träne lief plötzlich über ihr zerfurchtes Gesicht. Es war egal, sie musste sich nicht mehr verteidigen, ihm etwas vorspielen oder vorgeben, etwas zu sein, das sie nicht war oder nicht mehr war. Vielleicht auch nie gewesen war. Spontan nahm Heiko ihre kleine Hand in seine und drückte sie behutsam. Einen Moment lang schwiegen beide.

Sibel, die noch in der Tür stand, räusperte sich. »So, ich muss Sie leider rausschmeißen! Ich denke, Frau Jolcke braucht jetzt etwas Ruhe.«

Heiko stand sofort auf. »Ich melde mich morgen bei Ihnen, dann können wir unser Gespräch fortsetzen.«

»Machen Sie das, Sie wissen ja, wo Sie mich finden.« Sie schien ein wenig mit sich zu ringen, bevor sie sagte: »Ich glaube, wir sollten diese Förmlichkeiten jetzt lassen. Nenn mich einfach Clara, was meinst du?«

Heiko nickte nur. »So machen wir es.« Es erschien ihm vollkommen natürlich. »Pass auf dich auf, Clara!«

35 Kehrtwende

Heiko wandte sich missmutig von den Bildern ab, die an der großen Pinnwand in seinem Büro hingen und die Opfer der Mordserie vom April und Mai zeigten. Seit Jensens Tod Ende Mai hatte es nun monatelang keine weiteren Morde gegeben und die Öffentlichkeit hatte, was für ein Glück, das Interesse an dem Fall verloren. Schnee von gestern. Es gab Wichtigeres. Sommerzeit, Urlaubszeit. Da wollte sich keiner mit Leichen und dem Kreidemörder beschäftigen, eine Bezeichnung, die sich inzwischen selbst im FK 1 durchgesetzt hatte.

Heiko ging ans Fenster und schaute auf die Straße. Es war ruhig an diesem Montagmorgen, dem 9. September. Die Sonne schien direkt in sein Büro, der Sommer war noch nicht vorbei. Es war kurz vor zehn und das Thermometer zeigte bereits 23 Grad. Er ließ die Jalousien herunter und setzte sich an seinen Schreibtisch.

Heiko hatte die letzten zwei Wochen auf seinem Boot verbracht. Endlich Urlaub. Er war allein zu den nordfriesischen Inseln gesegelt, um diesen Fall, zumindest für kurze Zeit, hinter sich zu lassen. Aber der Törn hatte nichts geändert. Zwei Wochen von Insel zu Insel – und er hatte an nichts anderes denken können. Erholsam waren die beiden Urlaubswochen nicht gewesen, so viel stand fest. Jeden Morgen hatte er auf eine Erkenntnis gewartet, die die Lösung bringen würde. Es hatte nur einen Urknall des Nichts gegeben. Er war keinen Schritt weitergekommen, drehte sich immer noch im Kreis.

Clara war nach wie vor die wegen Mordes an ihrem Mann und dessen Freund verurteilte Mörderin, auch wenn sie das bestritt. Bei den drei neuen Opfern gab es keine Hinweise, die sie mit diesen Fällen in Verbindung brachten. Heiko verfolgte ein Phantom, das keine Spuren hinterließ, und steckte mit Gummistiefeln fest im Morast der Ausweglosigkeit! Er fühlte sich wie ein Hamster im Rad, das sich drehte und drehte und zu nichts führte. Ungeduldig trommelte er mit den Fingern auf den Schreibtisch. Wenn er nicht bald irgendeine Spur finden würde, sollte er darum bitten, ihm den Fall abzunehmen. Heiko hatte Angst, der Aufgabe nicht gewachsen zu sein. Nicht dass die Leitung der Polizeiinspektion ihm etwas vorwarf, es gab immer unlösbare Fälle. Aber selbst an oberster Stelle erkannte man, dass die Untersuchungen in eine Sackgasse geraten waren. Da half es auch nicht, dass sich die Kripo Hamburg eingeschaltet hatte. Auch deren Untersuchungen führten ins Leere.

Babette war aus dem Koma erwacht, hatte sich in den letzten Monaten von ihrem schweren Unfall erholt, war aber nicht in der Lage, wieder zu arbeiten. Sie war aus dem Krankenhaus entlassen worden und lebte unterstützt von einem Pflegedienst bei sich zu Hause. Heiko hatte sie vor seinem Urlaub besucht und es war offensichtlich, dass sie in diesem Jahr nicht wieder zum Dienst erscheinen würde. Sie konnte noch nicht wieder richtig laufen, der vom Unfall verursachte Beckenbruch war nicht richtig zusammengewachsen, das gebrochene Bein nach Wochen im Gips steif. Ab Mitte September würde sie in einer Rehaklinik auf Sylt eine Kur machen. Hilfe konnte er von ihr also nicht erwarten und sie hatte eindeutig kein Interesse an dem Fall. Gabriele Römer hielt nach wie vor fest an ihrer These, dass die Buchstaben auf den Wangen der Opfer für einige der sieben Todsünden standen.

Heikos Handy klingelte. Es war Tom. Heiko zögerte kurz, seine Stimmung war alles andere als gut, nahm das

Gespräch aber dann doch an. Tom konnte ja nichts dafür und er hatte sich während seines Urlaubs nicht gemeldet. »Moin!«

»Na, mein Freund, wie war der Urlaub? Ich habe gar nichts von dir gehört. Ich dachte schon, du hättest Schiffbruch erlitten! Oder wärst mit einem Matrosen ans Ende der Welt gesegelt.« Tom lachte.

Heiko musste widerwillig schmunzeln. »Schön wäre es, aber ich war nicht in der Karibik. Matrosen gab es keine und ganz ehrlich, danach stand mir auch nicht der Sinn. Sorry, dass ich mich nicht gemeldet habe, aber dieser Fall macht mir nach wie vor zu schaffen. Ich komme einfach nicht weiter. Und das ist mehr als frustrierend.«

»Na, das hört sich ja nicht besonders an. Ich dachte, du bist gut erholt und braun gebrannt zurück und kommst heute Abend auf ein Bier vorbei. Steak gibt es natürlich auch! Und Schoko vermisst dich schon. Er hat vorhin gefragt, wann du endlich mal wieder vorbeischaust.«

Heiko lachte. »Ganz bestimmt. Ich wusste, er würde irgendwann anfangen zu sprechen!« Seine Laune besserte sich. »Klar, ich komme gerne vorbei. Ich arbeite bis um fünf, gehe kurz zum Sport und könnte um sieben bei dir sein.«

»Perfektes Timing. Alles Weitere erzähle ich dir dann, es gibt Neuigkeiten! Schön, dass du wieder im Lande bist. Bis nachher.« Tom legte auf.

Zumindest würde der Tag also einen guten Ausklang finden, dachte Heiko. Immerhin etwas. Er sah die Ordner auf seinem Schreibtisch liegen. Nützt ja alles nichts. Heiko war sich nach wie vor sicher, dass er etwas übersehen hatte.

Bis zur Mittagspause hatte er die Ordner zu Petra Harlor und Malte Jensen ein weiteres Mal durchgearbeitet und nichts gefunden. Jetzt lagen die Akten zum Fall

Johann Jolcke vor ihm. Halb zwei. Rasch ging er in die Kantine, holte sich einen Kaffee und ein Sandwich. Auf dem Weg zurück traf er Gisela auf dem Flur, ebenfalls mit einem Kaffeebecher in der Hand.

Sie lächelte ihn an. »Ah, der Urlauber! Na, du siehst ja gut aus, braun gebrannt, das Wetter war ja auch fantastisch! Ich hoffe, du konntest dich etwas erholen von dem Fall! Es wurde ja Zeit. In deiner Abwesenheit habe ich mich übrigens näher mit Claras Familie beschäftigt. Müssen wir aber nicht hier auf dem Flur besprechen. Ich komm schnell mit in dein Büro.« Sie schaute auf die Uhr. »Ich habe noch eine Viertelstunde, das sollte reichen.« Ohne seine Antwort abzuwarten, öffnete sie seine Bürotür und setzte sich einen Moment später Heiko gegenüber.

»Also, vorletztes Wochenende war ich bei Bertha, sie hat übrigens nach dir gefragt, schöne Grüße. Ich habe sie gebeten, alte Kontakte zu nutzen und sich über Johann Jolckes Familie schlauzumachen. Da fehlten dir doch noch Informationen, nicht wahr? Die habe ich mir gestern von Bertha besorgt.«

Heiko schaute sie erstaunt an. Offensichtlich steckte wirklich eine Miss Marple in Gisela.

»Folgendes: Jolckes Mutter Karin hatte vier Kinder von ihren drei Ehemännern. Sie war eine wilde Hummel laut Bertha. Johann und sein Bruder Wolfgang, der ist zwei Jahre jünger und inzwischen verstorben, waren von ihrem ersten Mann Joachim Jolcke, dem Inhaber des Lebensmittelgeschäfts in Osten. Er starb, als Johann gerade zehn Jahre alt war. Muss wohl schlimm für ihn gewesen sein, er liebte seinen Vater sehr. Danach heiratete die Mutter einen Mann aus Bremen, er hieß Hinrichs und führte das Geschäft in Osten mit Karin zusammen, natürlich weiter unter dem Namen Jolcke. Alter Familienbetrieb. Kennst du Osten eigentlich? Hübscher Ort. Tolle

Kirche und natürlich die Schwebefähre. Das Geschäft lag mitten im Ort in einem alten Fachwerkhaus. Das steht auch noch, ist aber ziemlich runtergekommen und muss wohl abgerissen werden. Irgendjemand hat mal versucht, ein Kino daraus zu machen, aber das hat auch nicht funktioniert.« Sie schaute Heiko an.

»Ich weiß, von Hölzchen auf Stöckchen, ich verplappere mich ständig, nervt meinen Mann auch immens. Also, Hinrichs und Karin hatten eine Tochter, Brigitte, die lebt aber schon lange nicht mehr in Deutschland. Sie soll Mitte der Siebzigerjahre nach Frankreich ausgewandert sein. Wohin genau und was aus ihr geworden ist, weiß allerdings kein Mensch. Ihr Vater, dieser Hinrichs war da auch schon länger tot. Er hatte während der Messe am Sonntag einen Herzinfarkt und ist mitten in der Kirche von der Bank gefallen.« Sie stutzte.

»Ist doch schon komisch, oder? Alle Kinder von Karin haben die Heimat nach der Schule verlassen. Ich wüsste ja gerne, warum. An den Vätern kann es ja nicht gelegen haben. Die Mutter hat dann noch einmal geheiratet, diesmal aber offensichtlich wirklich den Falschen. Das war 1964, da war Johann also knapp fünfzehn. Wirklich, diese Familienverhältnisse, kompliziert. Karin war schwanger, der Mann ein Säufer, er kam aus Horneburg. Sie mussten heiraten! Stell dir vor, zweimal verwitwet, drei Kinder und dann noch mal schwanger und das von irgendeinem Mann, mit dem sie nach dem Schützenfest für fünf Minuten Spaß gehabt hat. Obwohl das auch noch fraglich ist, ob das Spaß war. Karin wusste auch nicht, wer sie war, ein lebenslanges Opfer der Männer. Er hat das Geschäft dann in den Ruin getrieben und alles versoffen und verspielt.«

Sie schaute Heiko triumphierend an. »Deswegen ist Johann auch so früh von hier abgehauen. Er hat sich nicht mit seinem zweiten Stiefvater vertragen, der hat ihn wohl auch geschlagen.« Gisela holte tief Luft. »Und aus dieser dritten Ehe kam dann das vierte Kind, Johanns Halbbruder Thorben. Und der lebt noch! Und jetzt rate mal wo?«

Gisela war witzig. »Woher soll ich das wissen? Du hast mir ja noch nicht einmal seinen Nachnamen genannt!«

»Das stimmt allerdings. Karins dritter Mann hieß Thorbies, ich glaube Thorsten mit Vornamen. Er starb Mitte der Siebzigerjahre, hat sich zu Tode gesoffen. Karin lebt übrigens auch schon lange nicht mehr, sie starb ein paar Jahre nach dem Tod ihres Mannes. Herzinfarkt, Diabetes, irgendwie so was, wenn ich mich recht erinnere. Aber das tut ja auch nichts zur Sache.«

Heiko wartete geduldig ab. Gisela schaute ihn erwartungsvoll an.

»Ah ja, Thorben Thorbies, der letzte Sohn! Den Namen kann man auch nicht erfinden, oder? War wohl so eine Marotte des Vaters. Er hat Osten nach dem Abitur Mitte der Achtzigerjahre verlassen, da lebten Johann und die Mutter noch, und ist nach Südamerika gegangen. Und jetzt halt dich fest. Kurz nach Maltes Tod kam eine Anfrage von einer Gesellschaft aus Chile, die die Apfelplantage gerne kaufen wollte. Bertha hat ja alles geerbt, das habe ich dir ja schon erzählt. Ich meine, was soll sie denn mit einer Apfelplantage? Natürlich kann sie die nur verkaufen, doch dass es dann so schnell ging, hätte auch keiner gedacht. Aber als Malte Mitte Mai gestorben ist, sah es nach einer sehr guten Ernte aus, da steigt der Umsatz auch schon mal in die Millionenhöhe. Malte hatte ja nicht nur den Innen- und Außendeich, sondern noch ein weiteres sehr großes Grundstück auf der anderen Seite der Dorfstraße, landeinwärts. Die arme Birgit, Maltes Ex-Frau, ging übrigens vollkommen leer aus. Du kannst dir ja vorstellen, dass sie das Testament nicht so erbaulich fand, aber selbst schuld. Man sollte keinen Mann heiraten, von dem man weiß, dass er schwul ist, und sich dann darüber beschweren. Hätte sie sich halt nicht scheiden lassen dürfen. Wirklich, die hat ja Nerven. Ich mochte sie ja nie so besonders, eine komische Ziege, wenn du mich fragst.«

Heiko verdrehte die Augen. »Gisela, nun bleib doch mal beim Thema. Was ist denn nun mit diesem Halbbruder passiert?«

Gisela war einen Moment ruhig und lachte dann unvermittelt auf. »Du hast vollkommen recht, es ist furchtbar, aber ich kann nicht anders. Vielleicht sollte ich mal diese Pillen nehmen, damit man sich besser konzentrieren kann. Gibt man doch heutzutage den Kindern, die, wie heißt das noch, ADS oder so haben. Also, wo war ich?«

»Immer noch bei der Apfelplantage und dem neuen Besitzer.«

Darüber hatte sich Heiko seltsamerweise noch keine Gedanken gemacht, aber es war logisch. Vierzigtausend Bäume pflegten sich nicht von alleine, da war Bertha nicht viel Zeit geblieben, um einen Käufer zu finden. Das riesige Grundstück im Ostebogen war bestimmt einige Millionen wert. Natürlich musste es da Interessenten geben, aber warum nicht aus der Gegend, sondern aus Chile? Und was hatte das mit seinem Fall zu tun?

Gisela kam wieder zu ihrem Thema zurück: »Genau, der neue Besitzer! Also die Anfrage kam von einer chilenischen Firma mit einem spanischen Namen. Irgendwas mit Natur und Eco, ich habe es vergessen. Sie haben Bertha eine Unsumme gezahlt, ich glaube über zwei Millionen Euro. Mehr als jedes andere Angebot, das hier aus der Umgebung kam. Bertha hat dann im August verkauft. Die Firma drängte auf einen zeitigen Abschluss, da die Ernte ja vor der Tür stand. Bertha wird wohl auch aus diesem furchtbaren Seniorenheim ausziehen. Jetzt kann sie sich privates Pflegepersonal leisten.«

Sie schaute Heiko an. »Richtig, der neue Besitzer! Wie gesagt, die Plantage gehört jetzt einem Unternehmen aus Chile, aber vor zwei Wochen kam dann der Chef der Firma persönlich angereist, hat Bertha im Seniorenheim besucht und ist vorübergehend in Maltes Haus gezogen. Inklusive Mercedes, Erntehelfern und Personal. Und ein Pferd hat er sich auch gleich angeschafft, damit kann er seinen Besitz abreiten.«

Endlich fiel der Groschen bei Heiko. »Lass mich raten: Thorben Thorbies!« Er sah Gisela ungläubig an. Das konnte doch nicht ihr Ernst sein. Das war ja hollywoodreif!

Gisela genoss es sichtlich, die Überbringerin dieser Nachricht zu sein. »Genau, der verlorene Sohn kehrt zurück. Thorben war erst in Argentinien, dann in Chile, hat Landwirtschaft studiert und sehr viel Geld mit Viehzucht gemacht. Diese grasgefütterten argentinischen Kühe, die wir als Steak bei Edeka kaufen oder im Blockhaus bestellen. Warum er allerdings ausgerechnet jetzt zurückgekommen ist und dann auch noch Tür an Tür mit seiner Ex-Schwägerin lebt, tja, da fehlen selbst mir die Worte!«

»Mich würde ja interessieren, ob er Clara oder Luisa bereits getroffen hat. Vielleicht weiß er gar nicht, dass sie dort leben? Und auch nichts von den Morden, die auf seinem neuen Grundstück passiert sind. Schon komisch. Wenn er so wohlhabend ist und seit Jahrzehnten in Südamerika lebt, warum kommt er dann jetzt zurück und zieht in ein einfaches Haus in die Einöde des Ostebogens?«

Gisela trank einen Schluck Kaffee. Sie verzog das Gesicht. »Das kann ich dir auch nicht sagen, da musst du schon selber nachfragen. Bertha meinte jedenfalls, Thorben wäre ein absoluter Gentleman, sehr zuvorkommend und charmant, und stell dir vor, er hat sie sogar ins Haus eingeladen. Zum Tee. Sie ist auch hingefahren. Malte war ja eher einfach und modern eingerichtet. Thorben hat innerhalb kurzer Zeit vieles neu machen lassen, zumindest ist es Bertha so vorgekommen. Was meinst du, ob er wohl die Absicht hat, länger hierzubleiben? Alles ziemlich seltsam meiner Meinung nach.«

In diesem Moment klingelte das Telefon auf Heikos Schreibtisch. »Wow, was für eine Geschichte. Dem werde ich mal einen Besuch abstatten.« Er nahm den Hörer ab. »Degen.«

»Hallo, Herr Degen, hier ist die Zentrale. Ich habe Besuch für Sie.«

Heiko war erstaunt. »Ich erwarte eigentlich niemanden.« Er stellte das Telefon intuitiv auf Lautsprecher, damit Gisela mithören konnte.

Die Kollegin klang genervt. »Das habe ich der Dame auch gesagt, aber sie meint, Sie würden sie kennen. Ihr Name ist Frauke Schlichting und sie hätte wichtige Informationen zu dem Fall Cordes.«

Frauke Schlichting? Die Tochter von Christian Cordes, ehemals Kommissar der FK 1 Stade? Was konnte sie für neue Informationen haben, fünf Monate nachdem ihr Vater gefunden worden war? Gisela nickte vehement und machte eine einladende Bewegung.

»Sicher habe ich Zeit, schicken Sie Frau Schlichting doch bitte in mein Büro.« Heiko legte auf und sah Gisela erstaunt an.

»Was ist denn heute los? Erst passiert monatelang überhaupt nichts, und jetzt?«

»Es überrascht mich auch. Wusstest du, dass ihre Mutter vor ein paar Wochen gestorben ist? Sie war gerade mal Anfang siebzig. Alzheimer! Ich hatte leider keine Zeit, zur Beerdigung zu gehen. Es war wohl auch eine kleine

Runde, wie ich hörte. Die arme Frauke. Ich kannte sie ja schon, als sie noch ein kleines Mädchen war. Christian brachte sie manchmal mit aufs Revier. Er war ein guter Vater!«

Hat Gisela wirklich überall ihre Eisen im Feuer?, fragte sich Heiko. Gab es etwas, das sie nicht wusste?

Gisela stand auf und ging zur Tür. »Du hast doch bestimmt nichts dagegen, wenn ich noch einen Moment bleibe!« Das war keine Frage. Sie schaute auf die Uhr. »Das kann ich mir nicht entgehen lassen. Und es ist vielleicht auch ganz gut, wenn eine Frau dabei ist. Kennst du sie eigentlich?«

»Ja«, bestätigte Heiko, »wir waren zusammen auf dem Gymnasium. Sie ist frühzeitig abgegangen, hatte wohl nach Cordes' Tod Probleme mit Drogen.«

Es klopfte und Gisela öffnete die Tür. Frauke kam herein. Sie war trotz des Sommers und guten Wetters sehr blass. Erstaunt schaute sie Gisela an. Mit ihr hatte sie offensichtlich nicht gerechnet.

»Hallo, Frauke. Ich habe dich ja seit Ewigkeiten nicht gesehen.« Gisela nahm die überraschte Frauke kurz in den Arm. »Gut schaust du aus. Was macht die Familie, ich hoffe, ihr seid alle gesund? Und du leitest ja praktisch das Fitnessstudio in Wiepenkathen, hörte ich. Das freut mich. Mein Gott, wenn ich daran denke, wie oft du hier warst, als dein Vater noch lebte, und jetzt bist du selbst Mutter und hast eine eigene Familie.« Sie hielt kurz inne und umarmte Frauke noch einmal. »Mein Beileid, das mit deiner Mutter tut mir sehr leid. Das ist bestimmt nicht einfach für dich. Ich konnte leider nicht zur Beerdigung kommen.«

Heikos Magen zog sich kurz zusammen. Gisela musste wirklich aufpassen, was sie sagte, alles kam ungefiltert heraus. Er ging auf Frauke zu, gab ihr die Hand und warf Gisela einen strengen Blick zu.

»Hallo, Frauke, komm rein. Mein herzliches Beileid. Ich habe gerade erst erfahren, dass deine Mutter gestorben ist. Was kann ich für dich tun?«

Sie schaute fragend zu Gisela, die erwartungsvoll an der Tür stand.

Heiko setzte sich. »Bitte nimm doch Platz. Wir arbeiten gerade an dem Fall des Kreidemörders. Entschuldige bitte diesen furchtbaren Ausdruck, da hat uns Björn Schierling wirklich einen Floh ins Ohr gesetzt. Gisela ist mir behilflich, ich hoffe, es stört dich nicht, dass sie anwesend ist.«

Frauke lächelte. »Nein, das passt schon. Ich habe nicht viel Zeit.« Sie setzte sich Heiko gegenüber und stellte ihre Tasche auf den Schoß.

»Kann ich dir etwas zu trinken anbieten? Möchtest du einen Kaffee oder Wasser?«, fragte Gisela.

Frauke lehnte dankend ab. »Das ist sehr nett von Ihnen, Frau Sievers, aber ich muss gleich zur Arbeit. Ich kann es mir nicht erlauben, da zu fehlen. Und nächste Woche ziehen wir dann ja auch ins neue Haus, es ist endlich fertig, und es bezahlt sich ja nicht selbst. Es ist alles ein bisschen viel im Moment, das können Sie sich ja denken. Die Arbeit, das Haus, die Kinder und jetzt auch noch der Tod meiner Mutter. Wir standen uns nicht mehr so nahe in den letzten Jahren, was aber auch an ihrer Krankheit lag. Zum Schluss wusste sie nicht mehr, wer ich war, hat mich nicht erkannt. Ich war gestern Nachmittag beim Anwalt, das Testament ist endlich freigegeben worden, es hat alles etwas länger gedauert, da meine Mutter ja Alzheimer hatte. Sie hatte zwei verschiedene Testamente gemacht!« Sie hielt inne. »Aber das tut ja nichts zur Sache. Im Nachlass meiner Mutter gab es auch einen Ordner mit Dokumenten von meinem Vater.«

Traurig schaute sie Heiko an. »Du kanntest ihn ja nur flüchtig, wenn er mich mal von der Schule abholte, aber

Sie, Frau Sievers, haben ja lange mit ihm zusammengearbeitet.« Frauke stockte.

Gisela nahm ihre Hand und drückte sie. »Ja, Frauke, ich weiß, er war ein guter Mensch, ich mochte ihn wirklich sehr. Glaub mir. Auch nach all den Jahren denke ich noch häufig an ihn. Ich hoffe, es hilft dir, zu wissen, dass er damals nicht einfach abgehauen ist und dich und deine Mutter im Stich gelassen hat.«

Frauke blickte sie dankbar an und fasste sich wieder. Sie öffnete ihre Handtasche und zog einen Umschlag heraus. »Meine Mutter hat viele Dokumente meines Vaters unter Verschluss gehalten und mir nicht gezeigt. Und in den letzten Jahren sicherlich vergessen, dass sie überhaupt existierten.« Frauke nahm einen Ledereinband aus dem großen Umschlag. »Das ist sein Tagebuch. Er schreibt unter anderem darüber, dass er ein Verhältnis mit Gabriele Römer, der Ärztin, hatte und sich scheiden lassen wollte. Das war ja ein offenes Geheimnis. Ich meine, als er verschwunden ist, wussten wir ja nicht, dass er tot war, ermordet worden ist. Wir dachten, er sei verschollen. Vielleicht klammert man sich in solch einer Situation an die Hoffnung, dass er eines Tages wieder vor der Tür stehen wird. Ich habe das jedenfalls getan, vielleicht ging es Gabriele Römer ja ganz ähnlich. Das war bestimmt auch für sie sehr schwierig. Ich glaube, meine Mutter liebte meinen Vater damals nicht mehr. Sie hätten sich wahrscheinlich wirklich scheiden lassen. Aber darüber wollte ich nicht mit dir reden.«

Frauke räusperte sich. »Mein Vater hat auch über seine Arbeit und die Fälle, mit denen er beschäftigt war, Tagebuch geführt. Ich lasse es dir hier. Es ist wirklich interessant, du solltest es dir in Ruhe durchlesen. Nur so viel: Kurz vor seinem Tod wollte er sich mit Clara Jolcke treffen, denn er war sich inzwischen nicht mehr sicher, dass sie ihren Mann ermordet hatte.« Frauke legte den kleinen, in Leder gebundenen Band auf Heikos Schreibtisch.

»Gib es mir bitte zurück, sobald du es gelesen hast. Ich glaube, man hat Clara Jolcke unrecht getan. Wie mein Vater schreibt, gab es wohl viele Ungereimtheiten in der Beweisaufnahme und auch während der Verhandlung. Er hat sich anscheinend dann mit ihrer Schwester, einer Luisa von Bassen, getroffen. Ich glaube, mein Vater war kurz vor seinem Tod davon überzeugt, dass Clara Jolcke unschuldig war.«

36 Neue Bekanntschaften

Im Angesicht der untergehenden Sonne saß Heiko im Auto und genoss die Fahrt von Stade zur Apfelplantage. Es war kurz nach sechs, aber die Sonne stand noch relativ hoch am Himmel und wärmte die Luft über den Feldern. Es würde noch gut zwei Stunden dauern, bis es dunkel wurde. Es roch nach Spätsommer, nach Heimat, Erde und frischen Äpfeln. Die ganze Landschaft war in ein warmes, goldenes Licht getaucht. Er hatte wieder das Gefühl, bei sich zu sein, den Moment genießen zu können. Eins zu sein mit seiner Umgebung, der Natur, der Landschaft, die gerade jetzt im Spätsommer ihren vollen Zauber entfaltete.

Auf den Sport hatte Heiko heute verzichtet, es gab Wichtigeres zu tun. Nachdem Frauke gegangen war, hatte er das Tagebuch gelesen. Cordes war sich in den Monaten vor seinem Verschwinden tatsächlich nicht mehr sicher gewesen, ob Clara die Morde wirklich begangen hatte. Es nagte an ihm. Deshalb ließ er sich die Unterlagen aus Hamburg kommen und stieß auf Ungereimtheiten während der Beweisaufnahme des Falles. Auch ihn beschäftigten der anonyme Telefonanruf und die fehlerhafte Untersuchung auf Schmauchspuren an Claras Händen. Die man auf ihrer Haut gefunden hatte, waren minimal, sie hätten auch daher stammen können, dass Clara die Waffe in der Hand gehalten hatte, als man sie verhaftete. Ob sie diese auch abgefeuert hatte, konnte nicht eindeutig bewiesen werden. Das fiel irgendwie unter den Tisch und wurde seltsamerweise im Verlauf des Verfahrens nicht weiter thematisiert. Es schien, als ob Clara schon vor der Verhandlung von allen als Täterin verurteilt worden war.

Seltsam, dachte Heiko. Wer war eigentlich damals Claras Anwalt und warum hatte er oder sie nicht eingegriffen? Nicht auszudenken, wenn Clara wirklich unschuldig zehn Jahre im Gefängnis verbracht hatte. Ein zerstörtes Leben. Bevor er mit ihr darüber sprach, musste er absolute Gewissheit haben, um nicht alte Narben unnötigerweise wieder aufplatzen zu lassen. Cordes hatte mehrmals notiert, er habe versucht, Clara zu erreichen, aber sie habe nicht auf seine Anrufe reagiert. Daraufhin habe er sich an Luisa gewandt. Die habe sich bereit erklärt, mit ihm zu reden. Hatte er Luisa getroffen? Und wo? Sie lebte ja damals noch mit ihrem Mann auf dem Gut in Schleswig-Holstein. Was war mit Gabriele Römer? Sie musste mehr wissen. Heiko rief sie an, aber es war bereits nach 17 Uhr und sie war nicht mehr im Institut. Auch auf dem Handy sprang nur die Mailbox an. Er bat um ihren schnellen Rückruf.

Es lag viel Arbeit vor ihm, aber Heiko fühlte sich besser, vom Druck befreit, der seit Wochen auf ihm lastete. Er machte das Radio an. Shawn Mendes sang den Sommerhit Señorita. Nicht gerade das, was Heiko hören wollte. Seichte Popmusik ohne Tiefgang die seine Seele nicht berührte. Der Fall hatte ihn verändert. Die vermeintliche Leichtigkeit des Seins, die sein Leben so lange bestimmt hatte, war verflogen, nicht mehr spürbar. Er machte das Radio wieder aus. Da hatte selbst der Fahrtwind noch mehr Rhythmus und Tiefe.

Er dachte an Clara. Heiko hatte plötzlich ein schlechtes Gewissen, dass er sich wochenlang nicht bei ihr gemeldet hatte. Wie mochte sie auf das Erscheinen ihres Schwagers reagiert haben? Seltsam, dass er nach all den Jahrzehnten plötzlich wieder im Lande war und dann ausgerechnet die Plantage kaufte, auf der seine Schwägerin und ihre Schwester lebten. Sollte das etwa ein Zufall sein?

Heiko bog jetzt von der Landstraße auf den Feldweg, der auf die Plantage führte, und winkte den Erntehelfern zu. Er fuhr langsam, es hatte seit Wochen nicht geregnet und der Feldweg war trocken und staubig. Als er an Maltes Haus vorbeikam, sah er einen Mann vor dem Tor der kleinen Scheune stehen, die sich neben der großen Lagerhalle befand. Er war groß, schätzungsweise Mitte fünfzig, hatte silberweißes Haar und einen Bart und striegelte die Flanken eines schwarzen Hengsts. Der Fremde nickte ihm kurz zu und hob die Hand. Heiko erwiderte den Gruß. Das musste Thorbies sein. Ein guter Moment, sich vorzustellen. Heiko hielt kurzentschlossen an, stieg aus und ging auf Thorbies zu, der ihn an den Schauspieler Sky Dumont erinnerte.

»Moin! Sie müssen Herr Thorbies sein.« Er reichte ihm die Hand. »Ich bin Heiko Degen, Kommissar aus Stade. Was für ein wunderschönes Tier.« Heiko deutete auf den Hengst.

Thorbies hatte offensichtlich keine Lust, mit Heiko über sein Pferd zu reden. »Ich weiß, wer Sie sind. Ich habe Ihr Bild in der Zeitung gesehen. Sie sind zuständig für die Todesfälle oder besser gesagt Morde, die sich im Frühjahr auf diesem Grundstück ereignet haben. Ich habe letzte Woche einige Informationen von der ehemaligen Besitzerin der Plantage bekommen, Frau Jensen. Sie hat mir von ihrem Sohn erzählt. Und natürlich haben mich auch meine Anwälte über die Vorkommnisse hier und über den Fall des mysteriösen Kreidemörders aufgeklärt. Sind Sie schon weitergekommen? Ich nehme an, ich stehe nicht auf der Liste der Verdächtigen. Oder der Opfer. Ich bin erst vor einigen Wochen nach Deutschland gekommen.« Thorbies schaute ihn freundlich, aber distanziert an.

»Nein, natürlich stehen Sie nicht unter Verdacht. Und ich hoffe, auch nicht auf der Liste des Mörders. Falls es eine geben sollte.« Wie kommt Thorbies denn auf die Idee?, dachte er. »Wir sind nach wie vor in den Ermittlungen, etwas Konkretes kann ich Ihnen leider nicht dazu sagen. Wir haben jedenfalls noch niemanden verhaftet. Der Fall ist komplizierter, als wir angenommen haben.« Heiko räusperte sich. »Ich wollte mich auch nur kurz vorstellen. Vielleicht haben Sie in den nächsten Tagen einen Moment Zeit für mich? Ich würde mich gerne etwas länger mit Ihnen unterhalten, wenn das möglich wäre. Ich bin gerade auf dem Weg zu Tom Morten, einem Freund von mir, der im alten Gesindehaus am Ende des Deichs wohnt. Sie werden ihn bestimmt schon getroffen haben.« Warum keinen Köder auswerfen, dachte Heiko. »Danach werde ich ihre Nachbarin treffen. Clara Jolcke. Haben Sie sich schon bekannt gemacht?«

Thorbies striegelte sein Pferd. »Ich habe Tom bereits kennengelernt. Er kommt ja jeden Tag bei seinem Spaziergang mit dem Hund hier vorbei. Angenehmer Typ. Melden Sie sich einfach in den nächsten Tagen bei mir. Ich werde hier auf dem Hof sein, es gibt ja sehr viel zu tun. Und jetzt entschuldigen Sie mich bitte. Wie Sie wissen, sind wir mit der Ernte beschäftigt.« Er legte die Bürste zur Seite und stieg auf das Pferd. »Tsktsk, komm John, vamos. Einen schönen Abend noch, Herr Kommissar.« Er schnalzte mit der Zunge und ritt langsam in Richtung der Erntehelfer.

Heiko überlegte kurz, ob Thorbies das Pferd nach seinem älteren Halbbruder benannt hatte. Heikos Frage nach Clara hatte er offensichtlich ignoriert. Ein seltsamer Mann, der sich, so schien es, nicht in die Karten schauen lassen wollte. Wer weiß, was für eine Geschichte dahintersteckt, dachte Heiko. Die Begegnung mit Thorbies hatte er sich jedenfalls anders vorgestellt. Thorbies war hier aufgewachsen und die norddeutschen Gepflogenheiten waren ihm bestimmt nicht unbekannt. Mit der Fassade und Allüre des Gutsherrn würde er sich bestimmt nicht viele Freunde in der Umgebung machen. Und das alte Anwesen, auf dem Clara wohnte, wäre eindeutig die bessere Unterkunft für dieses personifizierte Klischee eines Gutsbesitzers.

Heiko stieg in sein Auto und fuhr weiter zu Tom. Auf dem Hof vor dem Gesindehaus stand ein neues knallrotes BMW-Cabriolet. Offensichtlich hatte Tom Besuch. Das hatte er gar nicht erwähnt. Aber Heiko war auch eine Stunde früher angekommen als gedacht.

Das Tor der kleinen Scheune stand offen, Schoko lag davor, den Kopf auf die Vorderpfoten gelegt, die Ohren gespitzt. Heiko parkte seinen Dienstwagen vor dem alten Bauerngarten neben dem BMW und stieg aus. Auf dem Beifahrersitz lag eine große Handtasche von Chanel.

Schoko stand auf, setzte sich einen Meter vor Heiko hin und schaute ihn erwartungsvoll an. Heiko musste schmunzeln. Wie immer überraschte ihn Schoko. Jeder andere Hund begrüßte willkommene Besucher, indem er schwanzwedelnd auf sie zuging, aber Schoko war eben nicht jeder andere Hund. Er kniete sich neben den Rüden, sah ihm in die großen braunen Augen und streichelte seinen Kopf. »Na du, hast du mich etwa vermisst?«, sagte er lachend und drückte ihm spontan einen Kuss auf die Stirn. Schoko legte kurz den Kopf zur Seite und leckte Heikos Hand. Dann drehte er den Kopf in Richtung Scheune und bellte einmal laut und tief auf.

Tom kam mit einer jungen Frau heraus, die Heiko nicht kannte. Er strahlte ihn an und schaute auf die Uhr. »Na, du bist ja früher als erwartet, ich habe den Grill noch nicht angeschmissen. Schoko, hol doch schon mal ein Bier aus der Küche für Heiko.« Schoko sah in die andere Richtung und ignorierte Tom. Der lachte. »Wie du siehst, hat sich hier nichts geändert. Er gehorcht mir immer noch nicht.« Er ging auf Heiko zu und umarmte ihn. »Schön, dass du da bist, ist ja auch schon einige Wochen her, dass wir uns gesehen haben.« Er ging einen Schritt zurück. »Aber wo bleiben meine guten Manieren. Darf ich vorstellen, das ist Carolin Gerdes.«

Mit einer charmanten Geste deutete er auf die junge Frau. Sie war attraktiv, Mitte dreißig, hatte braunes Haar, trug Jeans, eine rote Bluse, dazu eine Brille in derselben Farbe und lächelte Heiko freundlich zu. Er reichte ihr die Hand. »Ich glaube nicht, dass wir uns kennen. Ihr Name kommt mir allerdings irgendwie bekannt.«

Carolin lachte. »Erkennst du mich nicht? Dein Gedächtnis ist auch nicht mehr das beste, oder?« Heiko schaute sie erstaunt an. Das war ja ein dreister Ton. »Heiko, ich bin's, Carolin, Heiners Schwester.«

Heiner Gerdes, sein bester Freund in der Grundschule? Wie viele Überraschungen sollte es an diesem Tag denn noch geben?

Carolin lächelte. »Ja, es ist sehr lange her, und ich war, glaube ich, gerade acht Jahre alt, als wir uns das letzte Mal gesehen haben.«

Heikos Herz zog sich kurz, wie durch einen kleinen Stich verletzt, zusammen. Heiner Gerdes und er waren in der Grundschule und den ersten beiden Jahren auf dem Gymnasium unzertrennlich gewesen, beste Freunde. Heiners Familie war Anfang der Neunzigerjahre nach Bremerhaven gezogen. Heiko fand nie wieder einen Freund wie Heiner und vermisste ihn lange schmerzlich. Bremerhaven lag damals für ihn am Ende der Welt und die Freunde verloren sich aus den Augen. Heiko hatte sich nie eingestanden, dass er mit zwölf in Heiner verliebt war. So wie andere Jungen sich in ein Mädchen aus der Klasse verliebt hatten, so war es ihm mit Heiner passiert.

Unbewusst, undenkbar, ungelebt. Und nun stand Carolin vor ihm, die er nur als kleines rundes Mädchen mit Zöpfen in Erinnerung hatte.

Spontan ging sie einen Schritt auf ihn zu und umarmte ihn. »Ich bin aber auch ein Elefant im Porzellanladen, das hätte ich jetzt wirklich ein bisschen charmanter machen können. Ich hoffe, du verzeihst mir. Ich freue mich sehr, dich wiederzusehen nach all den Jahren. Tom erwähnte vorhin deinen Namen, da kamen viele Erinnerungen an die Kindheit hoch. Ich wusste gar nicht, dass ihr befreundet seid. Kleine Welt! Ich habe natürlich die Berichte in den Stader Nachrichten über die Mordserie gelesen und wusste, dass du an dem Fall arbeitest. Es gab ja auch monatelang kein anderes Thema in der Stadt. Der Redakteur scheint nicht dein Freund zu sein, so wie er über dich geschrieben hat. Oder besser hergezogen ist. Aber keine Angst. Ich bin auch kein Fan von Björn Schierling. Wir sind schon ein paarmal aneinandergeraten. Offensichtlich haben wir ein sehr konträres Kunstempfinden«, fügte sie hinzu und verdrehte die Augen.

»Carolin ist seit einiger Zeit Kuratorin und arbeitet für das Kunsthaus in Stade. Als du im Urlaub warst, habe ich dort eine Ausstellung gesehen und sie dabei kennengelernt. Ich habe ihr von meinen Arbeiten erzählt und sie ist heute Nachmittag vorbeigekommen, um sich einiges anzusehen«, fügte Tom erklärend hinzu.

Das Kunsthaus in Stade war ein sehr angesehenes Museum, lag im alten Hansehafen und zeigte klassische Moderne und zeitgenössische Kunst von Picasso bis August Macke. Heiko hatte dort einige Ausstellungen besucht.

»Und so wie es ausschaut, werde nicht nur ich diese Werke sehen, sondern die ganze Stadt. Natürlich war mir dein Name und deine Arbeit schon lange ein Begriff, du bist ja kein Unbekannter in der Kunstszene.«

Carolin schaute von Tom zu Heiko. »Ich möchte, dass Tom, wenn möglich, noch in diesem Jahr eine Ausstellung bekommt. Anfang Dezember würde passen, bis dahin sind wir belegt und die geplante anschließende Ausstellung hat sich auf Ende Januar verschoben. Das passiert normalerweise nie! Fügung des Schicksals. Das nächste Jahr ist übrigens komplett verplant. Ich bestehe auf dieser Ausstellung, Tom. Deine neuen Arbeiten sind fantastisch. Glaub mir, ich weiß, wovon ich spreche. Fantastisch! Du musst diese Arbeiten zeigen.« Carolin sprudelte förmlich über und fuchtelte aufgeregt mit erhobenen Händen vor Toms Gesicht herum.

»Schön, dass du das so empfindest, wirklich, ich fühle mich geehrt. Ich denke ja auch, dass die Arbeiten gut sind, aber ich bin noch nicht so weit. Ich habe gerade mal sieben Objekte, davon sind zwei noch nicht ganz fertig.«

»Das stimmt, aber mit den Skizzen und Zeichnungen zusammen ergibt es ein einmaliges Porträt dieser Frau. Man spürt, dass du emotional mit ihr verbunden bist. Und die Arbeiten haben einen regionalen Bezug, überleg doch mal, was passiert, wenn die Menschen erfahren, wer sie ist.«

»Das ist vollkommen ausgeschlossen. Wir geben ihre Identität nicht preis, das möchte ich nicht. Sie bleibt anonym, das ist Voraussetzung dafür, dass wir überhaupt weiter über eine Präsentation in der Öffentlichkeit sprechen.«

Mit einer ungewohnten Unnachgiebigkeit im Blick und in der Stimme duldete Tom keinen weiteren Einwand. »Und ich brauche noch einen Moment, bevor ich dir eine Zusage geben kann. Auf jeden Fall bis Ende des Monats, dann hast du gegebenenfalls immer noch genug Zeit für Pressearbeit. Der Aufbau dauert nicht lange, vielleicht ein paar Tage.«

»Aber natürlich, sorry«, entschuldigte sie sich, »das war nicht richtig von mir, verzeih mir. Soll nicht wieder vorkommen. Manchmal kann ich meinen Enthusiasmus einfach nicht im Zaum halten.« Entschuldigend hob sie die Schultern, kniff die Augen zusammen und blinzelte dann wie ein kleines Mädchen, um zu sehen, ob die Luft wieder rein war. Unwillig musste Tom schmunzeln und sie ließ einen großen, theatralischen Seufzer der Erleichterung tief aus ihrer Brust kommen. Man konnte ihr nicht böse sein.

Sie lachte und schaute auf die Uhr. »Oh, es ist ja schon halb sieben. Ich habe in einer halben Stunde eine Verabredung in der Stadt. Seid mir nicht böse, aber ich muss mich verabschieden.« Sie schaute Tom an. »Nochmals, es tut mir leid, dass ich so vorgeprescht bin. Aber diese Arbeiten haben eine ganz besondere Kraft, Energie und Stimmung. Glaub mir! Ich weiß, wovon ich rede! Und ein Konzept für die Präsentation habe ich bereits im Kopf. So, ich melde mich bei dir!« Sie drückte ihm einen flüchtigen Kuss auf die Wange und drehte sich dann schnell zu Heiko.

»Und dich sehe ich bestimmt auch bald wieder. Melde dich doch bei mir, ich bin ja tagsüber im Kunsthaus, vielleicht treffen wir uns mittags mal in der Stadt.«

Heiko nickte und sie umarmte ihn kurz. »Wie geht es Heiner?«

»Gut, soviel ich weiß. Das war jedenfalls gestern noch Stand der Dinge. Ich werde ihm erzählen, dass ich dich getroffen habe, wir telefonieren im Moment öfter miteinander. Er ist gerade von Berlin nach Hamburg gezogen. Hat sich scheiden lassen. Unter uns gesagt, wurde das auch allerhöchste Zeit, aber das erzähl ich dir ein anderes Mal in Ruhe! So, jetzt muss ich aber wirklich los. Also, ihr beiden, schönen Abend.« Carolin ging zu ihrem Auto, stieg rasch ein, winkte nochmals und fuhr los.

»Ein ganz schöner Wirbelwind, die Gute. Und hält nicht hinterm Berg mit ihrer Meinung.« Heiko schmunzelte. »Und nun zeig mir bitte mal deine neuen Arbeiten. Laut Carolin sind es ja Meisterwerke. Nicht dass ich etwas anderes von Ihnen erwarten würde, Mister Morten!«

»Geh ruhig schon mal vor, ich hole uns inzwischen das versprochene Bier, es wird Zeit. Ich verdurste.« Tom ging zur kleinen Nebentür des reetgedeckten Hauses, die direkt in die Küche führte. Schoko, der sich die Szene mit Carolin aus respektvoller Entfernung angesehen hatte, folgte ihm.

Es war noch immer hell und die untergehende Sonne tauchte das Innere der Scheune in ein warmes, goldenes Licht. Kleine Staub- und Zementpartikel durchsetzten im Gegenlicht die Luft. Es roch nach Erde. Als Heiko die Scheune betrat, konnte er förmlich ein Knistern spüren. Dann sah er Toms Arbeiten.

Später versuchte er oft, diesen Moment zu beschreiben, in Worte zu fassen, aber es gelang ihm nur auf einer sachlichen Ebene. Was er empfand, war unbeschreiblich, überwältigend.

Heiko spürte nicht nur die Verbindung, die Tom zu Asta hatte, denn er konnte Asta in diesem Moment, in dieser kleinen Scheune, am Ende des Deichs im Niemandsland nicht nur sehen, sondern auch fühlen. Sie war anwesend, ihre Energie deutlich spürbar. Es war das erste Mal, dass Kunst ihn lebend umgab. Wieder erinnerte ihn Toms Arbeit in ihrer Strenge und Einfachheit, in ihrer besonderen Nähe zur Realität und Wahrheit an Lucian Freud, an Macke, an Dix. Es gab Zeichnungen von Asta. Entwürfe für Akte. Asta als junge Frau auf dem Feld. Asta alleine an einem Tisch. Asta schlafend im Stroh.

Wir spüren tief in uns, wenn wir wahre Kunst sehen. Wenn uns das Werk eines Künstlers, sei es Musik, Literatur oder bildende Kunst, wahrlich im Innersten trifft. Wenn Kunst lebendig ist. Tom war Mozart und er, Heiko, Salieri, das wurde ihm wieder bewusst. Doch diesmal war die Erkenntnis nicht mit Schmerz, Frustration oder Neid über das angeblich eigene Versagen verbunden, sondern mit einem anderen Gefühl: Liebe, Stolz, Erfülltheit. Und der Gewissheit, dass der Freund ein von Gott Geliebter war und etwas Neues schaffen konnte.

Heiko merkte nicht, dass ihm die Tränen über das Gesicht liefen und dass er einen Moment lang vergaß, Luft zu holen, bis ihn Schoko mit seiner feuchten Schnauze anstupste und in die Realität zurückholte.

Tom lehnte schweigend am offenen Scheunentor. Zwei Bierflaschen in der Hand. Er ging auf ihn zu und reichte ihm das Bier. Die beiden Freunde stießen an und blieben eine Weile ruhig nebeneinanderstehen.

»Es ist großartig, unbeschreiblich. Mir fehlen die Worte. Du musst das unbedingt ausstellen.«

In diesem Moment drehte sich Schoko zum Scheunentor und stieß einen kleinen freudigen Laut aus.

»Das finde ich auch.«

Erstaunt drehten sich die beiden Männer um. Sie hatten nicht bemerkt, dass sie nicht mehr allein waren in diesem außergewöhnlichen Moment. Clara stand hinter ihnen. Heiko hatte fast vergessen, wie klein sie war. Der Unfall hatte ihr stärker zugesetzt, als er gedacht hatte. Sie wirkte alt und zerbrechlich.

Sie zog eine Grimasse, legte die Stirn in Falten, nahm einen letzten Zug von der bis zum Filter heruntergebrannten Zigarette, warf sie auf den Boden und trat die Glut dann mit ihren Holzpantinen aus. »Nicht dass ich hier noch irgendwas ankokle.«

Trotz der immer noch sommerlichen Temperaturen trug sie, wie schon im Frühjahr, dicke Wollsocken und eine ausgebeulte Jogginghose. Dazu einen Pullover, der ihr bis zu den Schenkeln reichte. Die Haare waren etwas länger geworden, standen aber zu allen Seiten ab und erinnerten Heiko an Punkfrisuren aus den Achtzigerjahren. Clara legte offensichtlich nicht viel Wert auf ihr Äußeres, und es war ihr egal, was andere davon hielten. Sie streichelte Schokos Kopf und sein kupierter Schwanz konnte vor Freude nicht aufhören zu wackeln. Dann verschränkte sie die Arme, versuchte ein schiefes Lächeln, blieb aber weiterhin am Scheunentor stehen. In der linken Hand hielt sie ihre Schachtel Zigaretten, ein Feuerzeug und einen Briefumschlag, der in einer Klarsichthülle steckte.

Endlich kam sie langsam in die Scheune und schaute Tom an. »Ich darf doch, oder?«

Tom machte eine einladende Handbewegung. Wie würde sie auf seine Arbeiten reagieren? Er konnte sie nach wie vor schwer einschätzen.

Clara ging langsam zu den Skulpturen und betrachtete sie schweigend. Dann legte sie die Zigaretten und den Umschlag auf den Tisch und nahm eine Brille aus der Hosentasche, um die Zeichnungen näher zu betrachten. Es war vollkommen still, selbst Schoko schien gespannt darauf, wie Claras Urteil ausfallen würde. Sie ging zu der Büste. Tom hatte sie nach dem Foto von Asta angefertigt, das in Claras Fernsehzimmer hing. Fast zärtlich strichen ihre Finger über Astas Gesicht.

»Warum gerade sie? Was fasziniert Sie so an meiner Mutter?« Sie drehte sich zu Tom und schaute ihn an. Klar, offen, unverstellt. Dann winkte sie ab. »Nein, sagen Sie es mir nicht, es ist gar nicht nötig. Ich verstehe, warum. Sie war etwas Besonderes, eigen, nicht fassbar. Zumindest für mich, damals, als ich ein Kind war. Und wie ich sehe, ist sie das für Sie auch, Tom. Ich liebte sie sehr, wissen Sie. Es gab nur uns drei. Luisa, meine Mutter und mich. Keinen anderen, wir waren eine Einheit gegen den Wind, der uns oft eisig ins Gesicht blies. Ich sah die Blicke der Menschen, ich fühlte, dass sie etwas gegen uns hatten. Was es war, konnte ich damals natürlich nicht benennen. Woher soll ein kleines Kind wissen, dass es unehelich ist, dass es außerhalb der Gesellschaft steht, von Geburt an? Verdammt dazu, ein Außenseiterdasein leben zu müssen. Heute ist das alles anders, aber damals? Mitte der Fünfzigerjahre? Sie hat uns geliebt, obwohl oder gerade weil wir nie einen Vater hatten.« Sie dreht sich zu Heiko. »Ich weiß bis heute nicht, wer mein Vater ist, ob Luisa und ich denselben haben, woher wir genau kommen. Warum sie uns alleine großgezogen hat. War es ihre Entscheidung? Wurde sie verlassen oder ist unser Vater, wenn es denn derselbe war, gestorben? Es war nicht entscheidend, mir fehlte nichts bis zu dem Tag, an dem sie ihr Leben freiwillig beendete. Sie war genau so, wie ich sie in diesem Moment hier empfinde, sie sehen kann in dieser Skulptur. Sie war einfach da, präsent, liebend, bedingungslos.«

Clara ging zu Tom und nahm seine große Hand in ihre beiden Hände, die fast sieben Jahrzehnte alt waren. Klein, faltig und, dachte Tom, erstaunlich zart und weich. »Warum und wieso sind keine Fragen, die ich Ihnen stelle. Heute nicht. Ich bin froh, dass Sie Asta gefunden und für sich entdeckt haben. Wie das passiert ist, darüber sprechen wir ein anderes Mal.« Sie drückte seine Hand. Dann hob sie den Zeigefinger und drohte ihm. »Spionieren Sie nicht wieder in meinem Wohnzimmer herum, sonst bekommen Sie doch noch irgendwann Ärger mit mir.«

Tom machte ein betretenes Gesicht. »Möchten Sie vielleicht ein Bier?«, war alles, was ihm spontan einfiel. Er war erleichtert, diese Begegnung hätte auch gewaltig nach hinten losgehen können.

»Nicht heute, danke, ich bin ja aus einem ganz anderen Grund hierhergekommen.« Clara wandte sich zu Heiko. »Ich muss mit dir reden. Ich habe dich vorhin am Haus vorbeifahren sehen, sonst hätte ich dich angerufen. Aber zu wem außer Tom hättest du fahren sollen? Außer vielleicht zu Thorben, meinem seltsamen Schwager, den ich bis vor zwei Wochen nicht kannte. Von dessen Existenz ich nicht einmal wusste. Frag nicht weiter. Das erzähle ich dir später. Im Moment gibt es Wichtigeres.«

Heiko ging einen Schritt auf Clara zu. »Es tut mir leid, ich hätte mich schon längst bei dir melden sollen. Ich war zu verstrickt in den Fall und bin nicht weitergekommen. Dann war ich bis heute für ein paar Wochen im Urlaub. Aber heute Nachmittag …«

Weiter kam er nicht. Clara hob die Hand. »Wie gesagt, es gibt Wichtigeres.« Sie nahm die Klarsichthülle, die sie vorhin auf den Tisch gelegt hatte, und gab sie Heiko. Er schaute sie fragend an. Clara griff in ihre Hosentasche und holte ein paar Einweghandschuhe heraus, die noch steril verpackt waren.

»Außer mir hat den Umschlag keiner angefasst, soviel ich weiß. Ich habe ihn heute Mittag in meinem Briefkasten gefunden, der vorne an der Straße steht. Mach ihn auf.« Heiko zog die Handschuhe an, dann nahm er den Briefumschlag vorsichtig aus der Klarsichthülle. Adressiert an Clara Jolcke, In der Borke 27. Kein Absender. Darin steckte ein kleines weißes Blatt, auf dem vier Worte in Großbuchstaben standen.

DU BIST DIE NÄCHSTE.

37 Mondscheinsonate

»Das kann doch nur ein Scherz sein. Das muss ein Scherz sein. Irgendein Idiot aus der Gegend versucht, dich zu verunsichern. Warum solltest du die Nächste sein?« Clara sagte nichts. Er hielt den Zettel hoch und zeigte ihn Tom. »Oder was meinst du? Das macht doch keinen Sinn.«

Tom las die vier Worte. »Wow, ich bin gespannt, wann ich einen Brief bekomme! Unbelievable! Jesus, what the fuck is going on here?«

Heiko steckte den Briefumschlag wütend zurück in die Plastikfolie. »Wenn das wirklich der Mörder sein sollte, der dir hier schreibt, hat er zum ersten Mal eine Nachricht hinterlassen. Allerdings bezweifle ich, dass wir Fingerabdrücke oder andere Spuren finden werden. Er hat bisher immer extrem sauber und vorsichtig gearbeitet, daran wird sich nichts geändert haben. Obwohl ich mich frage, warum er dir gerade jetzt schreiben sollte. Was soll diese Drohung? Weder Petra Harlor noch Malte Jensen haben eine Warnung vor ihrem Tod bekommen, soviel ich weiß. Dein Mann und sein Freund ja auch nicht und Christian Cordes ist vom Täter wohl genauso überrascht worden wie alle anderen Opfer, sonst wäre er vorbereitet gewesen und hätte sich wahrscheinlich zur Wehr gesetzt. Hast du irgendeine Vermutung, wer dir diesen Brief geschickt haben könnte?«

Clara blieb ruhig, nahm eine Zigarette aus der Schachtel und zündete sie an. Sie inhalierte tief. »Ich habe keine Ahnung. Ich habe dir ja vor Monaten schon gesagt, dass ich nicht weiß, wer der Täter sein könnte. Daran hat sich auch bis heute nichts geändert. Aber ich glaube nicht, dass sich hier jemand einen Scherz erlaubt. In all den Jahren habe ich noch nie einen Brief mit einer Drohung erhalten. Es gab zerbrochene Fensterscheiben und Geschmiere an den Wänden, aber das ist auch über zwanzig Jahre her.« Clara neigte den Kopf zur Seite. »Ich habe keine Erklärung dafür, diese Botschaft ist mir genauso ein Rätsel wie dir. Außer jemand möchte mich von hier vertreiben und den ganzen Hof für sich beanspruchen. Oder kaufen.«

Automatisch schaute sie kurz in Richtung des Wohnhauses auf der Apfelplantage und nahm einen weiteren tiefen Zug aus aus ihrer Zigarette. Dann sah sie plötzlich weg. Irgendetwas störte Heiko daran. Warum wich sie seinem Blick aus? Irritiert ging er einen Schritt auf sie zu.

»Du meinst Thorbies? Warum sollte er dich gleich umbringen, er würde doch bestimmt erst einmal anfragen, ob du an einem Verkauf deines Hauses interessiert wärst? Und er sieht mir nicht unbedingt nach einem Killer aus.« Heiko überlegte kurz. Warum sollte er überhaupt das alte Gebäude kaufen wollen? Oder in einem Haus wohnen wollen, das fast 250 Jahre alt war und dringend renoviert werden musste? Von außen und von innen? »Will er sich überhaupt hier niederlassen? Ist es verdächtig, dass ausgerechnet der Halbbruder deines Mannes nach drei Jahrzehnten zurückkommt und der Erbin eines Mordopfers einen Hof abkauft, wo der doch neben dem Wohnort seiner Schwägerin liegt, die seinen Bruder umgebracht hat? Und weiß er das alles oder wusste er es, als er Deutschland verlassen hat? Hat er eigentlich persönlich die Apfelplantage erworben oder gehört sie seiner Firma? Ich gebe zu, es klingt seltsam, fast absurd, aber ich glaube, es wird eine logische Erklärung für alles geben, und die werde ich mir morgen von Thorben Thorbies auch holen. Bisher hatte ich noch keine Zeit, um diesen Fragen nachzugehen. Die Ereignisse haben sich seit heute Nachmittag fast überschlagen. Gib mir bitte etwas Zeit.«

Er stand jetzt direkt vor Clara und zwang sie, ihm in die Augen zu schauen, sie konnte ihm nicht ausweichen. »Was soll er mit den Morden zu tun haben? Das ist nun wirklich ein bisschen weit hergeholt, Clara. Glaubst du, Thorbies kommt ab und zu ins Alte Land geflogen und bringt wahlweise Kommissare, Apfelbauern oder Putzfrauen um? Was für einen Grund hätte er denn? Verschweigst du mir irgendetwas? Und meine Frage hast du noch nicht beantwortet. Hast du ihn getroffen oder nicht?«

Heiko war plötzlich total genervt von der Situation. Er fühlte sich überfordert, weil er Claras Verhalten nicht verstand, konnte es nicht einordnen. Sie nahm einen letzten Zug aus ihrer Zigarette, warf sie auf den Boden und trat sie mit den Holzpantinen aus. Solange bis nur noch Tabakkrümel übrigblieben. Wie ein kleines beleidigtes Kind stand sie vor ihm.

»Nein, ich habe ihn noch nicht getroffen, nur einmal von Weitem gesehen. Sieht ja eher aus wie der Bruder von Sky Dumont mit seiner schicken Reithose und dem weißen Hemd, der feine Herr. Was glaubt er denn, wo wir hier sind? Auf einem alten Landgut in Vorpommern vor dem Ersten Weltkrieg oder auf seiner chilenischen Hacienda? Warum ist er noch nicht bei uns vorbeigekommen und hat sich vorgestellt, wenn er so ein feiner Herr ist? Wo bleiben seine Manieren? Er weiß doch ganz genau, dass Luisa und ich hier wohnen. Er muss auch wissen, wer ich bin.« Sie schnaubte verächtlich. »Sein feines Getue ist gespielt, wenn du mich fragst. Was weiß denn ich, vielleicht hat er auch vor, einen Auftragskiller auf mich zu hetzen. Der vielleicht auch schon Malte Jensen und Petra auf dem Gewissen hat. Bis vor einigen Wochen wusste ich ja noch nicht einmal etwas von diesem seltsamen Halbbruder. Johann hat nie viel von seiner Familie erzählt. Ich habe nicht einmal realisiert, dass er ursprünglich hier aus dieser

Gegend kam. Er hat immer gesagt: Lass mich in Ruhe mit meiner Familie, ich will mit keinem mehr was zu tun haben. Ich verstand Johann nicht, wie auch? Vieles habe ich erst in der Gerichtsverhandlung über ihn erfahren, was er mir verschwiegen hatte. Aber vieles ist im Gerichtssaal an mir vorbeigerauscht. Ich habe mich dort oft weggebeamt, es war so schwer zu ertragen. Und nun merke ich immer mehr, dass ich gar nicht weiß, wer er war.«

Sie konnte ihre so lange nach außen getragene Coolness nicht weiter aufrechterhalten. »Was passiert hier bloß in den letzten Monaten? Es war doch alles okay, es war doch alles ruhig. Ich habe alles getan, damit man mich vergisst. Damit ich selber vergessen kann.«

Sie zitterte leicht, verschränkte die Arme und sah ihn an. In diesem Moment verstand Heiko. Da stand ein kleines Mädchen vor ihm. Sie hatte ganz einfach Angst. Angst vor dem Unbekannten, Angst vor Johanns Halbbruder, Angst vor den Entwicklungen. Und vor allem hatte sie Angst, selbst ein Opfer des Kreidemörders zu werden. Er nahm sie einfach in den Arm. Clara ließ es zu. So standen sie ganz ruhig, auch Schoko rührte sich nicht.

Clara räusperte sich und löste sich aus der Umarmung. »Ich glaube, ich würde jetzt doch ganz gerne ein Bier trinken, wenn die Einladung noch gilt.«

Tom nickte. Es war etwas dunkler geworden und er machte das Licht an. Eine Lampe hing tief über dem Arbeitstisch und verströmte ein warmes Licht. Durch das Scheunentor konnten sie jetzt den Mond sehen, der voll und orangefarben über dem Deich aufging. Tom atmete tief ein. »Ich liebe diese Momente.« Dann ging er ins Haus.

»Ich verspreche dir, ich rede morgen mit Thorbies und versuche, Antworten auf all diese Fragen zu finden.« Heiko setzte sich auf einen Stuhl neben dem Tisch mit Toms Zeichnungen und fuhr sich über die Augen. Er fühlte sich müde, wusste aber, dass er sich das gerade jetzt nicht anmerken lassen . Es ging nicht um ihn. Es ging um den Fall und Clara. »Er ist nicht dumm und weiß, dass es hier um Mordfälle geht. Er lebt ja nicht auf einem fremden Planeten. Natürlich ist ihm diese besondere Situation bewusst, und er wird sich denken können, dass ich Fragen habe.«

Heiko zögerte einen Moment, hielt es dann aber doch für besser, Clara nicht zu erzählen, dass Thorbies ihm ausgewichen war, als er von Clara gesprochen hatte, um sie nicht noch mehr zu beunruhigen. »Mit fadenscheinigen Ausreden wird er nicht weit kommen. Aber ich bin mir sicher, dass es für alles eine Erklärung gibt. Und falls er doch etwas mit den Morden oder dem anonymen Brief zu tun haben sollte, werde ich das herausfinden.« Er lächelte Clara zu. »So, nun beruhige dich etwas, du bist nicht allein. Hast du eigentlich schon mit Luisa über den Brief gesprochen?«

Tom kam zurück und reichte Clara das Bier. Sie bedankte sich, trank einen Schluck und schwieg. Heiko sah sie fragend an, sie schielte kurz zu Tom und zog eine Grimasse, die Heiko nicht einordnen konnte.

»Was? Ich verstehe nicht! Hast du oder hast du ihr nicht von dem Brief erzählt?« Dann begriff er. »Du kannst ganz offen vor Tom sprechen. Ich glaube nicht, dass er die Drohung verfasst hat oder der Mörder ist. Außerdem ist er mein Freund und ich vertraue ihm, und das solltest du vielleicht auch tun. Gerade jetzt in dieser Situation.«

Clara schaute Tom an. Er hob die Schultern. »Was soll ich sagen? Ich kann Heiko nur zustimmen. In so einer Situation kann man nie genug Freunde haben, oder?« Er lächelte sie an. »Vor mir brauchen Sie bestimmt keine Angst haben. Und vor Schoko erst recht nicht. Der liebt Sie sowieso.« Als ob er auf das Stichwort gewartete hätte, erhob sich Schoko, ging zu Clara und legte seine Pfote auf ihren Oberschenkel.

Sie nickte Tom zu, streichelte Schokos Kopf. »Dann bleiben wir ab jetzt beim Du! Ist ja auch wurscht.« Sie prostete ihm zu und trank einen großen Schluck. »Um deine Frage zu beantworten: Ich habe Luisa nichts von dem Brief erzählt, ich habe sie heute noch nicht gesehen, sie war bei Gloria. Jetzt wird es wohl Zeit. Es ist besser, wenn ich geh. Ich schau bei Luisa vorbei und rede mit ihr, versprochen.« Sie schaute auf die Uhr. »Heiko, melde dich doch bei mir, sobald du mit Thorbies gesprochen hast und der Briefumschlag untersucht worden ist. Meine Handynummer hast du ja.« Sie stand auf.

»Soll ich dich eben nach Hause bringen? Es ist ja schon fast dunkel.« Heiko erhob sich ebenfalls.

Clara zog ihre Grimasse, wie immer, wenn sie verlegen war. »Ich kenne den Weg ganz gut, wie du weißt. Mir wird schon nichts passieren. Der Kreidemörder wird mich heute Abend schon nicht in die Oste schmeißen. Oder in die Plantage zerren und mir Kreide in den Mund stopfen.« Sie wurde ernst. »Und selbst wenn es so wäre und er wirklich hinter mir her ist, warum auch immer, kann ich es nicht ändern. Ich lass mich nicht einschüchtern oder von meinem Grund und Boden vertreiben.«

Sie schaute die beiden Männer trotzig an, nahm ihre Zigaretten und tippte sich an die Stirn. »Tschüss, Jungs.« Dann verdrehte sie die Augen nach oben, lachte auf und sah plötzlich um Jahre jünger aus. »Oh Mann, wenn mir das alles einer im März erzählt hätte, kein Wort hätte ich ihm geglaubt. Verrückte Welt.«

Heiko und Tom standen am Scheunentor und sahen ihr hinterher, als sie langsam den Feldweg nach Hause entlanglief und in der Dämmerung verschwand.

38 Tagebuch der Spinne

Das Netz wird größer, es erweitert sich. Es wird undurchsichtiger, scheint verworren für alle, die es von außen betrachten und nicht verstehen. Nur ich allein durchschaue die Zusammenhänge, nur ich allein bestimme, wer etwas wissen darf. Und sie haben keine Ahnung, wie sehr ich alle in die Irre führe. Kein Weg führt zu mir, keine Spur ist erkennbar.

Seit Monaten tappt dieser junge Kommissar im Dunkeln, dort wo ich ihn hingeführt habe. Ihm fehlen die Erfahrung, die Übersicht, die Informationen, die ich habe. Und selbst wenn er Hinweise bekommt, die ihn ins Licht führen könnten, hört er nicht zu, kann die Punkte nicht verbinden, um sich ein Bild zu machen. Er bleibt in der Gegenwart und schaut nicht in die Vergangenheit. Er weiß noch nicht, dass wir alle Teil eines Ganzen sind, einen Ursprung haben, den viele Familie nennen. Er ist ein Blinder unter Blinden.

Bertha hat ihm genug Stoff gegeben, damals auf dem Friedhof. Und selbst wenn ich nicht neben ihnen gestanden habe, so weiß ich dennoch genau, was sie ihm erzählt hat. Oder Gisela Sievers, dieses geschwätzige Waschweib, die es allein dafür schon verdient hätte, hingerichtet zu werden. Aber sie steht nicht auf der Liste, ist nicht Teil meiner Aufgabe.

Sie haben alle Angst vor der Wahrheit, die so dicht unter der Oberfläche schimmert wie ein Fisch unter dünnem Eis. Den man sieht und dennoch nicht haben kann, lieber auf ihn verzichtet, aus Angst, das Eis könnte brechen und man müsste im eigenen Morast versinken.

Denn sie wollen nicht hinschauen und erkennen, dass das Böse in ihnen weiterlebt. Verwoben und verstrickt in den Sünden der Väter. Sie vergessen, dass wir alle miteinander verbun-

den sind und dass jede Aktion etwas bewirkt, etwas Neues auslöst. Manchmal erst Jahrzehnte später.

Alle Fährten, die ich für Heiko gelegt habe, führten ins Nichts. Seine Frustration wird ihm nicht weiterhelfen. Auch nicht seine Wut. Und auch nicht seine Freundschaft mit Tom, den er verehrt. Den er liebt, ohne es sich eingestehen zu wollen. Ich spüre es. Es ist widerlich! Wie kann er diesen vergifteten Samen nur anbeten wie einen falschen Götzen? Diesen unwissenden Nachkommen eines Sünders, den die größte Schuld trifft? Wie kann er seine Leidenschaft an jemanden geben, der sie nie erwidern wird? Ich weiß, dass er in Tom den Künstler sieht, die Freiheit bewundert, die er niemals haben wird, aus Angst vor sich selbst. Ich weiß, woran Tom arbeitet. Ha, er glaubt noch immer, es sei ein Geheimnis. Ich weiß, dass bereits eine Kuratorin vom Kunsthaus da war, die ihm an den Lippen hing, so wie fast alle anderen, die von seinem oberflächlichen Charme verzaubert werden.

Aber ich weiß auch, dass er keinen Blick an sie verschwendet, dass er sich nur von Asta inspirieren lassen kann, dass er seine Kreativität allein durch ihren Anblick wiedergefunden hat. Es ist auch vollkommen klar, warum, zumindest für mich. Auch er schaut nicht zurück, genauso wenig wie Heiko. Er ergibt sich seiner Liebe, seiner Lust auf Asta, gibt sich ihr hin. Oh ja, ich weiß, dass er sie begehrt, so wie alle sie begehrten und dadurch zerstörten. Ich werde sein unlauteres Handeln bald beenden. Keiner wird sich jemals mehr an Asta versündigen. Sie musste genug leiden, sie, die ein Opfer der Lust der anderen wurde. Ich werde sie rächen.

Auch Tom wird meiner Rache nicht entkommen. Aber noch ist die Zeit nicht gekommen, jemand anderes steht vor ihm auf der Liste, und bevor dieses Jahr zu Ende ist, wird sich das göttliche Flammenschwert auf das Haupt des Sünders senken. Auch meine Zeit ist bemessen, und ich werde nicht ewig hierbleiben können, um meine Aufgabe zu beenden, die vor langer Zeit begann. Diese Aufgabe, deren Sinn und Zweck ich schon als Kind erkannte und die mein Leben und meine Entscheidungen bestimmte.

Kreidemörder nennen sie mich. Ein guter Name, denn er hat nichts mit mir zu tun.

Ich töte nicht aus Eitelkeit oder aus der Freude daran, das Leben eines anderen auszulöschen. Ich richte. Ich folge einem göttlichen Aufruf, aber das werden diese Lemminge nie begreifen, deren Leben und Charakter im besten Falle die Tiefe eines Wiesenbachs haben.

Und so verzeihe ich mir selbst die winzige Eitelkeit des Katz- und Mausspiels mit Heiko Degen. Dem Abziehbild des attraktiven, modernen Mannes im besten Alter, der uns allen und sich selbst vorzuspielen versucht, dass er ein befreiter Mann sei, der mit sich und der Welt im Reinen ist. Frei von Schuld, frei von all dem Gepäck, das er seit Jahrzehnten mit sich herumschleppt. Ich habe genug Männer gekannt, die dieselbe Orientierung hatten wie er, der sich so permanent die Locke aus der Stirn streicht, der segelt, den Körper stählt. Der freundlich ist, aber wie ein zäher Brei durch sein eigenes Leben fließt, unterdrückt und unbefreit. Der sich nicht selbst lebt, aus Angst, er könnte auffallen, aus der Riege der Normalität herausbrechen und, Gott bewahre, zu sich stehen, genau so, wie er ist. Der sich nicht liebt, sich aber nach Liebe sehnt und sich verzehrt und es nicht wagt, dafür zu kämpfen. Der lieber eine Lüge lebt und, was noch schlimmer ist, sich selbst belügt. Genau wie die anderen.

Nein, ich spiele mein Spiel mit ihm. Alle Figuren sind auf meinem Schachbrett aufgestellt, und alle denken, dass es zwei Spieler gibt. Die Guten, angeführt vom Kommissar, im Kampf gegen den Kreidemörder, der sein wahres Gesicht irgendwann zeigen muss, einen Fehler begehen wird. Aber das wird nicht passieren. Denn es gibt nur einen Spieler, der gewinnen wird, und das bin ich. Ich werde sie gegeneinander ausspielen. Und sie werden mir dabei helfen, ohne zu ahnen, dass sie es tun.

Selbst Clara hat keine Ahnung, wer ich bin, wird es nie erfahren, versteht nicht, was in den letzten Monaten passiert ist und warum sie gerade jetzt diesen Brief bekommen hat. Ach Clara, kleine einsame Clara, die nie den Mut hatte, sie selbst zu sein, immer im Schatten der schöneren Schwester. Die in ihr Grab sinken wird, ohne jemals ihr Potential erkannt zu haben, das sie seit Jahrzehnten so beharrlich unter Verschluss hält. Die sich, statt bei sich zu bleiben, dem Mann anbiederte, der nicht sie liebte, sondern Männer. Der Mann, der sie anlog, der ihr nicht vertraute, ihr nicht erzählte, woher er kam, der ihr kaum etwas über seine Familie anvertraute. Und sein Doppelleben, aus Angst, sie könne ihn trotz allem verlassen.

Ich habe die beiden beobachtet. Jahrelang. Ich wusste, was er trieb, kannte sein Spiel, durchschaute ihn und sein lustvolles Begehren und seine Rolle im Rotlichtmilieu, über das er sich definierte, diese Rolle, die er sich überzog wie eine zweite Haut. Eine Maskerade, mit der er glaubte, alle zu täuschen. Über sein Leben, das nie echt war, wie auch das der anderen Figuren auf diesem Schachbrett nicht, das ich beherrsche, dessen Großmeister ich bin. Er blieb immer, bis zum Tod, trotz des Geldes, das er verdiente, trotz der vermeintlichen Liebe zu diesem unsäglichen Liebhaber und auch trotz der Macht, die er vorgab zu haben, das kleine Kind aus einem gottverlassenen Dorf, aus einer Familie, die nicht wusste, was Liebe war. Die es so gut verstand, wegzuschauen, nicht hinzuhören. Deren größte Schwäche es war, sich als Opfer zu sehen. Gelernt und weitergegeben über Generationen. Gefangen in der eigenen Lüge. Die nie wirklich Stellung bezog, Mitläufer im Krieg, Mitläufer danach. Die immer nur um sich kreiste. Die wegschaute, als sich eine Frau das Leben nahm und ihre Tochter schutzlos zurückließ. Eine Familie von elenden Feiglingen.

Johann dachte, er hätte sich von dieser Familie befreit, indem er aus dem Dorf wegging und sie verschwieg. Aber er hat die Strukturen nicht durchschaut, sah sich als Opfer, hatte zwar die

Leinen gekappt, die ihn an die Familie banden, aber nicht den Mut gehabt, das familiäre Vermächtnis in sich selbst zu zerschlagen. Man kann nicht vor seinem Erbgut wegrennen. Man muss es erkennen und verändern. Johann war ein Schwächling, der sogar genau dorthin zurückging, wo er herkam, obwohl er alles hasste, was mit seiner Herkunft zu tun hatte. Um Genugtuung zu erfahren, um gesehen zu werden. Ein Heuchler! Er ahnte, dass ich ihn durchschaute, trotz der Distanz, die er zu mir wahrte. Ein Mensch, der dieses Haus an einem magischen Platz besaß, ohne jemals dessen Schönheit zu verstehen oder zu sehen. Er blieb tief im Inneren gefangen und schaffte es nicht, sich daraus zu befreien, aus Angst in den Spiegel zu schauen. Aus Angst vor wahrer Veränderung.

Genau wie sie! Clara! Immer noch das kleine, dicke Kind, das selbst jetzt nicht aufbegehrt, da ihr Leben bedroht ist. Die unschuldig zehn Jahre im Gefängnis verbrachte und deren einziger Ausweg, um zu überleben, die Flucht in die gottverdammte Einsamkeit am Ende des Deichs im Niemandsland war. In ein Leben, gespeist von Nikotin, Koffein, Zucker, Apathie, Angst und den unerträglichen Seifenopern, die jeden Tag ihr Gehirn vernebeln oder das, was davon übrig ist. Der nicht zu helfen ist. Die jede Aufgabe, die sich ihr im Leben stellte, erfolgreich umschiffte, ohne zu erkennen, dass sie bereits Schiffbruch erlitten hatte, als sie noch ein Kind war. Deren Aufgabe es war, für einen Mord zu sühnen, den sie nicht begangen hatte, aber hätte begehen müssen. Deren Leben schon vorbei ist.

Und auch wenn Reiner mehr oder weniger zur falschen Zeit am falschen Ort war, so war er doch kein unschuldiges Opfer, sondern Ausdruck eben jener großen Lüge, die Johanns Leben ausmachte. Verdient hatte er den Tod allemal, genau wie Christian Cordes, der sein Leben lang an den Prinzipien seines verdorbenen Vaters festhielt. Der so korrupt war, dass er lieber die Wahrheit ignorierte, als sie zu durchschauen. Durch dessen Verhalten ein unschuldiges Leben zerstört wurde. Der seinen

Tod mehr als verdiente, obwohl ihn doch irgendwann sein besseres Wissen so sehr quälte. Aber es war zu spät. Ein verdorbener Samen, aus dem ein Mann ohne Rückgrat gewachsen war.

Malte war der Letzte, auch er ein Mann, der verzweifelt nach einem Sinn in seinem Leben suchte, ein Opfer der Gesellschaft, in der er lebte, genau wie Petra, dieses jammernde, keuchende, verfressene Wesen, das die Schuld nie bei sich suchte, sondern immer bei den anderen. Wie sie mich anwidern, diese schwachen Kinder der Sünder, die nicht nur feige und faul waren, sondern vor allem unfähig, sich aus der Schuld der Vergangenheit zu befreien. Die dem Begriff Erbsünde neuen Glanz verschafften. Die nie eine Lösung wollten, denn das wäre ja der Tod ihrer Probleme gewesen, an die sie sich klammerten wie Ertrinkende an ein wurmstichiges Stück Holz auf rauer See. Die nie den Mut der Verzweiflung hatten, etwas ändern zu wollen, dahintreibend im langsamen, zähen Fluss, den sie ihr Leben nannten.

Auch ich habe das Gen der Schwäche in mir. Auch ich kenne die verzweifelte Ausweglosigkeit des Seins und das Gefühl, die Hoffnung zu verlieren. Aber ich war und bin immer noch stark genug, allem zu trotzen. Ich ging fort und opferte fast alles in meinem Leben, um die Frucht der Sünder zu bestrafen.

Ich habe Ungerechtigkeiten ertragen, die mir widerfuhren. Ein fremdes Leben gelebt, vertrieben vom Ort, an dem ich lieber geblieben wäre. Denn es geht nicht um mich. Es geht darum, das Böse im Keim zu ersticken, damit es nicht weitergetragen wird.

Die Liste wird nicht erweitert und sie wird auch nicht gekürzt. Sieben Namen stehen darauf, sieben verdorbene Samen. Und bevor sie keimen können und den Fluch der Väter weitertragen, werde ich sie vernichten!

39 Stille Wasser

»Mir ist der Mann nicht geheuer, das kann ich dir sagen. Irgendwas stimmt da nicht! Ich meine, warum verhält er sich dir gegenüber so distanziert und ignoriert deine Frage, ob er Clara bereits getroffen habe? Sie ist immerhin seine Schwägerin. Er weiß doch auch, dass es sich um einen großen Fall handelt, den größten, den wir seit Jahrzehnten im Landkreis haben. Ich bin fest davon überzeugt, dass er über alles informiert ist.«

Gisela schüttelte vehement den Kopf. »Nein, nein, irgendetwas verschweigt er. Sonst könnte er doch ganz entspannt mit dir reden. Und dann dieses Großgrundbesitzer-Gehabe mit den Reitstiefeln und dem Pferd. Ich bitte dich! An der Oste! Stell dir vor, sein Sattel ist von Hermes. Sein gesamtes Gepäck übrigens auch, das er aus Chile mitgebracht hat. Schau mich nicht so an, du weißt doch, dass ich viele Leute an der richtigen Stelle kenne und meine Quellen habe. Ich meine, der Mann zieht in ein Haus am Deich, in eine Gegend, wo ihn keiner sieht, und trägt Hermes? Kennt hier sowieso keiner! Und dann hat er auch noch einen Mann bei sich wohnen, einen Haushälter oder, wie er selber sagt, Majordomus. Der kocht wohl auch für ihn und wienert seine Stiefel. Er hat letzte Woche in diesem Bioladen in Stade eingekauft. Du weißt schon, bei dir in der Nähe, gehst du da eigentlich auch hin? Mir ist der zu teuer! Aber das tut ja nichts zur Sache. Muss wohl alles chemiefrei sein, was Thorbies isst. Na ja, mir soll es recht sein. Dieser Butler oder Assistent oder was auch immer er ist, spricht Deutsch. Das hat mir meine Freundin erzählt, die zufällig zur selben Zeit dort einkaufen war.« Die geheimen Informationsquellen der Gisela Sievers!

»Dumm ist er jedenfalls nicht, dieser Thorbies, sonst hätte er nicht so ein Imperium aufbauen können. Und der Spruch, dass die dümmsten Bauern die dicksten Kartoffeln hätten, ist ja nun auch seit Langem überholt. Wer sich das ausgedacht hat, würde ich zu gerne mal wissen. Bertha hat mir erzählt, dass Thorbies gestern in das Seniorenheim gekommen ist, um sie zu besuchen. Zum zweiten Mal. Hat Kuchen mitgebracht. Von seinem Butler gebacken. Und Blumen hat er auch mitgebracht. Ich frag mich, was er von ihr will. Er besucht sie doch bestimmt nicht nur einfach so! Um Geld kann es ja auch nicht gehen. Davon hat er ja selber genug! Will er von irgendetwas ablenken? Das ist die Frage!«

Sie trank einen Schluck vom Chai Latte, den Heiko ihr an diesem Morgen mitgebracht hatte, und schaute ihn erwartungsvoll an. »Was hast du denn nun vor? Willst du noch mal hinfahren und mit ihm sprechen? Ich meine, du kannst ihn ja nicht aufs Revier vorladen und verhören. Er hat ja nichts getan, bis jetzt jedenfalls.« Sie legte den Kopf zur Seite. »Nichts, von dem wir wissen.«

Heiko holte Luft und wollte gerade anfangen, Giselas zahlreiche Fragen zu beantworten und ihre Gedankengänge zu kommentieren, aber er kam nicht dazu. Sie tippte mit dem Finger auf einen kleinen Ordner, den sie ihm auf den Schreibtisch gelegt hatte.

»Und das sollte er dir dann auch gleich erklären. Ich habe heute Morgen seine Daten gecheckt. Unter anderem, wann er in den letzten Jahren in Deutschland war. Frag mich nicht, warum, irgendwie wusste ich, dass da was nicht stimmt. Ich meine, warum kommt er im Mai nach Deutschland, genau zu dem Zeitpunkt, als Malte umgebracht wird? Und er war auch Ende letzten

Jahres in Hamburg. Wer weiß, was er da geplant hat. Er hat im Atlantic in der Stadt gewohnt. Angeblich war es eine Geschäftsreise, Meetings mit Kunden, zu denen er mit einem Mietwagen fuhr. Eine ziemlich weite Reise von Chile hierher, nur um Kunden zu treffen, wenn du mich fragst. Das geht ja auch per Skype oder WhatsApp. Wusstest du übrigens, dass er zur Zeit, als Johann und sein Freund umgebracht worden sind, noch bei seinen Eltern in Osten lebte? Bertha hat da mal ein bisschen nachgefragt. Bei ihr im Seniorenheim leben ja auch zwei alte Damen, die aus Osten kommen und die Thorbies kannten.« Sie nickte verschwörerisch. »In der Zwischenzeit habe ich auch versucht, herauszufinden, wo Thorbies war, als Cordes verschwunden ist, aber darüber konnte ich nichts finden. Da müssten wir mal bei der Einreisebehörde anrufen und schauen, ob es Dokumente gibt, das ist ja nun auch 22 Jahre her. Und stell dir vor, falls er damals in Deutschland war … nicht auszudenken.« Gisela stellte den Pappbecher auf Heikos Schreibtisch.

»Was wäre, wenn er jemanden beauftragt hat, diese Morde zu begehen? Ich will keine voreiligen Schlüsse ziehen, aber die Aktivitäten dieses Herrn sind wirklich äußerst suspekt, das musst du zugeben. Ich komme einfach nicht darüber hinweg, dass er Maltes Plantage gekauft hat. Alle aus der Gegend überboten hat, mit seinen zwei Millionen Euro, die seine Firma problemlos bezahlt hat. Er musste doch wissen, wer da noch auf dem Grundstück lebt, das ist schließlich alles im Grundbuch verzeichnet. Clara Jolckes Haus ist ja so was wie ein Einliegergrundstück mit Wegerecht auf der Plantage. Und bedenke, dass Johann das Haus ja bereits Anfang der Achtzigerjahre gehörte, als Thorbies noch ein Teenager war. War er damals schon einmal auf dem Hof? Hatten die beiden Kontakt? Du musst mit ihm sprechen. Das schreit alles zum Himmel, sage ich dir. Warum kauft er jetzt die Plantage und zieht dann auch noch dahin? Ausgerechnet jetzt! Um die Ernte einzuholen? Das glaubt er doch wohl selbst nicht. Nein, nein, da steckt auf jeden Fall etwas anderes dahinter und das solltest du mal zackig aufklären.« Gisela verschränkte die Arme und stand vor Heiko wie eine Lehrerin, die eine schnelle Antwort erwartete.

»Wenn du mich mal zu Wort kommen lassen würdest, könnte ich dir auch Antworten geben.« Heiko setzte sich an seinen Schreibtisch und wies auf den Stuhl gegenüber. »Setz dich erst mal hin, hol Luft und trink endlich deinen Chai, bevor er kalt wird. Du hast ja vollkommen recht mit dem, was du sagst, und auch mit deinen Vermutungen, aber meinst du, es ist wahrscheinlich, dass Thorbies seinen Bruder umbringt und seiner Schwägerin alles in die Schuhe schiebt? Er war ja damals noch ein ganz junger Mann, Anfang zwanzig! Und dann tötet er zwölf Jahre später den Kommissar, der Zweifel an Claras Unschuld hat? Und dann zwei Jahrzehnte später ihre Putzfrau und den Nachbarn, nur um dessen Hof zu kaufen? Ist das nicht ein bisschen weit hergeholt? Angenommen, es wäre so, was sollte er für einen Grund haben? Was ist sein Motiv?«

»Aber Heiko, er hat doch ganz unterschiedliche Motive.« Gisela war in ihrem Element. »Ich meine, ich bin kein Serienmörder, aber wer weiß, was Johann ihm angetan hat? Wir wissen doch nicht viel über die Familiengeschichte. Die Mutter hatte drei Männer, es gibt vier Kinder, von denen zwei verstorben und zwei ausgewandert sind. Wenn jemand sein Heimatland verlässt, gibt es immer einen sehr tiefen und triftigen Grund dafür. Und es gab schon ganz andere Brudermorde im Laufe der Geschichte! Dann schiebt er alles Clara in die Schuhe, bringt Christian um, weil der das alles langsam, wenn auch spät herausbekommt. Bei Petra bin ich mir nicht sicher, vielleicht wollte er Clara Jolcke eins auswischen oder sie verunsichern. Aber Malte musste sterben, weil Thorbies den Hof haben wollte, um an Clara Jolcke ranzukommen, die dann als Nächste dran sein wird. Ich glaube, er hat ihr diesen anonymen Brief geschrieben, den du am Dienstag zur Analyse gegeben hast. Die Ergebnisse sind übrigens auch hier drin.« Sie tippte auf den Ordner. »Die Untersuchung hat nichts ergeben, keine Fingerabdrücke. Und es ist ganz normales Schreibpapier, das du in jedem Laden bekommst, gedruckt auf einem unspezifischen Drucker. Da kommst du nicht weiter. Aber vielleicht ist ja auch dieser Butler mit daran beteiligt? Ach Gott, ich spekuliere doch auch nur herum. Was glaubst du denn, wer Clara Jolcke diesen Brief geschickt hat?«

»Meiner Meinung nach macht es keinen Sinn, dass sie einen Drohbrief bekommt. Warum sollte sie die Nächste sein? Offiziell ist sie immer noch die verurteilte Mörderin von Johann und Reiner. Die Öffentlichkeit weiß ja nichts von meinen Vermutungen, dass ich sie für unschuldig halte. Aber der Kreidemörder weiß es, muss es wissen. Schau mich nicht so strafend an. Ich weiß, dass ich ihn nicht so nennen sollte, aber lassen wir es bei dem Namen. Ich glaube, er führt uns an der Nase rum, er will ablenken, spielt ein Spiel mit mir. Clara Jolcke ist vielleicht verunsichert, aber sie ist nicht sein nächstes Opfer.«

»Oder sie ist der Kreidemörder und versucht durch diesen anonymen Brief davon abzulenken. Du hast doch selbst gesagt, dass da Tausende von Krimis auf ihrem Dachboden stehen. Ist doch ein beliebtes Ablenkungsmanöver.« Gisela verzog den Mund. »Sag nichts, ich weiß, es kann nicht sein, dass sie all diese neuen Morde begangen hat, außer sie hat einen Gehilfen, der die Drecksarbeit übernimmt.«

»Nein, glaub mir, sie ist es nicht. Sonst hätten wir irgendeine Spur, irgendeinen Beweis dafür gefunden. Haben wir aber nicht«, beteuerte er. »Und um auf Thorbies zurückzukommen: Was hat es mit den Buchstaben auf den Wangen auf sich? Was glaubst du, warum sollte er den Opfern das Mal der Schande in die Haut schneiden?«

Gisela holte tief Luft und streckte den Arm aus. Ihr erhobener Zeigefinger fuchtelte vor Heikos Nase herum. »Mal der Schande! Genau das ist es. Da hast du den Nagel auf den Kopf getroffen. Mal der Schande. Oh, du bist gut, du bist richtig gut, Heiko!«

Er schaute sie fragend an. »Welchen Nagel auf wessen Kopf?«

»Aber ja, das macht total Sinn. Mal der Schande. Vielleicht hatte die Römer doch recht und es geht um die Todsünden oder so etwas Ähnliches. Aber die Zeichen sind Male, das ist ganz klar, hier geht es um etwas Archaisches! Und wenn es noch weitere Opfer geben sollte, entweder welche, die noch nicht gefunden worden sind, oder welche, die noch umgebracht werden …«

Heiko hatte keine Lust auf einen neuen Redeschwall und unterbrach Gisela kurzerhand. »Also, wir können weder darauf warten, zufällig eine alte Leiche zu finden, noch darauf hoffen, dass es eine neue gibt, um die Todsündentheorie aufrechtzuerhalten.« Er stand auf. »Ich werde jetzt Thorbies anrufen und mich so schnell wie möglich mit ihm treffen. Und mit Luisa von Bassen natürlich. Clara Jolcke hat den Brief am Montag bekommen. Jetzt ist es Donnerstag. Heute Abend wissen wir mehr.«

In diesem Moment klingelte sein Handy. Es war Tom. Heiko nahm ab. »Moin, alles klar?«

Er sah Gisela an, die offenbar nicht die Absicht hatte, den Raum zu verlassen. Er musste sich wohl daran gewöhnen, eine enge Mitarbeiterin bei diesem Fall zu haben. Und wenn er ehrlich war, konnte es ihm nur recht sein. Gisela mochte viel reden, hatte aber auch Zugang zu vielen Informationen, da sie bestens vernetzt war.

Tom lachte. »Just checking in, my friend! Hier ist alles ruhig. Noch einer dieser wunderschönen Spätsommertage, obwohl wir ja schon fast in der Mitte des Septembers sind. Na, der nächste Winter kommt bestimmt, ich darf gar nicht daran denken. Kommst du diese Woche noch einmal vorbei? Ich werde wohl in den nächsten Tagen nicht viel vom Hof runterkönnen. Ich habe mich entschlossen, das Angebot von Carolin Gerdes anzunehmen und die Skulpturen und Zeichnungen auszustellen. Heute Nachmittag werde ich zu Clara und Luisa gehen und mir ihren Segen holen. Es ist mir wichtig, dass sie beide einverstanden sind. Es geht schließlich um ihre Mutter.«

Gisela spitzte die Ohren, sie konnte, obwohl redlich bemüht, nicht alles verstehen. Heiko seufzte. »Tom, hast du etwas dagegen, wenn ich dich laut stelle? Ich sitze hier mit Gisela Sievers, ihr kennt euch ja bereits. Sie unterstützt mich in dem Fall und wir hatten gerade eine Besprechung wegen Thorbies und diesem anonymen Brief.«

Gisela konnte das Funkeln in ihren Augen nicht verbergen. Sie beugte sich auf ihrem Stuhl nach vorne.

»Aber sicher, gar kein Problem. Guten Morgen, Frau Sievers.« Toms Charme überwand wie immer ohne Probleme jegliche Distanz. »Schön, dass Sie Heiko unterstützen, mit Ihrem Wissen und Ihrer Erfahrung kann das ja nur von Vorteil sein.«

»Hallo, Tom.« Gisela lachte leicht auf. »Hören Sie auf, mich zu bezirzen, Sie Charmeur. Ich könnte Ihre Mutter sein und durchschaue das. Aber recht haben Sie natürlich mit dem, was Sie sagen! Und da wir ja alle hier durch diesen Fall miteinander verbunden sind und ich die Ältere bin, biete ich Ihnen jetzt mal das Du an. Das macht man ja in Ihrer Heimat sowieso. Irgendwann rutscht es mir ohnehin raus, wie ich mich kenne. Okay? Was habe ich da gerade so halbwegs mitbekommen? Es wird eine Ausstellung geben? Wo, wann, wie und was hat das mit dem Fall zu tun?«

Tom lachte. »Okay, Gisela, vielen Dank, es soll mir recht sein. Das mit der Ausstellung kann Heiko dir später in aller Ruhe erzählen. Aber es geht um das Kunsthaus in Stade im November! Heiko, es gibt einen ganz bestimmten Grund, warum ich anrufe. Thorbies hat sich für heute am späten Nachmittag angekündigt. Ein Bier auf gute Nachbarschaft, Männerrunde und so, du verstehst schon. Schau doch vorbei, am besten gegen sechs. So schlägst du zwei Fliegen mit einer Klappe. Du siehst mich und kannst nebenbei ein paar Fragen an den Herrn aus Chile richten. Dann sehen wir auch, wie er darauf reagiert.«

»So machen wir es, ich wollte auch noch zu Luisa, es ist immer besser, Dinge persönlich zu besprechen, als sie anzurufen. Bis nachher, viel Spaß bei der Arbeit. Wir sehen uns gegen 18 Uhr.« Heiko legte auf.

Gisela trank einen Schluck Chai, stand auf und ging zur Tür. »Und wenn das ein Zufall ist, fresse ich einen Besen! Da hat der chilenische Großgrundbesitzer aber Lunte gerochen und will den Künstler am Ende des Deiches entweder aushorchen oder auf seine Seite ziehen. Nimm dich vor Thorbies in Acht heute Abend. Der spielt mit gezinkten Karten! Stille Wasser sind tief«, Gisela öffnete die Tür, »und stinken! Wenn du was brauchst, melde dich. Meine Handnummer wirst du ja inzwischen gespeichert haben, hoffe ich. Und keine Angst, den kriegen wir schon, diesen mysteriösen Kreidemörder. Wäre doch gelacht. So, bis später!«

Und schon war sie im Flur verschwunden.

40 Two for Tea

Zum zweiten Mal in dieser Woche fuhr Heiko über den staubigen Feldweg, der ihn auf die Apfelplantage führte. Das Land war trocken, die abgeernteten Getreidefelder lagen brach und warteten auf Regen an diesem Spätnachmittag des Altweibersommers. Die Sonne stand glänzend am stahlblauen Himmel und wärmte die Luft nach Kräften, als er durch das offene Tor fuhr, das die Plantage von den Maisfeldern trennte. Wie schon am Montag grüßten ihn auch heute wieder die Erntehelfer, winkten ihm freundlich zu. Trotz der schrecklichen Tatsache, dass zwei Morde auf diesem Grundstück geschehen waren, konnte sich Heiko der Magie des Moments und dieses Ortes nicht entziehen. Malte Jensen hatte ihm kurz vor seinem Tod von dem positiven Energiefeld erzählt, das die Plantage hier im Ostebogen umgab, und Heiko konnte die Energie deutlich spüren. Obwohl er dienstlich hier war und wusste, dass die vor ihm liegenden Gespräche keinesfalls einfach werden würden, fühlte er eine ihm immer bewusster werdende Ruhe in sich aufsteigen. Er wusste, dass alle Antworten an diesem Ort zu finden waren, dass die Lösung des Falls mit den Menschen zu tun hatte, die auf dieser Plantage lebten.

Es gab keinen Zaun und keine Hecke, die Claras Anwesen von Malte Jensens Haus trennte. Eine alte Baumreihe begrenzte das Grundstück, dazwischen ein seichter, inzwischen ausgetrockneter Priel. Früher hatte er dazu gedient, die Baumreihen der Plantage mit Wasser zu versorgen. Heute erledigte das eine Berieselungsanlage, die automatisch das Wasser aus der Oste pumpte.

Heiko parkte seinen Wagen im Schatten einer Kastanie, die seit Jahrhunderten hier stand. Er legte seine Hand auf den alten Baumstamm und dachte: Wenn du nur sprechen könntest. Heikos Eltern bewirtschafteten selbst einen Apfelhof, wenn auch einen viel kleineren und nicht so imposanten wie diesen. Aber in seiner Kindheit hatte er sich weder mit der Erde, noch mit der Landschaft oder der Natur so verbunden gefühlt wie heute. Das Wort Heimat ging ihm durch den Kopf. Ja, das war es, Heimat, Vertrauen, Sicherheit, Liebe zur Natur. Dinge, die er jetzt erst langsam bewusst zu schätzen lernte.

Auf dem angrenzenden Hof standen vor der Lagerhalle unzählige Holzkisten mit frisch gepflückten Äpfeln. Erntehelfer sortierten das Obst und verpackten es in die unterschiedlichen Container, Äpfel für den Verkauf, Äpfel für die Mosterei. Malte Jensen hatte selbst Saft auf der Plantage hergestellt. Wie würde Thorbies das handhaben? Noch immer kam es Heiko seltsam vor, dass dieser Mann, der in Südamerika Herr über große Ländereien und riesige Rinderherden war, sich jetzt um diesen für seine Verhältnisse kleinen Hof kümmerte. Wie alt war er? Laut Gisela Sievers hatte seine Mutter 1964 zum dritten Mal geheiratet, also musste er Mitte fünfzig sein. Menschen ändern sich, wenn sie älter werden. Wer weiß, vielleicht hatte Thorbies auch einfach nur Heimweh, Sehnsucht nach Dingen, die niemals so gewesen waren, wie sie ihm heute vielleicht erschienen. Heiko musste über seine eigene Naivität lächeln. Nein, das war dann doch ein bisschen zu einfach und zu kurz gedacht. Er schaute auf die Uhr, es war zehn nach fünf, Luisa wartete wahrscheinlich bereits auf ihn, er hatte sich für 17 Uhr angemeldet.

In diesem Moment kam ein Mann aus Thorbies' Haus. Er war ungefähr ein Meter achtzig, sehr muskulös, hatte einen schwarzen Vollbart und langes, welliges dunkles

Haar, das er zu einem lockeren Pferdeschwanz gebunden hatte. Er trug Werkzeug im Arm und ging in die Scheune, die gegenüberlag. Heiko hatte er offensichtlich nicht bemerkt. Zur Zeit, als er noch Babettes Assistent war, wäre er der Begegnung vielleicht ausgewichen, aber nun ging er dem Fremden instinktiv hinterher. Wann, wenn nicht jetzt, dachte er. Eine günstige Gelegenheit, den Majordomus ohne den Boss kennenzulernen.

Rasch ging er über den Hof zur Scheune. Der Mann stand mit dem Rücken zu Heiko und verstaute Werkzeug in einem großen Holzverschlag. Neben ihm lehnte ein Gewehr an der Wand. Heiko klopfte laut an das offene Scheunentor.

»Moin!«

Der Mann drehte sich um und sah Heiko mit undurchdringlicher Miene an.

»Entschuldigen Sie die Störung, mein Name ist Heiko Degen, ich bin Kriminalkommissar am FK 1 in Stade und leite eine Untersuchung …«

Der Fremde hob die Hand und entgegnete in einwandfreiem Deutsch: »Guten Tag, Herr Degen, ich weiß, wer Sie sind. Oder wie sollte ich Sie ansprechen? Herr Kommissar? Ich habe Sie am Montag auf dem Grundstück gesehen, und Herr Thorbies hat mir später gesagt, wer Sie sind. Was kann ich für Sie tun?« Er legte den Vorschlaghammer und die Schaufel, die er in der Hand gehalten hatte, in den Holzverschlag und sicherte die Tür mit einem Schloss. Dann nahm er die Waffe in die Hand, drehte sich zu Heiko und schaute ihn mit einem Blick an, der nicht besser hätte ausdrücken können, dass Nähe hier nicht erwünscht war. Das hat er mit seinem Boss gemeinsam, dachte Heiko und ließ sich nicht weiter von diesem Machtgehabe beeindrucken, das er schon auf dem Schulhof nicht hatte leiden können.

»Ich bin auf dem Weg zu Ihren Nachbarinnen und sah Sie zufällig aus dem Haus kommen. Eigentlich wollte ich mich nur kurz vorstellen.«

»Das haben Sie ja nun hiermit getan. Wenn es also sonst nichts gibt, würde ich Sie bitten, mich zu entschuldigen. Ich möchte nicht unhöflich sein, aber ich bin sehr beschäftigt.« Er ging auf Heiko zu, der immer noch am offenen Scheunentor stand. Offensichtlich machte der Mann viel Sport. Die Muskeln spannten unter seinem Hemd.

»Aber natürlich. Ich will Sie nicht länger aufhalten. Alles Weitere kann ich dann mit Herrn Thorbies besprechen. Wenn Sie so nett wären, ihm meine Karte zu geben. Er möchte mich doch bitte zeitnah anrufen. Sie werden ihn ja eher sehen als ich. Haben Sie eigentlich einen Waffenschein? Wofür brauchen Sie denn hier ein Gewehr?« Heiko reichte dem Mann seine Karte. Ohne darauf zu schauen, steckte er sie in seine Hosentasche.

»Bald ist Jagdzeit und ja, Herr Thorbies hat einen Waffenschein, ich reinige das Gewehr nur für ihn.« Er nickte Heiko zu und ging ohne ein weiteres Wort an ihm vorbei.

»Ach, eine Sache noch, bevor Sie gehen. Wie heißen Sie eigentlich? Sie haben sich noch gar nicht vorgestellt.«

Der Fremde drehte sich kurz zu Heiko um und musterte ihn mit kalten Augen. »Mein Name ist Kai. Kai Cordes. Wenn das dann alles wäre? Guten Abend, Herr Kommissar.«

»Das wünsche ich Ihnen auch.« Heiko schaute ihm hinterher und wartete, bis Kai Cordes wieder im Haus verschwunden war. Das wurde ja immer besser. Der Majordomus war so chilenisch oder argentinisch wie Heikos Mutter.

Und seltsam, dass er denselben Nachnamen hatte wie Christian. Aber Cordes war ein sehr häufiger Name hier in der Gegend. Dennoch, er sollte es checken, vielleicht waren sie verwandt? Er ging langsam zu seinem Auto zurück, setzte sich hinein und rief Gisela an. Sie nahm nach dem zweiten Klingeln ab.

»Und, was gibts Neues?«

»Noch nichts Genaues. Ich bin spät dran mit meinem Besuch bei Luisa von Bassen. Aber sei doch bitte so lieb und checke mal den Namen Kai Cordes.«

Gisela lachte laut auf. »Willst du mich auf den Arm nehmen? Warum nicht gleich Thomas Müller oder Gerd Meier?«

»Nun, das sind nicht die Namen des Mannes, der mit Thorben Thorbies aus Chile angereist kam. Der mag aussehen wie ein Gaucho, trägt aber diesen wunderbaren norddeutschen Namen und seinem Akzent nach kommt er aus der Gegend.«

Gisela stieß einen kleinen Pfiff aus. »Kai Cordes. Ich fasse es nicht. Ich kümmere mich sofort darum.«

»Und wenn du schon dabei bist, check doch bitte, ob er mit Christian Cordes verwandt ist und ob Thorbies einen Waffenschein hat.«

Gisela pfiff erneut. »Das wird ja immer besser!« Sie legte auf.

Heiko musste lachen, so schnell hatte Gisela noch nie ein Gespräch beendet. Er beugte sich nach hinten und nahm zwei Geschenkpackungen vom Rücksitz. Was bringt man älteren Damen zum Tee mit? Pralinen natürlich, zumindest laut Gisela! Damit konnte man ihrer Meinung nach nichts falsch machen. Und schlecht würden die ja auch nicht, hatte sie mit einem Zwinkern hinzugefügt. Als ob Pralinen in irgendeinem Haushalt schlecht würden.

Bei Clara war er sich sicher, dass er richtiglag. Aber galt das auch für ihre Schwester? Er hatte sie nur einmal persönlich getroffen, fand sie nett, zuvorkommend, fast schon zu perfekt. Heiko hatte zwar alle Angaben zur Person und zu ihrem Unfall gesichtet, aber: Wer war Luisa von Bassen wirklich?

Er stieg aus dem Auto, schloss es nicht ab und ging um die alte Scheune in den Garten des Anwesens. Die Sonne schien noch auf die kleine Terrasse vor Luisas Haus, dessen Tür weit geöffnet war. Aus dem Inneren klang Musik. Heiko kannte das Stück. Es war ein klassisches Gitarrenkonzert von Rodrigo, Concierto de Aranjuez, die Musik erfüllte den Garten mit dramatischer Leichtigkeit. Luisa saß mit geschlossenen Augen in ihrem Rollstuhl, vor ihr ein Tisch, auf dem Teegeschirr stand. Heiko kam näher, wartete auf das Ende des Allegro con Spirito und räusperte sich leise.

»Entschuldigen Sie die Verspätung, Frau von Bassen. Ist das die Fassung von 1974, die John Williams dirigierte?«

Luisa öffnete die Augen und lächelte ihn an. »Wer hätte das gedacht? Bei der Polizei, gutaussehend und Kenner der klassischen Musik. Das nenne ich eine gute Mischung. Und wer dieses Concerto kennt, der verdient es, mich mit meinem Vornamen anzusprechen.«

Heiko überreichte ihr das Pralinenpaket.

»Und auch noch gut erzogen! Sie sind eine gute Partie, wenn Sie noch nicht vergeben sind«, zwinkerte sie ihm zu. »Setzen Sie sich doch bitte. Und die Verspätung macht gar nichts, ich bin nicht in Eile.« Sie klopfte auf die Lehne des Rollstuhls. »So schnell fährt der nicht.« Sie entfernte das Papier, sah die Pralinenmischung und lachte freudig auf. »Ah, Pralinen, wunderbar, genau nach meinem Geschmack. Ich hoffe, da ist auch Alkohol drin.« Sie lachte erneut. »Und wie ich sehe, haben Sie eine zweite Packung dabei. Ich nehme an, sie ist für Clara. Wir sind ja beide große Pralinenliebhaber. Auch wenn Clara sie gar nicht essen darf aufgrund ihres Diabetes'. Wer hat Ihnen das verraten? Vielen Dank, das ist wirklich sehr aufmerksam von Ihnen.« Sie legte die Pralinen auf den Tisch. »Möchten Sie eine Tasse Tee? Ich habe ihn gerade aufgesetzt. Eine eigene Kräutermischung aus meinem Garten. Sehr entspannend. Ich würde gerne mehr im Garten arbeiten und auch mehr anpflanzen. Leider ist das nicht möglich, ich würde Hilfe benötigen und Clara macht sich leider nichts daraus. Ihr Freund Tom war heute Nachmittag auch schon bei mir, oder besser gesagt bei uns, und hat mich und meine Schwester über seine Ausstellung informiert. Er hat mir ein paar seiner Werke auf dem Handy gezeigt, ich hatte keine Ahnung, dass er wieder arbeitet und auch nicht woran.« Sie schaute Heiko an und schenkte ihm vorsichtig Tee ein.

»Er ist unglaublich talentiert, schon auf den Fotos lässt sich die Kraft seiner Kunst erahnen. Wirklich sehr beeindruckend. Ich empfinde es übrigens als Ehre, dass es eine Ausstellung im Kunsthaus geben wird. Stellen Sie sich das nur vor. Meine Mutter inspiriert einen amerikanischen Bildhauer über sechs Jahrzehnte nach ihrem Tod. Ausgelöst allein durch ein Foto, das er im Wohnzimmer meiner Schwester gesehen hat. Meine Mutter ist leider früh verstorben, aber das wissen Sie ja bereits, nehme ich an. Bertha Jensen hat mir erzählt, dass Sie nach dem Begräbnis ihres Sohnes kurz über sie gesprochen haben. Und auch, dass Sie ein wenig über Claras und meine Kindheit im Waisenhaus erfahren haben. Ich versichere Ihnen, das war keine schöne Zeit, aber es liegt ja lange zurück. Gott sei Dank. Diese Nonnen meinten es vielleicht gut, aber sie haben mich in den Wahnsinn getrieben mit den ewigen Gebeten. Viel Freiheit hatten wir nicht. Clara hatte früher eine andere Meinung dazu, sie hat sich in die kindliche Religionsideologie geflüchtet nach dem Tod unserer Mutter, auch wenn sie heute davon nichts mehr hören will.

Es war ein schwerer Verlust für uns, aber besonders für meine Schwester. Ich habe immer auf sie aufgepasst, ich denke, ich war schon damals reifer, als mein Alter es vermuten ließ.« Luisa sah Heiko traurig an.

»Ich hoffe, Sie haben noch Familie, es ist nicht selbstverständlich, als Erwachsener noch Eltern zu haben. So, nun aber genug davon. Verzeihen Sie meinen Redeschwall. Das passiert, wenn man viel Zeit alleine verbringt. Zurück zu Tom und seiner Kunst. Clara hat die Büsten ja bereits am Montag gesehen, das hat sie mir gar nicht erzählt. Aber wir sehen uns auch nicht ständig. Meine Schwester führt halt ihr eigenes Leben, was soll ich machen.« Sie zuckte mit den Achseln. »Aber das ist natürlich richtig so, schließlich ist sie die Beweglichere von uns beiden. Außerdem mochte ich es nie, betüddelt zu werden.«

»Das kann ich verstehen«, stimmte Heiko ihr zu. »Toms Werke sind wirklich etwas Besonderes, das empfinde ich auch so. Ja, er ist Amerikaner, aber seine Familie väterlicherseits kommt ursprünglich aus Norddeutschland. Deswegen fühlt er sich auch sehr wohl hier, verbunden mit der Natur und den Menschen.«

Luisa sah ihn erstaunt an. »Ach, das wusste ich gar nicht. Er hat es mir gegenüber nicht erwähnt, ich meine, so gut kennen wir uns ja auch nicht. Aber dann macht alles natürlich Sinn. Es hat mich schon gewundert, warum ein so talentierter junger Mann im besten Alter in diese Einöde zieht.«

Heiko zögerte kurz. »Frau von Bassen, Luisa, Sie wissen von dem Brief, den Clara bekommen hat?«

»Ja, sie hat es mir erzählt, schrecklich. Ich kann mir nicht vorstellen, wer ihr diese Drohung geschickt hat, wenn Sie mich das fragen wollten. Ich begreife einfach nicht, wer diese schrecklichen Verbrechen begeht und warum. Das Ganze ist mir ein Rätsel und es erscheint mir völlig absurd. Ich meine, Petra hat doch nie jemandem etwas zuleide getan. Und Malte Jensen. Ich kann dazu nicht viel sagen, ich kannte ihn ja nicht besonders gut. Aber er war doch ein charmanter Mann, der seine Arbeit liebte. Wer könnte seinen Tod gewollt haben?« Sie verschränkte die Arme und strich mit dem rechten Zeigefinger über ihr Kinn. »Ich hatte schon die Vermutung, in seinem Falle sei es eine Amour fou gewesen, wenn Sie verstehen. Ein enttäuschter Liebhaber oder vielleicht auch seine Ex-Frau. Eine sehr grantige Person, ich glaube, ich habe sie nie lächeln sehen. Wir waren ja Nachbarn, wenn auch nicht befreundet, so doch bekannt. Kennen Sie sie vielleicht?«

»Nein, ich habe Jensens Ex-Frau nur auf der Beerdigung gesehen, und sie hat ein einwandfreies Alibi, sie kann es nicht gewesen sein. Auch deshalb nicht, weil die Fälle alle miteinander verbunden sind und sie in den Achtzigerjahren viel zu jung war.«

Luisa schaute ihn erschrocken an. »Wie meinen Sie das? Sie vermuten, dass Johanns Tod etwas mit diesen neuen Fällen zu tun haben könnte? Aber das ist doch völlig absurd!«

»Die Opfer stammen alle aus dieser Gegend, seit Generationen. So wie Ihre Mutter.«

»Meine Mutter?« Luisa schaute ihn an. »Ich verstehe nicht, was hat das denn mit meiner Mutter zu tun? Sie ist doch schon sehr lange tot, da waren Petra und Malte Jensen noch nicht geboren. Das ist aber doch ein bisschen weit hergeholt, lieber Herr Degen, finden Sie nicht?« Luisa schien verstört.

Heiko hob beschwichtigend die Hand. Was er jetzt nicht gebrauchen konnte, war eine gekränkte alte Dame. »Da haben Sie vielleicht recht, aber Ihre Mutter wuchs auf einem Hof in Hemmor auf, der den Jensens gehörte«, entgegnete Heiko.

»Ja, das weiß ich. Bertha Jensens Familie war sehr gütig zu meiner Mutter, als sie Waise wurde, hat sie aufgenommen und für sie gesorgt.«

»Wie ich hörte, verschwand sie aber eines Tages, ohne sich zu verabschieden, und ist nach Hamburg gegangen. Wissen Sie mehr darüber?«

Luisa dachte kurz nach. »Ach, junger Mann, das ist doch alles wahnsinnig lange her. Meine Mutter lebte ja schon in Hamburg, als ich zur Welt kam. Sie hat mir nichts von ihrer Vergangenheit erzählt, warum auch? Und ich werde auch gleich einer Frage vorgreifen, die Sie mir bestimmt stellen werden: Ich weiß nicht, warum meine Mutter den Freitod gewählt hat. Es war furchtbar für mich, aber, wie ich schon erwähnte, ich glaube, es hat Clara damals viel schlimmer getroffen. Deshalb habe ich mich hauptsächlich um meine Schwester gekümmert und dabei wohl einiges aus meiner Kindheit verdrängt, verdrängen müssen.« Sie holte tief Luft. »Und jetzt werde ich bestimmt nicht mehr anfangen, in der Vergangenheit zu wühlen, das erscheint mir dann doch eher Zeitverschwendung zu sein. Und was das mit den Morden zu tun haben soll, verstehe ich nicht.« Sie schüttelte den Kopf. »Seien Sie doch bitte so lieb und gießen Sie mir noch eine Tasse Tee ein.«

»Aber selbstverständlich! Ich möchte Sie mit meinen Fragen auch nicht verärgern, ich versuche nur, den Fall aufzuklären und die Verbindungen zu verstehen. Hat Ihre Mutter vielleicht ein Tagebuch hinterlassen oder andere Dokumente?«

»Nicht dass ich wüsste. Man hat mir jedenfalls keines ausgehändigt. Es war auch keines unter den wenigen Habseligkeiten, die uns dank des Engagements einer Mitarbeiterin der Wohlfahrt von unserer Mutter geblieben sind. Und um auf ihre Theorie zurückzukommen, dass die Fälle miteinander verknüpft sind: Da kann ich Ihnen nicht weiterhelfen, ich bin ja keine Kommissarin, das ist Ihr Job.«

Heiko lachte kurz auf. »Genau das hat mir Ihre Schwester auch schon gesagt. Recht haben Sie! Darf ich Sie noch etwas Persönliches fragen?«

Luisa wiegte leicht den Kopf hin und her. »Etwas Persönliches? Nun gut! Was möchten Sie wissen? Das ist ja schon fast ein Verhör!«

»Ist Ihnen bekannt, wer Ihr Vater war?«

»Nein, auch da kann ich Ihnen nicht weiterhelfen, das ist mir nicht bekannt. Weder in meiner noch in Claras Geburtsurkunde ist eine Angabe enthalten zu unserem Vater. Oder zu unseren Vätern, wer weiß das schon? Das Leben meiner Mutter bleibt ein Rätsel und wir werden es wohl nicht lösen. Zumindest nicht heute Nachmittag. Ich glaube auch nicht, dass Clara mehr darüber weiß, aber Sie können sie gerne fragen.«

»Wo ist denn Ihre Schwester? Ich dachte, sie würde auch zum Tee kommen?«

»Also ist es doch ein offizieller Besuch? Ich habe geglaubt, Sie schauen bei mir vorbei, um zu plaudern. Nein, ich scherze natürlich, warum sollten Sie extra diese Fahrt machen, nur um mit zwei alten Schwestern Tee zu trinken? Clara hat sich vor ein paar Wochen ein Auto gekauft, gebraucht, nichts Besonderes. Sie ist kurz zur Apotheke nach Hemmoor gefahren, da Gloria heute nicht kommen konnte. Ihr ging es nicht so gut und meine Behandlung musste leider ausfallen. Clara wird aber bald hier sein.« Sie schaute auf die Uhr. »Eigentlich hätte sie schon längst wieder zurück sein müssen. Hoffentlich streitet sie sich nicht wieder mit Fremden!« Luisa winkte ab. »Das war ein Scherz. Was kann ich also noch für Sie tun, lieber Herr Degen?«

»Es gibt da einige Dinge, die ich gerne mit Ihnen beiden besprechen würde, aber. Im Nachlass von Christian Cordes haben wir ein Tagebuch gefunden. Darin stand, dass er sich kurz vor seinem Tod mit Ihnen treffen wollte, da Clara nicht bereit dazu war. Hat er Sie kontaktiert und haben Sie sich mit ihm getroffen?«

Luisa war erstaunt, ließ sich aber nichts anmerken und dachte kurz nach. »Ein Tagebuch sagen Sie? Kommen die nie aus der Mode? Aber ja, das stimmt, er hat mich angerufen. Meine Schwester fühlte sich außerstande, sich mit ihm zu treffen, und so willigte ich notgedrungen ein. Mir schien, er hatte Gewissensbisse wegen Claras Verurteilung. Wir haben uns dann einmal kurz getroffen.«

»Das hast du mir noch nie erzählt.«

Erstaunt drehten sich Luisa und Heiko um. Clara stand im schmalen Mittelgang zwischen Haupt- und Nebenhaus, in der Hand eine kleine Plastiktüte aus der Apotheke in Hemmor. Schweigend nickte sie Heiko zur Begrüßung zu, kam näher und setzte sich. Sie trug wie immer und trotz der hohen Temperaturen einen übergroßen Pullover, die ausgebeulte Jogginghose und Turnschuhe. Heiko fragte sich, ob sie jemals einen Kamm benutzte. Er lächelte sie an, denn er mochte Clara, und als er beide Schwestern nebeneinandersitzen sah, wurde sie ihm noch sympathischer. Sie verstellte sich nicht. Man bekam, was man sah. Kein Schnickschnack, keine Verzierungen, keine Lügen.

»Aber Liebes, natürlich habe ich dir das damals erzählt, aber du fühltest dich nicht sehr wohl zu der Zeit und hast es wahrscheinlich vergessen. Du erinnerst dich, es war, kurz bevor du zur Reha gefahren bist?« Luisa lächelte ihre Schwester an. »Hast du alles in der Apotheke bekommen? Es tut mir leid, dass Gloria nicht kommen konnte und du selber fahren musstest.«

Clara zündete sich eine Zigarette an und inhalierte tief. »Es war keine Reha, Luisa. Ich war in einer psychiatrischen Klinik, weil ich einen Nervenzusammenbruch hatte. Vor Heiko brauchen wir nun wirklich kein Theater spielen. Du weißt doch, dass ich das nicht mag. Und ja, ich habe alles bekommen, was ich brauche.« Sie wartete einen Moment, schaute Heiko an, dann in den Garten und inhalierte wieder tief. Danach wandte sie sich Luisa zu und sah knapp an ihr vorbei. Eine Eigenart, die Heiko schon öfter an ihr beobachtet hatte, immer dann, wenn sie der Konfrontation eigentlich ausweichen wollte, aber es letzten Endes nicht tat. »Du hast dich also mit ihm getroffen?«

»Ja, es war irgendwann im Herbst, so viel weiß ich noch«, erklärte Luisa. »Wie gesagt, Kommissar Cordes hatte Zweifel an der Rechtmäßigkeit des Urteils gegen dich und war nicht von deiner Schuld überzeugt. Auch wenn ich das irgendwie lächerlich fand, schließlich waren zwölf Jahre vergangen und du hattest deine Strafe hinter Gittern verbracht, so wollte ich doch wissen, wie er zu diesen Schlussfolgerungen gekommen ist. Ist das so verwunderlich?« Es schien, als würde sie mit einem bockigen Kind reden. »Frag mich bitte nicht, was genau wir alles besprochen haben. Er hatte das Gefühl, irgendetwas übersehen zu haben, redete von Schmauchspuren und einem Telefonat. Das ist ja sehr lange her. Und er hat sich danach auch nie wieder gemeldet. Ich nahm an, dass Untersuchungen, die er hatte vornehmen wollen, ins Leere geführt haben. Dass er verschwunden ist, entzog sich meiner Kenntnis, und dass er ermordet worden ist, wusste ja auch keiner. Der Kommissar geht übrigens davon aus, dass all diese Fälle miteinander verbunden sind. Was hältst du davon?«

Clara warf die Zigarette auf den Boden und trat sie mit ihrem Turnschuh aus. Die Frage ihrer Schwester ließ sie unbeantwortet. »Wo habt ihr euch denn getroffen? Du hast damals/zu dem Zeitpunkt ja noch auf diesem Gut in Schleswig-Holstein mit deinem unsäglichen Gatten gelebt.«

»Liebes, nimm doch einen Aschenbecher, er steht dort auf der Fensterbank, du weißt ja, dass ich keine Kippen hier mag. Danke! Wenn ich mich recht erinnere, ist er zu mir gekommen. Ich hätte auch nach Stade fahren können, aber es war keine offizielle Vernehmung. Es war mir zu weit und er wollte ja etwas von mir. Ich habe dir nichts davon erzählt, um keine alten Wunden aufzureißen. Du warst wirklich in einem fragilen Zustand damals.« Luisa schaute Clara an. »Und es hat ja auch zu nichts geführt. Diese Vermutungen hätten dich vielleicht wieder aus dem Gleichgewicht gebracht, ich hatte einfach Angst um dich. Ich verstehe nicht, warum du so seltsam darauf reagierst. Du bist kurz vor Weihnachten aus der Reha zurückgekommen oder aus der Klinik, wie auch immer du es nennen möchtest, und es ging dir doch auch besser.«

Clara schnaubte verächtlich. »Besser? Ich war ruhiger, weil ich Medikamente bekommen habe, die mich für lange Zeit alles wie durch einen Nebel wahrnehmen ließen. Keine Ahnung. Besser ging es mir nicht. Die Gedanken waren dieselben, nur die Panikattacken ließen nach. Es mochte eine gute Klinik gewesen sein, und ohne deine Verbindungen wäre ich da auch nicht reingekommen, ich fühlte mich ja fast wie auf dem Zauberberg von Thomas Mann, aber ob es mir geholfen hat?« Sie deutete auf die Pralinenschachtel, die auf dem Tisch lag. »Sind das deine oder kann ich mir davon was nehmen?«

»Ach, hätte ich beinahe vergessen«, warf Heiko rasch ein. Er reichte Clara die zweite Geschenkpackung. »Die ist für dich!« Ein kurzes Lächeln huschte über ihr Gesicht. Sie bedankte sich bei Heiko, riss das Geschenkpapier auf, öffnete die Pralinenpackung und nahm das größte Stück heraus. Dass Clara Schokolade liebte, war nicht zu übersehen. Sie sah Heiko an und zwinkerte ihn an.

Für einen Moment herrschte Stille. Schließlich räusperte sich Heiko und schaute auf die Uhr. »So, ich muss mich leider verabschieden, ich wollte noch kurz bei Tom vorbeischauen. Es ist ja schon nach sechs. Vielen Dank für den Tee! Falls Ihnen noch etwas einfällt oder Sie vielleicht etwas finden, Bilder, Aufzeichnungen, irgendetwas, lassen Sie es mich doch bitte wissen, Luisa.«

»Aber selbstverständlich«, versprach Luisa. »Und entschuldigen Sie bitte den kleinen Zwischenfall.« Sie schaute Clara an. »Nicht dass hier der Eindruck entsteht, ich hätte dir etwas verschwiegen, Liebes.«

Clara brummte etwas Unverständliches und erhob sich. »Passt schon. Danke für die Pralinen.« Sie sah Heiko an. »Ich geh noch ein Stück mit dir in Richtung Tom. Falls der Kreidemörder vorhat, dich hinter einen Apfelbaum zu zerren oder in die Oste zu schubsen.«

41 Familienaufstellung

»Es war einfach eine Scheißzeit für mich. So einfach ist das. Das kann sich Luisa noch so schönreden, wie sie will. Ich hatte keine Perspektive. Saß allein in diesem großen Haus. Ohne Freunde. Ich war am Ende. Der Knast hatte mich kaputtgemacht. Ich wusste, ich war unschuldig, aber ich stand vollkommen alleine da. Kannst du dir nicht vorstellen, wie das ist. Kann sich keiner vorstellen, der das nicht erlebt hat. Luisa lebte auf der anderen Elbseite mit diesem Schnösel, kam selten vorbei und Bünting und Onken waren noch Quark im Schaufenster.«

Clara wandte sich zu Heiko und inhalierte tief. Er hatte den Eindruck, sie könnte mit einem Zug eine Zigarette rauchen. Sie stieß den Rauch aus und blieb stehen. Sie standen auf dem Deich. Vor ihnen lag Toms Haus, knapp fünfzig Meter entfernt. Das Tor zur Scheune stand offen und Schoko saß davor.

»Ich wollte mich umbringen, wusste aber nicht wie. War zu feige, mich aufzuhängen oder in die Oste zu springen. Pillen hatte ich nicht. Erschießen wäre mir zu blutig und zu unsicher gewesen. Als Pflegefall willst du auch nicht enden. Luisa hat wohl das Richtige getan, als sie mich in die Klapse steckte.« Sie nickte. »Ja, ganz recht, in die Klapse. Was anderes war das nicht. Auf dem Schild am Eingang stand natürlich was anderes. Es war schrecklich dort. Wie im Knast, wie im Waisenhaus. Vielleicht habe ich auch deshalb seit dieser Zeit immer diese Pillen genommen, jeden Tag. Nur damit ich nicht wieder dorthin muss. Mit Therapie war da nicht viel, wollte ich sowieso nicht. Das hätte auch nicht viel gebracht.«

Clara drückte ihre Zigarette aus. »Seit dem Unfall nehme ich die Pillen nicht mehr. Die Ärzte im Elbe Klinikum haben mir abgeraten, haben gesagt, sie würden mich noch depressiver machen, mich in Watte packen. Vier Monate sind es jetzt und die ersten Wochen waren alles andere als schön, aber ich fühle mich besser, klarer. Zumindest im Kopf. Bäume ausreißen kann ich allerdings nicht, der Zug ist abgefahren.« Sie nahm sich eine neue Zigarette aus der Schachtel. »Ich weiß, du musst gar nichts sagen, bin selbst dran schuld, diese Qualmerei. Aber immerhin bewege ich mich ja jetzt.«

Heiko schwieg und hörte einfach zu. Es schien, als ob sich endlich etwas in Clara lösen würde, das sich über Jahrzehnte angestaut hatte.

»Ich habe Luisa nichts davon erzählt. Du siehst ja, dass die Stimmung nicht die beste ist. Liebes hier, Liebes da, da steht der Aschenbecher, könntest du mal schnell dies und jenes machen. Ich weiß, sie sitzt in diesem Stuhl und ist auf Hilfe angewiesen, aber sie nervt mich mit ihrem verzuckerten Ton, mit ihrer Höflichkeit und tut so, als ob sie noch auf ihrem alten Gut über fünfzehn Angestellte herrschte. Sie lebt in Ihrer Traumwelt und redet sich alles schön. So war sie schon immer. Ist ja auch wurscht.«

Sie zögerte. »Manchmal starre ich nur an die Decke, Heiko. Zähle die Furchen im Holz, damit ich nicht den Verstand verliere oder damit ich überhaupt morgens aufstehe. Ich sitze in diesem verdammten Haus am Arsch der Welt wie eine Gefangene, kann nicht rausgehen, kann nichts mehr ändern an meinem Leben, habe keinen Drive mehr, keine Hoffnung. Ich sitze einfach da und warte auf nichts, weil es keine Hoffnung gibt. Belüge mich mit Wut auf alles und jeden, mit Computerspielen, dummen Fernsehshows, weil ich weiß, wenn ich es nicht tue, gähnt mir entsetzliche Leere entgegen.« Eine Träne rollte über ihre faltige Wange. Clara wischte sie weg.

»Ich bin nicht traurig, ich bin nicht wütend.: Ich bin fassungslos, ich versteh mein Leben nicht, das wahrscheinlich nicht mehr allzu lange dauern wird. Seit ich die Pillen nicht mehr nehme, die mir Luisas Arzt verschrieben hat, sehe ich wieder klar. Und es tut alles weh. Die Kindheit, die Lüge meiner Ehe mit Johann, der Mord, die lange Zeit im Knast. Und am schlimmsten die letzten zwei Jahrzehnte im Nebel der Dumpfheit.« Sie legte ihm die Hand auf den Arm. »Ich hoffe, du verstehst das alles ein bisschen. Es ist lange her, dass ich über mich gesprochen habe, so wie es wirklich ist.«

Heiko verstand das nur zu gut. Bis vor Kurzem, dachte er, hast du selbst in einer Art Nebel gelebt, aus Angst, der zu sein, der du wirklich bist. Aus Angst, dass dich alle ablehnen könnten und du noch einsamer wärst, als du es schon bist. Natürlich konnte er sein Leben nicht mit dem von Clara vergleichen, aber dennoch fühlte er, was sie sagte.

»Wir sind gleich da.« Clara überlegte kurz. »Ich glaub, ich komme auf einen Sprung mit rein und sag Schoko Guten Abend.« Sie stutzte plötzlich. »Warum guckst du so komisch? Was ist los? Mann, Heiko, nun drucks nicht immer so rum.«

»Tom ist nicht allein, ich glaube, er hat Besuch, dein Schwager!«

»Aha, und du sondierst mal das Gelände! Sehr mutig. Na, dann werde ich mal dein Sancho Panza sein heute Abend. Don Quijote ritt auch nicht allein gegen Windmühlen. Los, los, schlimmer kann alles nicht werden, und es ist an der Zeit, reinen Tisch zu machen. Ich habe die Schnauze gestrichen voll von Geheimnissen.«

Entschlossen stapfte Clara in Richtung Toms Scheune, und es blieb Heiko nichts anderes übrig, als Schritt zu halten. Schoko hatte bereits die Witterung aufgenommen und kam im schnellen Lauf auf Clara zu. Nicht nur sein kupierter Schwanz wackelte freudig, der ganze Körper schwang gleich mit. Große Liebe, dachte Heiko. Da hatten sich zwei Heimkinder gefunden. Gleichzeitig mit Clara betrat er die Scheune. Tom stand vor einer Skulptur, die Asta liegend zeigte, ihr Haar verdeckte die Hälfte ihres Gesichtes, eine Decke umhüllte locker ihre üppigen weiblichen Formen. Unglaublich, wie Tom es schaffte, aus totem Material etwas Lebendiges zu formen. Der war tief in seinen Gedanken versunken und glättete mit Sandpapier sanft eine Strähne aus Astas üppiger Mähne.

Clara kam näher und lächelte ihn an. »Sie ist wunderschön, genau so habe ich sie in Erinnerung, wenn sie morgens aufwachte. Wir schliefen ja zu dritt im Bett, Mama, Luisa und ich. Es fühlt sich fast so an, als ob du sie mir zurückgibst.« Sie nickte Tom anerkennend zu. »Du schaffst etwas Wunderbares, Tom, und falls mein Urteil dir irgendetwas bedeutet: Es ist Kunst! Es ist große Kunst. Du hast ihr Leben eingehaucht und lässt sie mich endlich wieder spüren. Und das macht mich glücklich. Ich hatte dieses Gefühl fast vergessen.« Sie legte ihre Hand auf Astas Gesicht und holte tief Luft. »Aber wir dachten nicht, dass du alleine bist. Wo ist dein Besuch?«

»Er ist kurz im Haus auf Toilette. Guten Abend, Heiko. Schön, dass du kommen konntest. Je mehr, desto besser. Ich verbringe sowieso zu viel Zeit allein. Und Schoko redet nicht so viel.« Schoko spitzte die Ohren und schaute Tom an. »Danke für das Kompliment, Clara, es bedeutet mir sehr viel, gerade von dir!«

Heiko strich sich die Strähne aus der Stirn. Es wird Zeit für einen Haarschnitt, dachte er gerade, als Thorbies die

Scheune durch eine Seitentür betrat, die ins Haus führte. Die Zeit blieb für einen Augenblick stehen. Keiner sagte ein Wort. Schoko setzte sich neben Clara und schaute Thorbies ruhig an. Er beschützt sie, dachte Heiko. Er bezieht Stellung!

»Wie du siehst, haben wir Besuch bekommen.« Tom wies auf Clara und Heiko und ging auf Thorbies zu, der immer noch in der Tür stand. »Heiko Degen kennst du ja bereits. Clara vielleicht nicht. Clara Jolcke, darf ich offiziell vorstellen: Thorben Thorbies.« Tom machte, ganz nach amerikanischer Art, den ersten Schritt, um das Eis zu brechen. Er durchquerte den Raum und öffnete den alten Kühlschrank. »Möchte jemand ein Bier?«

Ohne eine Antwort abzuwarten, nahm er zwei Flaschen heraus und reichte eine davon Clara, die andere Heiko. Thorbies ging ein paar Schritte durch das Atelier. Er hatte seine halbleere Flasche auf den Tisch gestellt. Heiko fragte sich, wie lange er schon hier sein mochte. Worüber haben die beiden gesprochen? Tom hob seine Flasche. »Na, denn Prost. Auf gute Nachbarschaft!«

Alle tranken einen Schluck. Clara gab sich einen Ruck, löste sich von Astas Skulptur und ging ein paar Schritte auf Thorbies zu. Schoko folgte ihr, ohne ihn aus dem Blick zu lassen. Sie streckte die Hand aus. »Guten Abend. Bevor du irgendetwas sagst: Ich bin zu alt für Spiele und halte nichts davon, sich gegenseitig zu ignorieren. Ich finde es schade, dass wir uns erst jetzt und unter diesen Umständen kennenlernen und nicht damals, zu der Zeit, als ich mit Johann verheiratet war. Ich wusste nicht, dass es dich gibt. Er hat so gut wie nichts über seine Familie erzählt. Ich wusste nicht einmal, dass er hier aus der Gegend stammte.«

Thorbies sagte kein Wort. Schokos Nackenhaare stellten sich auf und er rückte noch etwas näher an Clara heran. Sie reichte Thorbies noch nicht einmal bis zur Brust und er hätte sie mit einem Schlag töten können. Er ballte die Faust.

»Und ich habe ihn nicht umgebracht.« Da war er. Ein Satz, klar, ehrlich, direkt. Eine Träne lief Clara über das Gesicht. Sie wischte sie nicht weg. »Ich habe ihn nicht umgebracht«, sagte sie noch einmal. »Ich weiß auch nicht, wer es getan hat. Aber ich büße dafür seit 34 Jahren und ich bin müde, sehr müde. Wenn es also irgendwie geht, wäre es besser, wenn wir einfach miteinander sprechen könnten. Tom und Heiko sind meine Freunde, das darf ich ruhig sagen. Wir haben keine Geheimnisse hier.«

Sie streckte ihm erneut die Hand hin. Die Frau zeigt Mut, das muss man ihr lassen, dachte Heiko bewundernd. Das hatte er nicht erwartet. Thorbies' Faust entspannte sich, er zögerte noch einen Moment, dann nahm er Claras Hand. Ein kurzer Händedruck. Er hielt ihr die Bierflasche hin und sie stießen gemeinsam an.

»Nun, ich habe ihn auch nicht umgebracht, nur zu Ihrer Information, Herr Degen, aber ich vermisse ihn auch nicht. Johann war ein Arschloch und hat letzten Endes nichts anderes verdient! Ich habe ihm keine Träne nachgeweint.«

Clara hätte beinahe ihre Flasche fallen lassen. Tom und Heiko schauten Thorbies entgeistert an. Hatte er das wirklich gerade gesagt?

»Was soll ich lange um den heißen Brei herumreden.« Er schaute Clara an. »Ich bin völlig deiner Meinung. Auch meine Zeit ist knapp bemessen und auf Spiele habe ich ebenfalls keine Lust. Ich hätte mich schon längst mal bei dir melden sollen, um dieses Thema aus der Welt zur schaffen. Aber ich wusste nicht, wie du darüber denkst, ich war beschäftigt mit der Ernte und habe auch noch mein Geschäft in Chile zu leiten. Außerdem bin ich nicht das, was man umgänglich nennt oder engagiert in nachbarlichen Beziehungen.«

Er trank den Rest seines Bieres. »Kann ich noch eins bekommen, Tom? Ich habe das deutsche Bier vermisst.« Thorbies schaute in die Runde. »Nun seht mich bitte nicht so entgeistert an. Ihr wollt die Wahrheit! Hier ist sie.« Er ging zum Tisch und setzte sich. Heiko und Clara folgten, Tom holte ein neues Bier und stellte es vor Thorbies auf den Tisch.

»Mir ist natürlich klar, wie mein unerwartetes Auftauchen gerade jetzt wirken muss und dass ich deshalb wahrscheinlich in den Kreis der Verdächtigen aufgenommen worden bin. Ich war zu der Zeit, als Petra Harlor ermordet wurde, in Deutschland. Und auch als Malte gefunden wurde. Aber das war reiner Zufall. Ich habe für beide Tatzeiten ein Alibi und Kai ebenfalls.«

Clara sah Thorbies fragend an. Sie hatte sich vom ersten Schock erholt.

»Kai ist mein bester Freund und so eine Art persönlicher Assistent, Koch, Mädchen für alles. Er passt auf mich auf.« Thorbies sprach jetzt Clara direkt an »Ich habe natürlich damals den Fall verfolgt, als Johann starb. Ich wollte wissen, wer ihn ermordet hat. Alles sprach dafür, dass du es warst, aber ich hatte immer ein komisches Gefühl dabei und nahm an, dass es ein vertuschtes Verbrechen der Kiezmafia war. Ich wusste, dass Johann nicht sauber war, war er nie. Er hat immer krumme Sachen gedreht und hatte Feinde im Rotlichtmilieu. Dass er eigentlich schwul war, war ja ein offenes Geheimnis. Johann saß im Schrank, hielt die Tür zu und merkte nicht, dass die Rückwand längst fehlte. Bei allem, sein Leben lang. Er hatte nie den Mut, zu sich zu stehen, nehme ich an. Eure Ehe war ja wohl auch eher eine Farce.« Er sah sie an. »Zumindest glaubte ich damals, das so verstanden zu haben.«

Heiko lehnte sich vor und sah Thorbies an. »Was meinten Sie damit, dass Johann ein Arschloch war? Warum mochten Sie ihn nicht?«

»Lassen wir es doch heute Abend beim Du, es macht alles für mich etwas einfacher, wenn wir schon mit offenen Karten spielen. Zurück zu Johann. Nur weil man im selben Haus aufwächst, bedeutet das ja nicht, dass man sich liebt. Auch wenn er mein Halbbruder war.« Thorben holte tief Luft und lehnte sich zurück. »Kann ich eine Zigarette haben?« Er schaute Clara an, sie hielt ihm die Schachtel hin und gab ihm dann Feuer.

»Johann war dreizehn Jahre älter als ich. Er mochte meinen Vater nicht, der ihn allerdings auch nicht, kann ich heute alles verstehen, aber als kleines Kind sieht die Welt anders aus. Die beiden stritten nur, mein Vater verprügelte ihn. So lange, bis Johann dann irgendwann zurückschlug. Er hat ihn sogar einmal gewürgt. Ich kann mich gut daran erinnern, denn Johann schrie: ›Schau, was du mit mir machst, du bist schuld, dass ich dich würge, du machst das mit mir.‹ Er hat niemals Verantwortung für das übernommen, was er gemacht hat. Was er uns angetan hat. An seinen Problemen waren immer die anderen schuld. Und schließlich ging er einfach fort und ließ mich und unsere Mutter im Stich, denn das Geschäft war ja damals schon fast pleite, mein Vater hatte alles verspielt, versoffen, kurz gesagt weggeschmissen. Sie war eine schwache Frau, die keine eigene Meinung hatte, dazu kam ein großer Minderwertigkeitskomplex, den sie allerdings gut kaschierte. Etwas, das Johann von ihr übernommen hat. Er hat seine Fehler schwer einsehen können und mich oft ungerecht behandelt, aber die meiste Zeit hat er mich schlicht ignoriert. Und wenn nicht, dann jammerte er über alles, hat wunderbar kontraproduktiv gehandelt.«

Thorben schaute Clara fragend an. »Ich weiß nicht, wie er sich dir gegenüber verhalten hat und ob du wusstest, dass er ein Doppelleben führte, aber das tut für mich nichts zur Sache. Er verschwand aus dem Haus, als ich noch ein Kind war. Dann starb der Alte und meine Mutter hat sich vollkommen zurückgezogen. Meine Kindheit wünsche ich keinem. Ich wollte nur noch weg und Kai, meinem besten Freund, ging es damals genauso. Wir haben unser Abitur gemacht und zwei Jahre gejobbt, bis wir genug Geld hatten, um nach Südamerika zu gehen. Ich wollte raus aus der Enge und den Lügen, weg von der Familie. Meine Schwester hat das Gleiche getan, wir haben übrigens noch Kontakt. Sie lebt in Frankreich. Mein anderer Halbbruder ist verstorben.«

Clara sah ihn an, und Heiko glaubte, in ihrem Gesicht so etwas wie Trauer zu sehen, ein Mitgefühl für den Mann, der ihr gegenübersaß. Vielleicht war es auch die Trauer um eine Ehe, die eigentlich keine gewesen war, sondern auf einer Lüge basierte. Sich das eingestehen zu müssen, ist sicherlich nicht einfach, dachte Heiko, wir sind alle gut darin, uns selbst was vorzumachen. Schoko hatte seinen Kopf in Claras Schoß gelegt, sie streichelte ihn, während sie Thorben fragte: »Aber warum kommst du ausgerechnet jetzt zurück?«

»Ich habe viel Erfolg gehabt, Glück natürlich auch, war am richtigen Ort zum richtigen Zeitpunkt, habe einen guten Geschäftssinn geerbt, wahrscheinlich von der mütterlichen Linie.« Thorben räusperte sich und verschränkte die Hände. »Der Grund, warum ich zurückgekommen bin, ist einfach. Ich habe Heimweh, ich werde älter, da möchte man zu seinen Wurzeln zurück. Das Geschäft in Chile läuft, das ist bloße Routine, der richtige Augenblick, um sich noch einmal einer Herausforderung zu stellen, die aber nicht überlastet. Die Zeit war reif und ich habe schon länger nach einem geeigneten Objekt hier in der Gegend gesucht. Dass es ausgerechnet dieser Hof wurde, lag an der traurigen Tatsache, dass der Besitzer ermordet worden ist und die Plantage ganz kurzfristig zum Verkauf stand. Mir wurde erst später bewusst, dass das alte Haupthaus Johann gehörte oder jetzt dir, Clara.«

»Und das hat dich nicht gestört? Es war dir vollkommen egal, dass die Frau, die deinen Bruder ermordet hat, hundert Meter entfernt lebt? Und der Preis war auch nicht ohne. Der Hof hat dich ja fast zwei Millionen Euro gekostet.« Heiko zweifelte offensichtlich an seinen Worten.

»Wie ich schon sagte, ich hatte keine Verbindung zu Johann oder der Vergangenheit mehr. Meine Firma in Chile arbeitet inzwischen weltweit und Geld spielt keine Rolle.« Er schaute in die Runde. »Das ist alles, wirklich. Wie lange ich bleibe, weiß ich noch nicht, vielleicht über den Winter, aber es steht noch nicht ganz fest. Ich kann erst zurückkehren, wenn sich hier alles eingespielt hat und ich einen Verwalter für die Plantage gefunden habe.«

»Ist das alles?« Clara schaute ihn durchdringend an. Thorben schwieg und sah auf die halbleere Flasche vor sich. »Ist das wirklich alles?«, fragte Clara noch einmal, diesmal mit einem sanften Unterton in der Stimme. Dann lehnte sie sich vor und berührte sanft Thorbens Hand.

Seine Mundwinkel zuckten und er schaute Clara an. »Nein, das ist nicht alles. Es ist etwas eingetreten, womit ich nicht gerechnet habe. Du hast gesagt, du magst keine Spiele. Entschuldige, aber ich rede nicht über meine Probleme. Normalerweise löse ich sie. Nur dieses kann ich nicht lösen. Nicht alleine. Und ich belaste andere nicht gerne mit meinem Privatleben.«

»Ich verstehe. Ist er heilbar?«, fragte Clara.

Heiko und Tom sahen sie an. Was meinte sie damit? Thorben schwieg. Clara drückte seine große Hand.

»Ist er heilbar? Der Krebs?«

42 Die Halbstarken

»Das glaube ich nicht! Das kann ich einfach nicht glauben!« Gisela schnaubte ein wenig verächtlich. »Da macht er es sich aber wirklich ein bisschen einfach, der feine Herr aus Chile. Findest du nicht? Er ist also schwer erkrankt, na gut, aber das heißt ja noch lange nicht, dass er die Morde nicht begangen hat. Noch ist davon ja wohl nichts zu merken. Du kannst ihn doch nicht einfach als Täter ausschließen, nur weil er behauptet, krank zu sein. Vielleicht ist er sogar zurückgekommen, um diese Morde zu begehen, bevor er stirbt.«

Heiko sah sie an und musste unwillkürlich lächeln. Gisela war ihm sicher eine große Hilfe in diesem Fall, aber bei Thorben Thorbies lag sie wirklich daneben. »Nun, vielleicht sollten wir das nicht hier auf dem Parkplatz besprechen.«

Er stellte sein Rad an den Zaun und schloss es an. Gisela stand an ihrem Auto. Sie hatten sich zufällig an diesem Morgen vor dem Gebäude der Polizeiinspektion Stade getroffen und sie hatte gleich gefragt, was gestern Abend passiert war. Heiko hatte ihr kurz erzählt, dass Thorbies krank war.

Gisela schloss ihr Auto ab und drehte sich zurück zu Heiko. »Ist der für mich?«, fragte sie und deutete auf den Becher von Starbucks in Heikos Hand. Er nickte. Ein Lächeln huschte über ihr Gesicht. Offenbar wusste er ihre Mitarbeit zu schätzen. Gut so. Das ein oder andere Ass würde sie heute Morgen noch aus dem Ärmel schütteln. Sie war gestern Abend noch sehr fleißig gewesen und hatte einige Informationen gesammelt. Es wäre doch gelacht, wenn dieser Fall nicht zu lösen wäre.

Gisela hatte inzwischen schon fast ein persönliches Verlangen, den Kreidemörder zu stellen. Sie fühlte sich verbunden mit den Opfern, die diesem Monster ausgeliefert waren. Ja, das war er: Ein Monster, der seine Opfer quälte, lebendig begrub, ihnen Zeichen in das Gesicht ritzte. Sie war derselben Meinung wie Gabriele Römer, dass es sich eindeutig um eine Botschaft handelte, die der Mörder bereits bei den ersten Morden hatte hinterlassen wollen und die damals niemand erkannt hatte. Dass Christian und die Justiz einen fatalen Fehler begangen hatten, indem sie Clara für schuldig befunden hatten.

Gisela kannte alle Opfer und deren Familien, wusste um die Zusammenhänge. Damit konnte sie Heiko bei seinem ersten großen Fall helfen. Nach all den Jahrzehnten, in denen sie in der Polizeiinspektion in der hinteren Reihe mitgespielt hatte, fühlte es sich gut an, gebraucht zu werden. Wirklich gebraucht zu werden! Endlich war es nicht mehr Frau Sievers hier, Frau Sievers da, und sie war nicht mehr bloß zuständig für unwichtige Dinge wie »Könnten Sie bitte Kopien machen?«, »Wo ist denn der Hausmeister?«, die täglich an sie herangetragen wurden. Sie hatte noch zwei Jahre, bevor sie in den Ruhestand geschickt wurde, die wollte sie ausnutzen. Der Fall des Kreidemörders, so schlimm er war, hatte ihr einen Schub gegeben, sie wachgerüttelt. Babettes Unfall hatte ihr leidgetan, das hatte die Gute weiß Gott nicht verdient, aber als Kommissarin war diese Frau doch völlig unfähig und würde es immer sein. Nun, sie würde in diesem Jahr nicht zurückkommen, man munkelte bereits, dass sie überhaupt nicht ins FK 1 zurückkehren und die Stelle der Pressesprecherin in der Polizeidirektion Oldenburg annehmen würde, die im nächsten Frühjahr neu zu besetzen sein würde. Besser so.

Wenn sie selbst nicht nur schon so alt wäre, aber nun gut, so war nun mal das Leben! Sie würde, wäre sie noch einmal jung, einen anderen Weg einschlagen als den, der sie auf diese untergeordnete Position geführt hatte, die Familie würde nicht mehr unbedingt an erster Stelle stehen. Vielmehr würde sie alles daransetzen, in den gehobenen Dienst zu gelangen und die Laufbahn einer Kriminalkommissarin einzuschlagen. Aber darüber nachzudenken war ja vollkommener Quatsch. Gisela war Realistin und daran würde sich auch im letzten Viertel ihres Lebens nichts mehr ändern. Aber solange sie noch alle Tassen im Schrank hatte, wollte sie mitmischen. Und wenn sie schon das Wort Ruhestand hörte, hatte sie gleich die Nase voll. Ruhe schön und gut, aber als dauerhafter Zustand erschien sie ihr nicht erstrebenswert. Also lieber Heiko zur Seite stehen und somit nahe am Fall bleiben, dachte sie.

»Okay, dann gehen wir rein. Wie schade, bei dem wunderbaren Wetter.« Sie schaute zum Himmel. Sonne pur. Keine Wolke in Sicht. Nach all dem Regen, den sie bis in den Frühsommer hatten, und bevor der Herbst und der lange, graue Winter beginnen würden, genoss sie die Wärme umso mehr.

Heiko zögerte. »Ich habe heute Morgen ziemlich viel auf dem Zettel, aber warum treffen wir uns nicht zum Mittagessen und gehen in die Altstadt? Es ist ja nicht weit und wir können bei dem Wetter draußen sitzen und in Ruhe sprechen. Außerdem ist Freitag, zur Not kann ich auch morgen noch etwas nacharbeiten. Tu mir doch bitte einen Gefallen und überprüfe, wann genau Thorbies und Kai Cordes nach Deutschland eingereist sind und ob zusammen oder getrennt. Ach, und vergiss bitte auch nicht seine Waffenscheinlizenz.«

»Das habe ich bereits getan. Er hat eine und Cordes auch. Zwei Waffen sind angemeldet. Aber wozu braucht er die hier? Will er auf die Jagd? Dafür braucht er einen Passierschein und muss angemeldet werden. Das prüfe ich gleich mal. Die Jagdzeit hat bereits begonnen und geht bis Mitte Januar und in der Gegend gibt es viele Hasen, Fasane und Rehe.« Gisela schaute ihn fragend an. »Wie hat denn Clara Jolcke darauf reagiert? Hat sie ihm seine Erkrankung so abgekauft? Sie ist ja nicht dumm, und ich kann mir vorstellen, dass sie ein Gespür für so etwas hat.«

»Allerdings. Sie hat ihn ja darauf angesprochen, als ob sie es gerochen hätte. Sie ist schon eine interessante Person. Ich hoffe, du lernst sie mal kennen. Tom und Clara Jolcke haben ihm übrigens seine Krebserkrankung abgenommen. Und ich auch.«

Gisela winkte ab. »Ja und? Jetzt hat er vielleicht ohnehin nichts mehr zu verlieren, über eine Untersuchungshaft hinaus wird ihm womöglich kaum noch etwas passieren. Und selbst die wird ihm erspart bleiben, wenn abzusehen ist, dass seine Krankheit tödlich verlaufen wird. Dafür gibt es ja zahllose Beispiele.«

»Sollte das so sein, ist es umso wichtiger für uns, alles zu überprüfen, was er gestern in Toms Scheune ausgeführt hat, haben wir ja schon besprochen und diskutieren wir später dann noch mal ausführlicher. Okay?«

»Sagen wir halb eins, das gibt uns etwas mehr Zeit zu reden, ich habe einen Termin beim Arzt um 14:30 Uhr am Wall. So, und nun geh schon mal rein, ich muss noch was aus dem Kofferraum holen. Außerdem könnten die Leute ja denken, wir hätten ein Verhältnis, wenn wir jetzt schon gemeinsam zur Arbeit kommen.« Sie legte den Kopf in den Nacken und lachte schallend über ihren eigenen Witz.

Humor hatte sie, das musste Heiko ihr lassen. Er verneigte sich galant vor ihr. »Ich denke gar nicht daran, werte Frau Sievers. Ein Kavalier bleibt immer an der Seite einer Dame und trägt ihr das Gepäck. Auch wenn sie etwas paranoid ist und Mörder sieht, wo keine sind! Irgendwann werden eh alle wissen, dass wir ein Paar sind. Meine Vorliebe für ältere Damen ist ja bekannt, seitdem ich Clara Jolcke duze! Also, was hast du im Kofferraum? Ich hoffe, keine neue Leiche.«

Sie grinste ihn schief an, öffnete den Kofferraum und drückte ihm ein Paket, das in Geschenkpapier eingewickelt war, in die Hand. »Mein anderer Liebhaber, Herr Kabel, unser Hausmeister, hat heute Geburtstag! Warum glaubst du, weiß ich alles und bin so beliebt, nicht nur in der Inspektion, sondern auch auf dem Amt und überhaupt in der Stadt? Kleine Geschenk erhalten die Freundschaft! So und nun mal zackig an die Arbeit, Herr Kommissar. Von alleine erledigt die sich nämlich nicht.«

Ein paar Stunden später saßen die beiden in Heikos Lieblingscafé direkt am alten Hafen in der Innenstadt. Es würde ein geschäftiges Wochenende werden. Laut Wetterbericht wirklich die letzten Sommertage in diesem Jahr. Bereits jetzt waren viele Touristen in die historische Altstadt gekommen. Das Café hatte einen kleinen Garten mit Blick auf die Schwinge und die meisten Tische waren belegt. Die Kellnerin hatte bereits die Getränke gebracht.

»Ich weiß, du denkst, er ist unschuldig und hat nichts mit den Morden zu tun. Ich sehe das anders, denn Thorbies und Kai Cordes waren zu allen Tatzeiten, die mit diesem Fall zu tun haben, in Deutschland.« Gisela klopfte nachdrücklich mit dem Zeigefinger auf einen Umschlag, der auf dem Tisch lag.

»Hier, ich habe alle Daten der Ein- und Ausreise für dich ausgedruckt. Das kann natürlich Zufall sein. Kann! Muss aber nicht. Gut, die beiden waren gerade mal zwanzig Jahre alt, mit dem Abitur fertig und lebten noch in Osten, als Johann Jolcke und Reiner Fauck umgebracht worden sind. Zur Zeit von Christians Verschwinden waren die beiden auch in Deutschland, angeblich auf Sylt. Sie sind jedenfalls von Buenos Aires nach Frankfurt und von dort aus nach Hamburg geflogen und haben sich zwei Wochen in Deutschland aufgehalten. Ich meine, wer macht denn bitte Urlaub im November auf Sylt?«

Gisela schaute Heiko eindringlich an. »Okay, Sonne haben sie wohl genug in Chile, nehme ich an. Dennoch, sehr suspekt, das musst du zugeben. Als Petra Harlor ermordet worden ist, befanden sie sich beide wieder in Hamburg, und als es Malte erwischt hat, war Thorben auch hier, anscheinend wegen seiner medizinischen Untersuchungen und um einen geeigneten Hof zu finden. Er war bei einem Spezialisten im Elbe Klinikum – ich kenne die Sprechstundenhilfe in der Ambulanz dort – und auch bei einer Maklerin in der Stadt, ich habe sie vorhin angerufen. Du weißt, es ist kein weiter Weg von hier zur Plantage, er hätte also durchaus Zeit gehabt einen Mord zu begehen.« Gisela tippte erneut auf den Umschlag. »Und das soll alles ein Zufall sein? Das glaubst du doch selbst nicht, oder?«

Heiko trank einen Schluck Wasser und dachte kurz nach. »Angenommen, du hast recht mit deiner Vermutung und Thorbies ist in dieser Sache mit oder ohne Kai Cordes involviert. Was für einen Grund hätte er, über all die Jahre Menschen umzubringen, mit denen er eigentlich nichts zu tun hatte? Was wäre sein Motiv? Ich habe übrigens heute Morgen mit seinen Ärzten gesprochen. Thorbies hat sie von ihrer Schweigepflicht entbunden. Er will unseren Ermittlungen nicht im Weg stehen. Er hat wirklich Krebs. Prostata. Es gibt wohl eine alternative Behandlungsmethode hier im Elbe Klinikum. Auch denkt er, dass die medizinische Versorgung hier besser ist als in Chile. Ich weiß nicht, ob er wirklich unheilbar krank ist, wie er gestern gesagt hat. Aber er hat Krebs. So viel steht fest.«

»Pah, das ist doch Kokolores«, rief Gisela. »Weißt du, wie reich der Mann ist? Sein geschätztes Vermögen beträgt laut Forbes etwa sechzig Millionen Dollar. Und das ist sein Privatvermögen, da kannst du dir vorstellen, wie viel seine Firma wert ist. Der kann sich doch jeden Arzt der Welt auf seine Hazienda einfliegen lassen. Die medizinische Versorgung sei hier in Stade besser als sonst wo auf der Welt? Also wirklich.« Sie tippte sich an die Stirn.

Sechzig Millionen? Nicht unbeträchtlich. Auf Ideen kommt die, dachte Heiko, guckt einfach bei Forbes nach!

In diesem Moment kam die Kellnerin und brachte die Salate mit Fisch, die sie beide bestellt hatten. Sie lächelte Heiko an. »So, lasst es euch schmecken! Der Fang ist von heute Nacht. Und wir haben frischen Mohnkuchen, falls du magst, Heiko.« Sie drehte sich um und ging hüftschwingend ins Café.

»Frischen Mohnkuchen? Habe ich hier etwas verpasst? Oder warst du mit der auch auf der Schule? Der reinste Casanova, wenn ich es nicht besser wüsste.« Gisela zwinkerte ihm zu. »Aber mal im Ernst! Natürlich hatte Thorbies ein Motiv. Er hasste seinen Bruder. Johann hat ihn im Stich gelassen, in diesem Haus mit einer Mutter, die ihr Leben selbst nicht in den Griff bekommen hat, und mit einem Vater, der ein Säufer und ein Schläger war. Mit der Schwester steht er wohl noch in Kontakt, die lebt bei Lyon. Sein anderer Halbbruder ist tot, der ist auch früh von zu Hause abgehauen. Keine Ahnung, was hinter den Gardinen der Familie Jolcke noch so vor sich ging. Trautes Heim war es jedenfalls nicht.«

Gisela seufzte. »Kann einem ja auch irgendwie leidtun! Thorbies und Kai Cordes waren übrigens schon in der Schule in Schlägereien verwickelt. Ich habe natürlich heute Morgen meine Fühler ausgestreckt. Du darfst nicht vergessen, dass die Familie Jolcke, später Thorbies, sehr bekannt war. Sie hatten ja dieses große Lebensmittelgeschäft und in dem Ort kannte damals jeder jeden. Nicht so wie heute, wo alle für sich allein leben, ständig am Handy kleben oder im Internet unterwegs sind und es irgendwie keine richtige Dorfgemeinschaft mehr gibt. Thorbies war jedenfalls ziemlich gewalttätig in der Schule, er war in viele Schlägereien verwickelt. Zusammen mit seinem besten Freund Kai, der aus einer Familie kam, der soziale Anerkennung und Geld gleichermaßen fehlte. Halbstarke mit Moped und Lederjacke. Straffällig sind sie später aber nicht geworden, nichts in den Akten, aber sie sind ja auch früh abgehauen. Der Fisch ist übrigens wirklich gut. Und der Salat kalt und knackig. Hier sollten wir öfter mal hingehen.«

»Gerne, schön, dass es dir schmeckt. Aber Halbstarke, weißt du, davon gab es genug damals und auch heute noch«, konterte Heiko. »Solche Typen werden immer unterwegs sein. Die Hormone spielen verrückt, schwarze Schafe im Dorf. Und je mehr sie ausgestoßen werden, desto aggressiver werden sie meistens. Das heißt aber nicht, dass Thorbies immer noch so sein muss. Er hat das Richtige getan und sich ein neues Leben aufgebaut. Er ist inzwischen ein international angesehener Geschäftsmann und hat keine Strafen im Register laut Interpol.«

Gisela hob die Augenbrauen und wiegte den Kopf. »Na, das ist aber schwer zu glauben. Wer weiß, was die da in Chile so treiben.«

»Sag mal, was ist denn da noch, warum hast du so einen Brass auf die beiden? Da war doch mehr als irgendwelche Schlägereien, oder? Raus mit der Sprache!«

»Eigentlich wollte ich nicht davon anfangen, denn es gibt keine Beweise. Aber es war damals auch Gerede von einer Vergewaltigung. Das Mädchen wurde schwanger und hat die beiden bezichtigt, sie vergewaltigt zu haben. Aber du weißt ja, wie das ist, den Frauen wird oft nicht geglaubt. Eine große Schande und viel Aufregung im Dorf damals, natürlich hinter vorgehaltener Hand. Ich habe es auch nur am Rande mitbekommen. Es gab keine Anklage, das Opfer hat dann abgetrieben. Ob die beiden das wirklich getan haben, lässt sich nicht beweisen, ist aber durchaus möglich und macht im Nachhinein auch Sinn. Es ist lange her, ich weiß. Aber als Thorbies die Plantage kaufte und hierhin zog, fiel mir die ganze Geschichte wieder ein. Ich traue ihm nicht über den Weg, so einfach ist das.« Gisela legte das Besteck zur Seite und nippte an ihrer Cola.

»Was hat das aber mit unserem Fall zu tun?«, fragte Heiko. »Wo ist da der Zusammenhang und vor allem, welches Motiv siehst du bei den beiden? Das hast du mir noch nicht erklärt.«

Gisela setzte sich gerade auf ihren Stuhl und sah Heiko entschlossen an. »Ich glaube, Thorbies hat seinen Halbbruder damals ermordet und Clara dafür büßen lassen. Ob Kai Cordes daran beteiligt war, weiß ich nicht. Irgendwie muss er erfahren haben, dass Christian Zweifel hatte und eventuell den Fall neu aufrollen würde. Malte Jensen hat er umgebracht, weil er die Plantage wollte. So ist er auch Clara näher, denn wenn er weitermacht, und das glaube ich ganz bestimmt, ist sie die Nächste, um sich das ganze Anwesen einzuverleiben. Was die Zeichen und die Kreide betrifft, da bin ich mir noch nicht ganz sicher, was das zu bedeuten hat. Und natürlich hat er versucht, uns auf eine falsche Spur zu locken mit den unterschiedlichen Abdrücken der Gummistiefel vor Maltes Scheune, die du gefunden hast.«

»Alles schön und gut, wenn auch etwas löcherig und nicht beweisbar. Ich bin noch nicht überzeugt von deiner Theorie. Denn der Mord an Petra Harlor passt da nicht rein. Und die Zeichen auf der Wange hast du auch noch nicht plausibel erklären können.«

Gisela wirkte plötzlich traurig. Sie holte tief Luft und sah Heiko entschlossen an. »Petra Harlor war das Mädchen, das damals vergewaltigt worden ist!«

43 Herbstzeitlose

Der Herbst war plötzlich da, kam schnell, grau, ohne Vorankündigung. Die Tage wurden kürzer. Tom schaute aus dem Fenster der kleinen Scheune auf den nassen Deich, den er seit ein paar Tagen nur noch mit Gummistiefeln betreten konnte. Es war nebelig, der November hielt, was sein schlechter Ruf versprach. Der Himmel hing tief über dem Land. Seine Farbe ein bleiernes Grau, in das sich dunkle Regenwolken mischten, die stündlich, so schien es, die Schleusen öffneten.

Auf seinen Spaziergängen schaute Tom vom Deich auf den Fluss, der hier im Bogen am breitesten war und täglich überzuschwappen drohte, wenn die Flut das Wasser der Elbe in die Oste drängte. Das nasse Schilf bog sich geschmeidig in den Sturmböen. Ab und zu hörte Tom Gewehrschüsse. Die Jagdsaison hatte begonnen.

Der Garten hatte seine Leuchtkraft verloren, die letzten wenigen Blätter an den Bäumen waren braun und durchnässt. Die Apfelbäume auf der Plantage waren längst abgeerntet und die zahlreichen Helfer nach der sehr ertragreichen Ernte abgereist. Thorben und Kai waren geblieben. Ansonsten war es ruhig auf dem Hof. Die Welt erschien ihm in den letzten Tagen wie in Watte gepackt.

Der Winter stand vor der Tür und Tom würde ihn hier am Ende des Deichs verbringen. Nicht allein, denn Schoko würde ihm Gesellschaft leisten. Er war in den letzten Wochen zutraulicher geworden, kam ab und zu am Tag zu Tom und stupste ihn mit seiner feuchten Schnauze an. Vielleicht um ihm zu sagen: Hey, du bist nicht allein, ich bin dein Freund. Wer wusste schon, was in Schokos

Hundehirn vor sich ging? Er schaute aus dem Fenster im ersten Stock auf die trübe Landschaft und vermisste wohl die Schafe, die nicht mehr auf dem Deich standen und blökten, und verfolgte nach wie vor gespannt mit Tom gemeinsam die Serien auf Netflix, solange das Internet funktionierte.

Schoko war ein Einzelgänger, aber das war Tom inzwischen auch. Vielleicht ist es auch nur eine Phase, dachte er und musste über sich selbst lachen. War nicht alles eine Phase? Bedeutete Leben nicht ständige Veränderung? Sein Großvater hatte ihm einmal gesagt, dass Männer mit vierzig erwachsen werden. Oder besser gesagt, sich entscheiden müssen, wie ihr Leben weitergeht. Er dachte öfter an Edmund, der vor fast einhundert Jahren als sehr junger Mann einen Sommer hier verbracht und ihm oft davon erzählt, ihm Bilder gezeigt hatte. Damals, als Tom noch ein kleiner Junge und heranwachsender Erbe des Familienunternehmens in der amerikanischen Provinz war. Edmund hatte geschwärmt, wie schön die Landschaft sei, wie sehr ihn die Menschen beeindruckten. Warum war er nie zurückgekehrt? Sechzig Jahre hatte Edmund nach seiner Rückkehr aus Hemmoor noch gelebt, ohne jemals wieder nach Deutschland zu reisen. Wollte er sich eine Erinnerung bewahren?, überlegte Tom an diesem trüben Novembermorgen. Ein Bild, das es vielleicht so nicht mehr gab, das der Krieg zerstört hatte? Einen Sommer, der sich nicht wiederholen ließ, da das Leben eben ständigen Wandel bedeutete? Oder wusste Edmund tief in seinem Inneren, dass es wohl niemals wirklich so gewesen war, wie er es erinnerte, und hatte Angst davor, damit konfrontiert zu werden?

Vor einem Jahr hatte Tom auf der Holzbank im Berliner Kleistpark gesessen und beschlossen, sein Leben zu ändern. Raus aus dem pulsierenden Trubel der Großstadt. Von New York nach Berlin und jetzt ans Ende der Welt am Deich.

Bereut hatte Tom seinen Entschluss nicht. Er liebte die Ruhe, das Land faszinierte ihn. Sein Leben war nicht einsam, aber er war oft allein. Es hatte kurze Begegnungen gegeben, auch mit Carolin Gerdes, der Kuratorin des Kunsthauses, mit der er zusammen die Ausstellung konzipierte. Tom wusste genau, dass er kein Abenteuer suchte, keine vermeintliche Erfüllung durch flüchtige lustvolle Begegnungen. Er war zufrieden mit sich, froh, alleine zu leben.

Selbst an diesem nasskalten Novembermorgen konnte und wollte er sich nichts anderes vorstellen, nicht woanders sein, abgelenkt durch Dinge, die ihm nicht mehr wichtig waren. Es gab keinen Platz im Moment für jemand anderen in seinem Leben. Tom wollte sich nicht erklären, er wollte sich nicht verlieben, um dann das Psychogeflecht eines anderen Menschen durchforsten zu müssen. Die Einsamkeit beflügelte ihn, und seitdem er das Glück hatte, und er empfand es als Glück, gerade hier an diesem Ort neue Inspiration für seine durstige Künstlerseele zu finden, konnte Tom wieder seinen Zeigefinger in die universelle Steckdose der Kreativität stecken.

Nicht alles war perfekt, aber das war es nie! Perfektion war kein erstrebenswerter Zustand für Tom, denn es würde bedeuten, dass er am Ende war und nichts besser, neuer, spannender gestalten könnte. Perfektion wäre der Stillstand für seine Kreativität.

Selbst die bislang unerklärliche Mordserie, in die Tom seit seiner Ankunft mehr oder weniger unfreiwillig verwickelt war, störte ihn nicht weiter. Er beobachtete den Fall, aber er berührte ihn nicht tief in seinem Inneren. Er hatte nur eine flüchtige Begegnung mit Malte Jensen gehabt. Petra Harlor, Christian Cordes und Johann Jolcke kannte er nicht und Angst, dass ihm selbst etwas zustoßen könnte, hatte er nicht. Er war außen vor, ein Zugezogener. Warum sollte ihn jemand umbringen wollen? Er hatte mit dem Kreidemörder nichts zu tun.

Tom konzentrierte sich in den letzten Wochen so gut wie ausschließlich auf seine Arbeit. Er dachte an kaum etwas anderes und brauchte am Morgen kein zimtdurchtränktes Franzbrötchen, damit er einen Grund hatte, aufzustehen. Er telefonierte ab und zu mit Heiko, sie trafen sich, spielten Dart in einer Kneipe und tranken ein Bier. Heiko hatte nach wie vor keinen Verdächtigen ausfindig machen können. Es gab keine Spuren, keine Beweise, keine weiteren Opfer. Immerhin interessierte sich Björn Schierling nicht mehr für das Thema und verschonte seine Leser mit Artikeln voller Spekulationen, die sich nie bewahrheiteten. In den Medien war es ruhig geworden um den Kreidemörder. Die Welt hatte andere Probleme.

Obwohl Tom nur knappe fünf Minuten Fußweg von Thorben und Clara entfernt lebte, hatte er die beiden seit dem Treffen in der Scheune Ende September nicht mehr gesehen. Die Tage flossen ineinander und waren ausgefüllt von Gedanken an Asta, an ihr Leben, ihr Schicksal und an das, was von ihr in ihren Töchtern weiterlebte. Ihre Töchter! Unterschiedlicher als Clara und Luisa konnten Schwestern nicht sein. Sie erinnerten ihn in keiner Weise an das Geschöpf seiner Skulpturen, das er nach dem Bild ihrer Mutter Asta kreierte und das wahrscheinlich nicht viel mit der Realität gemeinsam hatte.

Der Regen hatte nachgelassen. Alles war feucht, die Scheune war nicht beheizbar. Den Skulpturen machte das nicht viel aus, aber zwei der Zeichnungen, die auf Toms Arbeitsplatte lagen und die in drei Wochen im Kunsthaus ebenfalls ausgestellt werden sollten, wellten sich bereits etwas an den Ecken. Er musste sie ins Haus bringen und dort daran weiterarbeiten.

Tom war trotz des schlechten Wetters guter Laune. Das erste Mal seit Jahren spürte er wieder die intensive Verbindung zu dem, was er schuf. Er hatte das Gefühl, dass die Skulpturen und Zeichnungen aus seinen Händen flossen.

Tom holte tief Luft. Schoko, der immer noch am Fenster saß, drehte sich um und schaute ihn aus den großen braunen Augen an. »Alles klar, Dicker? Sobald es aufhört zu regnen, drehen wir eine Runde.«

Tom brachte die Zeichnungen ins Haus, kam schnell zurück und arbeitete in den nächsten Stunden an der letzten Skulptur, die er für die Ausstellung anfertigte. Er hatte sie noch keinem gezeigt, selbst Carolin hatte sie noch nicht gesehen. Die sechs Skulpturen, die er bisher geschaffen hatte, stellten Asta allein dar.

Bei dieser hielt sie ihre beiden Töchter im Arm. Die Mädchen waren noch klein und schmiegten sich an die Brust und in den Arm ihrer Mutter. Die Gesichter waren nicht deutlich zu erkennen. Die Skulptur zeigte eine Form der Intimität, die Tom selbst nicht kannte. Das Gefühl zwischen Mutter und Kind, Urvertrauen und Schutz. Er arbeitete schnell und sicher, strich liebevoll mit seinen gipsverschmierten Händen über die Gesichter der drei Figuren, die zu einer verschmolzen. Er vergaß die Zeit, ein Gefühl, das ihn mehr und mehr erfasste, je länger er hier lebte und an diesem Projekt arbeitete.

Irgendwann saß Schoko vor ihm und schaute ihn an. Kein Ton, kein Kratzen, keine Pfote. Der Blick reichte. Tom schaute auf die Uhr. Es war halb vier. »Oh Mann, mein Dicker, jetzt wird es aber wirklich Zeit! Es wird ja bald schon wieder dunkel.«

Tom fuhr sich kurz über das Gesicht, legte dann den Spachtel auf die Arbeitsplatte und wusch sich rasch die Hände. Auf dem Tisch stand noch der längst kalt gewordene Kaffee vom Frühstück. Er trank ihn rasch aus und zog sich Gummistiefel und seine dicke Jacke an.

Der Wind fegte die letzten Blätter von den Bäumen, als Tom mit Schoko durch die Plantage lief. Er atmete die feuchte, kalte Novemberluft tief ein und empfand einen Moment so etwas wie Glück. Er fragte nicht, warum, genoss einfach das Gefühl. Ein altes Lied fiel ihm ein: »Das Glück kennt nur Minuten.«

Der Gedanke kam und ging. Ein paar Minuten später ging er am alten Haupthaus vorbei. Es schien kein Licht, vielleicht war Clara in die Stadt gefahren. Was ist heute für ein Tag?, dachte Tom. Wahrscheinlich Mittwoch, da macht sie ihre Einkäufe in Stade.

Er hatte sie vernachlässigt nach dem Abend mit Thorben und Heiko in der Scheune, sich eigentlich vorgenommen, sich mehr um sie zu kümmern, ihr Hilfe anzubieten, falls sie etwas brauchte. Sie hatte seine Nummer, meldete sich aber auch nicht bei ihm. Warum sollten sie auch plötzlich beste Freunde werden? Irgendwie lebte jeder auf diesem Grundstück für sich und mit sich allein. Alle respektierten dieses stille Abkommen.

Tom ging an Luisas Garten vorbei. Die nackten Sträucher und durchschimmernden Hecken boten keinen Sichtschutz mehr und er konnte in das kleine Nebenhaus sehen. Luisa saß am großen Fenster und hob in diesem Moment den Kopf. Sie erkannte Tom und winkte ihm zu, bedeutete ihm, näher zu kommen. Er ging rasch durch den Garten, registrierte die zahlreichen Tontöpfe, in denen Luisa Kräuter züchtete, jetzt waren allerdings die meisten verwelkt. Er lief an den zwei kleinen Teichen vorbei, die unter den Birken ein dunkles Dasein fristeten. Schoko ging näher heran, schnüffelte an dem flachen, fauligen Wasser, wandte sich schnell wieder ab und durchquerte den Garten, als wolle er sich überzeugen, dass alles in Ordnung war, ihnen nirgendwo jemand auflauerte. Tom war immer wieder erstaunt, wenn er bemerkte, dass Schoko ihn instinktiv beschützte. Ein vierbeiniger Leibwächter, der selten einen Ton von sich gab. Sein Kinderherz hüpfte kurz, denn als Junge hatte Tom sich genau so einen Freund und Beschützer gewünscht. Jetzt blieb der Hund stehen und stellte die Ohren auf.

Luisa öffnete die Eingangstür und winkte ihn zu sich. »Tom, was für ein Zufall, kommen Sie doch herein, ich habe Sie ja seit Wochen nicht mehr gesehen. Haben Sie sich jetzt ganz der Arbeit gewidmet? Die Ausstellung ist ja Anfang Dezember. Ich habe gestern die Einladung bekommen.«

Er zögerte kurz und sah auf seine marschverschmierten Stiefel und Schokos Pfoten. »Ich weiß nicht, ob das so eine gute Idee ist! Wir machen Ihnen nur alles schmutzig.«

Luisa lachte. »Dann wird eben wieder sauber gemacht. Sehen Sie den Wasserhahn da vorne rechts? Spülen Sie kurz Schokos Pfoten ab und an der Spüle liegt ein altes Handtuch. Ihre Stiefel ziehen Sie am besten aus. Ich habe gerade Tee zubereitet. Und Baumkuchen gibt es auch.« Sie zwinkerte ihm zu. »Geben Sie Ihrem Herzen einen Ruck und leisten Sie mir Gesellschaft für ein halbes Stündchen, Clara ist in Stade und Gloria kommt morgen erst vorbei.«

Schoko stand immer noch ein paar Meter entfernt im Garten und hatte nicht die Absicht, näher zu kommen. Er trug keine Leine und auf Pfiffe reagierte er sowieso nicht. Tom ging auf ihn zu und flüsterte ihm ins Ohr: »Ich weiß, du magst sie nicht besonders, aber spring mal über deinen Schatten. Sie ist einsam, da solltest du mal ein bisschen Nachsicht haben, mein Freund.«

Der Hund schaute ihn nicht an, behielt Luisa im Blick und näherte sich Tom nur zögernd. Er ließ sich geduldig die Pfoten abwaschen, folgte ihm ins Haus und platzierte sich neben die Tür. Tom setzte sich zu Luisa, die ihm Tee eingoss.

»Er ist, wie er ist«, lächelte sie. »Man kann nicht jeden mögen. Das verstehe ich sehr gut.« Schoko drehte sich mit der Schnauze zur Tür und zeigte ihr die Kehrseite.

Luisa lachte auf und wandte sich dann Tom zu. »Also, noch drei Wochen, wie aufregend. Ich bin ja sehr gespannt, was Sie uns präsentieren. Kommen Sie denn gut voran? Ich hoffe, die Ausstellung wird ein Erfolg. Womit arbeiten Sie eigentlich? Sind die Skulpturen aus Ton?«

»Unter anderem. Ich benutze aber auch Zement. Liegt wohl in der Familie. Schließlich hat mein Großvater damit sein Geld gemacht. Ich führe das Unternehmen also doch in irgendeiner Form weiter, zumindest auf künstlerischer Ebene.«

Luisa sah ihn an. »Das habe ich mir gedacht, als ich das Foto der Büste auf der Einladung sah. Asta ist ein sehr guter Titel für die Ausstellung, mehr braucht es nicht. Ich finde es auch gut, dass sie als Person anonym bleibt. Ich möchte mir gar nicht ausdenken, wie sich Björn Schierling darüber auslassen würde. Er würde Clara in den Dreck ziehen. Aber zurück zu Ihren Materialien, sie passen zur, wie soll ich sagen, Rohheit der Darstellung, wenn Sie verstehen, was ich meine. Die Zeichnungen habe ich noch nicht gesehen, ich bin sehr gespannt. Und es ist ja schon fast wie eine Verschmelzung der Vergangenheit mit der Gegenwart. Sie haben ja erwähnt, dass Ihr Großvater in den Zwanzigerjahren geschäftlich mit der Zementfabrik zu tun hatte, dann macht es ja Sinn, dass Sie mit diesen Materialien arbeiten. Gibt es Ihre Firma eigentlich noch?«

»Nein, und das ist auch besser so. Ich eigne mich überhaupt nicht als Firmenchef. Mein Vater hat das Familienunternehmen, Gott sei Dank, vor mir in den Sand gesetzt. Irgendwann war die Zeit ja auch vorbei. Ich glaube, die Zementfabrik hier in der Gegend ist auch in den Achtzigerjahren geschlossen worden. Unsere Fabrik war aber immer ein Familienunternehmen, im Gegensatz zur hiesigen Anlage. Und ich bekam, dank meines Großvaters, einen Trustfond, der mich absichert, und habe Geld von der Schwester meines Vaters geerbt, sonst könnte ich mir das Leben als freier Künstler nicht leisten.«

Sie lächelte ihn an. »Und das ein oder andere Kunstwerk haben Sie über die Jahre ja auch verkauft. Wie ich gelesen habe, sind Sie kein unbeschriebenes Blatt auf dem Kunstmarkt! Probieren Sie mal den Baumkuchen, er ist frisch, ich habe ihn übrigens selbst hergestellt. Sie sollten mich in dieser dunklen Zeit etwas öfter besuchen, ich backe sehr viel! Und warten Sie erst einmal ab, bis Sie im Advent meinen Stollen probiert haben, der ist wirklich etwas Besonderes.« Luisa schmunzelte, schnitt ein Stück des mit Schokolade umhüllten Schichtkuchens ab und legte es für Tom auf einen Teller mit einem Dekor aus zarten Kamelienblüten.

»Es gibt noch einen anderen Grund, warum ich Sie spontan hereingewunken habe, abgesehen davon, dass ich Ihre Gesellschaft an so einem Nachmittag zu schätzen weiß. Ansonsten hätte ich Sie heute Abend noch angerufen. Ich habe jetzt im Herbst ja sehr viel Zeit und meine Archive durchgeschaut. Einen Moment bitte.« Behände rollte sie zum Schreibtisch, griff nach einem Umschlag und reichte ihn Tom mit einem freudigen Ausdruck. »Nun machen Sie ihn schon auf.«

Tom öffnete das Kuvert, in dem sich drei Fotos befanden. Das erste hatte er bereits im Frühjahr in der Nähe des Zementmuseums gesehen, es zeigte die Familie des Fabrikdirektors und die des Gutsbesitzers Andresen, Maltes Großvater, auf einem Fest. Die Familienähnlichkeit war nicht zu übersehen. Andresens Frau sah aus wie eine jüngere Version von Bertha Jensen, die zur Zeit der

Aufnahme noch nicht geboren war. Neben ihr standen die Angestellten des Hofes.

»Ich konnte selbst nicht glauben, dass es diese Bilder im Nachlass meiner Mutter gab. Erstaunlich, dass auch die Hofarbeiter mit auf das Foto kamen, aber ich nehme an, sie gehörten sozusagen zur Familie, alle lebten ja zusammen auf dem Gut. Das Foto stammt von 1924«, erklärte Luisa.

Toms Blick fiel auf die junge Frau am rechten Bildrand, die ihm schon beim ersten Mal aufgefallen war, als er das Bild gesehen hatte. Damals konnte er sie nicht einordnen. Jetzt sah er die Ähnlichkeit. Er tippte mit dem Zeigefinger auf das Bild.

Luisa lächelte. »Ja, Sie haben es also auch erkannt. Das ist Minna, meine Großmutter, Astas Mutter. Ich weiß, Clara sieht ihr ähnlich. Aber schauen Sie sich auch die anderen an.«

Tom nahm ein weiteres Bild aus dem Umschlag. Es zeigte Luisa und Clara als junge Frauen. Die Ähnlichkeit Luisas mit ihrer Mutter war verblüffend, auch wenn sie nicht deren faszinierende Ausstrahlung hatte. In Clara hingegen erkannte er einige Züge ihrer Großmutter. Das gleiche Lächeln, die gleiche Körperhaltung.

»Tja, die Gene lügen nicht, wir können nicht verschweigen, woher wir kommen. Und das betrifft auch Sie, mein junger Freund.«

Luisa deutete auf den Umschlag und Tom nahm das dritte Bild heraus. Es hatte Ähnlichkeit mit dem ersten Foto, denn es zeigte ebenfalls ein Fest. Alle Gäste hatten sich für das Gruppenfoto in guter Laune präsentiert. Neben dem Fabrikdirektor stand ein hübscher junger Mann mit welligem, dunklem Haar. Er trug einen Anzug und lachte in die Kamera. Edmund Morten. Wehmütig strich Tom über das Bild, spürte den Stich in seinem

Herzen. Ihn erfüllte die Trauer um den Mann, der ihm in seiner Kindheit als Einziger in der Familie ansatzweise ein Gefühl von Liebe und Geborgenheit geben konnte. Tom wollte diese Verletzlichkeit nicht vor Luisa zeigen, räusperte sich kurz und widmete sich rasch den anderen Personen auf dem Foto. Er entdeckte neben den Andresens auch wieder Minna.

Luisa lächelte. »Wie sie Ihren Großvater anschaut! Er sieht ja auch zum Verlieben aus. Ist es nicht erstaunlich, dass unsere Vorfahren sich kannten? Unglaublich! Und nun treffen wir uns ein Jahrhundert später und sind Nachbarn. Und vergessen Sie nicht Malte Jensens Familie! Wenn ich an Karma glauben würde …« Sie musterte ihn. »Sie sehen ihm übrigens sehr ähnlich. Hat Ihr Großvater eigentlich Deutsch gesprochen?«

»Aber sicher. Von ihm habe ich die Sprache gelernt. Ich habe heute Morgen noch über ihn nachgedacht, er ist nie wieder nach Deutschland gekommen, sein ganzes Leben nicht. Aber er hat mir oft von seinem Aufenthalt hier erzählt.«

»Wie alt ist er denn geworden?«

»Fast neunzig, auch das Altwerden liegt in unserer Familie.« Tom zögerte einen Moment. »Entschuldigen Sie, wenn ich nachfrage, aber was ist aus Ihrer Großmutter geworden? Hat sie sich nicht um Sie und Clara kümmern können, als Ihre Mutter verstorben war?« In diesem Moment fiel es ihm wieder ein. Er hätte sich selbst ohrfeigen können, dass er vermutlich in einer alten Wunde rumgestochert hatte. Denn Bertha Jensen hatte ja auf dem Friedhof erzählt, dass Asta selbst zu einer Waise geworden war. Darüber hatte aber keine der beiden Schwestern mit ihm gesprochen, wie ja auch nicht über Astas Freitod.

Für einen kurzen Moment verdunkelte sich Luisas Gesicht. »Ich kannte meine Großmutter nicht. Sie hat sich das Leben genommen, als meine Mutter ein kleines Mädchen war. Sie hat nie über ihre Kindheit oder ihre Mutter gesprochen. Interessant, wie sich die Geschichte wiederholt, nicht wahr? Sie hat das Schicksal ihrer Mutter wiederholt und sich genau wie sie das Leben genommen. Und uns somit allein gelassen.«

»Kennen Sie den Grund?«

»Nein, ich weiß es nicht. Eines Abends kam sie nicht nach Hause. Sie arbeitete im Studio eines Fotografen, sein Name war Paul Hirschler. Von ihm stammen ja auch die Bilder, die Sie von ihr kennen. Sie kam einfach nicht zurück. Am nächsten Morgen haben uns Polizisten und eine Frau von der Wohlfahrt abgeholt und zu den Nonnen gebracht. Clara war völlig traumatisiert und weinte nur. Ich musste stark sein für sie. Und versuche, es auch heute noch zu sein. Das ist auch nötig. Ich befürchte nämlich, dass es ihr nicht besonders gut geht, um ehrlich zu sein. Dieser anonyme Brief macht ihr doch mehr zu schaffen, als sie zugibt. Sie hat sich in den letzten Wochen noch mehr zurückgezogen. Ich kann mir wirklich nicht erklären, wer ihn geschrieben hat und warum man ihr etwas antun möchte. Das kann doch gar nicht sein, es gibt überhaupt keinen Grund dafür, glauben Sie mir. Außer natürlich …«

Sie zögerte und gab sich einen Ruck. »Außer natürlich, der neue Nachbar hat was mit der ganzen Geschichte zu tun, wenn Sie verstehen, was ich meine.«

»Thorbies? Nein, das glaube ich nicht, warum sollte er ihr drohen? Clara hat Ihnen doch sicher von dem Treffen bei mir in der Scheune erzählt.«

»Ja, das hat sie, aber Clara ist eine gutgläubige Seele. Was wissen wir denn wirklich von diesem Mann? Es tut mir leid, dass er krank ist, aber vielleicht gibt es doch noch ganz andere Gründe für seine Rückkehr. Gründe, die uns unbekannt sind. Man kann ja nicht in die Menschen hineinschauen.«

Luisa schenkte Tom etwas Tee nach. »Ich meine, offensichtlich mochte er seinen Bruder Johann, meinen Schwager, nicht. Und hat, wie soll ich sagen, eine etwas undurchsichtige Vergangenheit. Ich sehe ihn öfter mit dem Gewehr über den Hof gehen, er ist wohl der Jagd sehr zugetan, so wie auch sein Freund Kai Cordes.«

Sie trank einen Schluck Tee. »Was schauen Sie mich so erstaunt an? Ich habe nicht viel zu tun, mein junger Freund, und meine Fenster gehen in Richtung Garten und auf die Nordseite. So kann ich viel von der Plantage sehen. Ich will Sie gar nicht davon überzeugen, dass Johanns Bruder, der sich übrigens noch nicht bei mir vorgestellt hat, etwas mit diesen schrecklichen Morden zu tun hat. Aber mir ist er nun mal suspekt. Und ich möchte sie einfach nur bitten, ein offenes Auge zu haben, und falls Ihnen etwas auffällt, ihren Freund, den Kommissar, darüber zu informieren. Man kann sehr schnell die alten Schlösser der Türen in unserem Haus aufbrechen. Ich habe mich immer sehr sicher hier gefühlt, aber seitdem diese beiden Männer unsere Nachbarn sind …«

»Aber natürlich werde ich Heiko informieren, sollte ich etwas Merkwürdiges bemerken«, versicherte Tom. »Das ist doch selbstverständlich.«

»Und eine letzte Bitte. Wie gesagt, Clara geht es nicht so gut und ich habe jedes Mal Angst, wenn sie mit dem Auto unterwegs ist. Gloria bringt ja sonst immer die Medikamente aus der Apotheke mit, kann sich aber im Moment um vieles einfach nicht kümmern, da sie gerade sehr viele Patienten hat. Sie ist eine treue Seele, wenn auch nicht immer einfach, aber wer ist das schon. Ich kenne Gloria schon sehr lange, sie behandelt mich, seitdem ich hier wohne, und ich bin so froh, sie gefunden zu haben! Ein bisschen bin ich wie Familie für sie, sie hat ja keine mehr. Sie kommt übrigens aus Agathenburg, genau wie Ihr Freund, der Kommissar. Ihre Eltern sind bei einem Hausbrand vor einigen Jahren gestorben. Tragisch. Ganz furchtbar! Das war für mich eine Gelegenheit, ein wenig Unterstützung und Zuneigung zurückzugeben und ihr zu helfen, den Verlust zu überwinden.« Sie lächelte Tom wieder an.

»Und so treffen wir Waisenkinder uns doch alle irgendwie wieder und unterstützen uns gegenseitig. Und Sie sind jetzt auch Teil dieser Gruppe, dieser Familie. Aber das ist eine andere Geschichte, die ich Ihnen vielleicht bei unserem nächsten Teeplausch erzähle.«

»Was ist denn nun Ihre Bitte?« Tom schaute auf die Uhr. »Ich helfe Ihnen wirklich gerne, aber ich muss bald los. Es wartet noch viel Arbeit auf mich.«

»Ach ja, natürlich. Und ich will Sie auch nicht länger aufhalten. Also, wenn Sie in die Stadt fahren, könnten Sie mir vielleicht ein paar Dinge mitbringen, damit ich Clara damit nicht belasten muss? Und wie gesagt, die Augen offenhalten.«

»Selbstverständlich. Sie haben ja meine Handnummer. Einfach anrufen. Ich fahre meistens freitags, um meine Einkäufe zu erledigen.«

»Herrlich. Tom, Sie sind ein Geschenk des Himmels, und das meine ich genau so, wie ich es sage! Dann rufe ich Sie am besten Freitagmorgen an! Und wenn Sie mögen und Zeit haben, trinken wir wieder Tee. So, und nun genug geplaudert. Ziehen Sie weiter und seien Sie kreativ.« Sie schaute auf die Bilder. »Und wenn Sie mögen, können Sie sich gerne eine Kopie des Bildes von Edmund machen. Ich leihe Ihnen das Foto aus! Und nehmen Sie den Kuchen doch einfach mit als kleines Dankeschön. Nicht dass Sie mir vom Fleisch fallen. Sie brauchen doch Ihre Kräfte in den nächsten Wochen!«

Tom erhob sich. Es war sehr warm im Haus, das hatte er vorhin gar nicht wahrgenommen. Für einen kurzen Moment wurde ihm schwindelig. Zeit, dass er an die frische Luft kam. Es dämmerte bereits. Der Wind hatte aufgefrischt und die Wolken waren auseinandergestoben. Ein schwacher Halbmond hing über der Plantage.

Tom verabschiedete sich von Luisa, nahm den Kuchen, den sie in einen Behälter gepackt hatte, und öffnete die Tür. Kalte Luft strömte ihm entgegen. Schoko konnte nicht schnell genug aus dem Haus kommen. Ungeduldig quetschte er sich durch die Tür, rannte in den Garten und schaute sich nicht mehr um.

44 Der Morgen danach

Tom hatte tief und traumlos geschlafen und wachte mit Kopfschmerzen auf. So wie an fast jedem Morgen in den letzten zwei Wochen. Vielleicht war das Tiefdruckgebiet daran schuld oder das fehlende Licht in der dunklen Jahreszeit.

Es war Samstag, Anfang Dezember, der Morgen nach der Ausstellungseröffnung im Kunsthaus. Tom war in den letzten Wochen vollkommen in Astas Universum abgetaucht. Bis zur letzten Minute hatte er an Zeichnungen gearbeitet. An Skizzen und Entwürfen, die sich auf die Vorstellung konzentrierten, die er von dieser Frau hatte. Er hatte eine Muse gefunden, die ihn und seine Arbeit in Anspruch nahm, ihn forderte, ihn inspirierte. Noch immer war ihm nicht klar, warum er sich ihr so verbunden fühlte.

Einmal pro Woche hatte er Luisa besucht, mit ihr Tee getrunken und ihre selbst gebackenen Kuchen gegessen. Sie packte ihm immer ein Extrastück ein, »für später«, damit er, wie sie sich ausdrückte, »nicht vom Fleisch fiel«.

Sie hatte Recht, er hatte abgenommen. Aber das würde sich schnell wieder ändern. Wenn er im kreativen Prozess war, vergaß er einfach zu essen. Schoko drängte ihn täglich zu einem ausgedehnten Spaziergang, ansonsten hätte Tom sich in den letzten Wochen vor der Vernissage in der Scheune zwangsisoliert, um so viel wie möglich zu arbeiten.

Leider hatte er bei den Treffen mit Luisa keine weiteren aufschlussreichen Informationen über Asta bekommen. Aber sie hatte einige Fotos ihrer Mutter gefunden, aufgenommen im Studio des Fotografen Paul Hirschler in Hamburg, bei dem sie gearbeitet hatte. Aus heutiger Sicht unschuldige Bilder, aber für die Fünfzigerjahre bestimmt sehr freizügig. Ein Bild zeigte sie im Negligé, das kaum etwas verbarg.

Luisa hatte gelacht. »Paul Hirschler hatte sein Studio auf der Reeperbahn, da können Sie sich vorstellen, was ihm sonst noch vor die Linse gekommen ist. Man kann aber auch eindeutig an der Ausleuchtung erkennen, dass er versucht hat, alte Hollywood-Fotokünstler wie George Hoyningen-Huyne oder den damals bereits bekannten Albert Watson zu imitieren. Schauen Sie genau hin. Er war begabt. Dass meine Mutter ihm erlaubt hat, sie so freizügig darzustellen, beweist, dass sie ihm vertraut hat. Ich meine, selbst die Dietrich ließ sich damals im Negligé ablichten. Und meine Mutter hatte einen wunderschönen Körper, warum ihn also verstecken? Ich glaube nicht, dass diese Bilder jemals veröffentlicht worden sind. Vielleicht waren es auch nur Testaufnahmen für die Lichteinstellungen. Wir werden es wohl nicht erfahren. Dieses Bild ist auf den Mai 1956 datiert, elf Monate später war sie tot.« Luisa wischte sich mit der Hand über die Stirn, als wolle sie diese traurige Erinnerung aus ihrem Gedächtnis verscheuchen. »Paul Hirschler war verheiratet und hatte eine kleine Tochter, Renate. Ich habe sie einmal getroffen, sie war so alt wie ich. Keine Ahnung, was aus ihr geworden ist.«

Luisa freute sich immer, Tom zu sehen, und hatte ihm gestanden, dass sie im Winter doch sehr unter der Einsamkeit litt. Sie trafen sich meistens mittwochs, wenn Clara ihre Einkäufe machte und mit dem Auto unterwegs war.

Tom lag weiterhin mit geschlossenen Augen im Bett und fühlte kleine Luftstöße in regelmäßigen Abständen an seiner Wange. Er gähnte, drehte den Kopf und sah zur Seite. Schoko lag neben ihm, den großen Hundekopf nur eine Handbreit von Toms Gesicht entfernt, und schaute ihn an. Sein warmer Atem streifte Toms Gesicht jedes Mal, wenn er ausatmete. Jetzt kam ein großer Seufzer aus seiner haarigen Brust, gefolgt von einem tiefen, kehligen Wuff. Unwillkürlich und trotz des Schmerzes in seinen Schläfen musste Tom lächeln. Es geschahen noch Zeichen und Wunder. Schoko verhielt sich wie ein richtiger Hund! Er streckte eine Pfote aus und legte sie vorsichtig auf Toms Oberarm.

»Na, Dicker, willst du mir gratulieren? Du hast auch allen Grund dazu. Die Ausstellung war ein großer Erfolg. Stell dir vor, ich hätte alle Skulpturen und auch die meisten Zeichnungen gleich verkaufen können. Machen wir aber nicht, oder was meinst du? Noch sollte Asta etwas bei uns bleiben. Ich glaube, ich werde mir die Käufer diesmal selber aussuchen. Ich möchte wissen, zu wem sie geht!«

Schoko neigte den Kopf zur Seite, kroch noch etwas näher zu Tom und legte ihm plötzlich die Vorderpfote auf die Wange. Sein kupierter Schwanz wackelte aufgeregt. Tom lachte und streichelte den großen Hundekopf.

»Na, was ist denn mit dir heute Morgen los? Ich weiß, du warst nicht besonders erfreut darüber, dass du gestern so lange alleine warst, aber ich konnte dich wirklich nicht mit in das Kunsthaus nehmen. Dann hätten sich ja alle nur um dich gekümmert, weil du so ein wunderbarer Hund bist.«

Er richtete sich auf und schob das zweite Kissen unter seinen Kopf. Der Schmerz saß nicht nur in den Schläfen, Toms Stirn schien zu platzen und ihm war übel. »Ich darf wirklich nicht mehr trinken, Dicker. Mann, dabei waren es doch nur zwei Gläser Wein. Früher habe ich nach zwei

Flaschen noch nichts gemerkt. Ah, Altwerden ist nichts für mich. Oder sollte ich mehr trinken, um mich wieder daran zu gewöhnen? Was meinst du? Das wird ein harter Winter für uns beide. Mit oder ohne Alkohol, das ist hier die Frage, mein vierbeiniger Gefährte!«

Er sah Schoko fragend an. »Wie alt bist du eigentlich? Gib's zu! Wir sind wahrscheinlich gleich alt.« Schoko drehte den Kopf zur Seite und schaute Richtung Fenster. Tom musste schmunzeln. »Siehst du, habe ich doch recht. Du bist wahrscheinlich sogar noch älter als ich und willst es nur nicht zugeben. Ein eitler Hund, wer hätte das gedacht.«

Er streichelte Schoko weiter, der sich jetzt hinlegte und seinen Kopf auf Toms Brust platzierte. Keine Ahnung, was heute mit ihm los ist, dachte Tom, aber ihm gefiel es. Wahrscheinlich hatte ihm jemand über Nacht einen anderen Hund ins Haus geschmuggelt, und der wahre Schoko saß unten in der Küche und wartete auf die Schafe, die nicht kamen, sein Fressen und den allmorgendlichen Spaziergang. Und drehte ihm nach wie vor den Rücken zu!

Tom legte sich zurück in die Kissen. Die Welt konnte heute Morgen ruhig etwas warten, er würde langsam in den Tag starten. Es hatte geschneit und der Deich lag unter einer dicken, weißen Decke, die jedes Geräusch von draußen erstickte. Der Schnee musste gestern Nacht gefallen sein, nachdem Tom zurückgekommen war. Gott sei Dank schien die Sonne, sie ließ die Landschaft glitzern, und der Himmel war nicht trüb und wolkenverhangen wie in den letzten Wochen, sondern strahlend blau. Das hob seine Stimmung. Wenn nur nicht diese elenden Schmerzen in der Stirn wären.

Die Ausstellungseröffnung im Kunsthaus gestern Abend war wirklich gut gelaufen. Alle waren gekommen.

Die Kunstbeflissenen der Stadt, die Wohlstandsbürger, überraschend viele junge Leute, aber auch die Presse. Selbst Kritiker aus Hamburg hatten nicht gefehlt. Es hatte sich herumgesprochen, dass Tom Morten im Stader Kunsthaus ausstellte. Die ersten neuen Werke seit drei Jahren. Ein Kritiker der Zeit hatte ihm freundschaftlich auf die Schulter geklopft, selbst Björn Schierling hatte gratuliert. Na, das ist bestimmt noch nicht das Ende der Geschichte, dachte Tom, irgendetwas würde diesem Schmierling noch einfallen, um Toms Arbeiten in den Dreck ziehen zu können. Auch der Besitzer der Galerie in Berlin, der seine Werke vor einigen Jahren gezeigt hatte, war angereist.

»Großartig, Tom. Wirklich. Du hast deinen Drive wiederbekommen. Diese Skulpturen strotzen vor Kraft und Emotion. Ich hoffe, ich darf sie auch bald zeigen. Und natürlich verkaufen«, fügte er augenzwinkernd hinzu.

Clara und Luisa waren mit Gloria erschienen. Es war erstaunlich, wie Luisa alle um ihre perfekt manikürten Finger wickelte. Gekleidet in Chanel saß sie, ganz Freifrau von Bassen, in ihrem Rollstuhl, nippte am Champagner und führte geistreiche Konversation. Natürlich waren die Schwestern für viele eine Attraktion, man hatte sie selten zusammen in der Öffentlichkeit gesehen.

Auch Clara hatte sich zur Feier des Tages ihrer verbeulten Jogginghose entledigt und trug ein schwarzes Kleid, das mit Blumengirlanden aus Seide verziert war. Die Haare waren frisiert und sie hatte nichts mit der Frau zu tun, die Tom am ersten April kennengelernt hatte. Nichts erinnerte mehr an die leicht verkommene Einsiedlerin, die ihm, nachdem er Petras Leiche entdeckt hatte, die Tür geöffnet hatte. Auch Heiko war von Claras Wandel beeindruckt und sagte es ihr. Ihr Lächeln und die Freude über dieses Kompliment konnte sie nicht verbergen. Ein wahres Chamäleon, dachte Tom, als er sie sah, von Stolz und Liebe zu ihrer Mutter erfüllt, die Tom so kunstvoll wieder zum Leben erweckt hatte.

Gabriele Römer war ebenfalls erschienen. Zu grell geschminkt ging sie durch die Räume und erschien ihm einsam und traurig. Als sie vor Astas Büste stand, kam Clara in den Teil der Ausstellung. Tom war gespannt, was passieren würde. Die beiden Frauen nickten einander zu. Dann ging Clara zu Gabriele und drückte ihr kurz die Hand. Kein Wort wurde gewechselt. Seltsam, dachte Tom. Hatten sich die beiden vertragen? Clara hatte nach ihrem Unfall, als sie aus dem Krankenhaus entlassen worden war, nie etwas erwähnt. Vielleicht wusste Heiko mehr, er würde ihn später fragen, wenn es ruhiger war.

Heiko war mit einigen Kollegen gekommen, unter anderem Gisela Sievers, die eifrig plaudernd durch die Ausstellung wanderte und nur argwöhnisch schaute, wenn ihr Thorben Thorbies begegnete. Sie traute ihm nach wie vor nicht über den Weg und versuchte auch erst gar nicht, das zu verbergen. Wenn Blicke töten könnten, wäre Gisela an diesem Abend verhaftet worden.

Thorben wurde bereits von Gloria in Beschlag genommen, was Tom keineswegs überraschte. Er war wohlhabend, die beste Partie in der Stadt, sah gut aus und war Single. Und offensichtlich gefielen ihm Glorias Avancen. Kai Cordes stand im Abseits, aber seinem Blick zufolge war es nicht das erste Mal, dass Thorben dem Charme einer Frau erlag. Gloria flirtete, was das Zeug hielt, sah umwerfend aus in ihrem tief dekolletierten, eng anliegenden Kleid und den langen, welligen roten Haaren. Sie machte ihrem Ruf als Vamp alle Ehre. Eine zähnefletschende Jessica Rabbit, dachte Tom belustigt. Das konnte ja ein lustiger Abend für den Rinderbaron werden. Hoffentlich fraß sie ihn nach der Paarung nicht auf.

Das Bild einer Gottesanbeterin erschien für eine Sekunde vor seinen Augen.

Carolin Gerdes hatte als Kuratorin alles im Griff und stellte Tom den Leuten vor, die ihrer Meinung nach wichtig waren. Vielleicht hatte er auch deswegen Kopfschmerzen. Das gesellschaftliche Gesäusel und die sich wiederholenden, unwichtigen Floskeln würden jedem, der die letzten Monate in Abgeschiedenheit verbracht hatte, einen dicken Kopf bereiten.

Blogger und Influencer waren ebenfalls auf der Vernissage und posteten, was das Zeug hielt. Bilder mit Tom, mit seinen Werken und sich selbst, die Kamera immer schön von oben, leicht geneigt, mit geschürzten Lippen. Tom rollte innerlich die Augen. Es wusste, dass es den meisten nicht um Kunst ging, sondern um sich selbst und das Anwerben neuer Follower. Asta und Tom waren schillerndes Beiwerk für ihre narzisstischen Selbstinszenierungen. Einige führten unsägliche Interviews mit ihm, die an Oberflächlichkeit nicht zu überbieten waren, und hatten offensichtlich ihre Hausaufgaben nicht gemacht.

»Ist das Ihre erste Ausstellung?«, »Kann ich Sie gleich mit Ihrem Insta-, TikTok-, Twitter-, Snapchat-Account verlinken?«, »Ist Asta Ihre Freundin?«, »Wo leben Sie denn im Moment?«.

Hätten sie nur die kurze Info in der Broschüre zur Ausstellung gelesen, hätten sie sich diese Fragen sparen können, dachte Tom, blieb freundlich und hatte jetzt erst recht wenig Lust, sich am Social Media-Zirkus zu beteiligen. Nicht seine Welt.

Tom hatte mit Heiko, Carolin Gerdes und ihrem Bruder Heiner nach der Vernissage noch in einem Restaurant am alten Hafen etwas getrunken. Heiner hatte nach fünfzehn Jahren in Berlin seine Zelte in Hamburg aufgeschlagen. Er war Journalist, ein gut aussehender, intelligenter

Mann, der jetzt bei einem neuen Lifestyle-Magazin die Chefredaktion übernehmen würde. Dass Heiko ihn mochte, war nicht zu übersehen, die beiden waren beste Freunde in der Schule gewesen und knüpften schnell da an, wo sie vor vielen Jahren aufgehört hatten. Heiner hatte eine Scheidung hinter sich und wollte einen Neustart in der Hansestadt wagen.

Tom gähnte. Ein paar Aspirin und ein starker Kaffee würden ihn fit machen für den Tag. Vielleicht ein Spaziergang im Schnee, das würde auch dem haarigen Freund gefallen, der entspannt auf dem Bett lag.

Die Sonne schien und es glitzerte auf dem Deich. Der Schnee war in diesem Jahr schon am 12. Dezember gekommen. Gestern Abend war es klar und trocken gewesen, die Erde leicht gefroren von den Minusgraden der letzten zwei Wochen. Tom war in der letzten Nacht gegen 1 Uhr nach Hause gekommen. Der Schnee musste später gefallen sein, vielleicht in den frühen Morgenstunden.

Als er bei Thorben vorbeigefahren war, schien noch Licht im oberen Stockwerk, und der Kleintransporter, mit dem Gloria Luisa und ihren Rollstuhl beförderte, stand unter der großen Kastanie, die das Grundstück von Claras Haus trennte. Tom hoffte, dass der zurückgekehrte Sohn viel Spaß mit der nymphomanen Physiotherapeutin hatte. Jedem Topf seinen Deckel, wenn's denn Spaß machte. Neben- und Haupthaus der Schwestern hatten im Dunkeln gelegen, alles war ruhig gewesen, sie hatten die Ausstellung gegen 22 Uhr verlassen. Gloria hatte sie nach Hause gebracht. Thorben war kurz danach mit Kai Cordes gegangen.

Tom schaute auf sein Handy. Es war halb neun, Zeit, aufzustehen. Er wollte den sonnigen Tag nutzen. Ein paar Minuten später stand er in der kleinen Küche und trank endlich einen starken Kaffee. Die Sonne schien ins Haus.

Er schaute auf das Thermometer, es waren bereits vier Grad in der Sonne und die weiße Pracht auf dem Deich würde nicht von langer Dauer sein, auch wenn der Boden noch von der Nacht gefroren war. Es tropfte bereits vom reetgedeckten Dach, am Nachmittag würde der Deich wahrscheinlich wieder vermatscht sein. Am besten machte er gleich seinen Spaziergang mit Schoko.

Toms Handy klingelte. Es war Clara. Überrascht nahm er ab. Vielleicht wollte sie ihm gratulieren. »Guten Morgen, Clara, was verschafft mir die Ehre des frühen Anrufes? Ich hoffe nicht, dass du mich brauchst, um den Schnee wegzuräumen.«

Einen Moment herrschte Stille am anderen Ende der Leitung.

»Clara, was ist los? Alles okay?«

Ihre Stimme war nicht mehr als ein Flüstern. »Tom, was soll ich machen? Etwas Furchtbares ist passiert. Thorben steht im Garten. Er hat ein Gewehr bei sich. Neben ihm auf dem Boden liegt Gloria. Ich weiß nicht, was hier los ist. Blut kann ich nicht sehen, aber sie bewegt sich nicht. Tom, ich glaube, sie ist tot.«

45 Zehn Zentimeter

Der Schnee schmolz so schnell, dass man dabei zusehen konnte. Die Minustemperaturen der letzten Wochen waren seit heute Morgen Geschichte, ein Hochdruckgebiet pumpte warme Meeresluft in den Norden Deutschlands. Der Schneesturm in der Nacht war offensichtlich nur ein letztes kurzes Intermezzo gewesen. Das Wetter schlägt Kapriolen, hatte Edmund immer gesagt. Warum dachte Tom gerade in diesem Moment an den Spruch seines Großvaters?

Er fühlte sich plötzlich allein, hilflos. Trotz der Beamten, die um ihn herumstanden und die Spuren sicherten. Heiko war mit Clara und Luisa im Nebenhaus. Thorben sollte später bei sich zu Hause verhört werden. Einsamkeit machte Tom nichts aus, aber Hilflosigkeit hatte er bisher nicht gekannt.

Gloria war tot, das nächste Opfer auf der Plantage. Offensichtlich hatte der Kreidemörder wieder zugeschlagen. Tom hatte plötzlich ein mulmiges Gefühl im Bauch. War er hier noch sicher?

Es tropfte von den Bäumen und den Dächern. Am Nachmittag würde der Schnee geschmolzen sein. Die Beamten mussten schnell arbeiten, wenn sie überhaupt irgendwelche Spuren um Glorias Leiche sicherstellen wollten. Hatte der Wetterbericht diesen Temperaturanstieg eigentlich vorausgesagt? Wusste der Mörder davon und hatte das mit eingeplant?, überlegte Tom.

Warum in der letzten Nacht? Warum hier im Garten? Und vor allen Dingen: warum Gloria? Warum stand sie auf der Liste des Kreidemörders? Was hatte sie mit den anderen Opfern zu tun? Es macht einfach alles keinen Sinn, dachte er. Wo ist der Zusammenhang bei diesen anscheinend sinnlosen Morden?

In zehn Metern Entfernung konnte er Gloria sehen. Sie lag immer noch auf dem Boden neben dem kleinen Teich. Das Wasser war vielleicht zehn Zentimeter tief, so angefüllt war er von Morast und den Blättern, die im Herbst gefallen waren.

Claras Stimme hatte am Telefon angsterfüllt geklungen. Tom begriff im ersten Moment nicht, was sie sagte. Das konnte nicht sein. Warum lag Gloria in Claras Garten? Was hatte Thorben damit zu tun? Was machte er mit der Waffe? »Bleib ruhig. Ich bin sofort da. Ist Luisa bei dir?«

»Nein, ich weiß nicht, ich bin gerade erst aufgestanden. Ich habe sie noch nicht gesehen. Was ist hier los? Will er uns jetzt auch noch umbringen? Bin ich die Nächste? Ich habe Angst, Tom. Ich glaube, Gloria ist tot.«

»Jetzt beruhige dich erst mal. Vielleicht ist Gloria ja auch nur ohnmächtig oder hingefallen. Ich bin in ein paar Minuten da und alles wird sich klären.«

Er glaubte selbst nicht, was er da gerade gesagt hatte, wollte nur, dass Clara ruhig blieb. Ein stechender Schmerz zog durch Toms Kopf. Er legte auf und lief schnell die engen Stufen hoch in den ersten Stock, ging ins Bad, nahm eine doppelte Dosis Aspirin. Dann ging er ins Schlafzimmer und zog sich rasch an. Schoko schaute ihn erwartungsvoll an, aber Tom hielt es für besser, ihn hierzulassen. Er wusste ja nicht, was ihn bei Clara erwartete.

Oh Mann, bitte nicht, dachte er nur. Nicht noch ein Mord auf diesem Grundstück. Bilder von Petras aufgedunsenem Gesicht zuckten wie Blitze vor Toms geistigem Auge. Malte, tot an der Wand lehnend, Kreide auf der Zunge, so wie bei Petra.

Nein, das konnte nicht sein. Es durfte einfach nicht sein. Gloria war nur ohnmächtig, sie war hingefallen. Clara hatte schlecht geträumt und sah Dinge, die es nicht gab, interpretierte etwas falsch, machte Panik. Thorben wollte bestimmt nur zur Jagd. Es musste eine plausible Erklärung geben.

Zum ersten Mal seit dem 1. April, zum ersten Mal, seit die Morde in seiner unmittelbaren Nähe passiert waren, zum ersten Mal in seinem Leben hatte Tom das Gefühl, dass sich ein eisiger Ring um sein Herz schloss. Er konnte nicht atmen und fühlte die Panik schlagartig in sich aufsteigen.

Tom setzte sich auf den Rand des Betts und schloss für einen Moment die Augen. Schoko kam näher und leckte ihm die Hand, holte ihn in die Realität zurück. »Dicker, du musst hierbleiben. Falls da wirklich was passiert ist, würdest du die Spuren nur verwischen«, erklärte er ihm. »Ich bin bald wieder da.« Schoko leckte Tom einmal über das Gesicht und legte sich hin, ohne ihn aus den Augen zu lassen.

Tom nahm seine Jacke, verließ das Haus und rannte die fünfhundert Meter bis zu Claras Garten, so schnell er konnte. Alles war ruhig, die Sonne tauchte die Landschaft in ein gleißendes Licht, das von Millionen Eiskristallen widergespiegelt wurde, aber er nahm es nicht wahr. Im Grunde war ihm bereits klar, was ihn erwartete.

Tom sah die großen Bäume, die Claras Grundstück säumten, und kam vorsichtig näher. Thorben stand unter einer der vier Birken, die die beiden kleinen, versumpften Teiche umrahmten. Der Teil des Gartens lag noch im Schatten und war verschneit. Clara hatte recht gehabt, Thorben hielt wirklich eine Waffe in der Hand. Er telefonierte. Tom kam vorsichtig näher.

Thorben sah ihn jetzt und nickte ihm zu. Ungeduldig sprach er ins Handy. »Ja, mein Name ist Thorbies. Haben Sie den Standort notiert? Bitte beeilen Sie sich, ich bleibe hier und warte auf die Beamten. Und verständigen Sie bitte auch Kommissar Heiko Degen. Sagen Sie ihm, es handelt sich bei dem Opfer um Gloria Fuchs. Und dass es höchstwahrscheinlich mit dem Fall zu tun hat, an dem er arbeitet.« Er verdrehte kurz die Augen. »Welchem Fall? Ich meine die Morde, die der sogenannte Kreidemörder begangen hat.«

Er legte auf. Sein Gesicht war blass, seine Stimme zitterte leicht.

»Du kommst am besten nicht näher. Wie ich das hier sehe, gibt es keine Spuren bis auf meine Stiefelabdrücke.« Thorben versuchte, die Fassung zu bewahren, aber es gelang ihm nicht. »So eine Scheiße. So eine verdammte Scheiße. Oh Mann, ich glaub das nicht. Vor ein paar Stunden war sie doch noch bei mir. Ich dachte, sie wäre nach Hause gefahren. Sie wollte nicht die ganze Nacht bei mir verbringen. Sie sagte, es sei ihr unangenehm wegen Luisa. Wahrscheinlich wollte sie einfach nur weg. Als ob ihr irgendetwas peinlich sein könnte. Scheiße! Als ich vorhin aus dem Haus gekommen bin, habe ich ihren Wagen vor der Scheune stehen sehen und mir gedacht, vielleicht hat sie bei Luisa geschlafen. Ich bin um die Scheune gegangen und habe sie hier gefunden.«

Er sah Tom verständnislos an. »Was ist hier bloß los? Das war ganz bestimmt kein Unfall. Sieh dir mal ihre Zunge an! Alles voller Kreide. Warum hat man sie umgebracht?«

Tom beugte sich vor. Glorias Körper lag neben dem kleinen Teich, die Hälfte ihres Kopfes befand sich aber unter der leicht gefrorenen Wasseroberfläche, die Haare darüber voller Eiskristalle. Die linke Gesichtshälfte ragte aus dem Wasser. Schnee lag noch auf ihrer Stirn und Tom erkannte das rote Zeichen des Kreidemörders auf ihrer Wange. Ein schrecklicher Anblick!

Glorias erloschenes linkes Auge starrte ihn an. Er fühlte einen Brechreiz aufsteigen und seine Schläfen pochten heftiger, die Tabletten wirkten noch nicht. Es war wie ein surrealer Film, der hier gerade ablief. Ein Albtraum, aus dem er nicht erwachen konnte.

Die Tür des kleinen Hauses öffnete sich. Luisa sah die beiden Männer erstaunt an. »Tom, um Gottes willen, warum stehen Sie in aller Herrgottsfrühe hier draußen am Teich? Ist etwas passiert?« Sie schaute Thorbies an, der kraftlos das Gewehr in der Hand hielt. »Und was machen Sie denn mit der Waffe auf unserem Grundstück? Sie wissen doch, dass Sie hier nicht jagen dürfen.« Ihr Blick ging zurück zu Tom. Jetzt erst sah sie Gloria auf dem Boden liegen. Sie versuchte, sich aufzurichten. Ihre Hände umspannten die Lehne des Rollstuhls, aber sie hatte nicht genug Kraft. Sie sackte in sich zusammen, als sie begriff. Langsam legte sie die Hand an ihre Kehle, und selbst aus der Entfernung konnte Tom den wimmernden Laut hören, der leise aus Luisas Brust kam und ihn direkt ins Herz traf.

Die Tür des Haupthauses öffnete sich. Clara kam in ihrem roten Morgenmantel heraus, ging die wenigen Meter in ihren alten Holzpantinen durch den Schnee zu ihrer Schwester, beugte sich zu ihr hinunter und nahm sie in den Arm. Sie schaute Tom an, ihr Blick wie versteinert.

»Ich habe die Polizei verständigt, sie wussten schon Bescheid. Warten wir drinnen, bis sie hier sind.« Sie schaute Thorbies an. »Ich glaube, es ist besser, wenn Sie jetzt nicht näher kommen.« Dann hatte sie den Rollstuhl ins Haus geschoben und, nachdem Tom ihr gefolgt war, langsam die Tür von Luisas Haus geschlossen. Schweigend hatten sie dort auf das Eintreffen der Polizei gewartet.

46 Dunkelland

Heiko schaute seit einigen Minuten aus dem Fenster und sagte kein Wort, Tom saß auf dem Sofa. Sie hatten vor einer halben Stunde den Tatort verlassen, um sich aufzuwärmen. Es war bereits kurz vor 18 Uhr. Der Himmel war bewölkt und kein Stern war zu sehen. Dunkelland.

Tom hatte den Kamin angezündet. Die Kühle der bevorstehenden Nacht vermischt mit der vom Tauwetter feuchten Luft war auf einmal deutlich im Haus zu spüren. Schoko saß vor dem offenen Feuer, genoss die Wärme hinter sich und sah abwechselnd Tom und dann wieder Heiko an.

Es klopfte. Tom stand auf und ging zur Tür. »Komm rein, Gisela!«

Gisela nickte freundlich und betrat das kleine Haus am Ende des Deiches. Schoko spitzte die Ohren, bewegte sich ansonsten nicht und sah dem neuen Gast ernst entgegen.

Heiko drehte sich um. »Hallo, Gisela.« Anscheinend wunderte es ihn nicht, dass sie gekommen war.

»Bitte nimm doch Platz, kann ich dir etwas anbieten? Einen Kaffee vielleicht?«, fragte Tom und wies auf das Sofa.

»Ganz ehrlich, ein Schnaps wäre mir lieber. Oder ein Cognac. Egal, irgendetwas in diese Richtung. Am besten hochprozentig. Das Ganze schlägt mir langsam auf den Magen, das kann ich euch aber sagen. Damit hatte ich nun wirklich nicht gerechnet.« Gisela zog ihre dicke Steppjacke aus, setzte sich auf das Sofa und holte tief Luft.

»Ich komme gerade vom Tatort drüben. Die Spurensicherung ist fast abgeschlossen. Sie haben wohl nicht viel gefunden bis auf die Fußabdrücke im Schnee neben der

Leiche. Aber das wisst ihr ja alles bereits, nehme ich an. Ihr wart ja den ganzen Tag dabei.« Gisela verschränkte die Arme. »Stammen von Thorbies, er hat die Leiche gefunden. Behauptet er zumindest. Dazu sage ich erst mal nichts. Du kennst ja meine Meinung über diesen Rinderbaron. Dass er so schnell zuschlagen würde, wundert mich.« Sie hob abwehrend die Hände. »Ich weiß, Heiko. Ich bemühe mich ja, nicht vorschnell zu urteilen. Clara Jolcke hat mir gesagt, dass du hier bist. Sie ist zu Hause und bittet dich, nachher noch mal vorbeizuschauen. Sie ist relativ gefasst im Gegensatz zu Luisa von Bassen. Der haben die Sanitäter eine Spritze gegeben. Kann man sich gar nicht ausdenken, was das für ein Schock für sie sein muss. Überleg mal, die einzige Freundin, ihre Vertraute. Schrecklich. Vielleicht auch so eine Art Tochterersatz. Einfach nur schrecklich.«

Tom gab ihr ein Glas. »Ich habe nur Rum.«

»Passt schon, danke.« Sie trank das Glas in einem Zug leer. »Leg gleich einen nach, Tom.« Sie hielt ihm das Glas hin. »Na, das hätten ihr auch nicht erwartet nach dem gestrigen Abend, oder? Es war übrigens ganz wunderbar. Nicht dass ich eine große Kunstkennerin bin, aber die Skulpturen haben mich sehr berührt.«

Sie lächelte Tom an, der nur nicken konnte. Die Ausstellung, seine Arbeit, die ganzen letzten Monate schienen plötzlich Lichtjahre entfernt. Er trieb wie ein Stück Holz auf endlosen Gewässern und wusste nicht, woran er sich festhalten konnte. Gisela begriff, dass Tom unter Schock stand, und sah Heiko fragend an. Der ging zum Kamin und setzte sich neben Schoko auf den Boden. Den ganzen Tag hatte er durchgehalten, sein Entsetzen nicht gezeigt. Hatte seinen Job gemacht, klar, strukturiert, professionell. In diesem Moment fiel es auch Heiko schwer, sein Entsetzen zu verbergen.

Tom schenkte Gisela erneut ein. Dann füllte er sich selbst ein Glas. »Nein, das hat keiner erwartet. Ich glaube, wir stehen alle unter Schock. Heiko, willst du auch einen Drink? Ich weiß, du bist im Dienst, aber es sieht so aus, als könntest du einen vertragen.«

»Sicher, danke.« Heiko nahm das Glas und trank einen Schluck. »Es war eindeutig der Kreidemörder, so viel können wir jetzt schon sagen. Er hat ihr Kreide in den Mund geschoben, und zwar eine ganze Menge. Er hatte wohl Angst, sie würde sich durch die Feuchtigkeit auflösen und wir würden sein Markenzeichen nicht finden. Was hat es nur mit dieser verdammten Kreide auf sich? Was haben denn die Opfer mit dem Kreidesee oder der Zementfabrik zu tun? Das ist der einzige Ort, der in diesem Zusammenhang Sinn macht. Und natürlich wieder ein Buchstabe auf der Wange. Genau wie bei den anderen Opfern. Gabriele Römer hat den Einschnitt als Erstes untersucht. Der Mörder hat ihr den Buchstaben ins Gesicht geschnitten, als sie noch lebte. Diesmal ist es ein Z. Für Zorn oder Wut, wie Gabriele meint. So langsam glaube ich auch an ihre Theorie, dass es sich um die sieben Todsünden handelt. Wenn ihre Theorie sich bestätigt, fehlen noch zwei Opfer. Entweder es gibt noch zwei Leichen, zum Beispiel irgendwo im Moor, und wir finden sie per Zufall oder der Mörder wird noch mal zuschlagen.«

»Die Römer war hier?« Gisela hob erstaunt die Augenbrauen. »Ist sie wieder im Einsatz?«

Heiko nickte. »Wir werden sehen, ob wir noch Hilfe aus Hamburg benötigen, aber vorerst bleibt der Fall unter meiner Leitung, und ich befürworte, dass Frau Römer wieder mit der Obduktion betraut wird. Kontinuität ist für diesen Fall wichtig. Da wir es ja mit ein und demselben Täter zu tun haben. Wenn auch die Tötungsarten variieren. Wir müssen erst die Obduktion und den toxikologischen Report abwarten. Es würde mich allerdings nicht wundern, wenn wir irgendeine Form von pflanzlichen Giften in Glorias System fänden. Morgen wissen wir mehr. Ich habe Frau Römer gebeten, wenn möglich noch heute Abend die Obduktion zu machen und Proben an das Labor zu schicken.«

»Jaja, wir warten Gabriele Römers Bericht ab. Aber kannst du mir mal sagen, was Thorbies in Luisas und Claras Garten zu suchen hatte? Mit einer Waffe? Da darf er doch gar nicht jagen. Da brat mir doch einer einen Storch, das ist alles so was von faul im Staate Dänemark, ihr Lieben.« Gisela rieb sich mit ihrem Finger den Nasenrücken. »Entweder ist er dumm, was ich nicht glaube, oder er ist so gewieft, dass er denkt, wenn er die Leiche offiziell findet, kommt das einem Freischein gleich. Alles schon vorgekommen. Aber ich greife schon wieder vor. Entschuldige bitte.«

»Thorbies hat zu Protokoll gegeben, dass Gloria gegen elf zu ihm gekommen und etwa zwei Stunden geblieben ist. Tom kann das bestätigen, er hat ihren Wagen auf dem Grundstück parken sehen, als er kurz vor eins wieder zu Hause war.«

»Das ist richtig«, bekräftigte Tom. »Bei Luisa und Clara war alles ruhig und in Thorbens Haus war nur in einem Zimmer noch Licht. Ich bin davon ausgegangen, dass Gloria und Thorben Spaß hatten und Kai bereits geschlafen hat.«

»Genau das hat Kai Cordes ausgesagt. Sein Zimmer liegt im Erdgeschoss auf der Nordseite Richtung Garten. Ob da Licht brannte, konntest du nicht sehen.«

Tom trank noch einen Schluck, der Alkohol tat ihm gut, beruhigte ihn. »Aber natürlich konnte ich das sehen. Ich muss ja um sein Haus herumfahren, damit ich auf den Feldweg komme, der mich zu meinem Haus führt. Und da war rundum nur in einem Zimmer Licht. Die ganze Plantage lag gestern Nacht im Dunkeln. Ich nehme an, die Schneewolken waren bereist aufgezogen, denn ich habe keinen Mond gesehen. Darüber habe ich mir natürlich in dem Moment weiter keine Gedanken gemacht.«

Gisela sah Heiko an. »Was ist mit Spuren um Glorias Auto? Und gibt es irgendeinen Hinweis, wie sie an diesen Teich gelangt ist? Sie kann ja nicht geflogen sein. Oder hat sie jemand getragen? Das kann dann ja nur ein starker Mann gewesen sein. Oder zwei. Sie war ja keine leichte Frau.« Gisela verzog das Gesicht. »Eher ein leichtes Mädchen, aber das steht auf einem anderen Blatt und ich will hier nicht über sie urteilen. Sie hatte bestimmt ihre guten Seiten. Du kanntest sie doch aus der Schule, oder?«

»Ja, aber das hilft mir auch nicht weiter. Wir hatten danach nicht mehr viel Kontakt«, erklärte Heiko. »Und um auf deine Frage zu antworten: Es gibt keine weiteren Reifenspuren oder Fußabdrücke auf dem Grundstück. Der Schneefall hat erst gegen 5 Uhr in der Nacht eingesetzt und bis heute Morgen gegen halb acht angedauert. Das Wetter war eindeutig auf der Seite des Mörders. Der Boden war durch die Temperaturen der letzten Wochen gefroren, und der Schneefall hat erst eingesetzt, nachdem Gloria an diesem kleinen Teich zusammengebrochen war und gestorben ist. Dort haben wir keine weiteren Spuren gefunden, keine Abdrücke, nichts, gar nichts. Und die Wärme heute war nicht hilfreich. Der Schnee ist fast weggeschmolzen und hat somit auch die Spuren verwischt, die sich eventuell unter der obersten Schicht befunden haben. Es ist genau wie bei den anderen beiden Fällen. Bei Petra Harlor hatten wir Dauerregen und bei Malte Jensen dieses riesige Unwetter. Entweder plant der Mörder seine Taten nach dem Wetterbericht oder er hat Glück. Aber das bezweifle ich sehr. Das ist Kalkül, er kennt die

Bedingungen, um keine Spuren zu hinterlassen, und wartet, bis sie eintreffen. Er führt uns an der Nase herum und will uns beweisen, dass er intelligenter ist als wir, indem er den perfekten Mord begeht. Wir haben seit April drei Tötungsdelikte und an allen Tatorten gibt es keine, aber auch wirklich keine Spuren. Alles, was wir haben, sind die Zeichen auf der Wange und Kreide im Mund, die vor über vierzig Jahren aus der ehemaligen Baugrube geborgen wurde.« Heiko schüttelte wütend den Kopf.

»Auch wenn die Umstände bei den ersten Morden anders waren. Jolcke und Fauck sind erschossen worden, aber dieser Doppelmord war auch der erste und liegt 35 Jahre zurück. Vielleicht hatte der Mörder damals keinen Zugriff auf Gifte, die aus Pflanzen gewonnen werden. Oder er musste sich beeilen. Gestern Nacht hatte er jedoch Zeit. Er muss bereits auf dem Grundstück gewesen sein, als alle von der Vernissage nach Hause gekommen sind. Clara und Luisa haben in der Nacht nichts Außergewöhnliches bemerkt, wie sie heute zu Protokoll gegeben haben. Nicht bei ihrer Rückkehr und nicht in der Nacht, in der sie tief und fest geschlafen haben.«

»Der Täter könnte doch aber mit einem Boot über den Fluss gekommen sein«, warf Gisela ein.

Heiko stand auf. »Das haben wir noch nicht geprüft. Du hast vollkommen recht. Es gibt doch einen kleinen Anleger am Außendeich. Ich habe ihn im Frühjahr gesehen, als ich Clara auf dem Deich getroffen habe. Entschuldigt mich einen Moment. Da sollen Reuther und sein Team gleich noch mal hingehen, auch wenn es schon dunkel ist. Sie haben ja starke Scheinwerfer. Die sind doch noch am Tatort, oder?« Gisela nickte, und Heiko ging in die Küche, um den Einsatzleiter anzurufen.

»Wir dürfen nicht vergessen, Glorias Familie zu benachrichtigen«, kam Gisela plötzlich in den Sinn.

»Hat sie denn noch Familie? Ich dachte, ihre Eltern seien tot und Geschwister habe sie keine.« Tom schaute Gisela überrascht an.

Gisela zog erstaunt eine Augenbraue in die Höhe. »Du bist gut informiert, woher weißt du das?«

»Luisa von Bassen hat es mir vor einigen Wochen erzählt. Von dem Unfall, einem Brand, bei dem Glorias Eltern zu Tode gekommen sind, und wie furchtbar es anscheinend für Gloria gewesen sein muss. Sie wohnten in einem reetgedeckten alten Fachwerkhaus in Agathenburg. Luisa meinte, hier hätten sich so viele Waisen zusammengefunden, dass wir einen Club gründen könnten, um uns gegenseitig zu helfen. Ich bin ja auch der Letzte aus meiner Familie.«

»Eine seltsame Idee mit diesem Club«, wunderte sich Gisela. »Aber Glorias Eltern sind tatsächlich verstorben, ihr Großvater lebt allerdings noch in einem Seniorenheim in Bad Bederkesa.«

»Ihr Großvater? Wie alt ist der denn jetzt?«, fragte Tom überrascht.

»Er ist 98 Jahre alt. Ich war an seinem 95. Geburtstag dort, weil er am selben Tag Geburtstag hat wie meine Mutter. Sie lebt auch in diesem Heim. Zu seinem Geburtstag sind auch Verwandte gekommen, wir müssen prüfen, wie nahe sie Gloria standen. Auf jeden Fall aber müssen wir ihn benachrichtigen, obwohl ich nicht weiß, wie fit er noch ist. Er hatte einen Herzinfarkt im Sommer, wie ich hörte, und ist bettlägerig. Ah, Altwerden ist nichts für Feiglinge und so weit bin ich auch nicht mehr entfernt davon. Also immer schön fit bleiben im Kopf und Herz, sage ich mir. Ich übernehme das am besten gleich morgen und fahre mal hin, ich wollte meine Mutter eh besuchen.« Sie wiegte ihren Kopf. »Was für ein seltsamer Fall. Ich habe irgendwie das Gefühl, als wäre ich ein Hund

und könnte die Wurst riechen, die in der Speisekammer liegt. Aber die Tür ist zu und ich kann sie nicht sehen. Ich kenne alle Opfer, ich weiß, woher sie kamen, war teilweise mit den Familien befreundet oder zumindest war mir ihre Geschichte vertraut. Was mir fehlt, ist das Element, das alle verbindet. Das Motiv. Sobald wir das benennen können, wissen wir auch, wer der Täter ist.«

Heiko kam zurück aus der Küche. Er hatte ihre letzten Worte gehört. »Ganz genau, das Motiv, da hast du vollkommen recht. Meines Erachtens ist es Rache. Nur wen oder was rächt er?« Er stutzte. »Du sagtest gerade Familien. Das macht mehr Sinn, als ich bisher gedacht habe.« Heiko setzte sich wieder auf den Teppich vor dem Kamin. »Natürlich, es hat was mit den Familien zu tun, mit der Vergangenheit. Überlegt mal: Der Kreidemörder kann nicht mehr jung sein, er ist mindestens Ende fünfzig, denn der erste Mord, von dem wir wissen, fand 1985 statt. Wir haben es eindeutig mit einem Psychopathen zu tun. Intelligent und bar jeder Empathie für die Opfer. Und sadistisch. Er lässt sie langsam sterben. Und sieht ihnen wahrscheinlich dabei zu, wenn sie gelähmt durch das Gift, das er ihnen gibt, zu Tode kommen. Vielleicht haben wir ihn bereits irgendwo gesehen oder kennen ihn möglicherweise persönlich, ohne es zu ahnen.« Er streichelte Schoko über den Kopf. »Die Männer sind übrigens auf dem Weg zum Anleger. Ich gehe gleich noch mal rüber. Es wird wohl nicht zu lange dauern. Am besten ihr bleibt hier.«

Sein Handy klingelte erneut. Auf dem Display erschien Gabrieles Name. Heiko nahm ab. »Frau Römer, ich bin mit Gisela Sievers bei Tom Morten. Ich stelle auf Lautsprecher, ja?«

Gabriele räusperte sich. »Guten Abend zusammen. Ich habe bereits mit der Obduktion begonnen. Sie wollten ja so schnell wie möglich die Todesursache erfahren. Die toxikologischen Untersuchungen werden noch bis Montag oder Dienstag dauern, obwohl die Kreide im Mund des Opfers höchstwahrscheinlich die gleiche ist wie bei den anderen Opfern, aber warten wir die Ergebnisse ab. Das Gleiche gilt auch für den Modus Operandi bei dem Schnitt auf der Wange. Dieselbe Waffe mit dem zackigen Rand. Gloria Fuchs hat noch gelebt, als der Täter ihr das Z in die Wange geschnitten hat. Zur Todesursache kann ich vorab schon sagen, dass ich Wasser in der Lunge gefunden habe. Gloria Fuchs ist ertrunken.«

47 Modus Operandi

»Ja, sie ist eindeutig ertrunken.« Gabriele Römer saß in ihrem Büro in der Rechtsmedizin, keine dreihundert Meter von Heikos Büro entfernt. Sie hatte die Obduktion noch am Samstagabend vorgenommen und im Labor waren inzwischen alle Proben untersucht worden. Die Ergebnisse lagen jetzt, am Dienstagmorgen, vor. Gegen 10 Uhr hatte sie Heiko angerufen. »Ich habe alle Untersuchungsergebnisse. Am besten erkläre ich es Ihnen, wenn Sie vorbeikommen. Wann passt es Ihnen?«

»Am besten gleich«, antwortete Heiko. »Ich bin in einer halben Stunde da.«

»Okay. Vorab gesagt, es ist alles genau wie bei den anderen Opfern. Es ist eindeutig derselbe Täter, dasselbe Messer, dasselbe Gift. Bis gleich.«

Gabriele Römer legte auf und holte tief Luft. Sie hatte gewusst, dass der Mörder wieder zuschlagen würde, und war mehr denn je davon überzeugt, dass die Buchstaben auf den Wangen der Opfer die sieben Todsünden symbolisierten.

Was für einen Hass der Täter auf seine Opfer haben muss, dachte sie, als sie die Laborergebnisse noch einmal durchsah. Was Gloria Fuchs allerdings mit Christian und den anderen Opfern gemein haben sollte, war ihr ein Rätsel. Es lagen Jahrzehnte zwischen den Fällen, und das letzte Opfer war noch im Vorschulalter, als Jolcke und Fauck umgebracht wurden. Ihre These, dass Clara Jolcke die Täterin war, musste sie notgedrungen verwerfen.

Sie hatte lange Zeit gebraucht, um sich von dem Unfall im Mai zu erholen, und in Erwägung gezogen, nicht mehr als Rechtsmedizinerin zu arbeiten und zu versuchen, eine Anstellung in der Forschung zu bekommen. Vielleicht war es noch nicht zu spät. Sie presste die Lippen aufeinander. Nichts war einfacher und letzten Endes schlimmer, als sich selbst zu belügen. Sie war fast sechzig. Da war keine Zeit für einen Neuanfang oder die Forschung. Geschweige denn für einen Jobwechsel, lächerliche Vorstellung. Die paar Jahre bis zur Rente würde sie auch noch schaffen.

Zwei Wochen nach ihrer Einlieferung ins Krankenhaus im Mai hatte sie eine Entscheidung getroffen. Sie hatte nach sehr langem Zögern Clara Jolcke besucht, die auf derselben Station lag. Es fiel ihr nicht leicht, aber es musste sein. Sie hatte einen Fehler gemacht und wollte mit diesem Schuldgefühl nicht weiterleben. Sie entschuldigte sich bei Clara Jolcke und bat sie, es für sich zu behalten, es keinem zu erzählen, nicht Heiko Degen und nicht ihrer Schwester Luisa von Bassen. Auch von Christians Zweifeln an ihrer Schuld erzählte sie ihr, sie konnte nicht anders. In ihrem Kopf war Clara Jolcke im Laufe der Jahre zu einem Monster angewachsen, aber als sie die alte, kleine Frau im Krankenhausbett vor sich liegen sah, schien es ihr selbst absurd, dass sie die Mörderin sein sollte, die Petra Harlor in einen Baumstumpf gestopft hatte.

Das Gespräch dauerte nicht lange. Clara Jolcke dankte ihr. »Schön, dass Sie den Mut hatten, zu kommen, es war bestimmt nicht leicht. Ich weiß, dass Sie mich absichtlich angefahren haben und irgendwie verstehe ich auch, warum. Lassen wir es gut sein! Wir haben beide viel durchmachen müssen. Werden Sie wieder gesund! Ich selber habe zu lange mit der Wut gelebt und mein Leben weggeschmissen.«

Letzte Woche hatte sie Clara Jolcke dann auf der Vernissage im Kunsthaus gesehen. Sie hatten kein Wort gewechselt, es war auch nicht nötig gewesen. Sie war überrascht gewesen, als Clara Jolcke kurz ihre Hand gedrückt hatte. Offensichtlich hatte sie sich erholt, sie sah gut aus. Und sie mochte Heiko Degen, es schien, als hätte sie Vertrauen zu ihm gefasst. Die beiden hatten länger miteinander gesprochen.

Wer war also der Mörder, wenn nicht sie? Nun, es war Heiko Degens Aufgabe, den Fall zu lösen. Er wirkte in den letzten Wochen anders auf Gabriele. Forscher, direkter. Er war nicht mehr die zweite Garde, stellte unbequeme Fragen und hatte sich endlich die langen Locken abgeschnitten. Dass er in Tom einen Freund gefunden hatte, war nicht zu übersehen. Es freute Gabriele Römer, denn sie wusste, dass Einsamkeit auch etwas Zerstörerisches hatte, besonders wenn man älter wurde.

Es klopfte an ihrer Tür. Heiko Degen hatte sich beeilt. Sie bat ihn herein und stellte fest, dass sein Gesichtsausdruck alles andere als entspannt war. »Na, welche Laus ist Ihnen denn heute über die Leber gelaufen?«, fragte sie erstaunt.

Er hielt ihr die Zeitung entgegen. »Diesem Schmierling sollte man wirklich das Schreiben verbieten, Pressefreiheit hin oder her. Das ist wirklich unterstes Niveau.« Er war wütend. Und nachdem Gabriele Römer die Schlagzeile gelesen hatte, konnte sie das nachvollziehen.

Der Kreidemörder schlägt wieder zu! Und die Polizei sieht untätig zu.

Der ganze Artikel war eine Hetzjagd. Nicht nur gegen den Leiter der Ermittlungen. Auch gegen Tom Morten, der »die Mutter einer Mörderin, die immer noch auf freiem Fuß lebt, weil die Polizei offensichtlich noch keine Spuren finden konnte, in einer Ausstellung als Kunstobjekt idealisiert. Asta Hammer, eine Prostituierte und die Mutter von Clara Jolcke, der verurteilten Doppelmörderin, die in unserem Landkreis lebt. Und auf deren Grundstück an der Oste nun drei Morde seit April verübt wurden. DREI! Am Samstagmorgen wurde die Leiche der 39-jährigen Gloria Fuchs gefunden, ein weiteres Opfer des Kreidemörders.«

Gabriele Römer überflog den Rest. Das war nicht einfach nur Hetze, es grenzte fast schon an eine Hexenjagd. »Arme Clara Jolcke, das hat sie nicht verdient. Haben Sie schon mit ihr gesprochen?«

Heiko verneinte. »Aber ich rufe sie nachher an. Wenn die Presse auch außerhalb von Stade davon erfährt, stehen hier bald ganz andere Journalisten vor der Tür oder auf ihrem Grundstück. Es ist ja kein Geheimnis mehr, wo sie lebt. Nach der Ermordung von Malte Jensen spielte das Internet ja schon verrückt, und ich befürchte, der Fall wird erneut Wellen schlagen. Vielleicht muss ich Clara Jolcke unter Polizeischutz stellen. Das Haus, das ganze Grundstück ist leicht einsehbar und nicht umzäunt. Vollkommen ungeschützt. Luisa von Bassen geht es auch nicht gut. Glorias Tod hat sie sehr mitgenommen. Tom Morten hat sie gestern besucht und war beunruhigt. Gott sei Dank kümmert er sich um die beiden. Ich muss diesen Fall so schnell wie möglich aufklären. Und die Presse darf auf keinen Fall erfahren, dass Clara Jolcke selbst einen Drohbrief vom Kreidemörder bekommen hat.«

Gabriele Römer schaute ihn fragend an.

»Ach ja, davon wissen Sie ja noch nichts. Clara Jolcke hat vor zwei Monaten in ihrem Briefkasten einen Brief mit einer Drohung gefunden, dass sie das nächste Opfer sein werde. Wie immer keine Spuren oder Fingerabdrücke. Bisher ist ja nichts passiert. Gott sei Dank. Sie hat viel Mut, diese kleine Frau! Aber wenn wir es mit sieben Opfern zu tun haben sollten, wer weiß, dann steht sie wahrscheinlich auf der Liste des Mörders. Allerdings war sie nicht die Nächste, wie sich am Samstagmorgen herausgestellt hat. War es vielleicht nur eine falsche Fährte, auf die der Mörder uns gelockt hat? Und Sie? Haben Sie neue Erkenntnisse für mich?«

»Nun, wollen wir nur hoffen, dass Clara jetzt nicht die Nächste ist, die ich sezieren muss. Lassen Sie uns zu den Ergebnissen der Obduktion von Gloria Fuchs übergehen. Es ist die gleiche Vorgehensweise wie bei den Morden an Malte Jensen und Petra Harlor. So viel steht fest. Und natürlich auch wie bei Christian, soweit wir das aus heutiger Sicht beurteilen können.« Sie schluckte, es fiel ihr immer noch schwer, über ihren Geliebten zu sprechen.

»Alle Opfer wurden erst mit pflanzlichen Giften bewegungsunfähig gemacht. Der Mörder verabreicht sie in einem Getränk, und verursacht dadurch eine Lähmung. Bei Gloria Fuchs habe ich außerdem einen kleinen Einstich im rechten Oberarm entdeckt, genau wie bei Malte Jensen. Der Täter hat ihr zusätzlich eine Spritze mit einer starken Dosierung Coniin verabreicht.«

»Ich nehme an, er stand unter Zeitdruck und wollte nicht warten, bis sich das Gift aus dem Getränk vollständig entfaltet. Coniin findet man doch im Schierling, oder? Wächst hier an jeder Ecke.« Er überlegte: »Es war in der Antike eine beliebte Art, zum Tode Verurteilte mit dem Schierlingsbecher ins Jenseits zu befördern. Auch Sokrates soll so zu Tode gekommen sein. Ein weiteres Zeichen? Sokrates wurde wegen Gottlosigkeit angeklagt.« Er schaute Gabriele Römer an. »Und das würde Ihre Theorie der sieben Todsünden bestätigen. Oder ließe sich zumindest damit verbinden.«

»Richtig. Aber eins nach dem anderen. Schierling ist hochgradig giftig und wirkt auf das Nervensystem. Das erklärt auch, warum sie ertrunken ist. Der Täter hat sie an diesen kleinen Teich geführt oder dort platziert. Sie konnte sich dann nicht mehr bewegen und war ihm ausgeliefert.«

Heiko stand auf und lief ungeduldig durch das Büro. »Freiwillig ist sie bestimmt nicht mitgegangen mitten in der Nacht. Außer sie kannte den Mörder und vertraute ihm, das wäre die einzige logische Schlussfolgerung.«

Gabriele Römer nickte zustimmend. »Darüber hatte ich noch nicht nachgedacht, aber es macht Sinn. Ja, ich glaube, Sie haben recht. Gloria Fuchs kannte ihren Mörder. Ob er beabsichtigte, dass sie dort ertrinkt, lässt sich nur vermuten. Ihr Gesicht lag nur halb unter Wasser. Vielleicht war es auch Zufall. Schierling führt bei der Dosis, die wir in Glorias System gefunden haben, immer zum Tod durch Atemlähmung, wenn es nicht früh genug erkannt wird. Bevor es bei Gloria Fuchs so weit kam, war sie bereits ertrunken. Was das Zeichen auf der Wange betrifft, war es diesmal der Buchstabe Z, wie Zorn oder Wut. Das war ihr Vergehen, ihre Sünde. Aber warum war sie wütend oder zornig?«

Sie überlegte einen Moment. »Bei den Todsünden sind ja immer mehrere ähnliche zu einer Gruppe zusammengefasst. Bei Johann Jolcke haben wir den Buchstaben W auf der Wange gefunden. Er steht damit für die Sünde der Wollust, der ist ebenfalls das Begehren zugeordnet. Bei Petra Harlor war es ein V, also die Völlerei, zu der auch die Selbstsucht gehört. Bei Malte Jensen ein G für Geiz, hinter der sich aber die Habgier verbirgt. Bei Christian war es ein H für Hochmut und dazu passend der Übermut.«

Heiko wischte sich kurz über die Augen. »Ja, mag sein. Aber was fange ich damit an? Mir scheint im Moment viel wichtiger, dass zwei Todsünden noch nicht aufgetaucht sind. Das macht mir Sorge.« Und wenn Clara doch die ersten Morde begangen hatte und er es bei den anderen

Fällen mit einem Nachahmungstäter zu tun hatte? Dann könnte er wieder bei null anfangen. Er seufzte. »Bleiben wir bei den Tatsachen, vielleicht bringen mich die weiter.«

»Okay, das kann ich Ihnen noch liefern: Der Tod von Gloria Fuchs trat gegen 4 Uhr am Samstagmorgen ein. Thorben Thorbies hat zugegeben, dass er Sex mit Gloria in der Nacht hatte. Wir haben seine DNA und Samenspuren in Glorias Vaginalbereich nachgewiesen. Unter ihren Fingernägeln haben wir ebenfalls Hautschüppchen von Thorbies gefunden. Aber kein Blut. Ich gehe daher von einer Folge des intensiven sexuellen Kontakts aus, den die beiden hatten.« Gabriele Römer sah Heiko fragend an. »Haben Sie ihn schon verhaftet?«

»Noch nicht. Ich frage mich nur, wenn er der Täter sein sollte, warum er so kooperativ ist. Er hat am Samstagmorgen sofort einem Speicheltest zugestimmt, alle Fragen beantwortet und schien verstört, fast schon traurig. Aber vielleicht ist er auch nur ein guter Schauspieler. Es wird Zeit, dass ich irgendetwas unternehme.«

»Tun Sie mir nur einen Gefallen und tappen Sie nicht in die Falle, die Christian zum Verhängnis wurde, und richten Sie nicht, bevor es eine abgeschlossene Beweisaufnahme gibt«, bat Gabriele Römer.

Heiko nickte. Sie hatte vollkommen recht. »Aber wer sonst hätte Gloria umbringen sollen oder können? Es war eine kurze Nacht. Die beiden hatten Sex und waren bis 1 Uhr morgens zusammen. Sie starb ungefähr drei Stunden später keine hundert Meter von seinem Haus entfernt. Seine Fußspuren waren die einzigen am Tatort. Die Leiche zu finden, kann auch ein Schachzug gewesen sein, um die Schuld von sich zu weisen. Der Täter war bereits auf dem Grundstück, als es anfing zu schneien. Auch am Anleger an der Oste haben wir nichts gefunden. Gar nichts, weder Fußspuren noch abgeknicktes Schilfgras. Das bedeutet, dass der Täter nicht mit dem Boot gekommen ist. Es gibt nur vier Personen, von denen wir wissen, dass sie sich zur Tatzeit auf der Plantage aufhielten. Kai Cordes, der behauptet, bis 7:30 Uhr geschlafen zu haben. Er käme auch nur für diesen Mord infrage, zusammen mit Thorbies, zu den anderen Tatzeiten war er noch nicht in Deutschland, im Gegensatz zu seinem Chef. Dessen Haus haben wir durchsucht, er hat es auch ohne Durchsuchungsbeschluss erlaubt, auch in das Zimmer von Cordes durften wir. Wir haben nichts Verdächtiges gefunden. Genauso wenig wie in der Scheune. Glauben Sie mir, ich war mit großem Aufgebot da. Bis auf die Fußspuren von Thorbies, die zur Leiche führten, habe ich nichts. Gar nichts. Heute sind noch zwei Beamte von der Spurensicherung da und untersuchen die Kühlhalle. Aber ich befürchte, dass sie nichts finden werden. Es wird wohl keine Spritze herumliegen mit Thorbies' Fingerabdrücken.«

Er überlegte kurz. »Dann Tom Morten, aber ich glaube, den können wir als Mörder ausschließen. Er hat kein Motiv und war zur Zeit der ersten Mordfälle zu jung und außerdem gar nicht in Deutschland. Petra Harlor kannte er nicht. Und natürlich Clara Jolcke und Luisa von Bassen, die auch beide behaupten, während der Nacht nichts mitbekommen zu haben. Luisa schläft auf der Nordseite des Nebenhauses und Clara auf der Ostseite des Haupthauses, beide also in entgegengesetzter Richtung zu der Stelle im Garten, an der Gloria Fuchs starb. Schierling führt auch zum Verlust des Sprechvermögens, nicht wahr? Sie wird also nicht geschrien oder sich auf andere Weise bemerkbar gemacht haben. Es führen keine Fußspuren in oder aus dem Haupthaus außer denen der Bewohnerin, aber die sind laut Spusi erst nach 8 Uhr am Samstagmorgen entstanden. Was für ein Motiv hätte Clara Jolcke auch haben sollen? Und Luisa von Bassen steht außen vor, sie sitzt im Rollstuhl. Warum auch sollte sie ihre Freundin und Vertraute umbringen? Das macht keinen Sinn. Wen hat Gloria nach 1 Uhr morgens also auf dem Grundstück getroffen? Der einzig wirklich Verdächtige ist Thorbies.«

»Dann muss nur noch das Motiv geklärt werden.«

Heiko stöhnte leise auf.

»Wir haben es mit einem Psychopathen zu tun, der kein Mitleid mit seinen Opfern hat, denn er lässt sich Zeit und sie sterben alle einen langsamen und qualvollen Tod, bei vollem Bewusstsein. Als ob er ihnen etwas klarmachen, sie zu einer Erkenntnis zwingen will. Vergisst aber, dass die zu nichts führen kann, denn sie werden sich nicht mehr ändern können, da sie sterben. Die Morde erstrecken sich über einen Zeitraum von 35 Jahren. Erst seit April häufen sich die Fälle. Es scheint fast, er ist in Eile, vielleicht weil er nicht mehr ganz jung ist. Aber das werden wir wohl erst erfahren, wenn wir ihn gefasst haben. Was mir jedoch sicher erscheint, ist, dass er Rache übt, sonst würde er die Opfer nicht so langsam und qualvoll sterben lassen. Es sei denn, er mordet aus Lust am Morden. Dagegen sprechen allerdings die Zeichen, die er seinen Opfern verpasst. Sollten die wirklich auf die Todsünden verweisen, dann sieht er seine Taten vielleicht als Aufgabe an. Aber, wie gesagt, fehlen noch zwei. Wir haben sechs Leichen und fünf davon mit einem Buchstaben auf der Wange. Ich frage mich, wie viel Zeit er sich lassen wird, um …« Er stutzte.

»Zeit. Ja, genau das ist es. Die Opfer haben in der Gegenwart nicht viel miteinander gemeinsam, das heißt, die Verbindung liegt möglicherweise in der Vergangenheit, vielleicht schon in der Familie eines jeden Einzelnen. Eine Verquickung von Familiengeschichten, in die auch der Täter irgendwie verwickelt ist. Ich glaube, wir müssen zurückschauen. Ich habe das Gefühl, mir fehlen nur wenige Informationen, und ich habe den Schlüssel in der Hand, der mir die Tür zur Vergangenheit öffnet. Und dann macht, wer weiß, auch der Verweis auf zwei unterschiedliche Verfehlungen durch denselben Buchstaben Sinn. Welche Buchstaben fehlen noch, welche Sünden aus der Gruppierung von Sünden im Alten Testament?«

Gabriele war überrascht. Was war mit Heiko passiert? Er war nicht mehr der Assistent, der Babette hinterherlief und keine Fragen stellte. Sie war beeindruckt.

Er dachte kurz nach. »Neid und Faulheit fehlen. Der Kreidemörder geht professionell vor. Es ist, als wolle er mich an der Nase herumführen, indem er mir Zeichen hinterlässt, deren Bedeutung ich zwar kenne, aber er weiß, dass mir die Informationen fehlen, um sie auf den konkreten Fall anzuwenden. Und die haben nichts mit der Gegenwart zu tun.« Heiko schlug mit der flachen Hand auf den Tisch. »Die kommen aus der Vergangenheit! Und haben natürlich eine Verbindung zum Kreidesee. Er stopft den Opfern Kreide in den Mund, also geht es um die Kreide als Symbol. Als Symbol für diese Gegend? Die Zementfabrik! Sie beherrschte neben der Landwirtschaft den ganzen Landkreis, war ein wichtiger Arbeitgeber und Wirtschaftsfaktor. Und das besonders in der ersten Hälfte des 20. Jahrhunderts. Die Familien der Opfer haben etwas damit zu tun.«

Heiko sprang ungeduldig auf. »Natürlich, darauf hätte ich schon längst kommen können. Da liegt die Verbindung. Ich bin vollkommen sicher, dass auch bei Johann Jolcke die Kreide mit im Spiel war. Wir können davon ausgehen, dass der Täter damals schon diesen Hinweis gegeben hat. Nur hat keiner darauf geachtet oder es als wichtig empfunden. Dann wäre seine Frau wohl niemals verurteilt worden. Ich habe übrigens heute Nachmittag ein Gespräch mit dem Anwalt, der sie damals vertreten hat. Vielleicht hat der noch Informationen, von denen wir nichts wissen.«

Heikos Telefon klingelte, es war Gisela: »Wo steckst du?«

»Ich bin bei Dr. Römer und komme gleich zurück. Gibt es etwas Wichtiges?«

»Nein, ich habe nur heute Morgen zum dritten Mal versucht, Glorias Großvater im Seniorenheim zu erreichen, aber die Pflegerin meinte, es geht ihm nicht gut. Ich habe es Sonntag nicht geschafft, hinzufahren. Gleich habe ich Schluss, dienstags bin ich ja nur halbtags hier, und wollte dann selbst bei dem alten Herrn vorbeischauen. Vielleicht solltest du mitkommen und es somit offiziell machen. Schließlich handelt es sich ja um einen Mordfall. Und möglicherweise erfährst du mehr über Gloria. Ich weiß, dass sie ihn öfter besucht hat. Hast du ihn damals eigentlich auch mal getroffen, bei einem Schulfest oder so? Du bist doch in einer Klasse mit Gloria gewesen.«

Einige fast vergessene Bilder kamen erstaunlich schnell aus den Tiefen von Heikos Unterbewusstseins hoch. Er erinnerte sich an Glorias Mutter, den mundfaulen Vater. Und an ihren Großvater, Opa Paul hatte sie ihn genannt. Einen Mann, schon damals gebeugt und vom Leben enttäuscht, aber das hatte er als Kind nie einordnen können. Wie auch?

Gisela hatte recht. Hatte er nicht gerade selbst gesagt, dass die Lösung des Falls in der Vergangenheit und den Familien der Opfer liegen musste? Außerdem musste er unbedingt noch einmal Thorben vernehmen, alles lag auf dem Weg. Er schaute auf die Uhr, es war kurz vor zwölf.

»Ich komme gleich rüber, lass uns am besten sofort fahren. Sie haben schon wieder Schnee vorausgesagt, außerdem habe ich keine Lust in der Rush Hour stecken zu bleiben. Am besten rufst du in Bad Bederkesa an und sagst dem Pflegepersonal, dass wir gegen halb zwei vorbeikommen werden, um mit Herrn Fuchs zu sprechen. Ganz offiziell.«

»Fuchs? Wieso Fuchs? Glorias Großvater stammt von der mütterlichen Linie. Sein Name ist Hirschler. Paul Hirschler!«

48 Tagebuch der Spinne

Ich habe es getan. Es war einfach. So wie all die anderen konnte sie sich nicht wehren, als sie erkannte, was ich tat! Das Gift hatte sie erstarren lassen.

Ich habe dieses Gift gewählt, weil es die Gottlosen trifft, die ihre Schuld in sich tragen, auch wenn sie es nicht wissen. Deren Schuld tief in ihren Genen verankert ist, die nicht dagegen aufbegehren, obwohl sie es spüren. Die schon als Kinder unbeweglich wurden, ohne es zu wissen.

Erstarrt lag sie vor mir auf dem gefrorenen Boden, der keine Spuren hinterlassen würde. Ich wusste, der Schnee würde in den frühen Morgenstunden fallen, deswegen musste es in dieser Nacht passieren. Bevor der Schnee eine weiße Decke über alles ausbreiten würde, die mir wie ein Geschenk Gottes erschien. Wieder hat er mir geholfen, so wie bei den anderen Opfern, die ich ihm brachte, um diese Welt von den Sündern zu befreien. Um ihre Linie zu beenden, damit sie das Erbgut nie weitergeben könnten.

Dort stand sie, Gloria, die widerlichste von allen. Eine Hure, besudelt vom Samen des erbärmlichen verlorenen Sohnes, dem sie sich aus purer Lust an den Hals geworfen hatte. Lust, deren Ursprung in ihrem verkommenen Narzissmus lag. Sie war widerwärtig, eine Schlampe, die wie ein Fass ohne Boden war. Die sich in den Augen der Männer spiegeln musste, um zu leben, um sich zu spüren. Und die nichts anderes war als eine verkommene Dirne, die Moral und Ehre nie verstehen würde. Die nie gläubig war. Trug sie doch die Schande ihrer Familie immer in sich. Die selbst zur Mörderin geworden ist und ihre eigenen Eltern verbrennen sah. Dabei zuschaute, kalt, unbarmherzig, voller Hass. Da schon erkannte ich, dass sie sich nie ändern würde, sich nicht ändern konnte.

Die glaubte, das Inbild der modernen Frau zu sein, indem sie sich den Männern hingab, die sie nur ausnutzten für das bisschen Befriedigung. Die ihren Samen in ihren Leib versenkten, der mithilfe der chemischen Mittel, die sie in sich hineinpumpte, unfruchtbar war. Ein Hunger, der nie gestillt wurde, nie gestillt werden konnte. Sie begriff nicht, dass die schnelle Befriedigung ihrer unersättlichen, fleischlichen Lust nie die Lösung für ihre erbärmliche, lebenslange Einsamkeit sein konnte. Dass Sex ihre Droge war, mit der sie sich zu betäuben versuchte.

Zu spät erkannte sie, wer ich war. So wie die anderen vor ihr, die mir vertrauten, die zu wissen glaubten, wer ich bin. Die in ihrer Oberflächlichkeit genau dort hängen blieb: An der Oberfläche, an der sie nicht kratzte. So wie die anderen vor ihr. Aus Angst, unterzugehen.

Sie hatte den Schierlingsbecher bereits getrunken, stand dort in der kalten Nacht und prahlte von ihrer Eroberung, machte bereits Pläne, den Mann erneut zu umgarnen, ihn zu beschlafen, denn er war reich. Und sie noch fruchtbar, wenn sie es nur wollte. Ihr Ticket raus aus dieser kleinen Welt in eine andere, die ihr etwas versprach, was sie nie erhalten würde.

Sie brach genau dort zusammen, wo ich es geplant hatte, damit man sie am Morgen danach finden konnte. Starrte mich ungläubig an, während der Atem langsam erlosch, sich die Lungen mit Wasser füllten. Es ist dieser Moment, der mich innerlich beben lässt. Wenn sie merken, dass es kein Entrinnen gibt. Dann habe ich seinen Wunsch erfüllt.

Ich fühle nichts, wenn sie tot sind. Ich habe meine Aufgabe getan, es hat nichts mit Verwirklichung meiner selbst zu tun. Und so bin ich nach all den Jahren der Entsagung, des Spiels und der Einsamkeit fast am Ziel. Wenn das Schicksal Tom nicht zu mir gebracht hätte, wer weiß, wie lange es noch gedauert hätte. Er ist das Juwel, er ist der Verdorbenste von allen.

Es wird nicht mehr lange dauern. Noch vor dem Tag der Geburt unseres Herrn werde ich meine Aufgabe erfüllen.

49 Was darunter liegt

»Ich dachte, es sollte erst heute Abend schneien? Na, das kann ja heiter werden. Gott sei Dank hast du die Winterreifen drauf. Ich glaube nicht, dass der Streudienst auf jeder gottverlassenen Straße am Deich unterwegs sein wird. Mann, das kommt ja richtig dicke runter. Vielleicht bekommen wir endlich mal weiße Weihnachten. Ist ja nicht mehr lange hin. Zwei Wochen noch, um genau zu sein. Die Zeit rast wirklich.«

Gisela schaute aus dem Fenster, rieb sich die Hände und zog dann die Handschuhe wieder an, die sie gerade ausgezogen hatte. Sie hatten die Stadtgrenze von Stade hinter sich gelassen und fuhren auf der B 73 in Richtung Himmelpforten.

»Da wünscht man sich doch glatt das Klimakterium zurück. Da kamen mir die Hitzewallungen im Winter sehr entgegen. Ich trug praktisch immer eine Standheizung mit mir herum. Sehr praktisch.« Sie schaute Heiko an und lachte laut auf. »Dinge, die ein Mann nie verstehen wird. Ist auch besser so. Da habt ihr es schon einfacher. Ich dreh die Heizung noch ein bisschen höher, okay?«

Heiko nickte. Die beiden saßen seit einer Viertelstunde im Auto, um Glorias Großvater in Bad Bederkesa vom Tod seiner Enkelin zu unterrichten. Erst die Tochter und ihr Mann, jetzt die Enkelin, auch nicht einfach, dachte Heiko. Paul Hirschler, irgendwo hatte er den Namen schon einmal gehört. Im Moment hatte er so viel im Kopf, es würde ihm schon wieder einfallen.

Er hatte Gisela von den Laborergebnissen und seinem Gespräch mit Dr. Römer erzählt. Und natürlich von seiner These, dass die Morde mit der Vergangenheit und der Zementfabrik zu tun haben mussten. Gisela hatte zustimmend genickt. So langsam verdichtete sich das Netz.

»Vielleicht sollten wir nachher noch einmal ins Büro fahren, uns deine Pinnwand anschauen und uns mit den Familien der Opfer beschäftigen. Es wird irgendwo einen Punkt geben, an dem alles zusammenläuft, da bin ich sicher. Und die meisten Beteiligten kenne ich ja. Aber es hilft doch immer, wenn man es vor sich sieht, finde ich.« Sie überlegte kurz.

»Das mit den Todsünden macht auch mehr Sinn. Wusstest du, dass der Begriff Todsünde auch als Erbsünde oder Originalsünde übersetzt werden kann? Da streiten sich ja die Gelehrten manchmal. Und das seit dem 4. Jahrhundert, da fand solch eine Kategorisierung der menschlichen Laster zum ersten Mal statt, von denen Menschen und Mönche heimgesucht werden konnten. Das waren viel mehr als sieben, man hat sie nur in Gruppen zusammengefasst. Das Hauptlaster hat der Gruppe dann den Namen gegeben. Und es waren zunächst acht, nicht sieben. Jaja, die zuständigen Sachverständigen haben die Weisheit auch nicht immer mit Löffeln gefressen. Und wichtig war ja auch nur, dass die Kirche damals auf der Grundlage solcher Listen Verbote aussprechen und damit Einfluss nehmen konnte, der ging es doch in Wirklichkeit um Macht und Geld. Da hat sich auch nicht wirklich viel geändert.«

Gisela zog die Handschuhe wieder aus, nahm eine Tube aus ihrer Handtasche und cremte sich bedächtig die Hände ein. Sie bemerkte seinen Blick. »Die Luft ist so trocken, das sieht man noch knittriger aus, als man schon ist. Und an den Händen ganz besonders. Wirst du auch noch bemerken, wenn du älter wirst.« Sie hob theatralisch den Zeigefinger. »Todsünden stehen für den Akt, mit dem sich der Mensch bewusst gegen Gott und sein Gesetz stellt und sich einer Welt zugehörig zeigt, die im Gegensatz zum göttlichen Willen steht.«

Sie schaute Heiko an. »Du überlegst sicher, woher ich das nun wieder weiß, oder? Mein Mann ist katholisch, stell dir vor. Und er liest gern in der Bibel, warum auch immer. Das verstehe ich bis heute nicht. Mir können die Kirche und ihre Lehren ja eher gestohlen bleiben, besonders in der letzten Zeit, man liest ja schlimme Dinge. Mich wundern diese Missbrauchsgeschichten ja nicht. Ach ne, das heißt ja jetzt sexualisierte Gewalt gegen Kinder. Ist ja auch richtig. Wie dem auch sei. Er hat unseren Jungs, schon als sie noch Kinder waren, diesen Floh mit der Bibel und der Religion ins Ohr gesetzt. An Weihnachten war das ja ganz nett, aber danach war es auch wieder gut. Joachim, unser Jüngster, hatte auch Religion Leistungskurs, da habe ich einiges mitbekommen. Ist schon interessant, rein historisch betrachtet, aber glauben kann man das doch nicht. Oder? Ich meine, die Höllenstrafe, das ist der zweite Tod, den die Todsünde, wenn man sie denn bewusst begeht, nach sich zieht. Also muss der Täter tief religiös sein oder zumindest davon überzeugt sein, dass er es ist! Können Psychopathen eigentlich religiös sein?«

Sie zuckte mit den Schultern. »Ich glaube übrigens, dass du recht hast. Vielleicht bestraft der Täter nicht nur die Opfer, sondern auch deren Familien, die aus seiner Sicht etwas Böses begangen haben. Oder ihm etwas angetan haben. Oder seiner Familie. Macht Sinn. Ich bin sicher, wir haben den Mörder längst getroffen. Wen kennen wir also im Dunstkreis dieser Morde, dem etwas Schlimmes angetan wurde? Und nicht nur von einer Person, sondern von mehreren und von deren Familien. Alle Opfer kommen aus der Umgebung der Zementfabrik. Johann Jolcke aus Osten, Petras und Maltes Familie aus Hemmoor.

Christian Cordes auch aus der Ecke, da muss ich noch mal genau schauen, wo die Eltern herkamen. Ich glaube Lamstedt. Von da wurde ja auch der Ton für die Zementfabrik geliefert. Und Gloria stammt aus Agathenburg, das liegt allerdings auf der anderen Seite von Stade. Du warst doch mit ihr auf der Schule, du kanntest die Eltern. Sind die dort schon geboren oder zugezogen? Aber das können wir ja auch gleich ihren Großvater fragen. Warum haben wir das nicht schon eher getan? Ich hoffe nur, wir kommen bei dem Schneegestöber sicher an. Und auch wieder zurück.«

Gisela schaute aus dem Fenster und Heiko war immer wieder von ihr überrascht. Wusste sie eigentlich, wie hilfreich sie war? Und dass sie Hinweise zu dem Fall mit derselben Intensität betrachtete wie den Schneefall oder ihr Klimakterium? Gisela Sievers war schon eine bemerkenswerte Frau.

Sein Handy klingelte. Er schaute auf das Display, eine Hamburger Nummer. »Ich nehme an, das ist Claras Anwalt, der sie bei dem Mordprozess vertreten hat.« Gisela streckte den Daumen in die Höhe. Heiko stellte das Gespräch auf den Lautsprecher.

»Degen, Polizeiinspektion Stade, K 1.«

»Ja, guten Tag, Herr Degen, hier ist Peer Ehlers. Ich grüße Sie. Sie hatten mich um einen Rückruf gebeten. Es geht um den Fall Clara Jolcke. Wie ich in der Presse in den letzten Monaten gelesen habe, wird sie erneut mit einigen Mordfällen in Verbindung gebracht. Das tut mir leid für sie. Ich bin nicht mehr als Rechtsanwalt tätig, habe aber noch die Unterlagen von dem Fall. Ich habe mir die Akten heute noch einmal in Ruhe angesehen und kann Ihnen zwei Ihrer Fragen auch gleich beantworten. Es geht darum, ob bei den Opfern Kreide im Mund gefunden wurde. Das steht zwar nicht in den Unterlagen vom Gericht, aber in dem Obduktionsbericht. Und ich hatte noch eine Kopie davon. Bei diesem Prozess ist ja einiges schiefgelaufen. Oder besser, anders als erwartet. Aus heutiger Sicht. Es ist ja 35 Jahre her. Es war damals mein erster großer Fall.«

Heiko klopfte ungeduldig mit dem Zeigefinger auf das Lenkrad und fuhr sich dann automatisch durch die Haare, um sich die Locke hinter das Ohr zu streichen, die er vor ein paar Wochen gekürzt hatte. »Nun, ich habe zwar die Akten bekommen und gesichtet, aber der Obduktionsbericht war nicht dabei. Erzählen Sie bitte.«

»Sie haben recht. Man hat wirklich Kreide im Mund und Rachenraum gefunden, allerdings nur bei Johann Jolcke. Bei dem anderen Opfer nicht. Und nur er hatte einen Einschnitt auf der Wange. Nur fehlte ein entsprechendes Messer am Tatort. Auch konnte sich damals keiner erklären, was der Schnitt auf der Wange bedeuten sollte. Es war auch nur eine geringe Menge Kreide, die sich in Jolckes Rachen befand. Ich muss gestehen, ich habe das auch nicht weiterverfolgt. Es ist dann im Sande verlaufen, seltsamerweise. Und somit war es letzten Endes auch nicht wirklich Gegenstand der Verhandlungen. Das werden Sie befremdlich finden, aber damals war es das nicht. Heute würde man es als Medienhype bezeichnen, was da abgelaufen ist. Eine Ausnahmesituation. Die Presse überschlug sich förmlich und verurteilte Clara Jolcke, bevor die Verhandlung überhaupt angefangen hatte. Nun, sie war mit der Waffe in der Hand am Tatort gefunden worden. Es schien eindeutig, dass sie schuldig war.«

»Was war mit den Schmauchspuren?«

»Auch so ein Punkt, an dem sich die Geister scheiden. Man hat Spuren an ihren Händen gefunden, aber sie hätten auch davon stammen können, dass sie die Waffe nur länger in der Hand gehalten hatte. Das war nicht ganz eindeutig.« Peer Ehlers räusperte sich umständlich und hustete kurz. »Es gab keinen weiteren Verdächtigen. Die Situation schien eindeutig, so wie der zuständige Kommissar sie geschildert hat. Clara Jolcke stand allein auf weiter Flur.«

»Hat man damals herausgefunden, woher der Anruf kam, der dazu führte, dass die Polizei so schnell am Tatort war?«

»Ja, aus einer Telefonzelle in der Straße, in der der Mord passiert ist. Sie stand vor dem Haus, in dem Jolcke seinen Liebhaber getroffen hat. Das kam mir damals auch verdächtig vor, wurde aber vom Gericht nicht als wichtig erachtet. Der Richter schien ebenfalls von Clara Jolckes Schuld überzeugt. Ihm war der ganze Rummel äußerst lästig. Weitere Augenzeugen gab es nicht, nur eine Nachbarin ist mit ihr zusammen ins Haus gegangen, aber das erbrachte keinen Hinweis, ob es vor oder nach den tödlichen Schüssen war. Ansonsten war wohl niemand im Haus.«

»Sie müsste dann doch die Schüsse gehört haben, wenn es Clara Jolcke gewesen ist.«

»Leider nein, denn die Nachbarin hat das Haus sofort wieder verlassen, weil sie bemerkt hat, dass sie ihr Portemonnaie in einem Supermarkt liegen gelassen hatte. Und in der Nachbarschaft hatte zwar jemand Schüsse gehört, konnte aber keine eindeutige Aussage zur Uhrzeit machen. Es war wirklich verzwickt. Wir konnten keine entlastenden Zeugen vorbringen.«

»Hat ihre Schwester damals nicht für sie ausgesagt?«

»Frau von Bassen? Es hätte nicht viel genutzt. Die Umstände sprachen einfach gegen die Ehefrau. Sie beteuerte immer wieder ihre Unschuld, aber je länger der Prozess damals ging, desto apathischer wurde sie. Ich konnte sie irgendwann nicht mehr erreichen, sie wurde extrem depressiv. Ihre Schwester hielt sich eher im Hintergrund. Ich weiß nicht, wie nahe sie sich standen.«

Seltsam, dachte Heiko, das hatte Luisa beim Tee aber anders geschildert. Aus ihren Erzählungen hatte er den Eindruck gewonnen, dass sie diejenige war, die sich immer um Clara gekümmert hatte.

»Allerdings hat mich dieser Kommissar später noch einmal kontaktiert, wie hieß er noch gleich, Cordes, richtig. Es war ein paar Jahre, nachdem Clara Jolcke entlassen worden war. Ihn quälte das Ganze sehr, und er vermutete, dass sie doch unschuldig gewesen war, dass man ihr unrecht getan hatte. Sie wollte nicht mit ihm sprechen, hatte sich ja in die Isolation auf dem Land verkrochen, und so wandte er sich an mich, um mit Frau von Bassen in Kontakt zu treten. Er dachte, dass sie eventuell intervenieren könnte.«

»Warum hat er Sie denn dann angerufen und nicht Luisa von Bassen selbst?«

»Ich nehme an, er hatte ihre Nummer nicht mehr, sie lebte damals auf einem Gut in Schleswig-Holstein. Frau von Bassen hatte mich ja damals engagiert, damit ich Clara Jolcke vor Gericht vertrete. Ich war ein Freund ihres Mannes. Auf jeden Fall haben sich die beiden, also Cordes und Frau von Bassen, dann später getroffen. Ich sollte als Rechtsbeistand gegenwärtig sein, aber etwas ist dazwischengekommen.«

»Wissen Sie zufällig, wo und wann dieses Treffen stattgefunden hat?«

»Ich glaube auf ihrem Gut in Schleswig-Holstein, aber das weiß ich nicht mehr so genau. Da müsste ich mal meine alten Kalender durchforsten. Ich kann gerne nachschauen und Sie dann noch einmal zurückrufen.«

»Das wäre wirklich hilfreich, vielen Dank. Und wenn Sie mir den Obduktionsbericht schicken könnten, das wäre gut. Und vorab schon mal auf elektronischem Weg, wenn es Ihnen möglich ist? Es eilt wirklich. Wir haben es hier mit einer Mordserie zu tun und befürchten, dass sie noch nicht zu Ende ist. Eine letzte Frage, bitte. Glauben Sie, dass Clara Jolcke ihren Mann und seinen Liebhaber erschossen hat?«

»Nein, ich war immer von ihrer Unschuld überzeugt. Dieses Urteil war in meinen Augen ein Justizirrtum und sie Opfer der Umstände. Vielleicht hätte ein anderer Anwalt ihr eher helfen können, vielleicht war ich zu unerfahren und noch gar nicht bereit für solch einen großen Fall!« Peer Ehlers schluckte. Es war ihm nicht leichtgefallen, dies einzugestehen. »Ich melde mich bei Ihnen, sobald ich herausgefunden habe, wo sich der Kommissar mit Frau von Bassen getroffen hat. Entschuldigen Sie mich bitte, aber ich habe einen Termin.« Er legte auf, nachdem Heiko ihm noch seine E-Mail-Adresse gegeben hatte.

»Da brat mir doch einer einen Storch. Das gibts doch nicht!« Gisela saß mit offenem Mund neben Heiko. Für einen Moment hatte sie das Schneechaos auf der Straße vergessen.

»Da hattest du aber den richtigen Riecher mit der Kreide. Also hatte Johann Jolcke auch welche im Mund. Aber Reiner Fauck nicht. Also ging es nicht um Fauck, sondern um Jolcke. Er war das Ziel. Fauck war ein Kollateralschaden, mehr nicht.«

Heiko nickte. Er war aufgeregt und musste sich gleichzeitig durch den immer dichter werdenden Schneefall kämpfen. Es waren noch fünf Kilometer bis Bad Bederkesa.

»Richtig, es ging nur um Jolcke, aber Fauck spielte dennoch eine wichtige Rolle. Er wurde ermordet, um es so aussehen zu lassen, als ob es sich um ein Verbrechen aus Eifersucht oder Leidenschaft gehandelt habe. Die betrogene Ehefrau richtet den sündigen Gatten und seinen Lover und erschießt beide. Alles Quatsch. So hat der Mörder Clara alles in die Schuhe geschoben.«

»Das sehe ich auch so«, stimmte Gisela zu. »Schrecklich, wird Zeit, dass wir das Ganze aufklären, damit sie rehabilitiert wird. Aber das mit der Kreide im Mund geht mir nicht aus dem Kopf. Wahrscheinlich hat das was mit der Fabrik in Hemmoor zu tun, aber überleg mal, was das noch bedeutet: Kreide fressen!«

Heiko schaute sie an. »Was meinst du? Kreide fressen heißt, die Stimme weicher zu machen, so wie in dem Märchen mit dem Wolf und den sieben Geißlein.«

»Interessant, dass dir gleich dieses Märchen einfällt. Der böse Wolf täuscht vor, dass die Geißlein ihm vertrauen können.«

Heiko dachte nach. »Du meinst, der Mörder kannte alle Opfer und sie ihn auch? Er hat ihnen etwas vorgespielt und sie haben ihm vertraut? Das würde einiges erklären. Sie hatten keine Angst vor ihm.«

»Richtig, genau das meine ich. Die Opfer sind in seine Falle gelaufen.« Sie deutete auf die Straße. »Du musst hier links abbiegen. Das Altenheim liegt auf der rechten Seite. Park am besten direkt davor und lege das Schild rein, das den Wagen als Polizeifahrzeug ausweist. Dann kann keiner meckern. Mann, der Schnee wird ja immer dichter. Unglaublich.«

Heiko parkte den Wagen vor dem Eingang des einstöckigen Gebäudes. Die beiden stiegen aus und gingen rasch die wenigen Meter zur Eingangstür. Der Weg war bereits vollkommen zugeschneit. Gisela ging zur Rezeption. Eine hagere Blondine tippte lustlos auf eine Computer-Tastatur. Das Haus war vollkommen still. Mittagsruhe, dachte Heiko.

Als die Blondine Gisela sah, hellten sich ihre Gesichtszüge auf. »Hallo, Frau Sievers. Was machen Sie denn hier? Ich wusste gar nicht, dass Sie kommen. Ihre Mutter hält gerade Siesta. Warum haben Sie sich denn bei diesem Wetter auf den Weg gemacht?«

»Moin, Lena, ja, das kann noch was geben mit dem Wetter, wenn man der Vorhersage glauben darf. Ich hatte bereits gestern angerufen und niemanden hier erreicht. Ist Frau Walters nicht immer montags hier?«

»Normalerweise ja, aber sie ist krank und wir hatten gestern viel um die Ohren. Kann sein, dass die Zentrale einen Moment nicht besetzt war, wir sind ja ein kleiner Betrieb.« Es war ihr offensichtlich unangenehm.

»Genau, und deswegen auch so gut und fürsorglich. Was glauben Sie, warum ich meine Mutter hierhergebracht habe? Beste Pflege!« Gisela lächelte und bemerkte, dass Heiko unruhig wurde. Er hatte keine Zeit für das Geplänkel, das war ihr schon klar, aber eines Tages würde er auch noch dahinterkommen, dass Konversation mit dem Pflegepersonal immens wichtig war.

»Das ist Kommissar Heiko Degen von der Polizeiinspektion in Stade, wir arbeiten zusammen an einem Fall. Wir müssten dringend mit Paul Hirschler sprechen, wenn das möglich wäre.«

Lena nickte Heiko zu und wurde ernst. »Nun, das wird schwierig.«

Gisela öffnete den Reißverschluss ihrer dicken Steppjacke. »Wir können gerne ein paar Minuten warten.« Sie schaute auf die große Wanduhr, die über der Rezeption hing. Es war halb zwei. »Aber es ist wichtig, dass wir mit Herrn Hirschler sprechen. Es ist etwas Furchtbares passiert. Seine Enkelin Gloria Fuchs ist am Samstag gestorben. Das ist der Fall, an dem wir gerade arbeiten, und Kommissar Degen wollte Herrn Hirschler natürlich persönlich davon unterrichten und bei der Gelegenheit ein paar Fragen stellen.«

Lena war blass geworden. »Das ist ja schrecklich. Gloria war in den letzten Wochen öfter hier, um ihn zu besuchen, sie schien ganz munter zu sein. Was ist denn passiert?

Sie war doch in meinem Alter.« Sie schüttelte ungläubig den Kopf. »Aber Herrn Hirschler können Sie nicht mehr sprechen, er ist am Sonntag gestorben. Deswegen gab es auch mehr zu tun und die Zentrale war nicht besetzt.« Sie schaute von einem zum anderen. »Es ist ja schon etwas gruselig, dass beide innerhalb von vierundzwanzig Stunden sterben.«

Gisela schaute Heiko entgeistert an. »Das glaube ich jetzt nicht. Wirklich, es ist Zeit, dass du mir den Storch brätst!«

»Woran ist Herr Hirschler gestorben?«, fragte Heiko.

Lena schaute ihn erstaunt an. »Wie meinen Sie das? Auf ganz natürliche Weise. Er ist eingeschlafen und nicht wieder aufgewacht. Er war ja sehr alt. Fast ein Jahrhundert hat er gelebt. Da wird es meistens Zeit. Ich glaube, der Arzt hat Herzstillstand konstatiert. Aber warum fragen Sie? Was war denn die Todesursache bei Gloria?«

»Sie ist ermordet worden.« Gisela pochte mit der Hand auf den Empfangstresen und bemerkte dann Heikos Blick. »Wie? Es stimmt doch! Ermordet vom Kreidemörder. Da muss man nicht lange um den heißen Brei herumreden.«

Heiko unterdrückte eine missbilligende Äußerung und wandte sich an Lena. Manchmal wusste Gisela nicht, wo sie anfing und die anderen aufhörten und umgekehrt. Besonders wenn es um offizielle Dinge ging. »Frau Sievers hat recht, wir ermitteln in dem Fall.« Er war erstaunt, dass Lena noch nichts von dem neuen Mord wusste, denn die »Stader Nachrichten« hatten ja heute Morgen groß darüber berichtet. »Ich bräuchte die Nummer von dem behandelnden Arzt, und wissen Sie, wo die Leiche ist? Hatte Herr Hirschler noch andere Angehörige? Was ist mit seinem Nachlass und seinen persönlichen Dingen?«

Lena wurde immer nervöser. »Dafür bin ich nicht zuständig, ich arbeite ja nur an der Rezeption. Aber normalerweise ist es unser Hausarzt, Dr. Brömmer. Ich kann ihn gleich anrufen oder ich gebe ihm Ihre Nummer. Er wohnt auch hier im Ort. Er kann Ihnen bestimmt mehr Informationen geben. Wir haben das Zimmer noch nicht ausgeräumt, das machen normalerweise die Angehörigen. Ich nehme an, dass es jetzt die Pfleger morgen früh machen werden. Andere nahe Angehörige hatte er nämlich nicht mehr, glaube ich. Seine Tochter und der Schwiegersohn sind ja vor einigen Jahren ums Leben gekommen.«

»Das ist doch schon einmal sehr hilfreich. Nun beruhigen Sie sich mal. Alles halb so wild. Es wird sich schon regeln. Am besten, Sie schreiben uns die Nummer von Dr. Brömmer auf und Kommissar Degen wird sich bei ihm melden.«

Gisela lächelte die nervöse Rezeptionistin an. Statt eine Antwort zu geben, notierte Lena die Nummer und gab sie Heiko.

»Danke. Wo ist denn die Heimleitung? Die hätten doch bereits am Sonntag versuchen müssen, Gloria zu erreichen. Wir müssen auf jeden Fall den Nachlass von Herrn Hirschler sichten. Ich werde einen richterlichen Beschluss beantragen. Es kann sein, dass es da wichtige Informationen gibt, die zur Aufklärung des Falls beitragen können.«

Lena schaute ihn mit großen Augen an und zupfte nervös an ihrer Unterlippe. »Sie meinen, Herr Hirschler hat etwas mit dem Kreidemörder zu tun? Das ist ja schrecklich. Nicht dass wir hier auch noch in Gefahr sind. Es wird Zeit, dass der endlich geschnappt wird.«

»Das sehen wir ganz genauso, mein Kind.« Gisela tätschelte Lena die Hand. »So, und nun schauen Sie mal bitte, wo Frau Palmer ist, wir müssen dringend mit ihr sprechen.« Sie drehte sich zu Heiko. »Das ist die Heimleitung.«

»Ich hatte es mir fast gedacht.«

Eine halbe Stunde später saßen die beiden wieder im Auto und fuhren zurück nach Stade. Sie kamen nur sehr langsam voran, der Schnee fiel weiter in dicken Flocken vom Himmel und selbst auf den Straßen hatte sich eine dichte weiße Decke gebildet. Trotz der Winterreifen schlitterte der Wagen ab und zu gefährlich.

Frau Palmer hatte Heiko versprochen, dass sie morgen alle Unterlagen und den Nachlass von Paul Hirschler nach Stade in die Polizeiinspektion schicken würde. Dann müsste auch der Durchsuchungsbeschluss vorliegen, der ihnen die Sichtung von Hirschlers persönlichen Dingen gestatten würde und den Heiko mittels eines Anrufes bei der Staatsanwaltschaft beantragen lassen hatte.

»Es wird nicht viel sein, vielleicht zwei Kartons, er hatte ja nicht mehr viel, der arme Mann. Es ging ihm nicht gut in den letzten Wochen, er hatte Kopfschmerzen und klagte über Unwohlsein. Ich habe viele Menschen sterben sehen, wissen Sie. Irgendwann ist es an der Zeit und dann können solche Symptome auftauchen, das ist normal.« Sie überlegte kurz. »Nur eine Sache hat mich verwundert. Manchmal klagte er über Schmerzen in den Gliedern und hatte den Eindruck, er könnte nicht mehr laufen, sich nicht richtig bewegen, sprach von kurzzeitigen Lähmungserscheinungen. Dr. Brömmer untersuchte ihn daraufhin, konnte aber nichts feststellen.«

»Sind denn andere Untersuchungen gemacht worden? Liegen Blutwerte oder Ähnliches vor?«

»Nur die Standarduntersuchungen, befürchte ich. Aber da sprechen Sie bitte mit dem Arzt.«

»Eine Frage habe ich noch. Hat jemand Paul Hirschler vor seinem Tod besucht?«

»Außer seiner Enkelin hat er, wenn ich mich recht erinnere, keinen Besuch in den letzten Wochen empfangen.«

Heiko hatte daraufhin Dr. Brömmer angerufen, der jede Auskunft mit dem Hinweis auf seine ärztliche Schweigepflicht verweigerte und stereotyp auf das verwies, was er in den Totenschein eingetragen hatte. »Der Mann ist an Altersschwäche gestorben. Herzversagen.« Er schien fast beleidigt, dass Heiko sein Urteil anzweifelte.

»Eine letzte Frage noch, Herr Doktor. Sie werden sie mir beantworten können, denn sie betrifft nicht den Gesundheitszustand von Herrn Hirschler vor seinem Tod. Haben Sie den Rachenraum des Toten untersucht? Und wenn ja, ist Ihnen etwas aufgefallen? Eine Substanz oder etwas Ähnliches?«

Der Arzt stutzte. »Natürlich habe ich ihn untersucht. Wir haben auch sein Gebiss herausgenommen, aber da war nichts Außergewöhnliches.«

Heiko bedankte sich bei dem Arzt, rief Gabriele Römer an und kündigte ihr schon einmal eine Obduktion an, die er über den Staatsanwalt beantragen würde. »Ich hoffe, dass Sie die Leiche bald auf dem Tisch haben werden. Ich bin gespannt auf die Laborergebnisse. Irgendetwas stimmt da nicht, die Heimleiterin hat von Lähmungserscheinungen gesprochen.«

»Vor Samstag werden keine Ergebnisse vorliegen können, aber ich werde mich natürlich beeilen. Hoffen wir, dass es bei dem Wetter hinhaut. Hier geht gerade die Welt unter. So einen Schneesturm habe ich auch schon lange nicht mehr gesehen«, meinte Gabriele Römer.

Heiko verabschiedete sich. Der Schnee kam inzwischen so dicht herunter, dass er die Straße fast nicht mehr sehen konnte. Sie kamen nur im Schneckentempo voran. Gisela wippte ungeduldig mit den Füßen auf und ab.

»Was glaubst du, hat Hirschlers Tod mit der ganzen Sache zu tun? Denkst du, eine Obduktion ist wirklich nötig? Bist du der Meinung, dass er auch ein Opfer des Kreidemörders sein könnte?«

»Ich hoffe nicht, aber ausschließen können wir das auch nicht. Die Lähmungserscheinungen machen mich stutzig.

Auch Kopfschmerzen und Übelkeit können Wirkungen von den Giften sein, die der Mörder den anderen Opfern verabreicht hat.«

»Ja, aber außer Gloria hat ihn doch keiner besucht. Die war in letzter Zeit sogar häufiger bei ihm, hat Lena gesagt. Nur ist sie doch selbst Opfer des Kreidemörders geworden …« Sie schaute auf die Straße und war einen Moment ruhig, dann schlug sie sich impulsiv mit der flachen Hand an die Stirn. »Da gibt es ja noch die Vermutung, dass der Kreidemörder einen Komplizen gehabt haben könnte, wenn man an die unterschiedlichen Fußspuren in Jensens Scheune denkt.«

Heiko nickte. »Genau. Das waren ja eher kleine Abdrücke. Eine Komplizin des Mörders, ja, das könnte sie gewesen sein. Komplizin, aber auch Zeugin und damit eine Gefahr für den Mörder. Es ist nur eine Vermutung. Was könnte Hirschler sonst mit den Morden oder Opfern zu tun gehabt haben? Ein Verwandter der Komplizin, den sie loswerden wollte, vielleicht? Wir werden klarer sehen, wenn wir seinen Nachlass durchgesehen haben. Vielleicht gab es noch eine andere Verbindung.«

In diesem Moment klingelte sein Telefon. Es war die Spurensicherung. »Die sind noch in Thorbies' Scheune und Lagerhalle. Vielleicht haben sie was gefunden«, meinte Heiko und stellte den Anruf auf Lautsprecher.

»Hallo, Heiko, hier ist Reuther. Du wirst es nicht glauben, aber wir haben gerade eine leere Spritze in einer Abseite der Scheune gefunden. Und ein paar alte Gläser mit getrockneten Pflanzen. Die sollten schnellstens untersucht werden. Wenn das die Spritze ist, mit der man Gloria Fuchs das Gift injiziert hat, besorgst du am besten schon mal einen Haftbefehl für Thorbies. Sieht nicht gut aus für ihn.«

50 Claire

Tom stapfte durch den Schnee. Es waren nicht nur die kürzesten Tage des Jahres, der Schnee kam in solch gewaltigen Mengen herunter, dass sich die Zweige und Äste der alten Kastanie gefährlich bogen und zu brechen drohten. Er kannte die Kälte gut aus seiner Kindheit, die eisigen Winter waren ihm aus Ilinois durchaus vertraut. Schon damals hatte er gespürt, dass ihm die Kälte oft den Blick und das Herz vereiste, er Dinge nicht so gut spüren oder erfassen konnte wie im warmen, lichtdurchfluteten Sommer. Schoko hingegen hüpfte wie ein Hase durch den Schnee und hatte offensichtlich Spaß.

Tom hatte die letzte Stunde im überhitzten Haus bei Luisa verbracht und brauchte unbedingt frische Luft, um wieder wach zu werden. Er war trotz des starken Schneefalls, der gestern Mittag eingesetzt hatte, kurz für Luisa einkaufen gefahren. Clara ging es nicht gut. Ihr war seit Samstag, nachdem man Gloria gefunden hatte, schwindelig und sie wollte bei dem Wetter nicht aus dem Haus. Luisa hatte Tom gebeten, die Einkäufe zu machen und zur Apotheke zu fahren. Danach hatte sie ihn natürlich mit Tee und selbst gemachtem Gebäck versorgt.

Glorias Tod hatte sie mitgenommen, auch wenn sie das vor Tom zu verbergen suchte. Die Teestunde zog sich in die Länge, und Tom war froh, gegen 16:30 Uhr nach Hause gehen zu können.

Was für eine seltsame Woche, dachte er. Am Freitag hätte er die Welt noch umarmen können, die Ausstellung war super gelaufen, er war glücklich und noch erfüllt von der intensiven Arbeit der letzten Monate, auch wenn er seit einigen Wochen körperlich nicht auf der Höhe war. Dann der grausige Fund von Glorias Leiche am Samstagmorgen und die Gewissheit, dass der Kreidemörder nach wie vor sein Unwesen trieb, und zwar genau hier auf dem Grundstück. Seine Kopfschmerzen waren nicht besser geworden, und die kurzen Tage machten Tom mehr zu schaffen, als er erwartet hatte. Meldete sich hier der Blues zurück, wie vor einem Jahr in Berlin im Kleistpark? Warum nur stimmte ihn dieses Winterwetter immer so melancholisch, als ob er um etwas trauern würde?

Er stapfte kraftlos durch den Schnee, Luisas süßer Kuchen lag ihm schwer im Magen. Der Tee hatte trotz des Kandis einen bitteren Nachgeschmack auf seiner Zunge hinterlassen, die sich pelzig anfühlte.

Frau Holle schien weiter Party zu machen. Sein Großvater hatte ihm alle Märchen der Brüder Grimm an den sonntäglichen Besuchen vorgelesen und sie hatten sich in Toms Bilderwelt verankert.

Jetzt stand er oben auf dem Deich und konnte sein Haus fast nicht mehr sehen vor lauter Schnee. Die Oste war bereits in der Dunkelheit versunken. Eine weiße Decke, die jedes Geräusch erstickte, umgab ihn. Tom fühlte sich plötzlich einsam, verlassen und vermisste die Wärme einer Frau, Zuneigung, Geborgenheit. Er scheuchte den Gedanken weg.

Heute Morgen hatte man Thorben Thorbies verhaftet und in Untersuchungshaft gebracht. Die Spurensicherung hatte eine Spritze in seiner Scheune gefunden. Die Analyse ergab, dass es sich wirklich um die Spritze handelte, mit der Gloria vor ihrem Tod eine große Dosis Coniin verabreicht worden war. Dazu seine Spuren im Schnee neben der Leiche, seine DNA in und auf ihr. Die Spurensicherung war noch einmal gekommen, diesmal mit richterlichem Durchsuchungsbeschluss, um diesmal im Wohnhaus nach Beweismitteln zu suchen. Laut Heiko war Thorbies kooperativ und beteuerte seine Unschuld.

War er der Kreidemörder? Für Tom nicht vorstellbar, aber ausschließen konnte man in diesem Fall wohl niemanden. Eigentlich hatte Heiko gestern vorbeikommen wollen, aber er war irgendwo auf der Landstraße in der Nähe von Hemmoor stecken geblieben und hatte fast zwei Stunden auf den Abschleppdienst warten müssen. Tom hatte Gisela im Hintergrund ebenfalls auf ihrem Handy sprechen hören. Heiko klang genervt und er hatte nicht weiter nachgefragt. Sie verschoben ihr Treffen auf Ende der Woche. Heiko hatte genug mit dem Fall zu tun und musste sich dann auch noch mit der reißerischen Berichterstattung der »Stader Nachrichten« auseinandersetzen. Ein großer Artikel gleich auf der Titelseite ließ kein gutes Haar an seiner Arbeit. Gar nicht auszudenken, wie Schierling auf eine Pressemitteilung reagieren würde, in der dargelegt wäre, dass Clara Jolcke Opfer eines Justizirrtums geworden war und keinesfalls ihren Mann und dessen Freund umgebracht hatte.

»Ich bin mit ihrem Anwalt in Verbindung. Ich vermute, man hat sie wirklich vorgeführt, Tom. Der Killer treibt ein schlimmes Spiel mit ihr, und das seit Jahrzehnten. Aber ich bin nah dran! Es ist, als ob mir nur noch ein Stück im Puzzle fehlte. Ein Schlüssel und die Tore gehen auf. Alles ist miteinander verbunden. Aber ich rede die ganze Zeit nur von diesem Fall. Was machen deine Kopfschmerzen?« Tom hatte abgewunken, es sei alles okay. Heiko musste sich nun wirklich nicht mit seinen kleinen Befindlichkeiten beschäftigen.

Er stapfte weiter über den Deich, aber es wurde zu ungemütlich, und er entschloss sich, nach Hause zu gehen. Ein Schuss Rum im Tee würde seine Lebensgeister wieder wecken. Vielleicht ein Steak, das er vom Einkauf mitgebracht hatte. Ein alter Film auf Netflix und dann früh ins Bett. Morgen sah die Welt wieder anders aus. Er hatte sich für Freitag mit Carolin im Kunsthaus verabredet, Gesellschaft würde ihm guttun und diesen Anfall von Melancholie schnell vertreiben.

Er stieg vorsichtig den Deich hinunter. Ein kurzer Schwindel erfasste ihn plötzlich und er wäre beinahe ausgerutscht und hingefallen. Er schimpfte kurz mit sich selbst. »Jetzt reiß dich mal zusammen, Tom Morten, get it together, you fool.«

Schoko spitzte die Ohren, kam auf ihn zugelaufen und schaute ihn erwartungsvoll an. Tom tätschelte ihm kurz den Kopf. »Irgendetwas stimmt nicht mit mir, mein Freund. Normal ist das nicht, lass uns heimgehen. Sorry, aber der Spaziergang fällt heute leider kurz aus. Das ist ja schlimmer als im Winter in Chicago.«

Als er an seiner kleinen Scheune ankam, stieg die Übelkeit wieder in ihm hoch, wie so oft in den letzten Wochen. Wenn er sich übergeben musste, dann besser hier drinnen als im Haus. Er machte das Licht an. Er war seit fast einer Woche nicht mehr in seinem Atelier gewesen. Es war kalt, denn es gab keine Heizung, nur einen kleinen gusseisernen Ofen, den er seit letztem Mittwoch nicht mehr angemacht hatte. Schoko schüttelte sich, hechelte kurz und legte den Kopf zur Seite. Tom konnte nicht anders, lächelte, ging zu ihm und drückte ihm einen Kuss auf den nassen Kopf. »I love you, Dicker. You are a good friend.« Er fühlte sich plötzlich wieder wie ein kleiner Junge. Was war heute mit ihm los?

Auf dem Tisch stand eine Büste von Asta, die nicht rechtzeitig zur Ausstellung fertig geworden war. Sie hatte die Augen geschlossen und der Kopf war leicht nach hinten geneigt. Irgendetwas hatte ihn an der Position des

Kopfes gestört, er wusste nicht, warum. Sie erschien ihm traurig, ausgeliefert.

Schoko schnüffelte in den Ecken, und Tom setzte sich kurz auf einen Stuhl, wartete darauf, dass das Schwindelgefühl nachlassen würde. Stumm betrachtete er Astas Büste. Was faszinierte ihn so an dieser Frau, was war ihm so vertraut? Woher kannte er sie? Warum beschäftigte er sich seit einem halben Jahr mit ihr, von der er nur ein paar Bilder kannte, die aber so viel in ihm auslöste? Es war nichts Sexuelles, das wusste er. Etwas anderes. Wärme, eine tiefe Liebe, die nichts Körperliches wollte, nur eine Umarmung. Sie gab ihm etwas. Er fühlte sich wohl in ihrer Nähe, sie war wie ein Leuchtturm und er wie der sich ewig wälzende Sand, der keinen Halt fand. Eine Wanderdüne. Er ging näher an den Tisch, auf dem die Kopie eines Fotos von Asta lag. Wie schon oft zuvor erinnerte sie ihn an jemanden. Er hatte es noch nie so stark empfunden wie in diesem Moment.

Tom schloss die Augen und ließ die Gesichter aus der Vergangenheit Revue passieren. Sah die Frauen in Berlin und New York, denen er über die Jahre begegnet war, all die kurzen Abenteuer, die ihn längst nicht mehr berührten. Er ging weiter zurück in die Vergangenheit, dachte an seine Kindheit und Jugend in La Salle, dem kleinen Kaff in Illinois, an die amerikanische Provinz, der er immer zu entfliehen versucht hatte. Sah seine Mutter, die sich jeden Nachmittag betrunken hatte, dachte an Loretta May, die Haushälterin, die seiner Mutter alles hinterherräumte und sie ins Bett trug, wenn sie wieder betrunken auf der Couch eingeschlafen war. Die die Wäsche wusch und ihn ins Brett brachte und zu der er doch nie eine Beziehung hatte. Sie mochte Kinder nicht, das spürte er. Loretta May war mehr für seine Mutter da als für ihn. Er war nur ein lästiges Übel, das sie in Kauf nahm, nehmen musste.

Es war eine einsame Kindheit. Bis auf Edmund gab es niemanden, der für ihn da war. Damals schon hochbetagt, aber immer noch forsch, rüstig, mit wachen grünen Augen. Das Haar wellig und nicht mehr blond, sondern silbrig glänzend. Immer im Anzug, einer Rüstung, die er nie ablegte. Sonntage verbrachte Tom in der Villa seines Großvaters, schaute jedes Mal aufs Neue die Bilder der Vergangenheit an, die Edmund ihm zeigte, hörte ihm zu, wenn er von seinen Reisen sprach. Er war der Einzige, mit dem er sich wirklich verbunden fühlte. Enkel und Großvater, gefangen in ihrer Einsamkeit und dadurch verbunden.

Seine Großmutter hatte er nicht gekannt, sie war früh gestorben. Toms Vater hatte einen älteren Bruder, Bill, ein schlecht gelaunter Zyniker, dem Alkohol verfallen. Und eine jüngere Schwester: Claire.

Tom öffnete die Augen. Claire. Aber natürlich, das war es, wie hatte er sie so lange vergessen können. Er hatte Ewigkeiten nicht an seine Tante gedacht.

Edmund hatte seine Tochter nie gemocht, er machte sie für den Tod seiner Frau verantwortlich, die bei Claires Geburt Ende der Vierzigerjahre gestorben war. Claire lebte in Cedar Point, auf der anderen Flussseite, Tom traf sie nur wenige Male als kleiner Junge. Auch bei den seltenen Familienfeiern war sie nie zugegen. Anfang der Neunzigerjahre starb sie an Krebs. Sie hatte keine Kinder, war nie verheiratet. Er wusste fast nichts von dieser Frau. Seltsam, dachte Tom, dabei war sie meine Patin.

Tom erbte ihr Vermögen, was ihm später ermöglichte, nach New York zu gehen. Nach all diesen Jahren sah er in diesem Moment Claire vor sich. Groß, schlank, mit blondem Haar, das ihr in Wellen über den Rücken fiel. Ihre smaragdgrünen Augen, die schönen Hände mit den langen, schmalen Fingern. Er stand auf und ging an den Tisch, umfasste Astas Gesicht mit seinen Händen.

Der Flashback kam schnell, unvermittelt, unerwartet.

Tom war noch ein kleiner Junge und Claire war vorbeigekommen, um ihn zu besuchen. Sie war vielleicht Mitte dreißig, ungefähr so alt wie Asta, als sie starb.

»Es war mein vierter Geburtstag«, sagte er plötzlich laut. Schoko kam auf ihn zugelaufen und sprang hoch, legte die Vorderpfoten auf den Tisch und sah erst die Skulptur an und dann Tom.

»Ich war vier, Schoko, sie hat mich besucht, obwohl sie nicht erwünscht war.« Claire setzte sich auf den Boden und streckte die Arme aus. Tom lief auf sie zu und nahm ihr Gesicht in seine kleinen Hände, streichelte das goldene Haar, das ihn an einen Weihnachtsengel erinnerte. Tom spürte die Liebe wieder, die er als kleiner Junge für Claire empfunden hatte. Eine kindliche, pure Liebe, voller Vertrauen, die Welt der Erwachsenen ignorierend, ohne Wissen um die Strukturen in seiner Familie, in der die Frauen keine Rolle spielten, unglücklich waren, früh starben oder sich zu Tode tranken. Eine neue Welle der Einsamkeit strömte über Tom hinweg. War er deshalb nicht fähig, Beziehungen zu halten oder überhaupt eine zu führen? Weil ihn alle Frauen schon als Kind verlassen hatten oder sich wichtigeren Dingen zuwandten, wie dem Alkohol?

Edmund war an diesem Tag, an diesem vierten Geburtstag, kurze Zeit später gekommen und Claire hatte schnell das Haus verlassen. Er ertrug ihre Gegenwart nicht. Tom hatte sie nie wieder gesehen und sie irgendwann vergessen.

Oder verdrängt. Aber warum? Weil Edmund sie nicht in seiner Nähe haben wollte? Warum hatte er sie regelrecht verstoßen?, dachte Tom in diesem Moment, an diesem kalten Tag, der ihn an die Winter seiner Kindheit erinnerte. Hatte Tom bereits als Kind gespürt, dass er Edmunds Liebe nur behalten konnte, wenn er Claire nicht sah und sie aus seinem Bewusstsein verbannte?

Er stand vor der Skulptur, umfasste die kalten Wangen einer Frau, die er nie getroffen hatte. Tom merkte nicht, dass ihm die Tränen die Wangen hinunterliefen.

51 Schwindel

Tom stand in der kleinen Küche seines Hauses und wusch sich die Hände. Er hatte Astas Skulptur am Donnerstagmorgen ins Haus geholt, um daran weiterzuarbeiten. Ein Feuer flackerte im Kamin, Schoko saß auf dem Sofa und verfolgte interessiert die Tierwelt Afrikas auf dem Bildschirm. Ab und zu kommentierte er etwas mit einem tiefen Grollen oder Seufzer, und Tom musste jedes Mal lachen, was einen schiefen Blick Schokos zur Folge hatte. Es war Samstagnachmittag gegen 15 Uhr. Die Flocken fielen nicht mehr so dicht wie am Morgen, als er jetzt aus dem Fenster in die Plantage blickte. Tom hatte seit dem Mittag an Astas Büste gearbeitet, es war an der Zeit, eine Pause zu machen. Irgendwo waren noch ein paar der selbst gebackenen Kekse, die Luisa ihm am Mittwoch mitgegeben hatte. Das Wasser für den Kaffee kochte bereits.

Seit Dienstagmittag schneite es ununterbrochen. Der ganze Norden Deutschlands versank unter einer weißen Decke und nach seinem Einkauf für Luisa und Clara hatte Tom bis auf kurze Spaziergänge in der Plantage das Haus nicht verlassen. Sein Termin mit Carolin im Kunsthaus gestern Mittag hatte ausfallen müssen. Das Internet und sein Telefon funktionierten, was für ein Glück, weiterhin problemlos. So hatte Tom mit dem Galeriebesitzer in Berlin telefonieren können und mit einem Journalisten wegen eines Podcasts über sein neues Leben auf dem Deich gesprochen und über die Ausstellung, die Ende Januar in Berlin gezeigt werden sollte.

Morgen war der dritte Advent. Die Welt brauchte eine Pause. Und auf Tom konnte sie gerne bis zum Jahresende warten.

Seit gestern hatten die Kopfschmerzen endlich nachgelassen und er hatte sich in den letzten Tagen wieder an die Arbeit gemacht, um Astas Büste für die Berliner Ausstellung fertigzustellen. Es war erstaunlich, wie sehr sie Claire ähnelte. Irgendwo hatte er in seinen Unterlagen ein altes Familienfoto gefunden, das Claire mit ihren Geschwistern zeigte. Sie hätten Schwestern sein können.

Ein Anruf riss Tom in die Realität zurück. Er trocknete sich schnell die Hände ab, lief ins Wohnzimmer und nahm sein Handy, das neben Schoko auf der Couch lag. Es war Heiko. Tom stellte den Fernseher leise, registrierte Schokos strafenden Blick und setzte sich auf die Couch.

»Na, mein Freund, bist du schon vollkommen im Schnee versunken? Ich hoffe, du kannst das Haus noch verlassen. Auf dem Deich wird wohl kaum geräumt.«

»Noch kann ich die Tür öffnen.« Tom lachte. »Aber wenn es so weitergeht, musst du eventuell einen Rettungshubschrauber schicken. Oder nachher ein paar Lebensmittel für die nächsten Tage mitbringen. Aber keine Angst, ich bin harte Winter gewöhnt. Ich bin in Illinois aufgewachsen.«

»Dann bin ich beruhigt. Wegen heute Abend: Eigentlich wollte ich ja vorbeikommen, aber es wird knapp. Ich sitze seit heute Morgen hier im Büro und befürchte, es wird noch etwas länger dauern, als ich dachte. Wir müssen wohl auf morgen verschieben.«

»Du arbeitest auch am Samstag? Kommst du weiter? Gibt es was Neues?«

Heiko seufzte. »Ich sitze in der Warteschleife. Ich warte auf den Obduktionsbericht mit den Laborergebnissen von Paul Hirschler. Und auf seinen Nachlass, der nun heute endlich kommen soll. Der Richter wollte überzeugt werden und wir mussten auf viele Rückfragen antworten, bis er den Durchsuchungsbeschluss erteilt hat. Vielleicht wird die Obduktion keine neuen Erkenntnisse bringen, aber man weiß ja nie. Immerhin hat die Heimleiterin ausgesagt, dass Hirschler unter Symptomen litt, die durch pflanzliche Gifte ausgelöst werden können: Übelkeit, Taubheit der Glieder und Ähnliches. Bin gespannt, ob Dr. Römer was gefunden hat. In Hirschlers Nachlass werde ich hoffentlich auf Informationen stoßen, die mir etwas über Gloria verraten und mir somit vielleicht auf die Sprünge helfen, wer sie ermordet hat. Über ihre Familie weiß ich wenig. Ihre Eltern waren immer nett zu mir, aber Gloria hatte kein herzliches Verhältnis zu ihnen, das steht fest. Mit Thorbies sind wir noch nicht weitergekommen. Auf der Spritze, die wir in seiner Scheune gefunden haben, waren keine Fingerabdrücke festzustellen. Die Kräuter in den Gläsern, unter anderem Goldregen, Eibe und Tollkirsche, entsprachen allerdings der Giftmixtur aus der Spritze, die Gloria verabreicht worden ist. Soweit die neuen Ergebnisse. Und nun warte ich noch auf verschiedene Anrufe, unter anderem von Claras Anwalt.«

Heiko lauschte einen Moment und hörte nichts. »Tom, bist du noch dran? Hallo?«

»Ja, entschuldige. Was hast du da gerade gesagt? Paul Hirschler? Wer ist das?«

»Hirschler ist Glorias Großvater. Er ist doch in der Nacht zum Montag gestorben. Ich habe dich angerufen, als ich im Schnee feststeckte, nachdem ich am Dienstag aus dem Seniorenheim in Bad Bederkesa zurückgekommen bin, in dem er lebte.«

»Das stimmt, aber du hast seinen Namen nicht erwähnt.«

»Ja, kann sein. Sag mir jetzt nicht, du kennst Paul Hirschler.«

»Nicht persönlich, es kann sich ja eventuell um einen anderen Mann handeln, vielleicht gibt es mehrere Paul Hirschlers. Der, den ich meine, war Fotograf und hat die Bilder von Asta gemacht, die ich bei Clara im Wohnzimmer gesehen habe. Sie hat bei ihm im Studio in Hamburg gearbeitet, soviel ich weiß. Ich dachte, er wäre längst tot.«

»Aber natürlich, du hast recht! Ich habe die ganze Zeit überlegt, woher ich den Namen kenne. Luisa hat ihn im Herbst erwähnt, als ich sie besucht habe. Das gibts doch nicht. Wie konnte ich das vergessen?«

»Das wäre ja sehr seltsam, wenn es sich um denselben Mann handelt. Das hätte Luisa eigentlich wissen müssen, sie war schließlich sehr eng mit Gloria. Hat sie nicht erwähnt, dass er noch lebt? Hatte Gloria denn Kontakt zu ihm?«

»Laut Heimleitung schon, sie hat ihn öfter besucht. Das letzte Mal am Tag vor ihrem Tod. Da fällt mir ein, Luisa erwähnte damals bei unserem Gespräch, Hirschler habe eine Tochter in ihrem Alter gehabt, der sie als Kind einmal begegnet sei. Wenn das nun Glorias Mutter war?«

»Du solltest noch einmal mit Luisa sprechen, vielleicht kann sie dir weiterhelfen, hat noch mehr Informationen. Rufst du mich dann nachher zurück und lässt mich wissen, was du herausgefunden hast? Ich fahre heute bestimmt nicht mehr weg.« Ungläubig fügte er hinzu: »Zufälle gibts.«

»Du, ich muss Schluss machen, ich glaube die Kartons mit Hirschlers Nachlass werden gerade endlich geliefert. Und jetzt ruft auch noch jemand auf der anderen Leitung an. Es ist Gabriele Römer, sie wird wohl die Laborergebnisse haben. Ich melde mich später bei dir.« Heiko legte auf.

Tom legte das Handy auf den Tisch und schaute auf den Bildschirm, auf dem immer noch die Tiersendung lief. Eine Vogelspinne im afrikanischen Dschungel näherte sich ihrem Opfer, einem kleinen Skorpion, der sich allerdings erfolgreich zur Wehr setzte. Seltsam, dachte er, weder Clara noch Luisa hatten jemals Paul Hirschler erwähnt, geschweige denn, dass er noch lebte. Wussten sie wirklich nichts davon? Höchst unwahrscheinlich, zumindest was Luisa betraf, denn Gloria war doch ihre engste Freundin. Plötzlich hatte Tom das Gefühl, dass er vor einem komplex gewebten Spinnennetz aus vielen Fäden stand. Wer war die Spinne, die es gewebt hatte und nun auf ihre Opfer lauerte?

Toms Handy klingelte erneut. Er schreckte hoch und schaute auf das Display. Es war Luisa. Die Uhr zeigte 16:15 an und es wurde langsam dunkel.

»Hallo, Tom, entschuldigen Sie, dass ich Sie störe. Geht es Ihnen besser? Sie waren so blass am Mittwoch, als Sie bei mir waren. Ich hoffe, es ist nichts Ernstes.«

»Alles in Ordnung, Luisa. Kommen Sie zurecht? Brauchen Sie etwas?«

»Danke, ich komme ja immer gut alleine zurecht. Aber ich kann Clara nicht erreichen. Sie klagte in den letzten Tagen über Übelkeit. Gestern Morgen war sie kurz bei mir, aber am Abend ist sie nicht mehr ans Telefon gegangen und heute springt auf dem Festanschluss der Anrufbeantworter an. Dasselbe auf dem Handy. Bei dem Schnee komme ich von hier aus mit dem Rollstuhl nicht zu ihr rüber. Ich sehe Licht in der Halle brennen. Wahrscheinlich ist alles in Ordnung, Clara zieht sich ja gerne mal ein paar Tage zurück, aber unter den gegebenen Umständen mache ich mir doch Sorgen, wie Sie sicher verstehen werden. Mir geht auch dieser anonyme Brief nicht aus dem Kopf, den sie vor einiger Zeit bekommen hat. Ich weiß, dass Thorbies verhaftet worden ist, aber dieser Cordes, sein Freund, ist wahrscheinlich noch hier. Vermute ich zumindest. Ach, Tom, ich habe schon ein wenig Angst. Wenn die beiden nun wirklich in diese schrecklichen Morde verwickelt sind?« Ihre sonst so sichere Stimme zitterte ein wenig. »Wir sind dem Täter hilflos ausgeliefert, wie auf dem Präsentierteller. Aber ich will gar nicht panisch werden. Es gibt sicher für alles eine logische Erklärung.«

»Möchten Sie, dass ich kurz vorbeikomme und nach dem Rechten sehe?«

»Würden Sie das tun? Wenn ich könnte, würde ich selbst nachschauen, aber mir sind in diesem Fall nicht die Hände, sondern die Beine gebunden.« Sie lachte kurz auf, aber es war kein Funke Humor in ihrer Stimme. »Es würde mich sehr beruhigen, wenn es Ihnen nicht zu viel abverlangt. Es schneit ja immer noch und es ist ja auch schon fast dunkel.«

»Aber sicher, es macht mir nichts aus. Ich komme gleich vorbei. Geben Sie mir ein paar Minuten Zeit, ich ziehe mir schnell was Wetterfestes an.«

»Sie sind wirklich ein guter Mensch. Ich bin Ihnen sehr verbunden, vielen Dank, Tom.« Sie legte auf.

Tom ging nach oben in sein Schlafzimmer und suchte seine Skihose heraus. Es war kein weiter Weg bis zu Claras Wohnhaus, aber er hatte keine Lust, zu frieren. Er zog die dicke Winterjacke und die Schneeschuhe an. Aus der Küche nahm er noch eine Taschenlampe mit.

»Du bleibst kurz hier, Dicker, ich bin sofort wieder zurück, pass gut auf.« Er drehte den Ton vom Fernseher wieder höher und streichelte kurz Schokos Kopf.

Durch den tiefen Schnee stapfte er los, ein kräftiger Wind kam ihm mit geballter Macht entgegen. Nach zehn Minuten stand er vor Claras gläserner Haustür, die durch eine Schneewehe halb verdeckt war. Clara hatte einen dicken, braunen Wollvorhang von innen befestigt, der die Wärme im Haus halten sollte. Tom konnte durch einen kleinen Schlitz in die leere Halle schauen. Es brannte kein Feuer im Kamin. Er klopfte, aber nichts bewegte sich. Eine Klingel gab es nicht.

Tom entschloss sich, einmal um das Haus herumzugehen. Vielleicht hatte er vom kleinen Bauerngarten aus mehr Glück. Auf dem Weg zu der hinteren Tür reichte ihm der Schnee bis weit über die Knöchel. Auf der Südseite des alten Gebäudes lagen die drei kleinen Zimmer, die von der Halle abgingen. Eine Schneewehe verdeckte die Hälfte der alten, tief liegenden Fenster. Durch das erste war nichts zu sehen, der Raum war leer. Tom ging zum nächsten und schaute in Claras Wohnzimmer. Der Fernseher lief und warf bunte Schatten an die Wand. Clara lag auf dem Sofa. Tom klopfte an das Fenster, aber sie reagierte nicht. Er wischte den Schnee von der Scheibe und klopfte noch mal, diesmal etwas lauter. Clara lag seitlich auf dem großen Diwan und ihr Gesicht war dem Fernseher zugewandt. Sie hatte die Augen geschlossen und Tom hoffte, dass sie schlief. Vor ihr auf dem Boden lag eine merkwürdige, breiartige Substanz. Er nahm seine Taschenlampe und leuchtete in den nur vom Fernseher erhellten, kleinen Raum. Sie hatte sich übergeben.

Jetzt klopfte Tom energisch an die Scheibe und hielt den Strahl der Taschenlampe auf Claras Gesicht. Sie behielt die Augen geschlossen und bewegte sich nicht. Shit, dachte er und Panik schoss in ihm hoch. Nicht auch noch Clara.

Schnell rannte er um das Haus herum und klopfte an Luisas Fenster. Einen Moment später sah er sie mit erschrockenem Blick angerollt kommen. Sie öffnete mit zitternden Händen das Fenster, der Schnee stob sofort ins Haus.

»Tom, was ist passiert? Waren Sie schon bei Clara?«

»Ja, sie liegt auf dem Sofa im Fernsehzimmer und reagiert nicht auf mein Klopfen. Sie hat sich erbrochen. Haben Sie einen Schlüssel? Ich muss sofort ins Haus.«

Sie reichte ihn durch das Fenster. »Er passt auch in meine Haustür. Schauen Sie nach, was mit ihr los ist. Haben Sie ein Handy bei sich?«

So ein Mist, dachte er, natürlich nicht. Es lag auf dem Sofa bei Schoko. Er schüttelte den Kopf.

»Ich rufe einen Notarzt. Gehen Sie jetzt und kommen Sie sofort wieder, wenn Sie wissen, was da passiert ist.« Luisa schloss das Fenster mit etwas Mühe, und für einen kurzen Moment hatte Tom den Eindruck, sie stünde auf. Rasch ging er zur gläsernen Tür des Haupthauses und schaufelte sie mit den Händen notdürftig frei, schloss sie auf und lief durch die Halle in das kleine Wohnzimmer. Clara lag leblos auf der Couch. Tom machte das Licht an, das Erbrochene vor ihr auf dem Boden schimmerte grünlich. Daneben eine umgefallene Kanne und eine halb leere Tasse Kaffee. Tom beugte sich zu Clara. Am Mund und auf ihrer Wange klebte ebenfalls Erbrochenes, das bereits eingetrocknet war. Wie lange lag sie schon hier? Ihr Puls war kaum spürbar, aber sie atmete. Wie lange würde es dauern, bis ein Rettungswagen bei diesem Wetter hier war? Mindestens eine halbe Stunde.

Fuck, fuck, fuck, dachte Tom, das kann doch alles nicht wahr sein.

Hatte man Clara vergiftet? Er schüttelte sie an der Schulter. »Clara, ich bin's, Tom. Kannst du mich hören?« Sie reagierte nicht. Er wusste nicht, wie man erste Hilfe leisten konnte. Luisa! Hatte sie nicht Medizin studiert? Schnell rannte er zurück in die Halle. Neben der Eingangstür war eine Kammer, vielleicht gab es da eine Schaufel, mit der er die Schneewehe vor Luisas Tür wegräumen konnte. Bingo. Er fand zwei große Schneeschaufeln, nahm eine und verließ das Haupthaus. Kurz darauf hatte er Luisas Tür freigelegt. Sie öffnete ihm und schaute ihn angstvoll an.

»Sie lebt«, sagte Tom und Luisa atmete erleichtert auf.

»Kommen Sie schnell rein, bevor der ganze Schnee ins Haus kommt. Ich habe einen Notarzt gerufen und die Situation geschildert, sie werden in fünfzehn Minuten hier sein. Ich hoffe es zumindest, bei diesem Sturm. Sie kommen aus Hemmoor. Wie geht es ihr, was ist denn um Gottes willen passiert?«

»Ihr Puls ist extrem schwach, kaum fühlbar. Sie hat sich erbrochen und reagiert nicht. Sie sind doch Ärztin. Was macht man in solch einer Situation?«

»Das kann ich von hier aus schlecht beurteilen. Wenn Sie sie falsch lagern, kann sie an ihrem Erbrochenen ersticken. Wir müssen auf den Notarzt warten. Ich kann nichts tun.« Sie schlug wütend mit beiden Fäusten auf die Lehnen ihres Rollstuhls.

Für einen kurzen Moment herrschte Schweigen im Raum.

»Was passiert hier gerade? Glauben Sie, man hat versucht, Clara zu ermorden?« Sie sah ihn mit ängstlichen Augen an. Ihre Stimme versagte.

Tom hatte keine Antwort darauf. Er musste Heiko anrufen. »Kann ich Ihr Telefon kurz benutzen? Ich muss Heiko informieren. Er ist im Büro. Wenn es sich um einen Mordversuch handelt, muss er mit der Spurensicherung herkommen. Mist, daran habe ich gerade gar nicht gedacht. Ich habe alles angefasst. Damn!«

»Ich habe ihn bereits informiert, Tom. Sobald die Sanitäter da waren, melde ich mich noch einmal bei ihm.«

Er schaute sie erstaunt an.

»Sie sagten ja, dass Sie Ihr Handy nicht dabeihatten, und ich dachte mir, es macht Sinn, ihn sofort anzurufen.

Er hatte mir bei einem Besuch seine Karte gegeben. Aber jetzt trinken Sie erst mal etwas Warmes, nicht dass Sie sich erkälten.«

Luisa rollte zur Anrichte und füllte zwei Tassen mit Tee und gab Honig dazu. Sie schaute auf die Uhr. »Es kann nicht mehr lange dauern. Hier, bitte schön.«

Tom nahm einen Schluck von dem Kräutertee, den er seit Wochen bei Luisa bekam. Auch sie nippte an ihrer Tasse. »Er ist nicht mehr ganz warm, aber er wird Ihnen guttun, glauben Sie mir.«

Tom trank die Tasse aus. Ihm war heiß und kalt zugleich. »Ich glaube, ich gehe am besten an den Feldweg, die Sanitäter kennen sich hier nicht aus und klingeln vielleicht bei Thorbies.«

Luisa nickte. »Machen Sie das. Je schneller sich der Arzt um Clara kümmert, desto besser.«

Tom machte seine Jacke zu, zog die Handschuhe an und kämpfte sich mühsam im Schneesturm durch den Garten bis zum Feldweg. In einiger Entfernung sah er Lichter näher kommen, dann erkannte er die Sirene und das Blaulicht. Tom stellte sich mitten auf den Weg und winkte. Nach zwei Minuten machte der Wagen neben ihm halt.

»Fahren Sie hier links und parken rechts neben der Scheune. Ich zeige Ihnen den Weg. Nehmen Sie mich am besten gleich mit.«

Der Mann am Steuer bedankte sich und kurze Zeit später stand Tom mit dem Notarzt und zwei Sanitätern in Claras Wohnzimmer.

»Bitte seien Sie vorsichtig. Es kann sein, dass es sich um einen Tatort handelt.«

Der Notarzt nickte. »Ja, das haben wir auch gerade gedacht, als wir erfuhren, wer hier lebt und was alles auf diesem Grundstück passiert ist.« Vorsichtig ging er zu Clara und untersuchte sie notdürftig. »Sie lebt, aber der Puls ist extrem schwach. Wir nehmen sie mit ins Krankenhaus.« Er schaute Tom an. »Ist die Polizei bereits benachrichtigt?«

»Ja, Frau von Bassen, die Schwester von Frau Jolcke, hat vorhin den zuständigen Kommissar informiert. Wohin bringen Sie sie jetzt?«

»Ins Elbe Klinikum, die sind am besten ausgestattet. Wir müssen vorsichtig sein.«

»Melden Sie sich doch noch einmal bei Herrn Degen vom FK 1 bei der Polizeiinspektion, wenn Sie dort sind«, bat Tom. »Er soll mich dann bitte anrufen.«

Die Sanitäter hoben Clara vorsichtig hoch und legten Sie auf eine Trage. Sie war immer noch bewusstlos. Kurz darauf sah Tom dem Blaulicht hinterher, während der Schnee das Geräusch der Sirenen langsam verschluckte. Ein stechender Schmerz zuckte durch seinen Kopf und eine Welle der Übelkeit erfasste ihn plötzlich. Ihm wurde heiß und dann eiskalt. Seine rechte Hand zitterte. Ein eisiger Wind fuhr durch seine Winterjacke, die, so schien es Tom, die Kälte plötzlich nicht mehr abhalten konnte. Rasch ging er zurück zu Luisa.

»Tom, Sie sind ja ganz blass geworden. Was ist denn los? Ist Ihr Blutzucker im Keller? Sind Sie Diabetiker oder ist es die Aufregung?«, fragte Luisa besorgt. »Setzen Sie sich doch bitte.«

Sie öffnete die Keksdose und hielt sie ihm hin. »Nehmen Sie einen, es wird Ihnen helfen. Keine Widerrede.«

Toms Hand zitterte immer noch, aber er nahm sich ein Plätzchen, und für einen Moment ging es ihm besser.

»Seien Sie mir nicht böse, aber ich glaube, ich geh lieber nach Hause, ich muss mich hinlegen. Das war wohl ein bisschen viel auf einmal.«

»Sind Sie sicher? Sie können gerne hierbleiben, wenn Sie wollen.«

»Nein, das passt schon, es ist ja nicht weit, außerdem ist Schoko alleine.«

»Wenn Sie meinen, aber bitte rufen Sie mich an, wenn Sie zu Hause angekommen sind, damit ich sicher bin, dass alles okay ist. Ich rufe Herrn Degen noch einmal an und informiere ihn darüber, dass man Clara ins Krankenhaus gebracht hat. Nach Stade in das Elbe Klinikum? Richtig?«

Tom nickte und stand auf. Er wollte nur nach Hause und sich hinlegen. Schnell verabschiedete er sich von Luisa und ging den kurzen Weg zu seinem Haus. Auf halber Strecke sackte er im Schnee ein, seine Beine wurden taub. Er raffte sich auf und schleppte sich mit letzter Kraft nach Hause. Schoko lief ihm im Flur entgegen. Mit großer Anstrengung ging Tom ins Wohnzimmer. Sein Handy lag auf der Couch. Er wählte Luisas Nummer. Sein Herz raste plötzlich wie wild. Er verlor das Bewusstsein.

52 Der Schlüssel

Heikos Bürotür öffnete sich und Gisela kam herein. In ihrer dicken Winterjacke und den Moonboots sah sie aus wie ein Michelin-Männchen. Sie trug eine rosafarbene Pudelmütze, auf der noch Schnee lag, und die passenden Handschuhe, beides offensichtlich selbst gestrickt. Ihr Gesicht war von der Kälte gerötet. Auf einem Rollwagen schob sie zwei Pakete herein.

»Was machst du denn hier bei diesem Wetter?«, fragte Heiko erstaunt, er hielt die Sprechmuschel seines Telefonhörers mit der Hand zu. »Gib mir einen Moment, Dr. Römer ist in der Leitung, ich glaube, sie hat die Laborergebnisse von Hirschler.«

»Ich dachte, du könntest Hilfe gebrauchen. Die beiden Kisten aus Bad Bederkesa sind vorhin geliefert worden. Ich hatte den Kollegen an der Rezeption gebeten, mich zu informieren. Stell das Gespräch mal auf Lautsprecher.«

Sie zog ihre Jacke und Handschuhe aus, schüttelte den Schnee von ihrer Mütze, setzte sich und schaute Heiko erwartungsvoll an. Der Kollege an der Rezeption hatte Gisela informiert, dass für ihn, Heiko, eine Lieferung eingetroffen sei? Hatte sie überall ihre Helfer? Er drückte auf die Lautsprechertaste.

»Hallo, Frau Römer, hier bin ich wieder. Also, haben Sie die Ergebnisse der toxikologischen Untersuchungen aus Hamburg bekommen?«

»Ja, ich habe sie hier vor mir. Es ist eindeutig ein Extrakt aus Schierling in Hirschlers Körper gefunden worden. Genau derselbe Giftstoff wie bei Gloria Fuchs, nur in schwächerer Dosierung.«

»War sie tödlich?«, fragte Heiko.

Gabriele Römer zögerte einen Moment. »Das ist nicht ganz so einfach zu beantworten. Normalerweise nicht, dazu war die Dosis zu schwach. Aber Paul Hirschler war ja fast hundert Jahre alt und bettlägerig. Er hatte ein schwaches Herz und er war ein starker Raucher. Die Heimleitung, mit der ich Kontakt aufgenommen habe, sagte mir, er habe bis zu vierzig Zigaretten am Tag geraucht, filterlose. Selbst als er schon bettlägerig war. Ich hatte es bereits bei der Obduktion gesehen. Die Lunge war fast schwarz. Seine Arterien waren verkalkt, eine Aorta bereits verstopft, ein Schlaganfall, der aber relativ harmlos verlief, sagte mir Frau Palmer. Die Leber porös, er muss also auch getrunken haben. Im Grunde hat er sich selbst lange Zeit vergiftet. Dass er überhaupt so alt geworden ist, wundert mich. Ich würde eher sagen, dass das enthaltene Gift die Atembeschwerden bei Hirschler verstärkt hat. Außerdem hat das Heim auch Lähmungserscheinungen in den Extremitäten gemeldet. Das Blut gelangte offensichtlich nicht mehr in die Füße und Unterarme. Irgendwann hat das Herz nicht mehr mitgemacht. Also hat das Gift den Tod nicht direkt verursacht, aber beschleunigt. Es wurde oral verabreicht. Ich nehme an, durch ein Getränk.«

Heiko hörte zu und schaute aus dem Fenster in den grauen Nachmittagshimmel. Das gegenüberliegende Gebäude war vor lauter Schneeflocken, die wild durch die Luft wirbelten, kaum zu erkennen. »Gloria hat ihren Großvater am Freitagnachmittag besucht«, erklärte er der Römer. »Sie starb in der Nacht zum Samstag, er vierundzwanzig Stunden später. Rein zeitlich gesehen kann es sein, dass sie ihm die Dosis verabreicht hat. Nach ihr hat er keine weiteren Besucher empfangen.«

»Auch das ist möglich, normalerweise tritt eine zeitnahe Reaktion auf, sobald man das Gift flüssig zu sich nimmt, aber Hirschler lag im Bett und hat sich nicht viel bewegt, das alles kann zur Verzögerung beigetragen haben. Vielleicht war es aber auch in einer kleinen Flasche Saft oder so, die man ihm mitgebracht und die er später irgendwann allein getrunken hat.«

»In seinem Zimmer werden wir aber nichts finden, leere Flaschen nimmt die Reinigungskraft immer gleich mit und entsorgt sie. – Hallo Frau Römer, hier ist Gisela Sievers.«

»Hallo, Frau Sievers. Schade«, brachte Gabriele Römer heraus, aber sie war irritiert. »Was machen Sie denn heute in der Inspektion?« Und warum hörte sie bei diesem Gespräch mit?

»Frau Sievers hat mir noch ein paar Unterlagen gebracht und die Pakete mit dem Nachlass des Toten aus Bad Bederkesa, auf die ich warte«, warf Heiko schnell ein, obwohl es ihm im Grunde egal war, was die Römer von Gisela hielt.

»Okay. So haben wir alle zu tun an diesem Wochenende. Also, ob es Gloria oder jemand anderes war, der ihm das vergiftete Zeug gebracht hat, müssen Sie herausfinden. Der Kreidemörder war es aber wohl nicht, denn Paul Hirschler hatte keine Kreide im Mund und kein Zeichen auf der Wange.«

»Indirekt hat Paul Hirschler eindeutig etwas mit der Mordserie zu tun, davon bin ich überzeugt«, versicherte Heiko. »Nicht nur wegen des verwendeten Gifts. Er stammte zwar nicht aus Hemmoor oder der Umgebung, sondern wurde in Hamburg geboren und hat dort auch bis 2005 auf dem Kiez gelebt. Dann kam er nach Bad Bederkesa in dieses Heim. Seine Tochter hat ihn dort einweisen lassen. Die Familienbeziehungen scheinen nicht die besten gewesen sein, denn weder Renate Fuchs noch ihr Mann waren jemals da. Und warum sollte Gloria Fuchs ihren Großvater umbringen, den sie seit Jahren besuchte? Besser gesagt, nachdem ihre Eltern bei dem Feuer ums Leben gekommen waren. Und erhält dann eine Injektion mit dem gleichen Gift wie er, was zu ihrem Tod führt. Sie war aber wohl eher nicht der Kreidemörder, der sich selbst das Gift injiziert hat, sondern sein Opfer.«

»Oder seine Komplizin«, platzte Gisela wieder heraus.

»Okay, das werden Sie herausbekommen. Ich kann Ihnen im Moment nicht mehr sagen. Indirekt ist Hirschlers Tod vielleicht mit den Opfern des Kreidemörders verbunden, da mögen Sie recht haben, aber es war kein Mord, eher ein Versuch und dazu noch etwas dilettantisch, wenn Sie mich fragen. Nicht die Handschrift des Kreidemörders. Ich bin noch ein paar Stunden hier im Institut und ansonsten auf meinem Handy zu erreichen, falls Sie noch Fragen haben.« Sie legte auf.

»Entschuldige bitte«, Gisela versuchte, ein unschuldiges Gesicht zu machen, was nicht funktionierte, »es ist mir halt so rausgerutscht. Selbstdisziplin war noch nie meine Stärke. Aber überleg doch mal. Vielleicht war Gloria Fuchs wirklich seine Komplizin. Denk doch an die Fußspuren, die du in Maltes Scheune gefunden hast. 38 und 41! Gloria hatte 41!«

»Woher weißt du das denn nun wieder?«

»Ich habe den Bericht gelesen. Steht alles drin!«

»Und wer soll dann die 38 sein? Ein Mann mit sehr kleinen Füßen?«

Der Blick, den Gisela ihm zuwarf, war ein wenig verächtlich. »Natürlich nicht, es war eine Frau. Und bevor du weiterfragst, bleibt nur eine Person im Rennen und das ist Clara Jolcke. Mit der Fuchs als ihrer Komplizin, natürlich.«

»Sie war fünf, als Clara verurteilt wurde, und sechzehn, als Christian Cordes verschwand, außerdem haben wir das Thema Clara als Mörderin ausgeklammert. Sie konnte Malte Jensen gar nicht umbringen oder in der Scheune sein, sie lag im Krankenhaus.«

»Vielleicht hat sich die Rechtsmedizin da verrechnet. Durchaus möglich und alles schon vorgekommen.« Gisela klopfte sich ungeduldig auf die Schenkel. »Ich weiß ja, dass du recht hast, was Maltes Tod betrifft. Aber alle anderen Morde hätte sie problemlos begehen können und die letzten beiden mithilfe von Gloria, weil sie zu alt und zu schwach geworden ist.«

»Aber warum ihre Komplizin umbringen, das macht doch keinen Sinn?«

»Vielleicht weil sie zu viel wusste, ihr gedroht hat oder …«, Gisela hatte einen triumphierenden Ausdruck im Gesicht, »oder weil sie zu eigenständig wurde und selbst jemanden töten wollte. Ihren Großvater zum Beispiel.«

Heiko schaute sie an, diese These schien ihm wirklich zu weit hergeholt. »Also eine Nachahmungstäterin im Training?«

»Vielleicht. Was mich zu den Kisten bringt. Lass uns mal anfangen. Vielleicht finden wir eine Erklärung.«

Heiko öffnete die erste und sah Aktenordner mit Papieren, Umschläge mit Bildern. Das würde Zeit in Anspruch nehmen. Er konnte Giselas Hilfe gut gebrauchen, außerdem wusste sie inzwischen alles über diesen Fall und kannte die Beteiligten. Er sah sie an. »Na, dann ran ans Werk, Frau Sievers. Ich hoffe, du hast etwas Zeit mitgebracht.«

»Natürlich, ich hatte nicht die Absicht, den Abend mit Florian Silbereisen im Ersten zu verbringen. Nicht so meine Welt.« Ihm entging ihr Blick nicht. Gisela war Feuer und Flamme, so viel stand fest.

In dem zweiten Paket befanden sich nur einige Kleidungsstücke, zwei Uhren, eine alte Leica-Kamera sowie Bücher und Zeitschriften, in denen auch Fotos von Hirschler gezeigt wurden. Heiko schaute sich schnell alles an. Auf den ersten Blick war nichts dabei, was ihm neue Erkenntnisse zu versprechen schien. Er wandte sich wieder dem ersten zu und nahm eine Schachtel heraus, sie enthielt Fotos in Din-A3-Größe, von Hirschler aufgenommen, und Notizbücher. Die Bilder drückte er Gisela in die Hand.

»Hier, dafür bist du zuständig. Vielleicht erkennst du jemanden. Ich schaue mir die Notizbücher an.« Er runzelte die Stirn, das könnte ja Tage dauern. Hirschler hatte in seiner aktiven Zeit in Hamburg viel fotografiert und darüber Tagebuch geführt. Am besten, er würde sich die Zeit vornehmen, als Asta seine Assistentin war. »Ich habe vorhin mit Tom gesprochen. Er hat mich daran erinnert, dass Asta bei Hirschler gearbeitet hat, was Luisa mir ja schon gesagt hatte, ich hatte nur den Namen des Hamburger Fotografen nicht mehr parat.«

Gisela hätte beinahe den Umschlag fallen lassen, den sie in der Hand hielt. »Wie bitte? Bei dem alten Hirschler? Asta? Luisas Mutter?«

»Ja, genau die, und ich glaube, du hast ihre Schwester vergessen.«

»Nicht wirklich!«, widersprach Gisela.

»Aber sie ist doch auch Astas Tochter.«

»Das stimmt, aber ob die beiden denselben Vater haben, ist noch nicht klar. Asta hat Hemmoor verlassen, als sie mit Luisa schwanger war, der Vater stammte höchstwahrscheinlich aus der Umgebung. Dann ist sie nach Hamburg gegangen. Aus dieser Zeit wissen wir ja so gut wie nichts über Asta, zum Beispiel, mit wem sie später verkehrte. Im wahrsten Sinne des Wortes. Ob sie also mit Luisas Vater weiter in Verbindung stand und ob er auch Claras Vater ist, können wir nicht mit Bestimmtheit sagen. Aber jetzt haben wir eine Verbindung zwischen Clara Jolcke und

Gloria Fuchs. Was meine Theorie unterstützt, dass die beiden Komplizinnen waren.«

Heiko schüttelte nur den Kopf. »Ich glaube nach wie vor nicht, dass Clara Jolcke die Täterin ist. Wie wäre es, wenn du dich jetzt den Bildern widmest?«

Gisela zog eine Schnute und machte sich an die Arbeit. Bis auf das Rascheln von Papier war es eine Weile ruhig im Raum.

»Wow, schau mal einer an.« Gisela hob ein Foto hoch. Es zeigte Asta auf einem weißen Fell. Sie war nackt, ihre rechte Hand verdeckte ihre Scham. Ihr Blick war offen, fast sehnsuchtsvoll. »Entweder war sie eine gute Schauspielerin oder …«

»Oder was?«, fragte Heiko und betrachtete das Bild.

»Oder sie war verliebt in den Fotografen«, sagte Gisela fast beiläufig. Sie legte das Bild auf den Schreibtisch. Es folgten weitere Bilder von Asta, alles Nacktaufnahmen. Gisela tippte jedes Mal mit dem Zeigefinger auf das Foto, sagte aber nichts. Brauchte sie auch nicht, denn ihr Blick sagte alles.

Heiko überflog alle Einträge im Notizbuch von 1956, Hirschler hatte jede Fotosession mit dem Namen des Models oder des Porträtierten eingetragen. Das waren nicht gerade wenige. »Schau doch bitte mal nach, wann Hirschler die Fotos von Asta gemacht hat. Das Datum ist meistens hinten auf den Bildern vermerkt.«

»Sie sind alle vom Dezember 1956«, sagte Gisela.

Heiko prüfte noch einmal den Dezember. Es stimmte. An vier Tagen sah er am Ende der Einträge, die Hirschler gemacht hatte, ein mit Bleistift geschriebenes und fast verblasstes A. Er nahm Hirschlers Notizbuch aus dem Jahre 1957. Als Erstes fiel ihm auf, dass es von Mai bis Juli keine Einträge enthielt. »Seltsam, irgendetwas muss passiert sein, er hat nicht gearbeitet.«

»Asta hat sich Ende April das Leben genommen. Wahrscheinlich hat ihn ihr Tod sehr mitgenommen. Wie ich ja schon vermutet habe, hatten die beiden sicher eine Beziehung, die über das Berufliche hinausging.« Gisela schaute weiter alle Fotos durch. »Das glaube ich jetzt nicht, Heiko, sieh nur. Was macht der denn zwischen den Aufnahmen?« Sie hielt ein Schwarz-Weiß-Porträt hoch. Es zeigte einen Mann in Sonntagsstaat. Anzug, Krawatte, die Haare gegelt, die hellen Augen blickten stolz in die Kamera. Ein Mann, der sich seiner Macht bewusst war. Er hatte unglaublich große Hände.

»Jörg Andresen, Maltes Großvater! Was macht der denn in Hirschlers Studio? Was hatten die beiden miteinander zu tun? Wann ist das Bild entstanden? Ist es das einzige?« Heiko rutschte nervös auf seinem Stuhl herum.

»Das Bild ist von Dezember 1955.« Gisela kramte weiter. »Komm, nimm den anderen Umschlag und schau mit.« Sie sah Heiko an. »Dann muss er Asta dort auch getroffen haben, sie hat doch zu der Zeit schon bei Hirschler gearbeitet.«

Schnell durchsuchten die beiden die Umschläge mit den Fotos. »Hier ist noch eine Aufnahme von Andresen vom März 1957, kurz vor Astas Tod. Was machte er bei einem Fotografen in Hamburg, bei dem eine Frau arbeitete, die er schon als Kind gekannt und nach Aussagen seiner Tochter nicht gut behandelt hat? Erinnere dich an das Gespräch mit Bertha auf dem Friedhof!«

»Sie hat nicht gesagt, dass er sie nicht gut behandelt hat. Er hat sie ignoriert, was ja oft viel schlimmer ist.« Heiko setzte sich auf den Rand des Schreibtisches. Hirschlers Notizbuch von 1957 entglitt seinen Händen und zwei Briefe fielen heraus. Gisela hob sie auf. In diesem Moment klingelte Heikos Telefon. Eine unbekannte Nummer.

Er nahm ab. »Degen, FK 1 Stade.«

»Hallo, guten Abend, hier ist Dr. Holstein aus Hemmoor. Gut, dass ich Sie so schnell erreiche. Ich wollte Ihnen nur mitteilen, dass Frau Jolcke jetzt im Elbe Klinikum angekommen ist. Die Lage ist kritisch, sie liegt auf der Intensivstation. Wir hoffen, sie kommt durch.«

Heiko wurde blass. Schnell stellte er das Gespräch auf Lautsprecher. »Wie bitte? Sagen Sie das bitte noch mal. Was ist denn passiert? Warum liegt Frau Jolcke im Krankenhaus?«

Gisela, die genauso geschockt war wie er, schlug die Hand vor den Mund.

»Ich dachte, Sie wüssten schon Bescheid. Frau von Bassen hat Sie doch bereits angerufen. Egal. Ihr Nachbar hat Frau Jolcke vor zweieinhalb Stunden leblos in ihrem Haus gefunden und wir wurden verständigt. Es hat alles etwas länger gedauert bei diesem Schneesturm, aber wir haben sie in das Elbe Klinikum gebracht, man hat ihr den Magen ausgepumpt und versucht, sie zu stabilisieren.«

»Hat sie einen Schnitt, eine Wunde auf der rechten Wange? Haben Sie eine weiße, kreideähnliche Substanz im Mundraum lokalisieren können?«, fragte Heiko tonlos.

»Woher wissen Sie das?«, fragte Doktor Holstein. »Ja, allerdings. Ich habe es erst hier im Krankenhaus gesehen. Von dem, was sie erbrochen hatte, war etwas auf der Wange eingetrocknet. Erst als die Sanitäter ihr im Krankenwagen das Gesicht abgewischt hatten, konnte man es sehen. Es sieht aus wie ein Schnitt. Was die kreideähnliche Substanz betrifft, das kann ich nicht sagen. Da müssten Sie das Erbrochene untersuchen.«

»Sie müssen bitte sofort mit dem behandelnden Arzt auf der Station sprechen. Bei dem Gift, das sie in diesen Zustand gebracht hat, könnte es sich um Cytisin handeln oder Conium-Alkaloide. Pflanzliche Gifte. Das ist für die

Behandlung sicher wichtig. Und bitte richten Sie doch aus, dass wir informiert werden möchten, wenn es etwas Neues gibt.«

Heiko legte auf und schaute Gisela an. »So viel zu deiner Theorie, dass Clara Jolcke die Täterin ist. Das können wir jetzt wohl endgültig ausschließen. So ein Mist, dann stimmte es doch mit diesem anonymen Brief. Und da der Kreidemörder wahrscheinlich auch für den Tod ihres Manns verantwortlich war, hat sie zehn Jahre lang unschuldig im Gefängnis gesessen. Das scheint mit jetzt endgültig bewiesen.« Er atmete schwer aus.

»Wie schrecklich! Das ist ja unglaublich.« Gisela schwieg einen Moment, es hatte ihr die Sprache verschlagen. »Ich hoffe, sie ist stark genug und überlebt und wir können ihr im Nachhinein zu Gerechtigkeit verhelfen.« Sie schaute Heiko an. »Du solltest Tom anrufen. Und Luisa. Wer weiß, ob die auch in Gefahr sind.«

Heikos Handy klingelte erneut. »Was ist denn heute los? Himmel!« Er nahm ab. »Ja, hallo, FK 1, Degen hier.«

»Herr Degen, hier ist Peer Ehlers, entschuldigen Sie bitte die Störung am Wochenende, aber Sie baten ja um einen Rückruf, wenn es etwas Neues gibt.«

»Guten Abend, einen Moment bitte.« Er stellte das Gespräch kurz stumm. »Das ist Claras ehemaliger Anwalt Peer Ehlers, ich glaube, es geht um Luisas Treffen mit Cordes.«

Gisela nickte und Heiko stellt das Gespräch auf Lautsprecher. »Was haben Sie herausfinden können?«

»Ich habe meine Unterlagen noch einmal durchgeschaut, es ging ja um das Treffen zwischen Kommissar Cordes und Luisa von Bassen. Es war für Ende November 1997 geplant. Und jetzt kann ich mich auch wieder an die Situation erinnern. Wir wollten auf ihrem Gut in Schleswig-Holstein zusammenkommen, aber Frau von

Bassen musste es leider verschieben. Ich hatte an dem neuen Termin aber bereits andere Verpflichtungen und konnte nicht nach Stade fahren.«

»Stade? Sie sagten doch gerade auf dem Gut in Schleswig-Holstein?«

»Frau von Bassen musste an diesem Sonntag auf dem Grundstück ihrer Schwester nach dem Rechten sehen. Es hatte stark geregnet und ein neuer Sturm war vorausgesagt. Clara Jolcke war in einem Sanatorium und so traf sich Cordes mit Luisa von Bassen auf dem Hof auf der Apfelplantage. Ich glaube, sie wollte Cordes auf dem Weg dorthin in Stade abholen, wenn ich mich recht erinnere. In meinem Kalender ist der 28. November vermerkt. Ich muss gestehen, dass ich nie nachgefragt habe, was bei dem Treffen herausgekommen ist, ich hatte damals einen sehr wichtigen Fall übernommen.«

»Vielen Dank für die Informationen. Und es war nett, dass Sie angerufen haben, auch am Samstag. Wir arbeiten ohnehin.« Heiko legte auf und sah Gisela ernst an. »Wenn die Daten mit der Vermisstenmeldung übereinstimmen, war Luisa von Bassen also die Letzte, die Cordes gesehen hat, bevor er starb. Sie hat mich angelogen. Sie hat mir im September gesagt, dass sie Cordes auf ihrem Gut getroffen hat.«

»Vielleicht hat sie sich vertan, sie ist auch nicht mehr die Jüngste.« Gisela spielte nervös mit den beiden Briefumschlägen und biss sich auf die Unterlippe.

»Das glaubst du doch wohl selbst nicht, Gisela! Luisa von Bassen weiß genau, was sie tut! Ich brauche einen Kaffee. Funktioniert die Maschine in der Küche noch?«

Gisela nickte. »Einfach die Kapsel reinstecken, mit dem ovalen Teil nach vorne, sonst klappt es nicht. Bring mir bitte einen mit.« Sie hielt immer noch die Briefe in der Hand.

Heiko ging in die kleine Teeküche und kam ein paar Minuten später mit dem heißen Kaffee zurück. Gisela saß auf dem Stuhl, sie hatte einen der beiden Briefe gelesen und hielt ihn in der Hand. Erst jetzt sah Heiko, dass sie weinte. Wortlos gab sie ihm das Kuvert, adressiert an Paul Hirschler, und das Schreiben, datiert vom 24. März 1957.

Paul,

ich habe Dich bei unserem letzten Treffen gewarnt, aber Du wolltest nicht hören. Sie ist des Teufels, dieses Weib. Die Harlor und all die anderen im Dorf mögen Klatschweiber sein, aber sie haben recht. Sie ist genauso ein Luder wie ihre Mutter, die sich vom Erstbesten schwängern ließ, weil sie wahrscheinlich dachte, dass er sie mit in die neue Welt nehmen würde. Einfältiges Weibsstück. Als ob dieser feine Pinsel aus Illinois jemals so dumm gewesen wäre, eine Magd zu heiraten. Er hatte nur seinen Spaß mit ihr nach dem Sommerfest! Ich hätte sie gleich vom Hof jagen sollen, als offensichtlich wurde, dass sie schwanger war. Aber Elisabeth wollte nichts davon hören. Es wäre eine Sünde, die ihr Gott nie vergeben würde. Religiöser Quatsch, Weiberkram. Wenn Du im Krieg warst, weißt Du, dass es keinen Gott gibt. Und dann springt diese Minna ein paar Jahre später in die Oste und lässt ihren Bastard bei uns.

Es gab ja das Gerücht, dass die alte Borchers sie noch rechtzeitig entdeckt, ihr aber nicht geholfen hat. Weil ihr Mann die Minna mal zu lange angeschaut hat. Das fand sie wohl nicht gut, die Frau des Geschäftsinhabers. Ist dann früh gestorben, und ihre mannstolle Tochter Karin ist auch nicht mehr als eine Dirne, die sich den Männern an den Hals schmeißt. Aber jetzt hat sie ja den Jolcke geheiratet.

Wenn meine Frau nicht gewesen wäre, hätte ich Asta gleich ins Heim gegeben. Schon allein wegen der Kinder. Sie sollten nicht damit konfrontiert werden, dass es so etwas wie Bastarde gibt, schlechtes Beispiel.

Und nun steckt der Karren bei Dir im Dreck und lässt sich nicht mehr rausziehen. Es gibt nur eine Lösung. Sie muss das Kind abtreiben. Deinen Bastard. Du hast Frau und Kind, genau wie ich damals. Jeder kann schwach werden, besonders wenn so ein Teufelsweib daherkommt mit grünen Augen und einem Körper, der die reine Sünde ist. Nur gut, dass sie vor sechs Jahren selbst vom Hof gegangen ist. Ich weiß, sie hat versucht, mich anzuklagen, und ist ausgerechnet zu Cordes gegangen, nur weil er eine Uniform trug. Glaubte sie wirklich, dass ein Freund mich hängen lassen würde? Ich hatte ihr Geld gegeben, für die Engelmacherin auf St. Pauli, aber sie hat meinen Bastard dennoch zur Welt gebracht. Und ihr den Namen meiner Mutter gegeben. Luisa. Ich habe sie einmal gesehen. Ein kluges Kind, so schön wie ihre Mutter. Und ich war dumm genug, ihr ein zweites Mal zu verfallen. Jahrelang habe ich gezahlt für diese Bastarde, bis Schluss war. Dann hat sie sich an ich rangemacht und Du bist genauso ein Ochse, wie ich es war. Schmeiß sie raus, das Kind darf nicht leben, es wird Dein Leben zerstören. Glaub mir, ich weiß, wovon ich spreche. Bleib bei Deiner Familie.

J.A.

Heiko war einen Moment sprachlos. Gisela wischte sich die Tränen aus dem Gesicht, stand langsam auf und ging an die große Pinnwand.

»Sie sind alle miteinander verbunden, Heiko. So wie du es gesagt hast. Und Asta ist der Mittelpunkt, es dreht sich alles um sie. Die Vergangenheit und die Gegenwart. Sie ist der Grund für diese Morde, sie gibt dem Mörder sein Motiv: Schuld, Sühne, Schande. Schweigen und Rache! Johann Jolcke, Christian Cordes, Petra Harlor, Malte Jensen und Gloria Fuchs. Alle stammen aus den Familien, die Asta in den Tod getrieben haben. In den Augen des Kreidemörders alle Sünder und Nachfahren der Sünder, wie jetzt Clara Jolcke, die Tochter von Andresen. Vielleicht geht er auch noch weiter zurück. Zu Minna, die von einem Morten geschwängert worden ist! Du musst sofort Tom anrufen. Ich glaube, auch er ist in Gefahr!«

Heiko nahm sein Handy und wählte Toms Nummer, keiner nahm ab. Er versuchte es erneut. Die Mailbox sprang an. Er überlegte einen Moment. »Es geht um Rache, glaubst du? Rache für Asta?«

»Genau. Der Kreidemörder richtet. Und Tom ist der Enkel des Mannes, mit dem das ganze Unglück begann. Er ist die Wurzel allen Übels. Wir haben die ganze Zeit in die falsche Richtung geschaut, Heiko. Wir müssen sofort zu Tom, glaub mir!«

Heiko lief bereits aus dem Büro. »Beeil dich. Sie hat uns die ganz Zeit an der Nase herumgeführt.«

53 Im Netz der Spinne

Tom wachte auf. Mühsam öffnete er die Augen und schaute an die Holzdecke seines Wohnzimmers. Er nahm alles leicht verschwommen wahr. Im Kamin flackerte ein Feuer, er konnte es hören. Wann hatte er denn ein Feuer angemacht? Seit wann lag er hier? Er schloss die Augen wieder, fühlte sich müde, gelähmt. Was war passiert? Richtig, er hatte Clara gefunden, sie war von den Sanitätern abgeholt worden, er hatte sich von Luisa verabschiedet und war dann nach Hause gegangen. Ihm war schlecht, schwindelig und seine Beine hatten versagt. Das Letzte, was er gesehen hatte, bevor er ohnmächtig wurde, war die Couch, auf der er jetzt lag.

Außer dem Flackern des Feuers und dem Knistern der Holzscheite in der Glut war nichts zu hören. Wieder öffnete er die Augen und schaute an die Decke. Er holte tief Luft, verschluckte sich und musste husten. Sein Mund war trocken, die Zunge fühlte sich pelzig an. Er wollte aufstehen, konnte sich aber nicht bewegen. Selbst den Kopf konnte er nicht heben. Wo war Schoko? Er rief ihn, aber es kam nur ein Krächzen aus seinem Mund und er musste erneut husten. Tom holte tief Luft und bemerkte jetzt den Duft eines Parfums im Raum. Chanel Nº 5! Halluzinierte er? Luisa trug dieses Parfum, und er hatte Zeit in ihrem Haus verbracht an diesem Nachmittag, vielleicht lag es daran. Tom wollte seine Hände heben, es gelang ihm nicht. Dann versuchte er, die Beine zu bewegen, er spürte wieder nichts. Panik stieg in ihm auf, sein Herz pochte schneller und sofort stand ihm der Schweiß auf der Stirn und lief ihm an den Schläfen hinunter. Hatte er einen Albtraum, aus dem er nicht erwachen konnte? Noch einmal rief er nach Schoko, erneut kam nur ein Krächzen.

Es war ein Traum, es musste einer sein, gleich würde er aufwachen, bestimmt. Tom hatte kein Zeitgefühl mehr, er versuchte, ruhig zu atmen, konzentrierte sich darauf, so viel Sauerstoff wie möglich in seine Lunge zu pumpen. Plötzlich fühlte er eine Hand auf seiner Stirn, sie war angenehm kühl, aber glatt, zu glatt, die Hand einer Puppe. Mit aller Kraft öffnete er die Augen. Er sah die Hand, die seine Stirn jetzt mit einem kühlen Tuch abtupfte. Sie war weiß und makellos, ohne jede Furche. Eine Puppenhand. Irgendetwas störte ihn an diesem Traum. Das Rascheln des Pullovers, in den die Hand überging, die fühlbare Kälte, die aus dem Tuch drang, das den Schweiß von seinen Schläfen aufnahm, der Hauch von Channel № 5, der über allem schwebte. Bleib wach, Tom, das ist kein Traum, halt die Augen geöffnet.

Und dann erkannte er es. Die Hand steckte in einem Plastikhandschuh, so wie ihn Ärzte bei Operationen trugen. Eine weitere Hand kam hinzu, ebenfalls in Plastik verpackt, er spürte sie an seinem Hals, als würde sie seinen Puls fühlen. Die Hände entfernten sich von seinem Gesicht und die Augen fielen ihm wieder zu. Zwei Arme griffen unter seine Achseln und zogen ihn in eine halb sitzende Position, klemmten ein Kissen hinter seinen Rücken. Dann schob jemand seinen Pullover am Arm nach oben und er spürte einen kleinen Einstich am rechten Unterarm. Einen Moment später zwang er sich erneut, die Augen wieder zu öffnen. Diesmal gelang es. Ihm gegenüber auf dem Sessel neben dem Kamin saß jemand. Es dauerte einen Moment, bis er seinen Blick so weit geschärft hatte, dass er sie erkannte.

Luisa hielt eine Spritze in ihrer Hand und lächelte ihn kalt an. »Bleiben Sie ganz ruhig, Tom, es wird Ihnen gleich besser gehen. Sie werden sich nicht bewegen können, also probieren Sie es erst gar nicht. Es ist auch nicht weiter nötig.«

54 Gewissheit

»Fahr bloß vorsichtig. Man sieht ja kaum noch etwas. Ich glaube, die ganze Straße ist vereist. Kein Wunder, seit vier Tagen geht das jetzt so. Das ist wirklich einer der schlimmsten Schneestürme, die ich seit Jahren erlebt habe. Und das kurz vor Weihnachten.«

Gisela hielt sich am Sicherheitsgurt fest. Sie vertraute Heikos Fahrkünsten, aber das hier war wirklich mehr eine Schlittenfahrt auf Eis als eine Fahrt im Auto auf der B 73. Jetzt bloß keinen Unfall bauen, dachte sie. Wenn es dich geben sollte, lieber Gott, jetzt hättest du mal was zu tun, nämlich uns beizustehen. Oder Tom. Gisela schaute Heiko an. »Meinst du wirklich, er ist in Gefahr? Vielleicht ist sein Handy nur ausgefallen. Oder der Sturm ist daran schuld.«

Heiko schaute auf die Uhr. »Er geht immer ans Handy, hatte heute nichts weiter vor. Natürlich ist da was los. Er ist Edmund Mortens Enkel. Wenn ich richtig kombiniere, hat sein Großvater Minna geschwängert, im Stich gelassen und ist der Ursprung allen Übels.« Er wählte Toms Nummer noch einmal, aber die Mailbox sprang sofort an.

»Wenn wir Glück haben, sind wir bei diesem Wetter in einer Dreiviertelstunde dort.« Er seufzte. »Ich habe ein ganz ungutes Gefühl, das kann ich dir sagen. Er ist alleine da draußen. Abgeschnitten von der Welt. Außer mit mir hat er heute mit keinem telefoniert, das hat er mir am Nachmittag gesagt. Wenn der Notarzt nicht angerufen hätte, wüssten wir gar nicht, dass Clara vergiftet worden ist und das Zeichen des Kreidemörders im Gesicht trägt. Wie konnten wir so blind sein? Sie hat uns die ganze Zeit ein irrsinniges Theater vorgespielt. Und ich habe mich noch gewundert, dass sie so kräftige Arme hat. Und Beine. Sie ist groß, vergiss das nicht. Wenn es so ist, wie ich denke, hat sie einen Oscar verdient.«

»Zwanzig Jahre vorgeben, nicht laufen zu können, ist eine verdammt lange Zeit.«

»Das stimmt, aber ich glaube nicht, dass die Täuschung über zwanzig Jahre ging. Sie ist sicher länger auf den Rollstuhl angewiesen gewesen. Sonst hätte sie nämlich schon eher mit dem Morden weitergemacht. Aber zwischen Christian Cordes und Petra Harlor lagen zwanzig Jahre. Ihn hat sie sich ja noch vor dem Unfall vorgenommen, den Clara verursacht hat.«

»Wie bitte? Wer hat dir das denn erzählt? Das ist doch totaler Quatsch. Luisa von Bassen hat allein in dem Autor gesessen, sie war auf dem Weg zur Elbfähre. Sie ist gegen einen Baum geknallt, sie hat den Unfall selbst verursacht. Was schaust du mich so an? Ich lese Zeitung, das war damals eine riesige Schlagzeile, daraufhin hat man eine ganze Allee an der B 495 gefällt, um die Straße zu erweitern. Es war nicht das erste Mal, dass da was passierte. Und sie hat dir erzählt, ihre Schwester hätte am Steuer gesessen?«

Heiko nickte. »Ein Grund mehr, der gegen sie spricht. Es macht alles Sinn. Wahrscheinlich hat sie in den letzten Jahren ihr Gehvermögen wiedererlangt, so was kommt vor. Und der Rollstuhl blieb weiterhin die perfekte Tarnung. Und sie hatte Hilfe, wahrscheinlich von Gloria, mit der sie ja zweimal die Woche Krankengymnastik machte. Gloria war eine Spezialistin auf ihrem Gebiet.«

»Und du meinst, sie hat ihr bei den Morden an Petra Harlor und Malte Jensen geholfen?«

»Schuhgröße 41, wie du vorhin treffend bemerkt hast. Und stark genug, um Petra Harlor in den Baumstumpf zu stopfen, war sie auch.«

»Aber warum hat Luisa sie dann umgebracht?«

Heiko zuckte mit den Schultern. »Das weiß ich auch noch nicht. Vielleicht, weil sie zu viel wusste oder abtrünnig geworden ist. Vielleicht, weil sie versucht hat, Hirschler mit demselben Gift zu töten, sich zu einer Art Nachahmungstäterin entwickelte. Vielleicht, weil sie die Letzte aus der Familie war. Mit ihr endet seine Linie, genau wie Petra Harlor und Malte Jensen letzte Sprossen waren. Christian Cordes hatte eine Tochter, aber sie war noch ein Kind. Vielleicht hat sie Cordes aber auch aus einem ganz anderen Grund ermordet: Er drohte ihr gefährlich zu werden! Hätte er Claras Unschuld beweisen können und der Fall wäre neu aufgerollt worden, wäre nach dem wahren Mörder gesucht worden. Oder nach der wahren Mörderin … Und Johann, der Stammhalter und das älteste aller Kinder von Karin Jolcke, die alle keine Nachkommen haben. Jolckes Lover mit zu töten, war ein Ablenkungsmanöver, um der Ehefrau die Tat in die Schuhe schieben zu können.«

»Ihre eigene Schwester dafür verantwortlich zu machen und jetzt noch zu töten, unglaublich.«

»Auch Clara ist – neben Luisa – die Letzte ihrer Linie, denn Großmutter Minna ist auch eine Sünderin, sie hat Selbstmord begangen, genau wie die Mutter. Das muss bestraft werden. Und weil sie die Strafe vollzieht, ist sie reingewaschen. Sie glaubt womöglich, sie habe einen göttlichen Auftrag. Die beiden sind doch im Kloster großgeworden.«

»Es war eine Klosterschule«, korrigierte Gisela.

»Richtig, die Klosterschule, katholisch und ultrakonservativ. Bis zur Volljährigkeit haben sie dort gelebt. Vielleicht will sie ja auch die Sünder bestrafen, die am Tod ihrer Mutter schuld sind, und dafür müssen die Nachfahren herhalten. Tom ist ebenfalls der Letzte seiner Familie, er hat ja keine Angehörigen mehr, wie du weißt.

Er könnte aber die Linie fortsetzen, wenn Luisa es nicht verhindert.«

Heiko schaute in die dunkle Nacht, es war kaum ein Auto bei dem Wetter unterwegs. Die Landstraße nur erhellt von dem Scheinwerfer seines Dienstwagens. Um sie herum Eis und Schnee.

»Er ist ihr Kronjuwel, er ist das wichtigste Stück in ihrem Puzzle. Und ich glaube, sie hat sich diese Nacht dafür ausgesucht. Bei allen anderen Morden gab es ebenfalls ein Unwetter, das alle Spuren verwischte. Deswegen konnten wir nichts finden und der Kreidemörder war ein Phantom. Sie ist gut, fast perfekt und eine Psychopathin. Wie viel Uhr ist es jetzt?«, fragte er Gisela.

»Fast 20 Uhr, wir kommen nur im Schneckentempo voran.«

»Ruf in der Zentrale an, ich glaube, wir brauchen Verstärkung, wer weiß, ob sie bewaffnet ist. Und sie sollen auch das Elbe Klinikum verständigen, wir brauchen bestimmt einen Rettungswagen.«

Vor ihnen tauchte ein Ortsschild auf. Neuland. Es war jetzt nicht mehr weit.

55 Wasser, Feuer, Luft und Erde (Der Schierlingsbecher)

Toms Herz raste und der Schweiß brach ihm erneut aus. Luisa beobachtete ihn mit klinischem Interesse und blieb ruhig auf ihrem Sessel sitzen. Sie hielt immer noch die Spritze in der Hand, mit der sie ihm vorhin das Gift injiziert hatte.

»Tom, noch einmal, Sie müssen sich entspannen. Alles andere ist kontraproduktiv und führt zu nichts. Sie wissen doch, dass es bald vorbei sein wird.«

Sie lächelte ihn kalt an. »Also atmen Sie jetzt bitte ein paarmal tief ein und aus. Ich habe Ihnen ein Mittel gespritzt, das Sie weiter paralysieren wird. Sie werden noch für eine Weile etwas sprechen können. Versuchen Sie nicht, sich zu bewegen. Je mehr Sie das tun, desto schneller wirkt das Gift und wird zum Atem- und Herzstillstand führen. Ihr Freund Heiko wird Ihnen doch erzählt haben, welche pflanzlichen Gifte sich in den anderen Opfern des Kreidemörders befanden und dass sie zu einer Lähmung des ganzen Körpers führen. Ich hatte Sie ja schon etwas darauf vorbereitet in den letzten Wochen. Sie haben viel Tee bei mir getrunken. Kopfschmerzen, Unwohlsein, Gliederschmerzen, Depressionen. Und das Gebäck war natürlich auch präpariert.« In ihrem Gesicht lag Stolz, der schnell einem ernsten Ausdruck wich.

»Alles nichts im Vergleich zu dem, was jetzt kommen wird. Sie werden sich nicht erbrechen können in dieser halb sitzenden Position, falls Sie denken, dass Sie das retten wird. Es gibt keine Rettung! Außerdem haben Sie ja bereits heute Nachmittag eine starke Dosis bekommen, die schnell wirkte. Schön, dass Sie es nach Hause geschafft haben und dann auch noch aufs Sofa. Ich hätte Sie ungern draußen im Schnee töten wollen. Hier macht es auch mehr Sinn. Ein Mord ohne Spuren, genau wie bei den anderen. Und keine Verdächtigen. Ich werde mir selber eine kleine Dosis geben und dann verzweifelt Heiko anrufen, der mich neben meinem Rollstuhl finden wird, zusammengebrochen, verletzt, das letzte Opfer dieses furchtbaren Serienmörders, dem keiner seit Jahrzehnten auf die Schliche gekommen ist.« Wieder leuchtete Stolz in ihrem Gesicht auf. »Der Schierlingsbecher ist wohlverdient, er hat schon Sokrates, einen anderen Ungläubigen, näher zu Gott gebracht. Und Sie verdienen ihn genau wie die anderen auf meiner Liste. Die glorreichen Sieben, hätte ich beinahe gesagt.« Ihr Blick schweifte zu den Flammen im Kamin.

»Leider wird man nicht mehr viel von Ihnen finden, wenn erst einmal das Feuer ausgebrochen ist. Bedauerlich, dass das Meisterstück des Kreidemörders nicht gefunden wird, mit einem erkennbaren Zeichen im Gesicht, dem Zeichen der Schande, der Sünde, die so tief in Ihren Genen liegt. Selbst bei diesem Schneefall wird das alte Haus brennen wie Zunder, es besteht ja nur aus Holz, Stroh und einigen Steinen. Und Sie haben genug Öl für die Heizung in der Scheune, äußerst praktisch, vielleicht gibt es auch eine Explosion. Und machen Sie sich keine Sorgen um Ihren gestörten Hund. Falls er die Kälte draußen überlebt, wird ihn die Feuerwehr schon finden und wieder in ein Heim bringen.«

Luisa legte die Spritze zur Seite und betrachtete ihre langen Finger mit den manikürten Nägeln. Unter den Plastikhandschuhen schimmerte ihr roter Nagellack wie Blut. Die Farbe war Tom heute Nachmittag nicht aufgefallen.

»Sie werden nicht viel spüren. Und Sie werden sich nicht befreien können. Ihre Hände und Füße sind zudem gefesselt. Plastikschnüre, sie werden in der Hitze des Feuers schmelzen.«

Sie sah Tom an, stand auf, ging zu dem Esstisch, nahm einen Stuhl und setzte sich kaum einen Meter von ihm entfernt so hin, dass er sie ansehen musste.

»Du warst ein Geschenk, Tom. Das größte Geschenk meines Lebens. Wer hätte gedacht, dass Gott dich zu mir schicken würde, nach all den Jahren. Ich hatte seine Arbeit schon begonnen, versucht, die Aufgabe, die er mir gestellt hatte, zu erfüllen, da warst du noch ein Kind und ich wusste noch nichts von deiner Existenz.«

Sie lächelte und berührte seinen Arm.

»Es wird dich erstaunen, aber du bist berühmter, als du denkst. Deine Ausstellung in New York im Jahre 2003 war so erfolgreich, dass selbst die Zeitungen in Deutschland davon berichteten. Ein neuer Stern am Kunsthimmel hieß es damals. Und dann sah ich dich zum ersten Mal auf einem Foto und dachte, mein Herz bleibt stehen. Ein Ebenbild Edmunds, ihm wie aus dem Gesicht geschnitten. Du warst es tatsächlich. Thomas Morten, letzter Spross der alten Morten-Dynastie aus La Salle, Illinois, dessen Großvater Edmund 1923 nach Norddeutschland reiste und eine Schuld auf sich lud, so viel Leid auslöste und nie den Mut hatte, etwas wiedergutzumachen. Und dann der Entschluss, dein Entschluss, wie du glaubtest, hierher zurückzukehren. Zurück zu den Wurzeln deiner Familie, die ich jetzt endgültig ausreißen werde. Oh nein, es war nicht deine Entscheidung. Es ist allein Gottes Wille, der dich lenkt. Wer sonst hätte die Macht, dich genau hierhin zu bringen, damit ich mein Werk beenden kann? Nur er, der Allmächtige. Der es mir vor zwei Jahren ermöglichte, wieder zu laufen. Ich wusste, dass er mich darauf vorbereitet, sein Werk zu vollenden: Asta zu rächen, der du so verfallen bist, ohne zu wissen, wie nah ihr euch seid.« Sie zog das Foto aus ihrer Tasche, das Tom am Mittwoch von Claire und ihrer Familie gefunden hatte und betrachtete es.

»Vielleicht ist es dir immer noch nicht bewusst, aber ihr alle tragt die Sünden eurer Väter weiter in euch. Schau dir die Welt an. Es wird immer schlimmer. Kriege, Hass, Rassismus, die Menschen bekämpfen sich, sind nur noch in der digitalen Welt unterwegs, benutzen sich gegenseitig. Der braune Sumpf kommt nicht von ungefähr wieder hoch und die Liebe zu Gott, der Glaube an unseren allmächtigen Schöpfer verlieren an Kraft. Gott wird nicht gefürchtet. Sie haben ihn zu einem Gott der Liebe erniedrigt, ihn verweichlicht, um sich über ihn zu stellen. Und deswegen hat er mich dazu auserkoren, sie zu strafen und das göttliche Gleichgewicht wiederherzustellen. Er ist ein Gott der Gerechtigkeit, Tom, aber auch ein Gott, der Gleiches mit Gleichem vergilt. Auge um Auge, Zahn um Zahn.«

Tom sah Luisa an und öffnete den Mund. Rasch legte sie ihm ihren Zeigefinger auf den Mund. »Sch, warte, mein junger Freund. Warte, bis ich dir alles erzählt habe. Schone dich und deinen Atem. Und wenn du dann noch Fragen hast, bevor das göttliche Feuer dich reinigen wird, sollst du die Möglichkeit bekommen. Ich nehme an, du fragst dich, woher ich das alles weiß, die Geschichte kenne? Es gibt Briefe, mein junger Freund, Briefe meiner Mutter, die sie nie abschickte. Gesammelt und mir, als ich einundzwanzig wurde, von den Barmherzigen Schwestern überreicht, die mich in der großen Lehre, der Liebe zu unserem Herrn unterrichtet und erzogen haben.« Sie hielt einen Moment inne, als wolle sie sich an dem Gedanken ergötzen.

»Johann war der Erste, gefangen in der Selbstlüge der Wollust, seiner verderblichen Fleischeslust, geerbt von der unwürdigen Mutter. Aber du musst weiter zurückgehen, um wirklich zu begreifen. Als dein Großvater meine Großmutter Minna mit der Schande alleinließ, brach der Hass und die Verachtung über sie herein wie ein gewaltiger Sturm. Keiner half ihr, außer vielleicht Berthas Mutter, Elisabeth Andresen. Alle anderen schmähten sie, und als Minna sich Heiligabend das Leben nahm, fand Karin Jolckes Mutter sie am Ostestrand. Und ließ sie sterben, darüber wurde immer wieder im Dorf getuschelt, und so ist es auch Asta zu Ohren gekommen. Diese Sünde lebte in Karin weiter, die Johann gebar.« Sie schien einen Moment in der Erinnerung an ihren Schwager zu versinken.

»Ich hasste ihn, nutzte er doch die Schwäche meiner Schwester aus, belog sich selbst und auch sie, die sich so nach Liebe sehnte. Die in ihrer Naivität ihr Leben aufgab für ihn, der seinen Samen in sie schleuderte. Dessen vermeintliche Liebe sie mit einem anderen Mann teilen musste, der ihm wichtiger war. Was schaust du so erstaunt? Ja, sie war schwanger, als er starb, und verlor das Kind kurze Zeit später. Gott sei Dank, er nahm es ihr. Wollust und Begehren. Als ich Johann das Mal der Schande auf die Wange ritzte, lebte er noch und sah seinen unwürdigen Liebhaber verbluten. Er bekam als Erster Kreide in den Mund gestreut. Kreide aus der Fabrik in Hemmoor, die ich bei einem Besuch auf dem Land bei Clara auf der Tenne fand. Ironie des Schicksals! Dein Freund Heiko rätselt schon so lange, was das bedeuten könnte. Natürlich seid ihr alle durch die Kreide und die Fabrik miteinander verbunden, aber ihr seid alle Lügner, wollt die Wahrheit verschleiern, fresst Kreide.« Sie räusperte sich, als habe sie selbst welche gegessen.

»Ich rief die Polizei, nachdem ich ihn erschossen hatte, weil ich wusste, Clara würde kommen. Ich musste es tun, ich musste sie retten, sie durfte die Sünde nicht weitergeben. Und tatsächlich verlor sie das Kind. Sie wurde schon vor ihrem Prozess für schuldig befunden, so wie ich es geplant hatte. Die Zeichen hat damals keiner erkannt, sie wurden in der Gerichtsverhandlung nicht einmal erwähnt. Für Clara hoffte ich, sie durch die Sühne retten zu können, die ich ihr auferlegt hatte, aber vergeblich. Sie war immer zu schwach. Eine lange Zeit verging. Ich musste geduldig sein, bis der Herr mir die nächste Aufgabe stellte.« Sie senkte demütig die Augen.

»Und dann kam er selbst zu mir. Christian Cordes war genauso schwach wie sein Vater, dieser dumme, einfältige Polizist, noch in den braunen Lehren verhaftet nach dem Krieg, an den sich meine Mutter in ihrer Verzweiflung wandte, als sie mit mir schwanger war. Vergewaltigt. Und der wegsah, genau wie sein Sohn es Jahrzehnte später tat. Schwache Männer ohne Rückgrat, gefangen in dem Irrglauben, dass Frauen ihnen unterstellt sind. Cordes wusste, er hatte etwas übersehen, einen Fehler gemacht. Er ahnte nur nicht, dass er dem wahren Mörder gegenüberstand, als er sich an mich wandte. Er bettelte um sein Leben, bevor ich ihn tief in die Erde versenkte, ins Moor.« Sie schloss die Augen, ihre Stimme war kalt und gefühllos.

»Dann kam der Unfall, eine lange Zeit der Einsamkeit, ein Kampf mit mir und meinem Glauben, aber meine Liebe zu Gott siegte. Nach vielen Therapie-Jahren bewirkte Gloria mithilfe meines Schöpfers ein Wunder. Ich konnte meine Beine spüren, ich fing wieder an zu laufen. Aber meine Tarnung war perfekt, denn ich wusste, was zu tun war, und schwor, meine Aufgabe zu beenden. Petra Harlor, diese Ausgeburt an Dummheit, Völlerei und Maßlosigkeit, genau wie ihre verdammenswerte Mutter, die es meiner Mutter unmöglich gemacht hatte, Halt in ihrer Heimat zu finden. Ich hatte nicht die Kraft, sie alleine zu töten oder in den Baumstumpf, in die Wurzel tief in der Erde, zu legen. Das tat Gloria, die schon ihre eigenen Eltern bei lebendigem Leibe verbrannte. Die Spaß hatte am Töten, die ihren Großvater vergiften wollte, diesen Mann, der schuld am Tod meiner Mutter war: Paul Hirschler. Asta hatte ihm vertraut, ihn geliebt, all ihre Hoffnung in ihn gesetzt. Und er hatte sie nur ausgenutzt und angelogen, hatte sie geschwängert und dann rausgeschmissen. Denn er hatte bereits eine Frau und eine Tochter, die nie erfahren sollte, was Liebe bedeutet. Genau wie Gloria, die ihr Leben lang danach suchte und sich an jeden Mann verschwendete wie die Hure Babylon.« Luisa spie die Wörter verächtlich aus.

»Sie stand auf meiner Liste. Als Enkelin von Hirschler, den auszulöschen sich nicht mehr lohnte, bevor sie in einem Liebestaumel selbst noch eine Frucht aufnahm. Und doch erst nach dem jüngsten Enkel des schlimmsten Sünders. Malte Jensen. Für ihn brauchte ich erneut ihre Hilfe.«

Sie schaute Tom an und ihre Stimme wurde lauter. »Malte Jensen, dieser unwürdige Mann, der mit Männern lag, der größte Sünder. Der sich dessen noch rühmte und seine Frau verstieß. Der Enkel des Mannes, den ich mehr hasse als alle anderen. Meinen Vater!«

Sie schrie die letzten Worte in den Raum. »Oh ja, auch ich entspringe dem schlechten Samen eines Sünders, Jörg Andresen, der sich um Asta hätte kümmern müssen, der das Leid ihrer Mutter kannte, der nichts tat, als Minna starb, und der Asta missbrauchte. Der sagte, sie sei des Teufels, um seine Schuld nicht anerkennen zu müssen, sich versteckte hinter den Schrecken des Krieges, die er erlebt hatte, um seiner Frau und seinen Kindern keine Liebe zeigen zu müssen. Der Freude an der Gewalt fand, die er Frauen antat. Und der meiner Mutter alles nahm.

Die Liebe zu sich selbst. Der ihr nie erlaubte, zu fühlen, wie besonders sie war.«

Luisa stand vor Tom. Sie atmete tief ein, trocknete die Tränen. Sie setzte sich wieder hin und lächelte ihn an. »Aber ich bin stark, Tom. Ich weiß, ich habe eine göttliche Mission. Ich habe alles herausgefunden, es hat lange gedauert. Und dann habe ich die Liste erstellt. Du siehst, dass ich recht habe, nicht wahr? Dass ich es tun muss. Du verstehst, dass es wichtig ist.« Ihr Blick glitt über Tom hinweg und sie schaute durch die großen gläsernen Türen, die in den Garten führten. Der Sturm tobte wilder denn je und der Wind fegte den Schnee über den Deich und um das Haus, die Plantage versank in der Dunkelheit.

»Malte war nicht besser als sein Großvater. Er wollte alles für sich, es gab nur ihn! Er dachte nicht an andere. Er sollte sehen, es spüren, wie es ist, wenn man hilflos ist, sich nicht bewegen kann. Seinen erstaunten und entsetzten Blick, als er mich erkannte, während ich ihm das Zeichen in das Gesicht ritzte, werde ich nie vergessen.« Luisas Blick glitt über Toms paralysierten Körper.

»Fleischeslust war Glorias Sünde. Und Überheblichkeit, Maßlosigkeit, gepaart mit Wut. Als sie in der Nacht zu mir kam, nachdem sie bei Thorbies war, prahlte sie mit ihrem Erfolg. Nicht nur bei ihm, sondern auch damit, dass sie ihren Großvater vergiftet hatte. Er war nicht das Ziel meiner göttlichen Mission, sie war es, die Frucht des Bösen. Diese dumme Gans, diese Hure, die sich anmaßte, ohne meine Einwilligung zu töten, und der es dann misslang. Es war ein Leichtes, ihr das Gift im Nachttrunk zu servieren, sie vertraute mir blind. Wir gingen ein paar Schritte im Schutz der Dunkelheit und sie brach an dem kleinen Teich zusammen. Ertrank.«

Tom räusperte sich, er konnte seinen Körper nicht mehr spüren, seine Sinne schwanden langsam.

»Was ist, Tom, du willst wissen, warum jetzt auch noch Clara? Vergiss nicht, sie ist das schwächste Glied in der Kette. Die unwürdige Erbin des Genpools, aus dem wir kommen, sie und ich. Der Herr hat seine schützende Hand über mich gelegt, aber sie ist nicht zu retten. Ich habe durch meine Taten Erlösung und Vergebung erfahren, aber sie wird in dieser Nacht sterben. Ich weiß, dass sie ihr Leben lang neidisch auf mich war, von Eifersucht gequält. Denn ich bin die Starke. Von Gott Erkorene. Clara hat sich selbst vor langer Zeit aufgegeben und die Prüfung nicht bestanden, die Gott ihr auferlegte.«

Toms Herz raste plötzlich und er konnte seine Zunge nicht mehr fühlen.

Luisa betrachtete ihn fasziniert. »Wehr dich nicht, lass es zu, es ist der Wille unseres Schöpfers. Du musst büßen für deine Schuld, für deine Trägheit, für die Sünden deiner Väter. Es dauert jetzt nicht mehr lange.«

Luisa stand auf und setzte sich neben Tom auf den Rand des Sofas. Aus ihrer Tasche zog sie ein kleines Messer mit dreizackiger Klinge. Sie streichelte sanft seine Wange und setzte das Messer an, schnitt langsam in sein weiches Fleisch. Er konnte den Schmerz spüren, denn sie schnitt tief. Das Blut rann an seiner Wange hinunter. Tom schloss die Augen und wusste, dass es vorbei war. Dass es keine Rettung mehr gab.

Das Letzte, was er hörte, war ein ohrenbetäubender Knall. Dann verlor er das Bewusstsein.

56 Wiedergutmachung

Clara lag still in ihrem Bett. Vor fünf Tagen hatte man sie von der Intensiv- auf die Station für innere Medizin des Elbe Klinikums verlegt. Alle Schläuche und Sonden waren entfernt worden. Sie hatte noch Probleme mit dem Schlucken, ihr Kreislauf war nicht ganz stabil, aber sie fühlte sich langsam besser. Man hatte ihrem Körper das Gift rechtzeitig genug entziehen können, bevor dauerhafte Schäden entstanden waren. Glücklicherweise hatte sie einen Teil des tödlichen Cocktails bereits erbrochen, bevor Tom sie am vorletzten Samstag gefunden hatte.

Es war nicht alles nach Luisas Plan gelaufen. Clara schloss die Augen. Jedes Mal, wenn sie an Luisa dachte, wurde sie von einem Schmerz überwältigt, den sie kaum aushalten konnte. Es war kein körperlicher Schmerz. Er saß tiefer, in ihrem Herzen, in ihrer Seele. Sie hatte immer noch Probleme, ganz zu begreifen, was Heiko ihr vorgestern erzählt hatte. Dass Luisa Johann und Reiner getötet hatte. Dass Luisa ihr vorsätzlich die Schuld daran zugeschoben und in Kauf genommen hatte, dass sie, Clara, zehn Jahre unschuldig im Gefängnis hatte sitzen müssen. Der Schock saß tief, der Schmerz über die Ungerechtigkeit viel tiefer.

Die Tränen kamen, wie so oft in den letzten Tagen. Ihre eigene Schwester hatte versucht, sie umzubringen. Wer war Luisa? Eine fanatische, religiöse Serienmörderin, eine Psychopathin! Krank, offensichtlich!

Fast siebzig Jahre waren sie gemeinsam auf Erden, hatten vieles miteinander geteilt, hatten sich im Schmerz beigestanden, über vierzig Jahre hatten sie zusammengelebt. Hatte Clara die Zeichen nicht erkannt? Hatte sie selbst nicht hingeschaut, weil sie zu gefangen in ihrem eigenen Leben gewesen war? Es tat weh, hinzusehen, sich nicht selbst zu belügen. Nun schien es, als sei nichts mehr da, woran sie sich festhalten konnte. Sie wusste, die Zeit von »Rote Rosen« war endgültig vorbei. Sie musste den Tatsachen ins Auge schauen, wenn sie weiterleben wollte.

Clara stöhnte auf. Immer wieder zogen in den letzten Tagen düstere Wolken auf, lagen bleiern auf ihrer Seele, versuchten, alles zu verdunkeln. Der Arzt hatte ihr ein Antidepressivum geben wollen, sie hatte abgelehnt. Zu lange war sie durch Medikamente ruhiggestellt worden. Zu lange hatte ihre eigene Schwester sie systematisch vergiftet. Über Jahrzehnte hatte Clara Mittel genommen, die, so schien es ihr jetzt, sie in einer mit Watte gefüllten Blase gefangen gehalten hatten. Erst nach dem Unfall im Mai hatte sie es selbst bemerkt und die Pillen abgesetzt. Und auch dann war ihre Sicht nicht frei gewesen. Gefangen in den Mustern, die sich über Jahrzehnte aufgebaut hatten. Luisa konnte wieder laufen und sie hatte es nicht bemerkt.

Sie setzte sich auf und atmete tief ein. Entschlossen nahm sie ihren roten Morgenrock, zog ihn an und ging an das große Fenster. Südlage. Die Stadt lag unter ihr, sie konnte fast bis zur Elbe blicken. Es war der 23. Dezember gegen 11 Uhr morgens und ein starker Wind peitschte die Wolken Richtung Nordsee, immer wieder ließen sie kleine Stücke des blauen Himmels sehen und die Sonne durchblitzen, Schatten zogen über das karge Winterland. Der Schnee war fast geschmolzen. Morgen war Heiligabend. Was sollte jetzt geschehen? Was sollte sie machen? Zurück in den alten Trott, die alte Mühle? Putzen, Pillen, Zigaretten und Kaffee? Unmöglich!

Trotz all der schrecklichen Dinge, die in den letzten Wochen passiert waren, fühlte sie sich frei. Zum ersten Mal seit dem Moment, als sie verhaftet worden war, damals am Abend des 6. Februar 1985, vor 35 Jahren. Ein halbes Leben in Gefangenschaft, selbst nach der Entlassung aus dem Gefängnis. Unschuldig. Wie der Graf von Monte Christo, dachte sie.

Luisa hatte sich in ihrem Wahn an allen gerächt. Heiko sprach von der göttlichen Aufgabe, erklärte ihr, warum Luisa die Taten begangen hatte. Sie fanden ihr Tagebuch, Astas Briefe. Verschlüsselte Ordner auf ihrem Computer, mit sämtlichen Informationen zu allen Opfern. Religiöse Schriften, genug Beweise für Luisas Schuld. Sie war der Kreidemörder, der im Stillen seit Jahrzehnten mordete. In der Untersuchungshaft verzichtete sie auf ihren Rollstuhl, sie konnte tatsächlich wieder laufen.

Heiko und Gisela waren trotz des Jahrhundertsturms noch rechtzeitig auf der Plantage angekommen, um den letzten Mord zu verhindern. Sie sahen Schoko auf dem Feldweg, der ihnen entgegenlief, halb erfroren. Als er sie erkannte, rannte er zurück zum Gesindehaus, und sie sahen Luisa durch die gläsernen Türen, die in den Garten führten. Sie beugte sich über Tom, hatte ein Messer in der Hand. Heiko zog seine Waffe und feuerte einen Schuss auf die Scheibe ab, die mit einem lauten Knall zerbarst. Er hatte Luisa überwältigen und sie festnehmen können. Überraschend stark sei sie gewesen. Unverletzt.

»Es war knapp. Eine Stunde später und Tom hätte es nicht überlebt«, hatte Heiko bei seinem Besuch gestern erzählt. »Ich dachte, wir kommen zu spät. Er lag gefesselt auf dem Sofa, er blutete aus der Wunde in seiner Wange und reagierte kaum noch. Sie hat ihm eine tödliche Dosis Gift verabreicht. Ich habe ihr Handschellen angelegt und Gisela hat sie mit meiner Waffe in Schach gehalten. Neben dem Kamin stand ein Kanister mit Benzin, sie hatte anscheinend vor, das ganze Haus abzufackeln. Wir hatten auf dem Weg bereits Verstärkung und einen Krankenwagen angefordert, aber an diesem Tag dauerte alles länger. Der Schnee lag auf einer Eisdecke, die Straßen waren kaum befahrbar. Ich habe Tom hochgenommen und es wirklich geschafft, dass er sich übergibt. So war wenigstens das Gift aus seinem Magen draußen. Das hat ihn gerettet, wie mir der Arzt später erzählte. Genau wie bei dir. Du wurdest ja, Gott sei Dank, auch früh genug gefunden. Luisa hat nicht damit gerechnet, dass du überleben würdest. Du hattest unglaubliches Glück. Wir konnten Tom leidlich stabilisieren, er ist sofort hierher ins Krankenhaus gekommen und liegt noch immer auf der Intensivstation, ist aber bei Bewusstsein und wird das Ganze überstehen. Er ist ein zäher Bursche. Aber was ihr beide durchgemacht habt, ist bestimmt nicht einfach zu verarbeiten, das wird Zeit brauchen. Hast du hier psychologische Betreuung?«

Clara schnaubte verächtlich. Psychologische Betreuung? Das sollte wohl ein Scherz sein? Sie war keine Expertin, aber um dieses Trauma zu verarbeiten, bedurfte es mehr als psychologischer Betreuung im Krankenhaus. Sie nickte nur. »Was ist mit Schoko?«, fragte sie stattdessen.

»Keine Sorge, der ist bei mir. Ich nehme ihn sogar mit in die Inspektion.«

Sie schaute ihn an. »Und meine Katzen?«

»Auch für die ist gesorgt, keine Angst!«

»Habt ihr sie ins Tierheim gebracht?«

Heiko lächelte, nahm Claras Hand und drückte sie. »Wie kommst du den auf den Gedanken? Gisela kümmert sich um sie. Sie wohnt in Drochtersen und von da ist es nicht allzu weit bis zur Plantage. Sie fährt jeden Tag nach Dienstschluss vorbei und füttert sie, schaut nach dem Rechten. Thorbies hat auch vorgeschlagen, sich um deine Katzen und das Haus zu kümmern, ihr seid ja miteinander verwandt. Aber Gisela hat davon nichts hören wollen. Und gegen Gisela kommst du nicht an, wenn sie sich einmal etwas vorgenommen hat, glaub mir. Ohne sie hätte ich den Fall nicht lösen können. Sie kannte viele Zusammenhänge, ich bin ihr dankbar. Sie wird dich bald besuchen, ich soll dich schon mal warnen. Jetzt sind ja auch die Ermittlungsarbeiten im Nebenhaus abgeschlossen. Wir haben alles beschlagnahmt und sichten gerade Luisas Computer und ihre Festplatten.«

Er schüttelte den Kopf. »Es ist wirklich erstaunlich, wie perfekt sie ihre Rolle gespielt hat. Ich wäre nie auf den Gedanken gekommen, dass sie wieder laufen kann. Wir haben einen Crosstrainer auf dem Dachboden gefunden, ihr ganzer Körper wurde zweimal wöchentlich von Gloria verkabelt und mithilfe von elektrischen Stoßwellen wurde so ihre Muskulatur wieder stabilisiert. Unglaublich. Sie hat sich auch Hormone und Aufbaupräparate gespritzt. Sie ist unglaublich fit.«

»Wo ist sie jetzt?«, hatte Clara gefragt.

»In Untersuchungshaft. Sie hat noch kein Wort gesprochen, seitdem ich sie verhaftet habe. Man hat ihr einen Pflichtverteidiger zur Seite gestellt, damit sie einen Rechtsbeistand hat, sie hat keinen benannt. Ich bin gespannt, wie der Fall sich entwickeln wird. Ob sie überhaupt zurechnungsfähig war, als sie die Morde beging. – Hast du denn nichts bemerkt an jenem Samstag?«

»Ich fühlte mich schon seit einigen Tagen nicht ganz wohl. Sie musste mir schon länger Gift verabreicht haben.«

»Und an dem Tag war eine größere Portion Gift in deinem Kaffee.«

»Offensichtlich. Das Letzte, woran ich mich erinnere, am frühen Samstagnachmittag, ist diese schreckliche Übelkeit und das Gefühl der Lähmung. Ich konnte mich nicht mehr bewegen. Von dem Schnitt habe ich allerdings nichts mehr mitbekommen.« Sie berührte die Narbe mit ihrer Hand und schaute ihn an.

Heiko verstand. »Ich weiß, was du mich fragen willst. Nein, sie hat nicht nach dir gefragt.«

Die Sonne kam durch die Wolken und schien auf Claras Gesicht. Sie konnte sich in der Spiegelung auf der Fensterscheibe sehen, die rote Narbe auf ihrer Wange. Plötzlich flackerte ein Bild von dem Moment in ihr auf, als Luisa ihr die Wunde zugefügt hatte. Ihre kalten Augen, unnachgiebig, ganz nah und doch in die Ferne starrend. Die Erinnerung tat weh, bisher hatte ihr Unterbewusstsein sie davor geschützt. Noch immer leuchtend rot schimmerte ihr das Zeichen auf ihrer weißen Haut entgegen. Vorsichtig befühlte sie die Narbe, die nicht genäht worden war. Der Arzt meinte, es wäre kein Problem, sie später kosmetisch zu entfernen. Wenn das doch mit den Narben auf ihrer Seele möglich wäre.

Auch Tom hatte jetzt dieses Zeichen im Gesicht. Sie waren miteinander verbunden durch das Blut auf den Wangen und das Blut, das durch ihre Adern floss. Sie waren Edmunds Enkel, Cousin und Cousine, wenn sie das richtig sah. Clara wandte sich ab und ging zurück zum Bett, setzte sich hin. Im Grunde hatte Luisa auch ihre eigene Familie auslöschen wollen. Ihren eigenen Vater konnte sie nicht töten, aber seinen Enkel, ihren Neffen. Malte Jensen, dachte sie, war auch mein Neffe. Hatte sie ihm unrecht getan?

Viele Fragen stürmten auf sie ein, es fiel ihr schwer, sie zu ordnen. Heiko hatte von Rehabilitierung gesprochen, von Wiedergutmachung, ganz offiziell, auf dem rechtlichen Weg. Sie sei unschuldig. Im ersten Moment hatte sie abgewunken, aber vielleicht hatte er recht, vielleicht war es noch nicht zu spät. Sie hatte einen Mordanschlag überlebt. Sie war stärker, als sie selbst vermutet hatte. Zum ersten Mal seit langer Zeit stand sie vor einer Entscheidung und wollte sich ihr stellen. Es ging um ihr Leben, um die Zeit, die ihr noch blieb. Wollte sie wirklich zurück in ein Haus, das in den letzten zwei Jahrzehnten mehr ein Gefängnis gewesen war als ein Zuhause? Thorben würde ihr den Hof bestimmt abkaufen, er war einiges wert.

Clara setzte sich zurück und lehnte sich an die Rückwand des Bettes. Heute musste sie keine Entscheidung treffen, das stand fest. Vielleicht ist es besser, mich nicht schon wieder unter Druck zu setzen. Jetzt will ich erst einmal die nächsten Tage hinter mich bringen, dachte sie.

Weihnachten. Nicht unbedingt ihr Lieblingsfeiertag. Wie auch, ohne Familie. Normalerweise hätte sie mit Luisa zu Abend gegessen und später mit Onken und Bünting irgendetwas im Fernsehen geschaut.

Luisa. Der Schmerz durchfuhr sie unvorbereitet mit einer gewaltigen Kraft und sie konnte die Tränen nicht aufhalten. Obwohl sie wusste, dass ihre Schwester sie umbringen wollte, der Kreidemörder war, tat es weh, von ihr getrennt zu sein. Laut schluchzend saß Clara im Krankenbett im siebten Stock. Sie hatte ihre Schwester verloren. Irgendwann ebbte die Trauer ab, die Erkenntnis blieb.

Es klopfte an der Tür, Clara schaute auf die Uhr, es war kurz vor eins. Wer sollte sie jetzt besuchen kommen? Untersuchungen waren nicht angesagt, das Mittagessen war vor einer Stunde serviert worden. Vielleicht war es Heiko. Es klopfte noch mal, diesmal etwas energischer, dann öffnete sich die Tür einen Spalt. Eine ältere Frau mit einer übergroßen, selbst gestrickten rosa Pudelmütze und vom Wind geröteter Nase schaute herein. Ihre Hände steckten noch in rosa Fäustlingen, mit denen sie bestimmt keinen Strickwettbewerb gewonnen hatte. Sie schniefte. Ihre Brille war leicht beschlagen. Eine Reisetasche klemmte unter ihrem Arm.

»Moin, haben Sie einen Moment Zeit?«

Wer war das? Etwa die angedrohte Hilfe für ihre kaputte Seele? Das hätte man ihr auch früher sagen können. Die konnte gleich wieder nach Hause gehen.

Die Frau trat ins Zimmer. Sie trug einen dicken Steppmantel und erinnerte Clara an das Michelin-Männchen aus der Reifenwerbung. Resolut stellte sie ihre Tasche auf den Tisch, zog die Handschuhe aus, nahm die Pudelmütze und die Brille ab und öffnete den Mantel.

»Jetzt sagen Sie mir nicht, dass Sie mich nicht erkennen. Ich dachte, es geht Ihnen besser. Heiko sagte, dass Sie keine Spätfolgen haben werden. Na ja, einen Schierlingstrunk zu überleben, ist nicht ohne. Das kann nicht jeder von sich behaupten. Wir hatten wirklich Angst um Sie, und um Tom natürlich. Den hat es ja übel erwischt, er liegt noch auf der Intensivstation, da wollte ich gleich auch mal vorbeischauen.«

Gisela Sievers, Clara erinnerte sich jetzt an die Frau, die sie vor drei Wochen auf Toms Ausstellung gesehen hatte und von der Heiko gesprochen hatte. Sie zog den Mantel aus und hing hängte ihn an die Garderobe.

»Es ist wirklich ungemütlich draußen, ich läge jetzt auch lieber im Bett.« Sie zog eine Grimasse. »Natürlich unter anderen Umständen, das ist klar. Nicht wie Sie, nach einem Mordanschlag.« Sie räusperte sich und schaute kurz aus dem Fenster. »Und ich dachte, wir würden weiße Weihnachten bekommen in diesem Jahr. Vorletzten Samstag auf dem Weg zur Plantage war ich ja fest davon überzeugt, dass es diesmal klappen würde. Mit dem Schnee zu Weihnachten. Und nun ist die Pracht vorbei.«

Sie zog einen Stuhl an Claras Bett, öffnete ihre Reisetasche und nahm eine große Schachtel mit Marzipan und Pralinen heraus. »Die ist für Sie, Heiko hat mir gesagt, dass Sie gerne Marzipan und Schokolade essen, da habe ich gedacht, ich bringe mal was mit. Werden Sie ja hier nicht bekommen.« Sie nahm ihr Telefon aus der Tasche. Ihre Stimme zitterte leicht. »Und das Bild von ihren Katzen habe ich gestern gemacht. Es geht ihnen gut, Sie werden vermisst, Clara.« Sie hielt ihr das Telefon vor die Nase. Onken und Bünting auf dem großen Tisch in der Halle.

»Ich weiß nicht, ob die darauf sitzen dürfen, ich weiß ja sehr wenig von ihnen. Also dachte ich mir, ich komme mal vorbei und frag Sie am besten, es wird ja noch ein paar Tage dauern, bis Sie entlassen werden.«

Clara holte tief Luft. Diese Frau konnte einen ja in Grund und Boden quatschen. Dennoch berührte sie Giselas Geschnatter. Ein Besuch, Schokolade, die Sievers kümmerte sich um ihre Tiere. Würde auch nicht jeder machen. »Das passt schon. Eigentlich dürfen die beiden das nicht, aber Katzen tanzen einem ja eh auf dem Kopf herum.«

»Wem sagen Sie das, ich habe selbst einen Kater. Dem kann man auch nichts vorschreiben.« Sie schluckte. Energisch warf sie den Kopf etwas zurück und schaute kurz an die Decke. Schon wieder zuckte ihr Mund.

Clara war verunsichert. Was war denn los mit ihr? »Alles okay mit Ihnen?«

»Ach verdammt.« Gisela presste kurz die Lippen aufeinander. »Eigentlich wollte ich mich zusammenreißen.« Ihre Augen füllten sich mit Tränen. »Ich bin noch aus einem anderen Grund gekommen. Ich bin hier, um mich bei Ihnen zu entschuldigen. Wir sollten uns alle bei Ihnen entschuldigen, alle, die Ihnen nicht geglaubt haben damals. Die Sie verurteilt haben, bevor die fehlerhafte Beweisaufnahme bei Ihrem Prozess auch nur angefangen hatte. Ich habe Sie bis vor Kurzem sogar verdächtigt, der Kreidemörder zu sein, obwohl Sie es unmöglich sein konnten. Aber ich war verblendet und manipuliert über all die Jahre und konnte nicht über den Tellerrand schauen.« Sie schlug mit den Händen auf ihre Schenkel.

»Aber niemals hätte jemand damit gerechnet, dass Luisa sich aus ihrem Rollstuhl erhebt, dass sie der Kreidemörder ist. Und das Schlimmste ist, dass sie Sie verraten hat, ihre eigene Schwester.« Sie nahm Claras Hand. »Es tut mir leid. Ich weiß, dass damit nichts, aber auch gar nichts wiedergutgemacht werden kann. Und trotzdem. Wenn Sie etwas brauchen, dann bin ich für Sie da. Zumindest möchte ich es Ihnen anbieten.« Sie nahm ein Taschentuch aus ihrer großen Handtasche und schnäuzte sich. »So! Und nun genug davon. Ich weiß, dass Sie keine Frau von langen Reden sind. Im Gegensatz zu mir.«

Sie lachte und rollte mit den Augen. »Das sagt zumindest Heiko dreimal am Tag. Recht hat er, aber einen alten Baum kann man nicht verpflanzen. Ich bin halt, wie ich bin. Ich habe gerade mit dem Arzt gesprochen und er hat eingewilligt. Wer will schon Heiligabend alleine im Krankenhaus verbringen? Also habe ich mir gedacht, Sie kommen am besten zu uns. Es ist ja nur zehn Minuten mit dem Auto entfernt. Heiko kommt auch. Mein Mann macht ein Rindergulasch, vom Feinsten, das kann ich Ihnen sagen. Und meine Söhne sind auch da, die freuen sich, Sie kennenzulernen.«

Sie schaute Clara an. Eine Träne rann über ihre Wange. Sie wischte sie energisch weg. »Nützt ja nichts! Es ist, wie es ist. Wir können die Vergangenheit nicht ändern. Aber zumindest die Gegenwart. Ich habe Ihnen was zum Anziehen mitgebracht. Ihr Kleid, dass Sie auf der Ausstellung getragen haben, hing noch am großen Schrank in der Halle, die Stiefel standen an der Garderobe, an der ich den Mantel gefunden habe. Ich habe Ihnen in der Stadt diese Strumpfhose gekauft, als Weihnachtsgeschenk, wenn Sie so wollen.« Sie packte alles aus. Jetzt wusste Clara auch, warum Gisela diese große Tasche dabeihatte.

»So, ich glaube, das wäre es fürs Erste. Ich geh jetzt noch zu Tom, vielleicht können wir ihn morgen mitnehmen, aber ich befürchte, der Arzt lässt sich nicht überreden. Auch von mir nicht. Na, ich bin eben auch keine Zauberin.«

Sie packte ihre Pudelmütze und die Handschuhe in die Tasche und nahm ihren Mantel. Kurz griff sie nach Claras Hand. »Machen Sie mir die Freude und kommen Sie morgen zu uns. Sie sind nicht mehr allein, vergessen Sie das nicht, Clara. Und eine Ausrede haben Sie nicht. Also, ich bin dann gegen 15 Uhr hier.«

Clara blieb nichts anderes übrig, als zu nicken. Tornado Gisela hatte sie überrollt.

»Gut, dann ist das ja geklärt.« Sie stand auf. »Und nun werde ich mal bei Tom vorbeischauen. Wer weiß, vielleicht kann ich ihn ja doch rausschleusen. Drücken Sie mir die Daumen. Bis morgen.« Sie ging zur Tür und drehte sich noch einmal kurz um. »Ich freue mich darauf, dass Sie bei uns sein werden.« Sie lächelte noch einmal und war verschwunden.

Clara schaute ihr sprachlos hinterher. Diese Frau hatte sie einfach mit ihrer Wortgewalt überrannt. Sie blickte zum Fenster, die Sonne brach durch die Wolken und erfüllte den Raum mit Licht.

Epilog

Schoko wälzte sich faul auf dem Rasen vor Claras Haus. Die alten Kastanienbäume hatten auch den letzten Winter überlebt und standen in voller Pracht neben dem alten Gehöft. Clara saß unter dem großen neuen Sonnenschirm und schaute in die Plantage. In ein paar Wochen würden die Äpfel reif sein.

Es war Mitte August, Hochsommer im Alten Land. Die Ruhe vor dem Sturm, bevor die Ernte begann. Sie genoss diesen Moment des Tages, es war 16 Uhr, ein heißer Tag. Die Luft erfüllt vom Duft der Rosen, die neben dem Bauerngarten blühten. Sie hatte im April einen Gärtner angestellt, der wahre Wunder bewirkte. Er kam einmal in der Woche mit zwei Helfern. Sie hatten die Teiche zugeschüttet, Sträucher und Blumen gepflanzt, die Buchsbaumhecke beschnitten. Sie hatte gar nicht mehr gewusst, wie schön dieser Garten war, wenn er richtig gepflegt wurde. Manchmal half sie sogar mit, lernte viel über Pflanzen und Gartenpflege. Jeden Donnerstag, wenn die Männer kamen, kochte sie. Es war nichts Besonderes, aber sie bemühte sich. Danach gab es Kaffee. Thorben kam öfter vorbei. Er hatte sich entschlossen, weiter auf dem Hof zu bleiben, es ging ihm besser, die Krebstherapie hatte gut angeschlagen.

Wenn etwas in Claras Haus nicht funktionierte, kam Kai vorbei und reparierte es. Zeigte ihr, wie man Suppen und Spargel am besten zubereitete. Sie redeten nicht viel, das war auch nicht nötig. Passt schon, dachte sie oft, Nordköppe müssen nicht viel sabbeln.

Tom war ebenfalls geblieben. Er hatte das Haus am Ende des Deichs gekauft. Tom, ihr Cousin, die Vorstellung war nach wie vor seltsam für Clara. Seine Ausstellung in Berlin war immens erfolgreich gewesen, begleitet vom Presserummel um den Kreidemörder.

Sie schaute auf die Uhr, er müsste bald kommen. Sein Termin mit dem Kurator der Hamburger Deichtorhallen hatte heute Morgen gegen 11 Uhr stattgefunden. Wie immer, wenn er unterwegs war, ließ er Schoko bei Clara.

Clara atmete tief ein und schaute auf das Nebenhaus. Nachdem die Untersuchungen der Polizei abgeschlossen waren, hatte sie es im Februar mithilfe von Heiko und Tom leerräumen lassen. Seit fast einem halben Jahr war es verlassen, abgeschlossen, unbenutzt. Eine Vermietung kam nicht infrage, Tom konnte sie es nicht anbieten, abreißen wollte sie es auch nicht, da erschien gleich der Denkmalschutz vor der Tür. So blieb es leer. Jenny, die neue Reinigungsfrau, wischte einmal im Monat alles durch. Die Vorhänge waren zugezogen. Kommt Zeit, kommt Rat, dachte Clara und ging durch die Tür an der Deichseite, wenn sie das Haus verließ. Passt schon.

Luisas Verhandlung dauerte nicht so lange, wie sie gedacht hatten, die Beweise waren zahlreich und erdrückend. Sie musste sich für die Morde verantworten, konnte aber nur für die Taten an Petra, Malte und Gloria verurteilt werden sowie natürlich für den versuchten Mord an Clara und Tom. Sie hatte einen hervorragenden Anwalt, der sich auf Sensationsprozesse spezialisiert hatte. Ein psychiatrisches Gutachten bescheinigte ihr gefährliche Wahnvorstellungen und so wurde sie für schuldunfähig befunden und unter ärztliche Kontrolle und psychiatrische Aufsicht nach Ochsenzoll gebracht. Lebenslänglich, ohne Aussicht auf Begnadigung oder Freiheit. Sie war jetzt 71 und körperlich in guter Verfassung. Clara hatte sie nicht mehr gesehen, nur einmal bei dem Prozess, als sie als Zeugin vorgeladen worden war. Luisa hatte sie nicht angeschaut. Mit unbeweglicher Miene hatte sie den ganzen Prozess überstanden.

Schoko hob den Kopf und nahm Witterung auf. Ein Wagen kam den Feldweg entlang. Es wird auch Zeit, dachte Clara. Halb fünf. Schnell ging sie ins Haus und holte den Kaffee in einer Thermoskanne und zwei Tassen, stellte sie auf den Gartentisch. Einen Moment später stieg Tom mit einem großen Kuchenpaket aus seinem Auto. Er hat es nicht vergessen, dachte Clara. Ah, Marzipantorte! Schoko lief auf Tom zu und wackelte wie üblich nicht nur mit seinem kupierten Schwanz, sondern mit seinem ganzen Hinterteil.

»Na, mein Dicker, wie war dein Tag, hast du mich vermisst?« Tom drückte ihm einen Kuss auf die Stirn. »Ich hoffe, er hat sich gut benommen.« Er lachte Clara an. »Was auch sonst, macht er ja immer bei dir.« Er stellte die Torte auf den Tisch. »Voilà, Madame, frisch aus Hamburg, with my compliments for the lady of the house.«

Clara klatschte in die Hände und erinnerte Tom an ein zehnjähriges Mädchen, das seine Geburtstagstorte bekommt. Er setzte sich, die beiden tranken Kaffee, er erzählte von der Ausstellung, die im November in den Deichtorhallen eröffnet werden würde. Eine Werkschau seiner Arbeiten.

»Ach, bevor ich es vergesse, schau dir das mal an.« Tom nahm eine Zeitung aus seiner Umhängetasche. »Habe ich vorhin an der Tankstelle gekauft. Es hat geklappt, Heiko ist jetzt offiziell Leiter des FK 1 der Polizeiinspektion.«

Clara überflog den Bericht auf der Titelseite, geschrieben vom neuen Chefredakteur Philipp Nickel, der als erste Amtshandlung Björn Schierling fristlos gekündigt hatte. Heiko wurde für seine Verdienste im Falle des Kreidemörders hoch gelobt. Ein Foto zeigte ihn mit einigen Kollegen, unter anderem Gisela, vor der Inspektion.

Clara lachte. »Na, das wird Frau Sievers aber freuen. Covergirl bei den Stader Nachrichten und das mit 63.«

Tom schmunzelte. »Worauf du dich verlassen kannst. Sie arbeitet jetzt ausschließlich für Heiko.«

»Ohne sie hätte er den Fall nicht gelöst, das weißt du auch. Sag mir nichts gegen Gisela!«

»Nur weil ihr jede Woche Rommé spielt und auf einmal Freundinnen seid! Ich gehe jede Wette ein, dass sie dir immer noch das Ohr abkaut, wenn du sie nicht stoppst.«

Clara lachte laut auf. »Stimmt, ich habe mich schon gewundert, wo mein rechtes Ohr geblieben ist. Möchtest du noch Kaffee?«

»Gerne.« Toms Blick fiel auf das Nebenhaus. »Und, was machst du damit? Hast du dich schon entschieden?«

»Noch nicht, du kannst gerne einziehen, es steht leer, wie du weißt.« Ihre Miene war wieder ernst.

»Denkst du oft an sie?«

»Jeden Tag.«

»Wirst du sie besuchen?«

Clara schüttelte den Kopf. »Nein, ebenso wenig wie du. Ich glaube nicht, dass ich sie erreichen kann. Für Luisa ist das wahr geworden, was sie am meisten hasste im Leben. L'enfer, c'est les autres. Sartre. War immer ihr Lieblingsautor. Die Hölle, das sind die anderen.« Sie stand auf. »Komm, wir laufen ein bisschen über den Deich, das beruhigt immer. Erzähl mir von deiner neuen Freundin, wohnt sie noch auf Gut Rahla, jetzt nachdem ihr Vater so plötzlich gestorben ist? Was sagen ihre Brüder dazu? Der Erbstreit ist da vorprogrammiert. Meint Gisela auch.«

Tom hakte sich bei Clara unter und lachte so laut, dass Schoko ihn erschrocken ansah. »Oh Mann, ihr beiden, seht gleich den nächsten Mord kommen …«

Clara hob die Augenbrauen und schaute leicht an ihm vorbei. »Wir werden sehen, Tom, wir werden sehen.«

Dank

Danke an meine Freunde E und G aus GWorth, ohne euch gäbe es dieses Buch nicht, trotz allem und gerade deshalb! Ihr wisst schon …

Ich möchte einigen Freunden hier danken, die mich tragen und die seit langer Zeit an meiner Seite sind, mit allem, was dazu gehört, und die eine wichtige Rolle bei der Entstehung dieses Buches spielten.

Corinna, die beste Freundin, die ich mir wünschen könnte. Einfühlsam, intelligent, präsent, immer da!

Thomas! 45 Jahre sind eine lange Zeit, we are still here looking for mfl, deeply connected, that's what friendship is all about! No secrets.

Gitty! Du hast es verstanden! Danke!

Doug, thanks for the time in Miami Beach, our daily lunches, your input and suggestions, I love you, my friend.

Andrej, Barbara, Anja, Anette, Ari, Stefan, Regina Grafunder, Christiana, Inken Bartels, Michael Valenti, Todd Sears! Danke für eure Freundschaft, die ehrlichen Rezensionen, den Input.Thanks for believing in me!

Christa Schlumbohm, die mir den Weg zur Literatur zeigte und Asta sofort erkannte!

Stefan Kober, Sabine Barthels! Marcello Concilio!

Horst Kramer! Familie an meiner Seite!

Caroline Winterbauer! Familie an meiner Seite!

Hushang Omidizadeh, Bruder!

Die »wahre« Clara … du hast erkannt, worum es geht! Eine Hommage an unsere Freundschaft, du hast echt einen an der Waffel!

Danke auch Susanne Treubel, Ernie Reinhardt, Anna Carla Wienkes, Thomas Bube.

An alle, die mich auf meiner Reise begleiten, von denen ich lernen konnte und immer noch kann!

Und natürlich meinem Verlag, Björn Bedey, Rita Tiemann und Katharina Breu!

Michael Reh
Fire Island, im August 2021

Der Autor

Nach seinem Studium der Medien- und Sprachwissenschaften in Hamburg und Paris zog

Michael Reh nach New York. Dort begann er Ende der 1990er Jahre als Fotograf zu arbeiten, wobei er sich auf Werbe- und Modefotografie spezialisierte. Seine Fotos sind unter anderem in internationalen Magazinen, im alljährlich erscheinenden »Men Edition«- und dem 2018 publizierten »Lambertz«-Kalender zu sehen. Seine Ausstellung »Traffic« zum Thema Drogenmissbrauch, von der deutschen Bundesregierung gefördert, wurde in verschiedenen Ländern gezeigt.

Michael Reh veröffentlichte mehrere Fotobücher (»Sunkissed«, »Keine Zeit für Eitelkeit«, »Men in Motion«). Im März 2020 erschien sein erster autobiografischer Roman, der Bestseller »Katharsis«.